Knaur.

D1849433

Über den Autor:
Rainer M. Schröder, geboren 1951 in Rostock, aufgewachsen in Ostberlin, floh mit seiner Familie kurz vor dem Bau der Mauer in den Westen. Mit sechsundzwanzig Jahren veröffentlichte er den ersten Roman. Für seine Jugendbücher wurde er vielfach ausgezeichnet. Von Rainer M. Schröders Büchern wurden im deutschsprachigen Raum bisher mehr als 5 Millionen Exemplare verkauft.

www.rainermschroeder.com

Rainer M. Schröder

Die Brüggemanns

Ein deutsch-deutscher Familienroman

Knaur Taschenbuch Verlag

Besuchen Sie uns im Internet:
www.knaur.de

Vollständige Taschenbuchausgabe 2004
Knaur Taschenbuch.
Ein Unternehmen der Droemerschen Verlagsanstalt
Th. Knaur Nachf. GmbH & Co. KG, München
Copyright © 2002 bei Droemersche Verlagsanstalt
Th. Knaur Nachf., München
Alle Rechte vorbehalten. Das Werk darf – auch teilweise –
nur mit Genehmigung des Verlags wiedergegeben werden.
Umschlaggestaltung: ZERO Werbeagentur, München
Umschlagabbildung: Photonica
Satz: Ventura Publisher im Verlag
Druck und Bindung: Clausen & Bosse, Leck
Printed in Germany
ISBN 3-426-62553-9

2 4 5 3 1

All meinen Brüggemanns gewidmet

»Über Menschen zu schreiben ist,
wie das Leben, ein schmutziges Geschäft ...
Jede Geschichte, die in Druck geht,
beleidigt jemanden, wenn sie wahr ist.«

Franz-Josef Wagner, Journalist

»Nicht alle Menschen leiden gleich.
Der eine leidet unter allem und jedem,
und dem anderen macht gar nichts etwas aus.
Das Leid des Menschen richtet sich
nach seinem Charakter.«

Avramham Chasson: »Abu Badjis genießt das Leben«

Erster Teil
1960 – 1961

1

Beide Hände demonstrativ auf dem Karabiner, der ihm quer vor der Brust hing, und das Gesicht wie eine Betonmauer. Kalt, abweisend und unnachgiebig. So verwehrte ihnen der Grenzer am 1. Mai den Übergang in den Westsektor von Berlin.

Heinrich Brüggemann gab vor, die feindselige Haltung des Vopos nicht zu bemerken. »Wir wollen nur mal kurz zur Kundgebung rüber. Willy Brandt spricht vor dem Schöneberger Rathaus.«

Die leutselige Art verfing bei dem Mann in der aschgrauen Uniform nicht. »Aufrechte Genossen haben bei den imperialistischen Kriegstreibern des Westens nichts verloren!«, schnauzte ihn der Grenzer in breitem Sächsisch an. »Beteiligen Sie sich am internationalen Kampftag der Arbeiterklasse gefälligst an einer Kundgebung unserer siegreichen sozialistischen DDR!«

Ingeborg Brüggemann warf den Kopf mit dem schulterlangen, blond gelockten Haar, das Tante Else immer spöttisch und neidisch zugleich »Marlene-Dietrich-möchte-gern-Locken« nannte, in den Nacken.

»Entschuldigen Sie mal, wie reden Sie denn mit meinem Mann?«, entrüstete sie sich. »Sie wissen wohl nicht, mit wem Sie es zu tun haben!«

Richard fand, dass niemand sich so vornehm und zugleich doch so vernichtend empören konnte wie seine Mutter. Kein Wunder, dass man sie bei ihnen im Stadtteil Pankow respektvoll mit »Frau Doktor« ansprach, sogar die Parteifunktionäre in ihrem Wohnhaus, die ihnen sonst reserviert und voller Misstrauen begegneten, weil der Vater als Einziger im ganzen Block nicht in der Partei war. Nichts wirke besser als eine schöne Frau in kalter Rage, hatte Onkel Willi einmal bewundernd gesagt, und dabei war er sogar nüchtern gewesen, was seinen Worten richtig Gewicht verliehen hatte. Denn Tante Elses Mann trank gern und oft.

»Mein Vater ist Chefarzt!«, rief Richard stolz, im Gefühl, der

Mutter Beistand leisten zu können. Nicht, dass sie Hilfe von einem zehnjährigen Jungen nötig gehabt hätte. Aber dieser arrogante Kerl sollte wissen, sie zogen alle an einem Strang, wenn es hart auf hart kam.

»Halt die Klappe, Dicky!«, sagte Burkhard, sein acht Jahre älterer Bruder, hinter ihm und verpasste ihm eine Kopfnuss.

Auf Kopfnüsse, blitzschnell auch im Vorbeigehen verabreicht, verstand sich der große Bruder ganz ausgezeichnet. Aber andererseits war er auch ohne langes Fragen zur Stelle, wenn man einen großen Bruder brauchte, um sich im Viertel aus kritischen Situationen mit Gleichaltrigen zu retten.

Konrad, Richards anderer Bruder, gerade zwölf geworden, aber nur eine Klasse über ihm, grinste ihn schadenfroh an.

Die Mutter nahm das Stichwort »Chefarzt« gern auf. »Das ist er in der Tat, junger Mann!«, sagte sie zum Grenzposten mit einer hoheitsvollen Kopfbewegung. »Mein Mann ist Dr. Heinrich Brüggemann, vierfacher Facharzt und Chefarzt an der weltberühmten Charité!«

Der Grenzer bewahrte seine versteinerte Miene und Haltung. »Die Grenze ist heute gesperrt! Passieren nur mit Sondererlaubnis!«, bellte er.

Der Vater reckte sich nun sichtlich verärgert zu seiner vollen Größe, was leider nicht viel hergab mit seinen gerade mal eins sechzig; er war einen guten Kopf kleiner als die Mutter. »Also, hören Sie ...«, setzte er zu einem kraftlosen Protest an.

»Ich höre mir gar nichts an, Genosse Chefarzt!«, schnitt ihm der Grenzpolizist kalt das Wort ab und drohte: »Wenn Sie hier noch mehr Unruhe stiften, lasse ich Sie alle zur Feststellung der Personalien zuführen!«

Der Vater ließ die Schultern sinken, schüttelte wortlos den Kopf und wandte sich um. »Es bringt nichts, Inge. Gehen wir nach Hause!«, sagte er mühsam beherrscht.

»Das ist ja wirklich die Höhe!«, schimpfte diese, als sie sich außer Hörweite der Grenzer befanden. »Die können uns doch nicht behandeln wie unmündige Kinder, denen man nach Gutdünken den Ausgang sperrt! Was ist das denn für eine Art, die eigene Elite zu behandeln? Kein Wunder, dass ihnen das Volk in Scharen davonläuft!«

»In der DDR gelten nicht die Akademiker als die Elite, sondern die Arbeiter und Bauern, falls du das vergessen haben solltest, Mutti«, warf Burkhard mit trockenem Spott ein.

»Ach was, das ist doch nichts als dumme Propaganda!«, wehrte sie ungnädig ab. »Der Esel mag den Karren ziehen, aber auf dem Kutschbock sitzt er nicht!«

»Es ist, wie es ist. Und daran werden wir bestimmt nichts ändern. Wenn sich etwas für uns ändern soll, müssen wir schon selbst dafür sorgen ... mehr oder weniger«, erklärte der Vater grimmig. Dieses »mehr oder weniger« gehörte zu den Floskeln, mit denen er viele Sätze ausklingen ließ, auch wenn das keinen Sinn machte. Richard hörte nicht weiter hin. Denn in diesem Moment kam ihm zum ersten Mal in seinem Leben voller Enttäuschung und Ernüchterung zu Bewusstsein, dass die Allmacht des Vaters, die er bis dahin für grenzenlos gehalten hatte, offenbar doch Grenzen kannte.

*

Nach Pankow in die Ossietzkystraße zurückgekehrt, wo überwiegend hohe Parteifunktionäre wohnten und die direkt vor der feudalen Residenz für Staatsgäste der DDR endete, weshalb sie in einem Meer roter Fahnen schwamm, erwartete sie im Treppenhaus eine Überraschung. Keine sehr angenehme, wie Richard dem Gesichtsausdruck der Mutter entnahm. Onkel Willi und Tante Else, eine geborene Köpitz aus Lützen, kamen ihnen mit ihrem einzigen Kind, dem zehnjährigen Bruno, auf der Treppe entgegen.

»Da seid ihr ja! Wir wollten euch überraschen!«, rief Onkel Willi in seiner gewohnt munteren Art, die häufig so aufgesetzt wirkte wie ein buntes Faschingshütchen auf dem Kopf an einem ganz normalen Tag. »Da hätten wir uns doch beinahe verpasst!«

»Schade«, murmelte Konrad mit einem Blick auf Bruno. Und Richard stimmte seinem Bruder insgeheim von Herzen zu.
Die Mutter versicherte mit säuerlicher Miene, dass das mit der Überraschung gut gelungen sei, und bat Onkel Willi mit seiner Familie in die Wohnung.
»Was macht *ihr* denn in Berlin?«, fragte der Vater seinen mehrere Jahre älteren Bruder, der als Ingenieur bei Leuna in Sachsen-Anhalt arbeitete. Man hatte sich in den letzten Jahren selten gegenseitig besucht und das auch nicht als bedauerlich empfunden. Vermutlich lag das an der Mutter, die sich mit Tante Else nicht sonderlich gut verstand.
»Seit gestern wohnen auch wir in Berlin!«, verkündete Onkel Willi mit strahlender Miene.
»Ihr habt es ja nicht glauben wollen, aber wir haben es geschafft«, fügte Tante Else mit bissiger Genugtuung hinzu. Im Gegensatz zu ihrem wohl beleibten Mann war sie von hagerer Gestalt und um die Augen und Mundwinkel deutlich gezeichnet von den Sorgen und dem jahrelangen Ärger mit ihrem trinkfreudigen Mann. »Sie haben Willi endlich nach Berlin delegiert. Lange genug haben sie sich ja dagegen gesperrt, aber ich habe nicht locker gelassen. Das wäre ja auch noch schöner gewesen!«
»Darüber können wir ja gleich noch reden, Frau«, sagte Onkel Willi und klopfte ihr begütigend auf den Arm. »Sagt mal, ihr habt ja heute am großen Kampftag der Arbeiterklasse gar nicht den roten Lappen rausgehängt!«
Die Mutter hob in gespieltem Bedauern die Hände. »Die Halterung für die Fahnenstange ist leider abgebrochen«, sagte sie spöttisch. »Und eine neue war nicht zu kriegen. Tja, da kann man dann nichts machen.«
»Abgebrochen? *Mal wieder?«* Amüsiert zog Onkel Willi die buschigen Brauen hoch.
Die Mutter lächelte viel sagend zurück. »Ja, mal wieder.«
Onkel Willi seufzte. »Nun ja, bei der Qualität unserer sozialistischen Produktion.«

»Es arbeiten nun mal nicht alle so vorbildlich wie mein Willi«, verkündete Tante Else wichtigtuerisch.
»Was du nicht sagst!« Der kühle Ton der Mutter wirkte ernüchternder als jede spöttische Anspielung auf das bekannte Laster des Schwagers, dessen Karriere deshalb schon so manch bitteren Rückschlag erlitten hatte. »Na, dann werde ich mal Wasser für Kaffee aufsetzen.«
»Bohnenkaffee?«, fragte Tante Else erwartungsvoll. Das Verlangen nach Westwaren, besonders nach stark geröstetem Bohnenkaffee und guter Schokolade, gehörte zu den wenigen Dingen, die die beiden Schwägerinnen gemein hatten.
»Ja, aus dem KaDeWe! Eigenhändig geschmuggelt.«
»Ach, diese gemeinen Verlockungen der Revanchisten und Imperialisten des unaufhaltsam verrottenden Westens!«, brummte Onkel Willi. »Was wären wir nur ohne sie?«
»Arm dran!«, antwortete die Mutter trocken.
Alles lachte. Man hatte den gemeinsamen Grund gefunden, auf dem man sich unbesorgt bewegen konnte. Er war zwar schmal, sollte aber für die Dauer eines nachmittäglichen Besuches tragen.
Burkhard machte sich das allgemeine Durcheinander zu Nutze, um sich mit einer beiläufig gemurmelten Bemerkung, er gehe dann mal zu seinem Freund Udo rüber und bis später, für die nächsten Stunden aus dem Staub zu machen. Auch Konrad stahl sich geschickt davon. Er konnte ihren Cousin Bruno, ein schmächtiges Bürschchen mit Sommersprossen und einer viel zu großen, hässlich schwarzen Hornbrille auf der Nase, nicht ausstehen.
Damit blieb die Aufgabe, sich um Bruno zu kümmern, an Richard hängen. Er hätte heulen mögen über diese Ungerechtigkeit. Zwar konnte er sich nur an zwei kurze Besuche erinnern, bei denen Bruno zugegen gewesen war, und das lag schon Jahre zurück. Aber beide Male hatten sie mit ihrem Cousin nichts anfangen können. Bruno hatte sich immer hinter Bilderbüchern versteckt oder versucht, sie mit seinen Trompetenkünsten zu beeindrucken, obwohl er bloß ein paar jämmerlich gequetschte

Töne herausbekam. Und er hatte sofort zu heulen begonnen, als sie versucht hatten, ihm die blöde Trompete abzunehmen.
»Warum gehst du mit Bruno nicht was im Park spielen?«, schlug der Vater vor, und das kam einem Befehl gleich, gegen den Widerworte sinnlos waren.

*

Bruno trottete hinter Richard her, als sie die fahnengeschmückte Straße hinuntergingen und den Weg zum Park einschlugen. »Wir gehen zur Panke runter, Stichlinge, Blutegel und Kaulquappen fangen!«, sagte Richard mürrisch über die Schulter hinweg. »Aber vielleicht ekelst du dich ja vor glitschigen Blutegeln und zappelnden Kaulquappen. Dann siehst du besser zu, wo du bleibst!«
»Nö, ich habe keine Angst«, antwortete Bruno dröge.
»Warum trödelst du dann so?«
»Ich trödel ja gar nicht.«
»Tust du doch!« Bewusst legte Richard einen strammen Schritt vor. Er ärgerte sich, dass er sich mit dieser sommersprossigen Blindschleiche abgeben musste. Wie konnte jemand auch nur Bruno heißen! Das sagte doch schon alles! Der Cousin zuckte wortlos die Achseln, hielt jedoch mit und blieb unbeirrbar an seiner Seite. Wie eine lästige Klette!, dachte Richard missgelaunt.
Sie hockten noch keine zwei Minuten im Schatten der Brücke am Ufer der Panke, als plötzlich ein armlanges Stück Brett direkt vor Richard in den Fluss klatschte und ihn mit Wasser und Uferschlamm bespritzte. Erschrocken sprangen er und Bruno zurück.
Von oben kam höhnisches Gelächter. Auf der Brücke standen vier Jungen. Richard kannte sie nur zu gut. Besonders den kräftigen Burschen mit dem schwarzen Mecki, der Richard immer an ein abgeflämmtes Stoppelfeld erinnerte.
»Du verschwindest jetzt besser«, sagte Richard und wischte sich die Dreckspritzer aus dem Gesicht.

»Wer ist das?«, wollte Bruno wissen.
»Das ist die Bonzenbande drüben vom Majakowskiring, und Otto Prenniger, der mit dem Mecki, ist der Schlimmste von allen. Sein Vater ist irgendein hohes Tier in der Partei.«
»Wollen sie dir ans Zeug?«
»Worauf du Gift nehmen kannst!«, sagte Richard mit einem Seufzer in der Stimme und dachte, dass es vielleicht doch keine so geniale Idee gewesen war, sich für Otto Prennigers letzte Gemeinheit dadurch zu revanchieren, ihm die Ventile aus den Fahrradreifen herausfliegen zu lassen. »Du verziehst dich jetzt besser, sonst kriegst du auch Dresche.«
»Wird schon nicht so schlimm werden«, meinte Bruno.
Dumm ist er also auch noch!, ging es Richard durch den Kopf.
Otto kam mit seinen Freunden den Hang herunter. »Wer ist diese Brillenschlange?«, fragte er großspurig und ganz im Bewusstsein, den Jungen mit seinen Freunden nun ordentlich in die Mangel nehmen zu können.
»Mein Cousin Bruno. Er ist nur auf Besuch hier«, sagte Richard, um Bruno eine letzte Chance zu geben, mit heiler Haut davonzukommen.
»Los, verschwinde, Bürschchen!«, forderte Otto ihn herrisch auf. »Troll dich zu Muttern!«
Bruno schluckte sichtlich nervös, lief jedoch nicht davon. Im Gegenteil, er machte einen mutigen Schritt auf Otto zu. »Ich will mich ja nicht einmischen, aber findest du nicht, dass vier gegen zwei verdammt unsportlich ist?«, fragte er. »Könnte so aussehen, als ob du dich allein nicht traust.«
Richard glaubte, nicht richtig zu hören. Ja, hatte Bruno sie noch alle? Wollte der Idiot sich um Kopf und Kragen reden?
Auch Otto starrte Bruno einen Moment lang mit sprachloser Verblüffung an. »Halt dich bloß raus, Pissnelke, dann kriegst du auch keinen rein!«, stieß er drohend hervor und versetzte ihm einen brutalen Stoß vor die Brust.
Der Stoß schleuderte Bruno zu Boden. Mit einem mädchenhaft spitzen Aufschrei stürzte er ins Gras, keine Armlänge vom

Wasser entfernt. Beim Aufprall rutschte ihm die Brille von der Nase und landete im Ufermorast.
»Du hast noch Welpenschutz. Also verpiss dich bloß, bevor ich es mir anders überlege!«, rief Otto, hielt die Sache damit für erledigt und baute sich nun vor Richard auf. Auch seine Kameraden schenkten Bruno keine weitere Beachtung mehr, der auf Knien durch den Morast kroch und seine verdreckte Brille aus dem Schlamm zog.
Bruno so schnell abgeschrieben zu haben erwies sich als folgenschwerer Fehler. Denn plötzlich sprang er auf und stürzte sich mit Gebrüll auf Otto. Dabei schwang er einen dicken, mehrfach verzweigten Ast, der mit Moder, Moos und Schlamm überzogen war, und schlug ihn Otto mit voller Wucht auf die Brust.
Der angefaulte Ast zerbrach, ein Teil traf Otto im Gesicht, über das sich augenblicklich grünglitschige Algen und Moderschlieren legten. Ein zweites Stück traf einen seiner Kameraden am Hals.
»Da sind Blutegel dran!«, rief einer der Jungen voller Ekel.
Die Wirkung von Brunos blitzschnellem Angriff überstieg alles, was Richard bis dahin an Überraschungen erlebt hatte. Ottos Freunde flüchteten so kopflos, als wäre ihnen ein Geist erschienen. Und ihr Anführer stürzte ihnen hinterher, verstört, halb blind und angeekelt Schlamm und Algenschmiere ausspuckend.
»Na, ich denke, vor denen haben wir fürs Erste mal Ruhe«, sagte Bruno mit gleichmütigem Tonfall.
Richard wusste erst nicht, was er sagen sollte. Ihm dämmerte, dass er seinen Cousin gewaltig unterschätzt hatte. »Donnerwetter!«, stieß er schließlich hervor. »Das war ja unglaublich! Du bist wirklich in Ordnung! Schwer in Ordnung sogar!«
Bruno grinste ihn an, und seine Augen hinter den schlammverschmierten Gläsern funkelten fröhlich. »Freunde, Richard?« Er streckte ihm die Hand hin.
Richard schlug ohne Zögern ein. »Freunde! Und du kannst ruhig Dicky zu mir sagen!«

*

Von dem Tag an waren Richard und Bruno unzertrennlich. Wann immer sie sich von häuslichen und schulischen Pflichten freimachen und ihren Eltern entkommen konnten, verbrachten sie diese Stunden zusammen. Manchmal zogen sie zu dritt los, denn auch Richards Bruder Konrad erwärmte sich allmählich für den Cousin, der nun mit seinen Eltern gar nicht weit von ihnen wohnte, nämlich in Sicht- und Hörweite des Pankower Güterbahnhofs. Aber meist zog Konrad es vor, mit seinen Klassenkameraden und älteren Nachbarjungen zu spielen.

Richard und Bruno entdeckten rasch, dass sie vieles gemein hatten, unter anderem auch das Pech, zu den unpassendsten Gelegenheiten zu spät zu kommen. Das stellten sie beide schon am folgenden Montagmorgen fest, als sie den Beginn des wöchentlichen Appells auf dem Schulhof um wenige Minuten verpassten.

Wie an jedem Montag hatten die Klassen auch an diesem Morgen auf dem Hof vor dem vierstöckigen, klotzigen Backsteingebäude der Schule in militärischer Formation Aufstellung genommen. Die Mädchen in weißen Blusen, die Jungen in ebenso frischen weißen Hemden und alle das blaue Tuch der Jungen Pioniere ordentlich um den Hals gebunden.

Ausgerechnet an diesem Montag hatte Richards Klasse, in die nun auch Bruno ging, Ehrendienst am Fahnenmast und durfte die Fahne hochziehen.

»Auferstanden aus Ruinen …«, schallte es Richard schon kämpferisch aus Schülerkehlen entgegen, als er, nach Atem ringend, angelaufen kam und das Gittertor zum Schulhof verschlossen vorfand. Wer zu spät kam, musste draußen vor dem Gitterzaun ausharren und dort das Ende des Appells abwarten. Nachher eingelassen zu werden hatte viel Ähnlichkeit mit Spießrutenlaufen. Der am Tor Aufsicht führende Lehrer, als scharfer Hund und glühender Kommunist verschrien, wandte sich nicht einmal um, sondern strafte ihn und alle, die noch nach ihm eintrafen, indem er ihnen den durchgedrückten Rücken zuwandte und den Kopf zur Fahne hochreckte.

Augenblicke später stand Bruno neben Richard. Auch er japste

nach Luft. »Bei uns … hat mal wieder keiner … den Wecker gehört … Ich schon gar nicht«, stieß er abgehackt hervor und gab einen erschöpften Stoßseufzer von sich. »Na, da können wir ja gleich vor der Klasse … unser reuiges Sprüchlein aufsagen.«
Richard nickte nur und war froh, als sich noch fünf andere Schüler zu spät eingefunden hatten, zwei sogar aus der Oberstufe.
»Seid bereit!«, schallte es zum Abschluss des Fahnenappells über den Schulhof. Und wie von unsichtbaren Marionettenfäden geführt, rissen die Schülerinnen und Schüler die ausgestreckte rechte Hand mit angelegten Fingern fast senkrecht zum Kopf hoch, als wollten sie sich einen Mittelscheitel ziehen. Gleichzeitig antworteten sie in einem vielstimmigen donnernden Chor mit dem zweiten Teil ihres sozialistischen Schlachtrufes: »Immer bereit!«, ihrem Versprechen ständiger revolutionärer Wachsamkeit.
Dann erst öffnete der Aufsicht führende Lehrer mit vorwurfsvoll zurechtweisender Miene das Gittertor, auf dass den mit Schande Beladenen, die das Haupt senkten, Einlass und Aufnahme in die Masse der rechtschaffenen und wachsamen Jungen Pioniere und FDJler gewährt wurde, die nun über das breite Treppenportal in die Schule strömten.
»Mensch, ist das nicht dein Bruder Burkhard?«, rief Bruno im Treppenaufgang, blieb perplex stehen und wies auf eine große gerahmte Fotografie, die auf dem ersten Absatz zwischen den hohen Fenstern von der Wand ernst auf die Mitschüler herabblickte.
»Ja, das ist er.« Richard sagte es nicht ohne Stolz.
»Und der hängt hier so, trotz seiner langen Koteletten und wilden Elvis-Tolle?«
Richard zuckte die Achseln. »Er ist nun mal der beste Schüler der Schule. Der schreibt eine Eins nach der anderen – und zwar mit links. Wenn der ein Mathebuch nur mal durchblättert, hat er schon mehr von dem Zeug kapiert als jeder andere nach einem Monat Büffeln. Wenn man so ein Ass ist, kann man sich diese ekelhafte Pomade und die wilde Tolle eben erlauben.« Und mit gesenkter Stimme vertraute er ihm an: »Manchmal fährt die

Mutter mit ihm rüber in den Westen und kauft ihm die neueste Schallplatte von Elvis, Pat Boone oder diesem Jerry Lee Lewis. Und eine Jeans hat er auch.«
Bruno sah ihn mit großen Augen an. »So richtig mit Nieten?«
»Na klar!«
»Ehrlich?«
Richard hob die Hand zum Schwur. »Dreimal ehrlich!«
»Toll, so einen Bruder zu haben!«
Richard verzog das Gesicht. »Na, ich weiß nicht. Ist kein leichtes Brot, so einen Einserkandidaten wie ihn zum großen Bruder zu haben – weder hier in der Penne noch zu Hause. So, und jetzt nichts wie hoch! Sonst sind wir gleich auch noch in der Klasse zu spät!«
Worauf Bruno ungerührt erwiderte: »Und wenn schon. Wäre doch ein Aufwasch.«
»Du hast mir vielleicht Nerven!«
Bruno lachte nur.

*

Es geschah am letzten Maiwochenende. Am frühen Sonntagnachmittag hatten sich Richard und Konrad mit Bruno im Kinopalast »Blauer Stern«, der hinter dem Schlosspark lag, als Kindermatinee den Film »Das kalte Herz« angesehen. Ahnungslos und froh gelaunt kamen die Brüder nach Hause. Und dann sahen sie die ernsten Gesichter ihrer Eltern und Burkhards. Sie spürten sofort, dass sich etwas Bedrohliches zusammenbraute, als sie die ersten Wortfetzen aufschnappten.
»... und irgendwann machen sie die Grenze ganz dicht. Dann sitzen wir hier fest«, sagte die Mutter. »Es gibt einfach keinen anderen Weg. Wir müssen an die Kinder denken!«
»Ja, es muss wohl sein.« Der Vater seufzte. »Mehr oder weniger.«
»Aber vielleicht habt ihr den Direktor bloß falsch verstanden«, wandte Burkhard ein, der besonders unglücklich dreinschaute.
»Ach was, wir haben ihn sehr gut verstanden! Da war auch nicht

das Geringste falsch zu verstehen, das kannst du mir glauben!«, widersprach die Mutter und sagte nun zu Konrad und Richard: »Sie wollen euren Bruder, der mit seinen Noten alle anderen weit in den Schatten gestellt hat und sein Abitur mit Auszeichnung macht, nicht studieren lassen!«
»Jedenfalls nicht sofort«, schränkte der Vater ein. »Er soll erst einmal für zwei Jahre in die Osram-Fabrik gehen und sich dort in der Produktion bewähren ... mehr oder weniger.«
»Eher mehr! Und wenn die Partei gnädig gestimmt ist, kann er danach *vielleicht* studieren!« Empörung klang aus der Stimme der Mutter. »Aber eine Garantie ist das noch lange nicht.«
Dem widersprach auch Burkhard nicht.
»Und du hast doch genau gehört, wie sehr man es dir übel nimmt, dass du nicht in die Partei eintrittst«, fuhr die Mutter, an den Vater gewandt, fort. »Kein Wunder, dass sie dir die Habilitation verweigern. Und jetzt sind unsere Kinder an der Reihe mit den Schikanen. Wenn Burkhard einige Jahre nach seinem Abitur tatsächlich zur Uni darf, können wir von Glück reden. Aber Konrad und Richard werden auf keinen Fall studieren dürfen, daran hat dieser arrogante Schnösel von Parteisekretär doch keinen Zweifel gelassen. Oder habe ich da etwas falsch verstanden, Heinrich?« Herausfordernd stützte sie die Arme in die Hüften.
Das düstere Schweigen des Vaters war Antwort genug.
»Und was soll jetzt werden?«, fragte Konrad.
»Wir gehen in den Westen!«, erklärte die Mutter entschlossen.
»Wir türmen?«, stieß Richard aufgeregt hervor.
»Ja, wir haben keine andere Wahl. Ist es nicht so, Heinrich?«
Der Vater nickte, und nun drückte auch sein Gesicht grimmige Entschlossenheit aus. »Wir lassen uns doch von der Partei nicht vorschreiben, wie wir unser Leben zu leben haben und wer von euch studieren kann! Das wäre ja noch schöner! Ein Brüggemann steht immer für sein Recht ein, koste es, was es wolle. Vergesst das nie!«
Richard erwartete, dass sie nun rasch ein paar Sachen zusammenpacken und ihre Flucht noch an diesem Sonntag sozusagen bei

Nacht und Nebel in die Tat umsetzen würden. Deshalb enttäuschte es ihn, als der Vater erklärte, sie hätten umfangreiche geheime Vorbereitungen für ihre Flucht zu treffen.
»Und wann werden wir in den Westen türmen?«
»Gleich zu Beginn der Sommerferien, wenn alles gut geht.«
»Aber das sind ja noch gute sechs Wochen!«
»Ja, und ihr dürft in dieser Zeit mit keinem darüber reden, hört ihr? *Mit absolut keinem!«*, ermahnte sie der Vater nachdrücklich. Ein Appell, den er in den folgenden Wochen noch oft wiederholen sollte. »Das muss unser Familiengeheimnis bleiben, sonst gibt es eine Katastrophe, habt ihr verstanden?«
Richard schluckte und nickte stumm wie sein Bruder Konrad. Sein Herz klopfte auf einmal wie wild. Geheimnisse zu bewahren hatten er und seine Brüder schon früh gelernt. Da gab es so manches, was man unbedingt für sich behalten musste und was weder Nachbarn noch Klassenkameraden erfahren durften. Zum Beispiel, dass Frau Collder, mit deren Sohn Henno Konrad eng befreundet war, wie ein geheimer Kurier aus der Pestalozzistraße bei ihnen mit der neuesten westdeutschen Rundfunkzeitung erschien und die Mutter rasch die Titel und Anfangszeiten besonders interessanter Westsendungen abschrieb, auf dass die kostbare Funkzeitung zum Nächsten im Kreis der Eingeweihten wandern konnte. Auch war es Richard längst zur zweiten Natur geworden, außerhalb der eigenen vier Wände kein Wort darüber zu verlieren, wenn er etwa bei andern in der Küche zufällig ein Paket Jacobs-Kaffee oder andere Schmuggelware aus dem Westen entdeckte. Und dass er sich in der Schule, auf der Straße und auf dem Hinterhof hütete, auch nur eine Andeutung darüber fallen zu lassen, dass die Eltern Ulbricht einen Verbrecher schimpften und die DDR einen Marionettenstaat der Russen nannten, all das und mehr gehörte zu dem großen Schatz alltäglicher Geheimnisse, die für sich zu behalten ihm in Fleisch und Blut übergegangen war.
»Wirklich mit keinem?«, vergewisserte sich Richard. »Auch nicht mit Bruno?«

»Nein, auch mit ihm nicht. Kein Wort!«, betonte der Vater. »Es steht einfach zu viel auf dem Spiel.« Und er ließ durchblicken, dass er so seine Bedenken hatte, was die Zuverlässigkeit von Onkel Willi und Tante Else betraf. »Gib mir dein Ehrenwort, dass du mit absolut keinem, auch nicht mit Bruno, darüber sprichst! Und das gilt auch für dich, Konrad!«
Beide gaben sie ihr Ehrenwort.
»Erzähl ihnen doch von den Wiegands!«, forderte Burkhard den Vater auf. »Damit sie wissen, was ihnen blüht, wenn sie ihren Mund nicht halten können.«
»Ja, glaubt bloß nicht, ich übertreibe und es ist keine ernste Sache, wenn ein Mann in meiner Position mit seiner Familie in den Westen zu flüchten versucht!«, sagte der Vater mit sorgenvoller Miene und Grabesstimme. »Der Apotheker Wiegand, der schräg gegenüber der Pfarrkirche sein Geschäft hatte, wollte auch mit seiner Familie in den Westen fliehen. Doch seine Tochter hat den Mund nicht halten können und das Vorhaben irgendeiner Freundin anvertraut. Die hat das sofort ihrer linientreuen Lehrerin gemeldet, und dann sind die Wiegands auf frischer Tat gefasst worden. Die Eltern hat man ins Gefängnis gesteckt und ihre beiden Kinder in ein Waisenhaus.« Er machte eine kurze Pause. »Ich denke nicht, dass ihr Mutti und mich ins Gefängnis und euch in ein Waisenhaus bringen wollt, oder?«
Richard und sein Bruder wurden blass und schüttelten heftig den Kopf. Nicht ein einziges Wort würde über ihre Lippen dringen.

*

»Generalstabsmäßige Planung!« Ein Begriff, den der Vater in der nächsten Zeit häufig im Mund führte. Als eingefleischter Sozialdemokrat, der als junger Oberfähnrich Zeuge geworden war, als die Gestapo seinen Vater in Stralsund im Morgengrauen verhaftet und ins Gefängnis gesteckt hatte, waren ihm die Nazis zwar vom ersten Tag an verhasst gewesen. Aber seinen eigenen Worten zufolge hatte er dennoch stolz in Potsdam gedient und dort den richtigen Schliff fürs Leben mitbekommen. Seine ausgeprägte Schwäche fürs Militärische brach immer wieder deutlich durch.

Das »generalstabsmäßige« Vorgehen ihres Vaters hatte es in der Tat in sich, wie Richard voller Bewunderung feststellte. Es begann damit, dass Heinrich Brüggemann im Westsektor von Berlin in der Wollankstraße nahe der S-Bahn-Station ein leeres Zimmer anmietete. Das sollte ihnen als Lager für all die Wertsachen dienen, die er und die Mutter in den folgenden Wochen bei unzähligen Grenzübergängen in Sicherheit brachten. Teller- und tassenweise wanderte so das Meißner Porzellan, wanderten Vasen, Standuhren, Kerzenleuchter, Silberbesteck, ein Teil der kostbaren Bibliothek mit ihren vielen Erstausgaben sowie andere Gegenstände von materiellem und ideellem Wert an den Grenzposten vorbei in ihr geheimes Westversteck.

Der Vater besaß als Wissenschaftler von internationalem Ruf einen jener seltenen Passierscheine, die es erlaubten, mit dem Auto über die Grenze in den Westen zu fahren – aber nur, wenn die Angehörigen, sozusagen als Geiseln, im Osten blieben. Dank dieses Passierscheins konnte er mit dem Auto, einem P 70, auch mal einen kleinen Teppich oder irgendetwas anderes von größerem Format wegschaffen, indem er das Schmuggelgut unter der Rückbank oder auf dem Wagenboden versteckte. In den letzten beiden Wochen folgten auf diesem Weg die kostbarsten ihrer Ölgemälde. Dafür löste der Vater die Leinwand vom Spannrahmen, worauf sie zusammengerollt unter der Fußmatte des Fahrersitzes in den Westen gelangten. Im Laufe der Wochen füllte das in kleinen Portionen geschmuggelte Haushaltsgut genau hundert mittelgroße Kartons, die der Vater in dem gemieteten Zimmer sorgfältig beschriftete. Alles musste seine preußische Ordnung haben, auch in dieser kritischen Zeit. Aber mit dem Hinüberschmuggeln allein war es nicht getan. Bei weitem nicht.

Der andere, ebenso wichtige Teil ihres Fluchtplanes lief bei ihrem Vater unter dem militärischen Schlagwort »Täuschung der gegnerischen Aufklärung«. Um bei den linientreuen Nachbarn erst gar keinen Argwohn aufkommen zu lassen, dass sie auf dem Sprung in den Westen sein könnten, setzte der Vater eine gründliche Wohnungsrenovierung an, die wegen der bekannten Engpässe bei Tapeten, Farben und anderen Materialien natürlich kaum von der Stelle kam. Die Renovierung hatte zudem den Vorteil, dass man eine Erklärung dafür hatte, warum es bei ihnen auf einmal keine Feste mehr gab. Auch fielen die Lücken in den abgerückten Buchregalen und die kahlen Stellen an den Wänden, wo einst die Gemälde gehangen hatten, weniger ins Auge.

Von einigen Mietern in ihrem Haus war bekannt, dass sie es mit der allseits propagierten »revolutionären Wachsamkeit gegenüber dem imperialistischen Klassenfeind hüben wie drüben« sehr genau nahmen. Um die Täuschung auf die Spitze zu treiben und bei diesen Spitzeln aus der Nachbarschaft den Eindruck zu erwecken, dass der Genosse Chefarzt mit seiner Familie nicht im Traum daran dachte, zum Klassenfeind im Westen überzulaufen, ließ der Vater Burkhards Zimmer vollständig mit neuen Möbeln einrichten, und er legte sich zudem noch einen größeren Wagen zu.

»Du willst einen Moskwitsch kaufen? Diese schwere Limousine mit dem protzigen Sowjetstern vorn auf der Kühlerhaube?«, fragte Burkhard ungläubig. »Wo willst du denn so schnell einen Moskwitsch herkriegen? Schon auf diese schäbige Pappkiste von P 70 muss man doch jahrelang warten!« Ein Auto zu ergattern, selbst eine alte Kiste, galt als Glücksfall. Eher geschah noch das Wunder, dass sich im Sommer mal ein paar Kisten mit Bananen oder Apfelsinen in die DDR-Geschäfte verirrten. Und auch die gab es dann nur als »Bückware«, also als Ware, die die Verkäuferinnen erst gar nicht in den Regalen auslegten, sondern unter der Theke behielten und nur klammheimlich an Freunde und ausgewählte Kunden abgaben.

Der Vater lächelte. »Ein Kollege geht mit einer Delegation nach Indonesien, um sich dort niederzulassen. Er verkauft mir seinen Moskwitsch«, berichtete er.

Und so stand wenige Tage später ein Moskwitsch, dieser eingeschrumpfte Russenpanzer für Zivilisten, vor der Haustür – und erweckte in der Nachbarschaft ebenso viel Bewunderung wie Neid.

Richard hatte während dieser Wochen bis zum Beginn der Sommerferien das aufregende, zugleich aber auch beklemmend unwirkliche Gefühl, in zwei verschiedenen Welten zu leben, die sich nicht berühren durften, wenn es nicht zur Katastrophe kommen sollte.

Dass er darüber nicht mit Bruno reden konnte, bedrückte ihn. Und seine Bedrückung wuchs, je näher der Tag ihrer Flucht rückte. Wie gern hätte er seinen Cousin und besten Freund in alles eingeweiht und das Gefühl der Gefahr, die überall um sie herum lauerte, mit ihm geteilt! Am liebsten hätte er ihm vorgeschlagen, auch seine Eltern zur Flucht in den Westen zu bewegen. Aber nicht ein Wort durfte er sagen. Ja, er würde sich noch nicht einmal richtig von Bruno verabschieden können, und das machte ihm das Herz besonders schwer.

Onkel Willi und Tante Else schauten mehrmals bei ihnen vorbei, angeblich um zu sehen, wie es mit der Renovierung voranging. Die spitzen, galligen Bemerkungen der Tante waren ärgerlich und brachten Missstimmung in die Besuche, obwohl klar war, was hinter ihnen steckte. Unzufriedenheit und Neid waren bekanntlich Tante Elses ständige Begleiter. Dagegen bereiteten die scheinbar beiläufigen Fragen, die Onkel Willi nach den fehlenden Ölgemälden, Kerzenleuchtern und Brücken stellte, den Eltern ernstlich Sorgen.

Im Juli, wenige Tage vor Ferienbeginn, hörte Richard nach einer dieser kurzen Stippvisiten von Onkel Willi und Tante Else, kaum dass die Tür hinter den beiden zugefallen war, wie die Mutter den Vater in der Küche mit unverhohlener Beunruhigung fragte: »Hast du gesehen, wie genau er sich umgesehen hat? Ob Willi wohl etwas ahnt?«

»Ich glaube nicht.«

»Aber warum hat er dann gefragt, wo wir die Bilder neu rahmen lassen? Dieser Banause macht sich doch sonst nichts aus Gemälden. Das sind doch bloß Ölschinken für ihn!«

»Nun mal den Teufel mal nicht an die Wand, Inge! Und wenn er den Braten riecht – er ist immerhin mein Bruder!«
»Was besagt das denn schon? Bei den Nazis ist das mit der Denunziation in der eigenen Familie doch nicht anders gewesen als heute bei den Kommunisten! Du weißt, er säuft und hat schon wieder Ärger in seinem Betrieb. Das ist eine gefährliche Mischung, wenn man so labil ist wie dein Bruder«, hielt die Mutter leise, aber aufgeregt dagegen. »Und Else ist, bei allem, was recht ist, eine Giftspritze und ein ausgemachtes Schandmaul.«
»Habe ich das je bestritten? Aber was sollen wir denn machen? Vielleicht schlafende Hunde wecken?«
»Mein Gott, wären wir alle doch nur schon sicher über die Grenze!«
In dieser Nacht kehrten die grässlichen Albträume, die viel Ähnlichkeit mit den Szenen aus dem gruseligen Film »Das kalte Herz« besaßen und Richard einige Wochen verschont hatten, wieder mit Macht in seine Träume zurück.

*

Am späten Vormittag des 18. Juli wagten sie die Flucht. Das Frühstück fiel an diesem Morgen ausgesprochen karg aus. Vor Anspannung brachte keiner mehr als ein paar Bissen hinunter. Es wurde wenig gesprochen. Jeder wusste, was er zu tun und wie er sich zu verhalten hatte – und was auf dem Spiel stand.
Im Wohnzimmer stand das Fluchtgepäck bereit. Der Vater nahm nur seine alte, abgegriffene Aktentasche mit, in der zwei besonders wertvolle Goethe-Erstausgaben steckten. Auf die Mutter wartete eine bunte Strandtasche mit einer Tarnmischung aus Wert- und Strandsachen. Richard und Konrad sollten mit kleinen Kinderrucksäcken über die Grenze gehen. In dem Richards verbargen sich unter mehreren Lagen Handtüchern die beiden restlichen Kuchenteller vom grünen Meißen-Service. Die Lagen darüber bestanden aus Unterwäsche, einem Mensch-ärgere-dich-nicht-Spiel, belegten Broten, zwei »Frösi«-Heften und

einem Abenteuerbuch. Ganz oben thronte sein Teddybär, der halb aus dem Rucksack herausschaute. Konrads Rucksack enthielt Ähnliches. Bei ihm konnte man oben einen bunten Ball sehen. Neben den Rucksäcken lag für jeden noch ein großes Badetuch bereit, das sie unter dem Arm tragen sollten, damit es so aussah, als wollten sie nur einen Ferientag im Freibad verbringen. Vier leichte, unverfängliche Gepäckstücke. Doch keins für Burkhard. Er würde sie nicht begleiten.

»Ich wünschte, du würdest es dir noch einmal überlegen und doch mit uns kommen«, sagte die Mutter eindringlich zu ihrem Ältesten, als es Zeit zum Aufbruch wurde.

»Es bleibt dabei, wie wir es ausgemacht haben«, sagte Burkhard störrisch. »Ich komme später nach, wenn ich mit Udo die neuen Möbel aus meinem Zimmer weggeschafft und noch einiges andere erledigt habe.«

»Wenn dir etwas passiert, werde ich mein Lebtag nicht mehr froh«, sagte die Mutter mit tränenfeuchten Augen. Sie war eine gute Mutter und liebte alle ihre Kinder, aber für Burkhard, ihren strahlenden Kronprinzen, war ein ganz besonderer Platz in ihrem Herzen reserviert.

Burkhard beharrte darauf, nach ihrem Weggang mit seinem Freund das neue Zimmer auszuräumen sowie einige andere Möbel aus der Wohnung zu schaffen. »Denn sowie bekannt wird, dass wir geflüchtet sind, werden sie wie die roten Termiten über unser Hab und Gut herfallen.« Er musste sich förmlich aus den Armen der Mutter befreien, die ihn zum Abschied so fest an sich drückte, als wollte sie ihn nicht mehr loslassen.

Schweigend verließen sie das Haus. Bis zur S-Bahn-Station blieben sie zusammen. Doch schon auf der Treppe hinunter zum Bahnsteig trennten sie sich unauffällig. Der Vater fiel mit Konrad zurück, während die Mutter mit Richard an der Hand voranging. Sie wussten, dass sie einander auf dem Bahnsteig und dann im Abteil des Zuges ignorieren mussten. Die Eltern hatten den Söhnen zur Genüge eingebläut, dass sie auch keine Grimasse schneiden oder sich heimliche Zeichen geben durften. Die zivilen

Streifen, die in den Zügen Jagd auf Schmuggler und Flüchtlinge machten, hatten ihre Augen überall.

»Wenn sie einen von uns schnappen, kommen wenigstens die anderen beiden durch«, hatten ihnen die Eltern als Grund für die Trennung gesagt.

Als der Zug einfuhr und sie an den entgegengesetzten Enden in den gleichen Waggon stiegen, ging dieser Satz Richard nicht mehr aus dem Kopf. Was war, wenn man die Mutter und ihn schnappte? Musste sie dann ins Gefängnis und er ins Waisenhaus? Und was sollte aus ihnen werden, wenn es den Vater mit Konrad erwischte?

Richard zwang sich, seinem Vater und dem Bruder den Rücken zuzukehren, um nicht in Versuchung zu geraten, sich irgendwie zu verraten. Dabei fiel sein Blick auf eine hübsche Frau mit schwarzem, schulterlangem Haar. An der rechten Hand hielt sie ein Mädchen, das in seinem Alter sein mochte und ihr pechschwarzes Haar zu zwei Zöpfen geflochten trug, und mit der linken umfasste sie eine der Haltestangen. Zwischen ihren Beinen stand ein alter Pappkoffer, der sicherheitshalber mehrmals mit brauner Paketschnur umwickelt war.

Zwei Stationen vor dem Westsektor stiegen zwei Männer in bleigrauen Anzügen ins Abteil. Kaum hatten sich die Türen geschlossen, gaben sie sich als Zivilstreife zu erkennen. Schlagartig wurde es still im Abteil. Eine ungeheure Anspannung legte sich wie ein lähmender Druck auf alle Fahrgäste.

Richard bemerkte, wie die Mutter vor Schreck kurz zusammenzuckte, sich aber sofort wieder in der Gewalt hatte. Sie riss eine Rolle Pfefferminzbonbons auf und hielt sie ihm hin. Ein Pfefferminz fiel zu Boden, so sehr zitterte ihre Hand.

Richard nahm schnell das nächste Bonbon, steckte es in den Mund und starrte mit zugeschnürter Kehle auf die beiden Männer, die ihre Dienstausweise wieder eingesteckt hatten und nun den Gang entlangkamen. Doch bevor ihr Augenmerk auf ihn und seine Mutter fallen konnte, hatte die schwarzhaarige Frau mit dem Koffer ihren Argwohn geweckt.

Sie blieben vor ihr stehen. »Ihren Ausweis!«, forderte der eine sie in barschem Ton auf. DDR-Bürger mussten ihren Personalausweis immer mit sich führen, um sich jederzeit ausweisen zu können. Und an Kontrollen mangelte es nicht.

Die Frau wurde kalkweiß im Gesicht, und als sie ihre Handtasche aufklappte und ihren Ausweis hervorholte, konnte sie das Zittern ihrer Hände nicht verbergen.

»Wo wollen Sie hin? Und was haben Sie da im Koffer?«

»Bitte, ich will doch nur ...«, begann die Frau mit erstickter, flehender Stimme, brachte dann aber kein weiteres Wort mehr hervor.

»Sie steigen zur weiteren Überprüfung bei der nächsten Station aus!«

Die Frau begann leise zu weinen.

»Mami, was geschieht jetzt?«, fragte das kleine Mädchen an ihrer Hand verstört, und dann liefen auch bei ihr die Tränen.

Richard hätte es ihr sagen können. Und er wünschte plötzlich, der Vater hätte ihm nicht die traurige Geschichte vom Apotheker Wiegand und seiner Familie erzählt. Denn er spürte auf einmal dieses entsetzliche Übelkeitsgefühl in sich aufsteigen, das ihn manchmal befiel, wenn er beim Autofahren hinten sitzen musste.

Augenblicke später hielt der Zug an der letzten Station vor dem Westsektor, und die beiden zivilen Streifen führten die schluchzende Frau und ihre Tochter hinaus. Den Koffer hatten sie ihr schon abgenommen.

Niemand sprach ein Wort, als der Zug wieder anfuhr. Und jeder vermied den Blick in die Augen des anderen. Richard beschlich die Ahnung, dass sich die Menschen schämten, stumm und tatenlos zugesehen zu haben, wie die Männer diese weinende Frau mit ihrer Tochter abgeführt hatten.

Als die S-Bahn wenig später die erste Station in Westberlin erreichte, konnten viele der Fahrgäste gar nicht schnell genug aus dem Zug kommen. Richard hatte Mühe, mit der Mutter Schritt zu halten, die die Treppe nur so hochstürmte. Nachdem sie aus dem S-Bahn-Schacht an die sonnige Oberfläche gelangt waren, blieb sie mitten auf der Straße im Menschengewimmel stehen, streckte ihre weit ausgebreiteten Arme gen Himmel, warf den Kopf in den Nacken und rief erlöst: »Frei! ... Endlich frei!«

2

Nach langen Stunden des Wartens und Bangens traf spät am Abend endlich auch Burkhard im Westen ein. Die grimmige Genugtuung, mit seinem Freund Udo noch viel aus der Wohnung geschafft und vor dem Zugriff der linientreuen Nachbarn bewahrt zu haben, wog bei ihm jedoch nicht annähernd die tiefe Niedergeschlagenheit auf, mit der Flucht seine große Freundesclique verloren zu haben.

Die ersten Tage fand die Familie Aufnahme in der Villa eines kinderlosen Arztehepaars, mit dem der Vater befreundet war. Mit den teilweise holzgetäfelten Wänden, den hohen Schiebetüren und den unglaublich vielen Räumen, in denen man sich fast verirren konnte, wirkte dieses Haus wie eine fürstliche Residenz, zumal es inmitten eines parkähnlichen Gartens lag.

Was für ein gewaltiger Unterschied bestand doch zwischen diesem privaten Quartier und den primitiven Barackenunterkünften des Flüchtlingsauffanglagers in Marienfelde, das sie im Gegensatz zu den meisten anderen DDR-Flüchtlingen nur aufsuchen mussten, um sich registrieren zu lassen. Wahre Menschenmassen wälzten sich durch das Lager, und man musste in endlos langen Schlangen anstehen und endlos warten, bis man endlich an die Reihe kam.

Der Vater brauchte sich als namhafter Wissenschaftler mit den Seinen nicht in diese langen Schlangen einzureihen. Er wurde in ein Gebäude gebeten, in dem sich der Geheimdienst der Amerikaner einquartiert hatte, und drei Tage lang zu allem Möglichen

befragt. Insbesondere über seine politische Einstellung und sein Verhältnis zur SED musste er Auskunft geben.
Dass der US-Geheimdienst den Vater drei Tage lang ins Verhör nahm, war in diesen ersten Tagen für Richard aufregender als alles andere. Fast war er enttäuscht, als der Vater ihnen am Ende der Befragung mit einem erleichterten Lachen mitteilte, die Amis nun endlich davon überzeugt zu haben, kein Spion der Kommunisten zu sein.
Nach einer guten Woche Wartezeit wurden sie einer Gruppe Flüchtlingen zugeteilt, die am Nachmittag mit einer alliierten Maschine aus Westberlin nach Hannover in die BRD ausgeflogen wurde. Von Hannover brachte man sie in das Notaufnahmelager Uelzen, wobei die Wortwahl ganz vortrefflich ausgefallen war, wie jemand in ihrer Gruppe sofort sarkastisch bemerkte. Denn mit »Not« hatte dieses Lager offensichtlich mehr zu tun, als jedem von ihnen lieb sein konnte.
»Das ist ja hier wie beim Militär!«, maulte Burkhard, um bissig hinzuzufügen: »Nur kaum halb so ordentlich!«
Richard entging nicht, dass auch die Eltern schwer schluckten und betroffene Gesichter machten, als sie die Reihen langer Baracken sahen. Die primitiven Massenunterkünfte bestanden jeweils aus einem einzigen riesigen Raum, der mit Stockbetten für achtzig bis hundert Personen voll gestellt war. Es gab keine Abtrennungen und damit auch keine Privatsphäre. Jeder war den Augen und Ohren aller anderen schutzlos ausgesetzt. Und in den Waschhäusern sah es nicht viel anders aus.
Ohne Ansehen von Rang und Namen wurden die Flüchtlinge so auf die Baracken verteilt, wie sie gerade im Lager eintrafen. Menschen aus den unterschiedlichsten sozialen Schichten bezogen nun Seite an Seite die Stockbetten mit ihren muffigen Matratzen, quietschenden Federbändern und schepperndem Eisengestänge.
Verstört blickte sich Richards Mutter um. »Das ist ja ... wie ... wie ...« Sie verstummte, weil ihr die passenden Worte für das lärmende Durcheinander fehlten, das sie umgab.

Da wurde geschimpft, gelacht, geweint, unflätig geflucht, gehustet, gerotzt, geraucht, Bier getrunken, Karten gespielt, gebetet, in der Nase gepopelt, Wäsche gewechselt, mit dem Ball gespielt, das Haar aufgedreht, unbekümmert gepfiffen, laut gefurzt, Parfüm versprüht, Obst geschält – und was sonst nicht noch alles geschah!

»Es ist ja nur für ein paar Tage, Inge!«, tröstete der Vater die Mutter. Ihr stand der Schock, mit diesen Fremden aller Klassen unter einem Dach leben zu müssen, deutlich ins Gesicht geschrieben. Sie, die privilegierte »Frau Doktor«, die so viel auf Etikette, Stil und vor allem Diskretion im Umgang mit nackter Haut hielt, sie sollte mit fast hundert Wildfremden jeden Alters in dieser Baracke schlafen, sich nebenan in den großen und offenen Räumen des Waschhauses waschen und zurechtmachen und auch die übrigen menschlichen Bedürfnisse mehr oder weniger in aller Öffentlichkeit verrichten? Die Mutter kämpfte mit ihrer Fassung. Es kostete sie viel Selbstbeherrschung, die Tränen zurückzuhalten.

Die erste Nacht erlebte auch Richard als äußerst beklemmend. Er konnte lange nicht einschlafen. Wach lag er auf dem Rücken und lauschte in die stickige, von menschlichen Ausdünstungen erfüllte Dunkelheit, aus der so vielfältige Geräusche und Stimmen drangen. Sie verbanden sich zu einem beunruhigend wirren, halblauten Chor, der in unregelmäßigen Abständen an- und abschwoll. Manchmal hörte man aus dieser unbestimmbaren Geräuschkulisse ruppiges Geschnarche, Bettknarzen, verlegenes Gekicher oder das unverständliche Gerede Träumender. Dann wieder drang leises Weinen und erfolglos unterdrücktes Schluchzen an die Oberfläche dieses nächtlichen akustischen Wogens. Das Weinen einer Frau ganz in seiner Nähe nahm Richard schließlich mit in den Schlaf.

Mit einem forschen Weckruf der Lagerleitung und Radiomusik aus den scheppernden Lautsprechern, die an Holzmasten zwischen den Baracken hingen, wurden die Bewohner am Morgen aus dem Schlaf gerissen.

»Jetzt bin ich mal auf das Essen gespannt«, sagte Burkhard skeptisch, als er vom Waschen kam. »Mal sehen, was sie uns hier im goldenen Westen so auftischen.«
»Ich habe Kohldampf. In der Not frisst der Teufel Fliegen«, meinte Konrad lakonisch.
Auf die langen Holztische, vor denen einfache Bretterbänke standen, kamen Körbe mit Brot, schwere Töpfe mit Marmelade, große Schalen mit Butter und noch größere Blechkannen mit Kaffee und Hagebuttentee.
Burkhard griff zur verbeulten Kaffeekanne und verzog nach dem ersten Schluck angewidert das Gesicht. »Igittigitt, das ist ja der reinste Muckefuck!«
Auch die Mutter rümpfte die Nase.
»Im Krieg wären wir manchmal froh gewesen, wenn wir so einen guten Kaffee gehabt hätten ... mehr oder weniger«, sagte der Vater zurechtweisend. Mit solchen Hinweisen auf die Härte seiner Militärzeit war er schnell und gern bei der Hand.
Burkhard verdrehte verdrossen die Augen. Er war in den letzten Tagen besonders übel gelaunt, hatte er doch erfahren, dass sein Abitur im Westen nicht anerkannt wurde. Obwohl er es doch mit Auszeichnung gemacht hatte! Die Bürokraten im goldenen Westen verlangten, dass er die Prüfung bei ihnen noch einmal ablegte. Das bedeutete, er musste für einige Monate ein spezielles Internat besuchen, um sich auf das westdeutsche Abitur vorzubereiten, denn der Prüfungsstoff unterschied sich in einigen Fächern doch sehr von dem der DDR.
Richard setzte sich nach dem Frühstück bei der erstbesten Gelegenheit von der Familie ab und machte sich allein auf Erkundungstour durch das Lager. Mit zweieinhalb dicken Marmeladebroten im Magen und im strahlenden Sonnenschein des Morgens besehen, machte das Lager keinen gar so üblen Eindruck mehr. Außerdem gefiel ihm das bunte und dichte Treiben auf den Gassen und Plätzen zwischen den klobigen Unterkünften, es hatte etwas von einem Heerlager an sich.
Als ihn die Blase drückte, suchte er das nächste Toilettenhaus auf

und stellte sich an die gekachelte Pinkelwand. Gerade hatte er sich erleichtert und die letzten Tropfen abgeschüttelt, als links von ihm plötzlich jemand einen gellenden Freudenschrei ausstieß und »Mensch, Dicky!« rief.
Richard fuhr herum und sah Bruno in der Tür einer Klokabine stehen. Fassungslos, als wäre ihm ein Geist erschienen, starrte er seinen Cousin an. »Bruno?«, stieß er ungläubig hervor, und fast hätte er sich selbst in den Arm gezwickt, um sicherzugehen, dass er nicht träumte.
Aber es war tatsächlich Bruno, der hier in der Toilettenbaracke des Notaufnahmelagers vor ihm stand, und im nächsten Augenblick fielen sich die beiden mit einem Freudengeheul in die Arme, das Indianern auf dem Kriegspfad alle Ehre gemacht hätte.
»Mensch, Bruno! Wie kommst du denn hierher?«
»Da staunst du, nicht wahr?«
»Mann, ihr seid auch getürmt! Ist das ein Ding! Wie habt ihr das angestellt? Sag bloß, ihr habt von unserer Flucht gewusst und euch die ganze Zeit dumm gestellt? Seid ihr schon länger hier? In welcher Baracke seid ihr untergekommen?« Richard bombardierte Bruno mit Fragen und wollte mit ihm hinaus ins Freie.
Bruno hielt ihn an der Tür zurück. »Das erzähl ich dir alles gleich. Aber erst mal packst du besser deinen Heini wieder ein und machst deinen Hosenstall zu, bevor wir rausgehen! Das mit der Auslage macht sich da draußen nämlich nicht so gut.«
Richard blickte an sich hinunter, wurde rot und drehte sich hastig zur Wand. »Heiliger Bimbam, das hätte ich doch fast nicht bemerkt! Mann, wäre das peinlich geworden!«
»Ich wusste doch, dass ich dich nicht so einfach in den Westen abhauen lassen konnte. Einer muss doch ein Auge auf dich halten!«, spottete Bruno.
»Jetzt erzähl aber!«, drängte Richard, als er sich ordentlich zugeknöpft hatte.
»Da gibt es nicht viel zu erzählen«, erwiderte Bruno und spielte die Aufregung der Flucht mit einem Achselzucken herunter. »Mein Vater hat schon so eine Ahnung gehabt, wegen der

fehlenden Bilder bei euch in der Wohnung und so. Als meine Eltern schließlich über zwei Tage hinweg immer vor verschlossenen Türen standen und auch abends kein Licht bei euch brannte, war die Sache klar: Ihr wart wirklich getürmt. Und da ging es dann bei uns ganz ruck, zuck.« Er verzog das Gesicht zu einer Grimasse. »Viel zu verlieren hatte mein Vater nicht mehr gehabt. Ich meine, bei dem Stunk, den er sich im Betrieb wegen seiner blöden Sauferei mal wieder eingehandelt hatte. Du weißt ja, wie er ist.«

Richard nickte mitfühlend. Bruno hatte ihm schon oft sein Leid geklagt. Onkel Willi konnte einfach das Trinken nicht lassen. Vor allem wusste er nicht, wann er aufhören musste. Und dann gab es bei Bruno zu Hause hässliche Szenen. Aber auch wenn sein Vater nüchtern war, lagen sich die Eltern ständig wegen jeder Kleinigkeit in den Haaren, wie er Richard gestanden hatte.

»Auf jeden Fall hat meine Mutter ihm keine Ruhe gelassen«, fuhr Bruno fort. »Sie war ja schon immer scharf darauf, in den Westen zu gehen. Tja, und dann haben wir letzte Woche eben auch über die Grenze gemacht.«

»Ich kann's immer noch nicht glauben, dass wir wieder zusammen sind!« Richard knuffte ihn und wusste vor überschwänglicher Freude nicht, was er tun sollte.

Bruno grinste von einem Ohr zum anderen. »Ja, ist das nicht irre?«

Jetzt war ihre Welt wieder in Ordnung!

Bei Richards Eltern dagegen hielt sich die Freude in sehr bescheidenen Grenzen, als sie erfuhren, dass auch Onkel Willi und Tante Else mit Bruno kurz entschlossen die Flucht gewagt hatten und sogar zwei Tage vor ihnen in Uelzen eingetroffen waren.

»Aus einem spontanen Impuls heraus und ohne jede Planung alles hinter sich zu lassen und zu flüchten, das sieht deinem Bruder mal wieder ähnlich!«, sagte die Mutter leise, aber ohne ihre Missbilligung zu verbergen.

»Jeder nach seiner Natur«, sagte der Vater mit einem Achselzucken. »Und wie sollten wir ihnen denn verübeln, was auch wir für uns für notwendig gehalten haben?«
»Dagegen habe ich ja nichts. Aber was uns jetzt erwartet, weißt du ja wohl auch, oder? Die Familie deines Bruders fängt doch hier im Westen mit buchstäblich leeren Händen und Taschen an. Das Einzige, was sie von Wert mit herüber gebracht haben, ist Brunos Trompete. Und mit der sollte er ihnen gehörig den Marsch blasen!«
Der Vater machte ein alles andere als glückliches Gesicht, sagte jedoch nachsichtig: »Familie ist nun mal Familie, Inge. Da muss man zusammenstehen, besonders in schweren Zeiten … mehr oder weniger.«
Das Wiedersehen zwischen den Eltern und Onkel Willi und Tante Else gestaltete sich nach den ersten Minuten auch nicht so, dass der Groll und der Verdacht der Mutter gemildert worden wären. Dass der Onkel großspurig damit prahlte, ihren geheimen Plan schon lange vorher durchschaut zu haben, was so jedoch gar nicht stimmte, wie Richard von Bruno wusste, war dabei noch das geringste Ärgernis. Es waren vielmehr Tante Elses spitze Bemerkungen, die wieder einmal für Missklang sorgten.
»Ihr habt wohl gedacht, wir wären auf den Kopf gefallen und würden nicht merken, was ihr vorhabt!«, sagte sie mit einer zickigen Kopfbewegung, als wollte sie sich im nächsten Augenblick entrüstet abwenden. Was sie aber natürlich nicht tat, weil sie noch mehr scharfzüngige Giftpfeile loswerden wollte. »Der eigenen Verwandtschaft nicht über den Weg zu trauen ist schon ein starkes Stück!«
»Wir wollten niemanden in Versuchung führen und in Gefahr bringen, Else. So etwas muss jeder mit sich allein ausmachen«, sagte der Vater begütigend. »Seien wir froh, dass alles so gut gelaufen ist! Alles andere wird sich schon geben … mehr oder weniger.«
»Pah!«, machte Tante Else und rümpfte die Nase. »Ihr hättet uns einfach so zurückgelassen! Eine schöne Verwandtschaft ist das!

Na ja, manchen bekommt die Höhenluft nicht, wenn sie zu was gekommen sind.«

Nun platzte Richards Mutter der Kragen. »Was du nicht sagst, Else! Ich habe gar nicht gewusst, dass wir für euch und eure Lebensentscheidungen verantwortlich sind!«, schoss sie nun bissig zurück. »Bisher hast du dir doch immer Ratschläge jeder Art von uns entschieden verbeten, wenn mich meine Erinnerung nicht ganz im Stich lässt. Denn wenn man nur irgendetwas sagt, bist du doch mit dem Vorwurf, wir würden uns einmischen, sofort und mit aufgeblasener Empörung zur Hand. Also was beklagst du dich jetzt?«

Tante Else wusste auf diese scharfe Zurechtweisung im ersten Augenblick nichts zu erwidern, und wie ein Fisch auf dem Trockenen schnappte sie nach Luft.

»Leg die Worte bitte nicht auf die Goldwaage, Inge! Else meint es doch gar nicht so!«, warf nun Onkel Willi mit einem erzwungenen Lächeln ein, bevor Tante Else sich fassen und wieder Gift und Galle spucken konnte. »Und du lässt es auch gut sein, Frau! Freuen wir uns, wie Heinrich gesagt hat, dass mit der Flucht alles glatt gelaufen ist und wir wieder zusammen sind.«

»Ja, wie in den guten alten Zeiten«, sagte die Mutter bissig.

*

Zu ihrer aller Erleichterung fand das primitive Barackenleben im Notaufnahmelager Uelzen schon nach drei Tagen ein Ende. Die beiden Familien bestiegen nach dem Frühstück einen Bus, der bis auf den letzten Platz mit Flüchtlingen besetzt war und sie in ein neues Lager nach Massen bei Unna bringen sollte. Die Stimmung im Bus war gut, ja fast ausgelassen, wenn auch eine unterschwellige, leicht nervöse Anspannung herrschte. Jeder fragte sich, was sie wohl in Massen erwartete.

Auch Richard grübelte darüber nach. Denn in diesem Lager, das sich nicht Notaufnahme-, sondern Hauptdurchgangslager nannte, würden sie nicht nur einige Tage aushalten müssen wie in

Westberlin und Uelzen, Massen würde vielmehr für einen längeren, noch nicht absehbaren Zeitraum ihr Wohnort sein. Und zwar bis zu dem Tag, an dem die Eltern Arbeit *und* eine eigene Wohnung gefunden hatten. Das konnte einige Wochen, aber ebenso gut auch viele Monate dauern.

»Weißt du, wo genau dieses Lager Massen liegt?«, fragte Bruno, als er sich neben Richard auf den Sitz fallen ließ.

»Irgendwo im Ruhrgebiet, in der Nähe von Wuppertal«, gab Richard weiter, was er aufgeschnappt hatte.

»Na, hoffentlich ist das nicht auch so eine Ansammlung von hastig zusammengeschusterten Barackenunterkünften!«

Richard konnte ihn beruhigen. Von seinem Vater, der Erkundigungen über den Ort eingezogen hatte, wusste er, dass es sich bei dem Hauptdurchgangslager um einen großen Komplex solider Häuserblocks handelte, die man außerhalb von Unna in der Nähe einer Bergmannssiedlung in die freie Natur gesetzt hatte.

»Soll quasi ein großes Flüchtlingsdorf ganz für sich sein, für über viertausend Personen und mit allem Drum und Dran. Du weißt schon, so mit Kirche, Läden, Kiosken, Schule und so weiter.«

Am frühen Nachmittag trafen sie in Massen ein. Der Anblick der Siedlung ließ die Neuankömmlinge nicht gerade in Begeisterungsstürme ausbrechen und enttäuschte manche zu hoch gesteckte Erwartungen, widerlegte andererseits aber auch die düsteren Mutmaßungen der Schwarzseher, die während der Fahrt prophezeit hatten, Massen sei nur eine leicht geschönte Ausgabe des Lagers Uelzen.

»Also, das sieht doch ganz anständig aus!«, sagte der Vater betont munter, als sie ausstiegen.

»Na ja, mehr oder weniger«, zitierte ihn Konrad säuerlich.

Zweistöckige, teilweise quer zueinander gesetzte Häuserblocks bildeten lange Reihen und die Straßenzüge formten ein großes Oval. Die Gebäude waren wie die Zechensiedlungen des Ruhrgebietes aus rotbraunem Ziegelstein errichtet, und einige erstreckten sich über eine Länge, die schon an Mietskasernen erinnerte und mehrere Eingänge pro Gebäude nötig machte.

Doch im Gegensatz zu einfachen Arbeitersiedlungen, wo sich zwischen den einzelnen Häusern gewöhnlich wenig freie Fläche fand, hatte man bei dieser Anlage eine auffallende Großzügigkeit walten lassen. Zwischen den einzelnen Flüchtlingsunterkünften und anderen Gebäuden erstreckten sich weiträumige baum- und buschbestandene Rasenflächen. Im Osten grenzte eine alte Zechensiedlung mit ihren gedrungenen, spitzgiebeligen Bergmannshäusern und peinlich gepflegten Vorgärten an, und in den drei anderen Himmelsrichtungen umschlossen ausgedehnte Weiden, Felder und Äcker das Lager mit einem breiten grünen Gürtel. Hier und da behaupteten sich kleine Waldstücke, und ein Bach schlängelte sich durch das Gelände. Der Eindruck, auf dem Land zu sein, täuschte nicht, sondern entsprach der Wirklichkeit.
Richard musste lachen, als die Eltern aus dem Verwaltungsgebäude kamen und er erfuhr, wo sie von nun an wohnen würden. »Wo wohnen wir? Auf der Tüte? Soll das ein Witz sein?«
»Nein, die Straße heißt tatsächlich so«, versicherte der Vater schmunzelnd. »Unsere Adresse lautet ›Auf der Tüte Nummer 12‹. Willi und Else haben mit Bruno gleich im Nachbarhaus eine Wohnung zugeteilt bekommen.«
»Man kann im Leben nun mal nicht alles haben«, sagte die Mutter.
Die ihnen zugewiesene Wohnung lag im ersten Stock, verfügte jedoch nicht über eine eigene Wohnungstür. Man kam vielmehr vom Hausflur, der durch die unverputzten Backsteinwände recht dunkel wirkte, in einen kleinen, allen frei zugänglichen Vorraum. Linker Hand lag die Gemeinschaftsküche, ein schmaler Schlauch mit mehreren Kochstellen und einer langen Anrichte unter den Fenstern auf der einen Seite und zwei Spülbecken auf der anderen. Alle Familien einer Etage teilten sich diese Küche. Direkt daneben ging es in das einzige größere Zimmer ihrer Wohnung. Es diente nicht nur als Wohn- und Esszimmer, sondern dort standen auch die einfachen Betten für die Eltern. Zur spartanischen Einrichtung gehörten noch ein einfacher Tisch sowie vier

ebenso einfache Stühle. Vor dem Fenster zum kleinen Balkon hingen fadenscheinige Gardinen.
Gegenüber der Etagenküche ging es ins Klo, wo man auch ein Handwaschbecken fand. Für mehr war in diesem winzigen Verschlag kein Platz. Zum Duschen oder für ein Wannenbad musste man sich eine Straße weiter in das Waschhaus begeben.
An das Klo grenzte das schmale Kinderzimmer, das Richard sich mit Konrad teilen musste. Der Platz reichte gerade aus, um zwei Betten übereinander, einen Kleiderschrank sowie unter dem Fenster einen kleinen Tisch und zwei schlichte Holzstühle unterzubringen.
»Ist ja alles ganz ordentlich … mehr oder weniger«, kommentierte der Vater ihre Unterkunft bei der ersten Begehung. Seiner Stimme fehlte jedoch die Überzeugungskraft, sie klang mehr nach Selbstbeschwörung.
Richard sah, wie die Mutter beim Anblick der primitiven und völlig schmucklosen Gemeinschaftsküche schwer schluckte. Aber regelrecht blass wurde sie, als sie in das ärmlich kahle Ess-, Wohn- und Schlafzimmer trat, in dem sie fortan leben sollte, für Gott weiß wie viele Monate.
Burkhard zog nicht mit ein. Er fuhr noch am selben Tag mit einem Sonderbus nach Wuppertal ins Internat.
Mit dem Einräumen der wenigen Sachen, die sie aus Westberlin mitgenommen hatten, waren sie schnell fertig. Die Eltern hatten von den hundert Kartons, die sich im angemieteten Zimmer in der Wollankstraße stapelten, nur wenige geöffnet, um etwas Bettwäsche, Handtücher, Schuhe, Kleidung, einige Haushaltsutensilien sowie ein paar persönliche Dinge zu entnehmen. All das hatte Platz in fünf geliehenen Koffern gefunden. Das restliche Hab und Gut sollte weiterhin in Westberlin bleiben, bis der Vater eine Anstellung und eine Wohnung gefunden hatte und die postfertigen Kartons nachgeschickt werden konnten.
Den Nachmittag verbrachte Richard mit seinem Bruder und Bruno, indem sie durch das Lager streiften und sich mit den Örtlichkeiten vertraut machten. Sie bummelten an der kleinen

Ladenzeile mit der Poststelle vorbei, schauten in den Rewe-Markt und entdeckten den Abenteuerspielplatz, der zum Teil wie ein kleines Fort gebaut war. Es gab einen Wachturm und eine richtige Blockhütte. Hier machten sie die erste flüchtige Bekanntschaft mit anderen Flüchtlingskindern.

»Na, langweilig wird es uns hier bestimmt nicht werden«, sagte Bruno auf dem Rückweg zuversichtlich und mit Blick auf das Umland mit seinen Weiden, Feldern und kleinen Waldstücken, die nur darauf warteten, näher erkundet und für Cowboy-und-Indianer-Spiele genutzt zu werden. »Hier gibt es eine Menge zu tun.«

In frohgemuter Stimmung kehrten Richard und Konrad zu den Eltern zurück – und fanden zu ihrer Bestürzung die Mutter in Tränen aufgelöst vor. Schluchzend und wie ein Häufchen Elend kauerte sie auf der Bettkante, während der Vater sie zu trösten versuchte, jedoch ohne Erfolg.

»Ach, es ist nichts weiter«, versuchte der Vater verlegen abzuwiegeln, als sie zaghaft nach dem Grund für die Tränen fragten. »Eure Mutter braucht nur etwas länger, um sich an ... na ja, an das hier alles zu gewöhnen. Aber wir werden es uns schon noch gemütlich machen ... mehr oder weniger. Behaglich kann man es sich auch auf engstem Raum machen. Zudem ist es ja bloß für den Übergang, Ingelein.«

Die Enge und Ärmlichkeit ihrer Unterkunft war der Mutter offensichtlich aufs Gemüt geschlagen. Die viel schlimmeren Zustände in Uelzen hatten sie nicht halb so mitgenommen, weil sie gewusst hatte, dass der Aufenthalt in dem überfüllten Barackenlager nur eine Angelegenheit von wenigen Tagen sein würde. Wie lange sie jedoch hier in Massen aushalten mussten, stand völlig in den Sternen. Eine der Familien auf ihrer Etage lebte schon ein halbes Jahr in diesen beengten Verhältnissen, und solche Fälle, hieß es, waren nicht die Ausnahmen.

Richard und sein Bruder wussten nicht, wie sie sich verhalten sollten. Sie konnten sich nicht erinnern, die Mutter jemals in Tränen aufgelöst gesehen zu haben. Es machte sie betreten, un-

ruhig und weckte in ihnen das beklemmende Gefühl, dass eine sehr unsichere Zukunft vor ihnen lag.
»Vati hat Recht, so schlimm ist es doch gar nicht, Mutti!«, sagte Richard, der die Mutter nicht weinen sehen konnte. Er setzte sich neben sie auf das Bett. Und in der Hoffnung, sie aufzumuntern oder sogar zum Lachen zu bringen, sagte er mit betonter Fröhlichkeit: »Lieber auf der Tüte als im Eimer, findest du nicht auch?«
Die Mutter stutzte, ließ das Taschentuch sinken und hob den Kopf. »Was hast du da gesagt? ›Lieber auf der Tüte als im Eimer?‹«, wiederholte sie verblüfft.
Er lachte sie an. »Ja, stimmt doch, oder? In der DDR wären wir doch über kurz oder lang im Eimer gewesen, oder etwa nicht?«
Der Anflug eines Lächelns zeigte sich auf ihrem verweinten Gesicht. »Ja, wo hast du denn *den* Spruch her?«, wunderte sie sich und tupfte sich die Tränen von den Wangen.
Richard zuckte die Achseln. »Na ja, liegt doch auf der Hand, bei dem verrückten Straßennamen. Irgendeinen Sinn muss er ja wohl machen«, sagte er schelmisch, aber ausweichend. Dass er den Spruch vor dem Rewe-Markt von einer Gruppe tratschender Frauen aufgeschnappt hatte, behielt er für sich.
»Lieber auf der Tüte als im Eimer! Na, wenn das nicht den Nagel auf den Kopf trifft!«, rief der Vater erleichtert über die gelungene Ablenkung. Auch Konrad fand den Spruch witzig, und Richard sonnte sich in der allgemeinen Belustigung.
Die Mutter fuhr ihm durch das lockige Haar. »Das ist ein Motto, an das wir uns von jetzt an immer halten wollen, egal was kommen mag!«, versprach sie tapfer und wiederholte im Tonfall einer Aufforderung wie beim Appell: »Lieber auf der Tüte als im Eimer!«
Mit einem Lachen, in dem sich tief unten jedoch viel Beklommenheit und Sorge hielten, wiederholten sie den Leitspruch zu viert.

*

Das Motto fand auch bei Bruno, Onkel Willi und Tante Else Anklang und wurde fortan häufig verwendet, wenn man wieder einmal an einem Tiefpunkt angelangt war und die Wirklichkeit sich störrisch weigerte, ihren Hoffnungen und Plänen willfährig zu entsprechen. Dass der Spruch im Lager schon lange vor ihrem Eintreffen zum geflügelten Wort geworden war, nahm ihm nichts von seiner Mischung aus Witz und Aufmunterung, sondern gab ihm eher noch mehr tröstendes Gewicht.

Diesen Trost, sich mit dem kleineren von zwei Übeln abfinden zu müssen, benötigten jedoch nur die Erwachsenen, die um eine neue Existenz für ihre Familien rangen. Denn für die Kinder war eine geradezu paradiesische Zeit angebrochen, in der kein Platz für irgendeine Art von Kummer oder gar Angst war. Die Welt des Lagerlebens, die sich vor Richard, Konrad und Bruno auftat, übertraf alle noch so kühnen Erwartungen. Ihnen bot sich die große Freiheit in Verbindung mit einer Fülle von aufregenden Entdeckungen und Abenteuern.

Eine der faszinierendsten Entdeckungen war das Fernsehen. Ein solches Gerät, über dessen Bildschirm richtige Western und Krimis und noch vieles andere mehr flimmerten, hatten sie bis dahin noch nicht zu Gesicht bekommen. Nebenan im »Haus für alle«, einem einstöckigen Gebäude mit einer ganzen Reihe von verschiedenen Gemeinschaftsräumen zur Freizeitgestaltung für Jung und Alt, gab es einen abgedunkelten Fernsehraum, in dem vor mehreren Dutzend Stuhlreihen ein großer Apparat erhöht aufgestellt war. Leider gab es dieses Vergnügen nicht kostenlos. Für Kinder und Jugendliche kostete es drei Groschen, und Erwachsene hatten bei dem Kassierer, der gleich hinter der Tür saß, fünfzig Pfennig zu entrichten. Aber dafür konnte man auch so lange bleiben, wie man wollte.

Überwältigend war auch der Rewe-Markt. Sich dort zwischen den übervollen Regalen herumzutreiben übte wie das Fernsehen in den ersten Wochen eine ganz besondere Faszination auf sie aus.

In den Geschäften, die Richard von Pankow her kannte, hatte

alles so einförmig trist ausgesehen, und in den Regalen hatten zwischen den einzelnen Waren regelmäßig große Lücken geklafft. Oftmals hatte in den Verkaufstheken und Regalen sogar gähnende Leere geherrscht, und man durfte, sofern man sich sehr gut mit dem Verkaufspersonal stand, nur auf die so genannte Bückware hoffen. Deshalb versetzte ihn allein schon die schiere Masse des Angebotes im Westen in fassungsloses Staunen, von der verwirrenden Vielfalt und Buntheit der einzelnen Waren ganz zu schweigen. In den ersten Tagen glaubte er, ins Schlaraffenland gekommen zu sein. Und obwohl die Leute täglich zu Hunderten durch die Gänge zogen und ihre Einkäufskörbe füllten, wurden die Regalen doch nie leer!

Bei dieser erdrückenden Schwemme von verführerischen Waren, die in scheinbar unbegrenzten Mengen zur Verfügung standen, verstand es sich für Richard, Bruno und Konrad ganz von selbst, dass sie ihre Einkäufe nicht immer mit Bargeld tätigten, sondern lieber Fingerfertigkeit walten ließen.

»Bezahlen kann doch jeder!«, hieß ihre Devise. »Die Kunst ist es, möglichst viel im Handumdrehen mitgehen zu lassen.«

Bei Rudi Giermann im Rewe-Markt klauen zu gehen, galt auch bei den anderen Kindern als Mutprobe und beliebter Sport.

Bei Oma Blanke, dem anderen Lebensmittelgeschäft, wagte jedoch keiner zu klauen. Der Laden, der sich am anderen Ende der kleinen Einkaufszeile befand, war nicht nur bedeutend kleiner und besser zu übersehen als der Rewe-Markt, sondern seine Besitzerin genoss als Mutter des Lagerleiters Heinz Stöcker auch besonderes Ansehen. Zudem hatte sie ihre scharfen Augen überall. Bei ihr wurde nicht stiebitzt. Dennoch war sie bei den Kindern beliebt. Wenn sie von den Eltern zum Einkaufen geschickt wurden, durften sie sich aus dem großen Glas auf der Theke immer einen bunten Dauerlutscher, eine Waffel oder was sie sonst gerade hatte herausfischen. Bei Oma Blanke gab es auch kein so überwältigendes Warenangebot wie bei ihrem großen Konkurrenten, dafür hatte sie unbestritten die besten Brötchen, und ihre Milch kam frisch vom Bauern und wurde in die mitgebrachten Flaschen abgezapft. Zudem roch es bei ihr herrlich nach Käse sowie nach Schinken, Würsten und Kräutern, die von der Decke hingen.

In der Großstadt aufgewachsen, waren Richard und seine Gefährten vom ersten Tag an von den schier grenzenlosen Möglichkeiten für lange Streifzüge, Abenteuer und spannende Spiele fasziniert, die ihnen das weite Umland aus Hainen, Weiden, Äckern und Waldstücken bot, das vor ihrer Haustür lag. Und sie machten von diesem Angebot begeistert Gebrauch.

Eine kleine Insel, die der Bach hinter einem Waldstück auf einem verwilderten Stück Brachland bildete, wurde zu ihrem Lieblingsplatz. Der Bach teilte sich hier in zwei Arme, umfloss ein von Sträuchern und kleinen Bäumen bewachsenes Gelände und vereinigte sich am anderen Ende wieder zu einem Wasserlauf.

Sie bauten einen Steg, um trockenen Fußes auf ihre Insel zu gelangen, und später errichteten sie zwischen zwei Bäumen eine primitive Hütte aus Zweigen, Brettern und auseinander gerissenen Pappkartons, die sie sich vom Rewe-Markt holten. Die Insel wurde zu *dem* geheimen Treffpunkt ihrer Clique. Hier losten sie aus, wer bei den Cowboy-und-Indianer-Spielen zu welcher Gruppe gehörte, veranstalteten ein Wettschießen mit selbst gebasteltem Pfeil und Bogen, spielten sie Karten, erzählten sich haarsträubende Geschichten, machten sie Lagerfeuer, rösteten Kartoffeln und pafften lässig wie die Erwachsenen Zigaretten.

Und hier kam es an einem frühen Sommerabend, als der Rest der Clique im Fernsehraum ein Fußballländerspiel verfolgte, zu jenem denkwürdigen Ereignis, bei dem Richard, Konrad und Bruno zum ersten Mal in ihrem Leben mit eigenen Augen sahen, was es mit dem geheimnisvollen Unterschied zwischen den beiden Geschlechtern wirklich auf sich hatte. Zwar hatten Richard und sein Bruder schon in Pankow heimlich in den Anatomiebüchern des Vaters geblättert und in der Brockhaus-Enzyklopädie unter den entsprechenden Stichwörtern nachgeschlagen, um diesem

Geheimnis auf die Spur zu kommen, das bei so vielen anzüglichen Witzen und auch sonst eine wichtige Rolle spielte. Aber die Abbildungen hatten mehr Verwirrung als Aufklärung gebracht.
Doris, ein elfjähriges stupsnasiges Mädchen, das mit seinen Eltern im Haus Nummer 10 wohnte, lieber mit dem Fußball als mit Puppen spielte und unbedingt in ihre Clique aufgenommen werden wollte, sollte an diesem Abend ihrer Unwissenheit ein Ende bereiten. Sie hatte sich nach langem Zögern bereit erklärt, auf ihre Bedingung, die sie als Mutprobe deklariert hatten, einzugehen und ihnen zu zeigen, was Mädchen im Gegensatz zu ihnen da unten zwischen den Beinen hatten.
Fast hätte Doris bei ihrem geheimen Treffen im letzten Moment der Mut verlassen. Dann jedoch ging sie wie verabredet in die Hütte, streifte mit hochrotem Kopf ihren himmelblauen Schlüpfer hinunter und schlug ihren Rock hoch.
Mit betont gleichmütiger Miene, die in krassem Gegensatz zu ihrer inneren Aufregung stand, hockten Richard, Konrad und Bruno vor dem Eingang der Hütte auf einem umgestürzten Baumstamm und starrten auf Doris' entblößtes Geschlecht. Kein Ton kam ihnen über die Lippen.
Leider bückte sich das Mädchen viel zu schnell nach ihrem Höschen, das ihr um die Fußgelenke baumelte, zog es wieder hoch und ließ den Rock fallen.
»In Ordnung«, sagte Konrad, der als Erster seine Sprache wiederfand, huldvoll. »Du hast die Mutprobe bestanden und kannst bei uns mitmachen.«
Später, als sie wieder unter sich waren, sagte Bruno: »Na, da ist mir mein Heini doch zehnmal lieber als so eine Ritze!«
Konrad pflichtete ihm bei. »Schon saublöd, wenn man sich jedes Mal hinhocken muss.«
»Und um die Wette weitpinkeln kann man damit auch nicht!«, fügte Richard mitleidig hinzu. »Mädchen sind schon arm dran!«
»Du sagst es!«

Sie waren an diesem Tag sehr mit der Welt, wie sie geschaffen war, und vor allem mit sich selbst zufrieden.

*

Dieser magisch sorglose Sommer, der ein aufregendes Erlebnis nach dem anderen brachte, schien kein Ende zu nehmen. Und wenn es nach ihnen gegangen wäre, hätte es auch für alle Zeit so bleiben können.

Die in ihrer Clique einstimmig gehegte Befürchtung, mit dem Schulbeginn würde das freie, unbeschwerte Leben ein trauriges Ende finden, bewahrheitete sich zu ihrer freudigen Überraschung ganz und gar nicht. Was sich Unterricht nannte, verdiente bestenfalls die Bezeichnung »morgendliche Aufsicht mit gelegentlichen Hausaufgaben«.

Drei Jahrgänge drängten sich in einem Klassenraum, und wenn es nur einigermaßen ruhig zuging, waren Lehrerinnen und Lehrer schon zufrieden. Niemand stellte besondere Anforderungen, und bei den überfüllten Klassen fiel gelegentliches Schulschwänzen nicht auf. Wenn ausnahmsweise doch einmal nachgefragt wurde, konnte man sich problemlos mit einer der gängigen Ausreden vor einer Benachrichtigung der Eltern bewahren. Zudem standen täglich meist nur drei Stunden Unterricht auf dem Plan. Dass sie dadurch später ein Schuljahr verlieren würden, weil ihnen der Anschluss an den regulären Unterrichtsstoff fehlte, kümmerte sie natürlich nicht im Geringsten.

Dagegen hatte Burkhard im Internat ordentlich zu pauken, um das Westabitur mit denselben exzellenten Noten zu bestehen wie das in der DDR. Aus diesem Grund kam er nur selten auf Besuch ins Lager nach Massen. Was hätte er bei ihnen auch groß anfangen sollen? Nein, er hatte ein klares Ziel vor Augen: Er wollte so schnell wie möglich studieren, und zwar Physik.

Richard und Konrad war es ein Rätsel, wie jemand sich freiwillig mit Mathematik abgeben konnte und Physiker werden wollte. Aber vermutlich gehörte das dazu, wenn man solch eine geistige

Kanone war wie ihr großer Bruder. Dann kamen wohl nur Berufe in Frage, die einem Normalsterblichen schon zu buchstabieren Mühe bereiteten. Natürlich bestand Burkhard auch das Westabitur mit Auszeichnung. Er zog schon im Herbst nach Göttingen, um mit dem Studium zu beginnen.

*

Für die Eltern war der Aufenthalt im Lager alles andere als paradiesisch. Das bekam sogar Richard mit, wenn er auch die Schwere der elterlichen Sorgen nicht wirklich verstand.
Die Hoffnung des Vaters, schon in wenigen Wochen in einem großen Krankenhaus eine Anstellung zu finden, erfüllte sich nicht. Sicherlich, es gab Angebote. Aber als Arzt in einem Kurhaus wollte er ebenso wenig arbeiten wie in Bethel, wo er in der Anstalt für psychisch und neurologisch Kranke und Schwachsinnige sofort hätte anfangen können. Sein Spezialgebiet war die Röntgenologie, und er wollte zurück in die Forschung und deshalb an ein großes Krankenhaus.
»Auf dich haben sie hier im Westen wohl doch nicht so ungeduldig gewartet, wie du gedacht hast«, sagte Tante Else einmal mit genüsslicher Schadenfreude. »Und das, obwohl du doch vierfacher Facharzt bist und zweiundsiebzig wissenschaftliche Veröffentlichungen vorweisen kannst.«
»Zerbrich du dir mal nicht den Kopf darüber, was aus Heinrich und uns wird! Kümmere du dich besser darum, dass dein Willi nicht wieder das Geld im ›Hasen‹ versäuft, das ihr euch erst gestern bei uns geliehen habt!«, konterte ihre Schwägerin schlagfertig und brachte Else damit augenblicklich zum Schweigen – und zum Gehen.
Eines Tages stand ein Vertreter von Siemens vor der Tür und unterbreitete dem Vater ein Angebot, das ihm auf den Leib geschnitten sei. »Wir von Siemens richten Ihnen im Ruhrgebiet eine Röntgenpraxis ein, Herr Doktor«, erklärte er und breitete allerlei Unterlagen und Broschüren aus.

»Und was soll das kosten?«, fragte der Vater misstrauisch.
»Na, so eine viertel Million bis dreihunderttausend wird der Spaß schon kosten«, antwortete der Vertreter leichthin.
»Um Gottes willen!«, entfuhr es der Mutter entsetzt.
Auch der Vater machte ein erschrockenes Gesicht. »Dreihunderttausend Mark? Wo soll ich die denn hernehmen?«
Der Vertreter lachte. »Aber ich bitte Sie, den Kredit bekommen Sie natürlich von unserer Hausbank.«
»Ich habe noch nie in meinem Leben Schulden gehabt. Bei keinem. Und nun soll ich mir dreihunderttausend Mark an den Hals hängen?«
»Den Kredit haben Sie im Handumdrehen abgezahlt, Herr Doktor. Eine Röntgenpraxis im Ruhrgebiet, ich sage Ihnen, die brummt nur so. Das ist eine wahre Goldmine, glauben Sie mir. Ich wäre bestimmt nicht hier, wenn wir von Siemens uns unserer Sache nicht sicher wären.«
»Ja, aber was ist, wenn mir etwas passiert?«, wandte der Vater ein. »Dann steht meine Frau mit drei Kindern und einem Berg von Schulden da.«
Der Vertreter lächelte nachsichtig. »Dagegen kann man sich mit Lebensversicherungen schützen. Sie sind jetzt im Westen, Herr Doktor. Da laufen die Dinge einfach anders, als Sie es von drüben her gewohnt sind. Wenn man es hier zu etwas bringen will, muss man sich schon mit etwas Ellbogenkraft reinhängen und auch was riskieren, sonst bleibt man auf der Strecke.« Er machte eine kurze Pause. »Ich will Ihnen nichts aufschwätzen, aber glauben Sie mir, wenn ich Ihnen sage, dass unser Angebot Ihre große Chance ist, sich ein ganz dickes Stück von unserem Wirtschaftswunderkuchen abzuschneiden.«
Der Vertreter suchte die Eltern noch zweimal auf, doch seine Beredsamkeit wie auch seine seitenlangen detaillierten Rechenbeispiele, was Röntgenpraxen im Ruhrgebiet durchschnittlich erwirtschafteten, konnten den Vater nicht dazu bringen, sich auf dieses Geschäft einzulassen.
Onkel Willi hatte dafür kein Verständnis. »Das ist das Dümmste,

was du je getan hast, Heinrich! Siemens will dir eine Praxis mit allem Drum und Dran hinsetzen, damit du dich dumm und dämlich verdienen kannst, und du kriegst das große Hosenflattern! Mensch, auch Siemens kann das Pferd nur zur Tränke führen, saufen muss es schon von alleine! Wie konntest du nur so dumm sein abzulehnen?«

»Vielleicht, weil ich nicht so viel vom Saufen verstehe wie andere!«, antwortete der Vater gereizt.

Else schnaubte geringschätzig. »Mein Willi wird sich jedenfalls bei der nächstbesten Gelegenheit selbständig machen!«, verkündete sie großspurig. »Ingenieure für moderne Schweißtechnologie sollen sehr gefragt sein. Ärzte, die ihre Patienten in der DDR zu Tausenden im Stich gelassen haben, gibt es dagegen wohl mehr als genug.«

»Was meinst du denn damit?«, fragte die Mutter sofort kämpferisch und funkelte sie entrüstet an.

»Ach, nur so«, sagte Tante Else mit einem scheinheiligen Lächeln und fand, dass es an der Zeit sei, den lieben Schwager und die Schwägerin allein zu lassen. »Bestimmt will Heinrich noch einen neuen Stoß Bewerbungen schreiben.«

»Die soll mal bloß wieder kommen und was von uns wollen! Dann kriegt sie von mir aber was zu hören!«, grollte die Mutter.

*

Zwei Wochen später, Anfang Oktober, triumphierte Tante Else. Eine große Kölner Firma, die im Bereich industrieller Schweißtechnik international tätig war, hatte Onkel Willi eingestellt. »Zu einem erstklassigen Gehalt. Und eine Wohnung haben sie uns auch schon besorgt. Die wissen eben, was mein Willi wert ist«, betonte Tante Else mit der Genugtuung eines neidzerfressenen Menschen, der endlich einmal als Erster durchs Ziel gegangen war. »Montag ziehen wir aus. Viel länger hätte ich es in diesen Hühnerställen auch nicht ausgehalten. Na, wir werden uns wohl schon bald nach einem hübschen Häuschen umsehen können.«

»Nun mal langsam, Else«, dämpfte Onkel Willi ihren Höhenflug mit einem halb verlegenen, halb stolzen Lächeln.
»Und wie steht es bei euch? Immer noch nichts Rechtes in Aussicht für den Herrn Chefarzt?« Else verstand sich nicht nur darauf, Wunden zu reißen, sondern diese auch möglichst lange offen zu halten und Salz hineinzureiben.
»Lass man gut sein, Else!«, sagte der Vater, mehr müde und bedrückt als gereizt. Erst am Vortag hatte er seine Bewerbung für eine Chefarztstelle in Sennestadt zurückgezogen, weil er einem DDR-Kollegen, den er flüchtig von drüben kannte, die Stelle nicht hatte streitig machen wollen.
»Der Kollege hat fünf schulpflichtige Kinder und die Stelle nötiger als wir. Es wäre einfach nicht anständig gewesen, ihm Konkurrenz zu machen«, hatte er beim Abendbrot berichtet. »Außerdem habe ich für die Stelle weder das passende Gesangbuch noch die richtige politische Färbung. Da sitzen alles nur Schwarze in den Entscheidungsgremien.«
Richard verstand erst nicht, was der Vater damit meinte – und wieso er auf einmal ein Gesangbuch brauchte, um eine Anstellung zu finden, geschweige denn ein »passendes«. Er hatte noch nie irgendein Gesangbuch bei ihnen zu Hause gesehen. Erst als er wissen wollte, wieso denn in Sennestadt Neger das Sagen hätten, erfuhr er, dass mit den »Schwarzen« die Anhänger der regierenden CDU gemeint waren, während die Gegenspieler in der Opposition die »Roten« genannt wurden, und was es mit dem »passenden Gesangbuch« auf sich hatte.
»Du hättest es dennoch versuchen sollen!« In der Stimme der Mutter schwang ein vorwurfsvoller Ton mit. Nach vier Monaten Lagerleben stand es mit ihren Nerven nicht gerade zum Besten. »Zu viel Anständigkeit kann manchmal auch Dummheit sein.«
»Ach was, Anständigkeit zahlt sich immer aus. Wir müssen ja gottlob nichts übers Knie brechen. Noch haben wir einen Notgroschen!«
»Aber er schmilzt bedrohlich dahin, mit Burkhard in Göttingen.

Allein, was die vielen Lehrbücher kosten, die er braucht, von allem anderen gar nicht zu reden!«
»Lass man gut sein, Inge!«, sagte der Vater recht schroff, um in versöhnlicherem Tonfall fortzufahren: »Wir kommen gut über die Runden, und ich finde schon noch früh genug etwas Passendes.« Dann wechselte er das Thema.
Und nun hatte ausgerechnet Onkel Willi, der doch als unsicherer Kantonist galt, einen tollen Posten in Köln an Land gezogen. Das drückte die Stimmung der Eltern, die einem langen Winter in drangvoller Enge und Unsicherheit entgegensahen. Aber auch Richard bedrückte die Nachricht. Denn das bedeutete ja, dass er schon in wenigen Tagen nicht mehr mit Bruno zusammen sein würde, womit das Lager wohl aufhörte, ein Paradies zu sein. Dass es nicht auf die Schönheit eines Ortes ankam, um glücklich zu sein, sondern auf die Menschen, mit denen man zusammen war und alles teilte, wurde Richard in diesen Tagen zum ersten Mal bewusst.
Auf die Idee, bei Nacht und Nebel zwei der Straßenschilder mit der Aufschrift »Auf der Tüte« abzuschrauben, kam Bruno am letzten gemeinsamen Abend im Lager. »So ein Schild nehmen wir als Andenken mit. Schon weil uns sonst keiner glaubt, dass es einen solchen Straßennamen wirklich gibt.«
Richard war sofort Feuer und Flamme. Noch ein letztes Mal gemeinsam etwas Verrücktes anstellen und damit einen richtigen Schlusspunkt unter ihre gemeinsame Zeit setzen! Und besser, als auf dem Zimmer zu hocken und Trübsinn zu blasen, war es allemal.
Konrad hatte jedoch keine Lust mitzumachen. »Nee, bei dem Regen und Nebel macht das keinen Spaß.«
Der Einwand der beiden anderen, das schlechte Wetter sei doch gerade ideal für ihr Vorhaben, konnte Konrad auch nicht umstimmen. Er wollte lieber mit seinem Stabilo-Baukasten spielen. Und so zogen Richard und Bruno allein los.
Das nötige Gerät liehen sie sich bei einem Jungen aus ihrer Clique, dessen Vater Mechaniker war und der sich im Westen

zuallererst einen gut sortierten Werkzeugkasten zugelegt hatte. Wo sie eine Leiter besorgen konnten, wussten sie auch. Seit Tagen wurde am »Haus für alle« das undichte Dach ausgebessert. Nach Feierabend ließen die Bauarbeiter auf der Rückfront zwei Leitern hinter den Büschen liegen.

Sie zogen eines der sperrigen Gestelle hinter den Sträuchern hervor und nahmen sich das erste Schild an der Straßenecke gleich neben dem Gemeinschaftshaus vor. Bruno kletterte hoch und begann zu schrauben, während Richard mit klopfendem Herzen Schmiere stand. Der leichte, aber beständige Regen durchweichte sein Haar und lief ihm über das Gesicht.

Für das zweite Schild mussten sie mit der Bauleiter zur nächsten Straßenkreuzung marschieren. Diesmal stieß Bruno auf mehr Schwierigkeiten. Die rostigen Schrauben wollten sich einfach nicht bewegen, und er rutschte immer wieder mit dem Schraubenzieher ab.

Endlich gaben die störrischen Schrauben nach, und Augenblicke später sprang Bruno mit dem zweiten Straßenschild unter dem Arm von der Leiter. Im Laufmarsch brachten sie die Leiter zurück und sahen dann zu, dass sie nach Hause ins Trockene kamen. Die Schilder versteckten sie unter ihren Jacken.

»Du, ich komm besser nicht noch mal rauf zu dir, sondern bring Uwe das Werkzeug zurück und lass mich bei meinen Eltern blicken, bevor es wieder Stunk gibt«, sagte Bruno, als sie vor der Nummer 12 standen. Es war Zeit, voneinander Abschied zu nehmen. »Tja, das war es dann wohl.«

»Ja, leider«, sagte Richard bedrückt.

»Wir schreiben uns, versprochen?«

»Versprochen!«

»Vielleicht findet dein Vater ja eine Stelle in unserer Nähe.«

»Ja, wäre toll.«

Sie schwiegen einen Moment verlegen, weil keiner wusste, was er sagen oder wie er in Worte fassen sollte, was er empfand. Aber das auszusprechen wäre auch nicht männlich gewesen.

»Also dann, mach es gut, Dicky!«

»Du auch, Bruno!«
Bruno klopfte mit dem Schraubenzieher gegen sein Straßenschild. »Und denk daran: Lieber auf der Tüte als im Eimer!«
Richard rang sich ein Grinsen ab. »Worauf du einen lassen kannst!«
Sie tauschten einen kurzen, kräftigen Händedruck, boxten sich noch einmal gegenseitig an die Schulter, und dann verschwanden sie in getrennten Hausfluren.
Bruno brach am nächsten Tag schon in aller Herrgottsfrühe mit seinen Eltern auf. Er ließ es sich aber trotz der frühen Stunde nicht nehmen, Richard noch einen letzten Abschiedsgruß hochzuschicken.
Richard fiel vor Schreck fast aus dem Bett, als ihn laute Trompetenstöße aus seinem Traum rissen. Er sprang aus dem oberen Bett, lief ans Fenster und sah seinen Cousin im grauen Morgenlicht unten auf der Straße stehen. Das in Packpapier gewickelte Straßenschild unter den linken Arm geklemmt und die Trompete an den Lippen, weckte er mit dem Angriffssignal der amerikanischen Kavallerie die ganze Straße, wenn nicht gar das halbe Lager. Er hatte die Sequenz draußen auf den Weiden und auf ihrer kleinen Insel oft genug geübt und brachte die Tonfolge jetzt schon recht sauber hervor, vor allem aber laut.
Doch schon im nächsten Augenblick kam Onkel Willi aus dem Nachbarhaus gestürmt, haute seinem Sohn ein paar hinter die Ohren und riss ihm die Trompete aus der Hand.
Bruno grinste, gestikulierte zu Richard hoch und zeigte dann auf das verpackte Schild unter seinem Arm.
Richard lachte und winkte zurück, doch in Wirklichkeit war ihm zum Heulen zu Mute.

*

Wenige Tage nachdem Bruno mit seinen Eltern das Lager verlassen hatte, erhielt Richards Vater von der Bundeswehrführung, mit der er schon Wochen zuvor Kontakt aufgenommen

hatte, die Einladung zu einem Roundtablegespräch, das ausgerechnet in Köln stattfinden sollte.
Richard war überzeugt, dass dies ein bedeutsamer Fingerzeig des Schicksals war. Er drückte die Daumen, der Vater möge sich mit der Bundeswehr einig werden, damit auch sie nach Köln zogen und er wieder mit Bruno zusammen sein konnte.
Seine Enttäuschung hätte deshalb nicht größer sein können, als der Vater bei seiner Rückkehr berichtete, man habe ihm eine hohe Stellung angeboten – jedoch nicht in Köln, sondern in Hamburg. »Sie haben mir sozusagen den Posten des Stadtkommandeurs im medizinischen Bereich offeriert«, erzählte er voller Stolz, und seine große Begeisterung fürs Militär sprach nur zu deutlich aus seinen Ausführungen. Er werde sofort einen hohen Offiziersrang erhalten, und die Admiralsstreifen seien ihm schon in wenigen Jahren so gut wie sicher. Und gegenüber seiner Frau betonte er mehr als einmal, dass ihnen der nordische Menschenschlag eben doch viel mehr liege als das rheinische Wesen und dass die Waterkant für alte Stralsunder wie sie genau der richtige Ort für einen Neuanfang im Westen sei.
»Das klingt alles wirklich verlockend, aber wo ist der Haken?«, fragte die Mutter schließlich argwöhnisch. »Denn einen Haken gibt es doch, das sehe ich dir ja förmlich an.«
Der Vater druckste kurz herum, bevor er mit der Sprache herausrückte. »Ich muss zuerst für ein halbes oder vielleicht sogar für ein Dreivierteljahr zu einer NATO-Spezialausbildung nach Amerika … mehr oder weniger.«
»Und ich soll in der Zeit mit den Kindern allein klarkommen? Wo alles so fremd ist und Konrad doch aufs Gymnasium muss? Und du dann für wer weiß wie lange auf einem anderen Kontinent?« Die Mutter schüttelte heftig den Kopf. Bestürzung, ja fast Angst zeichnete sich auf ihrem Gesicht ab. »Nein, das kommt nicht in Frage!«
Damit endete der kurze Traum des Vaters von einer Bundeswehrkarriere in Hamburg und einer schmucken Uniform mit goldenen Admiralsstreifen. Zwar diskutierten die Eltern noch

eine Weile darüber, aber wenn die Mutter sich irgendetwas in den Kopf gesetzt hatte, bekam sie letztlich auch ihren Willen. So auch diesmal.
Richard war es ganz recht. Denn weiter weg von Köln wäre es ja wohl kaum noch gegangen. Er setzte sich sofort hin und schrieb Bruno einen kurzen Brief, in dem er ihm berichtete, dass er mit Bruder und Eltern um ein Haar »am salzigen Arsch der BRD, nämlich in Hamburg« gelandet wäre, die Mutter diese Katastrophe aber verhindert habe und nun wieder alles offen sei.
Nach der Absage an die Militärs sank die Stimmung der Eltern beträchtlich, und der Ton zwischen ihnen wurde gereizter. Schon Kleinigkeiten konnten hitzige Wortwechsel auslösen. Diese gereizte Unruhe hatte sicher auch mit dem scheußlichen Novemberwetter zu tun, das ihnen die räumliche Enge und die kleinen alltäglichen Reibereien in der Gemeinschaftsküche noch bewusster machte. Und bald stand Weihnachten vor der Tür, während sie noch immer im Flüchtlingslager hockten! Es musste etwas geschehen!
Und es geschah auch etwas. Am ersten Advent verkündete der Vater, dass er das Angebot, als Vertrauensarzt in einem Versorgungsamt zu arbeiten, angenommen habe und dass sie im Januar nach Dortmund ziehen würden. Sehr glücklich mit dieser Wahl schienen jedoch weder der Vater noch die Mutter zu sein.
»Du willst wirklich in solch einer Behörde als Arzt arbeiten?«, fragte die Mutter vorsichtig, aber irgendwie auch erleichtert, endlich aus dem Lager und in eine eigene Wohnung zu kommen. »Ich meine, das Gehalt ist ja ganz ordentlich. Aber die Arbeit …« Sie ließ den Satz offen.
»Was soll's, wir müssen hier endlich raus, und ich muss da ja nicht für immer bleiben«, sagte der Vater mit einer merkwürdigen Mischung aus grimmiger Entschlossenheit im Ton und Resignation im Gesichtsausdruck. »Wenn wir erst mal richtig Fuß gefasst haben, bleibt noch Zeit genug, um sich nach etwas Besserem umzusehen.«

Richard bat Konrad sofort, seinen Atlas zu holen, damit sie nachschauen konnten, wo genau Dortmund lag. Nicht gerade einen kurzen Fahrradtrip von Köln entfernt, wie er feststellte, aber näher als Hamburg war es allemal!

3

In der ersten Januarwoche des Jahres 1961, einen Tag nach Richards Geburtstag und an einem eiskalten Wintermorgen, fuhren sie erst mit dem Bus und dann mit der Bahn nach Dortmund.

Richard war wie sein Bruder gespannt auf ihre erste eigene Wohnung im Westen. Münsterstraße Nummer 85 lautete die Adresse. Sehr zentral gelegen, wie es hieß, ganz in der Nähe des Bahnhofs, sodass sie mit ihren Koffern und Taschen nicht weit laufen mussten. Denn die Geldausgabe für ein Taxi wollte man sich doch besser sparen. Immerhin war es trocken, und ein wenig frische Luft nach dem stickigen Mief im überheizten Bahnabteil konnte ihnen allen nur gut tun.

»Na, so nach Schlossparknähe wie in Pankow sieht mir das Viertel aber nicht aus«, murmelte Konrad leise und enttäuscht, als sie die belebte Münsterstraße hinuntergingen. »Mehr nach einem einfachen und lauten Arbeiterviertel.«

Auch Richard fand die neue Wohngegend wenig reizvoll, zuckte aber gleichmütig die Achseln. »Du hast doch gehört, die Wohnung ist groß, zentral gelegen und vor allem billig.«

Warum die Wohnung so billig war, sahen sie schon wenige Minuten später, als sie vor dem Haus Nummer 85 standen. Es war nämlich über einer großen Tankstelle errichtet, die wahrlich nicht über zu wenig Betrieb zu klagen hatte, wie der rege Autoverkehr zwischen den Zapfsäulen verriet. Es roch intensiv nach Benzin und Diesel. Und als würde die Tankstelle nicht schon Lärm und Gestank genug machen, schloss sich hinter dem Haus noch ein großer, umzäunter Sandplatz an, der offenbar großen Lastzügen als Lade-, Rangier- und Abstellplatz diente. Die Lkws fuhren durch eine Einfahrt unter dem Haus Nummer 85 auf dieses Gelände, auf dem am hinteren Ende noch ein flaches, barackenähnliches Bürogebäude der Transportfirma stand.

Richard zog ein langes Gesicht. »Das kann ja lustig werden!«
»Das sieht alles schlimmer aus, als es ist. Abends geht es hier recht ruhig zu ... mehr oder weniger«, sagte der Vater besänftigend, als er ihre betretenen Gesichter sah.
Richard tauschte mit seinem Bruder einen viel sagenden Blick, der ausdrückte, dass wohl »mehr« eher zutraf als »weniger«. Aber es sollte ja nur für den Übergang sein, bis der Vater eine bessere Stelle gefunden hatte.
Der Weg zu ihrer Wohnung, die unglücklicherweise über der Einfahrt zum Lkw-Hof lag, führte eine Treppe hoch, dann einen langen dunklen Gang entlang, ehe an seinem Ende weitere Treppen zur Wohnungstür führten.
Nach den anderthalb Zimmern, dem winzigen Klo und der Gemeinschaftsküche wirkte die Dreizimmerwohnung über der Tankstelle immerhin sehr geräumig. Und was die Eltern an Möbeln gekauft hatten, sah auch recht annehmbar aus, fand Richard. Das Zimmer, das er sich mit Konrad teilen würde, war zwar nicht viel größer als ihre Kammer im Lager, aber alles in allem doch gemütlich eingerichtet.
Was Richard jedoch nicht verstand, war, dass die Eltern den zweitgrößten Raum zu einem richtigen Esszimmer mit einem großen Tisch, sechs Stühlen und einer Anrichte voll gestellt hatten und deshalb aus Mangel an einem eigenen Schlafzimmer im Wohnzimmer auf einer Ausziehcouch schliefen. So ein herausgeputzter Raum zum Herzeigen schien ihnen offensichtlich wichtiger zu sein als ein Schlafzimmer, in dem sie nicht jeden Abend die Betten bauen und morgens alles wieder wegräumen mussten. Das war ihm ein echtes Rätsel. Aber was wusste man denn, was in den Köpfen von Erwachsenen vor sich ging!
Alles in allem war es nicht das, was er sich von ihrer ersten eigenen Wohnung im Westen erhofft hatte. Aber als er das Straßenschild, das er angeblich aus einem Haufen Bauschutt herausgezogen hatte, aus seinem Koffer holte und in seiner Hälfte des Zimmers ins Regal stellte, tröstete er sich damit, dass

es sie ja auch nach Hamburg hätte verschlagen können. »Lieber auf der Tüte als im Eimer!« Genauso war es.

*

Die Leute, die mit ihnen im Haus über den im Boden schlummernden einige tausend Tonnen Treibstoff lebten, bildeten eine bunte Mischung höchst seltsamer Zeitgenossen, als ziehe dieser Ort sonderliche Leute geradezu magisch an.

Da war die alte spleenige Witwe, die niemals ohne Hut und Regenschirm aus dem Haus ging, einen kleinen Pudel namens Napoleon besaß und regelmäßig spiritistische Sitzungen in ihrer Wohnung veranstaltete. Angeblich sprach ihr Ehemann, der vor vielen Jahren als Hochseekapitän mit seinem Stückgutfrachter im Indischen Ozean untergegangen war, bei diesen Beschwörungen aus dem Totenreich zu ihr.

»Spinnert, aber harmlos«, lautete das einhellige Urteil der Eltern über diese Nachbarin.

Für ganz und gar nicht harmlos dagegen hielten die Eltern den pensionierten, aufgeschwemmten Polizisten mit der Rotzbremse unter der Nase. Dieser Mieter machte keinen Hehl daraus, dass er die Jahre der Naziherrschaft für die unübertroffene Krönung der deutschen Geschichte hielt, die einer verbrecherischen Weltverschwörung zum Opfer gefallen war. Er trank wie Onkel Willi oft einen über den Durst, und wenn er dann von seiner Stammkneipe zurückkehrte, schmetterte er auf dem Heimweg alte SA-Lieder. Der lange Tunnel des dunklen Gangs hatte es ihm besonders angetan und er versuchte dann stets, die Distanz im zackigen Stechschritt zu bewältigen, während er das Lied »Die Fahne hoch, die Reihen fest geschlossen« grölte. Geriet er aus dem Takt und Tritt, was nach all dem Schnaps und Bier unweigerlich der Fall war, kehrte er zum Anfang des schlauchartigen Gangs zurück und begann von neuem.

Als eingefleischter Sozialdemokrat, der die Braunen aus tiefster Seele hasste, geriet der Vater mit diesem Mitbewohner im

Treppenhaus immer wieder böse aneinander. Darüber, dass ihre lautstarken Auseinandersetzungen nie in Handgreiflichkeiten ausarteten, konnte man sich nur wundern.
Auf eine völlig andere Art zum Wundern brachte sie der Hausgenosse, der mit seiner Familie in der obersten Etage wohnte und den sie bald nur noch Psycho nannten. Der Mann, ein langer Lulatsch mit schwarzem Vollbart und Nickelbrille, mochte Mitte dreißig sein, war von Beruf Psychotherapeut und hatte offenbar selbst intensive psychiatrische Betreuung nötig. Als Vater einer anderthalbjährigen Tochter und eines dreijährigen Sohnes hielt er es für eine fortschrittliche Erziehungsmethode, seinen Kindern alles zu erlauben, so unter anderem auch das Beschmieren von Wänden und Möbeln. Andererseits fand er es aber auch völlig in Ordnung, sie in Einkaufsnetzen im Flur an die Haken der Garderobe zu hängen, wenn sie mit ihrem Geschrei partout keine Ruhe geben wollten. Den Kontakt zu diesem eigenwilligen »Kollegen« brach der Vater schnell ab.
Rätsel, die schon bald in recht konkrete Mutmaßungen übergingen, gab Richard und seinem Bruder die wasserstoffblonde allein stehende Frau im zweiten Stock auf, die offenbar keinem geregelten Beruf nachging, aber ein Mercedes-Cabrio fuhr, das sie hinten auf dem Hof parkte. Dieses Fräulein Michaelis hatte einen Busen wie jene spärlich bekleideten Filmsternchen auf den Plakaten des Bahnhofskinos und dazu Beine ohne Ende. Manchmal begegnete sie ihnen mittags nach der Schule, wenn sie im seidenen Morgenmantel die Post aus dem Briefkasten holte. Dann erhaschten die beiden schon mal einen Blick auf ihre aufregenden körperlichen Vorzüge, die sie nur nachlässig verhüllte. Und wenn sie am späten Nachmittag ihre Wohnung verließ, die halbe Schminkpalette im Gesicht, umhüllte sie eine Wolke von Parfüm, die einem den Atem nahm.
»Sie können ja glauben, was Sie wollen, aber dieses aufgetakelte Ding arbeitet nie und nimmer in der Hotelgastronomie, wie sie uns weismachen will. Ich sage Ihnen, die schafft drüben am Steinplatz an!« Diese aufschlussreiche Bemerkung schnappte Richard

eines Tages auf, als er den Müll hinunterbrachte und bei den Abfalltonnen auf zwei Hausfrauen stieß, die zu den wenigen scheinbar normalen Mitbewohnern des Mietshauses zählten.
Was es mit dem Steinplatz und mit dem Anschaffen auf sich hatte, erfuhren Richard und Konrad von den Kindern der Nachbarschaft. »Da ist das Schlägerviertel und der Puff!«, klärte man sie auf.
Dass dieser übel beleumundete Rotlichtbezirk nur ein paar Straßen entfernt von ihrer Wohnung lag, war eine aufregende Entdeckung, die ihre Fantasie beflügelte. Dass sich auf der anderen Seite der Münsterstraße der Schlachthof befand, gefiel ihnen dagegen weniger, zumal die Nähe zum Bahnhof, wo das Aktualitätenkino rund um die Uhr geöffnet hatte und sich allerlei zwielichtiges Volk herumtrieb, den Ruf des Viertels auch nicht gerade aufbesserte. Wenigstens waren es bis zum Schwimmbad nur wenige Gehminuten, und das Trümmerfeld davor, das bei Dunkelheit unheimlich wirkte, versprach spannende Abenteuer- und Versteckspiele. Vorausgesetzt, sie fanden hier so schnell Anschluss wie im Lager.
»Wir sind in einer üblen Gegend gelandet. Dagegen war das Lager das reinste Nobelviertel. Conny und ich wundern uns, wie unser Vater ausgerechnet auf diese Wohnung gekommen ist«, schrieb Richard in seinem ersten Brief aus Dortmund an Bruno, diesen Teil seines Berichts aber vorausschauend auf einem extra Zettel, damit er ihn seinen Eltern nicht vorzulesen brauchte, wenn sie wissen wollten, was er denn geschrieben hatte. »Aber langweilig ist es nicht. Hier ist eine Menge los. Du musst uns unbedingt bald besuchen kommen! Dann zeigen wir dir den Steinplatz. Komm am besten schon am Vormittag, und zwar an einem Samstag, wenn noch Post ausgetragen wird. Dann kriegst du mit ein bisschen Glück auch die Blonde aus dem zweiten Stock zu Gesicht.«

*

Auf Brunos heiß ersehnten Besuch musste Richard allerdings ein gutes halbes Jahr warten. Erst in den Sommerferien kam der Cousin nach Dortmund, doch dann blieb nicht einmal genug Zeit, um mit ihm zum Steinplatz zu gehen oder im Hausflur Fräulein Michaelis abzupassen.

Es waren lange Monate für Richard, denn mit dem Anschluss wollte es nicht so klappen, wie er und Konrad es sich erhofft hatten. Zwar hatten sie weder in der Schule noch mit den Kindern aus der Nachbarschaft Probleme, aber richtige Freundschaften schlossen sie nicht. Wenn sich ihre Klassenkameraden zum Fußballspielen oder zu anderen Beschäftigungen verabredeten, lud man sie nicht dazu ein. Sie blieben Außenseiter: nicht direkt geschnitten, aber auch nicht als Kameraden aufgenommen.

Die Welt der Bücher mit ihrer unerschöpflichen Fülle von packenden Abenteuern war sowohl für Richard als auch für seinen Bruder schon immer ein bevorzugter Rückzugsort gewesen. Bücher hatten sozusagen ihre zweite Muttermilch dargestellt. Nun verbrachten sie noch mehr Zeit mit Lesen. Zudem entdeckte Richard die Fantasiewelt der Comics, wobei es ihm die schmalen Heftchen mit Sciencefictiongeschichten sowie die Heldenfigur des Sigurd am meisten angetan hatten. Doch durfte diese »Schundliteratur« auf keinen Fall der Mutter in die Hände fallen, denn dann musste er sich nicht nur ärgerliche Ermahnungen anhören, sondern die ihm so teuren Hefte auch eigenhändig zerreißen und in den Mülleimer werfen.

Aber das war halb so schlimm wie vom Vater mit einem dieser Hefte erwischt zu werden, die angeblich den Geist verdarben wie langsam wirkendes Gift. Als erklärter Schöngeist und glühender Verehrer der Klassiker, bei dem Goethe, Hölderlin, Rilke und Fontane die höchsten Plätze des literarischen Olymps besetzten, betrachtete er es offensichtlich als persönliche Beleidigung, seinen Sohn solche »Kloakenliteratur«, wie er sich ausdrückte, verschlingen zu sehen.

Seinem Bruder blieben die Ängste, vom Vater mit einem dieser Hefte ertappt zu werden, erspart. Konrad interessierte sich mehr

für die Geschichte der alten Ägypter sowie für die Kultur der Mayas und Inkas. Außerdem las er sogar regelmäßig die Tageszeitung, und zwar nicht allein wegen des Sportteils mit den Ergebnissen der Fußballoberliga. So erzählte er auch Richard Ende Januar, dass in den USA der neu gewählte Präsident John F. Kennedy den Amtseid abgelegt habe.
Eines Abends im Juni las der Vater nach dem Abendbrot aus einem Artikel vor, der das Interview eines westdeutschen Reporters mit Walter Ulbricht wiedergab. »Hör dir mal an, was dieser Hochstapler hier über die Bildung einer freien Stadt Berlin von sich gibt, Inge!«, sagte er verächtlich und las vor: »›Ich verstehe Ihre Frage so, dass es in Westdeutschland Menschen gibt, die wünschen, dass wir die Bauarbeiter der Hauptstadt der DDR dazu mobilisieren, eine Mauer zu errichten. Mir ist nichts bekannt, dass eine solche Absicht besteht …‹ Und so weiter und so weiter.«
Die Mutter verzog das Gesicht. »Wenn Ulbricht und sein Funktionärsgesindel so weitermachen, dann werden sie bald Bankrott anmelden müssen – oder wirklich so eine Mauer bauen, was ja wohl auf dasselbe hinausläuft.«
Der Sommer zog ins Land, was man in Dortmund besonders gut daran merkte, dass der Smog über der Stadt noch drückender wurde. Burkhard hatte sich in Göttingen ein altes Motorrad zugelegt, das offenbar viel Pflege und Zuspruch bedurfte. Die Eltern waren enttäuscht, als er ihnen mitteilte, dass er in den Semesterferien einen Aushilfsjob in einer Stahlhütte angenommen hatte, weshalb ihm so gut wie keine Zeit für Besuche blieb. Andererseits waren sie aber auch stolz, einen Sohn zu haben, der nicht auf der faulen Haut lag, sondern mit seinem Studium gut vorankam und sich zudem noch bemühte, die finanzielle Belastung für sie so gering wie möglich zu halten.
Endlich begannen die von Richard so ungeduldig herbeigesehnten Sommerferien! Und dann, an einem heißen Freitagabend im August, stand plötzlich Onkel Willi mit Bruno und zwei Koffern vor der Tür.

»*Was* wollt ihr?«, stieß Richard gedehnt und ungläubig hervor. »Ihr wollt zurück nach drüben?«
Bruno verzog das Gesicht. »Was heißt schon ›wir‹? Mein Vater hat sich das so in den Kopf gesetzt – basta, aus! Mich hat er da nicht groß gefragt.«
»Das ist doch verrückt!«, meinte Konrad nicht weniger fassungslos über das, was Bruno ihnen soeben eröffnet hatte. Sie saßen in ihrem Kinderzimmer, denn die Eltern hatten sich mit Onkel Willi ins Wohnzimmer zurückgezogen und sich nachdrücklich jede Störung verbeten. Und den erregten Stimmen nach zu urteilen, die sogar durch die geschlossene Tür zu hören waren, ging es zwischen den Erwachsenen hoch her. »Das macht doch keinen Sinn!«
»Für meinen Vater offenbar schon«, erwiderte Bruno bedrückt. »Bei dem Ärger, den er zu Hause mit meiner Mutter und im Betrieb hat!« Er machte eine kurze Pause, bevor er mit bitterem Spott fortfuhr: »Obwohl, der Ärger mit seinem Boss ist jetzt ja ausgestanden. Der hat ihn nämlich nach dem halben Jahr Probezeit kurzerhand gefeuert. Und dreimal dürft ihr raten, womit Vater sich das eingebrockt hat.« Die Antwort gab er selbst: »Natürlich durch seine ewige Sauferei. Ich will nicht wissen, wie oft er zu spät in der Firma erschienen ist!«
Richard und auch Konrad versuchten, den Cousin zu trösten und ihm zu versichern, dass der Vater bestimmt eine andere Stelle finden werde.
»Ach, wenn es nur das wäre!«
Richard hatte das bestürzende Gefühl, als kämpfe sein Freund mit den Tränen. »Was ist denn noch?«
Bruno biss sich auf die Lippen und zögerte, als überlege er, ob er mit allem herausrücken solle. »Na, der Streit zwischen meinen Eltern«, sagte er dann jedoch. »Und die Sache mit Herrn Lempert, unserem Nachbarn.«
»Gestritten haben sich deine Eltern doch immer schon!«, warf Konrad trocken ein.
»Aber nicht so wie in den letzten Monaten. Da war bei uns

nämlich so gut wie jeden Tag dicke Luft in der Bude«, berichtete Bruno mit gesenktem Blick und leiser Stimme, als schäme er sich für das Verhalten seiner Eltern. »Auch wegen Herrn Lempert von nebenan.«

»Und was ist mit diesem Lempert?«

Richard sah, wie peinlich es Bruno war, als er ihnen nun von ihrem allein stehenden Wohnungsnachbarn erzählte. Der Mann, der seit einigen Jahren geschieden sei, habe sich schon bald nach ihrem Einzug mit der Mutter angefreundet, was dem Vater immer mehr gegen den Strich gegangen sei. Besonders deshalb, weil der Nachbar stets zu Hause war und daher auch tagsüber viel Zeit mit der Mutter verbringen konnte. Dieser Lempert lebe nämlich recht bequem von einer Erbschaft und dem, was mehrere Taxis für ihn in Köln einfuhren.

»Und? Glaubst du, die beiden haben was miteinander?«, entfuhr es Konrad wenig taktvoll.

Bruno warf ihm einen wütenden Blick zu. »Natürlich nicht! So eine ist meine Mutter nicht!« Seine Reaktion war jedoch so hastig und heftig, dass sie mehr Zweifel weckte als ausräumte. »Aber meinem Vater passt es nicht, dass die beiden so oft zusammenhocken. Er sagt, der Lempert ist ein fauler Hund und Intrigant, setzt ihr bloß Flausen in den Kopf und wiegelt sie gegen ihn auf. Meine Mutter hat nämlich schon mit Scheidung gedroht, wenn er nicht endlich aufhört zu saufen und in den Kneipen herumzuhängen.«

»Weiß denn deine Mutter überhaupt, dass er seine Koffer gepackt hat und mit dir zu uns ist?«, fragte Richard.

Bruno schüttelte den Kopf. »Meine Mutter ist mit den Nerven so runter, dass der Arzt sie für vier Wochen zur Kur irgendwo in den Schwarzwald geschickt hat. Vater hat ihr einen Brief geschrieben, sie solle gefälligst nachkommen, wenn ihr was an uns liegt.«

»Das ist ja eine schön gequirlte Scheiße!«

»Wo wollt ihr denn überhaupt bleiben?«, wunderte sich Konrad. »Ihr habt doch drüben gar keine Wohnung mehr!«

»Wir fahren zu Oma und Opa Köpitz, den Eltern meiner Mutter. Die wohnen in einem kleinen Kaff bei Leipzig. Mein Vater baut darauf, dass sie ihm helfen werden, die Mutter nachzuholen.«
Als Richard wenig später aufs Klo musste, blieb er kurz vor der Wohnzimmertür stehen und lauschte. Er hörte, wie der Vater etwas sagte und Onkel Willi daraufhin erregt erwiderte: »Ach, komm mir doch nicht damit, Heinrich! Im Westen wird doch auch bloß mit Wasser gekocht, und manchmal sogar mit verdammt schmutzigem. Mir reicht es hier! Sie kann ja jederzeit nachkommen, aber den Jungen lasse ich mir von ihr und diesem Dreckstück nicht nehmen. Und jetzt sag endlich, ob du mir das Geld pumpen kannst oder nicht? Ich zahle das schon so bald als möglich zurück, keine Sorge, Inge!«
»Natürlich, so wie immer, ja? Aber macht das unter euch aus! Ich bin in der Küche«, drang nun die gereizte Stimme der Mutter zu Richard durch die Tür, und schnell huschte er ins Bad.
Es wurde ein bedrückender Abend, der Richard auf den Magen schlug. Auch wenn die Mutter nach dem Streit im Wohnzimmer kein Wort mehr über die Sache verlor, war ihr doch deutlich anzumerken, wie sehr sie missbilligte, was Onkel Willi sich da in den Kopf gesetzt hatte. Auch der Vater machte einen niedergeschlagenen Eindruck und versuchte angestrengt, die verkrampfte Unterhaltung in Gang zu halten, jedoch ohne Erfolg. Alle waren erleichtert, als er schließlich vor Onkel Willis grimmiger Einsilbigkeit und dem konsequenten Schweigen der Mutter kapitulierte und vorschlug, früh zu Bett zu gehen.
Bruno schlief bei den Brüdern im Kinderzimmer im Gang zwischen den Betten, während die Eltern für Onkel Willi im Esszimmer ein provisorisches Nachtlager richteten.
»Sag mal, hast du auch dein Schild dabei?«, fragte Richard, als sie das Licht im Zimmer gelöscht und sich hingelegt hatten. Konrad schnarchte schon, er war fast auf der Stelle eingeschlafen.
»Klar, ist doch mein Talisman!«, kam es aus der Dunkelheit.
»Gut, dann wird alles schon nicht so schlimm werden, wie es jetzt aussieht. Du weißt ja: Lieber auf der Tüte als im Eimer!«, sagte

Richard. Doch der leichte Ton wollte sich diesmal ebenso wenig einstellen wie der wahre Trost, den ihnen der Spruch so oft geschenkt hatte.
Es blieb lange still, dann antwortete Bruno mit leiser, bestürzend mutloser Stimme: »Ich weiß nicht, Dicky. Ich fürchte, diesmal stecken wir im Eimer. Und zwar ganz unten, wo man nicht mal über den Rand glotzen kann.«
Richard schwieg betroffen, und als er am nächsten Morgen auf dem Bahnhof Abschied von Bruno nahm, musste er ständig schlucken, als säße ihm ein fetter Frosch im Hals. Zudem reizte irgendetwas seine Augen, denn er musste blinzeln und sich anstrengen, um die Tränen zurückzuhalten.
Als der Zug anfuhr und die schmächtige Gestalt seines Cousins am Abteilfenster schnell kleiner wurde, um sich dann am Ende der Halle im hellen Sonnenlicht aufzulösen, fragte Richard sich mit schwerem Herzen, wann sie sich wohl wieder sehen würden.

*

»Heinrich, komm in die Küche! Schnell!« Die Stimme der Mutter überschlug sich fast vor Aufregung, und Richard, der sich noch einmal umgedreht und gedöst hatte, war mit einem Schlag wach. Auch Konrad fuhr erschrocken im Bett hoch. Es war der 13. August 1961, der Sonntagmorgen nach Onkel Willis und Brunos Rückreise in den Osten.
»Was ist denn?«, hörten sie den Vater aus dem Bad zurückrufen. »Ich rasiere mich gerade.«
»Ulbricht macht Berlin zu! Sie ziehen an der Grenze Stacheldraht, und Truppen sind aufmarschiert! Es kommt gerade im Radio!«
Wie der Blitz fuhren Richard und Konrad aus den Betten und rannten im Schlafanzug zu den Eltern in die Küche. Die Mutter hatte sich ihren Morgenmantel übergeworfen, doch der Vater stand mit nackter Brust und dem Rasierschaum noch im Gesicht neben dem Radio. Fassungslos lauschten sie den Meldungen.

Was Ulbricht noch vor wenigen Wochen so vehement als eine bösartige Unterstellung des westlichen Klassenfeindes gebrandmarkt hatte, ließ er nun tatsächlich bauen: eine Mauer rund um Westberlin!

Aus dem Radio drang die Stimme des Reporters, die einen beschwörend pathetischen Klang hatte. Jeder Satz klang wie gehämmert, und die kurzen Pausen zwischen den Sätzen erweckten den Eindruck von Atemlosigkeit: »Im Morgengrauen haben bewaffnete Betriebskampfgruppen der DDR damit begonnen, längs der Sektorengrenze Stacheldraht auszurollen, das Straßenpflaster aufzureißen und Betonpfähle einzurammen! ... Panzer fahren auf ... Gellende Pfiffe übertönen das dumpfe Dröhnen der Motoren und das Rasseln der Ketten ... In Scharen strömen die Berliner an die Grenze! ... Doch sie werden von Vopos und Volksarmisten mit verbissenen Gesichtern in Schach gehalten ...«

Atemlos lauschten sie dem Bericht. »Jetzt sitzt Willi mit seinem Sohn da drüben fest!«, sagte der Vater betroffen, als in der Sendepause getragene klassische Musik gespielt wurde. »Und Else wird den Teufel tun und nachkommen. Jetzt schon gar nicht.«

»Dass Ulbricht die Grenze einfach dichtmacht und Westberlin mit einer Mauer umgibt, können die Amis doch unmöglich zulassen!«, sagte die Mutter beschwörend.

Der Vater lachte kurz und freudlos auf. »Und ob sie das zulassen werden! Ich sage dir, die werden nicht einen Finger rühren. Es wird Proteste und den sonst üblichen politischen Theaterdonner geben, aber die werden sich doch wegen uns nicht mit den Russen anlegen und womöglich einen Krieg riskieren!«

»Was ist das für ein Staat, der mit Stacheldraht und Militär die eigenen Bürger am Weglaufen hindern muss? Man kann doch nicht ein ganzes Volk in ... in Vorbeugehaft nehmen!«, empörte sich die Mutter. »Das ist nicht nur eine Bankrotterklärung der Politik, sondern einfach nicht machbar!«

»So?« Der Vater hob sarkastisch die Augenbrauen und wies auf das Radio. »Es *ist* möglich, wie du hörst, und es *wird* gemacht!«

Und die Alliierten sahen wirklich tatenlos zu, wie Walter Ulbricht und seine Parteigänger in diesen Augusttagen vollendete Tatsachen schufen. Die provisorischen Absperrungen verwandelten sich in dichte Stacheldrahtverhaue, und diese Stacheldrahtbarrieren wurden schon bald von einer Mauer aus Betonplatten ersetzt.

Viele DDR-Bürger ahnten, dass ihr Leben an einem entscheidenden Wendepunkt stand und dass dies vielleicht ihre letzte Chance war, in den Westen zu kommen. Mit dem Mut der Verzweiflung versuchten Tausende die Flucht. Ein Ostberliner raste mit seinem Wagen in den Stacheldraht und zerrte ihn bis auf Westgebiet mit, wo Feuerwehrleute den Fahrer aus dem Verhau befreien mussten. Ein anderer wagte es zu Fuß, wurde von Vopos verfolgt und mit dem Bajonett niedergestochen, konnte sich jedoch noch blutend in Sicherheit schleppen. Menschen sprangen aus Häusern und in die Kanäle, um noch im letzten Moment in die Freiheit zu gelangen.

Nachts träumte Richard von Bruno. In seinem Traum sah er den Cousin von Stacheldraht umschlossen, und sein Gesicht schien zu Eis erstarrt. Reglos stand er da. Und wie ein frisch eingelieferter Häftling, der sich für die Aufnahme in die Gefängniskartei vor der Kamera aufstellen und ein Schild mit seinem Namen und seiner Kennziffer hochhalten musste, presste Bruno das blecherne Straßenschild »Auf der Tüte« an die Brust.

Zweiter Teil
1963 – 1971

1

Oma Köpitz erfasste die überwiegend leeren Regale in der HO-Verkaufsstelle von Lützen mit einem Blick. »Kohl und Möhren. Ist das mal wieder alles, was unser siegreicher Sozialismus der Hausfrau zu bieten hat?«, fragte sie mit einem schweren Seufzer und machte mit ihrem Krückstock eine vage, fuchtelnde Bewegung in Richtung der Obst- und Gemüseauslage. »Kein Edelgemüse und kein Stück Edelobst im Angebot?«

Am Blusenkragen der Verkäuferin klebte gut sichtbar der Bonbon, das Parteiabzeichen. Und Bruno sah ihrem verkniffenen Gesicht an, dass seine Oma bei ihr auf Bückware nicht zu hoffen brauchte, auch wenn die Frau in ihrer grässlich grauen Plasteschürze zufällig doch noch das eine oder andere unter der Ladentheke liegen hatte.

»Was wir im Angebot haben, liegt in der Auslage!«, lautete die barsche Antwort der Verkäuferin.

»Wie sieht's denn mit zehn Pfund Kartoffeln aus?« Oma Köpitz bemühte sich um ein Lächeln. »Ich habe heute den Jungen zum Tragen dabei.«

»Und wenn Sie eine ganze Brigade dabeihätten, ich kann nur zwei Kilo pro Kunde abgeben, das wissen Sie doch ganz genau!«, belehrte die Verkäuferin sie schnippisch. »Nehmen Sie doch Hülsenfrüchte dazu, wie es alle anderen auch tun!«

»Na, dann in Gottes Namen eben zwei Kilo Kartoffeln und ein Kilo Hülsenfrüchte«, gab Oma Köpitz sich geschlagen.

»Gott? Dieser Genosse ist mir unbekannt!«, kam es sofort bissig von der Verkäuferin, die ganz besondere Linientreue an den Tag legte, seit ihr Mann Brigadeleiter in der örtlichen Zuckerfabrik geworden war.

Bruno verzog das Gesicht. Ewig diese Hülsenfrüchte! Sie hingen ihm allmählich zum Halse raus. Wie Opa Köpitz erzählte, wurden jetzt sogar in Restaurants Hülsenfrüchte dazugegeben, weil es einfach nicht genug Kartoffeln gab und die Gaststätten die

Anweisung erhalten hatten, die Gerichte mit Hülsenfrüchten aufzufüllen. Sättigungsbeilage hieß das ganz offiziell – und so schmeckte es auch.

Wenig später verließen sie den HO-Laden, und mit einem nicht allzu schweren Einkaufsbeutel ging Bruno neben seiner Oma her. Ihr Stock, den sie mit sichtlichem Ingrimm kurz und heftig auf das schadhafte Pflaster des Bürgersteigs niederstieß, schlug den Takt zu ihren Schritten. »Wer in diesem Land eine richtige Auswahl von Obst und Gemüse zu sehen bekommen will, kann das bloß noch in Museen tun, wo Stillleben an der Wand hängen«, schimpfte sie.

Fast zwei Jahre war es nun schon her, seit Bruno mit dem Vater in die DDR zurückgekehrt und bei Oma und Opa Köpitz in Lützen untergekommen war.

Lützen war ein kleiner, ruhiger Ort südwestlich von Leipzig mit nicht einmal fünftausend Einwohnern. Außer dem Schloss aus dem 16. Jahrhundert, das als Hort, Jugendlager und Heimatmuseum Verwendung fand, und der Zuckerfabrik hatte die Ortschaft nicht viel zu bieten. Allenfalls konnte sie bei besonders Geschichtsinteressierten mit dem zweifelhaften Ruhm Eindruck schinden, dass 1632 in der Schlacht bei Lützen König Gustav Adolf von Schweden im Kampf gegen Wallensteins Truppen gefallen war, was Letzterem aber dennoch nicht den Sieg gebracht hatte.

Bruno hatte große Schwierigkeiten gehabt, sich einzuleben, und er hatte sie eigentlich noch immer. Vor allem fehlte ihm ein Freund wie Richard. Erträglich war alles nur, weil er sich mit Opa und Oma Köpitz so gut verstand.

Die Schließung der Grenze und der Bau der Mauer waren für seine Großeltern ein schwerer Schlag gewesen, sein Vater hatte dagegen erleichtert gewirkt. Und das hatte Bruno sehr wehgetan, denn er ahnte, was der Grund für die Erleichterung des Vaters war: die Gewissheit, dass er in der DDR nun vor seiner Frau sicher war und sie es kaum riskieren würde nachzukommen.

Wie so viele glaubten Oma und Opa Köpitz anfangs auch fest

daran, dass dieser antifaschistische Schutzwall nicht lange Bestand haben würde. »Ladendiebstahl wird bestraft, aber ein ganzes Volk der Freiheit zu berauben – soll erlaubt sein? Nein, das kommt wieder weg!«, war die fast einhellige Meinung bei ihnen im Mietshaus.

»Das kommt bald anders!«, lautete nach dem ersten Schock der geläufige, hoffnungsvolle Spruch. Doch wenn etwas anders wurde, dann nur zum Schlechten. Denn die Mauer wurde unerbittlich zum dauerhaften Teilstück des Eisernen Vorhangs ausgebaut, und wer versuchte, sie zu überwinden, ließ oft genug sein Leben im Todesstreifen.

Die Mutter war nicht gekommen, ganz wie der Vater es wohl im Stillen erhofft hatte. Und ihre Briefe ließen lange auf sich warten. Das letzte Schreiben war vor fast einem Dreivierteljahr eingetroffen. Da war sogar Richard weniger schreibfaul, und seine Briefe waren allemal länger als die knappe Seite mit viel Platz zwischen den Zeilen, die die Mutter üblicherweise für ihn erübrigte.

Der Vater schrieb überhaupt keine Briefe. Er war in Russland, und wenn von ihm einmal ein Lebenszeichen eintraf, dann höchstens in Form einer Postkarte mit der matten Abbildung kaukasischer Birkenwälder oder einer Stadt, deren fantasielose Einheitsbauten in den sozialistischen Himmel ragten und die überall und nirgendwo hätten sein können.

Dass er seinen Betrieb in Berlin sang- und klanglos im Stich gelassen hatte und mit seiner Familie in den Westen geflohen war, hatte man ihm hier bei seiner Rückkehr als Desertion vorgeworfen und sehr übel genommen. Fast ein Jahr lang wurden ihm in Leipzig nur Beschäftigungen zugewiesen, wie sie einem besseren Hilfsarbeiter angemessen gewesen wären, nicht jedoch einem qualifizierten Ingenieur. Auf seine wiederholten Beschwerden hin teilte ihm schließlich ein Parteifunktionär mit, dass er sich erst wieder in der sozialistischen Produktion bewähren und seine sozialistische Gesinnung und Zuverlässigkeit unter Beweis stellen müsse, bevor er erwarten könne, wieder in Gnaden auf-

genommen zu werden und in eine Position aufzurücken, die seinen beruflichen Qualifikationen entsprach. Auf die Frage des Vaters, an welche Art von Bewährung der Genosse denn gedacht habe, erhielt er die Antwort: »Zwei Jahre Baubrigade bei unseren russischen Brüdern, danach reden wir noch einmal über Ihre weitere Verwendung hier bei uns.«
Und so hatte sich der Vater »freiwillig« für zwei Jahre nach Russland gemeldet, um an einem jener großen Bauprojekte mitzuarbeiten, mit denen die DDR dem siegreichen sowjetischen Brudervolk bei der Erschließung seines unermesslich weiten Landes half, irgendwo im Kaukasus, wo Fabriken und Satellitenstädte frisch vom Reißbrett weg entstanden. Und war, wie Bruno den Eindruck gehabt hatte, nicht einmal unfrohen Herzens gegangen.
»Im Flüchten ist unser Schwiegersohn nicht so leicht zu übertreffen«, hatte Opa Köpitz sarkastisch bemerkt, als der Vater im Mai letzten Jahres gen Russland verschwunden war und seinen Sohn bei den Großeltern zurückgelassen hatte. »Tja, in Lützen werden eben auch heute noch viele Schlachten verloren. Nur finden die nirgendwo Niederschlag in Geschichtsbüchern.«
Bruno wusste, dass Opa Köpitz mit dem letzten Satz nicht nur den Vater meinte, sondern auch sich selbst. Er hatte ihm nämlich erzählt, dass er seine eigene private Schlacht mit der örtlichen Partei verloren hatte. Er war wie sein Vater Tierarzt gewesen, mit einer eigenen kleinen Praxis. Doch da er sich geweigert hatte, in die SED einzutreten, sich gewerkschaftlich zu organisieren und aus seiner Praxis ein sozialistisches Kollektiv zu machen, hatte man ihm kurzerhand die Zulassung entzogen und die Praxis einem Parteigenossen übergeben.
»Diese Gesinnungslumpen haben Recht und Gesetz mit Füßen getreten und mich wie einen Hund vor die Tür gesetzt«, zürnte er. »Weil ich ein unverbesserliches bürgerliches Element sei, ein ewig Gestriger, für den kein Platz in der neuen modernen Gesellschaft ist. Und das aus dem Mund dieser rot lackierten Bankrotteure!«

Opa Köpitz nahm kein Blatt vor den Mund, und als sie nun vom Einkauf zurückkamen und seine Frau von ihrem kleinen Scharmützel mit der HO-Verkäuferin berichtete, hatte er sofort einige gallige Bemerkungen zur Hand. »Die Segnungen unserer Planwirtschaft bestehen im Wesentlichen darin, dass alles ordentlich in grandiosen Fünfjahresplänen weggeplant wird«, lautete sein Kommentar zur Versorgungsmisere. »In dem Zusammenhang fällt mir etwas ein. Bruno, was wäre wohl passiert, wenn man den Sozialismus zuerst in der Wüste aufgebaut hätte?«
Bruno zuckte die Achseln. »Keine Ahnung.«
»Aber das liegt doch auf der Hand, Junge! Erst einmal wäre eine ganze Weile überhaupt nichts passiert. Dann aber wäre der Sand knapp geworden!«

*

Im Oktober 1963 fanden mit einjähriger Verspätung Volkskammerwahlen statt, die nicht nur Opa Köpitz verächtlich als »Zettelfaltveranstaltungen« bezeichnete.
»Das Ergebnis von über neunundneunzig Prozent für die Kandidaten der Einheitsliste steht doch schon fest, noch bevor der erste Wahlzettel irgendwo in eine Urne geflattert ist! Die einzige Ungewissheit dieser politischen Schmierenkomödie ist doch nur, ob die zweite Zahl hinter dem Komma nun eine Fünf oder eine Sieben ist!«, schimpfte er, eines seiner fürchterlichen Goldstumpen-Zigarillos paffend.
Oma Köpitz machte dagegen ein besorgtes Gesicht. »Halt dich bloß zurück, wenn die Wahlhelfer mit der Urne zu uns in die Laubensiedlung kommen!«
Die Großeltern dachten nämlich nicht daran, ins Wahllokal zu gehen und dort ihren Stimmzettel abzugeben, als würden die Abgeordneten der nächsten Volkskammer nicht schon längst feststehen.
»Wenn ihnen so viel an ihrem lächerlichen Schwindel liegt, sollen sie gefälligst mit ihrem Abfalleimer von Urne zu uns kommen

und nicht umgekehrt! Sollen sie doch zu unserer Datsche hochpilgern! Ich hoffe, es gießt dann nur so aus Kübeln!«
Opa Köpitz hatte nicht mehr die Kraft und den Willen, sich auf handfeste Schlachten mit den Parteifunktionären einzulassen, aber für Nadelstiche reichte es noch immer.
Bei der Datsche handelte es sich um die Kleingartenparzelle einer Laubenkolonie am Ortsrand von Lützen, die sich das Ehepaar erst vor wenigen Monaten hatte sichern können. Ein großer Glücksfall, auf den die beiden schon Jahre gewartet hatten. Die dazugehörige Hütte verfügte weder über Strom noch fließend Wasser, was ihrem Reiz jedoch nicht den geringsten Abbruch tat. Es hatte rustikalen Charme, neben der Hütte die alte Pumpe mit dem schmiedeeisernen Schwengel zu betätigen und bei Dunkelheit Petroleumlampen anzuzünden.
Der lang ersehnte »Sommersitz« der Großeltern war auch sofort Brunos Lieblingsort. Hier konnte man umgraben, Holz hacken, Zäune ausbessern oder einfach nur faul in der Sonne liegen und dösen, während um einen herum die Vögel zwitscherten und es nach warmer Erde roch. Ganz besonders liebte er es, dort zu übernachten und am Morgen vor der Hütte in der Sonne zu frühstücken. Wenn dann auch noch Sabine aus der Parallelklasse, seine heimliche Liebe, auf der Nachbarparzelle in ihrem gestreiften Badeanzug oder mit kurzem Röckchen und locker vor der Brust geknoteter Bluse herumlief, dann fühlte er sich einem Zustand wunschlosen Glücks ziemlich nahe.
Das schlechte Wetter am Wahltag erfüllte Opa Köpitz mit grimmiger Genugtuung. Es wehte ein unangenehm nasskalter Wind, der nicht nur eine Ahnung vom baldigen Winterbeginn brachte, sondern auch böige Regenschauer.
Als die Wahlhelfer am späten Nachmittag mit der Urne in der Laubenkolonie erschienen, saß Bruno mit seinen Großeltern in der Hütte und spielte Karten. Sie hatten heißen Glühwein in Thermoskannen mitgebracht, und in dem kleinen Bullerofen in der Ecke brannte ein ordentliches Feuer.
Die Vorwürfe der beiden regennassen und griesgrämig gestimm-

ten Wahlhelfer perlten an Opa Köpitz ab wie Wasser von einer Ölhaut. »So? Heute war mal wieder Wahltag?«, gab er sich überrascht. »Donnerwetter, das ist mir doch wirklich entgangen! Muss wohl an meinem hohen Alter liegen.«
»Zweiundsechzig ist noch kein Alter, Genosse Köpitz!«
»Ach nein? Als man mir meine Praxis genommen und mir Berufsverbot erteilt hat, war das aber eine der Begründungen gewesen«, konterte Opa Köpitz. »Und da war ich noch ein paar Jahre jünger!«
Die Wahlhelfer, bekannte Gesichter aus der Ortschaft und mit den Umständen der erzwungenen Praxisaufgabe so gut vertraut wie Opa Köpitz mit ihren Parteikungeleien, machten betretene Gesichter und drängten dann zur Stimmabgabe, damit auf der Einwohnermeldeliste endlich auch hinter die Namen Hilde und Otto Köpitz das Häkchen kam.
»Tut mir Leid, aber wir haben unsere Ausweise nicht dabei!«, bedauerte Opa Köpitz, der nicht daran dachte, es ihnen so einfach zu machen.
»Ist nicht nötig. Sie und Ihre Frau sind uns ja keine Unbekannten«, gaben sich die Wahlhelfer umgänglich.
»Das können wir leider nicht annehmen. Möchten uns doch nicht strafbar machen. Vorschrift ist nun mal die Vorlage des Ausweises!«, beharrte Opa Köpitz. »Da gibt es keine Ausnahme. Vorschrift ist Vorschrift, und die muss eingehalten werden!«
»Ja, aber ...«
»Nein, das weiß ich ganz genau!«, unterbrach Opa Köpitz den Wahlhelfer. »Als ich das letzte Mal drüben im Clubhaus wählen war, haben Sie doch Frau Köster nach Hause geschickt, damit sie ihren Ausweis holt, obwohl doch jeder im Ort die alte Frau Köster kennt und der Genosse Wahlleiter als Dreikäsehoch sogar noch Unterricht bei ihr genossen hat. Sie soll ja eine ewig Gestrige sein!« Genüsslich schlürfte er heißen Glühwein aus seinem Plastebecher. »Aber aus Schikane hat der Genosse Wahlleiter sie bestimmt nicht wie ein dummes Mädchen nach Hause geschickt, sondern weil eben alles seine Ordnung haben muss, nicht wahr?

Und wir wollen doch auch nicht, dass nachher ein falsches Ergebnis herauskommt, oder? Wo doch so viel von dieser Wahl abhängt!« Er machte erneut eine gewichtige Pause, strich sich mit Daumen und Zeigefinger zweimal über seinen grauen, aber noch dichten Walrossbart und schüttelte nachdrücklich den Kopf. »Nein, so bitter es ist, aber ohne Vorlage des Ausweises darf keiner an der Entscheidung, wer in das hohe Haus der Volkskammer entsandt wird, teilnehmen! Dafür hängt von jeder einzelnen Stimme einfach zu viel ab.«
Eine Mischung aus mühsam beherrschter Verärgerung und offenkundiger Ratlosigkeit zeigte sich auf den Gesichtern der beiden Wahlhelfer. Sie wussten offensichtlich nicht, wie sie diesem beißenden Sarkasmus begegnen und das Dilemma mit den Ausweisen lösen sollten, ohne ihr Gesicht zu verlieren und die Schikane des Wahlleiters bei der letzten Wahl indirekt zu bestätigen.
Bruno hatte Mühe, sich ein spöttisches Grinsen zu verkneifen oder nicht gar in Gelächter auszubrechen. Da Opa Köpitz aber die engen Grenzen seiner Freiheit kannte, bot er den Männern an, einfach wiederzukommmen, und zwar später in die Mietwohnung. In einer guten Stunde etwa, wenn sie das Kartenspiel beendet hätten und es hoffentlich nicht mehr so heftig regnete, würden sie wohl zu Hause anzutreffen sein. Und dann könne dort alles seinen ordnungsgemäßen sozialistischen Gang nehmen! Ein Vorschlag, den die Wahlhelfer zähneknirschend als Kompromiss akzeptierten.

*

Zu Weihnachten sah Bruno seinen Vater wieder. Aus all seinen Erzählungen klang nur zu deutlich heraus, wie wohl er sich auf dieser Großbaustelle im Kaukasus und in seiner Brigade fühlte – und wie wenig es ihn nach Hause zog. Er dachte sogar an eine Verlängerung seiner Verpflichtung um ein Jahr. Er werde dort gebraucht, betonte er mehr als einmal stolz. Schon am ersten

Weihnachtstag traf er sich in Leipzig mit Kollegen, die wie er Heimaturlaub erhalten hatten. Er kam erst spät in der Nacht zurück und verbrachte auch die restlichen Tage seines Urlaubs meist mit den Männern aus seiner Brigade.
Richard hatte pünktlich zu Weihnachten geschrieben, und das Paket von Onkel Heinrich und Tante Inge, die sie regelmäßig mit den köstlichen Segnungen des Westens versorgten, hatte in Lützen glänzende Augen hervorgerufen. Auch von der Mutter traf zum Fest ein üppiges Geschenkpaket ein sowie ein Brief, der voll guter Wünsche und Beteuerungen war, wie sehr sie doch unter der Trennung leide. Ein Hinweis auf die Scheidung, die sie inzwischen durch ihren Anwalt bei Gericht eingereicht hatte, fand sich in ihrem Brief jedoch nicht. Davon erfuhr Bruno erst später von seinem Vater, als der wieder einmal angetrunken aus Leipzig nach Hause kam und all die Ungerechtigkeiten dieser Welt bejammerte, mit denen er geschlagen war – darunter eben auch die Treulosigkeit der Mutter.
»Ich sag's dir, kaum ist die Scheidung ausgesprochen, wird sie nicht mehr Brüggemann, sondern Lempert heißen«, prophezeite er düster, ehe er sich noch einen Doppelkorn genehmigte. »Sie wird's nicht abwarten können, da gehe ich jede Wette mit dir ein.«
Bruno wollte die Mutter vor dieser Unterstellung in Schutz nehmen, aber die Worte des Widerspruchs blieben aus. Nicht, dass sie ihm auf halbem Weg in der Kehle stecken geblieben wären. Nein, viel schlimmer, sie wollten sich erst gar nicht in seinen Gedanken formen! Es kam ihm einfach kein Wort der Ehrenrettung für die Mutter in den Sinn, weil er selbst an ihr zweifelte, wie er zu seiner eigenen Bestürzung feststellte. Und so ging er wortlos aus dem Zimmer, warf sich auf sein Bett und presste das Gesicht ins Kopfkissen, damit ihn niemand weinen hörte.
Im Frühling des folgenden Jahres verlängerte der Vater seinen Einsatz in Russland um ein volles Jahr. Der Entschluss traf Bruno nicht unerwartet, was jedoch nichts daran änderte, *dass* er ihn traf.

Die Nachricht von der rechtskräftigen Scheidung seiner Eltern erhielt er um dieselbe Zeit. Im Sommer schrieb ihm die Mutter aus Köln ihren ersten mehrseitigen Brief. Was sie ihm darin über die vielfältigen Bedrängnisse, denen sich eine allein stehende Frau jenseits der vierzig im Land der freien Marktwirtschaft ausgeliefert sah, und ihre Erkenntnis über die Seelenverwandtschaft mit Herrn Lempert zu erklären versuchte, wurde ihm auch nach mehrmaligem Lesen nicht ganz klar. Fest jedoch stand, dass die Mutter nicht länger Brüggemann hieß, sondern keine drei Monate nach der Scheidung die Frau ihres einstigen Nachbarn geworden war – wie es der Vater vorausgesagt hatte.
Bruno fühlte sich von beiden im Stich gelassen. Er ließ den Brief der Mutter und alle anderen, die folgten, unbeantwortet. Als der Vater ihm bei seinem nächsten kurzen Heimaturlaub eröffnete, dass er in die Partei eingetreten sei, weil das nun mal vieles einfacher mache und ihm weiteres Spießrutenlaufen erspare, berührte ihn das kaum. Wo es keine Erwartungen mehr gab, da blieben auch die Enttäuschungen aus.
Opa Köpitz bemerkte dazu mit einer guten Portion Verachtung: »Sich ehrenvoll geschlagen zu geben und die Waffen niederzulegen ist eine Sache. Aber zum Feind überzulaufen und sich dessen Sache zu Eigen zu machen, weil einem die eigene Ehre und Überzeugung keinen Pfifferling wert ist, ist eine völlig andere.«

*

Die Entscheidung, ob Bruno als Sohn einer republikflüchtigen Mutter, eines stark vorbelasteten Vaters und eines ewig gestrigen Großvaters die Erweiterte Oberschule besuchen und die Hochschulreife erlangen durfte, hing lange an einem seidenen Faden, fiel aber schließlich zu seinen Gunsten aus. Immerhin war der Vater reumütig in das sozialistische Paradies zurückgekehrt und Parteimitglied geworden, wenn er auch den Makel einer befleckten Vergangenheit nie verlieren würde.
Im Herbst 1964 kam Bruno auf die Erweiterte Oberschule

und musste sich damit auch wohl oder übel den besonderen Anforderungen des UsP, des Unterrichts in der sozialistischen Produktion, stellen. Die Schüler hatten sich nach Orientierungsbesuchen in Fabriken und Werkstätten für einen technischen oder handwerklichen Beruf zu entscheiden. In den entsprechenden Betrieben verbrachten sie dann einen Tag in der Woche. Theoretisch sollten sie dort eine Ausbildung in der Art einer Lehre erhalten, praktisch lief es jedoch darauf hinaus, dass die Betriebe auf diese Weise zu kostenlosen Arbeitskräften kamen. Bruno mochte den Umgang mit Holz und entschied sich deshalb für einen Schreinerbetrieb.

Mit Beginn der Schule wurde Bruno auch von der FDJ vereinnahmt, den Helfern und der Reserve der Partei, wozu die FDJ-Mitglieder von der SED offiziell ernannt worden waren. Er wurde gar nicht gefragt, ob er unter die blaue Fahne wollte. Seine Begeisterung für die revolutionäre Sache der jungen Kämpfer, die in der FDJ organisiert waren, wurde schlichtweg vorausgesetzt. Und wer hätte sich da schon getraut, das wunderbare Angebot der Blauhemden abzulehnen, wenn alle anderen so selbstverständlich in die FDJ eintraten, wie sie sich montags zum Appell auf dem Schulhof versammelten?

Eine Aufsehen erregende Ausnahme gab es allerdings: Karlheinz Krautscheid, den eher stillen und unauffälligen Sohn des Küsters. Blass und mit zitternder Stimme, aber standhaft verweigerte er die Mitgliedschaft in der FDJ. Sie sei mit seinem christlichen Glauben nicht vereinbar, beharrte er. Und nein, der Vater habe ihm das nicht eingeredet, auch nicht der Pfarrer, es sei allein seine Entscheidung.

Karlheinz wohnte in derselben Sackgasse wie Bruno und gehörte zu den wenigen Jungen, mit denen er sich ein wenig angefreundet hatte, vermutlich weil sie beide Außenseiter waren und sich für Motorräder interessierten. Der Küster besaß eine alte, blau lackierte Horex, an der Karlheinz mit Leidenschaft herumbastelte, überzeugt davon, sie eines Tages wieder in Gang zu bringen – ein sehr wagemutiges Vorhaben angesichts des desolaten Zustandes, in dem sich das Motorrad befand. Wenn sich ihre Freundschaft auch nicht mit der vergleichen ließ, die Bruno mit seinem Cousin verband, so machte er sich doch um den ersten Freund, den er in Lützen hatte, ernstlich Sorgen.

»Bist du verrückt geworden? Mann, die schmeißen dich von der Schule, wenn du der FDJ die kalte Schulter zeigst, und dann kannst du dir das mit dem Studium an den Hut stecken! In der FDJ zu sein ist doch nicht dasselbe wie der Partei beizutreten. Das sagt sogar mein Opa, und das will was heißen. Mensch, überleg dir das noch einmal gut!«, redete Bruno ihm zu.

Auch Ulrich Erpenbeck, der wie Karlheinz im Kirchenchor sang und Brunos Begeisterung für all die großartigen Erfindungen des Westens wie Miniröcke, Beatmusik und »Bravo«-Hefte teilte, versuchte Karlheinz umzustimmen. »Du weißt doch selbst, wie das geheime Motto der DDR lautet: ›Durchwursteln, ausnutzen, anpassen und sich niemals festlegen – und das alles mit revolutionärer Wachsamkeit!‹«

Karlheinz ging auf den Witz jedoch nicht ein. »Die können tun, was sie für richtig halten, und ich tue, was ich für richtig halte«, erwiderte er starrköpfig.

Karlheinz wurde nicht sofort von der Schule gefeuert, obwohl jeder wusste, dass seine Tage auf der EOS gezählt waren. Die Schulleitung gönnte sich eine Schamfrist von einem halben Jahr. Vielleicht hing die Verzögerung auch mit der allgemeinen politischen Verunsicherung zusammen, die Moskau kurzfristig der Partei des kleinen, aber strammen Brudervolkes bescherte, als Nikita Chruschtschow am 14. Oktober überraschend wegen Fantasterei, Personenkults und anderer gravierender Fehlleistungen entmachtet und zur Unperson erklärt wurde und Leonid Breschnew an seine Stelle trat. Zwei Tage später zündete China auch noch seine erste Atombombe. Kein Wunder, dass diese verstörenden Nachrichten sogar die Berichterstattung und das Interesse an den Olympischen Sommerspielen in Tokio in den Hintergrund drängten.

Was auch immer der Grund für die anfängliche Zurückhaltung

der Schulleitung gewesen sein mochte, der Vergeltung entging Karlheinz Krautscheid nicht. Es überraschte keinen, als seine Noten auf einmal auffallend schlecht wurden. Man hatte ihn zum Abschuss freigegeben, und die Lehrer führten die Order, die zweifellos vom Parteisekretär kam, gewissenhaft und zielstrebig aus.

Dass Karlheinz in seiner Haltung konsequent blieb und nach der Abfuhr an die FDJ auch die Teilnahme an der Jugendweihe und den darauf vorbereitenden Jugendweihestunden verweigerte, gab ihm schließlich den Rest. Offiziell wurde sein Schulverweis damit begründet, dass er angeblich mehrmals des Abschreibens und damit des schändlichen Betrugs am Kollektiv überführt worden sei. Doch jeder wusste, dies war eine glatte Lüge, weil die Mitschüler eher von Karlheinz abschrieben als umgekehrt. Dennoch sagte niemand etwas. Keiner ergriff für ihn Partei. Und weil man sich schämte, erwähnte man seinen Namen auch nicht mehr. Das machte es leichter, so zu tun, als wäre nichts geschehen.

Karlheinz kam schließlich als Lehrling bei einem Schlosser unter, dem eine der wenigen noch privaten Werkstätten gehörte. Man habe den kleinen Betrieb noch nicht in einen VEB umgewandelt, meinte Opa Köpitz, weil der Schlosser Jeschke sich als Einziger weit und breit auf die Herstellung von Hamsterhaken verstehe. So wurden im Volksmund die begehrten Anhängerkupplungen für Motorräder und Autos genannt. Und auch wenn Parteifunktionäre manchmal leichter an Mangelwaren herankamen, so mussten sie sich doch erst einmal einen Hamsterhaken bei Jeschke schmieden lassen, um Fliesen, Steine, Zement, Klobrillen, Waschmaschinen, Kühlschränke, Tapeten, Elektrokabel, Farbe, Fensterglas, Dachpappe und was sonst noch alles auf der schier endlosen Liste der im gewöhnlichen Handel nicht frei erhältlichen Waren stand mit dem Anhänger transportieren zu können.

Mit der Jugendweihe, dem weltlichen Gegenstück zur Konfirmation, hatten auch Brunos Großeltern Probleme.

»Eigentlich sollte er nicht gehen«, sagte Oma Köpitz. »Damit wollen sie doch der Kirche die Jugend abspenstig machen und die jungen Leute zu Atheisten erziehen. Dem dürfen wir keinen Vorschub leisten. Ohne Gott bleibt der Mensch unter seinem Niveau.«

Opa Köpitz nickte. »Natürlich wird der Junge konfirmiert, so wie es sich gehört!«

»Aber fast alle aus meiner Klasse gehen zur Jugendweihe«, gab Bruno mit zwiespältigen Gefühlen zu bedenken. Er war nicht erpicht auf dieses Ritual, bei dem, wie es hieß, das Ende der Kindheit und der Beginn des jungen Erwachsenen gefeiert wurde, fürchtete jedoch, Schwierigkeiten in der Schule zu bekommen, wenn er nicht an ihm teilnahm.

»Aber die Kirche hat nun mal die Jugendweihe und die Konfirmation für unvereinbar erklärt«, erwiderte seine Großmutter. »Und da dem so ist, wirst du doch wohl genug Rückgrat zeigen und …«

»Warte mal, Hilde!«, unterbrach sie ihr Mann. »Von dieser starren Haltung sind unsere protestantischen Kirchengrößen in letzter Zeit deutlich abgerückt. Es bleibt ihnen wohl auch nichts anderes übrig, wenn sie wirklich christlich handeln und ihren Konfirmanden aus der argen Bedrängnis helfen wollen. Sie können ja nicht erwarten, dass jeder, der an seinem christlichen Glauben festhalten will, zum Märtyrer wird. Also, ich werde mal mit unserem Pfarrer reden.«

Als er von seinem Gespräch mit dem Pfarrer zurückkehrte, sah Bruno ihm sofort an, dass die Unterredung höchst zufriedenstellend verlaufen war.

»Konfirmanden können zur Jugendweihe gehen, ohne den christlichen Segen zu verlieren«, teilte er Bruno gut aufgelegt mit. »Dafür aber gehst du fortan auch in den Kirchenchor und spielst im Orchester mit!«

»Ja, aber …«, setzte Bruno zu einem Einwand an.

»Kein Aber!« Energisch schnitt ihm Opa Köpitz das Wort ab. »Diese Aufmärsche der Jungen Pioniere mit Trommel, Flöte und Trompete sind mir schon immer ein Dorn im Augen gewesen. Und die FDJ treibt es noch schlimmer. Mit diesen militärischen

Mätzchen ist jetzt Schluss. Du gehst zur Jugendweihe und du gehst in den Kirchenchor, und damit Ende der Diskussion!«

Die Jugendweihe fand im Frühling des folgenden Jahres im großen Saal des Clubhauses von Lützen statt. Ein solches Clubhaus fand sich, ganz nach sowjetischem Vorbild, sogar in den kleinsten Ortschaften.

Die Feierstunde war jedoch nicht halb so wichtig wie das sich daran anschließende private Fest. Die Vorbereitungen dafür liefen schon Wochen vorher auf Hochtouren, denn jedes Elternpaar setzte seinen ganzen Ehrgeiz darein, den Gästen an diesem Tag ein besonderes Essen anzubieten. Wer statt Bratfisch oder Bockwürsten einen richtigen Braten auf den Mittagstisch bringen wollte, vielleicht sogar mit Pilzen und anderem Edelgemüse, und wer abends auf den kalten Platten mit einer gediegenen Auswahl an Aufschnitt aufwarten wollte, wie Oma Köpitz es sich vorgenommen hatte, der musste schon früh mit dem Organisieren beginnen und eine Kette komplizierter Tauschgeschäfte in Gang setzen, um an die gewünschten Lebensmittel zu kommen.

Bruno hegte eine Zeit lang die große Hoffnung, Richard könne ihn mit seinen Eltern besuchen kommen. Nicht zur Jugendweihe, aber zur Konfirmation. Seit September 1964 gab es nämlich einen Erlass des Staatsrates, der denjenigen Republikflüchtigen eine Amnestie garantierte, die die DDR schon vor dem 13. August 1961 verlassen hatten.

Aber Richard schrieb ihm: »Wenn Du wüsstest, wie gern ich Dich wiedersehen würde! Aber daraus wird leider nichts. Mein Vater – mehr noch meine Mutter – traut dem Frieden nicht und hat starke Zweifel, ob sich die DDR auch wirklich an ihre eigenen Gesetze halten wird. Mutter sagt, es gibt genug Beispiele dafür, dass sie es nicht tut. Außerdem erzählte sie von Gerüchten, dass Flüchtlinge, die (wie unser Vater, der Herr Chefarzt!) in der DDR eine besonders privilegierte Stellung innegehabt haben, allen offiziellen Beteuerungen zum Trotz an der Grenze festgehalten werden und in Gefängnissen verschwinden. Deshalb wird es mit einem Besuch bei Euch in Lützen leider nichts werden, weder zu Pfingsten noch in absehbarer Zukunft. Scheiß-Politik, kann ich da nur sagen …«

Am Tag der Jugendweihe wollte die offizielle Feier im Clubhaus kein Ende nehmen. Bruno saß mit den anderen, Hühnern auf der Stange gleich, auf harten Stühlen und fühlte sich in seinem neuen dunkelblauen Dederon-Anzug nicht sehr wohl, zumal er mehr schlecht als recht passte.

Junge Pioniere marschierten auf der Bühne auf, um ihre Lieder vom siegreichen Sozialismus und der unzertrennlichen Freundschaft mit der Jugend des sowjetischen Brudervolkes anzustimmen und ihre Fahnen zu schwingen. Auch Abordnungen der FDJ schmetterten Parolen, rezitierten Gedichte und zitierten Aussprüche von Helden des internationalen proletarischen Kampfes, sodass sich die Feier über gute anderthalb Stunden hinzog.

Der Parteifunktionär nahm in seiner langatmigen Festrede das Motto vom revolutionären Kampf und dem Beginn einer neuen, besseren Welt auf und bezog die Aufforderungen auf die Jungen und Mädchen, die an diesem Tag die Kindheit hinter sich ließen und einen großen Schritt hinein in die Welt der Erwachsenen taten.

Bruno schielte zu Sabine zurück, die schräg hinter ihm saß und sich ganz aufmerksam gab. Aber das musste sie wohl auch. Immerhin war sie in ihrer Klasse zur neuen Gruppenratsvorsitzenden gewählt worden. Früher hatte man dazu Klassensprecherin gesagt. Die Wahl hatte sie nicht zuletzt deshalb gewonnen, weil sich in ihrer Klasse die Jungen in der Überzahl befanden und Sabines Oberweite die aller anderen Mädchen ausstach.

Ein Knopf ihrer Bluse war aufgesprungen, sodass ein wenig von ihrem BH zu sehen war. Ihre Brust wölbte sich ganz ordentlich unter dem Stoff, und Brunos schöpferisch geistige Kräfte beschäftigten sich sehr eingehend damit, wie es sich wohl anfühlen mochte, wenn er seine Hand dort hinlegte und ihren Busen berührte.

Indessen fuhr der Parteifunktionär mit seiner Rede fort, und seine Stimme nahm einen noch beschwörenderen Tonfall an, bis er schließlich zum Ende seiner Rede kam. »Täglich erlebt ihr, wie die Macht und die Ausstrahlungskraft des Sozialismus in der Welt wachsen, erfahrt ihr die große Kraft der Solidarität. Ihr seid im wahrsten Sinne des Wortes Kinder des siegreichen Sozialismus … Höhere Rechte und Pflichten erwarten euch. Im Sinne des Gelöbnisses zur Jugendweihe werdet ihr bestrebt sein, euch als aktive Erbauer und standhafte Verteidiger des Sozialismus und Kommunismus zu bewähren!«

Bruno fand, dass der starke Beifall viel mit Bewegungsdrang und der Erleichterung über das Ende der Rede zu tun hatte. Nach dem Gelöbnis nahm er die obligatorischen Blumen und das Buch »Weltall Erde Mensch« entgegen. Da er nun den Sprüchen und der Rede nach seine Kindheit hinter sich gelassen hatte, nahm er sich, nachdem er die Erfahrung mit dem Rauchen schon im Lager hinter sich gebracht hatte und bei Opa Köpitz längst auch schon mal vom Bier trinken durfte, am Tag seiner Jugendweihe als große Herausforderung vor, als Nächstes das Knutschen auszuprobieren, am besten mit Sabine. Und wenn das mit dem Knutschen klappte, ließ sie ihn ja vielleicht auch in ihre Bluse.

»Sie haben ja gar nicht geklatscht, Genosse Köpitz!«, hörte Bruno einen der Funktionäre beim allgemeinen Aufbruch sarkastisch zum Großvater sagen. »Hatten Sie an der Veranstaltung vielleicht etwas auszusetzen?«

Worauf Opa Köpitz schlagfertig antwortete: »Ich hätte ja gern geklatscht, Genosse Neubert, aber mir sind auch die Hände eingeschlafen.«

Das ist ein Mann, an dem man sich wirklich ein Beispiel nehmen kann, dachte Bruno. Und er schloss sich noch enger an den Großvater an, zumal der Vater nach der Rückkehr aus Russland nicht auf einer Stelle in Leipzig bestand, sondern es vorzog, mit einem Kollegen nach Eisenhüttenstadt zu gehen. Natürlich konnte er Bruno nicht zu sich nehmen. Wer hätte auch für ihn sorgen sollen? Ganz zu schweigen davon, dass dort kein Platz für ihn war. Der Vater teilte sich mit seinem Kollegen eine kleine Zwei-

raumwohnung in einem der schlampig hochgezogenen Wohnblocks, die im Volksmund »Ulbrichts Kasernen« oder »Arbeiterschließfächer« hießen.
»Da bist du bei Oma und Opa viel besser aufgehoben, wo du doch hier deine Freunde und dich so gut eingelebt hast«, versuchte der Vater ihm Lützen schönzureden. »Ich komme dich auch, so oft es geht, besuchen.«
Offenbar ging dies aber nicht allzu oft, denn der Vater ließ sich höchstens einmal im Monat bei ihnen blicken. Manchmal vergingen auch sechs Wochen zwischen seinen Besuchen. Und dann brachte er eine solche Unruhe mit sich, die zudem einen seltsamen depressiven Beiklang hatte, dass Bruno jedes Mal wie von einer schweren Bedrückung aufatmete, wenn der Vater nach einem Tag wieder abreiste. Er sah, dass sein Vater nichts mit ihm anzufangen wusste und in Lützen nur Pflichtbesuche absolvierte, so wie die Mutter es offenbar für ihre Pflicht hielt, ihm Briefe zu schreiben, ohne dass diese jedoch die wachsende Entfremdung aufhalten konnten. Sich damit abzufinden, dass seine Eltern ihr Leben lieber ohne ihn lebten und damit offenbar gut zurechtkamen, fiel Bruno schwer, und doch gelang es ihm, das für sich zu behalten.

*

Die Sache mit Sabine lief anfangs ganz gut, denn sie sang auch im Kirchenchor, und er sah sie nunmehr öfter. Umso größer fiel deshalb Brunos Enttäuschung aus, als sie mit Jochen Burgmüller anbändelte und sich von ihm nach Hause begleiten ließ. Und gegen einen wie Burgmüller hatte er keine Chance. Der war nicht nur ein erstklassiger Sportler und FDJ-Aktivist, sondern auch ein gutes Jahr älter.
Erst aus Groll und Enttäuschung, bald aber schon aus spitzbübischer Freude an der Sache begann Bruno nach den Chor- und Orchesterproben in der Kirche auf dem kilometerlangen abendlichen Heimweg seine Trompete zu blasen. Erst blies er »Stille

Nacht, heilige Nacht«, weil ihm das nach Einbruch der Dunkelheit angemessen erschien. Aber das Lied stieß nicht nur beim Pfarrer auf Missfallen. Daraufhin widmete er sich einige Wochen lang dem Kirchenlied »Großer Gott, wir loben dich«. Aber auch das führte wiederholt zu Beschwerden, obwohl er zwischendurch immer wieder Abende verstreichen ließ, ohne die Trompete an die Lippen zu setzen. So berechenbar wollte er nun doch nicht sein.

Doch dann stattete an einem grauen, regnerischen Novembernachmittag Oskar Zöller seinem Opa wieder einmal einen dienstlichen Besuch ab. Oskar Zöller, um die Leibesmitte dick wie eine Regentonne und mit einem Kopf, so kahl, glatt und glänzend wie ein eingeölter Babypopo, kam in seiner Funktion als ABV, als Abschnittsbevollmächtigter. So stolz und gewissenhaft er die polizeilichen Aufgaben in Lützen wahrnahm, so war er doch kein engstirniger, scharfer Hund, der leichtfertig mit seinen Machtbefugnissen drohte.

Bruno hielt sich im Hintergrund, denn schon die ersten Worte des dicken ABV verrieten den Grund seines Kommens.

»Otto, du musst endlich ein ernstes Wort mit dem Jungen reden!«

Opa Köpitz wusste sofort, worum es ging. »Hat er gestern Abend mal wieder?«

»Ja, er hat.«

Opa Köpitz seufzte mitfühlend. »Tja, was unserem Bruno an musikalischem Talent fehlt, macht er durch Spielfreude mehr als wett.«

»Ja, leider«, brummte der ABV.

»Nun komm erst mal herein und sieh zu, dass du aus dem nassen Regenmantel kommst!«, forderte Opa Köpitz den ABV auf und zog ihn in die warme Küche. »Hilde, hol doch mal den Schnaps! Aber nicht die Marke Kumpeltod, die unser Schwiegersohn angeschleppt hat, sondern den guten Nordhäuser Doppelkorn!«

Oskar Zöller zögerte wie üblich mehr aus Ziererei denn aus Überzeugung. Denn letztlich setzte er sich ja doch immer zu einem oder auch zu zwei Schnäpsen sowie einem Goldstumpen

zum alten Köpitz in die Küche. »Ich weiß nicht, Otto … Immerhin bin ich im Dienst.«
»Ach was, nun hab dich nicht so, Oskar!«, sagte Opa Köpitz und stellte zwei Gläser auf den Tisch. »Bei dem Wetter ist das Medizin, lass dir das von einem Arzt gesagt sein!«
Sie stießen an, tranken und schüttelten sich.
»Also dann«, kam Opa Köpitz zur Sache. »Er hat also gestern Abend wieder zur Trompete gegriffen.«
Oskar Zöller nickte. »Acht Beschwerden habe ich bis zum Mittag schon zu hören bekommen«, klagte er.
»Und? Hat er mit Hingabe gespielt?«
Erneut nickte der Abschnittsbevollmächtigte und schielte verstohlen nach der Flasche. »Mit großer Hingabe!«
»Immerhin.« Opa Köpitz füllte die Gläser nach. Sie tranken. Dann fragte er scheinbar ahnungslos: »Was hat er denn geboten? Wieder etwas Anstößiges aus dem großen Reigen christlichen Liedguts?«
»Nein«, antwortete Oskar Zöller und sah dabei recht bedrückt aus, als wäre ihm ein Ja zu dieser Frage zehnmal lieber gewesen.
»Was dann?«
»Nun, er hat die Internationale vor sich hin trompetet!« Die Antwort kam nach einem schweren Seufzer.
»Du meinst, er hat das Kampflied ›Völker hört die Signale‹ gespielt?«, zitierte Opa Köpitz mit gespielter Überraschung.
Oskar Zöller begnügte sich mit einem wortlosen Nicken.
Sein Gegenüber zog die Augenbrauen hoch. »Und wegen dieses Hohenlieds des revolutionären Proletariats aller Länder hat man sich beschwert?«, tat er erstaunt, als hätte er Nachricht von einer unglaublichen Blasphemie erhalten. »Vielleicht sogar Genossen?«
»Ja, auch«, brummte Oskar Zöller verdrossen.
Opa Köpitz machte eine bedenkliche Miene, doch in seinen Augen stand ein lustiges Funkeln. »Da hast du aber ein ernstes Problem, mein lieber Oskar. Richtig dialektisch, würde ich fast sagen. Wenn da von dir mal nicht besondere revolutionäre Wachsamkeit gefordert ist!«

Oskar Zöller hüllte sich eine ganze Weile missmutig in Schweigen und Rauchwolken. Dann sagte er kapitulierend: »Na, ich mach mich dann wieder mal auf meine Runde. Und du sprich dennoch besser mal mit dem Jungen – proletarisches Kampflied hin oder her!«

2

»Das kann doch nicht wahr sein!«, stieß Konrad ungläubig hervor, als sie im Sommer 1964 nach Düsseldorf umzogen und sie zum ersten Mal in der Becherstraße vor dem Mietshaus Nummer 49 standen. »Siehst auch du, was ich sehe, Dicky?«
Richard nickte und sagte säuerlich: »Der Vater hat mal wieder einen richtig guten Griff getan. Damit wir auch ja nichts vermissen, was uns in Dortmund so ans Herz gewachsen ist, wohnen wir auch hier wieder über einer Tankstelle.«
Konrad schüttelte fassungslos den Kopf. »Der Alte hat eine wirklich seltsame Neigung zur Petrochemie! Mit was für Augen läuft er bloß durch die Welt?«
Richard zuckte die Achseln. »Wenigstens fehlt diesmal der Fuhrhof für Lastzüge.«
»Ja, dafür haben wir neben der Tankstelle auch noch eine öffentliche Tiefgarage unter dem Haus.«
Dazu kam eine Straßenbahn, die sich vor dem Haus quietschend in die Kurve legte und zwanzig Meter weiter an der Haltestelle Sommer-/Ecke Münsterstraße zum Stehen kam. Sie waren wieder in einem verkehrsreichen Viertel gelandet. Gleich am oberen Ende der Becherstraße befand sich der Milchhof mit seiner Flotte von Transportern, vom Derendorfer Bahnhof trennten sie nur zwei Querstraßen, und die nur einen Steinwurf entfernte Münsterstraße – die Bezeichnung war ihnen auch hier in Düsseldorf

treu geblieben – führte als eine dicht befahrene Hauptverkehrsader in die Innenstadt. Und, o Wunder, sogar auf die Nähe eines Viehschlachthofes brauchten sie nicht zu verzichten!
»Aus dem rauen Dortmunder Arbeiter- und Rotlichtviertel haben wir nun den Sprung auf die untere Beamtenebene von Düsseldorf geschafft! Na, wenn das kein kometenhafter Aufstieg ist!«, spottete Konrad, als sie herausfanden, dass in der benachbarten Sommerstraße überwiegend kleine und mittlere Angestellte des Postdienstes wohnten.
»Lieber auf der Tüte ...«, begann Richard.
Konrad winkte ab. »Hast schon Recht, die Gegend in Dortmund war wirklich der letzte Eimer!«
Mit ihrem Umzug nach Düsseldorf begrub der Vater vier Jahre nach ihrer Flucht seine letzten Hoffnungen, wieder in einem Krankenhaus als Chefarzt arbeiten und seine wissenschaftliche Forschung fortsetzen zu können. Er, der vierfache Facharzt und Autor von zweiundsiebzig wissenschaftlichen Arbeiten, die zum Teil internationale Verbreitung gefunden hatten, wurde Beamter der Landesversicherungsanstalt. Vom Chefarzt mit fast grenzenloser Entscheidungsfülle zum weisungsgebundenen Vertrauensarzt in einer großen Behörde – und das auf der Höhe seiner Schaffenskraft!
Der Vater tröstete sich und die Mutter damit, dass er nicht lange Medizinalrat bleiben, sondern schnell Karriere machen würde. Er rechnete fest damit, mit seinen Qualifikationen schon in wenigen Jahren zum Obermedizinaldirektor befördert zu werden und eine leitende Position in der LVA einzunehmen. »Außerdem ist die Spitze hier nicht so von Schwarzen durchseucht wie in Dortmund«, verkündete er zuversichtlich.
»Bist du dir da so sicher?«, fragte die Mutter.
»Ja, die Spitze ist rot.«
Dem Vater war schon das Wort »Diplomatie« nicht wirklich geläufig, geschweige denn die Einsicht, dass diplomatisches Verhalten im gesellschaftlichen Zusammenspiel einen wichtigen Platz einnahm, wenn das Leben nicht ausschließlich aus Kon-

frontationen bestehen sollte. Und weil er nicht die geringsten Zweifel daran hegte, dass sein oberster Chef überzeugter SPDler war, zog er gleich bei einem der ersten Treffen mit ihm ordentlich vom Leder. Er sang das Loblied auf Willy Brandt, der gerade zum Vorsitzenden der SPD gewählt worden war, und ließ nicht ein gutes Haar an der CDU und der Regierung unter Ludwig Erhard. Alles Reaktionäre, Ausbeuter, schwarze Halunken und Ewiggestrige!

Richtig abgebürstet habe er die Schwarzen, dieses Gesocks von der CDU, berichtete er stolz zu Hause beim Nachmittagskaffee, der täglich zelebrierten heiligen blauen Stunde.

Dass der Chef das Gespräch sehr schnell und kühl beendet hatte, war zwar überraschend und enttäuschend gewesen, jedoch keine Vorwarnung. Schock und Ernüchterung trafen ihn deshalb umso härter, als er erfuhr, dass der Behördenleiter langjähriges Mitglied der CDU war – und er sich mit seinem Ausfall ganz schön in die Nesseln gesetzt hatte.

Die Mutter machte ihm heftige Vorwürfe. »Warum musst du auch immer gleich lospoltern? Im Leben ist nun mal nicht alles nur schwarz oder weiß! Warum glaubst du, andere immer abbürsten zu müssen, als wärst du noch in Potsdam beim Militär?«

In jener Zeit begann sich in Heinrich Brüggemann eine Geschwulst aus Verbitterung und blinder Wut auf alles zu bilden, was nicht protestantisch und sozialdemokratisch daherkam, und es wuchs langsam, aber beständig. Und in dem Maße, wie der Westen allmählich seinen Glanz für ihn verlor, gewannen die DDR und ihre Machthaber in seinen Augen nach und nach an Größe, Vorbildlichkeit und moralischer Integrität.

*

Die Mutter machte diese Verklärung nicht mit. Für sie waren und blieben Ulbricht und seine Gefolgsleute, die das eigene Volk der Freiheit beraubten und ihren Landsleuten in den Rücken schießen oder sie von Selbstschussanlagen zerfetzen ließen, eine gewissenlose Verbrecherbande. Und wann immer der Vater anfing, von den angeblich guten alten Zeiten in der DDR zu erzählen oder sich in ermüdenden Kleinkleingeschichten aus seiner Jugend in Stralsund zu verlieren, fuhr sie ihm energisch in die Rede. Mit einem energischen »Das reicht jetzt, Baba!« oder »Heinrich, die Platte kennen wir zur Genüge!« brachte sie ihn zum Schweigen.

Die Mutter bestand auch darauf, dass endlich ein Fernseher ins Haus kam, damit die Familie die Olympiade verfolgen und auch an der modernen Unterhaltungsart teilnehmen konnte. Die bunte Abendshow von Lou van Burg, das heitere Beruferaten mit Robert Lembke und Sendungen wie »Ein Platz für Tiere« mit dem Zoodirektor Grzimek hatten es ihr besonders angetan. Und so wie sie früher mit Burkhard nach Westberlin gefahren war, um sich gemeinsam an einer Plattentheke die neueste Single von Elvis oder Pat Boone anzuhören, so sah sie sich nun mit Richard und Konrad den »Beat Club« an. Wenn sie auch nicht an allen neuen Gruppen Gefallen fand, so hörte sie die Musik, die nun von Liverpool aus die Welt eroberte, doch recht gern. Sie nahm lebhaft Anteil an allem, was sich in der Schlagerszene und in der Mode tat, und hielt sich über alles bestens informiert.

Der Vater dagegen brachte für die Beatmusik, geschweige denn für die langhaarigen Gestalten auf der Bühne, nicht das geringste Verständnis auf. Auch für Unterhaltungssendungen und Fernsehfilme, die das breite Familienpublikum ansprachen, war er nicht zu haben. Nur wenn ein »Maigret«-Film lief, ließ er sich manchmal dazu herab, den anderen Gesellschaft zu leisten, wohl wegen der französischen Atmosphäre, die diese Krimis boten. Aber dann konnte man sicher sein, wieder eine seiner Geschichten aus dem Zweiten Weltkrieg zu hören, als es ihn nach Paris verschlagen und sein Beitrag zur Besetzung des Nachbarlandes hauptsächlich darin bestanden hatte, mit seinen Freunden vom Sanitätskorps in den Weinkellern Champagnerflaschen mit dem Offizierssäbel zu köpfen.

In der Regel zog er sich abends mit einem Buch aus seiner

beständig wachsenden Bibliothek, die in der Wohnung immer mehr Wände beanspruchte, obwohl die Bücher in den Regalen bald schon in Doppelreihen standen, ins Schlafzimmer zurück. Er vertiefte sich hauptsächlich in die großen europäischen Klassiker sowie in Biographien, Geschichtswerke, philosophische Abhandlungen und insbesondere in Bücher über die japanische und chinesische Kultur, seinem neuesten Steckenpferd, dem er sich mit großer Hingabe widmete. Zeitgenössische Romane verirrten sich nur sehr sporadisch ins Haus, hielt er die Lektüre der meisten dieser Werke doch für reine Zeitverschwendung. Nur wenige zeitgenössische Romanautoren fanden vor seinem kritischen Auge Gnade.

Aber selbst Grass und Lenz standen im Schatten seiner neu entdeckten Liebe zur asiatischen Kultur. Es tauchten bald die ersten chinesischen Teller, Figuren und Wandrollen mit delikaten Tuschezeichnungen in der Wohnung über der Tiefgarage und der Tankstelle auf. Und jedes Stück stotterte er geduldig in kleinen Monatsraten ab. Nach Hause brachte er diese Schätze, die von Jahr zu Jahr kostbarer wurden und immer mehr Geld verschlangen, aber erst, wenn er dem Händler in einer der Seitenstraßen der Kö die letzte Rate gebracht hatte. Schulden machte er auch jetzt nicht. Darin zeigte er eine bewundernswert konsequente Haltung. Große Bewunderung verdiente auch sein lebenslanges preußisches Arbeitsethos. Um sein kostspieliges Hobby finanzieren zu können, übernahm er eine nebenberufliche Tätigkeit als medizinischer Gutachter für die Innungskrankenkasse und später sogar jahrelang kraftraubende, aber sehr einträgliche Nacht- und Wochenenddienste als Polizeiarzt, der Verkehrssündern das Blut für die Blutprobe abnehmen musste. Damit besserte er sein Gehalt ordentlich auf. Und eines Tages stand auch der erste Westwagen, ein Opel-Rekord-Coupé, vor der Tür, dem später der teurere Kapitän folgen sollte.

Als die Mutter merkte, dass seiner Sammelleidenschaft nicht beizukommen war, arrangierte sie sich damit, indem sie den Vater des Öfteren in teure Mode- und Juweliergeschäfte führte, von denen es auf der Schadowstraße und auf der Prachtmeile Kö genügend gab. Und da er ein butterweiches Herz besaß, wenn es um seine angebetete Inge ging, kehrte sie von diesen Ausflügen, die stets in einem schicken Café auf der Kö endeten, häufig mit einem neuen Schmuckstück oder einem hochmodischen Kleid zurück. Aber auch ohne Schmuck oder edle Garderobe im Auge zu haben, gingen die beiden nun jeden Freitagnachmittag zu einem Bummel und zu Kaffee und Kuchen in eines der vornehmen Cafés.

»Das ist unser *Jour fixe*«, sagte die Mutter, die ihre Unterhaltung in Gesellschaft von Gästen allmählich mit französischen, italienischen und englischen Redewendungen durchsetzte, als wäre sie von Kindesbeinen an mit diesen Sprachen aufgewachsen. Wollte jemand Genaueres über ihre Herkunft wissen, zauberte sie ein hoheitsvolles Sphinxlächeln auf ihr Gesicht und antwortete vieldeutig, etwa mit jenem abgewandelten Fontane-Zitat, das der Vater schon viele Jahre im Mund führte, lange bevor Grass es verkürzt als Buchtitel populär machte: »Meine Verehrte, die Vergangenheit ist ein zu weites Feld, als dass wir uns jetzt darauf einlassen sollten.« Das beeindruckte und verfing immer. Nie wagte jemand, doch noch nachzufragen. Sie verstand sich höchst geschickt darauf, ihre Herkunft und Vergangenheit in rätselhaftes Dunkel zu hüllen und den Eindruck zu erwecken, quasi schon mit dem Silberlöffel im Mund zur Welt gekommen zu sein. Und die Leute waren fasziniert von ihr.

Sooft Richard auch über das kokette Gehabe, das starke Geltungsbedürfnis und den Standesdünkel der Mutter lächeln musste, so stolz war er doch auch auf sie. Im selben Maße, wie der Vater in den nächsten Jahren seine China- und Japansammlung ausbaute, bis sich nirgends mehr Platz für Vasen, Teller und Bilderrollen fand, kultivierte die Mutter ihre Rolle als elegant gekleidete Dame von Welt, bei der von den Schuhen und Strümpfen über Gürtel und Handtasche bis hin zu Halsschmuck und Ohrringen alles perfekt aufeinander abgestimmt war. Und mit der ihr eigenen festen Hand sorgte sie auch dafür, dass ihr Mann, der

Kleidung eigentlich nur für ein notwendiges Übel hielt, neben ihr nicht wie ein mittelloser Flüchtling aussah.
Für Richard und Konrad hatten die ersten Jahre in Düsseldorf dagegen wenig Rosiges zu bieten. Die hohen Ansprüche, die der Vater an die Söhne stellte, erwarteten sie nämlich auch am altsprachlichen Humboldt-Gymnasium an der Pempelforte, auf dem die Eltern sie angemeldet hatten und das eine reine Jungenschule war. Etwas anderes als ein altsprachliches Gymnasium, wo ihnen neben Englisch hauptsächlich Latein und Altgriechisch bis zum Abitur eingebläut wurden, stand nicht zur Diskussion. Und es verstand sich von selbst, dass auch von ihnen so großartige Leistungen erwartet wurden, wie sie der älteste Bruder ihnen vormachte.
Burkhard studierte mittlerweile an der Freien Universität in Westberlin, weil er dort vor der Einberufung zur Bundeswehr sicher war. Der Universitätswechsel hatte dem Vater ganz und gar nicht gepasst, hielt er doch achtzehn Monate bei der Bundeswehr für eine wünschenswerte Erziehungsmaßnahme für jeden jungen Mann. Aber die Fortschritte, die Burkhard als angehender Physiker an der FU machte, versöhnten ihn mit dessen Drückebergerei vor dem Militärdienst. Richard und Konrad stellten jedoch mit ein wenig klammheimlicher Freude fest, dass das Bild des perfekten Überbruders mit Burkhards Weigerung, sich beim Militär »mal ordentlich den Arsch aufreißen und Zucht und Ordnung beibringen zu lassen«, wie der Vater sich auszudrücken pflegte, doch einen kleinen trüben Fleck erhalten hatte.
Ihre Hoffnung, schnell Freunde im Viertel und auf dem Gymnasium zu finden, erfüllte sich nicht. Es fiel ihnen schwer, sich in der neuen Umgebung einzuleben, von den schulischen Anforderungen ganz abgesehen, die um einiges über denen in Dortmund lagen. Keiner von ihren Klassenkameraden wohnte in der Nähe. Und die Gleichaltrigen in ihrem Viertel, die zumeist aus einfachen Angestellten- und Beamtenfamilien kamen, waren angeblich kein adäquater Umgang für Humboldtianer, wie die Eltern ihnen wiederholt klarzumachen versuchten.

Wie oft dachte Richard an Bruno! Was hätte er dafür gegeben, seinen Cousin in der Nähe zu wissen. Aber der lebte in einer fernen Welt, die Richard immer fremder wurde. Da halfen auch nicht die Briefe, die sie sich schrieben.
Zu den Schwierigkeiten, die der Umzug in eine neue Stadt und der Besuch einer neuen, anspruchsvollen Schule mit sich brachten, gesellten sich auch noch die inneren hormongetriebenen Tumulte der Pubertät, die mit voller Kraft in Richard ausbrachen, sodass er nicht wusste, wohin er eigentlich gehörte und was er wollte. Der Anblick der Mädchen und Frauen in immer kürzeren Röcken und durchbrochenen Häkelpullis war nun ebenso aufregend wie quälend. Er fühlte sich ständig zwischen zwei gegensätzlichen Welten hin- und hergerissen. Die Musik, die er hörte, und die Bücher, die er las, spiegelten diese starke Zerrissenheit wider. Er mochte die Songs der Beatles, Kinks, Beach Boys, Who, Walker Brothers und anderer englischer wie amerikanischer Bands, kaufte sich jedoch auch Platten von deutschen Schnulzensängern wie Roy Black und Freddy Quinn.
Genauso extrem fiel sein Leseverhalten aus. Er stürzte sich in der Bibliothek des Vaters auf die Gesamtausgaben von Zola, Balzac, Hugo sowie Rolland und verschlang diese Bücher, auch wenn sich ihm die Bedeutung zahlreicher Passagen nicht wirklich erschloss. Und genauso, wie er diese Literatur fraß, konsumierte er das, was seine Eltern als »Schundliteratur« verabscheuten: Romane in Heftform. Hier galt seine große Leidenschaft den Sciencefictiongeschichten, unter denen die Perry-Rhodan-Serie die absolute Favoritenrolle einnahm.
Diese Hefte besorgte er sich überwiegend in einem Geschäft an der Nordstraße, gegenüber dem Hallenbad, das sich Leihbücherei nannte, aber auch als Antiquariat fungierte. In dem Laden konnte man gebrauchte Bücher kaufen und verkaufen sowie gegen eine geringe Gebühr auch gebundenen Schund ausleihen. Richard zogen jedoch hauptsächlich die langen Kästen voller Heftromane an, unterteilt in Krimis, Western, Liebesromane und Sciencefiction. Für zwei Hefte, die man abgab, konnte man ein

neues Heft mit nach Hause nehmen. Andernfalls kostete das Heft fünfzig Pfennig. Für eine Mark gab es drei und für zwei Mark sieben Hefte.
Die absolute Spitze der so genannten Schundliteratur stellte das Jugendmagazin »Bravo« dar, dessen wöchentliche Lektüre Richard unverzichtbar erschien. Die Eltern konnten sagen und tun, was sie wollten, er beschaffte sich die Zeitschrift immer wieder. Mit trockenem Mund und heißen Ohren las er die aufreizend bebilderten Aufklärungsseiten und die Antworten auf die Leserbriefe, in denen vom »ersten Mal«, von Verhütung, Masturbation und all den Dingen die Rede war, die ihn jetzt unablässig beschäftigten.
Richard schämte sich oft, weil er zwar auch an dem Gefallen fand, was wie die Bücher von Balzac und die Songs der Beatles in den Augen seines Bruders unbestritten als Qualität galt, er aber dennoch von dem musikalischen und literarischen Schund nicht lassen konnte. Er beneidete Konrad insgeheim, weil sein Bruder offenbar genau das las und das an Musik hörte, was Voraussetzung dafür war, wenn man als intelligent und aufgeweckt gelten und richtig mitreden wollte. Sein Bruder konnte die englischsprachige Hitparade des AFN, die er regelmäßig auf Tonband mitschnitt, von Platz eins bis Platz zwanzig herunterbeten. Und das Erste, was er montags morgens auf dem Weg zur Schule am Kiosk kaufte, war die neueste Ausgabe des »Spiegel«. Politik interessierte Konrad so sehr, wie Richard die Hefte mit Sciencefictiongeschichten faszinierten. Zudem legte Konrad mit großer Geduld beim Ausschnippeln und Kleben Aktenordner an, die er sorgfältig mit Artikeln aus Zeitungen und Zeitschriften über die alten Hochkulturen füllte. Mit bewundernswerter Konsequenz widmete er seine Freizeit der Politik, der Geschichte und der Beatmusik. Dagegen fühlte sich Richard wie ein einfältiges Jo-Jo, das mal hierhin und mal dorthin sprang. Das Wollen und Sollen lagen bei ihm in ständigem Wettstreit.
Richard hasste diese Jahre, die an seinem Selbstbewusstsein fraßen und ihm das Gefühl gaben, in allem eine Enttäuschung zu

sein. Die Jugend schien ausschließlich dazu geschaffen, ihn ohne Ende in der Schule zu quälen und, was die Mädchen betraf, in ihm Sehnsüchte und geheime Wünsche zu wecken, die für alle anderen in Erfüllung gingen, nur nicht für ihn.

*

So engstirnig und kompromisslos sich die Eltern im Hinblick auf Mädchen verhielten, so großzügig und aufgeschlossen zeigten sie sich gegenüber allem, was einer wünschenswerten Weiterbildung und vielseitigen Entwicklung ihrer Söhne diente. Zeigten diese für irgendetwas in ihren Augen Wertvolles auch nur den Schimmer von Interesse, scheuten sie weder Kosten noch Mühen, um es ihnen zu ermöglichen.

Als Richard äußerte, Gitarre spielen zu wollen, wurde er unverzüglich auf der Musikschule angemeldet, und er durfte sich eine Konzertgitarre im Musikaliengeschäft aussuchen. Auch den späteren Wunsch nach einer elektronischen Heimorgel erfüllten sie ihm, ohne dass er lange darum betteln musste, hofften sie doch, er möge seine Klavierausbildung wieder aufnehmen, die seit der Flucht aus Berlin ruhte. Dass Konrad sehr schnell die Lust an der Querflöte verlor und auf Schlagzeug umstieg, gefiel ihnen zwar weniger, doch ließen sie es ihm durchgehen.

Die sportliche, musikalische und geistige Förderung ergänzten die Eltern durch gezielte Ermutigung zu Weltoffenheit und früher Selbständigkeit, auch wenn diese in einem sensiblen Punkt einer scharfen Einschränkung unterlag: Sich mit einem Mädchen auf ein »Techtelmechtel« einzulassen, wie sie es zu nennen pflegten, gehörte für sie nicht zu den wichtigen und natürlichen Erfahrungen von Jugendlichen, sondern galt als Ablenkung und Gefahr für die Entwicklung auf dem Weg zur Elite. Dagegen war es wichtig, dass man auch schon als Gymnasiast ohne elterliche Begleitung Bildungsreisen ins Ausland unternahm, wogegen Richard und Konrad nichts einzuwenden hatten. Nur zu gern verbrachten sie 1965, als ihre miserablen schulischen Leistungen sie beide zu einer Ehrenrunde zwangen, wie auch im folgenden Jahr einen Großteil ihrer Sommerferien in London bei englischen Familien, die nicht ein Wort Deutsch sprachen. Ohne elterliche Aufsicht in dieser aufregenden Weltstadt und von jungem Leben nur so pulsierenden Metropole des Beats zu sein war ein traumhaftes Erlebnis. Auch die paar Stunden Englischunterricht, die sie morgens in der Gruppe abzusitzen hatten, ließen sich leicht ertragen. Denn sie wussten ja: Danach waren sie für den Rest des Tages sich selbst überlassen, konnten sich nach Herzenslust in der Stadt herumtreiben und jeden Tag aufs Neue Entdeckungsreisen unternehmen. Was für eine Zeit!

1965 kehrte Konrad mit langen Haaren aus London zurück, und er weigerte sich zunächst, zum Friseur zu gehen und sich wieder einen »anständigen« Haarschnitt verpassen zu lassen, wie der Vater es von ihm verlangte.

»Über die Länge meiner Haare entscheide ich selbst!«, sagte er aufsässig.

»So? Meinst du?«, fauchte der Vater, und ehe Konrad wusste, wie ihm geschah, hatte er sich auch schon zwei schallende Ohrfeigen eingehandelt. »Und jetzt marschierst du zum Friseur! Sonst ziehe ich noch ganz andere Saiten auf.«

Konrad gab in diesem Jahr noch klein bei, doch von dem Tag an nahmen die Auseinandersetzungen zwischen ihm und dem Vater kein Ende. Mit allen Mitteln lehnte er sich gegen die väterliche Autorität und Bevormundung auf. Nachlässige Kleidung, laute Musik und schlechte Zensuren erwiesen sich bei seiner Rebellion als die besten Mittel, um den Vater auf hundert zu bringen.

Ein Jahr später, als sie von ihrem zweiten Ferienaufenthalt an der Themse zurückkehrten und Konrad bitter unter der Trennung von seiner englischen Sommerliebe Jane litt, hingen ihm die Haare noch länger über die Ohren als im Vorjahr. Diesmal jedoch hatte er mit seiner standhaften Weigerung, sich einen »anständigen« Haarschnitt verpassen zu lassen, Erfolg.

Die Nachsicht, die der Vater plötzlich walten ließ, beruhte

jedoch nicht auf der Einsicht, dass sein Sohn mit achtzehn Jahren kein kleiner Junge mehr war, dem man Frisur und Kleidung vorschreiben konnte, sondern hatte mit Konrads Erkrankung zu tun. Eine Untersuchung in der Klinik brachte zu Tage, dass er unter einer verschleppten Herzmuskelentzündung litt, deren Heilung eine langwierige Angelegenheit war. Deshalb überwog nun beim Vater die elterliche Sorge, während der autoritäre Anspruch für eine Weile in den Hintergrund trat.
»Weißt du was, wir sollten eine eigene Band gründen!«, schlug Konrad vor, als er aus dem Krankenhaus kam.
Richard war Feuer und Flamme, fand jedoch schnell das dicke Haar in der Suppe: »Der Vater lässt dich doch nie und nimmer Schlagzeug spielen, so wie du es am Herzen hast!«
»Die Ärzte haben gesagt, dass man so was völlig auskurieren kann. Dann darf ich wieder alles machen«, sagte Konrad. »Und ich werde mich wieder hinters Schlagzeug setzen, darauf kannst du Gift nehmen!«
»Okay, wenn es soweit ist, bin ich mit von der Partie.«
Aber bis es soweit war, sollte noch einige Zeit vergehen. Um seine Eigenständigkeit auf andere Weise unter Beweis zu stellen, trat Konrad in die SPD ein, während Richards Interesse an Politik schwach blieb, auch wenn sein Bruder sich redlich mühte, ihn dafür zu gewinnen. Maos entfesselte rote Garden, die China mit ihrer so genannten Kulturrevolution in das vieljährige Chaos einer mörderischen menschenverachtenden Kampagne stürzten, bekam Richard ebenso nur am Rande mit wie die Krise um den Starfighter, das bedrohlichen Erstarken der NPD vor den Landtagswahlen in Hessen und Bayern und die sich gefährlich zuspitzende Regierungskrise unter Bundeskanzler Erhard.
Doch sollte in Richards Erinnerung das Jahr 1966 immer als das Jahr haften bleiben, in dem er seine Unschuld verlor. Und das geschah in den Herbstferien, als er mit der Klasse nach Waldbröl ins Landschulheim »Haus Pempelfort« fuhr. Dort lernte er Jutta kennen, die sportliche Tochter einer der Köchinnen.
Da das Herbstwetter nicht mit Sonnenschein geizte, verbrachten

die Klassen viel Zeit auf dem Sportplatz, der bis an den Wald reichte.
Jutta, ein hübsches Mädchen mit dunklem Lockenkopf und einem reizvoll fraulichen Busen, war eine gute Läuferin und interessierte sich auch für die Wettkämpfe der Jungen. Sie saß oft hinter der Einhundert-Meter-Ziellinie am Rand im Gras, sah den Sprintern zu und nahm die Zeit mit ihrer eigenen Stoppuhr.
Als er sie dort am Rand sitzen sah, fühlte Richard sich angespornt, alles zu geben. Denn er meinte zu spüren, dass ihr Interesse ganz besonders ihm galt. Am dritten Tag kam er nach einem siegreichen Rennen beim Auslaufen scheinbar zufällig, in Wirklichkeit jedoch ganz bewusst, auf der äußeren Grasseite zum Ziel zurück, und Jutta rief ihm zu: »Zwölf null! Nicht übel für diese saumäßige Bahn.«
Einen besseren Vorwand, um sie in ein Gespräch zu verwickeln, hätte er sich gar nicht wünschen können. »Danke! Langsam komme ich wieder in Form«, sagte er und erwiderte ihr Lächeln. »Aber wie ich gesehen habe, bist du auch ganz schön schnell. Was läufst du denn so auf hundert?«
Nach dem Abendessen trafen sie sich heimlich auf halbem Weg zwischen Waldbröl und dem außerhalb gelegenen Landschulheim. Sie gingen spazieren, die letzten Minuten sogar Hand in Hand. Und am dritten Tag ihrer Freundschaft, die ihnen nur für die kurze Zeit der Herbstferien vergönnt war, wie sie wussten, ohne jedoch darüber zu sprechen, küssten sie sich zum Abschied das erste Mal. Als Jutta ihm dabei die Zungenspitze zwischen die Lippen bohrte, wirkte das wie ein Stromschlag. Auch erlaubte sie ihm im Dunkel der Büsche, in die sie sich geschlagen hatten, dass er ihr unter den Rock fasste und seine Hand ein Stück weit in ihr Höschen schob.
Am Tag vor seiner Abreise traf Richard sich noch einmal heimlich mit Jutta, indem er sich einfach vom Sportplatz davonstahl. Diesmal gingen sie tiefer in den Wald hinein. Als sie eine geschützte Stelle fanden, wo der Boden moosig weich war und sie vor Störungen sicher sein konnten, wagten sie es, bei ihrer

gegenseitigen sexuellen Entdeckungsreise, nach und nach alle Kleidungsstücke fallen zu lassen.

Dass sie nicht bis zum Letzten gehen würden, darüber herrschte stillschweigendes Einverständnis. Dank exzessiver »Bravo«-Lektüre wussten beide, dass Sex ohne Verhütung russischem Roulett gleichkam. Aber auch ohne eine solche Warnung wäre es kaum dazu gekommen. Denn Richard war, als Jutta schließlich nackt in seinen Armen lag, schon so erregt, dass es um seine Beherrschung geschehen war, kaum dass Jutta sein Glied umfasst und einige zaghafte Handbewegungen gemacht hatte.

Zunächst schämte er sich, weil er glaubte, sie sei enttäuscht, weil er sich nicht länger hatte beherrschen können. Bald jedoch merkte er, dass Jutta eher erleichtert darüber war. Und er war es auch – in zweifacher Hinsicht.

Sie trennten sich an jenem Tag ohne allzu großen Liebesschmerz und versprachen einander zu schreiben, wussten in ihrem Innersten jedoch, dass sie es nicht tun und dies dem anderen auch nicht übel nehmen würden.

Richard fühlte sich von seiner Unschuld und jugendlichen Unerfahrenheit befreit und richtig erwachsen. Umso mehr litt er darunter, dass er sich nun in der Schule wieder mit Fächern würde abquälen müssen, die für sein zukünftiges Leben als Erwachsener, wie er felsenfest zu wissen glaubte, ohne Bedeutung waren. Dies vertraute er seinem Tagebuch an, das er in dieser Zeit zu führen begann. Seite über Seite zeugte von seinem Widerwillen, zur Schule zu gehen, um dort Latein und Altgriechisch zu pauken und sich mit Matheaufgaben herumzuschlagen, die in seinen Augen überhaupt keinen Sinn machten.

Da auch Konrad nicht anders dachte, sannen sie gemeinsam darüber nach, wie sie sich von diesem unerträglichen Joch befreien könnten.

*

Das Jahr 1967 brachte die ersten großen Studentenkrawalle während des Schahbesuches in Berlin, bei denen der Student Benno Ohnesorg von einem Kriminalbeamten angeblich in Notwehr erschossen wurde. Geschichten über Studentenkommunen, in denen freie Liebe praktiziert wurde, sowie Teach-ins, Sit-ins, Happenings und Besetzungen von Universitäten durch demonstrierende Studenten füllten täglich die Zeitungen.
Richard nahm diese starken gesellschaftlichen Aufbrüche zwar wahr, doch berührten sie sein Leben nach wie vor mehr an der Peripherie. Der Film »Zur Sache, Schätzchen« mit Uschi Glas beschäftigte ihn stärker als Politik und Demos. Vor allem die Szene, in der die Hauptdarstellerin nur mit einem hauchdünnen weißen Spitzenkorsett vor der Kamera agierte, entflammte seine sexuelle Fantasie. Richard fand zwar Konrads Begeisterung für die SPD und Willy Brandt beeindruckend, aber dennoch sollte für ihn 1967 in erster Linie das Jahr sein, in dem sie endlich ihre Band gründeten – und sich das letzte Mal von ihrem Vater Ohrfeigen einhandelten.
Konrad wusste schon im Frühjahr, dass er infolge seiner Krankheit, aber hauptsächlich wegen Faulheit die Versetzung nicht schaffen und noch einmal eine Ehrenrunde drehen würde. Was bedeutete, dass Richard und er dann in dieselbe Klasse gingen. Noch drei Jahre bis zum Abi – was für eine niederschmetternde Aussicht!
Und da trafen sie in einem Beatschuppen in der Altstadt Konrads ehemaligen Schulkameraden Kurt Wennekamp, der mit der mittleren Reife abgegangen war und eine Lehre als Bankkaufmann begonnen hatte.
Mit neunzehn Jahren stand Kurt nun vor dem Abschluss seiner Ausbildung, den er glänzend bestehen wollte. »Und nach dem Sommerurlaub, den ich mit meiner Flamme in Spanien verbringe, schickt mich die Bank für ein Jahr Auslandsfortbildung nach Boston«, berichtete er stolz.
Konrad und Richard zeigten sich gebührend beeindruckt. Kurt verdiente in ihren Augen nicht nur einen Haufen Geld, sondern

er fuhr auch einen eigenen Wagen, einen aufgemotzten BMW, bei dessen Anblick sie blass vor Neid wurden. Und während er nach dem Sommer für ein Jahr nach Amerika ging und bestimmt schnell Karriere machte, hatten sie noch drei endlos lange Folterjahre auf dem verhassten Humboldt-Gymnasium vor sich – vorausgesetzt, sie schafften die letzte Strecke ohne ein weiteres Mal hängen zu bleiben.

»Ich weiß gar nicht, warum wir uns diesen Scheiß überhaupt noch antun«, sagte Konrad mit einer Mischung aus Niedergeschlagenheit und rebellischem Aufbegehren. »Wie man sieht, kann man auch ohne Abitur was aus seinem Leben machen.«

Richard stimmte ihm aus tiefster Überzeugung zu. Und es dauerte nicht lange, da kamen sie zu dem Entschluss: »Wir schmeißen den Kram hin, gehen von der Schule ab und beginnen wie Kurt eine Banklehre!«

Zufällig war der folgende Tag einer von jenen beiden Samstagen im Monat, an denen sie Schule hatten. Statt sich nach dem Gong in ihre Klasse zu begeben, marschierten sie zielstrebig ins Sekretariat und bestanden darauf, den Direktor zu sprechen – in einer wichtigen Angelegenheit, die keinen Aufschub duldete.

Dr. Ochel bat sie auch umgehend in sein Büro. »Was gibt es denn so Wichtiges, meine Herren?«, erkundigte er sich mit vornehmer Konzilianz.

Konrad spielte den Wortführer und kam sogleich zur Sache. »Wir möchten unsere Papiere abholen.«

Der Direktor runzelte verwundert die Stirn. »Papiere? Wie darf ich das verstehen, Herr Brüggemann?«, fragte er auf seine distinguierte Art.

»Na, unser Abgangszeugnis. Wir gehen von der Schule ab und beginnen eine Lehre als Bankkaufmann«, erklärte Konrad.

»So, die jungen Herren Brüggemann gehen von der Schule ab. Wie interessant«, sagte Dr. Ochel mit spitzem Mund, spreizte seine Hände auf der Mahagoniplatte seines Schreibtisches und ließ sich das noch einmal erklären. Dann nickte er, als habe er nichts dagegen einzuwenden, und schlug dann vor: »Gut, gut.

Aber lassen Sie uns am Montag noch einmal in Ruhe darüber reden. Dann habe ich mehr Zeit. Ich erwarte nämlich jeden Augenblick den Schulrat zu einer Besprechung.« Damit schickte er sie in den Unterricht.

»Na, das ging doch glatt wie Sahne!«, meinte Konrad mit einem breiten Grinsen, als sie auf dem Flur standen. »Am Montag holen wir unsere Lappen ab, und dann ist Feierabend mit Griechisch und Latein und all dem Käse!«

Ihre Hochstimmung hielt nicht lange an. Als sie von der Schule nach Hause kamen, öffnete ihnen der Vater die Tür, und seine grimmig verkniffene Miene ließ nichts Gutes ahnen. Doch noch bevor sie ein Wort sagen konnten, fuhr seine Hand auch schon zackig durch die Luft, und – klatsch! klatsch! ... klatsch! klatsch! – ohrfeigte er sie rechts und links.

»Von wegen die Papiere abholen und eine Banklehre machen!«, brüllte er mit hochrotem Gesicht, als würde ihn jeden Moment der Schlag treffen, während sie erschrocken und mit brennenden Wangen auseinander fuhren. »Ihr habt wohl vergessen, dass ihr Brüggemann heißt! So eine Blamage wird es nicht geben. Ihr werdet das Abitur machen, wie es sich gehört, und wenn ich euch persönlich zur Schule peitschen muss. In meinem Haus wird nicht gekniffen, habt ihr verstanden?«

Viel war da nicht, was sie missverstehen konnten. Ihr Putsch war gescheitert, die Flucht von der Schulgaleere nicht geglückt. So einfach und niederschmetternd fiel das Fazit aus, das sie an diesem Wochenende ernüchtert zogen.

Als sie am Montag ins Gymnasium kamen, machten sie einen großen Bogen um den Flur mit dem Sekretariat und dem Büro des Direktors. Dr. Ochel rief sie auch nicht zu sich, sodass ihnen wenigstens diese zusätzliche Demütigung erspart blieb. Und als sie ihm Tage später zufällig in der Pausenhalle begegneten, nickte er ihnen im Vorbeigehen mit einem jovialen Lächeln zu, als wäre nichts gewesen.

*

Im Monat darauf bestand ihr Bruder Burkhard sein Examen an der FU mit Auszeichnungen. »Der jüngste Diplomphysiker Deutschlands!«, jubilierte die Mutter, und ihr Stolz kannte keine Grenzen.

Als wäre das nicht schon genug, um Richard und Konrad vor Augen zu führen, was man als Brüggemann zu leisten hatte, wurde ihrem großen Bruder auch noch die zusätzliche Auszeichnung zuteil, sofort nach Genf an das europäische Forschungszentrum CERN geschickt zu werden. Dort befand sich der größte und leistungsstärkste Protonenbeschleuniger der Welt, dessen unterirdische kilometerlange Tunnel bis nach Frankreich hinein reichten. Für Atomphysiker, die sich der reinen Forschung verschrieben hatten, war CERN der Heilige Gral. Und dort startete Bruderherz nun seine berufliche Karriere!

»Und was tun *wir?«*, fragte Richard hilflos.

Konrad wusste die Antwort. Sie gründeten als Trost endlich ihre Band, die sie nach der britischen Flagge *Union Jack* nannten. Bevor sie sich Gedanken über ihre musikalischen Fähigkeiten und das zu erarbeitende Repertoire machten, kümmerten sie sich erst einmal hingebungsvoll um das äußere Erscheinungsbild ihrer Band. Sie besorgten sich alte englische Regimentsuniformen als Kleidung, einen wandgroßen *Union Jack* als Bühnenhintergrund und wandten viel Zeit und Geld für die Beschaffung und Auswahl von Instrumenten, Mikrofonen und Verstärkeranlagen auf. Widerstrebend, aber letztlich doch mit der gewohnten finanziellen Großzügigkeit begleiteten die Eltern ihr musikalisches Abenteuer.

Dass Konrad der Schlagzeuger der Band wurde, stand von vornherein fest. Richard hätte gern Sologitarre gespielt, war jedoch nicht gut genug und übernahm daher den Part des Rhythmusgitarristen sowie den Gesang. Jupp Ziegler, ein wortkarger, aber schon recht geübter Gitarrenspieler aus der Parallelklasse, wurde ihr Solist. Und Ion Makris, ein Klassenkamerad griechischer Abstammung mit pechschwarzem, kraus gelocktem Haar und fast ebenso dunklen, listig funkelnden Augen, erklärte sich bereit, als

Bassist mitzumachen. Obwohl er bis zu diesem Zeitpunkt keine Bassgitarre in der Hand gehalten hatte, geschweige denn über irgendwelche Gitarrenkenntnisse verfügte, trübte dies weder sein Zutrauen in die eigenen Fähigkeiten noch das der anderen zu ihm.

Ion war ein echtes Original, der in der Klasse mit viel Talent und Einfallsreichtum den Clown gab. Sein Mienen- und Grimassenspiel war unübertroffen und riss die Kameraden immer wieder zu wahren Lachstürmen hin, vor allem wenn er ihre Lehrer imitierte oder aber einen eiskalten SS-Schergen mimte, der im Alleingang feindliche Höhen stürmte. Und Bassist wollte er auch nur deshalb werden, weil er das Instrument von Paul McCartney so umwerfend fand – und fest davon überzeugt war, dass er die Mädchen bloß noch wie reife Früchte vom Bühnenrand zu pflücken brauchte, wenn er mit Sonnenbrille, lässiger Miene und einem scharfen Paul-McCartney-Bass die Bühne eines Clubs betrat.

Aber an Auftritte in irgendwelchen Clubs, ja nicht einmal in Kneipen oder Jugendheimen, war für eine lange Zeit nicht zu denken. Die Band übte erst bei Freunden in muffigen Kellern, wo sie anfangs noch alte Radios als Verstärker benutzen musste. Ihr Zusammenspiel hörte sich bei den ersten Proben so grausam dissonant an, dass sogar ihre Freunde davonliefen. Sie erkannten nicht einmal ansatzweise die Songs wieder, die Konrad, Richard, Jupp und Ion zu spielen vorgaben.

Die vier von *Union Jack* feierten es als Aufstieg, als sie den Kartoffel- und Gerümpelkellern endlich entkamen und in einer leeren Garage an der Goltsteinstraße üben konnten. Ion fantasierte schon von ersten Auftritten und Mädchen, die mit feuchten Höschen nur darauf warteten, sich ihm nach dem Gig an den Hals zu werfen. Mit Einbruch des Winters kämpften sie aber erst einmal um das reine Überleben der Band. Ohne Heizung in einem nicht isolierten Steinbunker üben zu müssen brachte die Band mehr als einmal an den Rand des Auseinanderbrechens.

Die Verhältnisse wie auch das Zusammenspiel besserten sich, als sie in einem kirchlichen Gemeindesaal in Lohausen üben durften, der in der Einflugschneise des dortigen Flughafens lag, und schließlich gar die Erlaubnis Direktor Ochels erhielten, nach dem Unterricht in der Aula auf der Bühne zu proben, die mit vielen technischen Raffinessen ausgestattet war. Da ließen sie es sich natürlich nicht nehmen, einen ihrer unverbesserlichen Anhänger dazu abzustellen, die Lichtanlage zu bedienen und sie in farbige Spots zu tauchen.

Obwohl sie später in ihrer blinden Selbstverliebtheit nicht davor zurückschreckten, mit ihrem spärlichen Repertoire und dilettantischem Zusammenspiel in obskuren Gaststätten und vor ahnungslosen Gleichaltrigen in Jugendheimen aufzutreten, waren diese Proben auf der großen Bühne der Aula die »Auftritte«, die sie am meisten genossen. Denn wenn hinter ihnen ihr riesiger *Union Jack* vom Bühnenhimmel herabwehte und die Scheinwerfer sie in ein Meer sich ständig verändernden Lichts tauchten, dann fiel es nicht schwer, die leere Tiefe des Saals zu vergessen und hingebungsvoll »All my Loving« von den Beatles oder den Stones-Hit »Under the Boardwalk« zu spielen und sich kurz vor der Entdeckung durch den Manager einer Schallplattenfirma zu wähnen.

Diese blieb jedoch beharrlich aus – wie auch die erhofften verzückten Mädchen. Dafür machte Richard eine Entdeckung ganz anderer Art: die seiner Stimme. Als sie wieder einmal nachmittags in der Aula probten, hörte ihn zufällig der Musiklehrer und überredete ihn, in den Schulchor einzutreten. Schon bei der nächsten Veranstaltung durfte er mit zwei Soloauftritten aus den Reihen des Chors hervortreten, und als er diesmal vorn am Bühnenrand stand, war der Saal bis auf den letzten Platz besetzt.

Der brausende Applaus, der seinem Vortrag von »Swany River« und »House of the Rising Sun« folgte, machte ihn auf eine euphorische Art benommen. Ihm war, als würde ihn ein mächtiger Strom reiner Kraft erfassen und mit einem unbekannten Glücksgefühl erfüllen. Der Beifall vermittelte ihm eine Ahnung davon, warum Bühnenkünstler süchtig nach Applaus werden können und warum manche einfach nicht abtreten wollen, auch wenn sie ihren Zenit schon längst überschritten haben.

»Ihr Sohn besitzt großes stimmliches Potenzial«, beglückwünschte der Musiklehrer die Eltern nach der Veranstaltung. »Sie müssen seine Stimme unbedingt ausbilden lassen! Es wäre eine Schande, wenn man dieses Talent brachliegen ließe.«

»Nun ja ...«, begann der Vater zurückhaltend.

»Ich kenne eine Opernsängerin, die nach ihrem Abschied von der Bühne hier in Düsseldorf ein Belcantogesangsstudio eröffnet hat und Unterricht gibt«, fuhr der Lehrer da schon in seiner Begeisterung fort. »Ihr Name ist Mirjam Röhrich-Hülskötter. Zu ihr kommen sogar gestandene Tenöre, um ihre Karriere zu retten, wenn sie sich auf der Bühne durch falsche Atemtechnik festgesungen haben. Lassen Sie Ihren Jungen mal bei ihr vorsingen! Warten Sie, ich schreibe Ihnen die Adresse auf!«

Und so stand Richard eines Nachmittags am Flügel der einstigen Opernsängerin, die ihn in Halbtonschritten bis an die untere und obere Grenze seiner Stimme führte.

»Heldentenor!«, lautete ihr Urteil. »Aber die Stimme setzt sich in dem Alter noch, und womöglich haben wir es eines Tages mit einem schönen Bariton zu tun – bei der richtigen Ausbildung.«

Richard verdankte es seiner Mutter, dass er Gesangsunterricht bei Frau Röhrich-Hülskötter erhielt, zumal die Stunde zwanzig Mark kostete, und das war eine Menge Geld. Für zwei Wochen Landschulheim musste man damals mit voller Verpflegung und Busfahrt gerade mal siebenundsiebzig Mark berappen. »Viel Geld ist es ja, aber das machen wir schon irgendwie. Ich werde mit dem Vater reden«, versicherte sie auf dem Rückweg vom Belcantostudio, und dann entfuhr ihr mit einem sehnsüchtigen Seufzen ein rätselhafter Satz, auf den sie zu Richards Bedauern jedoch nie wieder zu sprechen kam: »Ach, als junges Mädchen habe ich auch davon geträumt, zur Bühne zu gehen. Aber dann ist ja alles ganz anders gekommen.«

So begann Richards klassische Gesangsausbildung unter dem harschen Regiment von Frau Röhrich-Hülskötter, einer ungemein temperamentvollen und fordernden Ausbilderin. Wenn sie mit ihren Schülern, von denen manche schon seit Jahren auf der Bühne standen, nicht zufrieden war oder ihren schlechten Tag hatte und ihre cholerischen Anfälle bekam, schmiss sie ihnen die Partitur oder auch schon mal einen Schuh an den Kopf und warf sie aus dem Haus. Dabei schwor sie dann lauthals, sich niemals wieder der Zumutung auszusetzen, einem so begriffsstutzigen Menschen die hohe Kunst des Gesangs beibringen zu wollen.

»Das soll ›Zauberflöte‹ sein? *Merde,* Sie machen daraus ein verstopftes rostiges Abflussrohr! Da jault ja mein Hund noch besser als Sie, *Monsieur!«,* schrie sie einmal einem französischen Tenor nach, den sie erst wie üblich mit Partitur und Schuhen traktiert und ihm dann auch noch das Sitzkissen ihres Klavierhockers nachgeworfen hatte.

Als Richard zum ersten Mal Zielscheibe ihres Temperamentsausbruchs und ihrer Geschosse wurde, nahm er jedes Wort ihres Gezeters für bare Münze und glaubte, seine Ausbildung hätte damit ihr schnelles Ende gefunden. Als er zur nächsten Gesangsstunde nicht erschien, rief sie jedoch sofort an, wo zum Teufel er denn bleibe und dass es keine Art sei, nicht anzurufen, wenn man einmal nicht zur verabredeten Stunde kommen könne.

»Aber Sie haben mich doch rausgeschmissen!«, wandte Richard verdutzt ein.

»Rausgeschmissen? Was redest du denn da für einen Unsinn? Man wird doch wohl noch mal ein Wort der Kritik anbringen dürfen! Männer, was seid ihr doch bloß für Mimosen!«, schnauzte sie ihn an. »Aber so läuft das nicht bei mir. Morgen um drei holen wir die Stunde nach!«

Es blieb nicht bei diesem einen Rauswurf, aber er lernte wie ihre anderen Schüler sehr schnell, sich nicht allzu viel aus ihren Ausbrüchen zu machen und schon gar nicht die nächste Stunde ausfallen zu lassen.

Als Mirjam Röhrich-Hülskötter später darauf drängte, mehrmals pro Woche mit ihm zu arbeiten, die Eltern diese finanzielle Belastung jedoch nicht tragen konnten, verzichtete sie kurzerhand auf ihr Honorar. »Manchmal muss man auch *pro bono* arbeiten, wenn man weiß, dass sich die Investition lohnt«, sagte sie mit grimmigem Tonfall.

Richard fühlte sich wie befreit, weil er mit dem Gesang endlich sein ganz eigenes Talent gefunden hatte, das es ihm erlaubte, aus dem Schatten der Brüder zu treten und mit persönlichen Fähigkeiten zu glänzen. Er wusste jetzt, dass er die stimmliche Begabung dafür mitbrachte, eine Karriere als Opernsänger anzustreben, und beschloss, dass die Bühne sein Leben werden würde.

3

Im Oktober desselben Jahres, in dem der Guerillero Che Guevara bei einem Feuergefecht mit Regierungstruppen im bolivianischen Dschungel erschossen wurde und der Schah sich und seiner Frau Farah Diba am anderen Ende der Welt selbst die Krone aufsetzte, wurde Brunos Vater zum ersten Mal ins Krankenhaus eingeliefert. Er hatte sich bei einem Sturz im Badezimmer den Arm gebrochen. Doch dieser Knochenbruch war vergleichsweise unerheblich gegenüber dem, was die Ärzte nach seiner Einlieferung außerdem noch diagnostizierten: eine schwere Alkoholvergiftung und Leberzirrhose.

Als Bruno in Eisenhüttenstadt eintraf und mit dem jungen Stationsarzt sprach, teilte dieser ihm unverblümt mit: »Ihr Vater ist Alkoholiker. Wenn er so weitermacht und sich nicht in Behandlung begibt, gebe ich ihm keine zwei Jahre mehr.«

Willi Brüggemann wollte jedoch von Alkoholsucht und Leberzirrhose nichts wissen. »Was weiß denn dieser Grünschnabel schon!«, polterte er. »Der hat doch noch die Eierschalen hinter den Ohren kleben und will sich bloß mit seinem Lehrbuchwissen wichtig machen. Gut, wir haben ein bisschen sehr heftig gefeiert, weil wir schon im Oktober Planerfüllung melden konnten, und wir hätten besser die Finger von den beiden Flaschen Blauer Würger lassen sollen. Aber dummerweise war das nun mal der einzige Schnaps, der uns in die Hände fiel, als wir schon ganz ordentlich einen im Kahn hatten.«

Der Blaue Würger war ein entsetzlicher Fusel, der seinem Namen alle Ehre machte. Bruno verstand nicht, wie der Vater solch einen Pennerbrand trinken konnte. Und noch weniger begriff er, dass er sich immer öfter bis zur Besinnungslosigkeit betrank. Aber alles gute Zureden fruchtete nichts. Sein Vater wollte der Wahrheit nicht ins Auge schauen und ließ ein ernsthaftes Gespräch darüber erst gar nicht zu. Kaum fing Bruno damit an, fiel er ihm auch schon auffahrend ins Wort und verbat sich jegliche Belehrung. Beim letzten Besuch im Krankenhaus brüllte er seinen Sohn sogar an und warf ihn förmlich aus dem Zimmer.

Bei seinem nächsten Besuch in Lützen erwähnte der Vater weder seinen Unfall noch die hässliche Szene im Krankenhaus auch nur mit einem Wort. Er machte einen nüchternen Eindruck und gab sich gut gelaunt. Bruno hegte jedoch den Verdacht, dass er schon einige Kurze intus hatte, wohl gerade genug, damit seine Hände nicht zitterten, aber nicht so viel, um Schwierigkeiten mit der Artikulation zu bekommen. Und die Tatsache, dass er nicht über Nacht blieb, sondern unter einem sehr fadenscheinigen Vorwand schon am frühen Abend wieder nach Eisenhüttenstadt zurückfuhr, erhärtete den Verdacht.

Das Jahr 1968 begann Bruno mit sehr widersprüchlichen Gefühlen. Im Juni würde er sein Abizeugnis in der Hand halten, sofern er die Prüfungen nicht völlig versiebte, wofür er sich aber schon äußerst dumm hätte anstellen müssen, und die Vorstellung, dann der Ödnis der Schule endlich entkommen zu sein, erfüllte ihn mit ungeduldiger Begeisterung. Wenn er jedoch daran dachte, dass ihm nach dem Abitur nur eine kurze Zeit der Freiheit vergönnt war, da im Herbst die Nationale Volksarmee auf ihn wartete, blieb von seiner Vorfreude nicht mehr viel übrig.

Dennoch, die Schule hing ihm zum Halse heraus, ganz besonders der Unterricht in Staatsbürgerkunde, der mit seiner penetrant strammen Ausrichtung auf die offizielle Parteilinie zum Erbrechen ermüdend war und die Wirklichkeit so lächerlich grotesk verleugnete. Auch die Viertelstunde Zeitungsschau, mit der jeden Morgen der Unterricht begonnen wurde, kostete ihn viel Selbstherrschung. Diese tägliche Zeitungsschau war Aufgabe der Schüler. Keiner konnte sich davor drücken. Jeder kam in einem genau festgelegten Turnus an die Reihe.

Die Wahl von Alexander Dubček zum Ersten Sekretär des Zentralkomitees der KPC im Januar und die Ankündigung von umfassenden Reformen sowie die unglaublichen Studentenkrawalle im Westen mit diesem Rudi Dutschke an der Spitze gehörten zu den wenigen Nachrichten, die aufhorchen ließen, wenn sie morgens vor der Klasse vorgelesen wurden. Doch die Mehrzahl der Mitschüler hielt sich von Themen fern, in denen auch nur ein Fünkchen Kontroverse stecken konnte, und entschied sich für Artikel aus dem »Neuen Deutschland«. Leierte man die offiziellen Verlautbarungen der Partei herunter, brauchte man nicht zu befürchten, bei den Lehrern anzuecken. Wer sich zu aufmüpfig zeigte und sich die Sympathien beim Klassenlehrer verscherzte, konnte einem Studium Ade sagen und sich darauf einstellen, in ein Chemiewerk abgeschoben zu werden. Aus dem Zentralorgan der SED dagegen durfte man mit blindem Vertrauen und ohne jede Vorbereitung vorlesen. Ganz nach der Devise: Die Partei hat immer Recht!

Bruno konnte die Selbstbeweihräucherungen der Partei nicht mehr hören. Jedes Ereignis, das sich die SED als angeblichen Erfolg an die Fahnen heftete, erhielt das Etikett »historisch«. Die SED und mit ihr das glückliche Volk der DDR jagten den offiziellen Verlautbarungen nach nur so von einem Wellenkamm historischer Rekorde zum nächsten.

»Wenn wir uns mal nicht zu Tode siegen!«, war einer von Opa Köpitz' kurzen und treffenden Kommentaren zu den ewigen Hurrameldungen.

Wenn er für die morgendliche Zeitungsschau verantwortlich war,

fühlte Bruno sich versucht, auch wirklich kritische Artikel vorzulesen. So war in Prag ein faszinierender politischer Frühling ausgebrochen, der Hoffnungen auf ein befreiendes Aufbrechen der erstarrten politischen und gesellschaftlichen Strukturen machte. Die Gängelung durch die Gedankenpolizei und Zensur der Partei war abgeschafft, die Bürger durften in den Westen reisen, und wirkliche Reformen in Politik, Wirtschaft und Gesellschaft waren in Gang gesetzt worden. DDR-Zeitungen und staatliches Fernsehen taten ihr Bestes, um diese Vorgänge entweder totzuschweigen oder als »Konterrevolution« zu diskreditieren. Aber zum Glück gab es ja das Westfernsehen, das ausführlich von der ansteckenden Aufbruchstimmung im Land unter Dubčeks Führung berichtete. Zudem fand von den westlichen Zeitungen und Büchern ein winziger Teil seinen Weg bis nach Lützen.
Ulrich Erpenbecks Vater unternahm als Fernfahrer häufig Touren nach Ungarn und in die Tschechoslowakei. Er unterhielt einen einträglichen privaten Handel mit eingeschmuggelten Westwaren – einige davon auf Bestellung seines Sohnes und von dessen Schulfreunden. Die in Lützen zu hohen Preisen gehandelten Schallplatten der Beatles, Rolling Stones oder von Jimi Hendrix kamen zu einem Großteil aus dieser Quelle, aber auch »Bravo« und »Spiegel« sowie Bücher von Grass, Böll, Lenz, Simmel, Konsalik und anderen. Ulrich schnitt sich vom Kuchen des Vaters ein gutes Stück ab, indem er als Mittelsmann zur jugendlichen Kundschaft fungierte.
So fanden westliche Bücher und Zeitschriften sowie westliche Musik unter der Hand Verbreitung, worüber man aber mit wem redete, stand auf einem ganz anderen Blatt. Die Schere im Kopf funktionierte schon bei den Schülern, wie Bruno immer wieder feststellte. Ständig fragte er sich: »Darf ich das hier sagen?«, oder: »Verrate ich mit dieser Frage Kritik am sozialistischen Patriotismus und Internationalismus?« Die Selbstzensur in der Öffentlichkeit und das Herunterbeten der offiziellen Floskeln hatte er wie alle anderen gleich dem heimischen Dialekt verinnerlicht. Dazu gehörte auch die eiserne Überlebensregel, sich nie in Wort

oder Schrift festzulegen. Man sagte ebenso wenig »Ich bin dafür!«, wie man sich verleiten ließ, »Ich bin dagegen!« zu sagen. Es regierte und triumphierte die Kunst der dialektischen Zweisprachigkeit.
Umso mehr Gewicht kam deshalb dem Privaten zu, dem Rückzugsraum, den Freunde und Familie bildeten und wo man nicht ständig auf der Hut sein und Selbstzensur üben musste. Da sie sich nicht in öffentlichen Protesten ausdrücken durfte, kam die Rebellion der Jugend indirekt in ihrer Vorliebe für alles, was westlich war, zum Ausdruck.
Bruno machte da keine Ausnahme. Auch er ließ sich nach westlichem Vorbild die Haare wachsen, bis sie ihm als richtige Matte fingerlang über die Ohren hingen. Nicht ganz so erfolgreich fiel sein Versuch aus, auf der Oberlippe einen buschigen Walrossschnauzer zu kultivieren, wie Opa Köpitz einen trug. Das brauchte wohl noch ein paar Jahre Zeit.
Was die Kleidung betraf, so waren Blue Jeans das Nonplusultra. Brunos ganz besonderer Stolz war eine ausgewaschene Jeansjacke mit einer kleinen amerikanischen Flagge als Ärmelaufnäher. In der Schule durfte er dieses Kleidungsstück des revanchistischen Klassenfeindes freilich nicht anziehen. Schon am ersten Tag, als er die Jacke in der Schule zu tragen gewagt hatte, war er auf dem Flur dem Direktor über den Weg gelaufen, der ihn regelrecht angebrüllt hatte.
Er musste dann im Büro des Direktors den Aufnäher mit der Schere von der Jacke abtrennen und wurde danach mit einem schweren Verweis zum Umziehen nach Hause geschickt.
Dass er statt mit einer ordentlichen Aktentasche mit dem alten Geigenkasten zur Schule kam, den Opa Köpitz ihm überlassen hatte, brachte ihm ebenfalls ärgerliche Kommentare der Lehrer ein, wurde jedoch gerade noch hingenommen. Alles konnte man nicht verbieten, wenn man die Schraube nicht zu fest anziehen und das Gewinde nicht überdrehen wollte.
Spezielle Kleidung und Haartracht, laute Musik und die Attitüde des Gammelns brachten Gefahren mit sich, aber noch leichter

konnte man sich um Kopf und Kragen *reden*. Richtig offen und unverstellt seine Meinung zu sagen, traute Bruno sich deshalb nur in Gesellschaft von Karlheinz Krautscheid, mit dem er auch nach dessen Schulverweis engen Kontakt hielt, sowie seinen Klassenkameraden Ulrich Erpenbeck und Paul Rohde.

In diesem vertrauten Kreis wandte sich das Gespräch auch dem Militärdienst in der NVA zu, den sie im Herbst anzutreten hatten.

»Gehst du nun wirklich drei Jahre zur Asche?«, wollte Ulrich von Paul wissen. Wegen der grauen Uniformen hatte sich bei der jungen Generation für die unbeliebte NVA die abfällige Bezeichnung »Asche« eingebürgert. Man sprach auch spöttisch vom »VEB Gleichschritt« oder von »Hoffmanns Trachtengruppe«, weil der Armeegeneral Heinz Hoffmann seit vielen Jahren der Truppe als Chef vorstand.

Paul dachte an eine freiwillige Verpflichtung für drei Jahre, um damit sein mieses Abizeugnis aufzupolieren. Ohne diese Verpflichtung sah er nämlich kaum eine Chance, zum Medizinstudium zugelassen zu werden. »Mir wird wohl nichts anderes übrig bleiben«, sagte er ziemlich unentschlossen.

»Und was ist mit dir, Karlheinz?«, fragte Bruno. »Hast du dir das mit der Asche noch mal überlegt?«

»Da gibt es nichts zu überlegen«, antwortete Karlheinz ohne Zögern. »Ich ziehe keine Uniform an und nehme auch keine Waffe in die Hand.«

»Dann bleiben dir nur die Bausoldaten – vorausgesetzt, sie erkennen deine Verweigerung aus religiösen Gründen an. Und das gelingt nur einigen hundert jedes Jahr«, meinte Ulrich skeptisch.

»Ob das so klug ist, wage ich zu bezweifeln. Bei den Bausoldaten wirst du nämlich noch mehr schikaniert. Die lassen es dich ganz ordentlich spüren, dass sie dich als Klassenfeind betrachten.«

»Ich gehe auch nicht zu den Bausoldaten«, eröffnete ihnen Karlheinz.

Bestürzt sahen die Freunde ihn an.

»Das kann nicht dein Ernst sein! Wenn du auch den Dienst bei den Bausoldaten verweigerst, stecken sie dich unweigerlich in den Knast!« hielt Bruno ihm erschrocken vor. »Da kennen die keine Gnade. Du wanderst für mindestens achtzehn Monate in den Bunker, vermutlich sogar noch länger.«

»Ich weiß«, antwortete Karlheinz ruhig. »Aber die werde ich auch durchstehen.«

»Mensch, Karlheinz, mach keinen Scheiß!«, beschwor ihn Paul, ganz blass bei dem Gedanken, was ihrem Freund bevorstand, wenn er wirklich auf einer Totalverweigerung bestand. »Mit so einer versauten Akte wirst du hinterher keinen Fuß mehr auf den Boden kriegen!«

»Was habe ich denn noch zu verlieren?«, fragte Karlheinz und brachte ein schiefes Lächeln zustande. »Nichts. Erledigt bin ich in diesem System doch schon längst.«

An seinem achtzehnten Geburtstag und in derselben Woche, in der Bruno, Ulrich und Paul ihr Abiturzeugnis ausgehändigt bekamen, wurde Karlheinz morgens von der Militärpolizei abgeholt, nach Leipzig gebracht und in einem Schnellverfahren zu vierundzwanzig Monaten Gefängnis verurteilt.

*

Schon am Tag nach dem Abitur packte Bruno ein paar Sachen in seinen alten Pappkoffer, mit dem er vor acht Jahren in Begleitung seiner Eltern in den Westen geflohen war, und brach zu einer Reise ins Ungewisse auf. Die Monate, bis er unter das militärische Joch musste, wollte er raus aus dem Kaff Lützen, sich mit Gelegenheitsjobs über Wasser halten und sich die Luft um die Nase wehen lassen – und wenn es auch nur der Mief der DDR war.

Per Anhalter gelangte er ins Mansfelder Land. Dort arbeitete er einige Wochen in einer Fabrik, die den Mangelrohstoff Kupfer verarbeitete. Schnell lernte er von seinen Kollegen, wie begehrt feines Kupferdrahtgeflecht bei den Kleingärtnern war, die sich daraus Fliegengitter für ihre Datschen bastelten. Das Kupfer vom Werksgelände zu schmuggeln bedurfte keiner großen Anstrengung. Auch der Werkschutz klaute. Hier wie auch in

Greifswald, wo er eine Zeit lang im Hafen bei einer Kolonne Kohlenschipper unterkam und Schiffe entlud, erfuhr er auch aus erster Hand, wie es mit der Planerfüllung in den sozialistischen Betrieben wirklich aussah. Erfüllt wurde die Norm meist nur auf dem Papier – und zwar mit dem Bleistift, der die miesen Zahlen schönte. Das fing bei dem Brigadier an, der nach oben korrigierte Zahlen an den Meister weiterreichte, dem die Brigaden der drei Schichten unterstanden. Dieser schrieb dann noch eine halbe Tonne dazu, damit ihm die Prämie nicht entging. Und der Direktor ließ es sich am Ende auch nicht nehmen, die Zahlen ein weiteres Mal zu schönen. So geisterten unzählige Phantomtonnen Waren aller Art durch den Papierwald der aufgeblähten Bürokratie.

In der Nacht zum 20. August marschierten Truppen aus fünf Warschauer-Pakt-Staaten in der Tschechoslowakei ein, angeblich einem Hilferuf linientreuer Politiker folgend. Gegen die gewaltige Invasionsarmee vermochte die tapfere Bevölkerung, die sich den Truppen in der Prager Innenstadt zum Teil mit nackten Händen entgegenstellte, nichts auszurichten. Die zarte Blüte der Demokratisierung, der Prager Frühling, wurde unter Panzerketten und Soldatenstiefeln brutal zermalmt.

In Betrieben, Schulen und Universitäten wurde schon wenige Tage nach der Invasion eine Resolution zum Unterschreiben herumgereicht, wonach die Unterzeichner den Einmarsch begrüßten. So auch in dem Kombinat bei Schöneweide, wo Bruno seit einigen Wochen arbeitete.

Er machte es wie die meisten, die weder ihre Unterschrift unter das Papier setzten noch deutlich sagten, was für eine Schweinerei dieser Truppeneinmarsch doch war: Er reichte die Liste stumm weiter.

Aber in der Anonymität der Kneipen und unter Freunden machte sich die Empörung überall Luft. Plötzlich tauchten an den Wänden öffentlicher Gebäude Hakenkreuze und ketzerische Parolen in Ölfarbe auf: »Es lebe die CSSR!« – »Freiheit für Dubček!« – »Raus mit den Russen!«

Bruno erlebte, wie Sowjetsoldaten in Gaststätten angepöbelt, ausgepfiffen oder in provokante Diskussionen gedrängt wurden, die keinen Zweifel daran ließen, wie wenig man von der offiziell so hoch gelobten russischen Waffenbrüderschaft hielt. Hier und dort flammte sogar öffentlicher Protest auf, und es kursierten auch Flugblätter, die mutige Schüler und Studenten heimlich gedruckt und im Schutz der Dunkelheit von Häuserdächern und in Hausflure geworfen hatten.

In einer der ersten Nächte ließ Bruno sich in seiner ohnmächtigen Wut und vom Alkohol enthemmt dazu hinreißen, mit Kreide auf eine Mauer immer wieder »Viva Dubček!« und »Ruski, go home!« zu kritzeln.

Wer weiß, was geschehen wäre, wenn er noch ein zweites Stück Kreide in der Tasche gehabt hätte. Denn kaum war ihm der letzte Rest Kreide unter den Fingern weggebrochen, worauf er fluchend um die nächste Straßenecke bog, als eine Polizeistreife im Schritttempo an ihm vorbei in Richtung der beschmierten Hauswände fuhr. Hastig leckte er sich die Kreidespuren von den Fingern, steckte sich eine Zigarette an und zwang sich, nicht wegzurennen, was einem Schuldgeständnis gleichgekommen wäre. Doch der Streifenwagen kehrte nicht um. Es blieb ruhig. Niemand stellte ihn zur Rede.

Am nächsten Morgen ging er sofort bei Schichtbeginn ins Personalbüro. Es gelang ihm, seine Arbeit aufzukündigen und sich seinen restlichen Lohn auszahlen zu lassen. Die kurze Zeit, die ihm bis zum Einrücken in die NVA blieb, wollte er nicht mit schwerer Arbeit in stickigen, schmutzigen Werkshallen verbringen, sondern in Lützen mit Faulenzen.

Als er am frühen Nachmittag bei den Großeltern eintraf, rechnete er damit, dass sie überrascht sein würden. Auf die Mischung aus Bestürzung und Erleichterung, mit der sie ihn begrüßten, war er nicht vorbereitet.

»Dem Himmel sei Dank, du bist sofort gekommen!«, rief Oma Köpitz mit Tränen in den Augen und drückte ihn an sich. »Du hast es also schon erfahren, ja?«

»Erfahren?«, fragte Bruno verständnislos. »Was soll ich denn erfahren haben?«
Opa Köpitz holte tief Atem, und ein Ausdruck müder Trauer stand auf seinem zerfurchten Gesicht, als er sagte. »Es hat gestern einen tragischen Unfall gegeben, Junge ... dein Vater ist tot.«

*

Bruno hatte das Telefongespräch zur Mutter nach Köln am Schalter der Leipziger Hauptpost schon am Nachmittag um fünf Uhr angemeldet. Doch erst nach viereinhalb Stunden, die er in der tristen Halle zugebracht hatte, kam die Verbindung zustande. Mit dem üblichen barschen Ton wies die Frau am Schalter ihn an: »Köln! Kabine sieben!«
Die stickige Luft in der schmuddeligen Kabine roch nach den Ausdünstungen unzähliger fremder Menschen, die vor ihm in diesem Verschlag gestanden und von hier aus mit der Welt »da draußen« gesprochen hatten. Wer in der DDR über einen privaten Telefonanschluss verfügte, gehörte zu den Privilegierten – und hatte meist endlos lange Jahre auf den Anschluss gewartet.
Bruno schloss die Tür, obwohl ihm in der Kabine augenblicklich vor Hitze und Beklemmung der Schweiß ausbrach. Aber er wollte nicht, dass die Leute, die auf ihre Telefonverbindung warteten, sein Gespräch mithörten.
Er hob den Hörer ab. »Ja, hallo?«, fragte er in die Muschel, unsicher, ob er noch die Vermittlung in der Leitung hatte oder schon mit Köln verbunden war.
Es war Köln. Denn am anderen Ende meldete sich eine ungehaltene Männerstimme: »Ja, wer ist denn da?«
»Herr Lempert? Hier ist Bruno Brüggemann. Ich rufe aus Leipzig an. Ich habe schon seit ...«
»Um diese Zeit?«, fiel ihm Walter Lempert ins Wort. »Gibt es bei euch keine Uhren? Wir sind schon im Bett!« Sein Stiefvater machte aus seiner Empörung keinen Hehl.

»Es tut mir Leid, aber ich habe das Gespräch schon um fünf angemeldet, aber leider bis jetzt warten müssen.«
»Das ist ja wohl nicht meine Schuld, dass ihr da drüben ein Telefonnetz wie im tiefsten Afrika habt!«
»Ich hätte nicht angerufen, wenn es nicht wichtig wäre, Herr Lempert. Ich muss unbedingt meine Mutter sprechen. Es ist sehr dringend!«
»So!«, kam es nach einem kurzen Moment des Schweigens verdrossen aus Köln, gefolgt von einem harten Poltern, als der Stiefvater den Hörer unsanft neben den Apparat legte und seine Frau rief: »Else? … Else! … Komm, es ist dein Sohn! … Es soll dringend sein!«
»Bruno?«, hörte er die Mutter im Hintergrund verwundert fragen. Augenblicke später drang ihre ebenso aufgeregte wie leicht vorwurfsvolle Stimme an sein Ohr: »Bist du es, mein Junge? Ich freue mich ja, dass du mal anrufst, aber hättest du dir dafür nicht einen besseren Zeitpunkt aussuchen können?«
»Ich rufe wegen Vater an.«
»Was ist mit ihm?« Ihre Stimme klang schlagartig reserviert. »Wenn er schon wieder Geld braucht, dann soll er gefälligst …«
»Er ist tot!«, unterbrach Bruno sie.
»Oh!« Ein Laut der Überraschung, doch ohne große Betroffenheit.
Bruno wartete in der einfältigen Hoffnung, die Nachricht könne mehr als nur dieses überraschte »Oh!« bei ihr auslösen. Doch das Einzige, was er hörte, war das atmosphärische Rauschen in der Leitung. Der Schweiß rann ihm über das Gesicht, und er spürte, wie ihm das Hemd am Rücken klebte. Verdammt, was hatte er denn erwartet? Dass die Mutter in Tränen ausbrach, weil Vater tot war? Sie war seit Jahren mit diesem Lempert verheiratet!
»Willst du nicht wissen, was passiert ist?«
»Doch, natürlich!«, versicherte sie hastig.
Bruno berichtete, was die Polizei Opa Köpitz am Vormittag mitgeteilt hatte. »Vater war seit Anfang August in einem Entziehungsheim in der Nähe von Rostock. In seinem Betrieb hatte

man darauf bestanden, dass er sich in Behandlung begab. Er war wohl auch bemüht gewesen, endlich vom Alkohol loszukommen. Aber vor drei Tagen ist er von einem Spaziergang nicht mehr ins Heim zurückgekehrt. Offenbar war er auf Sauftour gegangen und dabei gestern im Rostocker Hafenviertel gelandet.« Bruno schluckte kurz, um das Würgen aus dem Hals zu bekommen. »Heute Morgen haben sie ihn tot im Hinterhof einer Kneipe gefunden. Er lag zwischen den Abfalltonnen. Es wird noch eine Obduktion vorgenommen, aber alles deutet darauf hin, dass er an seinem Erbrochenen erstickt ist.«

»Wie entsetzlich!« Diesmal sprach Bestürzung aus ihrer Stimme. »Es tut mir ja so Leid, Bruno! Ich wünschte, ich könnte etwas für dich tun.«

Dankbar griff Bruno das Stichwort auf. »Du könntest am Mittwoch zur Beerdigung kommen.«

Kurzes Schweigen. »Das geht leider nicht, Kind. Wir sitzen auf gepackten Koffern und fliegen morgen nach Mallorca.«

Bruno fuhr sich mit dem Handrücken über die schweißnasse Stirn und wechselte den Hörer an das andere Ohr. »Flüge kann man verschieben, Mutter.«

»Charterflüge nicht, da ist man sein Geld los, wenn man nicht zum gebuchten Flug erscheint. Außerdem ist mit dem Makler und dem Notar schon alles arrangiert. Walter hat sich nämlich entschlossen, ein kleines Häuschen in einer neuen Feriensiedlung zu kaufen. Da muss man früh einsteigen, wenn man viel Geld sparen will.«

»Wie schön für euch«, sagte Bruno und verbarg seine Enttäuschung hinter bitterem Sarkasmus. Wie hatte er bloß annehmen können, sie würde zu Vaters Beerdigung kommen, wo sie doch immer neue Entschuldigungen fand, warum sie nicht einmal kam, um ihn, ihren Sohn, wieder zu sehen. »Da kann ich mich ja bestimmt auf eine hübsche Postkarte freuen. Also, dann dir und deinem Walter eine schöne Reise, Mutter! Aber wenn es nicht allzu große Umstände bereitet, wäre es nett, wenn du wenigstens Onkel Heinrich und Tante Inge Bescheid gibst. Ein kurzes Telefonat wird sich in eurem dichten Terminkalender bestimmt noch einschieben lassen, oder? Vielleicht wollen ja die zur Beerdigung kommen.«

»Das wird nicht gehen. Die sind nämlich noch im Urlaub, Bruno. Irgendwo in Österreich oder am Gardasee. So genau weiß ich es nicht. Auf jeden Fall habe ich keine Adresse, wo man sie erreichen könnte«, sagte sie. »Es tut mir wirklich Leid, Junge. Ich hätte dich ja wirklich so gern wieder gesehen, aber im Augenblick ist es einfach nicht zu machen. Wenn du wüsstest, was wir hier alles am Hals haben! Walter hat sein Taxiunternehmen aufgegeben, und das bringt eine Heidenarbeit wegen der Steuer und solcher Sachen mit sich.«

»Na, dann will ich euch nicht länger aufhalten, Mutter!«, sagte Bruno mit beißendem Spott. »Ihr braucht natürlich euren Schlaf, damit ihr morgen hellwach seid, wenn ihr auf Mallorca mit diesen wichtigen Leuten verhandelt. Ich werde am Mittwoch für dich eine Hand Erde extra auf den Sarg werfen.«

»Bruno, du musst mir glauben …«

»Ich muss aufhören, das wird mir zu teuer. Und die Mithörer von der Stasi wollen ja auch mal ins Bett. Viel Spaß auf Mallorca, und ein besonderes Dankeschön an meinen Stiefvater für seine freundliche Art! Du hast wirklich eine glückliche Hand mit deinen Ehemännern, Mutter!«, sagte er wütend und legte auf, ohne ihr Gelegenheit zu einer Antwort zu geben.

Bruno nahm sich vor, bei der Beerdigung gefasst zu sein und sich nicht zu Tränen hinreißen zu lassen. Aber als er dann am Grab stand und die warme Sommererde auf den einfachen Sarg polterte, übermannte es ihn dann doch. Er weinte aber nicht, weil ihm der Tod des Vaters so nahe ging, sondern seine Tränen galten vielmehr dem, was zwischen seinem Vater und ihm hätte sein können, aber nicht gewesen war. Darin und nicht so sehr im frühen Tod des Vaters bestand für ihn der wahre Verlust, der ihn traurig machte.

Die restliche Zeit bis zum Antritt seines Wehrdienstes flog im Nu dahin. Achtzehn Monate Asche lagen vor ihm, so glaubte er wenigstens, als er einrückte. Wie hätte er auch ahnen können, dass ihn die Volksarmee erst drei Jahre später wieder ausspucken würde – und er dann noch von Glück reden konnte, so glimpflich davongekommen zu sein.

4

Mit der Band *Union Jack* kämpfte Richard an der Seite von Konrad, Ion und Jupp um ein leidlich harmonisches Zusammenspiel, während er im Belcantostudio seine Stimme schulte und die ersten Opernarien einstudierte. Und wenn ihm der Traum von einer Karriere als Bühnensänger auch am wichtigsten war, so wollte er doch nicht von der Rockmusik lassen.

Zwei Seelen in einer Brust – eine Erfahrung, die Richard nicht neu war. Eigentlich rangen sogar drei Seelen in ihm miteinander. Denn mittlerweile führte er nicht nur Tagebuch, sondern es drängte ihn mehr und mehr danach, sich am Schreiben von Gedichten und Kurzgeschichten zu versuchen. Auch an einen Roman dachte er.

Die ersten Sachen, die er zu Papier brachte, wurden von sehr dunklen, fast mystischen Stimmungen und skurrilen Handlungseinfällen beherrscht. Zum unbewussten Spiegel seiner Seele wurden die vielen Kurzgeschichten, die er über einsame Menschen in der Abgeschiedenheit ferner Länder in seine Reiseschreibmaschine hackte. Bevorzugter Schauplatz dieser von Weltschmerz erfüllten Geschichten war die Weite des australischen Buschlandes mit der roten Erde und dem grenzenlos blauen Himmel, unter dem alles Menschliche auf ein verloren kleines Maß schrumpfte.

Während Konrad auf Richards Opernambitionen mit einem milden, mitleidigen Lächeln reagierte, ließ er an den literarischen

Tastversuchen des jüngeren Bruders kein gutes Haar. Er hätte mehr Nachsicht gezeigt, wenn Richard sich wenigstens an kritischen politischen Artikeln versucht hätte, etwa über das gemeine Attentat auf Rudi Dutschke oder über die anstehende Verabschiedung der Notstandsgesetze, die das Land entzweiten.

»Wir müssen die außerparlamentarische Opposition an allen Fronten und in jeder nur möglichen Form stärken. Wenn du schon meinst, Geschichten schreiben zu müssen, warum versuchst du dich nicht mal an einer Story, die der politischen Bewusstseinsbildung hilft? So etwas könnten wir für unsere alternative Schülerzeitung brauchen!«, redete Konrad ihm ins Gewissen. Er hatte nämlich beschlossen, der stinklangweiligen und erzreaktionären Schülerzeitung »Pempelforte«, die stark unter dem Einfluss der Lehrerschaft stand, Konkurrenz zu machen. »Aspekte« sollte das Sprachrohr der linksorientierten Schülerjugend heißen, zu aktuellen schulischen wie auch politischen Themen kritisch Stellung nehmen und natürlich ungeschminkt »Skandale und Missstände« am Humboldt-Gymnasium anprangern.

Bei den Zeit raubenden Nebenbeschäftigungen der beiden, zu denen sich dann und wann auch noch ein flüchtiges Techtelmechtel gesellte, war es kein Wunder, dass sie in der Schule Schwierigkeiten bekamen, den Anschluss nicht zu verlieren. Es fehlte einfach die Zeit, die Hausaufgaben gewissenhaft zu erledigen, Vokabeln zu pauken und sich mathematische Formeln einzuprägen. Kompliziert wurde die Angelegenheit noch dadurch, dass Eltern und Lehrer kein Verständnis für das Dilemma der Brüder aufbrachten und in ihrer Uneinsichtigkeit halsstarrig darauf bestanden, zuerst müsse die Schule der Schwerpunkt all ihrer Anstrengungen sein.

Richard dachte jedoch genauso wenig wie sein Bruder daran, auch nur eines seiner Hobbys aufzugeben. Die Band, die Gesangsstunden, der Sport, das Schreiben, die Schülerzeitung, die Teilnahme an Demonstrationen – all das waren absolut lebenswichtige Beschäftigungen, auf die sie nicht verzichten konnten.

Aber sie wussten natürlich auch, dass ihnen ein eisiger Wind entgegenschlagen würde, nachdem ihre Klasse am Ende der Obersekunda noch einmal ordentlich gesiebt worden war und sie mit viel Glück den Sprung in die Unterprima geschafft hatten. Von nun an zählte jede Note fürs Abitur!

Der Tod von Senator Robert F. Kennedy, der in Los Angeles im Juni einem Attentat zum Opfer fiel, und der Einmarsch der sowjetischen Truppen im August in Prag sorgten bei den Brüggemanns in Düsseldorf für große Betroffenheit. Noch größer war freilich die Bestürzung, die ein rein familiäres Ereignis im Herbst des ereignisreichen Jahres 1968 bewirkte.

Was wie ein Erdbeben heftige Schockwellen durch die Familie jagte und noch Jahre lang Nachbeben auslösen sollte, begann eigentlich schon am Weihnachtsfest des Vorjahres, als Burkhard seine neue Freundin aus Genf mitbrachte.

»Ah, diesmal schleppt er zur Abwechslung mal eine Exotin an!«, murmelte Konrad halb spöttisch, halb bewundernd, als sich die neueste Eroberung ihres ältesten Bruders als eine zweiundzwanzigjährige Perserin namens Rojana aus Teheran herausstellte. Burkhards neue Freundin war bildhübsch. Sie hatte jettschwarzes schulterlanges Haar, dunkle ausdrucksstarke Augen, fein geschnittene Gesichtszüge und eine leicht getönte Haut wie Vanillesahne mit einem Schuss Kaffee.

An ihrer recht unkonventionellen, etwas hippiehaften Kleidung hatten Richard und Konrad nichts auszusetzen. Die Flowerpower-Bewegung diktierte gerade die Mode. Das neue Lebensmotto lautete »Make love not war!« oder unter den streng politisch Orientierten »Macht kaputt, was euch kaputt macht!«, wobei die zum Kommunistengruß gereckte Faust, das Palästinensertuch und irgendeine Art von Mao- oder Ho-Chi-Minh-Sticker nicht fehlen durften. Jedenfalls sah man auf den Straßen die jungen Leute in viel verrückteren Klamotten herumlaufen als in diesen Fummelsachen, die Rojana trug.

Beeindruckend fanden Richard und Konrad, dass Rojana schon eine Zeit lang in England und Frankreich gelebt hatte, beide

Sprachen fließend sprach und sich nun auch schon in Deutsch, ihrer dritten Fremdsprache, recht gut auszudrücken verstand. Zudem gab sie sich sehr selbstbewusst und verkündete unverblümt, dass der jahrhundertelangen Unterdrückung der Frau endlich mit einem energischen Feminismus begegnet werden müsse.
»Die muss ja schwer was auf dem Kasten haben!«, sagte Richard. Auch Konrad staunte nicht schlecht, vor allem nach der Bescherung. »Hast du gesehen, was für schwergewichtige Bücher Burkhard ihr geschenkt hat? Alles irre ziegelsteindicke und sauschwere Fachliteratur über Psychologie und Soziologie. Schau dir doch bloß mal die Titel an!«
Die Eltern nahmen Burkhards persische Freundin zwar mit der gebotenen Gastfreundschaft, aber doch auch spürbar reserviert auf. Es war ja prinzipiell keine Frau gut genug für die Söhne – was noch mehr für den Ältesten, Mutters angehimmelten Liebling galt. Es konnte daher gar nicht ausbleiben, dass es mehrmals zu recht angespannten Situationen kam, weil der Vater Genaueres über Rojanas Familie und vor allem ihren Bildungsstand zu erfahren wünschte. Burkhard bog diese Gespräche zwar jedes Mal schnell ab, doch der Vater kam immer wieder darauf zurück.
»Ihr Vater ist Direktor bei einer Bank in Teheran und literarisch sehr gebildet. Er schreibt Gedichte«, sagte Burkhard und lächelte angestrengt in die Runde, als er merkte, dass seiner Freundin dieses Insistieren gar nicht gefiel. »Sie hat übrigens in Paris an der Sorbonne studiert.«
Was genau sie denn dort studiert habe, wollte der Vater sofort wissen, erhielt aber nur sehr schwammige Auskünfte. Außerdem wollten Burkhard und Rojana nun unbedingt einen Spaziergang machen. Auch auf die konkreten Fragen, welchen Schulabschluss Rojana denn habe, warum sie nach jeweils einem Jahr Aufenthalt in England und in Frankreich nun in Genf lebe und was sie dort treibe, gab es später von ihr und von Burkhard nur sehr ausweichende Antworten. Da war es auch wenig hilfreich, dass Burkhard andeutete, Rojana sei eine Prinzessin, zumindest ihrer Abstammung nach, wolle darüber aber nicht reden, weil sie von

solch mittelalterlichen reaktionären Dingen nichts halte. Nicht nur bei den Eltern war Misstrauen geweckt.
»Von wegen, sie hat an der Sorbonne studiert! Vielleicht hat sie mal in irgendwelchen Vorlesungen gesessen, aber dazu braucht man keine Zulassung!«, sagte der Vater grimmig, als Burkhard mit Rojana einen Tag früher als geplant nach Genf zurückkehrte. »Mir können sie keinen Sand in die Augen streuen. Die ist in England und Frankreich Aupairmädchen gewesen!«
Die Mutter nickte. »Ja, dasselbe habe ich mir auch schon gedacht. Und eine junge Frau aus wirklich gutem Haus kleidet sich auch nicht so ... so nachlässig. Schon gar keine angebliche Prinzessin! Und dieses ständige Gerede über den Feminismus!« Missbilligend schüttelte sie den Kopf. »Also, wirklich!« Sie seufzte sorgenvoll. »Hoffentlich lässt sich Burkhard nicht von ihr an der Nase herumführen und für dumm verkaufen!«
Der Vater schüttelte den Kopf. »Da sind doch schon ganz andere Freundinnen gekommen und gottlob auch wieder gegangen. Nein, der Junge weiß schon, was er seiner Karriere und seinem Namen schuldig ist!«
Sie hörten lange nichts darüber, wie es um die Freundschaft zwischen Burkhard und Rojana stand. Im Sommer 1968 dann teilte er ihnen mit, dass er sie auf ihrer Reise zurück in die Heimat begleiten werde. Sie wollten einen gebrauchten Mercedes nach Persien überführen und mit dem Erlös aus dessen Verkauf die Reise finanzieren.
»Ich hoffe, diese Prinzessin bleibt auch in Persien«, kommentierte der Vater trocken Burkhards Sommerreise in den Nahen Osten.
Burkhard wollte vier Wochen bleiben, kehrte jedoch erst nach sechs Wochen zurück. Unverhofft stand er eines Nachmittags, als die Eltern ihre »blaue Stunde« zelebrierten, in Düsseldorf vor der Tür.
Die Freude war groß, währte jedoch nur wenige Minuten. Denn plötzlich bemerkte die Mutter den goldenen Ring an seiner Hand. »Was hat der Ring zu bedeuten?«, stieß sie erschrocken hervor. »Du wirst dich doch in Teheran nicht verlobt haben, oder?«

»Nein.«
»Dem Himmel sei Dank!«, rief die Mutter erleichtert.
Im nächsten Moment ließ Burkhard die Bombe hochgehen und sagte: »Ihr könnt mir gratulieren, ich bin verheiratet!«
Sekundenlang herrschte Totenstille.
Der Mutter wich das Blut aus dem Gesicht. Sie, die sich die Hochzeit ihres Lieblings stets als ein besonders glanzvolles gesellschaftliches Ereignis vorgestellt hatte und ganz selbstverständlich davon ausgegangen war, bei der Ausrichtung des Festes ein gewichtiges Wort mitzureden, war um all das betrogen und von ihm vor vollendete Tatsachen gestellt worden! Nicht einmal *gewusst* hatte sie von der Hochzeit! Kein Anruf, kein Telegramm, rein gar nichts! Er hatte die eigenen Eltern verleugnet und sich ganz in die Hände dieser persischen Familie gegeben, deren Namen sie nicht einmal kannte. Konnte man als Mutter vom Erstgeborenen schändlicher hintergangen werden?
Dass Burkhard pro forma zum Islam übergetreten war, Unterricht bei einem Mullah hatte nehmen müssen und den Vornamen Harun angenommen hatte, um Rojana nach islamischem Brauch heiraten zu dürfen, fiel da gar nicht weiter ins Gewicht. Er hatte ja nie ein Geheimnis aus seiner atheistischen Einstellung gemacht. Außerdem spielten Glaubensfragen in einer Familie aufgeklärter Menschen sowieso keine Rolle, wie sie vom Vater oft genug gehört hatten. Der hatte schon Schwierigkeiten, sich am Heiligen Abend daran zu erinnern, bei welchem Evangelisten er in der alten Familienbibel die Weihnachtsgeschichte suchen solle.
Empört, vom ältesten Sohn so schäbig getäuscht worden zu sein, polterte der Vater sofort los, worauf sich Burkhard nicht weniger hitzig die geringschätzige Art verbat, in der die Eltern über Rojana sprachen. »Ob es euch passt oder nicht, ich bin verheiratet, und Rojana ist meine Ehefrau. Das habt ihr gefälligst zu respektieren!« Und wütend stürmte er aus der Wohnung.

*

Das mit dem Respektieren war nicht mehr als ein frommer Wunsch, der nie in Erfüllung ging. Den Respekt sollten die Eltern Rojana noch Jahrzehnte später verweigern, was jedoch nicht verwunderlich war und auch nicht an ihnen allein lag. Denn die Geringschätzung, die sie ihrer persischen Schwiegertochter entgegenbrachten, erwiderte Rojana mit derselben unversöhnlichen Erbitterung. Sie war immer anderer Meinung, egal, worum es ging, und sie ließ keine Gelegenheit aus, um ihre Schwiegereltern vor den Kopf zu stoßen.

Als sich die Mutter einmal im Herbst mit ihr auf der Kö verabredete, wo sie den Vater und Burkhard treffen wollten, erschien Rojana in einem schäbigen Fellachenmantel und barfuß auf der Düsseldorfer Prachtmeile.

»Ich habe mich noch nie in meinem Leben so geschämt. Am liebsten wäre ich im Boden versunken. Hast du gesehen, wie die Leute uns nachgeblickt und den Kopf geschüttelt haben?«, schäumte die Mutter hinterher. »Das hat sie doch nur gemacht, um mich vor aller Welt zu blamieren!«

Die Marotte, barfuß über die Straßen und in die Geschäfte zu gehen, behielt Rojana eine ganze Weile bei. Einmal wollte sie sogar barfuß in einen Zug steigen. Als der Zugbegleiter ihr mit Hinweis auf die Sicherheitsvorschriften der Bahn das Einsteigen ohne Schuhwerk verwehrte, schimpfte sie ihn einen Rassisten und verkappten Nazi.

Mit dieser Beschuldigung, die sie bald auf die Mehrzahl der Deutschen ausdehnte, war sie schnell bei der Hand. In vielen Fällen mochte dieser Vorwurf zweifellos gerechtfertigt sein, aber nicht selten provozierte sie ihre Umgebung auch zu verächtlichen Bemerkungen.

»Wie man in den Wald hineinruft, so schallt es auch heraus«, kommentierte der Vater Rojanas Ausfälle gegen die rassistischen Deutschen. »Aber sie hält sich ja für klüger als alle anderen und weiß stets alles besser!«

»Und dabei kann sie noch nicht einmal für ein Mindestmaß an Ordnung sorgen!«, ärgerte sich die Mutter. »So ein schlampiger

und unorganisierter Haushalt wie bei ihnen in Genf ist mir ja noch nie unter die Augen gekommen!«
Richard musste zugeben, dass sein Bruder und vor allem wohl seine Schwägerin in der Tat ein sehr merkwürdiges Verständnis von Ordnung, Organisation und Timing besaßen. Als die Familie zum ersten Mal zu einem Höflichkeitsbesuch in Genf eintraf, wären die Eltern am liebsten auf der Stelle wieder umgekehrt. Vor allem das chaotische und unhygienische Badezimmer empfand die Mutter, die in diesen Dingen sehr etepetete war, was Burkhard sehr wohl wusste, als Zumutung. Rojana ließ sich auch nicht davon abbringen, ihren Schwiegervater distanziert mit »Dr. Brüggemann« und ihre Schwiegermutter mit »Frau Brüggemann« anzusprechen. Daran sollte sie auch Jahrzehnte später noch eisern festhalten.
»Das soll ja in Persien so Sitte und ein Zeichen von Ehrerbietung gegenüber der älteren Generation sein«, versuchte Richard eine Lanze für die Schwägerin zu brechen. Aber selbst er musste eingestehen, wie lächerlich dieser Erklärungsversuch klang angesichts der ganz und gar nicht respektvollen Verhaltensweise, die Rojana im Umgang mit den Schwiegereltern an den Tag legte.
»Wenn sie auch nur einen Funken Respekt hätte, sähe der Haushalt anders aus!«, schimpfte die Mutter. »Nichts ist vorbereitet. Sie hat ja noch nicht einmal eingekauft, obwohl sie doch genau gewusst hat, dass wir kommen!«
Die größte Nervenprobe für die Eltern stellte der gemeinsame Einkauf im Supermarkt dar. Statt einer vorbereiteten Einkaufsliste zu folgen, wurde jeder mögliche Erwerb ausgiebig diskutiert, als ginge es um Entscheidungen von existenzieller Bedeutung. Es dauerte bei Burkhard und Rojana allein schon viele zähe Minuten, um zu entscheiden, *ob* sie Äpfel kaufen sollten und wenn ja, welche Sorte. Oder ob sie nicht doch besser Birnen oder aber Äpfel *und* Birnen nehmen sollten.
Wäre es nur darum gegangen, ein wenig Obst zu kaufen, hätte man dieses endlose Hin und Her ja noch belächeln können. Da aber alle Hunger hatten, der Kühlschrank leer war und somit ein

Großeinkauf anstand, zeichnete sich schon in der Obst- und Gemüseabteilung, der ersten Etappe des Einkaufstheaters, die Dramatik des abendlichen Geschehens in diesem Genfer Supermarkt ab.

Was dem Vater in jenen Tagen zudem übel aufstieß, war Rojanas aggressive Verteidigung der palästinensischen Terroraktionen und ihre Behauptung, die Israelis seien jüdische Faschisten und nicht viel besser als die Nazis. Obwohl er als ausgewiesener Freund pauschaler Urteile den Rundumschlag der Schwiegertochter eigentlich als geistesverwandt hätte würdigen müssen, schmeckte ihm die polternd verabreichte Kost ganz und gar nicht. Anlass zu diesem Streit, der erst im Wagen und dann auch noch im Ausflugsrestaurant hohe Wellen schlug, war ein Palästinensertuch, das Rojana sich zu einem Besuch der Forschungsanlage von CERN um den Hals geschlungen hatte.

Alle atmeten auf, zweifellos auch Burkhard und Rojana, als endlich der Augenblick des Abschieds kam. Und so sollte es sich fortan bei jedem Besuch verhalten. Auf beiden Seiten wurde unter großen Mühen Herzlichkeit vorgetäuscht, um das Gesicht zu wahren und um Burkhard nicht zu verlieren. Die Mutter litt am meisten unter der gegenseitigen Abneigung. Aber die Beziehung zur Schwiegertochter war ein für alle Mal vergiftet, ein tiefer Graben tat sich zwischen ihnen auf. Und keiner fand den Mut, über den eigenen Schatten und diesen Trennungsgraben zu springen, um den Anfang zu einer ernsthaften Versöhnung zu machen.

»Nichts ist schlimmer als die Hölle, die man selbst geschaffen und zum eigenen Kerker gemacht hat, obwohl die Tür in die Freiheit weit offen steht«, las Richard später einmal und musste dabei sofort an seine Eltern denken, insbesondere an seine Mutter.

*

Das Jahr 1969 brachte die Selbstverbrennung des Prager Studenten Jan Pallach, der auf diese entsetzliche Weise gegen die Unterdrückung seines Landes durch Moskau protestierte, Alexander

Dubčeks erzwungene Ablösung, de Gaulles Rücktritt, den ersten Spaziergang eines Menschen auf dem Mond, den Beginn des Rückzugs von US-Truppen aus Vietnam sowie die sensationelle Wahl von Willy Brandt zum ersten sozialdemokratischen Bundeskanzler mit Walter Scheel als Vize an seiner Seite. Von Helmut Kohl, der ein paar Monate vorher in Mainz mit knapper Mehrheit zum neuen Ministerpräsidenten von Rheinland-Pfalz gewählt worden war, nahm dagegen kaum jemand richtig Notiz.
Und für Richard war 1969 ein besonders wichtiges Jahr, weil er Cäsar Blohm wieder traf – und sich in dessen Schwester Margret verliebte.
Cäsar, den Richard wegen seines großen zeichnerischen Talents bewundert hatte, war der erste Schulkamerad gewesen, mit dem er sich nach ihrem Umzug von Dortmund nach Düsseldorf angefreundet hatte. Aber bevor daraus eine tiefere Freundschaft hatte werden können, war Cäsar von der Schule abgegangen, hatte irgendwo eine Lehre begonnen, und der Kontakt war abgebrochen.
Als im Mai 1969 die Düsseldorfer Kunstakademie wegen schwerer Studentenunruhen geschlossen wurde und es daraufhin zu Demonstrationen kam, an denen sich auch viele Oberstufenschüler beteiligten, stieß Richard in der Menge der Protestparolen skandierenden Schüler und Studenten auf seinen einstigen Klassenkameraden. Es war für beide eine freudige Überraschung.
Aus dem ehemals eher kräftigen Cäsar war ein hagerer, schlaksiger junger Mann geworden, dessen Gesicht mit der kräftigen Nase und der kräftigen Kinnpartie recht knochig wirkte. In seinen schlabberigen Klamotten sah er so recht wie ein Künstler aus, der nicht viel Wert auf gesunde Ernährung legte.
Als sie ihr Wiedersehen in der Altstadt mit einigen Gläsern Altbier begossen, erzählte Cäsar Richard, dass er bei einem Verlag eine grafische Lehre hinter sich gebracht und nach Vorlage einer Mappe mit eigenen Werken den Sprung auf die Düsseldorfer Kunstakademie geschafft habe. Dennoch war er weit davon entfernt, mit seinem Leben und wie es sich entwickelte glücklich zu sein.

»Ich weiß nicht, ob ich wirklich zu so einem Beruf geschaffen bin«, gestand er voller Selbstzweifel. »Dass ich mir vor jeder Prüfung in die Hose mache und in Panik gerate, ist ja schon schlimm genug. Und dass mir die Disziplin zur Arbeit fehlt, ist auch nicht gerade hilfreich. Aber dass sich meine Hand verkrampft, wenn ich unter Druck arbeiten soll, ist für jemanden, der mal in einer Werbeagentur arbeiten will, das reinste Gift.« Er kippte sein Bier hinunter. »Scheiße, manchmal frage ich mich, was ich denn nun will, und ob das mit Grafik und Design wirklich mein Ding ist. Ehrlich gestanden weiß ich nicht einmal, wer ich überhaupt bin und wohin ich gehöre. Heute bin ich felsenfest davon überzeugt, dass ich unbedingt irgendwas mit Kunst machen muss und mich da auch irgendwie durchschlagen werde, und morgen will ich davon nichts mehr wissen und würde am liebsten in irgendeiner Firma einen stinknormalen Job annehmen, bei dem man eigenständig arbeiten kann, ohne unter großem Erwartungs- und Erfolgsdruck zu stehen. Klingt verrückt, was?«
»Überhaupt nicht. Du wirst es nicht glauben, aber mir geht es nicht viel anders.« Richard hatte manchmal den verrückten Eindruck, zur selben Zeit in zwei völlig unterschiedlichen Welten zu leben und sich nicht entscheiden zu können, welche davon wirklich zu ihm passte. Dass er einerseits von einer Karriere als Opernsänger träumte, aber andererseits von der Rockmusik nicht lassen wollte, war ein symptomatisches Beispiel.
Die Zwiespältigkeit prägte alle Bereiche seines Lebens. Im vergangenen Jahr war er dem Vorbild seines Bruders Konrad gefolgt und in die SPD eingetreten. Er lief mit Wahlplakaten für die SPD durch die Straßen, beteiligte sich mit Begeisterung und Überzeugung für die Sache an allen Demonstrationen, ob es nun gegen die braune Soße der NPD ging, die wieder in Deutschland aufkochte, die Notstandsgesetze und oder um die längst überfällige Hochschulreform. Er ließ auch sonst keine Gelegenheit aus, um der »Kleinbürgeridylle den Kampf anzusagen«, wie Konrad sich auszudrücken pflegte. Bei der letzten Schülerversammlung in der Aula war er sogar ans Mikrofon gegangen, hatte seine Mitschüler

aufgefordert, ihre Endlosdebatten um den Wortlaut von Resolutionen endlich einzustellen, und ihnen zugerufen: »Was verstecken wir uns hier in der Aula? Unser Protest gehört nicht aufs Papier, sondern auf die Straße! Erst wenn wir die City lahm legen, so wie im letzten Jahr, dann wird man hören, was wir zu sagen haben!« Das hatte sogar Konrad beeindruckt, und vielleicht war dies auch der Grund, weshalb Richard ans Mikrofon getreten war.

Auf der anderen Seite gelang es ihm jedoch noch immer nicht, alles, was SPD, APO oder sonst wie links war, mit blinder brüggemannscher Gefolgstreue als der Wahrheit letzten Schluss zu betrachten und alle, die nicht dieselbe Überzeugung vertraten, in Bausch und Bogen als Reaktionäre, Halunken, politische Dunkelmänner und charakterlose Gesellen zu verdammen. Jedes Mal regte sich heftiger Widerspruch in ihm, wenn er die pauschalen und ehrabschneidenden Verdächtigungen und Urteile hörte, mit denen Konrad und der Vater über politische Gegner herfielen. Bei ihnen gab es nie den geringsten Raum für Selbstzweifel, geschweige denn für die Konzession, dass es vielleicht mehr als nur eine allein selig machende Wahrheit oder zumindest doch verschiedene Facetten von Wahrheit gab. Der Einwand, dass auch Menschen mit einem konservativen Weltbild integre und ehrbare Demokraten sein können, galt ihnen nicht als Ausdruck eines gesunden Menschenverstandes, sondern als Zeichen mangelnden politischen Bewusstseins. Kritik am eigenen Lager wurde kompromisslos als Verrat abgestraft.

Auch äußerlich widersetzte Richard sich dem Diktat der linken Uniformität. Für nachlässige Kleidung im APO-Look, Palästinensertuch und triste Mao-Jacken war er nicht zu haben. Er trug zur Freude seiner modebewussten Mutter gut geschnittene Anzüge, weiße Oberhemden mit Manschettenknöpfen und seidene Krawatten.

Richard hatte wahrlich mehr als nur eine Seele in der Brust, und es tat gut, mit jemandem wie Cäsar, der mit ähnlichen Problemen im Clinch lag, darüber zu reden.

»Vielleicht wäre alles anders gekommen, wenn mir mein Vater bei der Geburt nicht in einem Anfall von Größenwahn diesen Vornamen verpasst hätte«, sagte Cäsar, als sie schon einige Biere intus hatten. »Wie kann man so einem Namen gerecht werden? Als mein Vater dann ein paar Jahre später erkannte, was er mir mit diesem Namen angetan hatte, war er wohl so erschüttert, dass er sich darüber das Leben genommen hat. Und jetzt muss ich sehen, wie ich mit dem meinem klarkomme.«
Richard sah ihn unsicher an. »Mit so was macht man keine Witze, Cäsar!«
»Mache ich ja auch nicht. Mein Vater hat sich wirklich bei uns im Haus aufgehängt, oben auf dem Dachboden«, sagte Cäsar mit alkoholschwerer Zunge. »Seitdem ist meine Mutter in Therapie.«
Richard wusste nicht, was er darauf sagen sollte.
Angetrunken, wie er war, wollte Cäsar später in seinen alten rostigen VW-Käfer steigen, was Richard jedoch nicht zuließ. Er bestand darauf, den Wagen zu fahren und Cäsar nach Hause zu bringen.
Der wies ihm den Weg über den Rhein nach Büderich und in eine Straße mit schmalen Reihenhäusern, die nach einstiger Zechensiedlung aussahen. »Der Hort des großen Familienglücks!«, sagte er sarkastisch, als er ausstieg.
Richard brachte ihn ins Haus – und traf in der Wohnküche auf eine junge brünette Frau, deren zierliche, aber reizvoll weibliche Figur in einem weißgelb geblümten Minirock und einem schmalen gesmokten Top bestens zur Geltung kam.
»Margret, meine Schwester und der eigentliche Hausvorstand … Schwesterchen, das ist Richard Brüggemann. Wir sind mal Klassenkameraden gewesen«, machte Cäsar sie im Vorbeigehen miteinander bekannt. »Er hat mich heimgebracht, weil er meinte, ich hätte schon ordentlich einen im Kahn.«
»Das war sehr nett von dir«, bedankte sich Margret bei Richard und reichte ihm lächelnd die Hand. »Und wie kommst du jetzt nach Hause?«
»Ich nehme die Bahn.«

»Kommt gar nicht in Frage! Ich fahre dich«, sagte Margret und nahm ihrem Bruder den Schlüsselbund ab.
Auf der Rückfahrt musste Richard sich anstrengen, nicht ständig auf ihre Beine zu schauen, die der kurze Rock so großzügig dem Blick preisgab. Und schon bevor er in der Becherstraße aus dem VW stieg, wusste er, dass er Margret unbedingt wieder sehen und mit ihr ausgehen wollte. Als er sie wenige Tage später fragte, ob sie Lust habe, mit ihm in den neuen James-Bond-Film und hinterher irgendwo noch was trinken zu gehen, nahm sie die Einladung sofort an.
Schon im Sommer konnten sie sich ein Leben ohne den anderen nicht mehr vorstellen. Jede freie Minute verbrachten sie miteinander, was Richard viel Ärger mit den Eltern einbrachte. Dass sie viel gegen diese Verbindung einzuwenden hatten, wunderte ihn nicht. Wer hätte denn schon ihren Ansprüchen genügen können! Jemand wie Margret, die aus bescheidenen Verhältnissen kam, ein Studium an der pädagogischen Hochschule in Neuss begonnen hatte und Grundschullehrerin werden wollte, entsprach nicht ihren Vorstellungen – und das ließen sie ihn und Margret auch recht deutlich spüren. Zudem sollte er sich lieber auf das Abitur vorbereiten, einmal ganz davon abgesehen, dass er mit neunzehneinhalb Jahren doch wohl nicht so dumm sein würde, sich ernsthaft binden zu wollen.
Richard dachte jedoch nicht daran, etwas auf die Ermahnungen der Eltern zu geben. Im Gegenteil, ihre abweisende Haltung und ständige Kritik führten dazu, dass er sich noch fester an Margret band – und sie sich an ihn. In den Herbstferien schliefen sie zum ersten Mal miteinander. Von da an gab es für beide keine Zweifel mehr, dass sie zusammenbleiben und sich von keiner Macht der Welt auseinander bringen lassen würden. Und in Richards Tagebuch tauchte Ende des Jahres erstmals das Wort »Heirat« auf.

*

Richard verglich die Geschichte seiner Familie gern mit einer großen Landkarte, auf der er das Leben des Vaters und das von dessen Vorfahren bis auf den letzten kleinen Wiesenpfad erkundet und ausgiebig dokumentiert fand. Doch dort, wo sich das Familienland der Mutter befinden sollte, zeigte die Karte nur große weiße Flächen. Die Familiengeschichte der Mutter war mehr als nur Terra incognita, sie war ein Tabu, über das nie geredet wurde und das man als Kind auch nicht anzusprechen wagte. Sogar die Frage nach dem Warum hatten sie zu verdrängen gelernt. In diesem Jahr nun kamen Richard und Konrad zufällig hinter mehrere jener Familiengeheimnisse, die zu bewahren sich ihre Eltern so große Mühe gaben.
Richard kam eines Nachmittags mit der neuesten Ausgabe von »Jasmin« nach Hause, die er unter seiner Jacke verbarg. Dieses Magazin war nämlich für seine Innenseiten bekannt, die man erst aufschneiden musste, bevor man sich die freizügigen Texte und Bilder zur sexuellen Revolution zu Gemüte führen konnte. Gerade wollte er die Zeitschrift in seiner Schreibtischschublade verschwinden lassen, als Konrad ins Zimmer platzte. Richard befürchtete schon, Konrad werde ihn mal wieder wegen seiner seichten Lektüre verspotten, doch der Bruder hatte in diesem Moment anderes im Kopf.
»Die Alten sind zur Kö!«
»Ich weiß. Heute ist ihr Hochzeitstag«, sagte Richard und machte schnell die Schublade zu.
»Aber du setzt dich hin, wenn ich dir sage, *was* für einen Hochzeitstag sie heute haben!«
Richard verstand nicht, was seinen Bruder so in Aufregung versetzte, und zuckte gleichgültig mit den Achseln.
»Sie haben heute Silberhochzeit!«, verkündete Konrad. »So, und jetzt rechne mal nach!«
Richard stutzte. »Unmöglich! Burkhard wird demnächst achtundzwanzig. Da können sie heute doch nicht erst ihren fünfundzwanzigsten Hochzeitstag haben!«
»Haben sie aber!«, beharrte Konrad. »Ich habe vorhin zufällig

mitbekommen, wie Baba zur Mutter gesagt hat, dass sie sich heute zu ihrer Silberhochzeit ein ganz besonderes Geschenk beim Juwelier aussuchen darf.«

»Ja, aber dann …« Richard stockte.

Konrad nickte. »Genau! Mutti hat Burkhard gute zwei Jahre *vor* ihrer Hochzeit zur Welt gebracht. Und das bedeutet, dass er sie entweder erst mit dem Kind allein gelassen und erst Jahre später geheiratet hat – oder dass das Kind gar nicht von ihm ist.«

»Dann wäre Burkhard ja unser Halbbruder«, sagte Richard verblüfft, dabei war ihm klar, dass Burkhard immer der bleiben würde, der er all die Jahre für sie gewesen war.

»Du sagst es!«

»Kein Wunder, dass wir über Mutters Herkunft und Familie nie etwas zu hören kriegen!«

»Ja, schön blöde, uns für dumm verkaufen zu wollen«, ärgerte sich Konrad. »Irgendwann kommt es ja doch heraus, wie man jetzt sieht. Dass sie einen mit ihrer affigen Geheimniskrämerei erst richtig neugierig darauf machen, was sie einem verheimlichen wollen, ist ihnen wohl entgangen.«

Was sie jedoch am meisten wurmte, war das mangelnde Vertrauen der Eltern. Der Vater predigte immer das Hohelied des Familienzusammenhalts. Hatten sie aber nicht auch das Recht zu wissen, ob ihr Bruder wirklich ihr Bruder war und aus welcher Familie ihre Mutter kam? Was immer es in der Vergangenheit auch an so genannten dunklen Flecken gab – und in welcher Familie gab es sie nicht? –, diese weniger rühmlichen Episoden wurden doch erst zu einem Makel, wenn man nicht offen über sie sprach, sondern sich krampfhaft bemühte, sie wie ungeschehen zu behandeln und zum Tabu zu erklären.

Ihre Eltern zu diesem Thema zu befragen kam ihnen auch jetzt nicht in den Sinn. Statt einer ehrlichen Antwort würden sie ja doch nur empörte Zurechtweisungen, bestenfalls unwirsche Ausflüchte zu hören bekommen. Aber als Burkhard sich das nächste Mal bei ihnen in Düsseldorf blicken ließ, gingen sie mit ihm in der Altstadt in eine Altbierkneipe und sprachen ihn darauf an.

»Nun mal Butter bei die Fische, Bruder!«, forderte Konrad ihn salopp auf. »Die Alten machen ja ein Staatsgeheimnis daraus. Wie ist das nun wirklich mit dir und unseren Eltern gelaufen?«
Burkhard grinste. »So? Seid ihr langsam dahinter gestiegen, ja? Also, die Sache verhält sich so: Baba hat mich adoptiert, als er Mutti geheiratet hat.«
»Ist sie denn schon einmal verheiratet gewesen?«, fragte Richard.
Burkhard hob vage die Schultern. »So genau weiß ich das auch nicht. Mein Vater soll im Krieg Pilot oder Flugnavigator gewesen und über Russland abgeschossen worden sein. Ob Mutti mit ihm verheiratet gewesen ist oder nicht, darüber haben sie sich nicht ausgelassen, als ich mit sechzehn von der ganzen Sache erfuhr. Ihr wisst ja, wie sie sich anstellen: Viel Genaues weiß man nicht.«
»Weißt du noch mehr über Mutti?«, fragte Konrad. »Wir haben ja nicht einmal den Schimmer einer Ahnung, wer ihre Eltern gewesen sind und ob sie noch Geschwister gehabt hat. Dieses Thema ist ja so schrecklich tabu bei ihnen!«
»Allzu viel haben sie mir auch nicht erzählt«, sagte Burkhard. »Ich weiß nur, dass Mutti ein paar Jahre älter ist, als sie zu sein vorgibt, und noch einen Bruder hat, der überzeugter Kommunist und mittlerweile Major bei der NVA ist. Zu ihm haben sie jedoch jeglichen Kontakt abgebrochen.«
»Und das ist alles?«
»Nein, des Pudels Kern ist nicht ihr Bruder und es sind auch nicht die paar Jahre, die sie älter ist als Baba. Es ist ihre Herkunft«, fuhr Burkhard fort. »Mutti schämt sich vermutlich, weil sie selbst unehelich zur Welt gekommen ist. Wenn ich mich recht entsinne, ist ihre Mutter Weißnäherin in einer kleinen Ortschaft bei Stralsund gewesen, und ein junger Arzt, der sich mit ihr vergnügte, hat sie sitzen gelassen, als sie schwanger wurde.«
Konrad verdrehte die Augen. »Mein Gott, und deshalb machen sie so ein Geschiss?«
»Schon traurig, dass sie glauben, diese Geschichte wie eine Familienschande vor uns geheim halten zu müssen, als würden wir

sie sonst moralisch verurteilen«, sagte Richard kopfschüttelnd. »Als ob sich in unserer Generation noch irgendjemand etwas daraus machen würde, ob einer von seinen Eltern unehelich zur Welt gekommen ist oder nicht!«
»Na ja, wenn man wirklich ehrlich zu seiner Herkunft stehen würde, könnte man natürlich auch nicht mit solcher Überheblichkeit auf andere heruntersehen, die auch aus kleinen Verhältnissen kommen, und an die Frauen der eigenen Söhne so hohe Ansprüche stellen, wie Mutti und Baba es tun«, gab Burkhard mit einem schiefen Grinsen zu bedenken.
Sie wussten, dass er damit auf das Verhältnis der Eltern zu Rojana anspielte. Doch Richard dachte sofort an Margret, die vor ihren Augen auch keine Gnade fand. Aber tiefer noch als diese Ablehnung schmerzte das Wissen, dass die Eltern meinten, die eigene Vergangenheit vor ihren Kindern als Geheimnis verschließen zu müssen und auf jeden Versuch, darüber zu reden, mit Entrüstung zu reagieren, als wolle man über sie zu Gericht sitzen. Dass in Wirklichkeit sie diejenigen waren, die mit ihrer verbissenen Geheimniskrämerei ein moralisches Urteil über die Geschehnisse ihrer Vergangenheit fällten, begriffen sie nicht.

*

Um ein Haar wäre im Januar 1970 in »Bild« ein Artikel über Richard als zwanzigjährigen Auftragsschriftsteller für romantische Gebrauchslyrik erschienen.
Wie er auf die verrückte Idee gekommen war, in der Anzeigenannahmestelle der »Rheinischen Post« ein Inserat mit dem Text »Liebesgedichte maßgeschneidert! Verfasse für Sie Liebesgedichte zu allen Anlässen, für alle Lebenslagen und in allen Tonlagen. Preiswert, schnell und mitten ins Herz!« aufzugeben, wusste er hinterher nicht mehr genau zu sagen. Möglicherweise war ihm der Einfall gekommen, als Cäsar ihm von den Textern der Werbeagentur erzählt hatte, in der er gelegentlich aushalf, wenn ein Kaufhauskatalog produziert werden musste.

Die Redaktion von »Bild« unterhielt vermutlich gute Kontakte zu solchen Anzeigenannahmestellen, weil manche Inserate, wie das seine bewies, gute Geschichten hergaben. Auf jeden Fall stand schon Tage vor dem Erscheinen der Anzeige ein »Bild«-Reporter vor der Tür, um mit Richard ein Interview zu führen. Dummerweise geriet er zuerst an die Mutter, die aus allen Wolken fiel, sich aber schnell wieder fasste und dem Reporter unmissverständlich zu verstehen gab, dass in seiner Zeitung keine wie auch immer geartete Geschichte über ihren jüngsten Sohn erscheinen würde.

»Denn dieses Inserat wird nicht in der ›Rheinischen Post‹ erscheinen, darauf können Sie Gift nehmen! Und wenn Sie es dennoch wagen sollten, den Namen unserer Familie durch den Dreck Ihres Blattes zu ziehen, bekommen Sie es mit mir persönlich zu tun!«, beschied sie ihn, schlug ihm die Tür vor der Nase zu und rief umgehend bei der »Rheinischen Post« an, um die Anzeige zu stornieren.

Dann ging ein Donnerwetter auf Richard nieder, das sich wiederholte, als der Vater aus dem Büro kam. Dabei war Richard sich gar keiner Schuld bewusst. Er konnte nicht einsehen, was denn so schlimm daran sein sollte, gegen Geld ein Liebesgedicht für Leute zu schreiben, die selbst kein Talent dafür besaßen, aber gern eines verschenken wollten? Wer einem anderen mit einem Blumenstrauß eine Freude bereiten wollte, musste doch auch nicht selber Gärtner sein, sondern ging in einen Blumenladen und ließ sich gegen Geld einen Strauß binden. So von den Eltern »abgebürstet« zu werden, nur weil dergleichen sich angeblich nicht mit dem elitären Selbstverständnis vereinbaren ließ, das ein Brüggemann in ihren Augen haben musste, wurmte ihn zutiefst.

Im Februar wurde er zur Musterung bestellt. Durchtrainiert, wie er war, stufte man ihn natürlich als uneingeschränkt wehrdiensttauglich ein. Und seine dunkle Ahnung, dass er weniger Glück als seine Brüder haben und wohl kaum um die achtzehn Monate beim Bund herumkommen werde, wurde zur Gewissheit, als der Leiter der Kommission in seinen Papieren blätterte, dann zu ihm

aufblickte und mit spöttischen Genugtuung sagte: »Ah, Brüggemann junior ... *der Dritte!*«
Der Mann lächelte kühl.
»Ihre beiden Brüder haben sich ja erfolgreich vor ihrem Wehrdienst gedrückt, wie ich sehe. Ihr Bruder Burkhard hat sich nach Berlin abgesetzt, und Ihr Bruder Konrad soll ja was am Herzen gehabt haben. Jaja, ein Arzt in der Familie kann manchmal wirklich sehr hilfreich sein. Wie schön, dass es noch einen dritten Sohn gibt! Haben Sie sich denn schon Gedanken gemacht, wo Sie Ihren Wehrdienst ableisten wollen, wenn Sie im Herbst einrücken?«
Richard hatte sich sehr wohl Gedanken darüber gemacht, was er tun würde, wenn er um den Wehrdienst nicht herumkam. Als Gefreiter Arsch anderthalb Jahre beim Heer irgendwelche Deppendienste abreißen und sich mit einem mickrigen Monatssold begnügen zu müssen, der noch unter dem lag, was er jetzt als Taschengeld erhielt, kam für ihn nicht in Frage. Wenn er schon nicht um den Bund herumkam, dann wollte er wenigstens die Offiziersausbildung, ein ordentliches Monatsgehalt und die satte Verpflichtungsprämie mitnehmen. Und wenn er schon eine Uniform anziehen musste, dann sollte es das flotte Nachtblau der Luftwaffe sein.
Deshalb lautete seine Antwort: »Wenn Sie mir garantieren, dass ich zur Luftwaffe komme, verpflichte ich mich als Zeitsoldat.«
Mit seiner Verpflichtung, die ihn gleich zum Offiziersanwärter machte, bereitete er seinem Erzeuger eine große Freude. »Wenigstens einer, der seinen Militärdienst ableistet! Gut so, mein Junge!«, lobte ihn der Vater mit glänzenden Augen. »Leutnant der Reserve, das wird sich später bei Bewerbungen in deinem Lebenslauf gut machen. Die Leute achten auf so etwas, lass dir das gesagt sein ... mehr oder weniger!« Dann folgten seine üblichen Potsdamer Militärgeschichten und auch die Story, wie er einmal als Kradfahrer eine wichtige Meldung ins Führerhauptquartier in der Wolfsschanze hatte bringen müssen. So groß des Vaters Abscheu gegenüber Hitler und dessen Naziregime auch war, die Nähe dieser

entsetzlichen totalitären Macht hatte offenbar auch auf ihn eine unvergessliche Faszination ausgeübt.
Konrads Kommentar fiel dagegen knapp und vernichtend aus: »Z-Schwein!« Sein Bruder hätte notfalls verweigert, wie er behauptete. Nachdem Willy Brandt in Erfurt mit der DDR-Spitze zum ersten gesamtdeutschen Treffen zusammenkam und die deutsch-deutschen Beziehungen wohl endlich einer vertraglichen Regelung entgegenstrebten, durfte man doch den Militärs nicht den Rücken stärken! Nur Reaktionäre und unverbesserliche Militaristen würden sich jetzt noch für eine schlagkräftige Bundeswehr einsetzen.

*

Da keine seiner Abschlusszensuren zu einer besseren oder schlechteren Note hintendierte, wurde Richard von der mündlichen Abiturprüfung befreit. Ein größeres Geschenk hätten ihm die Lehrer nicht machen können. Er suchte sich sofort einen Aushilfsjob. Dabei interessierte es ihn nicht, wie hart die Arbeit war, wenn sie nur gut bezahlt wurde. Denn Margret und er hatten trotz heftigen Widerstands der Eltern beschlossen, noch im Sommer zu heiraten.
Er wurde Lkw-Fahrer bei einem obskuren Bauunternehmer, der auf seinem Bauhof in einem schäbigen Container hauste und in Oberhausen eine ganze Siedlung hochzog, aber nebenbei noch eine Menge krummer Geschäfte machte. Richard störte sich nicht daran, wie es ihm in seiner jugendlichen Unbekümmertheit auch nichts ausmachte, dass die Reifen seines Siebeneinhalbtonners abgefahren waren und der Laster mit längst abgelaufener TÜV-Plakette fuhr. Für ihn zählte nur, dass er eine Menge Geld verdienen konnte, und das meiste davon schwarz auf die Hand.
Die Abiturfeier in der Aula mit den obligatorischen Darbietungen von Schulchor und -orchester und den launigen bis sterbenslangweiligen Reden, die Elternsprecher, Schulsprecher, Direktor und der Vorsitzende des Ehemaligenvereins in der üblichen

Non-schola-sed-vita-Tradition hielten, fiel zum ersten Mal in der Geschichte des Humboldt-Gymnasiums aus. Die elf Abiturienten, alles Individualisten, wollten von einer Feier nichts wissen. »Alles bourgeoises Gewäsch und sentimentales kleinbürgerliches Geseiche! Nicht mit uns!«, lautete ihr einstimmiges Urteil. Die allgemeine Empörung kümmerte sie nicht. Sie bestanden darauf, dass ihnen die Abiturzeugnisse privat und ohne jedes Brimborium ausgehändigt wurden. Sie schworen einander auch, niemals so etwas Spießbürgerliches wie ein Klassentreffen zu veranstalten, bei dem es ja doch nur darum ging zu sehen, wer es zu was im Leben gebracht und wer sich als Versager entpuppt hatte.
Richard fühlte sich mehr erlöst als glücklich, endlich dem qualvollen Joch der Schule und der Vormundschaft der Eltern entkommen zu sein – obwohl sich herausstellen sollte, dass es so leicht nicht war, sich dem elterlichen Zugriff und Anspruchsdenken zu entziehen.
Glücklich war er mit Margret. Sie schwebten auf einer rosaroten Wolke. Im August war ihre Hochzeit, und sie hatten auch schon im Arbeiterviertel Bilk eine kleine Dachwohnung gefunden, die sie nun einzurichten begannen. Mit dem Bafög, das Margret als Tochter einer Witwe mit geringer Rente erhielt, und Richards Bundeswehrgehalt würden sie gut über die Runden kommen.
Die kirchliche Trauung in Büderich und die Feier mit rund hundert Gästen in einer Villa, die man für solche Zwecke mieten konnte, erlebte Richard in einem merkwürdigen Zustand benebelten Hochgefühls, das ihm wie eine Art von wacher Benommenheit vorkam. Er konnte sich nämlich hinterher kaum noch an Einzelheiten erinnern. Aber wichtig war letztlich auch nur, dass sie verheiratet waren und nun ihr Leben in die eigenen Hände nehmen konnten.
Mit dem fabrikneuen ockerfarbenen Opel Kadett, den Richard sich von den achttausend Mark Verpflichtungsprämie gekauft hatte, ging es in die Flitterwochen nach Paris. Sie quartierten sich in einem preisgünstigen Hotel unweit des Arc de Triomphe ein und parkten ihren Wagen in einer Nebenstraße. Mit weißen

Bändern an allen vier Türgriffen und der Antenne, geschmückt mit einem Blumengesteck auf der Ablage hinter dem Rückfenster, sah man dem Auto sofort an, dass sich damit ein frisch verheiratetes Paar auf Hochzeitsreise befand. Das entging auch den Dieben nicht, die gleich in der ersten Nacht den Kadett aufbrachen und das Radio ausbauten. Denn sie ließen einen stummen Gruß zurück: Die fünf weißen Tüllstreifen waren zu hübschen Schleifen gebunden.

Dritter Teil
1972–1989

1

Den alten Geigenkasten unter den linken Arm geklemmt und seinen Pappkoffer in der Rechten, so stand der frisch immatrikulierte Germanistikstudent Bruno Brüggemann im Eingang einer der Leipziger Messehallen und schaute sprachlos auf das Bild, das sich seinen Augen bot. Die riesige Ausstellungsfläche war wie ein hastig errichtetes Behelfslazarett mit Decken, dünnem Gardinenstoff und billigen Trennwänden in unzählige kleine Abteile aufgeteilt, jedes davon mit Bett, Schrank, Regal, Tisch und Stuhl eingerichtet: Einzelunterkünfte für einige hundert Studenten und Studentinnen bis zum nächsten Messetermin.
Bruno konnte nicht fassen, was er sah. Die mütterliche, pausbäckige Frau von der Studienleitung hatte doch von einem »Zimmer« gesprochen! Oder hatte er sich bei dem Gedränge am Schalter vielleicht verhört?
In der Hoffnung, die falsche Halle erwischt zu haben, blickte Bruno noch einmal auf den Zettel, den sie ihm ausgestellt hatte, und verglich die Angaben mit denen auf dem großen Pappschild, das über seinem Kopf hing. Er befand sich in der richtigen Halle, und zur Unterkunft C 39, die auf seinem Handzettel eingetragen stand, gelangte man den Richtungsschildern nach auf dem dritten Gang von links.
Verstört ging Bruno den Gang hinunter. Ihn umbrandete Stimmengewirr sowie Musik der unterschiedlichsten Stilrichtungen, die aus Kofferradios, Tonbandgeräten und Plattenspielern drang. Dagegen war ja das Barackenleben in Uelzen der reinste Kuraufenthalt gewesen! Nein, nicht eine Nacht würde er hier verbringen, geschweige denn ein ganzes Semester oder gar noch länger! An solch einem Ort konnte man sich ja nicht einmal verlieben!
Vor der Messehalle lief er Ulrich Erpenbeck in die Arme. Sie hatten sich über zwei Jahre nicht gesehen, denn nach der Grundausbildung war Ulrich in eine andere Einheit gekommen als Paul und Bruno.

Die Freude über ihr Wiedersehen erhielt einen herben Dämpfer, als Bruno das Parteiabzeichen an Ulrichs Jackenrevers bemerkte. »Du bist in die Partei eingetreten?«, fragte er ungläubig. Er erinnerte sich nur zu gut daran, wie maßlos enttäuscht auch Ulrich über die blutige Niederschlagung des Prager Frühlings gewesen war.

»Ich habe begriffen, dass wirkliche Systemveränderung nicht von außen, sondern nur von innen eingeleitet werden kann«, begründete Ulrich seine Entscheidung.

»Du meinst, du hast dich zu einer taktischen Mitgliedschaft entschlossen, weil du das marode System von innen umkrempeln willst?«

»Das Konzept des modernen Sozialismus an sich ist ja nicht schlecht; darüber sind wir uns doch immer einig gewesen. Durch Opposition von außen können wir aber nichts bewegen. Was zum Beispiel Karlheinz gemacht hat, ist ja verteufelt mutig gewesen ...«

»Der hat wirklich Charakter und Prinzipientreue bewiesen.«

»Aber mit solchen Aktionen bewegt man nichts. Man macht sich nur zum oppositionellen Außenseiter. Und wer sich außerhalb des Systems stellt, vergibt alle Chancen, Einfluss auszuüben«, fuhr Ulrich im Brustton der Überzeugung fort. »Dagegen haben systeminterne Reformkräfte das größte Potenzial, die Weichen in die Richtung wahrer Reformen zu stellen. Die Schalthebel der Macht liegen nun mal in den Händen der Partei, also muss man zusehen, dass man an diese Hebel herankommt!«

»Du willst Karriere in der SED machen, obwohl du diese kommunistischen Betonköpfe eigentlich nicht ausstehen kannst?« Es fiel Bruno schwer, sich Ulrich in der SED vorzustellen.

»Schon mal was vom Trojanischen Pferd gehört?« Ulrich grinste. »Mensch, Bruno! Die SED braucht gerade Leute wie dich und mich! Und je mehr wir sind, desto leichter wird es sein, die alte Garde aufs Altenteil zu schieben und frischen Wind in das miefige Haus der Partei und damit auch der DDR zu bringen.«

»Ich weiß nicht, ob Karlheinz nicht doch ein größerer Realist ist

als du«, erwiderte Bruno. »Was kannst du denn schon groß in der Partei ausrichten? Wer auch nur halbwegs bei Verstand ist, weiß doch, dass die DDR eine Diktatur von Moskaus Gnaden ist und die SED nur die Partei der Statthalter der Sowjets.«
»Das siehst du zu eng und zu pessimistisch. Ich glaube fest daran, dass wir Reformen in Gang setzen können, aber nicht durch Druck von außen, sondern durch Einflussnahme in der Partei.«
Bruno verzog das Gesicht. »Glaubst du denn im Ernst, mit unserem neuen ersten Mann im Staat würde sich was ändern? Es ist noch kein halbes Jahr her, dass Honecker den alten Ulbricht entmachtet und im Amt beerbt hat, und schon lässt er einen fast noch größeren Personenkult betreiben, als der alte Ziegenbart es getan hat.«
»Na ja ...«
»Schau dir den Kerl doch mal an! Der ist doch so verklemmt und hölzern wie ein Bremsklotz. Mit seiner ewig schief sitzenden grässlichen Brille sieht er wie ein geistig beschränkter Aushilfskassierer einer Kaufhalle in irgendeiner Plattensiedlung aus!«, zog Bruno abfällig vom Leder. »Wenn er eine Rede hält, dann kriegt er kaum zwei einfache Sätze hintereinander heraus, ohne sich zu versprechen oder den Faden zu verlieren. Primitiver und armseliger in der Sprache ist wohl nur noch der Mielke!«
Ulrich sah sich beunruhigt um. »Mensch, pass bloß auf, was du sagst! Wenn das jemand hört, der dir was will, bist du wegen Staatshetze und Verleumdung dran!«, warnte er Bruno erschrocken. »Und wenn Honecker auch wahrlich kein strahlender Bühnenheld ist, so hat er doch das Zeug, den Karren aus dem Dreck zu ziehen. Immerhin hat er erlaubt, dass es Blue Jeans jetzt auch in unseren Läden gibt und dass Beatmusik gespielt werden darf. Und Westfernsehen ist auch nicht mehr direkt verboten.«
»Aber auch nicht direkt erlaubt.«
»Honecker ist der Mann der Reformen, glaub's mir!«
»Er ist eher der Mann der kleinen Kompromisse, Ulli. Er erlaubt, was er sowieso nicht aufhalten kann, damit der Druck im Kessel nicht zu hoch wird und ihm die Suppe nicht plötzlich um die

Ohren fliegt, so wie es den kommunistischen Hofschranzen in Prag passiert ist.«

Ulrich winkte ab. »Warten wir es ab! Aber jetzt erzähl mir mal, wie es dir geht und wieso du erst jetzt mit dem Studium anfängst.«

Das war etwas, worüber Bruno gar nicht gern reden wollte. »Ich habe eben statt achtzehn Monaten so wie du drei Jahre abgerissen«, antwortete er leichthin.

Ulrich bedachte ihn mit einem leicht ironischen Blick. »Mir ist da so was zu Ohren gekommen, dass du dich nicht gerade freiwillig für drei Jahre verpflichtet hast. Du sollst völlig ausgerastet sein, als Paul bei diesem Panzermanöver tödlich verunglückt ist.«

»Kann schon sein«, sagte Bruno kurz angebunden. »Völlig ausgerastet«, dieser Begriff traf seine Reaktion auf den tödlichen Unfall, den ein arroganter Feldwebel zu verantworten gehabt hatte, recht gut. Auf drei Jahre zu verlängern und Unteroffizier zu werden war seine einzige Chance gewesen, einer unehrenhaften Entlassung und einem Studienverbot zu entkommen. »Aber das ist Schnee von gestern, Ulli. Sag, hast du deine Zulassung zum Medizinstudium bekommen?«

Ulrich nickte mit stolzem Lächeln. »Ist alles so glatt gelaufen, wie man es mir versprochen hatte.«

»Ein Lob auf die Partei!« Bruno erwiderte das Lächeln, um seiner Bemerkung die bissige Spitze zu nehmen.

»Und was ist mit dir? Hat man dich in die Johannes-R.-Becher-Dichterschmiede aufgenommen?«

Am Literaturinstitut Johannes R. Becher in Leipzig wurden handverlesene Studenten zum Diplomschriftsteller ausgebildet. So etwas gab es sonst im ganzen Ostblock nur noch in Leningrad. Eine solche Dichterschmiede, wo man nach vier Jahren auf der Schulbank als diplomierter Lyriker, Drehbuchschreiber oder Romanautor in die Welt entlassen wurde, war eine Absurdität, der Bruno sich schon bei seiner Bewerbung bewusst gewesen war. Als könne man Studenten in wenigen Jahren zu staatlich geprüften Dichtern und Schriftstellern ausbilden! Freilich hatten einige der Absolventen es tatsächlich zu einer geschliffenen Schreibe sowie zu hohen literarischen Künsten und Ehren gebracht, aber die besten Leute hatten nie den Abschluss gemacht. Die Ausschussquote des Instituts war extrem hoch, denn die ganze Sache hatte schon vom Grundgedanken her etwas haarsträubend Realitätsfremdes an sich, nicht untypisch für so vieles im real existierenden Sozialismus.

Dennoch hatte Bruno sich beworben und der Aufnahmeprüfung gestellt, weil ihm alles andere noch viel weniger zusagte. So eng der Spielraum der künstlerischen Freiheit seit dem 11. Plenum auch geworden war, ein Kulturschaffender im Arbeiter-und-Bauern-Staat hatte noch immer mehr freie Luft zum Atmen als der Rest der Bevölkerung. Und wenn es so etwas wie diese Dichterschmiede gab, warum sollte Bruno sein Glück da nicht versuchen? Literatur hatte ihn schon von Jugend an begeistert, und das Schreiben bereitete ihm eine Menge Spaß, sofern es nicht in Fronarbeit ausartete.

»Die Aufnahmeprüfung bei den Dramatikern hatte ich schon so gut wie bestanden, dabei hätte ich dazu erst gar nicht zugelassen werden dürfen«, berichtete Bruno. »Den Herren war nämlich entgangen, dass ich nicht aus der Schicht der Arbeiter und Bauern komme und keinen handfesten Beruf nachweisen kann. Und bekanntlich sind das die Voraussetzungen, um in den Genuss des Privilegs zu kommen, sich der Aufnahmeprüfung stellen zu dürfen. Tja, da hieß es dann: ›Du musst erst Zimmermann oder Schweißer gewesen sein, dann wirst du bei uns Dichter!‹«

Ulrich besaß Souveränität genug, um darüber frei zu lachen.

»Glücklicherweise hat ein anderer Professor dafür gesorgt, dass ich bei der zweiten Wahl, nämlich den Germanisten, untergekommen bin.«

»Ist doch auch nicht übel!«, meinte Ulrich. »Du, ich muss leider weiter. Wir sehen uns ja jetzt bestimmt wieder öfter. Sag mir nur schnell, in welcher Kabine du untergekommen bist. Mich findest du in F 6. Leicht zu merken. Wie die Zigarettenmarke.«

»Mir haben sie C 39 aufs Auge gedrückt. Aber in diesem Studentenmassenhaltungsstall bleibe ich nicht!«, antwortete Bruno entschlossen. »Ich gebe dir Bescheid, wo ich unterkomme.«
»In Ordnung.« Ulrich winkte ihm mit fröhlichem Grinsen zu und eilte davon.
Bruno lachte. Ulrich mochte ja neuerdings einen Webfehler haben, wie man das Parteiabzeichen aufgrund seiner Nähe zum Stoff auch spöttisch bezeichnete, aber er hatte das Herz noch immer auf dem richtigen Fleck. Hoffentlich schaffte er den täglichen Drahtseilakt zwischen äußerlich notwendiger Anpassung und innerlich gebotener Distanz. Ein gefährliches Katz-und-Maus-Spiel, das auf die Dauer schon ganz andere aufgerieben hatte.
Jetzt aber musste Bruno all seinen Charme aufbieten und der Tante von der Studienleitung gehörig um die rosigen Hamsterbäckchen gehen, damit sie ihm trotz der Wohnungsmisere in Leipzig zu einer einigermaßen anständigen Studentenunterkunft verhalf – und wenn er dafür seine beiden letzten Tafeln Westschokolade opfern musste!

*

Ob sein Charme oder die Westschokolade den Ausschlag gegeben hatte, Bruno wusste es nicht zu sagen. Wichtig war nur, dass ihm das eigentlich Unmögliche gelang und er nach vielem Hin und Her tatsächlich die Zuweisung in ein reguläres Studentenwohnheim erhielt. Triumphierend zog er mit dem Schein des Privilegierten ab.
Seine Freude währte nicht lange. Kaum hatte er im elften Stock des Plattenbaus das ihm zugewiesene Zimmer gefunden und die Tür geöffnet, da setzte schlagartig die Ernüchterung ein. Ein riesiges Plakat mit drei sowjetischen Eishockeyspielern in Angriffsstellung sprang ihm als Erstes ins Auge. Dann fiel sein Blick auf Batterien von Wodkaflaschen. Sie belegten die gesamte Fläche der Fensterbank, standen nicht weniger dicht an dicht oben auf

dem Kleiderschrank und steckten in einer Lattenkiste am Fuße des Stockbetts. Es stank nach Schweißsocken und dem üblen Kraut, das die Russen aus unerfindlichen Gründen Tabak nannten. Schmutzige Unterwäsche und andere Kleidungsstücke lagen über den Fußboden verstreut, als wäre gerade eine Bombe mit Dreckwäsche im Zimmer explodiert.

Zwei abenteuerlich aussehende Gestalten, bei denen es sich zweifellos um Genossen aus dem sowjetischen Brudervolk handelte, wandten sich erwartungsvoll zu ihm um. Der eine hatte ein ausgezehrtes Gesicht und die hagere Gestalt eines asketischen Einsiedlers, während dem zweiten bloß noch das zottelige Fell fehlte, um als Bär durchzugehen. Gebaut wie ein Panzerschrank, mit dem Brustkorb eines Sumo-Ringers und Armen, die von etlichen Narben gezeichnet waren und einen Vergleich mit Rinderkeulen nicht zu scheuen brauchten, stand er mit einer Wodkaflasche in der Rechten und einem Schnapsglas in der Linken da.

»Drushba!«, rief er mit einem breiten Willkommenslächeln, bei dem im Oberkiefer zwei mächtige Vorderzähne wie bei einem Riesenhasen zum Vorschein kamen. Dann hob er die Flasche und sagte mit schwerem russischem Akzent: »Balsam für Seele!«

Sprachlos starrte Bruno die beiden wundersamen Gestalten an. Er war in einem Russenbunker gelandet!

Hastig etwas von einem Irrtum murmelnd, zog Bruno die Tür schnell wieder zu, packte Koffer und Geigenkasten und begab sich zum dritten Mal an diesem Septembermorgen zur Studienleitung, um sich bei der Pausbäckigen über diese Zumutung zu beschweren.

Diesmal war es mit der Geduld der Pausbäckigen vorbei. »Das ist das Äußerste, was ich für Sie tun kann! Sie können aber gerne wieder C 39 in der Messehalle haben, wenn Ihnen das lieber ist«, beschied sie ihn energisch und verstimmt, um aber dann in mütterlich versöhnendem Tonfall an ihn zu appellieren. »Nun geben Sie sich mal einen Ruck, junger Mann! Das ist ja nur, damit Sie besser Russisch und unsere jungen Genossen besser Deutsch lernen. Ist doch alles im Sinne der Völkerfreundschaft!«

»Na dann, halleluja!«, sagte Bruno im Bewusstsein, das Ende der Fahnenstange erreicht zu haben, und kehrte mit dem Ingrimm des Geschlagenen ins Studentenwohnheim zurück. Diesmal las er die beiden Namensschilder neben der Tür. Seine Zimmergenossen hießen Juri und Wolodja, ihre Nachnamen waren ihm zu kompliziert, um sie sich gleich zu merken.

Juri der Bär strahlte über das ganze Gesicht, als Bruno wieder bei ihnen im Zimmer erschien. »Nicht so machen finster Gesichter. Hier, trinken auf Freundschaft!«, rief er. »Gutes russisches Wodka! ... Balsam für Seele!«

Diesmal nahm Bruno die Einladung an. Jede Art von Balsam war ihm jetzt willkommen. Nach dem Schreck, sich ein Zimmer Gott weiß wie lange mit diesen Gestalten teilen zu müssen, die gut einer wüsten Bauerngeschichte aus der Zarenzeit hätten entsprungen sein können, war Wodka genau das Richtige. Wortlos kippte er den scharfen Schnaps hinunter. Dann machte er den beiden klar, dass er Heimvorteil genoss und Anspruch auf das Einzelbett anmeldete.

Als weder der Asket Wolodja noch Juri der Bär Einspruch erhoben, atmete er auf. Vielleicht wurde alles gar nicht so schlimm, wie er dem ersten Eindruck nach befürchtet hatte. Sie würden sich schon irgendwie arrangieren. Besser als Kabine C 39 war der Russenbunker allemal. Und wie gesagt: Lieber auf der Tüte als im Eimer!

*

Wie für jeden anderen Hoch- und Fachschulstudenten der DDR begann für Bruno das Studienjahr mit der qualvollen »roten Woche«. In endlosen Vorträgen und Seminaren wurden die Grundthesen der Lehre von Marx, Engels und Lenin bis zum Überdruss durchgekaut. Während des Semesters folgten dann jeweils einmal in der Woche eine weitere Vorlesung sowie ein Seminar über ML, marxistisch-leninistische Theorie, und einmal im Monat das »aktuell-politische Seminar«, bei dem man sich ebenfalls sehen lassen musste, weil die Anwesenheitslisten scharf kontrolliert wurden. Und zum Abschluss des Grundstudiums gehörten eine schriftliche Arbeit und eine mündliche Prüfung in ML, die dem Nachweis der eigenen politisch-ideologischen Bildung und sozialistischen Reife dienten. Niemand konnte sich dieser permanenten Rotlichtbestrahlung entziehen. Wer den Pflichtveranstaltungen wiederholt unentschuldigt fernblieb, bewies damit nicht etwa studentische Nachlässigkeit, sondern bezeugte in den Augen der Funktionäre eine feindliche Haltung gegenüber der marxistisch-leninistischen Lehre und damit gegenüber der DDR. Solche Studenten wurden vorgeladen und verwarnt, und sie mussten Besserung geloben. Trat diese nicht ein, drohte die Exmatrikulation.

Bruno quälte sich durch die Veranstaltungen und zwang sich, nicht durch unbotmäßige Kommentare oder Fragen aufzufallen. Da die Dozenten ihre Arbeit ernst nahmen und aktive Beteiligung erwarteten, kam er um ein gewissenhaftes Studium des marxistisch-leninistischen Grundkanons nicht herum. Dabei war es oft nötig, seinen eigenen Intellekt auszuschalten, was in seinen Augen einer geistigen Vergewaltigung gleichkam.

»Balsam für Seele!«, Juris geflügeltes Wort, mit dem er zu jeder passenden und unpassenden Gelegenheit einen Schluck Wodka rechtfertigte, wurde in dieser Zeit für Bruno so manches Mal zu einer willkommenen Aufforderung, den Abscheu und Widerwillen mit einem doppelten Klaren hinunterzuspülen.

Die ersten Studienwochen hatten jedoch auch erfreulichere Aspekte. Er schloss einige recht viel versprechende Bekanntschaften mit Kommilitonen, denen er die innere Distanz zum Regime anmerkte, und stellte zu seiner Erleichterung fest, dass nicht alle Dozenten und Professoren ihre Germanistikvorlesungen mit Ideologie überfrachteten. Und was das Zusammenleben mit seinen russischen Zimmergenossen betraf, die ebenfalls Germanistik studierten, zeichnete sich schnell ab, dass sie gut miteinander auskommen würden. Bruno musste zwar einsehen, dass Ermahnungen nichts nutzten und er sich besser mit der chaotischen

Unordnung abfand, doch diese Resignation stellte den Durchbruch dar, der den Weg zur Freundschaft öffnete.
Juri kam aus dem Altai, einem östlichen Grenzgebiet nahe der Mongolei. Im Sommer ging er mit seinen Brüdern auf Bärenfang, um die Tiere an Zoos zu verkaufen. Daher rührten die vielen Narben auf Brust und Armen. Zehn Tage brauchte er für die Reise von Leipzig in den Altai. Wenn er aus den Semesterferien zurückkehrte, schleppte er Kisten mit Schnaps und frischem Fisch an, den er mit Alufolie umwickelt und in Eis verpackt transportierte. Allein auf dieser zehntätigen Reise immer neues Eis aufzutreiben und dabei nicht eine Kiste Wodka einzubüßen, stellte eine logistische Leistung besonderer Güte dar.
Juri hatte sich auf dem normalen Weg um ein Studium beworben, weil er der entsetzlichen Armut in seiner Heimat entkommen wollte. Nach einem Vorbereitungsstudium in Moskau hatte er schließlich das Glück gehabt, in die DDR geschickt zu werden. Damit hatte er in den Augen seiner Landsleute das große Los gezogen, galt die DDR in der Sowjetunion doch als das gelobte goldene Bruderland, in dem es sich herrlich leben ließ.
Wolodja hatte es auf eine ganz andere, sehr viel abenteuerlichere Art und Weise nach Deutschland verschlagen. Sich eine Geschichte wie die seine einfallen zu lassen, hätte keiner der angehenden Schriftsteller aus der benachbarten Dichterschmiede gewagt, weil sie viel zu unglaubwürdig geklungen hätte. Aber das Leben schreibt nun mal die verrücktesten Geschichten.
Seinen Studienplatz in Leipzig verdankte Wolodja nämlich zu gleichen Teilen seiner Trunksucht wie seinen miserablen Fahrkünsten. Er stammte aus der Gegend um Leningrad, hatte dort als Brotfahrer für eine Großbäckerei gearbeitet und mit einem Studium, egal welcher Art, nie geliebäugelt. Nicht im Traum wäre es ihm in den Sinn gekommen, so etwas Fremdländisches wie Germanistik zu studieren. Als Brotfahrer seines Kombinats war er ganz zufrieden – nicht zufrieden mit ihm waren dagegen seine Genossen Vorgesetzten, denn er soff furchtbar gern und furchtbar viel. Und im Suff fuhr er einen Wagen nach dem ande-

ren zu Schrott. Nachdem er entsetzlich viel Schaden angerichtet hatte und sich sein Kombinat keinen anderen Rat mehr wusste, kam ein Genosse auf die geniale Idee, ihn mit hanebüchenen Empfehlungen weit weg zu delegieren. So kam er erst einmal nach Moskau. Als den Leuten dort dämmerte, was für ein faules Ei man ihnen ins Nest gelegt hatte, wurde er hastig und ohne jede Prüfung in die noch fernere DDR weitergelobt. Und so hatte es Wolodja nach Leipzig verschlagen, wo er sich nun wirklich Mühe gab, nicht aufzufallen und zu genießen, was das Leben im Bruderland zu bieten hatte.

Juri und Wolodja bildeten ein verrücktes Gespann. Freundschaft und fröhlich zielstrebige Besäufnisse, die ganz dem Klischee vom Russen entsprechend in selige Melancholie umschlugen, wenn die Augen allmählich einen glasigen Schimmer bekamen und die Zunge mit einem plötzlichen Übermaß an Gravitation zu kämpfen hatte, waren den beiden wichtiger als alles andere. Mit einer Ausnahme, und die hieß Eishockey, denn sie waren geradezu fanatische Fans dieses rasanten Spiels auf dem Eis.

Als im Winter die Meisterschaftsspiele im Fernsehen übertragen wurden, musste unbedingt ein Fernsehgerät her. Zwar gab es im Wohnheim einen TV-Raum, aber der war viel zu klein und gerade bei derartigen Sportübertragungen brechend voll.

»Müssen haben eigenen!«, verkündete Juri schon Wochen vor der Meisterschaft. »Müssen haben eigenen!«

Gegen ein eigenes Gerät auf ihrem Zimmer hatte auch Bruno nichts einzuwenden. Aber bei einem Stipendium von monatlich hundertfünfzig Mark ließ sich so eine Anschaffung nicht finanzieren. Juri freilich ließ sich von solch vernünftigen Einwänden nicht im Geringsten beeindrucken.

»Kaufen gebraucht!«, erklärte er unbeirrt.

»Dann lasst uns doch mal sehen, wie viel Geld wir zusammenbekommen!«, schlug Bruno vor. Die Zimmersammlung erbrachte zweihundertfünfzig Mark. »Na, viel ist das ja nicht!«

»Werde Fernsehen organisieren!«, versprach Juri und bestand darauf, dass sie darauf mit »Balsam für Seele« anstießen.

Kurz vor Beginn der Meisterschaft trieb er tatsächlich ein gebrauchtes Schwarzweißgerät für zweihundertfünfzig Mark auf. Bruno übernahm die Abwicklung des Kaufs und holte das Gerät am Tag vor der ersten Übertragung ab, während Juri und Wolodja sich hingebungsvoll um das kümmerten, was sie »das Beiprogramm zur Meisterschaft« nannten. Und das bestand aus viel Schnaps, dickem Paprikaspeck, russischem Brot, geschnitten wie mit dem Beil gehauen, und der Rarität Weintrauben, die Juri über Freunde aus einem Laden für sowjetische Offiziere organisiert hatte und mit denen man am besten einem schweren Kopf am Tag nach einem Besäufnis vorbeugen konnte, wie Wolodja versicherte. Dass die Anschaffung gebührend gefeiert und begossen werden musste, betrachteten Juri und Wolodja als Ehrensache. »Muss getauft werden wie neues Schiff vor Jungfernfahrt! Sonst bringen Unglück für russische Mannschaft!«, erklärte Juri, ganz stolzer Besitzer, und ließ den Einwand, dass der alte Kasten schon viele Jahre auf den Wellen des Äthers Dienst geleistet hatte, nicht gelten.

»Na dann, her mit ›Balsam für Seele‹!«, gab Bruno seinen Widerstand auf, wusste er doch, dass sie ihm keine Ruhe lassen würden, bis er mit ihnen angestoßen hatte.

Juri und Wolodja tauften ihren Fernseher und hießen ihn in ihrer Bude nach allen Regeln russischer Saufkunst willkommen. Ein Trinkspruch folgte auf den anderen. Man hätte meinen können, ein hoher Staatsgast habe sich in ihre Mitte verirrt.

»Müssen Genosse Fernseher Ehre erweisen!«, tadelte Juri Bruno, als der nach der zweiten Flasche vorsichtige Anstalten machte, aus der Runde auszusteigen. Schwungvoll füllte Juri die Gläser und brachte einen neuen Toast aus: »Auf langes Leben, Genosse Fernseher!« Worauf Wolodja auf die Idee kam, nun jeden sowjetischen Nationalspieler mit einem Trinkspruch zu ehren. Im Namen der Völkerfreundschaft musste anschließend natürlich auch auf das deutsche Team getrunken werden. Das überbot Juri mit dem Vorschlag, auf alle früheren heldenhaften Siege der sowjetischen Mannschaft anzustoßen.

Bruno stürzte irgendwo zwischen diesen Heldenschlachten auf dem Eis ab – und zwar im wahrsten Sinne des Wortes. Er rutschte vom Stuhl, und alle Lichter erloschen für ihn, noch bevor er den Boden berührte.

Am nächsten Morgen glaubte er, eine aufgequollene Schuhsohle im Mund stecken zu haben, bis ihm aufging, es war seine Zunge. Sie war so dick und taub, dass es nicht einmal schmerzte, wenn er draufbiss. Aber schlimmer noch waren diese dröhnenden Karambolage-Rennen, die einige schwere Traktoren in seinem Kopf zu veranstalten schienen.

Ungläubig blickte er auf die sechs leeren Schnapsflaschen, die auf dem Tisch standen. Er war sicher, schon zu Beginn der vierten Flasche nicht mehr mitgehalten zu haben und vom Stuhl gekippt zu sein. Was ihm jedoch wirklich das Fassungsvermögen raubte, war die Tatsache, dass Juri und Wolodja gerade mal den Hauch eines zahmen Katers verspürten.

Als Bruno am dritten Tag der Meisterschaftsspiele am späten Nachmittag von der Uni ins Studentenwohnheim zurückkehrte und ihm auf dem Flur anstelle der üblichen Geräuschkulisse tiefes Schweigen aus dem Zimmer entgegenschlug, wusste er sofort, dass eine Katastrophe über seine beiden Freunde hereingebrochen sein musste.

Wie von einem schweren Schicksalsschlag getroffen, saßen Juri und Wolodja vor dem Fernseher und starrten auf den dunklen Bildschirm, als wäre er ein Trauerflor, der den Sarg der Geliebten bedeckte. Und von dieser Dimension war auch der Verlust, den sie bitterlich beklagten, denn das Gerät hatte mitten in einem Spiel seinen Geist aufgegeben.

»Unsere Schuld!«, machte sich Juri mit tränenschimmernden Augen und erstickter Stimme Vorwürfe. »Haben Genossen Fernseher nicht gebührend begossen. Nicht genug Ehre erwiesen. Hat er uns übel genommen und Dienst eingestellt.«

Wolodja nickte mit Grabesmiene, knickte das Mundstück einer russischen Zigarette der Marke *Pobeda,* was »Sieg« bedeutete und wohl die heldenhafte Überwindung eines jeden tollkühnen

Rauchers feierte, der es wagte, seiner Lunge dieses Unkraut zuzumuten, und steckte sie an. Da warf Bruno seinen Geigenkasten aufs Bett und setzte sich zu ihnen an den Tisch. »Na, denn!«, sagte er mit einem ergebenen Stoßseufzer und wohl wissend, was ihn nun so unabänderlich erwartete wie die wöchentliche Rotlichtbestrahlung.

Er hatte sich nicht getäuscht, denn schon im nächsten Moment warf Juri die Arme in die Luft und rief schmerzerfüllt wie ein Todkranker auf dem Sterbebett: »Wolodja, hol uns Balsam für Seele!«

*

Sehr bald war Bruno klar, dass er sich irgendetwas einfallen lassen musste, um sein lächerliches Stipendium aufzubessern. Selbst bei sparsamstem Haushalten reichten die hundertfünfzig Mark gerade mal für die allernotwendigsten Ausgaben. Für Kino-, Café- und Kneipenbesuche sowie für Bücher blieb da kein Pfennig übrig. Und die Rente seiner Großeltern fiel nicht so üppig aus, dass sie ihm ständig etwas hätten zustecken können. Es musste also etwas geschehen. Aber erst der riskante Handstreich mit der Heinrich-Heine-Gesamtausgabe gab den entscheidenen Anstoß, in dieser Hinsicht endlich etwas zu unternehmen.

Auf die Gesamtausgabe stieß er im Zentralantiquariat in der Talstraße. Fast hätte er dieses literarische Juwel in dem Gedränge, das an diesem Samstagvormittag in den Räumen herrschte, übersehen. Die Bücher standen nämlich nicht in einem der Regale, sondern lagen aus Platzmangel aufeinander gestapelt in einer Ecke auf dem Boden. Als er in die Hocke ging und sich den Stapel näher anschaute, konnte er sein Glück kaum fassen. Was da vor ihm lag, war die zwölfbändige Heinrich-Heine-Gesamtausgabe, und zwar die unzensierte! In der DDR auf so einen Schatz zu stoßen, kam einem kleinen Wunder gleich. Da fiel es auch kaum ins Gewicht, dass die Bände schon ein wenig abgegriffen aussahen und dass bei einigen Teile des Buchrückens fehlten.

Er suchte den Preis und fand ihn mit Bleistift auf das Vorsatzblatt gekritzelt. Als er »hundertachtzehn Mark« las, schlug sein innerer Jubel in Bedrückung um. Das entsprach ja fast einem ganzen Monatsstipendium. Das konnte er sich auf keinen Fall leisten, selbst wenn er so viel Geld in der Tasche gehabt hätte. Und sich die Ausgabe zurücklegen zu lassen und in Raten abzustottern war nicht möglich.

Und doch musste er den Heine haben! Irgendwie!

Plötzlich fiel sein Blick auf einen Radiergummi, der zwischen Stößen von Büchern und alten Magazinen hervorlugte – und blitzartig schoss ihm ein gewagter Gedanke durch den Kopf.

Er hatte zwanzig Mark dabei. Wenn er die erste Eins vom Preis wegradierte und niemand an der Kasse misstrauisch wurde, konnte er den bibliophilen Schatz für achtzehn Mark in seinen Besitz bringen. Da das Antiquariat ein volkseigener Betrieb war, betrog er keinen privaten Ladenbesitzer, und hieß es denn nicht immer: »Jeder nach seinen Fähigkeiten, jedem nach seinen Bedürfnissen!«? Nun, sein Bedürfnis nach dieser zwölfbändigen Heine-Ausgabe war unbezähmbar.

Wenige Minuten später stand er mit der Gesamtausgabe in der Schlange an der Kasse, die Bücher vor der Brust gestapelt und seinen Geldschein in der Hand. Sein Herz schlug wie wild, als er endlich an die Reihe kam und seinen Bücherstoß über die Theke schob.

Die verdrossen dreinblickende, mundfaule Frau hinter der Registrierkasse hob jedoch nicht einmal den Kopf. Sie klappte den Buchdeckel auf, warf einen flüchtigen Blick auf den Preis, nahm Bruno den Zwanzigmarkschein ab, gab zwei Mark Wechselgeld zurück, schob den Bücherstapel zur Seite und sagte ungeduldig: »Der Nächste!«

Bruno nahm sich nicht einmal die Zeit, den Bücherstapel noch im Geschäft in seinem Einkaufsbeutel zu verstauen. Erst draußen auf der Straße zerrte er ihn hervor und packte die Bücher ein. Zur Feier des Tages gönnte er sich für den Rest des Geldes ein Bier im »Schwalbennest«, denn auf diese zusätzliche Ausgabe kam es

jetzt auch nicht mehr an. In der Kneipe traf er Ulrich Erpenbeck wieder.
Ulrich beglückwünschte ihn zu seiner Erwerbung, ohne dass Bruno ihn jedoch darüber aufklärte, wie er sich in den Besitz der Bücher gebracht hatte und dass es sich dabei um eine unzensierte Ausgabe handelte.
Als Bruno über sein finanzielles Leid klagte und mit Blick in sein leeres Glas laut darüber nachgrübelte, womit er sich bloß einen anständigen Nebenverdienst verschaffen könne, deutete Ulrich die Lösung seines Problems an.
»Ich könnte da was für dich tun und dir aus der Klemme helfen, Bruno.«
»Mensch, Ulli! Sag bloß, du weißt einen Job für mich?«
»Ja, und sogar einen recht gut bezahlten«, sagte Ulrich, eh er mit ernster Miene einschränkend fortfuhr: »Aber Voraussetzung ist, dass du nichts dagegen einzuwenden hast, Dienst in direktem Kontakt mit dem Klassenfeind zu verrichten, sozusagen mit revolutionärer Wachsamkeit im Kampf der Systeme!«
Bruno kniff die Augenbrauen argwöhnisch zusammen. Das Vokabular, mit dem Ulrich die Arbeit umschrieb, ließ nichts Gutes erahnen. »Wenn ich dafür erst in die Partei eintreten muss oder so was in der Art, dann vergiss es, Ulli!«, sagte er enttäuscht.
»Nein, den Bonbon am Blaumann brauchst du dafür nicht«, beruhigte Ulrich ihn. »Aber mit den aufrechten Genossen unserer bewaffneten Organe und den Leuten vom VEB Guck und Horch wirst du es schon zu tun haben.«
»Was, Stasi? Ohne mich!«, erklärte Bruno kategorisch. »So einen Job kannst du dir sonstwo hinstecken!«
Mit breitem Grinsen sagte Ulrich: »Ich habe bis vor kurzem auch nicht gewusst, dass man so scharf bewacht wird, wenn man auf dem Güterbahnhof nachts Waggons mit Westpäckchen auslädt. Aber es ist so, und die Arbeit wird gut bezahlt.«
Bruno sah ihn verdutzt an. »Du redest von einem Aushilfsjob auf dem Güterbahnhof und nicht von einer verdeckten Anwerbe?«, vergewisserte er sich.

Ulrich nickte. »Ja, primitive Knochenarbeit auf dem Bahnhof, wenn auch unter den scharfen Augen von Polizei und Stasi. Aber dafür gibt es pro Nachtschicht immerhin zwanzig Mark auf die Kralle.«

Brunos Gesicht hellte sich auf. »Und dort könntest du mich unterbringen?«

»Ich denke, das wird sich machen lassen.«

Schon am folgenden Wochenende trat Bruno zu seiner ersten Nachtschicht auf dem abgesperrten Teil des Güterbahnhofs an, wo die stets nur nachts eintreffenden Waggons mit den Paketen aus dem Westen entladen wurden. Er hätte nicht gedacht, wie stark gesichert das Gelände und die Lagerhalle waren. Wenn er nicht gewusst hätte, dass sie sich in Leipzig befanden, hätte sich diese Szene auch ebenso gut auf einem Bahnhof in unmittelbarer Nähe des Todesstreifens abspielen können. Ihre Aufpasser vertraten tatsächlich allen Ernstes die immer wieder als Ermahnung verkündete Überzeugung, dass jeder von ihnen an der vordersten Front seinen Einsatz im Kampf der Systeme leistete und zu revolutionärer Wachsamkeit angehalten war.

Die Arbeit erwies sich als hart und ging in die Knochen. Dazu gesellte sich die Empörung darüber, mit wie geringer Sorgfalt Polizei und Stasi mit den Sendungen aus dem Westen umgingen. Die Bezeichnung »viehisch« passte in doppelter Hinsicht: auf die Art der Behandlung wie auch auf die des Transportes. Denn die Pakete trafen in Viehwaggons ein, die rücksichtslos bis unter die Decke voll gestopft waren. Und mit derselben Rücksichtslosigkeit wurde nun wieder herausgezerrt, was die Brüder und Schwestern im Westen liebevoll verpackt hatten. Es waren hart verdiente zwanzig Mark, wie Bruno feststellte. Aber dennoch nahm er jede Nachtschicht, die er bekommen konnte.

*

Den Hinweis auf den fürstlich bezahlten Sommerjob auf Rügen verdankte Bruno seinem Kommilitonen Horst Buddensieg. Sie

hatten sich in der Bibliothek bei den Vorbereitungen zu den ersten Seminararbeiten kennen gelernt und auf Anhieb sympathisch gefunden. Auch dass sie beide aus der diskriminierten Schicht der Bourgeoisie kamen, verband sie.
Horst Buddensieg, ein durchtrainierter Freizeitbodybuilder mit Meckihaarschnitt und einem unbekümmert sonnigen Gemüt, stand zufällig am schwarzen Brett, als jemand von der Univerwaltung den Anschlag an die Tafel heftete.
»Ich habe den Wisch gleich mitgenommen, damit uns keiner zuvorkommt«, sagte Horst leichthin, als er sich in der Mensa zu Bruno an den Tisch setzte. »Hier, schau dir das mal an! Ist eine Chance, mal nach Rügen zu kommen und dabei gleich noch einen Tausender einzusacken.«
Tausend Mark waren fast das Doppelte von dem, was ein gewöhnlicher Arbeiter im Monat nach Hause brachte. »Und was muss man dafür tun?«, fragte Bruno skeptisch. »Unsere Seelen verkaufen und an den Stränden Wache schieben, damit keiner mit seiner Luftmatratze über die Ostsee zu türmen versucht?«
Horst lachte. »Nee, bloß vorgefertigte Blockhäuser für ein FDJ-Sommerlager aufbauen.«
Nun war Brunos Interesse geweckt. Da es nur sehr wenige private Unterkunftsmöglichkeiten an der Ostsee gab, kam es einem besseren Lotteriespiel gleich, einen der staatlichen Ferienplätze zu ergattern. Und wer nicht gewerkschaftlich organisiert oder aktiv in der Partei engagiert war, hatte wenig Chancen, im Sommer zwei Wochen Strandurlaub verbringen zu können. Es gab zwar die Möglichkeit, auf Zeltplätzen unterzukommen, aber einem Urlaub, bei dem man ständig Sand in der Hose und zwischen den Zähnen hatte, vermochte Bruno nichts Reizvolles abzugewinnen. Bei freier Kost und Logis vier Wochen auf Rügen verbringen und dazu noch einen Tausender bar auf die Hand einstecken zu können, war in der Tat ein verlockendes Angebot.
»Die Sache hat bloß einen Haken, Horst«, sagte Bruno, nachdem er den Zettel genauer studiert hatte. »Voraussetzung für den Job sind solide handwerkliche Vorkenntnisse. Ich kann auf dem

Gebiet ja einiges vorweisen. Aber wenn ich mich recht entsinne, hast du deinen ›Unterricht in der sozialistischen Produktion‹ bequem in einem Büro verpennt.«
»Kein Problem!« Horst winkte lässig ab. »So einen Lappen, der meine ausgezeichneten Fähigkeiten als Zimmermann lobt, besorgt mir mein Onkel, er ist Brigadeleiter bei einer Bautruppe.«
Noch am selben Tag meldeten sie sich in dem angegebenen Büro, und ihre Bewerbung war erfolgreich. Ein Blick auf die dort ausliegenden Pläne bestätigte Horsts Vermutung, dass es keiner großen handwerklichen Erfahrung bedurfte, um diese Blockhütten, die in vorgefertigten Elementen angeliefert wurden, aufzustellen. Geschicklichkeit, Muskelkraft und gesunder Menschenverstand würden völlig ausreichen, zumal sie dort in zwei Fünfer-Teams arbeiten würden. Um die Verlegung der elektrischen Leitungen und die Klempnerarbeiten brauchten sie sich nicht zu kümmern, diese Aufgaben übernahmen örtliche Handwerker.
Auf der Zugfahrt nach Rügen lernten Bruno und Horst die drei anderen Studenten kennen, mit denen sie eines der beiden Bauteams bilden sollten: Egon, Nikolai und Lothar.
Egon, der Soziologie studierte und in der Armee bei den Pionieren bautechnische Erfahrungen gesammelt hatte, erinnerte Bruno ein wenig an den jungen John Wayne. Er strahlte eine anziehende Männlichkeit aus, die ohne Kraftmeierei und dick aufgetragene Sprüche auskam, und erwies sich als guter Unterhalter. Er spielte leidenschaftlich gern Schach, was ihn sofort mit Bruno verband.
Nikolai, ein sehniger Architekturstudent, gehörte zu jener ruhigen Sorte Menschen, die sich gern damit bescheiden, anderen zuzuhören und sich bei allem stets der Mehrheit anzuschließen – weniger aus Opportunismus, sondern eher aus Mangel an eigenen festen Standpunkten –, und die niemals versuchen, sich selbst in den Vordergrund zu rücken, weshalb sie auch in allen Gruppen gut gelitten sind.
Dagegen war der Sportstudent Lothar aus einem völlig anderen Holz geschnitzt. Wenn man Nikolai mit einem biegsamen Halm

gleichsetzte, der sich bereitwillig Wind und Wetter beugte, dann stellte Lothar in diesem bildlichen Vergleich die kraftstrotzende Eiche dar, die ihre Krone auch noch im schwersten Sturm mit unbeirrbarem Stolz in den Himmel streckte. Und was sein unbekümmert lebensfrohes Wesen betraf, hätte er glatt als Zwilling von Horst durchgehen können.

»Das vereinbarte Soll ist eine Blockhütte pro Woche. Wenn wir erst einmal eingespielt sind, brauchen wir für jede Einheit aber nicht mehr als drei Tage«, erklärte Egon, der sich dank seiner Vorkenntnisse in ihrer Gruppe schnell als der Fachmann herauskristallisierte und bei der Arbeit auch das Kommando übernahm. »Und wenn wir ranklotzen, können wir sogar in zwei Tagen fertig sein. Der Rest der Woche steht dann zu unserer freien Verfügung.«

Es klappte erstaunlich gut. Sie brauchten wirklich im Schnitt nur eine halbe Woche für eine Hütte, und auch die Zusammenarbeit mit den örtlichen Handwerkern funktionierte reibungslos. Deshalb hatten sie viel Freizeit, und da begann das einzige Problem, dem sie auf Rügen begegneten: Was sollten sie mit der vielen freien Zeit bloß anfangen? Tagsüber ging es ja noch, da verbrachten sie viele Stunden am Strand mit Lesen, Schach, Strandfußball und anderen Aktivitäten. Aber die langen Abende und Nächte im Wohnheim zu verbringen machte wenig Freude.

In der ersten Woche zogen sie noch in der Hoffnung los, mit der einen oder anderen Inselschönen anbändeln zu können. Aber sie stellten zu ihrer Enttäuschung sehr schnell fest, dass mit den einheimischen Mädchen auf Rügen nichts lief.

»Mensch, mir ist ja bisher gar nicht bewusst gewesen, wie sehr sich diese Fischköppe hier oben abschirmen!«, schimpfte Lothar. »Man könnte ja meinen, wir hätten die Krätze.«

»Oder wären der Klassenfeind!«, warf Egon ein, der fest damit gerechnet hatte, dass auch hier irgendein hübsches Mädchen seinem Charme verfallen würde.

»Schlimmer noch: Wir sind die verhassten Sachsen!«

Als sie wiederholt in den Kneipen der Einheimischen auftauchten, blieb es jedoch nicht beim Zeigen der kalten Schulter und bei bösen Blicken.
»Die Sachsen sind wieder da!«, hieß es. Danach dauerte es meist nicht lange, bis die Insulaner einen Vorwand fanden, um tätliche Auseinandersetzungen vom Zaun zu brechen. Dazu gehörte nicht viel. Und nach dem achten, neunten Bier ging es mit dem gegenseitigen Hochschaukeln ganz fix.
»Ich fürchte, Sachsen kloppen gehört auf Rügen zum Feierabendsport!«, klagte Nikolai eines Morgens, als er vorsichtig seine geschwollene Lippe abtastete.
Vor der Übermacht der Einheimischen zu kapitulieren und die Abende fortan im tristen Wohnheim zu verbringen, kam für die fünf dennoch nicht in Frage. Trotzig und stolz, wie sie waren, rückten sie abends immer wieder ins Fischkoppreservat vor, auch wenn sie fast jedes Mal aufs Neue Dresche bezogen.
Keiner trauerte Rügen nach, als alle Blockhütten einwandfrei standen und es nach Leipzig zurückging. Dennoch fand Bruno, dass sich der Aufenthalt alles in allem gelohnt hatte. Er hatte nicht nur tausend Mark in der Tasche, sondern in diesen Wochen auch einige erfreuliche Bekanntschaften gemacht – und in Egon einen neuen Freund gewonnen.

*

Bruno wehrte sich lange gegen die Einsicht, dass sich sein Studium und die Nachtschichten im Leipziger Güterbahnhof auf Dauer schlecht miteinander vereinbaren ließen. Wenn er früh am Morgen zerschlagen nach Hause kam, war er zu konzentrierter Arbeit nicht mehr fähig, weil sein Körper nach Schlaf schrie. Kein Wunder, dass er unangenehm auffiel, weil er in Vorlesungen und Seminaren mit unschöner Regelmäßigkeit einschlief.
Auch Juri und Wolodja entging nicht, wie kraftlos er sich durch die Woche schleppte, um am Wochenende kaum noch aus dem Bett zu kommen.

»Muss anders werden, sonst rennen Freund vor die Hunde!«, verkündete Juri.
»Man *geht* vor die Hunde«, verbesserte Bruno ihn müde.
»Nein, wenn Sprichwort kaputt werden bedeutet, dann du rennen!«, beharrte Juri und machte sich mit Wolodja ernsthaft Gedanken, wie sie dem Zimmerkollegen eine weniger erschöpfende Geldquelle erschließen könnten.
»Wir schreiben Vorworte für Bücher!«, eröffnete Wolodja Bruno wenige Tage später.
Der sah ihn spöttisch an. »So, für welche Art von Büchern sollen wir denn Vorworte schreiben? Für das Bäckerbuch oder die Anleitung für Schrotthändler?«
Wolodja, sonst immer für einen Scherz zu haben, blieb ernst. »Schreiben für Brockhaus-Verlag hier in Leipzig. Haben Freund in Verlag. Freund von Sohn von Schwager von mein Onkel! Gute Beziehung! Betreuen Übersetzungen aus Heimat.«
»Nett gemeint, Wolodja, aber dafür reicht mein Schulrussisch nicht aus.«
Wolodja ließ jedoch nicht locker. »Wir zusammen schreiben Vorwort. Ich für Wodka, du für Bücher kaufen.«
Bruno lachte schallend bei dem Gedanken, dass dieser versoffene Brotausfahrer, der des Deutschen kaum mächtig war, zusammen mit ihm, der wiederum nur wenig Russisch konnte, Vorworte für ein so renommiertes Verlagshaus schreiben wollte.
Fast beleidigt sah Wolodja ihn an. »Ich russische Koryphäe – du deutsche Koryphäe. Wir zusammen …«, er machte eine kurze dramatische Pause und holte mit der Hand weit aus, »… unschlagbar!«
Bruno hatte vor Lachen Tränen in den Augen und stimmte Wolodjas Vorschlag im Scherz zu.
Keine Woche später legte ihm Wolodja mehrere bedruckte Seiten vor. »Hier unterschreiben!«
»Was ist das?«, fragte Bruno verwirrt.
»Vertrag von Brockhaus für erstes Vorwort«, sagte Wolodja triumphierend.

Bruno konnte es nicht fassen, aber sie hatten tatsächlich den Auftrag erhalten, ein fünfseitiges Vorwort zu einem Buch über die Geschichte der baltischen Ostseerepubliken zu schreiben. Und die Arbeit wurde ausgezeichnet bezahlt. »Das ist verrückt, Wolodja!«

»*Njet*, wir Koryphäen – wir unschlagbar!«, erwiderte Wolodja unbeirrt, und schon war Juri mit »Balsam für Seele« zur Hand, um mit ihnen auf den Beginn eines fruchtbaren gemeinsamen literarischen Schaffens anzustoßen.

Bruno hielt die ganze Sache immer noch für völlig irrwitzig, aber Wolodja war nicht zu bremsen. Er schleppte das russische Buch an, zu dem sie das Vorwort schreiben sollten. Es war dick und schwer wie ein Ziegelstein. »Ich dir vorlesen, was hier stehen, du schreiben dasselbe in schön Deutsch – und wir fertig mit Vorwort!«

Bruno verdrehte die Augen, verkniff sich jedoch jeden weiteren Kommentar und griff zu Papier und Stift, um mitzuschreiben, was sein russischer Freund sich da in gebrochenem Deutsch und immer wieder unter Zuhilfenahme eines Wörterbuches mühsam abstammelte.

Es klang grausam, doch Bruno begriff den Sinn der einzelnen Sätze. Am Wochenende fasste er seine Aufzeichnungen auf der Schreibmaschine zusammen und goss sie in eine flüssigere Form.

Wolodja riss ihm die Blätter, kaum dass er die letzte Zeile getippt hatte, förmlich aus der Hand.

Bruno protestierte: »Warte! Das taugt noch nicht. Das ist doch erst die Rohfassung!«

Wolodja schien ihn nicht gehört zu haben, denn er fiel ihm mit strahlendem Gesicht um den Hals, küsste ihn auf beide Wangen und rief überschwänglich: »Du Koryphäe! Sie werden weinen vor Freude!« Und noch bevor Bruno ihn zurückhalten konnte, stürzte er auch schon aus dem Zimmer, um den Verlagslektor anzurufen und ihm mitzuteilen, dass er ihm am Montag das Manuskript bringen und die fünfhundert Mark Honorar abholen werde.

Das peinliche Debakel, mit dem Bruno fest gerechnet hatte, blieb wundersamerweise aus. Wolodja kehrte vom Treffen mit dem Lektor nicht nur mit mehreren Flaschen Wodka und Brunos Anteil am Honorar zurück, sondern er brachte auch gleich einen neuen Auftrag für ein weiteres Vorwort mit. Wofür Bruno zwölf Nächte am Güterbahnhof hätte schuften müssen, hatte er quasi an zwei Nachmittagen verdient.
Es war fast zu schön, um wahr zu sein, aber die Verträge und vor allem das Geld, das Wolodja ihm stolz hinblätterte, bestätigten es: Sie waren mit dem Verlag fest im Geschäft. Und was für ein einträgliches Geschäft diese Vorwortschreiberei doch war! Auch wenn sie im Schnitt nur ein bis zwei Aufträge pro Monat erhielten, brachte die Arbeit Bruno doch genug ein, um von diesem Nebenverdienst ein annehmbares Studentenleben führen und zudem seiner Bücherleidenschaft frönen zu können.
Fast ein halbes Jahr genoss Bruno dieses Leben ohne finanzielle Sorgen. Dann kam jene fatale Februarnacht, in der Juri und Wolodja in einem zwielichtigen Lokal bei einer Razzia Streit anzettelten. Der Bärenfänger und der Brotfahrer mischten die fünfköpfige Kontrollmannschaft auf der Toilette so böse auf, dass von den sieben Beteiligten nur zwei aufrecht den Ort verließen – Juri und Wolodja.
Die Strafe ließ nicht lange auf sich warten. Die beiden mussten das Land innerhalb von achtundvierzig Stunden verlassen, was sie jedoch nicht tragisch nahmen. Sie akzeptierten die Strafe, wie sie bislang auch alle anderen Wechselfälle ihres Leben ohne Jammern akzeptiert hatten. Und natürlich rief der bewegte Abschied von ihrem Freund Bruno nach viel »Balsam für Seele«.
Bruno hatte diesen auch bitter nötig, wusste er doch, dass nun seine Karriere als Vorwortschreiber ihr Ende gefunden hatte.

*

Bevor seine Ersparnisse dahingeschmolzen waren und er sich gezwungen sah, wieder in zermürbenden Nachtschichten Waggons

mit Westpaketen zu entladen, verhalf ihm Egon im Frühjahr glücklicherweise zu einem sehr begehrten Job auf der Leipziger Buchmesse. Er brachte ihn als Aushilfe bei einem großen Münchner Verlag unter.
Gleich am ersten Tag wollte er aushandeln, dass ein Teil seiner Bezahlung in Büchern erfolgen sollte. Davon wollten die Leute aus München jedoch nichts wissen. »Dummes Zeug, du kriegst dein Geld schwarz auf die Hand, wie vereinbart, und was du an Büchern gebrauchen kannst, nimmst du am letzten Messeabend einfach mit. Das Zeug bleibt ja doch hier!«, hieß es großzügig.
Bruno konnte jedes Buch gebrauchen. Koch- und Heimwerkerbücher standen ganz oben auf der Wunschliste seiner Bekannten. Aber auch jede Paretti, jeder Konsalik und was er sonst noch an leichter Unterhaltung auftreiben konnte, war im Kettentauschgeschäft Gold wert. Er nahm alles mit, was er bei seinem Verlag und benachbarten Ständen abstauben konnte, und legte sich zu Hause ein kleines Lager mit der kostbaren Tauschware an. Ein Lager, das in den folgenden Jahren immer wieder gut aufgefüllt wurde, da die Münchner ihn für jede Leipziger Buchmesse als Mädchen für alles engagierten.
Und was hatten diese Westbücher für einen Wert im DDR-Tauschhandel! Der Handwerker, der erst nicht kommen wollte, zeigte sich auf einmal interessiert, als Bruno von einem Kochbuch sprach, über das sich seine Frau bestimmt freuen würde.
»Ein russisches Kochbuch?«, fragte der Mann misstrauisch.
»Nein, eines aus dem Westen – brandneu!«
Der Handwerker, auf den Normalsterbliche ewig warten mussten, stand schon am nächsten Morgen bei Bruno vor der Tür.
Dasselbe erlebte er mit dem Fahrer vom Fleischkombinat, den er von seiner Stammkneipe her kannte. Er wollte seine Großeltern bei seinem nächsten Besuch mit einer schönen Schweinelende überraschen, nach der man in den Metzgergeschäften natürlich meist vergeblich suchte. Wünsche dieser Art hatte der Fleischfah-

rer bisher immer nur mit einem mitleidigen Lächeln abgetan, da Bruno nichts zu bieten hatte, was in der Tauschkette von Wert gewesen wäre.
Als Bruno ihm nun jedoch den neuesten Simmel anbot, besaß er sofort die volle Aufmerksamkeit des Mannes. »Na, wollen wir mal sehen«, sagte er augenzwinkernd und lieferte ihm tags darauf die Schweinelende frei Haus.
Die Großeltern freuten sich riesig über die Lende. Und Opa Köpitz war sofort mit einem Witz zur Hand, als die Oma beteuerte, schon seit Jahren beim Fleischer keine Lende mehr im Angebot gesehen zu haben. »Warum hätte man Jesus nie in der DDR ans Kreuz geschlagen?«, fragte er. »Weil immer irgendetwas gefehlt hätte – entweder die Balken, die Nägel oder der Hammer. Zur selben Zeit hätte nie alles zur Verfügung gestanden.«
Weil dieser Mangel an alltäglichen Dingen das ganze System bedrückend prägte und jeden Bereich des Lebens in Mitleidenschaft zog, war Diebstahl in den Betrieben sehr verbreitet. Das mit dem Volkseigentum wurde vom Volk wörtlich genommen. Aus blanker Notwehr, zu der das Versagen der Planwirtschaft die Menschen zwang, legten sich viele zu Hause ein Lager mit jenen Waren aus dem eigenen Betrieb an, die einen hohen Tauschwert besaßen. Das wohl eindrucksvollste und offensichtlichste Beispiel für den Schwarzhandel und die stillschweigende Toleranz der Behörden gaben die Kleingartenanlagen ab, die sich zu Millionen im ganzen Land fanden. In der Nähe von Metallfabriken bestanden die Hütten überwiegend aus Metallblech. Gab es in der Gegend eine Ziegelei oder ein Zementwerk, dominierten diese Materialien. Am abenteuerlichsten sahen aber die Hütten in jenen Laubensiedlungen aus, wo in der Nachbarschaft Plattenbauten hochgezogen wurden. Da stieß man dann oft auch auf Bauteile mit Innenraumtüren als Außenwand, weil beim Bau der Datsche gerade mal ein Engpass an türlosen Segmenten geherrscht hatte.
Und so schrieb Bruno einmal in einem seiner Briefe sehr treffend

an Richard: »Wenn man bei uns zehn Häuser bauen will, müssen zwölf geplant werden, weil immer Material für zwei Häuser geklaut wird.«

*

Zur selben Zeit, da Bruno sich einen Namen als Westbuch-Connection zu machen begann, konnte er endlich der Studentenplatte entkommen und in ein winziges, aber privates Mansardenquartier einziehen.

»Da soll einer noch mal sagen, Bücher würden nichts bewirken!«, sagte er zu Horst und Egon, als er ihnen stolz von seiner privaten Bleibe berichtete. Dass er dort noch viel zu renovieren hatte, vor allem im uralten Bad, stand auf einem anderen Blatt. Er war jedoch dank seines reichhaltigen Bücherlagers sehr zuversichtlich, die dafür notwendigen Materialien und Handwerker relativ rasch aufzutreiben.

»In Diktaturen trifft das ganz sicher zu«, pflichtete Horst ihm bei. »Da haben die Herrschenden vor Büchern so viel Schiss wie der Teufel vor dem Weihwasser. Apropos Zensur. Habt ihr gelesen, dass Rockmusik offenbar nicht länger als westliche Dekadenz gilt, weil unser eigener Rundfunk diese Musik nun auch zu senden gedenkt?«

Egon winkte gelangweilt ab. »Diese lächerliche Schlacht um Westklamotten und Westmusik war doch schon verloren, als Ulbricht zum ersten Mal dagegen wetterte.«

»Ja, und seit die DDR die Jeans neu erfunden und ihre eigenen Marken in den Handel gebracht hat, weiß man, wie als Jeansstoff getarntes Sackleinen am sozialistischen Menschen aussieht«, spottete Bruno.

»Ebenso modisch wie Honecker mit Kassiererbrille und Rentnerhut beim Abnehmen der Maiparade!«, hieb Horst in dieselbe Kerbe.

Im Sommer fanden in Berlin die zehnten Weltfestspiele der Jugend und Studenten statt, und die Partei betrieb einen gewaltigen

Aufwand, um ihren Staat den ausländischen Gästen so zu präsentieren, wie sie ihn sich gewünscht hätte: als ein fortschrittliches Land, in dem die gesamte Bevölkerung mit ungebrochener Begeisterung als sozialistisches Kollektiv dem Traum des Kommunismus entgegenstrebte, unter keiner staatlichen Gängelung zu leiden hatte und wo es entgegen der Hetzpropaganda der imperialistischen Kriegstreiber des Westens alle Konsumgüter preiswert und in ausreichender Menge zu kaufen gab.

Das Heer der Hilfskräfte wurde schon Monate vorher auf Linientreue unter die Lupe genommen. Bruno hörte von intensiven Lehrgängen, bei denen die FDJler darin geschult wurden, bei Diskussionen mit Westlern »richtig« zu argumentieren und die Oberhand zu behalten. Die Polizeieinheiten erhielten Anweisung, sich für die Dauer der Wettkämpfe als wahrer Freund und Helfer der Bevölkerung zu geben, sich des gewöhnlich barschen Befehlstons zu enthalten und auf keinen Fall einzuschreiten, wenn westliche Gäste Dinge taten oder von sich gaben, die in der DDR sonst strengstens untersagt waren und sofortiges Einschreiten der »Organe« zur Folge hatten. Von den streng geheimen Vorkehrungen, die hinter den Kulissen seitens des Ministeriums für Staatssicherheit und der Nationalen Volksarmee getrieben wurden, sickerte nur wenig in die Öffentlichkeit, aber obwohl dies nur die Spitze des Eisbergs war, klang es schon unglaublich.

Bruno fuhr mit Ulrich, Horst und Egon für ein paar Tage nach Berlin – und kannte die Stadt kaum wieder. Dies war nicht die DDR, wie sie ihm seit dem Bau der Mauer vertraut war. Die Geschäfte rund um die Hotels und Unterkünfte der Westbesucher waren so hervorragend sortiert, wie er es noch nie zuvor gesehen hatte. Aber das war nur der Anfang des großen Wunders, das die DDR scheinbar verzaubert hatte.

Es fanden jeden Abend Rockkonzerte im Freien statt, auf den Rasenflächen saßen die Leute zusammen, diskutierten und sangen Lieder des Klassenfeindes zur Gitarre, ohne dass die Vopos grimmige Gesichter machten, geschweige denn einschritten. Nirgends

auch nur eine Spur von Repressalien. Über Nacht schien die Demokratie die Diktatur der SED ersetzt zu haben.
Fassungslos sah Bruno, dass Mitglieder westlicher Parteien sogar ungehindert politische Flugblätter verteilen durften – und das unter den Augen der Polizei. Freilich hätte er gern gewusst, wie viele Stasiagenten sich in diesen anderthalb Wochen in Berlin aufhielten, um die Bevölkerung unauffällig zu überwachen und Material zu sammeln, das später Verwendung gegen DDR-Dissidenten finden konnte.
Die ausgelassene Atmosphäre dieses großen Festes der Weltjugend wollte nicht so recht auf Bruno überspringen. Ihn wurmte, dass dieses aufwändige Täuschungsmanöver der SED tatsächlich funktionierte. Die erstaunten Kommentare vieler westlicher Besucher, mit denen er sprach, bewiesen es.
»Ich weiß gar nicht, warum ihr euch beklagt, mal von Reisen in den Westen abgesehen. Euch geht es doch nicht viel schlechter als uns im Westen!«, lautete der Tenor bei vielen, die Honeckers raffinierten Trug vom schönen Schein nicht durch schauten.
Und weil alles so wunderbar glatt lief, dachte Honecker auch nicht im Traum daran, zur Staatstrauer zu blasen, als Walter Ulbricht ausgerechnet während der Weltfestspiele starb, als wollte er sich für seine Entmachtung wenigstens noch dadurch revanchieren, dass er Honecker durch seinen Tod die Show vermasselte. Aber daraus wurde nichts! Der Erste Sekretär des Zentralkomitees ließ nicht einmal die Fahnen auf halbmast setzen. Die Feier ging ungetrübt weiter, auch wenn hier und da einige Altkommunisten grollten und von schändlicher Missachtung des verdienten Genossen Ulbricht sprachen. Unter die Erde gebracht wurde Zickenbart erst nach dem Jubelfest.
»Honecker sollte den Fürst Potemkin zum Nationalheiligen der DDR ernennen!«, sagte Opa Köpitz bissig, als Bruno ihm nach seiner Rückkehr von der gigantischen Täuschung berichtete, die der SED in Berlin gelungen war.

*

Das neue Studienjahr begann, und Bruno quälte sich wieder einmal durch die obligatorische Septemberwoche permanenter Rotlichtbestrahlung. Um die ideologische Berieselung einigermaßen erträglich zu gestalten, erfand er zusammen mit Horst ein unterhaltsames Spiel, das sie in den Vorlesungen vor dem Einschlafen bewahrte und ihren Geist wenigstens ein klein wenig herausforderte: Der eine schrieb auf einen Zettel die erste Zeile eines bekannten westlichen Schlagers, beispielsweise »Die Liebe ist ein seltsames Spiel ...«, und der andere musste eine prägnante Zeile aus dem marxistisch-leninistischen Kanon darunter schreiben, wobei der Zweizeiler einen gewissen Sinn ergeben sollte. In diesem Fall schrieb Bruno das viel strapazierte ML-Schlagwort »... wenn sie zur materiellen Gewalt wird« darunter.
Ernsthaft jedoch wurde seine Kreativität im Hörspielseminar von Professor Fröbisch gefordert. Er galt als Kapazität auf dem Gebiet der Hörspieldramaturgie, saß in vielen wichtigen Gremien und pflegte als besonderes Steckenpferd die Form des Kurzhörspiels, das seiner Meinung nach von den derzeitigen Autoren sträflich vernachlässigt wurde. Und um eine Lanze für diese Gattung zu brechen, präsentierte er in seinem Seminar eine ganze Reihe derartiger Produktionen.
Bruno fand die meisten inhaltlich schlichtweg langweilig. Und da Professor Fröbisch sie in den Diskussionen zu freimütiger Meinungsäußerung aufforderte, machte er auch keinen Hehl daraus. Endlich einmal ein Seminar, wo man ganz offen seine Meinung sagen durfte! Diese Freiheit nutzte er weidlich aus, und er hatte fast an jedem Hörspiel etwas auszusetzen.
Eines Tages, als Bruno sich in einer Diskussionsrunde über ein neues Hörspiel dazu verstieg, von »gequirltem Schwachsinn« zu reden, platzte dem Professor der Kragen. »Mein Gott, Sie tun ja so, als könnten Sie es besser!«
»Um ein Stück zu schreiben, das besser ist als dieses Hörspiel von der Sorte ›eingeschlafene Füße‹, bedarf es wirklich nicht viel!«, erklärte Bruno trotzig.
»Dann tun Sie es doch! Nehmen Sie an dem jährlichen Wett-

bewerb des Funkhauses teil und beweisen Sie uns, dass Sie es besser können!«, forderte Fröbisch ihn gereizt auf, griff in seine abgewetzte Aktentasche und knallte ihm die Anmeldeunterlagen auf den Tisch. »Oder sind Sie vielleicht nur ein Maulheld, Brüggemann?«

Bruno spürte, wie ihm unter den schadenfrohen Blicken der anderen Seminarteilnehmer das Blut ins Gesicht schoss. Er steckte die Unterlagen ein und sagte für den Rest der Stunde kein Wort mehr.

Was hatte er sich da jetzt bloß eingebrockt! Tagelang zerbrach er sich den Kopf, welches Thema sich wohl für ein Kurzhörspiel am besten eignen würde. Viel Zeit hatte er nicht, denn die Einsendefrist lief schon in anderthalb Wochen ab. Er verwarf eine Idee nach der anderen. Doch dann am Wochenende, als die Handwerker gegangen waren und er den Abschluss der Renovierung seines Badezimmers mit dem ersten Schaumbad in der Wanne und mit ein wenig »Balsam für Seele« feierte, kam ihm ein Gedanke, der ihn nicht mehr losließ und zum Thema seines Wettbewerbsbeitrags wurde. Er gab seinem Hörspiel den Titel »Ein Tag wie ein ganzes Leben«, und noch halb nass in seinen alten Bademantel gewickelt, machte er sich an die Arbeit. Bis tief in die Nacht saß er am Schreibtisch, und dreimal schrieb er das Stück um. Am Sonntagabend tippte er das Manuskript ins Reine. Da der Beitrag nur ein Kennwort tragen durfte, um die Anonymität der Einsender gegenüber der Jury zu wahren, tippte er auf die erste Seite oben links das Kennwort »Maulheld«. An das Manuskript heftete er, wie angeordnet, einen verschlossenen Briefumschlag, den er ebenso mit »Maulheld« kennzeichnete und der seinen Namen und seine Adresse enthielt. Ohne ihn vorher irgendjemandem zum Lesen zu geben, schickte er seinen Beitrag nach Berlin ans Funkhaus.

Noch am Montagmorgen glaubte Bruno, etwas wirklich Gutes zu Papier gebracht zu haben. Aber langsam begann er zu zweifeln. Und je mehr Tage verstrichen und je mehr Abstand er zu seiner Geschichte gewann, von der er nicht einmal eine

Kopie besaß, desto weniger gelungen kam ihm sein Hörspiel vor. Schließlich rechnete er nicht einmal mehr damit, in die Endrunde derjenigen zu kommen, deren Einsendungen vom Rundfunk produziert und honoriert wurden, geschweige denn zu den drei Gewinnern des Wettbewerbs zu zählen.
Umso größer war seine Freude, als er Wochen später einen Brief vom Rundfunk in Berlin erhielt, den er hastig überflog.
»Man hat mich beglückwünscht, dass mein Beitrag es bis in die Endauswahl geschafft hat, und mich zur Preisverleihung im Großen Sendesaal des Funkhauses eingeladen«, teilte er seinen Freunden mit großer Genugtuung mit. Den Maulhelden würde Professor Fröbisch nicht noch einmal wiederholen!
Morgens rechtzeitig aus dem Bett zu kommen hatte Bruno schon von Kindesbeinen an große Schwierigkeiten bereitet, und so kam es, dass er am Tag der Festveranstaltung seinen Zug verpasste und verspätet in Berlin eintraf. Der Große Sendesaal war schon voll besetzt, als Bruno sich durch die Tür schlich und sich in eine der hintersten Reihen setzte, wo sich noch einige freie Plätze fanden.
Er wartete, doch die Veranstaltung ging und ging einfach nicht los. Die Gäste im Saal begannen schon unruhig zu werden und zu tuscheln, und die Jurymitglieder und Festredner auf der Bühne machten einen etwas ratlosen und hektischen Eindruck. Ständig blickten sie auf ihre Uhren.
Plötzlich bemerkte Bruno seinen Professor, der den breiten Mittelgang hochkam und irgendwie mitgenommen aussah, als drohe der Veranstaltung eine Katastrophe.
»Professor Fröbisch!«, machte Bruno ihn im Halbdunkel auf sich aufmerksam, als sein Mentor an ihm vorbeiging.
Wie vom Donner gerührt blieb Fröbisch stehen, fuhr zu ihm herum, packte ihn an beiden Armen, riss ihn aus seinem Sitz und rief wie erlöst in Richtung Bühne: »Er ist da! Er ist da! Wir können anfangen!«
Bruno wusste nicht, wie ihm geschah.
»Wir haben auf Sie gewartet, Brüggemann! Ja, auf *Sie!* Sie haben den ersten Preis gewonnen. Ja, lesen Sie denn die Briefe, die Sie

bekommen, nicht richtig durch? Mann Gottes, Sie machen einem sogar noch als Preisträger das Leben schwer!«, rief Fröbisch, während er ihn den Gang hinunter zur ersten Reihe zerrte, doch in seiner Stimme schwang ein fröhliches und stolzes Lachen mit.

Vorn an der Bühne warteten schon mehrere Jurymitglieder.

»Was ist denn jetzt los, Fröbisch?«, stieß einer von ihnen hervor und starrte Bruno sichtlich verblüfft an. »Ist er das, der ›Maulheld‹ … unser Preisträger?«

Fröbisch strahlte wie ein stolzer Vater. »Ja, das ist unser ›Maulheld‹, der erste Preisträger!«

»Aber das ist ja ein ganz junger Spund!«, sagte ein anderes Jurymitglied mit unverhohlenem Unglauben. »Wir haben einen älteren Mann jenseits der sechzig erwartet!«

»Sie werden schon mit meinem Studenten vorlieb nehmen müssen, mein Lieber!«, erwiderte Fröbisch vergnügt.

Bruno grinste nur und schüttelte stumm Hände. Er war viel zu benommen von der unerwarteten Wendung des Geschehens, um auch nur zu einer halbwegs geistreichen Erwiderung fähig zu sein. Er musste in dem Brief irgendetwas falsch verstanden oder nicht genau gelesen haben. Mit seinem Hörspiel »Ein Tag wie ein ganzes Leben« hatte er den Wettbewerb gewonnen!

*

Die »Leipziger Volkszeitung« brachte die Geschichte ganz groß in einer ihrer nächsten Wochenendausgaben. Bruno wünschte hinterher nur, er hätte sich vom Reporter nicht dazu überreden lassen, für Fotos in der Badewanne zu posieren, wo ihm die Idee zu seinem preisgekrönten Hörspiel gekommen war. Nicht, dass das Foto etwa schlecht gelungen gewesen wäre. Ganz im Gegenteil, es war gestochen scharf und prangte über drei Spalten hinweg in der Zeitung.

Stolz auf seinen Preis und den wirklich gut geschriebenen Artikel in der Zeitung erwartete Bruno, nun in seinem Viertel und an der

Uni auf Schritt und Tritt mit Bewunderung und Glückwünschen überhäuft zu werden. Bisher verdankte er in Kneipen, wo man kaum noch Platz kriegen konnte, allein seinem Geigenkasten eine gewisse Bevorzugung. Denn da hieß es dann oft: »Macht mal ein bisschen Platz, da kommt der Künstler!«

Doch zu Brunos Verblüffung gingen die meisten, die ihn ansprachen, überhaupt nicht oder nur flüchtig auf den Preis und das Hörspiel ein, sondern fragten sofort: »Mensch, wo hast du bloß die Fliesen her, mit denen du dein Bad gekachelt hast? Kannst du auch für mich eine Ladung organisieren? Was hast du dafür löhnen müssen?«

Nicht seinem Sieg im Hörspielwettbewerb, der ihn doch in den Rang eines viel versprechenden jungen Kulturschaffenden erhoben hatte, sondern den modisch gemusterten Fliesen seines Badezimmers, die auf dem Foto deutlich zu sehen waren, galten Neid und Bewunderung der Leute!

»Da sieht man mal wieder, was die Menschen im Innersten ihres Herzens bewegt«, spottete Ulrich, als Bruno seinen Freunden erzählte, wie die Mehrzahl der Menschen in seiner Umgebung reagierte.

»Fliesen bleiben einem eben, ein Hörspiel dagegen verflüchtigt sich im Äther«, meinte Egon.

»Das liegt an den planwirtschaftlichen Geniestreichen unseres real existierenden Sozialismus, der Badezimmerfliesen zu einer größeren Rarität macht als geniale Hörspielschreiber«, kam es von Horst.

Nach dem Wettbewerbssieg konnte Bruno regelmäßig Hörspiele schreiben, die in Berlin Gefallen fanden, produziert und honoriert wurden, was ihn endgültig von seinen Geldsorgen erlöste. Er arbeitete im Funkhaus mit der erfahrenen Dramaturgin Ruthilde Brandstetter zusammen, die ihn nach der Preisverleihung aufgefordert hatte, weitere Hörspiele zu schreiben und ihr zu schicken. Daraus entwickelte sich eine beständige Zusammenarbeit, die Bruno dazu verführte, das Studium auf die leichte Schulter zu nehmen, Professor Fröbisch überzeugte ihn jedoch immer wieder davon, wie wichtig ein abgeschlossenes Studium für seinen weiteren Werdegang sei.

Als Bruno wieder einmal seine kritische Zunge nicht im Zaum halten konnte, ermahnte ihn Fröbisch: »Mensch, reißen Sie sich zusammen, Brüggemann! Opfern Sie Ihre Karriere nicht Ihrem vorlauten Mundwerk! Ein paar flotte Witze sind die Exmatrikulation wirklich nicht wert! Sie müssen doch bloß noch anderthalb Jahre durchstehen, dann haben Sie Ihr Examen in der Tasche!«

Es gab jedoch auch eine Clique von Studenten, die ihn lieber heute als morgen exmatrikuliert gesehen hätten. Besonders drei jungen Frauen, die Horst und Bruno spöttisch als die »Partei-Troika« apostrophierten, war er ein Dorn im Auge. Wortführerin dieses »Frauentriumvirats« war eine gewisse Katja Folkert, klein von Gestalt, aber alle anderen an Aktivismus, Scharfzüngigkeit und ideologischer Bildung überragend.

Eines Septembertages gingen trotz bester Vorsätze die Pferde wieder einmal mit Bruno durch. Er saß mit seinen Freunden in der Mensa und machte sich darüber lustig, dass die Volkskammer eine Änderung der Verfassung verabschiedet hatte, der zufolge alle Bezüge auf die »deutsche Nation« gestrichen werden sollten. Die DDR nahm damit ganz offiziell Abschied von der Vision einer Wiedervereinigung. Auch durfte der Text der Nationalhymne, in dem ja von einem »einig Vaterland« die Rede war, nicht mehr gesungen, sondern die Melodie nur noch gesummt werden. Das veranlasste Bruno zu dem Kommentar: »Statt die Bevölkerung bei all den vielen feierlichen Anlässen zum summenden Backgroundchor zu machen, sollte man den Text ein wenig umschreiben, damit er besser auf die DDR passt. Schon bei der ersten Zeile bietet es sich doch an, aus der irreführenden Behauptung ›Auferstanden aus Ruinen‹ ein ›Einverstanden mit Ruinen‹ zu machen!«

Katja Folkert, die unbemerkt hinter einer der Säulen nahe bei ihrem Tisch gestanden hatte, bekam einen großen Teil von Brunos bissigem Witz mit – und fand ihn überhaupt nicht zum Lachen. Für sie war das der Tropfen, der das Fass zum Überlaufen brachte, und sie fasste den Entschluss, seine Exmatrikulation zu betreiben. Über einen Kommilitonen, der mit der Schwester einer der Frauen aus der Partei-Troika befreundet war, erhielt Bruno den Tipp, dass Katja Folkert es ernstlich auf seinen Kopf abgesehen hatte.

Auf Drängen von Horst, der die Gefahr realistischer einschätzte als Bruno, trommelte dieser noch am selben Abend die Freunde zusammen, um zu beraten, wie sie der Partei-Troika Paroli bieten konnten.

Keiner der Vorschläge klang viel versprechend, bis Horst eine Idee hatte, die bei den anderen wie ein Blitz einschlug: »Nächste Woche wird der neue FDJ-Sekretär der Seminaristen gewählt. Du musst kandidieren und die Wahl gewinnen. Dann bist du unangreifbar.«

»Ich und FDJ-Sekretär?« Bruno war perplex. »Das ist doch verrückt!«

»Nein, das ist deine einzige Chance, um eine Exmatrikulation abzuwehren. Du musst Häuptling in dem Verein werden!«, stellte Horst klar, und von seiner eigenen Idee begeistert, fuhr er fort: »Du stellst immerhin was dar, bist bekannt wie ein bunter Hund – und kriegst von uns jede Wahlhilfe, die man sich nur wünschen kann. Wir rühren für dich die Trommel, dass es an der Uni nur so dröhnt.«

»Das ist es!«, rief Ulrich kämpferisch. »Wir putschen gegen die Radfahrer mit der goldenen Klingel und reißen die Macht an uns!«

Auch alle anderen schlossen sich dieser Meinung an. Und als Horst sich bereit erklärte, mit Bruno zu kandidieren, ließ dieser sich auf den Vorschlag ein.

»Also gut, lieber auf der Tüte als im Eimer«, murmelte er, und als jemand fragte, was er denn damit meine, winkte er ab. »Ach, nur so ein altes Familienmotto.«

Das Komplott, das sie in dieser Nacht schmiedeten, gelang. Dank seiner engagierten Wahlhelfer, die sich unermüdlich für ihn ins Zeug legten, erzielten die beiden Freunde eine solide Mehrheit:

Der neue FDJ-Sekretär hieß Bruno Brüggemann und sein erster Stellvertreter Horst Buddensieg.
Für die Partei-Troika war dieser Durchmarsch ein gewaltiger Schock. Die drei Studentinnen konnten nicht fassen, was sich da innerhalb einer Woche abgespielt hatte. Der verhasste Kommilitone, den sie als Hetzer gegen die Partei und Klassenfeind hatten bloßstellen und von der Uni jagen wollen, war in eines der wichtigsten Ämter gewählt worden, die ein Student innehaben konnte!
Bei der Feier, die Bruno auf seine Kosten im Kreis der Eingeweihten veranstaltete, geriet er jedoch in helle Bestürzung, als er sich plötzlich daran erinnerte, dass er gar nicht FDJ-Mitglied war.
»Was redest du denn da für ein dummes Zeug? Verträgst du keinen Alkohol mehr? Natürlich bist du in der FDJ! Wir sind doch alle mit vierzehn im Klassenverband von der FDJ vereinnahmt worden«, sagte Ulrich, der Brunos Einwand für einen wenig gelungenen Witz hielt.
»Nein, ich bin ausgetreten – damals in meinem ersten Jahr bei der NVA. Als ein Kamerad durch die Idiotie eines Feldwebels bei einem Panzermanöver umgekommen ist, habe ich dem Kerl mein FDJ-Buch an den Kopf geschmissen, meinen Austritt erklärt und ihm später sogar noch eine gelangt, als er mir dumm gekommen ist«, gestand Bruno zerknirscht.
Horst machte den Mund auf, brachte jedoch kein Wort heraus. Und Ulrich fasste sich an den Kopf und stieß bestürzt hervor: »Deshalb hast du dich also für drei Jahre verpflichtet! Himmel, jetzt sitzen wir aber ganz schön in der Scheiße!«
Sie berieten, wie sie die Katastrophe, wegen Wahlbetruges von der Uni zu fliegen, von Bruno abwenden könnten. Aber wie sie es auch drehten und wendeten, es führte kein Weg daran vorbei, dass Bruno den Sektionsleiter der FDJ unterrichtete, den Kotau machte und den Zerknirschten spielte, dem sein damaliger FDJ-Austritt angeblich völlig entfallen war.
Bruno flatterten gehörig die Hosen, als er tags darauf beim

Sektionsleiter vorsprach. Doch er kam gar nicht dazu, ihm von seinem Ausrasten bei der NVA zu erzählen. Denn der FDJ-Funktionär unterbrach ihn unwillig: »Reden Sie doch nicht so einen Mist, Brüggemann! Mit dieser dummen Ausrede, gar nicht in der FDJ zu sein und daher das Amt nicht antreten zu können, können Sie bei mir nicht landen. Mein Gott, Ihnen hätte ich wirklich ein bisschen mehr Fantasie zugetraut!«

»Ja, aber …«, setzte Bruno zu einem Einwand an, kam jedoch nicht weiter, da ihm der Sektionsleiter erneut das Wort abschnitt.

»Sie gehören zu den wenigen Studenten, die ihre Beiträge seit Jahren pünktlich einzahlen und die ich nicht einmal habe anmahnen müssen. Ich wünschte, wir hätten mehr so vorbildliche Beitragszahler. Geben Sie doch gefälligst zu, dass Sie nicht bedacht haben, was das Amt des FDJ-Sekretärs mit sich bringt, und dass Sie den Arbeitsaufwand scheuen!«

Bruno glaubte, seinen Ohren nicht zu trauen. Seine FDJ-Beiträge waren jahrelang pünktlich eingezahlt worden? Aber bestimmt nicht von ihm! Er hütete sich jedoch, davon etwas verlauten zu lassen. Darüber konnte er sich später den Kopf zerbrechen. Jetzt galt es, den Ausweg über die goldene Brücke wahrzunehmen, die ihm der Sektionsleiter in völliger Verkennung der Sachlage anbot.

»Ja, ich muss gestehen, dass ich mir der großen Verpflichtung nicht so recht bewusst gewesen bin,. als ich mich habe überreden lassen, für das Amt zu kandidieren«, gab er deshalb kleinlaut zu.

Er kam mit einem schweren Rüffel davon, und in Absprache mit dem Sektionsleiter trat er bei der nächsten Versammlung zurück. Horst rückte für ihn in das Amt auf, und er wurde dessen Stellvertreter. Damit war er aus der Schusslinie, falls auf Kreisebene einmal jemand genauer in den Akten nachsah. Doch bot das Amt des Stellvertreters noch immer genügend Schutz vor einer Verfolgung durch die Partei-Troika.

Es war Fröbisch, der Bruno über das Geheimnis der pünktlichen

Beitragszahlungen aufklärte. Er rief ihn in sein Büro und eröffnete ihm hinter verschlossenen Türen, dass er es gewesen sei, der all die Jahre die Gelder auf den Namen Bruno Brüggemann eingezahlt habe.

Bruno fiel aus allen Wolken. »Warum, um alles in der Welt, haben Sie denn das getan?«, fragte er fassungslos.

»Damit Sie sich nicht Ihr Leben wegen einer jugendlichen Dummheit versauen, Brüggemann«, erklärte er. »Und jetzt fragen Sie mich nicht, woher ich erfahren habe, dass Sie damals aus der FDJ ausgetreten sind. Es muss Ihnen reichen, dass ich das wieder für Sie hingebogen habe. Aber von jetzt an zahlen Sie Ihre Beiträge bis zum Ende Ihres Studiums gefälligst selber! Und nun raus mit Ihnen! Ich habe zu arbeiten!«

*

Außer Atem und halb durchnässt vom Schneeregen, der an diesem ungemütlichen Januarmorgen von böigen Winden durch Leipzig gepeitscht wurde, erreichte Bruno den »Club der Intelligenz«. Mit klatschnassem Haar hielt er auf die Garderobe zu, setzte die schwere Umhängetasche mit Aufnahmegerät und Mikrofon ab und zerrte sich den triefenden Mantel vom Leib.

Dass er in der Eile seinen Schirm vergessen hatte, als er aus der Wohnung gestürzt war, ärgerte ihn. Was ihn jedoch wirklich gegen sich selbst aufbrachte, war die Tatsache, dass er wieder einmal verschlafen hatte. Dieses Übel haftete wie Pech an ihm. Erst vorgestern hatte er eine wichtige Prüfung verpennt, und jetzt wäre er fast zu spät zu dieser hochkarätigen Literaturtagung eingetroffen, die er doch für eine Veröffentlichung seines Professors dokumentieren sollte.

Die junge Frau hinter der Garderobe, auf deren Namensschild »Bettina Wilmer« stand, sah mit einem belustigten Lächeln zu, wie er sich aus seinem regendurchweichten Mantel schälte. »Einmal wringen und trocknen?«, fragte sie spöttisch, als sie das nasse Stück mit spitzen Fingern entgegennahm.

»Ja, wer den Schaden hat, braucht für den Spott nicht zu sorgen!«, sagte Bruno und dachte, dass ihm das hübsche Gesicht und dieser Kopf mit der tiefschwarzen kecken Pagenfrisur bekannt vorkam. Diese Bettina war ihm an der Uni bestimmt schon mal über den Weg gelaufen. Es war bekannt, dass Germanistikstudentinnen häufig im »Club der Intelligenz« die Garderobe machten. »Ich bin mal wieder nicht aus dem Bett gekommen.«

»Dagegen gibt es ein einfaches Mittel: sich vom Wecker eine halbe Stunde früher wecken lassen«, riet sie ihm über die Schulter hinweg, während sie den tropfenden Mantel aufhängte.

»Wenn das so einfach wäre!«, stöhnte er.

Sie wandte sich zu ihm um und gab ihm seine Marke. »Was soll daran so schwer sein?«

»Nicht einmal ein Wecker aus bester sozialistischer Produktion, geschweige denn meine innere Uhr sind in der Lage, mich aus dem Schlaf zu holen!«, klagte er ihr sein Leid. »Ich wache einfach nicht auf!«

»Das ist natürlich Künstlerpech.«

Sie lächelte so unverschämt wach und munter, und er war noch so müde. Aber ihr Lächeln weckte seine Lebensgeister, wie es seit langem kein weibliches Lächeln geschafft hatte. »Sag mal, hörst *du* denn morgens den Wecker?«

»Natürlich! Ich bin schon auf, bevor er klingelt.«

Bruno sah, dass die Türen zum Konferenzraum geschlossen wurden. »Weißt du was, wir sollten zusammenziehen … ach was, am besten gleich heiraten!«, platzte er heraus.

»Wie bitte?«

»Weil ich doch dauernd verpenne und du schon früh morgens so munter wie ein Singvogel bist.«

»Bei dir sitzt hier wohl ein ausgewachsener Geier!«, sagte sie und tippte sich mit dem Zeigefinger an die Stirn.

Die letzte Tür fiel ins Schloss, und Bruno schnappte sich hastig seine Umhängetasche mit der Tonbandausrüstung. »Ich muss jetzt rein, Bettina. Aber über das Zusammenziehen und so reden wir noch, ja?«, rief er im Wegrennen.

»Leg mal erst dein Oberstübchen trocken!«, rief sie ihm nach. »Du scheinst da oben nicht ganz dicht zu sein.« In ihrer Stimme lag jedoch ein Lachen, und das war das Einzige, was Bruno während der elend langen Konferenz im Ohr behielt.
Vierzehn Tage später zog Bettina bei ihm in der Mansarde ein. Von dem Tag an verschlief er keine Prüfung mehr und erschien pünktlich zu allen wichtigen Terminen.
Im Mai heirateten sie. Und im Mai sah Bruno seine Mutter zum ersten Mal wieder, seit der Vater vor dreizehn Jahren mit ihm in die DDR zurückgekehrt war. Sie wollte zur Hochzeit kommen, zusammen mit ihrem zweiten Mann.
Wer sich auch zum ersten Mal seit ihrer »Republikflucht« wieder in die DDR traute, waren Onkel Heinrich und Tante Inge mit den Cousins Konrad und Richard.

*

»Samstags bei irgendeinem Friseur dranzukommen, kannst du vergessen«, sagte Bettina zwei Tage vor der Hochzeit zu ihrer Freundin Lisa. »Da frisieren sich die Mitarbeiterinnen gegenseitig fürs Wochenende.«
»Und wochentags hören sie Stunden vor Geschäftsschluss auf«, fiel Lisa in die Klage ein. »Übrigens: Gestern habe ich drüben in der Kaufhalle Koteletts gesehen!«
»Und? Du hast doch hoffentlich zwei Stück für uns mitgekauft!«
»Ich habe gesagt, dass ich Koteletts *gesehen* habe, Tina. Zum Kaufen kam ich ein paar Minuten zu spät, die hatten nur zehn Stück. Aber wie gesagt, immerhin habe ich mal wieder Fleisch gesehen, das ist doch schon mal was!«
»Ja, keine Butter, keine Sahne, aber auf'm Mond 'ne rote Fahne!«, antwortete Bettina mit einem Gassenhauer. Das Lachen, das darauf folgte, hatte einen bitteren Beiklang.
»Ich gehe dann mal zum ›Interhotel‹ rüber«, sagte Bruno. »Vielleicht sind meine Mutter und mein Stiefvater schon eingetroffen – oder Richard mit seiner Familie.«

Während er sich auf das Wiedersehen mit Richard vorbehaltlos freute, bereitete ihm der Gedanke an das Zusammentreffen mit der Mutter Magenschmerzen. Dreizehn Jahre lang hatte sie immer wieder einen Vorwand gefunden, warum es ihr nicht möglich war, ihn und die Großeltern in der DDR zu besuchen. In den ersten Jahren nach dem Mauerbau war es die wohl nicht ganz unbegründete Angst gewesen, in der DDR festgehalten zu werden. Eine Befürchtung, die Onkel Heinrich und Tante Inge auch gehegt hatten.
Dem Wiedersehen mit der Mutter sah Bruno an diesem Freitagnachmittag mit größerer Aufregung und Anspannung entgegen als seiner Hochzeit. Vor den ersten Minuten hatte er regelrecht Angst. Dreizehn Jahre waren eine lange Zeit, und sie lebten in einander völlig fremden Welten. Es würde nicht leicht sein, wieder Gefühle in sich zum Leben zu erwecken, die er einst für sie empfunden und für selbstverständlich gehalten hatte.
Er lief der Mutter vor dem Hotel buchstäblich in die Arme. Sie stieg gerade aus dem silberfarbenen Mercedes, der vor dem Eingang parkte und hinter dessen Steuer wohl sein Stiefvater saß.
»Bruno! Mein Junge!« In einem mit Pelzkragen besetzten Mantel, der zu den beinahe schon sommerlichen Temperaturen so wenig passte wie ein Bikini im November, kam sie ihm entgegen. In der Linken hielt sie ein Paar feinlederner Handschuhe, während an ihrem rechten Handgelenk eine Krokotasche baumelte. Sie war dick geworden. Dicker, als die Fotos verraten hatten, die er von ihr besaß.
Bruno vermochte sich hinterher nicht mehr so recht daran zu erinnern, was ihm in den ersten Minuten durch den Kopf gegangen war und was die Mutter und was er genau gesagt hatten. Tränen vergossen sie jedoch beide. So viel zu seinen verschütteten Gefühlen.
Als er eine Woche später, nachdem sie sich zum Abschied noch einmal alle bei den Großeltern in Lützen getroffen hatten, mit Tina im Zug zurück nach Leipzig saß und über die vergangene Woche nachdachte, machte er sich nichts vor. Das Gefühl, dass

sie ihn im Stich gelassen hatte und ihr zweiter Mann ihr wichtiger gewesen war als ihr Sohn, hatte sehr wohl tiefe Wunden in ihm geschlagen. Und auch wenn sie nach außen hin längst vernarbt waren, so blieb die Verletzung im Inneren doch bestehen. Der Schmerz mochte längst nicht mehr so tief gehen wie in den ersten Jahren, aber loswerden würde er ihn nie, dessen war er gewiss.
So wie vermutlich auch die Mutter immer in ihren Schuldgefühlen gefangen bleiben würde, die es ihr so auffällig schwer machten, wirklich unbeschwert und offen mit ihm zu reden. Immer war da eine unsichtbare Barriere, die zwischen ihnen stand und die keiner von ihnen überwinden konnte. Dennoch war er froh, dass sie nun endlich gekommen war.
Bruno wünschte nur, die Mutter hätte ihren zweiten Mann in Köln gelassen. Er hatte geahnt, dass er sich mit Walter Lempert nicht verstehen würde, und sein Gefühl hatte ihn nicht getrogen. Schon bei der Vorstellung vor dem Hotel hatte er Mühe, Freundlichkeit zu heucheln. Lempert hatte ein angeberisches Gehabe an sich, das es Bruno schwer machte, höflich zu bleiben. Er hatte ja nichts dagegen, dass es dem einstigen Taxiunternehmer und damit auch der Mutter gut ging, und es störte ihn auch nicht besonders, wenn jemand, der es sich leisten konnte, einen Brillantring trug, dicke Zigarren rauchte und bei jeder Gelegenheit seinen linken Hemdärmel hochzog, damit man seine goldene Protzuhr nicht übersah. Was ihm jedoch heftig gegen den Strich ging, waren die abfälligen Bemerkungen, die sein Stiefvater über alles und jedes in der DDR machte, und dass er immer wieder betonte, wie entsetzlich rückständig es doch hinter dem Eisernen Vorhang zugehe und welch ein Paradies dagegen der freie Westen sei.
Bruno wusste selbst, dass die Städte und Ortschaften aussahen, als wären seit Kriegsende erst wenige Jahre und nicht drei Jahrzehnte vergangen. Er sah selbst, wie ganze Stadtviertel verfielen, weil das Geld für die Sanierungsmaßnahmen fehlte. Sogar in Leipzig, das neben Berlin und Dresden zu den Vorzeigestädten der DDR zählte, gab es ganze Straßenzüge, wo aus eingestürzten Dachstühlen Bäume und Büsche wild in den

Himmel wuchsen. Er wusste auch, wie miserabel die Straßen waren und wie lächerlich primitiv sich die Trabbis und Wartburgs gegen die eleganten Westautos ausnahmen. Aber um dies und vieles andere zu erkennen, bedurften er und seine Landsleute wirklich nicht der Hinweise von selbstgefälligen westlichen Besuchern. Sie hatten selbst Augen im Kopf! Aber der Stiefvater ließ keine Gelegenheit aus, um vom hohen Ross herab alles schlecht zu machen, was er sah, aß und hörte.
Deshalb fand Bruno sich plötzlich in der merkwürdigen Situation wieder, zum Fürsprecher seines Landes zu werden, um dem Stiefvater seine Überlegenheitsarroganz nicht unwidersprochen durchgehen zu lassen. Er kochte innerlich förmlich vor ohnmächtiger Wut, dass dieser blasierte Kerl ihn in eine solche Rolle zwang. Und wenn Opa Köpitz sich nicht den Stiefvater vorgeknöpft hätte, wäre es vielleicht sogar zu einer wirklich hässlichen Szene gekommen. Aber das verhinderte der Großvater, indem er Lempert in einem Gespräch unter vier Augen klarmachte, dass seine Kommentare die Atmosphäre vergifteten und er gefälligst seinen Mund halten oder wieder verschwinden solle.
Das Wiedersehen mit Richard und seiner Familie war dagegen eine ungetrübte Freude – bis auf den kleinen Schönheitsfehler, dass Onkel Heinrich im Gegensatz zu Lempert fest entschlossen schien, die DDR durch die rosarote Brille des Salonlinken zu sehen und für alles, worunter die Ostdeutschen litten, eine Entschuldigung zu finden. Dass er mit seiner blinden Verharmlosung der Zustände in der DDR nicht zu einem ähnlichen Störenfried wurde wie der Stiefvater, verdankten sie dem energischen Eingreifen von Tante Inge. Wann immer Heinrich Brüggemann anfing, sich über dieses Thema auszulassen, fiel ihm seine Frau in der ihr eigenen nachdrücklichen Art ins Wort und sagte: »Lass man gut sein, Heinrich! Diese Schallplatte kennen wir zur Genüge, sie kommt hier gar nicht gut an!« Und damit war die Sache dann auch erledigt.
Wie der Zufall es wollte, war der Opel Kapitän mit dem Düsseldorfer Kennzeichen am Freitag nur wenige Minuten nach dem

Mercedes der Mutter und des Stiefvaters vor dem »Interhotel« vorgefahren.
Richard sprang aus dem Wagen, kaum dass der Wagen am Bordstein zum Stehen gekommen war. »Was ist, kein Trompetensolo zur Begrüßung, du preisgekrönter Meisterschreiber?«, rief er spöttisch.
Lachend fielen die Cousins sich in die Arme, schlugen sich gegenseitig auf den Rücken und tauschten derbe Frotzeleien aus, hinter denen sie ihre innere Bewegung verbargen.
»Wo ist deine Frau?«, fragte Bruno, nachdem er auch Konrad, Onkel Heinrich und Tante Inge begrüßt hatte, die in ihrem modischen Frühjahrskostüm und noch immer bewundernswert schlank eine selbstbewusste und geschmackssichere Eleganz ausstrahlte. Neben ihr verblasste seine matronenhafte Mutter völlig – wie früher schon. Es genügte eben nicht, sich teure Kleider leisten zu können, um sich von einer hausbackenen Frau in eine elegante Dame von Welt zu verwandeln. Dass Brunos Mutter Ähnliches durch den Kopf ging, sah man ihrem verkniffenen Gesicht an, und es war deutlich aus ihren spitzen Bemerkungen herauszuhören.
»Margret konnte leider nicht mitkommen, weil sie sich ausgerechnet jetzt mit einer Grippe ins Bett gelegt hat«, sagte Richard. »Ich habe sie gestern zu ihrer Mutter gebracht. Da ist sie gut versorgt.«
»Schade«, bedauerte Bruno. »Ich hätte sie so gerne kennen gelernt!«
»Beim nächsten Besuch.«
»Na, wenn ich auf den wieder so lange warten muss, sind eure Kinder bestimmt schon in der Pubertät!«
»Mit Kindern haben wir es nicht so eilig. Außerdem werden ganz sicher keine vierzehn Jahre bis zum nächsten Wiedersehen vergehen«, versicherte Richard. »Obwohl einem die Schikanen an der Grenze den Spaß an einem Besuch wirklich vermiesen können. Man kommt sich ja wie ein Verbrecher vor!«
Bruno und Richard setzten sich noch spät am Abend in einer

Kneipe zu einem langen persönlichen Gespräch zusammen. Sie hatten sich viel zu erzählen und wussten, dass sie an einem der folgenden Tage wohl kaum dazu kommen würden.
»Du hast dich also für Jura entschlossen«, sagte Bruno, als Richard an der Reihe war, von seinem Leben zu erzählen. »Und ich dachte, du wolltest Opernsänger werden.«
Richard lachte sarkastisch. »Wollte ich ja auch, aber die Eltern haben mir nach den zwei Jahren bei der Luftwaffe keine andere Wahl gelassen. An eine Fortsetzung meiner Gesangsausbildung war nicht mehr zu denken gewesen. Schon aus finanziellen Gründen nicht. Der Vater hätte sie mir jedenfalls nicht finanziert. Ein Brüggemann hat nun mal zu studieren. Der akademische Titel gilt in den Augen der Eltern nicht als Ziel, sondern als Ausgangspunkt einer Karriere.«
Bruno sah ihn mitfühlend an. »Da legt dein Vater die Latte für euch ja mächtig hoch.«
»Weißt du, was er gesagt hat, als ich vom Bund kam? ›Du hast drei Jahre Gesangsunterricht gehabt, das muss als Hobby genügen! Jetzt wird es Zeit, dass du etwas Seriöses in Angriff nimmst und wie deine Brüder eine akademische Ausbildung beginnst!‹ Und dann hat er ein Jurastudium vorgeschlagen, weil man damit angeblich fast alles im Leben werden kann. Tja, und weil mir nichts Besseres eingefallen ist, habe ich eben Jura belegt«, schloss Richard.
»Und was macht dein anderes Hobby, das Schreiben?«, erkundigte sich Bruno.
Richard zog eine Grimasse. »Ich schreibe nur für die Schublade. Was immer ich zu Papier bringe, kommt von Verlagen, Zeitungen und Rundfunkanstalten postwendend mit einer hübsch formulierten und vorgedruckten Ablehnung zurück.«
»Irgendwann schaffst du aber den Durchbruch!«, versuchte Bruno ihm Mut zu machen.
Richard winkte ab. »Lass uns lieber von was anderem reden!«

*

Trotz der Animositäten zwischen Tante Inge und der Mutter sowie der gelegentlichen Mäkeleien des Stiefvaters verlief der Hochzeitstag, den sie im kleinen Freundes- und Familienkreis feierten, doch recht harmonisch. Bettina sah in dem weißen modischen Kostüm, das sie mit Lisas Hilfe selbst geschneidert hatte, »zum Ausziehen hübsch« aus, wie Ulrich es auf den Punkt brachte. Stolz auf seine Braut und aus vollem Herzen begeistert gab Bruno das Jawort und steckte Bettina den Ehering an den Finger.

Und doch sollte an diesem herrlich sonnigen Tag ein kleiner Wermutstropfen vorübergehend die fröhliche Stimmung der Hochzeitsgesellschaft trüben, und es war nicht einmal Brunos Stiefvater, »der Westbonze«, wie Egon ihn nannte, der dafür die Verantwortung trug.

Als sie nach der Trauung zu einem Gartenrestaurant hinausfuhren, wo sie einen der kleinen Festsäle für ihre Feier reserviert hatten und sehr viel früher als geplant eintrafen, lud die große Terrasse mit Blick ins Grüne dazu ein, draußen zu feiern, zumal die Tische im kleinen Saal noch nicht gedeckt waren und die Sonne so herrlich warm vom Himmel schien, dass die Männer unbesorgt ihre Jacken hätten ausziehen können.

Wie bei fast allen gastronomischen Einrichtungen der DDR, so stand auch hier am Eingang ein Schild, das dem Besucher in knappen Worten verkündete, welche Art von Service ihm vom Gaststättenkollektiv drohte. »Sie werden plaziert!«, lautete die Warnung, sich ja nicht eigenmächtig an einen freien Tisch zu setzen. Daneben hing dann meist auch eine Liste mit all den Gerichten, nach denen der Gast erst gar nicht zu fragen brauchte. Denn Fragen betrachtete die Bedienung prinzipiell als eine Belästigung.

Der Oberkellner, den Bruno ansprach, wies das Ansinnen, die Tische doch lieber auf der sonnigen Terrasse als im Saal zu decken, barsch als Zumutung zurück. »Die gastronomischen Freiflächen sind erst im Sommer versorgungswirksam!«, beschied er ihm.

»Was?«, fragte Brunos Mutter verständnislos.
»Er will sagen, dass auf der Terrasse nur im Sommer bedient wird«, raunte Ulrich ihr zu.
»Aber so schönes Wetter haben wir doch selbst im Sommer nur selten«, wandte Bruno ein und bemühte sein gewinnendstes Lächeln, in der Hoffnung, den Kellner doch noch umstimmen zu können. Immerhin sah der Mann ja, dass sie frisch vom Standesamt kamen. Er musste doch verstehen, dass sie bei diesem prächtigen Wetter lieber hier draußen feierten als im miefigen Saal. »Meine Freunde und ich, wir gehen auch gern zur Hand.«
Der Oberkellner sah ihn jedoch unvermindert grimmig an. »Wir haben Sommer, wenn der Kalender sagt, dass wir Sommer haben, Genosse! Also, was ist? Wollen Sie nun den Saal, oder soll ich dem Küchenkollektiv Bescheid geben, dass Sie abgesagt haben?«
Da hakte sich Tina bei Bruno ein und antwortete für ihn mit betont liebreizender Stimme: »Es ist schon in Ordnung so, Genosse. Ich bin in den Saal fast so verliebt wie in meinen Mann. Wir freuen uns alle schon sehr darauf, was Ihr zweifellos tüchtiges Küchenkollektiv auf die Teller zaubern wird!«
Der Oberkellner schenkte ihr einen misstrauischen Blick, als sei er nicht sicher, ob er sich auf den Arm genommen fühlen sollte, nickte dann aber gnädig und sagte: »Das hätten Sie ja auch gleich sagen können!« Sprach's, drehte sich auf den Absatz um und ließ die Hochzeitsgesellschaft draußen warten, bis im Saal die Tische gedeckt waren.
Zum allgemeinen Erstaunen gab sich das Kollektiv in der Küche wirklich viel Mühe. Es schmeckte allen – mit einer Ausnahme, und die hieß Walter Lempert, wie nicht anders zu erwarten war.
»Wenn wir mal von den ersten Minuten absehen, die in jedem echten Ostdeutschen bestimmt tiefe Gefühle von heimatlicher Vertrautheit geweckt haben, können wir doch ganz ohne Übertreibung sagen, dass wir einen für Gaststättenbesucher wirklich ungewöhnlich glücklichen Tag erwischt haben«, drückte Ulrich es bei seiner humorvollen Tischrede spöttisch, aber treffend aus.
»Und jetzt gibt es die Nachspeise, mein Schatz«, flüsterte Bettina,

als sie endlich allein in ihrer Mansardenwohnung waren und Bruno sie entkleidete.
»Können wir daraus nicht ein Hauptgericht machen?«
Sie lachte mit dunkler, von Erregung erfüllter Stimme und zog ihn aufs Bett. »Ich denke, das lässt sich machen. Aber lass uns erst einmal sehen, wie groß dein Appetit ist«, erwiderte sie zwischen zwei Küssen.
»Ich bin ausgehungert!«
Sie lachte. »Wie gut, dass es noch etwas gibt, woran sogar im real existierenden Sozialismus kein Mangel herrscht«, erwiderte sie, um sich dann ganz der ausdrucksvollen Sprache ihrer liebeshungrigen Körper hinzugeben.

*

Die Studentenehe bekam Bruno und Tina ausgezeichnet. Sie teilten dieselben Interessen, verbrachten den größten Teil des Tages in der Uni, trafen sich lieber mit Freunden, um bis tief in die Nacht zu diskutieren, als im Haushalt auch nur einen Handschlag über das gerade Notwendige hinaus zu machen, und genossen ungehemmt und ausgiebig die sexuellen Freuden ihres Zusammenlebens.
Die unvergleichliche Kraft, die aus der Vereinigung von Lust und Liebe erwuchs, trug Bruno dann auch wie auf Adlerschwingen durch die letzten beiden Studienjahre. Seine Umgebung nahm die Veränderung mit Wohlgefallen wahr. Er erschien jetzt nicht nur pünktlich zu seinen Terminen, sondern legte auch eine ganz neue, umgängliche und ausgeglichene Art an den Tag. Selbst sein Sarkasmus brach sich nicht mehr so oft und unkontrolliert Bahn wie vor seiner Ehe, sodass sogar Katja Folkert das Interesse daran verlor, ihn mit ihrem linientreuen Fanatismus zu verfolgen.
Dabei boten Bruno die Engpässe in der Versorgung genügend Anlässe, auf die Planwirtschaft zu schimpfen. Man kaufte wirklich nicht das, was man brauchte, sondern was es gerade gab. Und dann hortete man es, bis man jemanden gefunden hatte, dem man

es verkaufen oder gegen etwas in Tausch geben konnte, was man selbst brauchte. Bruno erinnerte sich noch gut daran, als das Gerücht aufgekommen war, dass es für eine Zeit lang keine Zahnbürsten mehr geben werde, weil die Hauptproduktionsstätte für Bürsten aller Art niedergebrannt sei. Da hatte er sofort alle Zahn- und Schuhbürsten, deren er habhaft werden konnte, aufgekauft. Gute drei Dutzend hatte er gehamstert und später mit gutem Tauschprofit unter die Leute gebracht, als es innerhalb von drei, vier Tagen nirgendwo in der DDR mehr Bürsten zu kaufen gab. Nicht Sozialismus, sondern SKET hieß das System, dem die Bevölkerung blind vertraute: Womit nicht Schwermaschinen Kombinat Ernst Thälmann gemeint war, sondern Sehen – Kaufen – Einlagern – Tauschen.

Der letzte Winter vor dem Examen kam, und mit ihm die tägliche Plackerei mit dem Kohleneimer. Mühsam mussten die Briketts ständig aus dem Keller nach oben geschleppt und die Asche nach unten getragen werden. Und wieder legte sich bis weit in den Frühling hinein eine gelbbraune Rauchwolke über die Städte, weil nur die wenigsten Wohnungen über Zentralheizung oder Fernwärme verfügten. Auch befand sich in den meisten Häusern das Klo noch wie vor dem Krieg im Hausflur auf halber Treppe, was gerade zu dieser Jahreszeit unerfreulich war.

Während Tina noch ein volles Studienjahr vor sich hatte, begann für Bruno im Winter 75/76 die intensive Vorbereitung auf das Examen. Er kam daher kaum noch dazu, für den Rundfunk zu schreiben, doch ein längeres Stück, das er in der Zeit der Bauernkriege angesiedelt hatte, konnte er noch fertig stellen. Es gefiel seiner Dramaturgin in Berlin zunächst auch sehr gut. Doch im März bat sie ihn dringend, für einige Tage zu kommen. Sie hatten für die Produktion schon die notwendige Zeit im Studio zugewiesen bekommen, auch die Sprecher waren engagiert, nur am Manuskript musste dringend einiges umgeschrieben und bearbeitet werden. Der Bezug zu aktuellen Ereignissen im sozialistischen Bruderland Polen durfte nicht so plakativ sein, dass die Parteifunktionäre im Funkhaus ein Sendeverbot verhängten.

»Sie will das Stück aber unbedingt bringen, wenn auch mit einigen Änderungen«, sagte Bruno zu Tina, unschlüssig, ob er sich darauf einlassen und in den Zug nach Berlin setzen sollte.
»Dann fahr! Den guten Kontakt zur Brandstetter kannst du dir nicht verscherzen. Außerdem weiß ich doch, wie sehr dir das Hörspiel am Herzen liegt!«, sagte Tina und begleitete ihn tags darauf zum Bahnhof.
Am Wochenende kehrte er nach Leipzig zurück. Glücklich, sich mit Ruthilde Brandstetter auf Textänderungen geeinigt zu haben, die keine Kapitulation vor der Zensur darstellten, aber die Gefahr eines Sendeverbotes doch sehr minimierten. Glücklich vor allem aber, wieder bei Tina zu sein. Nachdem sie ihren Appetit aufeinander gestillt hatten, erzählte Bruno ihr von dem Angebot, das Ruthilde Brandstetter ihm gemacht hatte. »Sie hat mich gefragt, ob ich in ihrer Abteilung als Dramaturg anfangen möchte. Sie wird mich zum 1. August anfordern, wenn ich es möchte.«
Für einen langen Augenblick lag Tina still neben ihm. Sie wusste, dass er sich schon seit Monaten Gedanken darüber machte, wohin man ihn wohl schicken würde, wenn er sein Examen bestanden hatte. Er konnte seinen Arbeitsplatz nicht einfach frei wählen, so wie es ihm passte. Es wurden einem »Angebote« unterbreitet, die man theoretisch ablehnen konnte, doch lief es letztlich darauf hinaus, dass man an einen Arbeitsplatz delegiert wurde – und man diesen auch annahm, wenn man sich nicht eine Menge Ärger einhandeln wollte.
»Und? Möchtest du als Dramaturg zum Rundfunk nach Berlin gehen?«, fragte Tina schließlich, obwohl sie die Antwort kannte. Ein solches Angebot war das Beste, was er sich wünschen konnte.
»Natürlich möchte ich!«, gestand er freimütig, um sofort gequält hinzuzufügen: »Aber ich möchte auch mit dir zusammen sein. Wenn ich nach Berlin gehe, können wir uns nur am Wochenende sehen.«
»Meinst du, das hält unsere Ehe nicht aus?«
»Ich liebe dich, Tina.«

»Und ich dich – womit wohl alles gesagt ist, was es dazu zu sagen gibt. Du gehst nach Berlin, Bruno! Nein, sag nichts! So eine Chance muss man einfach wahrnehmen! In einem Jahr bin auch ich fertig, dann können wir weitersehen. Und wenn unsere Beziehung dieses eine Jahr Wochenendehe nicht aushält, wären wir auch so nicht zusammen alt geworden.«
Im August trat Bruno seine Stelle als Hörspieldramaturg im Berliner Funkhaus an, während Tina sich auf ihr letztes Studienjahr vorbereitete, das wie üblich mit der stumpfsinnigen »Roten Woche« begann.

2

»Wenn ich etwas aus tiefster Seele hasse, dann ist es die Vorlesung in Verwaltungsrecht«, seufzte Michael Brück in einer Arbeitspause und schaltete die Lampe über dem Küchentisch an. Es war erst früher Mittag, aber der schmutzig graue Novemberhimmel ließ kaum Tageslicht durch. Der Regen würde nicht mehr lange auf sich warten lassen.
Ion Makris schüttelte den Kopf. »Nee, Praktikum im öffentlichen Recht ist schlimmer. Die Vorlesungen könnte man anstelle von Valium verschreiben«, sagte er, griff zur Anisflasche und goss die drei Schnapsgläser noch einmal voll. Ein, zwei kleine Anis zu schlürfen gehörte zu ihrem Ritual, wenn sie sich bei Michael in Wuppertal zur juristischen Arbeitsgemeinschaft trafen und über Seminararbeiten brüteten.
»In letzter Zeit habe ich das Gefühl, im völlig falschen Film zu sein«, sagte Richard und nippte an seinem Anis. »Was habe ich bloß bei den Juristen zu suchen?«
»Na dafür, dass du seit sieben Semestern in Köln nur zu den allernötigsten Vorlesungen und Seminaren erscheinst, spielst du deine

juristische Gastrolle doch ganz ausgezeichnet«, frotzelte Michael, der nach Beendigung seines Studiums ins Bankgeschäft einsteigen wollte.
»Aber so wie bisher wirst du das nicht weiter durchziehen können, wenn wir zur Examensvorbereitung zum Repetitor müssen«, gab Ion zu bedenken, der eine Laufbahn als freiberuflicher Anwalt anstrebte. »Da wird von morgens bis abends gepaukt, dass die Schwarte nur so kracht.«
Richard verzog das Gesicht. »Danke für die Erinnerung, dass die Schonzeit bald vorbei ist!«
Ion grinste. »Na, vielleicht landest du ja vorher noch deinen ersten Bestseller.«
Am späten Nachmittag hatten sie die Hausarbeit in Verwaltungsrecht endlich unter Dach und Fach. Ion packte sofort seine Sachen und verabschiedete sich. Seine neue Freundin wartete. Richard hatte es dagegen nicht eilig. Er plauderte noch eine Weile mit Michael und machte sich dann auf den Weg. Jedoch nicht nach Leverkusen zum Stresemannplatz, wo sie seit einem Jahr schräg gegenüber der Grundschule wohnten, an der Margret nach Abschluss ihrer Referendarzeit eine Anstellung gefunden hatte, vielmehr fuhr er mit seinem Wagen zu seinem Schwager Cäsar nach Düsseldorf.
Auf der Fahrt ging ihm viel Unerfreuliches durch den Kopf. Dass er nun schon im siebten Semester Jura studierte, verwunderte ihn am meisten. Ausgerechnet er, der von einer Karriere als Sänger geträumt hatte und von der Schreiberei nicht lassen konnte, hatte das Studium der Rechtswissenschaften gewählt! Aber was hieß schon »gewählt«!
Seit drei Semestern belegte er heimlich außerdem Germanistik sowie Theater-, Film- und Fernsehwissenschaft, weil er sich ein Leben als Jurist beim besten Willen nicht vorstellen konnte. Er ließ sich auch nur sehr sporadisch in der Uni blicken. Den größten Teil seiner Zeit verbrachte er damit, Kurzgeschichten, Hörspiele und Romane zu schreiben. Nur wollte die keiner haben. Inzwischen füllten die Absagen von Tageszeitungen,

Illustrierten, Rundfunkanstalten, Theatern und Verlagen, denen er seine schriftstellerischen Arbeiten zugeschickt hatte, schon zwei dicke Aktenordner.
»Überlass das Schreiben denen, die es können!«, hatte er erst vor kurzem wieder von seinem Vater ärgerlich zu hören bekommen. »Nimm dir lieber ein Beispiel an deinen Brüdern, statt mit solchen Traumtänzereien kostbare Zeit zu vertrödeln!«
Ja, die vorbildlichen, gut geratenen Brüder! Ohne sie wäre der Druck nicht so groß gewesen. Bruder Burkhard zeigte keinerlei Mitleid mit ihm und setzte seine rasante Karriere in altbewährter Manier fort. Im Sommer war er mit Rojana in die USA übergesiedelt. Sie lebten jetzt in Rochester im Staat New York. Burkhard hatte an der Universität einen Forschungs- und Lehrauftrag erhalten. Wenn er in dem Tempo weitermachte, würde das Nobelpreiskomitee eines gar nicht so fernen Tages nicht an ihm vorbeikommen.
Auch Konrad, der Politikbesessene, war sich treu geblieben. Er studierte in Bonn Soziologie und Politikwissenschaften und stand kurz vor dem Examen. Im vergangenen Herbst hatte er als Letzter von ihnen geheiratet. Seine Frau Verena gehörte zum »akademischen Proletariat«, wie Conny Absolventen der pädagogischen Hochschulen spöttisch bezeichnete. Sie sah gut aus mit ihren langen blonden Haaren, hatte aber eine recht nassforsche Art, die Richard gegen den Strich ging.
Alle haben ihr Leben fest im Griff und eine solide Berufsperspektive, nur ich nicht!, dachte er niedergeschlagen, als er sich durch den abendlichen Verkehr von Düsseldorf kämpfte und schließlich in die Hafenstraße einbog, wo Cäsar mit seiner Freundin Astrid eine heruntergekommene Altbauwohnung mit hohen stuckverzierten Decken in wochenlanger Eigenarbeit in eine ungewöhnliche Künstlerwohnung verwandelt hatte. Die alten Dielen waren in allen Räumen nachtschwarz gestrichen, während die Wände in jedem Zimmer in einer anderen Farbe gehalten waren, wobei knallige Farben wie Violett, Waldmeistergrün und Orange vorherrschten. Die ganze Wohnung, voll gehängt mit

eigenen Bildern, Grafiken, alten Schildern, Tüchern, Postern und bei Dunkelheit zudem in das Licht farbiger Glühlampen getaucht, hatte etwas Psychedelisches. Statt ein gewöhnliches Bett aufzustellen, hatten sich die beiden in einem der Räume ein übergroßes Hochbett gezimmert, zu dem eine Leiter hinaufführte. Kopf- und Seitenwand hatten sie mit Spiegeln verkleidet, und das Bettzeug schimmerte in schwarzem Satin.
Richards Schwager und Astrid, deren bewegtes Zusammenleben viel Ähnlichkeit mit einer wüsten Achterbahnfahrt besaß, hatten sich auf der Kunstakademie kennen gelernt und arbeiteten in verschiedenen Werbeagenturen.
Astrid öffnete die Tür. Sie trug ein langes, wallendes Gewand aus dünnem indischem Stoff. Dass es schwarz war, verstand sich von selbst, denn sie kleidete sich ausschließlich in ihrer Lieblingsfarbe Schwarz. In einem herrlichen Blauschwarz glänzte auch ihr glattes Haar. Knallrote Kugeln, fast so dick wie Golfbälle, baumelten von ihren Ohren, und ähnlich rot glänzten ihre Lippen.
»Ah, mein liebster Beinaheschwager oder was immer du wärst, wenn ich den Nerv für solch spießbürgerlichen Quark wie Ehe und Monogamie hätte!«, rief sie ausgelassen, warf Richard die Arme um den Hals und küsste ihn auf den Mund. Dabei handelte es sich allerdings nicht um einen gewöhnlichen Kuss unter Freunden, sondern sie knutschte regelrecht mit ihm, steckte ihm ihre Zunge zwischen die Lippen und presste ihren Unterleib gegen seine Oberschenkel.
Richard schmeckte Alkohol und merkte erschrocken, dass sein Körper augenblicklich mit einer Erektion auf ihre Anmache reagierte.
Astrid gab ihn frei und lachte. »Na, ist bei dir und Margret alles in Ordnung?«
»Klar!«, log Richard und war froh, als er die Wasserspülung hörte. Cäsar befand sich also auf dem Klo und damit gottlob außer Sichtweite.
»Gut. Wäre auch schade um das gute Stück«, sagte sie spöttisch und fasste ihm ungeniert in den Schritt. Sie lachte erneut, als sie

seine Erektion spürte. »Wir müssen unbedingt mal zusammen ausgehen, nur du und ich. Könnte richtig abenteuerlich werden, meinst du nicht auch?«

Richard war das Blut jetzt auch ins Gesicht geschossen. Dass Astrid sich häufig sehr unbekümmert und freizügig in sexuellen Dingen gab, und zwar nicht nur ihm gegenüber, war nichts Neues, brachte ihn aber jedes Mal in Verlegenheit. »Astrid, du solltest solchen Unsinn besser lassen!«, sagte er leise und schämte sich seiner spontanen Erregung. »Das kommt nicht immer so gut an, wie du glaubst, schon gar nicht bei Cäsar.«

Sie lächelte ihn unbeschwert und entwaffnend an. »Du bist ja so süß altmodisch, Dicky! Aber wo hast du denn Margret gelassen?«

»Sie hat den Zug genommen und den Nachmittag bei ihrer Mutter in Büderich verbracht. Und jetzt ist sie bei einem Klassentreffen, das zum Glück ohne Anhang stattfindet. Ich hole sie später ab.«

»Na, dann kann sich Cäsar ja in aller Ruhe bei dir ausweinen. Bis später mal! Ich muss jetzt leider weg.« Zum Abschied gab sie ihm noch einen zweiten Zungenkuss. Dann nahm sie ihren schwarzen Wollumhang vom Kleiderhaken, schnappte sich ihre Handtasche und zog die Tür hinter sich zu.

»Sie hat mal wieder getrunken«, sagte Richard, als Cäsar aus dem Klo kam. »Hatte sie dir denn nicht hoch und heilig versprochen, die Finger vom Alkohol zu lassen?«

Cäsar verzog das Gesicht. »Ja, und nicht zum ersten Mal! Aber der gute Vorsatz hält bei ihr nicht lange vor. Astrid begreift einfach nicht, dass sie mit Alkohol nicht umgehen kann – unter anderem. Ich wette, heute Nacht kommt sie wieder sternhagelvoll heim, wenn sie es denn überhaupt nach Hause schafft.«

»Wo ist sie jetzt hin?«

»Sie hat sich mit ihren Freundinnen von der Jazztanzgruppe verabredet. Aber wenn die anderen nach Hause gehen, zieht sie bestimmt erst richtig durch die Kneipen der Altstadt«, prophezeite

er düster. »Irgendwann mache ich das nicht mehr mit, und dann setze ich sie endgültig vor die Tür!«
»Aber du liebst sie doch.«
»Ja, aber so eine Liebe zermürbt einen auf die Dauer, und mir geht es im Augenblick auch so schon beschissen genug. Da brauche ich nicht noch ihre Sauftouren und was sie sonst noch so treibt.«
»Was ist denn los? Wieder Ärger in der Agentur?«
»Ich habe gestern Schluss gemacht und gekündigt«, eröffnete ihm Cäsar und sank wie kraftlos in einen der alten, mit Cordsamt bezogenen Sessel. »Und damit bin ich meinem Chef nur zuvorgekommen. Ich bin einfach nicht für diesen Stress geschaffen. Wenn ich unter Zeitdruck Entwürfe oder Reinzeichnungen liefern soll, verkrampft sich alles bei mir. Astrid lacht darüber. Ihr macht Druck nicht das Geringste aus, im Gegenteil, das bringt sie erst richtig auf Touren. Aber bei mir fällt die Klappe, und ich kriege dann einen Panikanfall. Auf jeden Fall halte ich das nicht länger durch. Deshalb habe ich Schluss gemacht, weil sie mich sowieso gefeuert hätten.«
Cäsar hatte schon oft mit Richard über seine Probleme gesprochen, weshalb dessen Überraschung in Grenzen blieb. Es tat ihm Leid, dass der Schwager so wenig aus seinem Talent machen konnte. »Und was soll jetzt werden? Willst du es als freier Grafiker versuchen?«
Cäsar lachte spöttisch. »Bist du verrückt? Dazu fehlt mir die Disziplin, mich jeden Tag zur Arbeit zu zwingen, ob ich nun gut drauf bin oder nicht. Nein, ich bin nicht so gestrickt wie du. Ich muss mir was Sicheres suchen, irgendwas mit einer soliden Beamtenpension und wo man unkündbar ist«, sagte er und holte aus der Schublade des Beistelltisches, der wie fast alle anderen Möbel in der Wohnung vom Sperrmüll oder Trödelmarkt stammte, eine kleine Metallschachtel. Sie enthielt mehrere Joints. »Rauchst du einen mit?«
Richard kaufte nie Haschisch, hatte aber gegen einen gelegentlichen Joint unter Freunden nichts einzuwenden. Und bis er

Margret abholen musste, waren es noch einige Stunden hin. »Wenn's denn der Wahrheitsfindung dient.«
Cäsar lachte. »Einer der besten Sprüche, die der Kommunarde Teufel gemacht hat. Oder stammt er von Langhans oder Kunzelmann?«
»Ich glaube, Teufel hat das von sich gegeben, als ihn der Richter in Berlin aufforderte, sich bei seinem Erscheinen im Gerichtssaal gefälligst vom Stuhl zu erheben.«
»Mann, das waren noch Zeiten!«, seufzte Cäsar, setzte den Joint in Brand und reichte ihn nach drei tiefen Zügen an Richard weiter.
»Sag mal, bist du schon in Schlöndorffs Böll-Verfilmung ›Die verlorene Ehre der Katharina Blum‹ gewesen?«, fragte Richard und spürte allmählich die Wirkung des Joints.
Cäsar verneinte. »Habe auch nicht vor, mir den Streifen anzusehen. Das Geschrei der Linken wie der Rechten in den Zeitungen und im Fernsehen reicht mir.«
»Aber in ›Szenen einer Ehe‹ sollten wir mal reingehen. Liv Ullmann muss großartig sein.«
Cäsar winkte ab. »Auch ohne Ehe habe ich schon genug eigene miese Szenen! Ingmar Bergman hätte mal mit seiner Kamera ein paar Tage bei uns drehen sollen. Das hätte Stoff für einen Mehrteiler gegeben. Aber lassen wir das! Erzähl mir lieber, was du so treibst! Irgendwo eine Geschichte untergebracht?«
»Nichts als reizend formulierte Absagen. Bin mal gespannt, was von den Presseagenturen kommt, die ich angeschrieben habe. Aber wenn das mit den Absagen so weitergeht, bleibt mir gar nichts anderes übrig, als wirklich zum Repetitor zu gehen und das verdammte Examen zu machen. Dann ist mit dem Schreiben erst einmal für ein paar Jahre Schluss. Meine Eltern werden bestimmt darauf bestehen, dass ich auch die zweite Staatsprüfung ablege. Und Margret wird vermutlich in dasselbe Horn blasen.«
»Lass dich bloß nicht auf einen faulen Kompromiss ein, sondern mach, was du für richtig hältst!«, bestärkte ihn Cäsar und

reichte ihm noch einmal den Joint. »Irgendwann wird es schon klappen.«
Kurz nach elf rief Margret aus der Gaststätte in Oberkassel an. Der allgemeine Aufbruch setze ein, und sie wolle jetzt auch nach Hause. Als Richard sie abholte, gab sie ihm beim Einsteigen einen flüchtigen Kuss, sank mit einem erschöpften, aber zugleich doch zufriedenen Seufzer in den Sitz und berichtete aufgedreht, was sie Neues von ihren ehemaligen Klassenkameradinnen erfahren hatte.
Als sie auf der Autobahn waren und Margrets Redestrom allmählich in Gähnen versickerte, kamen Richard plötzlich wieder Astrid und ihre aufreizende Begrüßung in den Sinn. Die Erinnerung löste augenblicklich dieselbe Erregung in ihm aus wie vor Stunden ihr Kuss und ihr an ihn geschmiegter Körper. Eine Erregung, die sich aus seiner Ehe mit Margret längst verflüchtigt hatte, ohne dass sie diese zu vermissen schien. Ihre Ehe, genauso frei von Streitigkeiten wie von Leidenschaft, trieb in ruhigen Gewässern durch eine vertraute Landschaft dahin, in der es nichts Neues zu entdecken gab. Und diese eintönige Reise kam ihm entschieden länger vor als die fünf Jahre, die sie nun miteinander verheiratet waren.
Soll das alles gewesen sein? Wird es so für den Rest unseres Lebens weitergehen?, fragte er sich, verdrängte diese Gedanken jedoch schnell wieder, weil er sich vor den Konsequenzen fürchtete, die ihm die Beantwortung dieser Frage nahe legen würde.
Als sie zu Bett gingen, unternahm er den halbherzigen Versuch, sie mit eindeutiger Absicht in seine Arme zu ziehen. Aber Margret zeigte kein Interesse und murmelte, dass sie dafür einfach zu müde sei. Das war sie in letzter Zeit häufig. Ihm machte das nichts aus, ja er war sogar froh darüber. Und diese erschreckende Erkenntnis ließ ihn lange nicht einschlafen.

*

Am Montag kam mit der Post ein großformatiger Umschlag, der als Absender eine Münchner Presseagentur trug. Ein normales Briefkuvert hätte ihn in hoffnungsvolle Aufregung versetzt, aber ein großer, dicker Umschlag verriet schon äußerlich die enttäuschende Nachricht, dass man seine Geschichten nicht für druckreif halte und daher zurückschicke – wieder einmal.
Die Agentur schickte seine eingesandten Arbeiten tatsächlich als unverkäuflich zurück. Der beiliegende Brief enthielt jedoch nicht die gewöhnliche vorgedruckte Ablehnung, sondern ein persönliches Anschreiben, welches nicht nur Ermunterung, sondern auch einen handfesten Rat und Vorschlag enthielt, der Richard in helle Aufregung versetzte.
»Ihre Geschichten verraten viel Talent und Fantasie, entsprechen in Form, Länge und Thematik jedoch leider nicht dem, was die Zeitschriften, mit denen wir zusammenarbeiten, suchen und veröffentlichen. Leider sind wir aus Zeit- und Kostengründen nicht in der Lage, eigentlich recht viel versprechende Geschichten von Nachwuchsautoren durch Umschreiben, Kürzungen und Ergänzungen für den Zeitschriftenmarkt verkäuflich zu machen. Vielleicht sollten Sie erst einmal eine Zeit lang mit einem erfahrenen Zeitschriftenautor zusammenarbeiten, sozusagen bei ihm in die Lehre gehen, bis Sie als Autor auf eigenen Beinen stehen können. Sollten Sie daran Interesse haben, könnte ich Ihnen mit einer Empfehlung weiterhelfen.«
Und ob Richard Interesse daran hatte! Er griff sofort zum Telefon, wählte die Nummer in München und ließ sich mit der Frau verbinden, die diesen Brief geschrieben hatte.
»Es gibt da einen Autor in Starnberg, der schon seit vielen Jahren für uns schreibt«, erklärte die Redakteurin. »Ich denke mal, Sie könnten sich gegenseitig eine gute Hilfe sein.«
»Ich auch *ihm?«*, fragte Richard verwundert.
»Nun ja, in gewisser Weise. Aber das soll er Ihnen lieber selber erklären. Nur noch so viel: Der Mann hat ein schweres Schicksal hinter sich, sein Name ist Helmut Raadke. Schreiben Sie ihm mal und legen Sie die Geschichten bei, die Sie uns geschickt hatten!

Ich werde ihn anrufen und ihm von Ihnen erzählen. Wenn er Interesse hat, wird er sich bei Ihnen melden.«
Richard notierte sich Namen und Adresse, bedankte sich, legte auf und saß Augenblicke später schon an seiner IBM, um diesem Helmut Raadke zu schreiben.
Die Antwort aus Starnberg kam drei Tage später in Form eines abendlichen Anrufs. Die Stimme des Mannes klang träge, zugleich aber rau und belegt und hatte einen leicht spöttischen Ton. Er duzte Richard gleich, und sagte: »So, du willst also bei mir Ghostwriter spielen, ja?«
»Ghostwriter?«, wiederholte Richard verwirrt.
»Ja, darauf wird es hinauslaufen, young Hemingway. Aber das ist nichts fürs Telefon, darüber sollten wir Auge in Auge reden. Also, wann kannst du mich in Starnberg besuchen kommen?«
»Jederzeit.«
»Stimmt, du bist ja Student. Also gut, dann erwarte ich dich morgen Nachmittag. Hast du was zum Schreiben zur Hand? Ich erklär dir, wie du zu mir kommst.«
Richard hätte es gern gesehen, wenn Margret ihn nach Starnberg begleitet hätte, aber sie konnte schlecht den Unterricht ausfallen lassen, und so fuhr er am nächsten Morgen allein nach Süden. Am frühen Nachmittag traf er in Starnberg ein. Nach einigem Nachfragen fand er das wenig ansehnliche Mehrfamilienhaus, das ein wenig außerhalb des Orts lag.
Eine korpulente ältere Frau in geblümter Kittelschürze und rosa Pantoffeln öffnete ihm. »Jaja, mein Sohn hat mir schon gesagt, dass Sie kommen«, sagte sie nicht eben freundlich, kaum dass er seinen Namen genannt hatte. »Gehen Sie nur die Treppe runter! Er ist in seinem Arbeitszimmer, ganz hinten die letzte Tür links.«
Sie deutete auf die Treppe, die ins Souterrain führte, wandte sich um und schlurfte in ihre Wohnung zurück, ohne sich weiter um ihn zu kümmern.
Richard ging die Treppe hinunter und fragte sich, wohin er bloß geraten war. Als er den untersten Absatz erreicht hatte, sah er einen großen Mann aus einem Zimmer am Ende des Flurs in

den schlecht beleuchteten Gang treten. Auf Krücken gestützt, humpelte er ihm zwei, drei Schritte ungelenk entgegen, blieb dann aber stehen, als sei der Höflichkeit damit Genüge getan. »So, du bist also Richard Brüggemann!«, rief er dem Gast entgegen.

Richard sah einen Mann von etwa Mitte bis Ende vierzig mit stoppelkurzem Haar, borstigem Oberlippenbart, aufgeschwemmtem Gesicht, breitem Brustkorb und auffallend dünnen Beinen, die überhaupt nicht zu diesem kräftigen Oberkörper passten. Aus dem rechten Mundwinkel ragte eine schwarze Zigarettenspitze mit einer glühenden Zigarette, von der gerade die Asche zu Boden fiel. Richards erster Impuls war, sich umzudrehen und auf der Stelle nach Hause zu fahren. Aber das brachte er dann doch nicht fertig.

»Kinderlähmung!«, sagte Helmut Raadke und hob eine der Krücken, als ahne er, was Richard durch den Kopf ging. »Habe nie richtig gehen gelernt. Und dass ich mein Mercedes-Cabrio letztes Jahr in Baden-Baden vor einen Baum gesetzt und ein halbes Jahr im Krankenhaus zugebracht habe, ist meiner Beweglichkeit auch nicht gerade förderlich gewesen. Komm, gehen wir in mein Zimmer! Bier oder Wein?«

Richard schüttelte den Kopf. »Kaffee wäre mir lieber.«

»Mutter, bring 'ne Kanne Kaffee für meinen Gast!«, brüllte er nach oben und sagte dann mit einem entschuldigenden Grinsen. »Sie ist ein bisschen schwerhörig. Und lass dich von ihr nicht ins Bockshorn jagen, sie ist zu jedem unfreundlich, der zu mir kommt. Am liebsten hätte sie mich ja aus dem Haus, aber wir haben nun mal nichts Besseres als einander verdient.« Und mit einem schallenden Lachen ging er voran in sein Arbeitszimmer. Es hatte nur ein schmales Oberlicht. Einfache Büroschränke aus Stahlblech standen an den Wänden. In der Mitte des Raumes sah Richard einen gewöhnlichen Büroschreibtisch, auf dem sich wie auf den Aktenschränken Zeitschriften und Stöße von Papier in einem wüsten Durcheinander den Platz streitig machten. Dazwischen überquellende Aschenbecher, ein altes Kofferradio, dutzende Reiseführer, Nachschlagewerke, Schnellhefter und eine Unmenge von ausgeschnittenen Zeitungsartikeln jeder Größe, angefangen von winzigen Meldungen bis hin zu ganzseitigen Geschichten.

»Die Sache läuft so«, erklärte Helmut Raadke, als Richard Genaueres über die Art ihrer möglichen Zusammenarbeit wissen wollte. »Ich schreibe seit fast zwanzig Jahren für die Yellow Press, also für die bunten Frauenzeitschriften und so. Und zwar alles, was gerade verlangt wird: Kurzkrimis, Berichte über irgendwelche Touristenziele, Liebesgeschichten als Kurzromane, aber auch als Serie mit vier, sechs oder meinetwegen auch zehn Folgen sowie Prominentenstorys, wahre Geschichten, Lebensbeichten ...«

»Wahre Geschichten nach Interviews?«, fragte Richard.

Raadke lachte. »Quatsch, das ist doch alles Beschiss, was in den Zeitschriften steht! Alles von vorn bis hinten von Lohnschreibern wie mir erfunden. Als ob da allwöchentlich Hunderte von Frauen in diesen Zeitungen ihr wirkliches Leben ausbreiten würden! Du siehst, young Hemingway, in meinem Geschäft ist nicht nur eine schnelle und knappe Schreibe, sondern auch eine sehr rege Fantasie gefordert – und natürlich Einfühlungsvermögen in das, was Frauen gern lesen. Wenn du das einmal draufhast, kannst du dir eine goldene Nase mit diesen Storys verdienen. Was die Yellow Press zahlt, kann sich sehen lassen.«

Richard machte große Augen und Ohren.

»Aber so leicht, wie es aussieht, sind diese Geschichten nicht zu schreiben«, kam sofort der Dämpfer. »Man muss den Dreh schon raushaben, und das schaffen nicht viele, obwohl jeder Zweite, mit dem du sprichst, fest davon überzeugt ist, so etwas locker aus dem Ärmel zu schütteln. Und damit, einmal eine Idee zu haben, ist es auch nicht getan. Man muss sich schon zehn, zwölf und mehr von diesen Geschichten jeden Monat einfallen lassen und schreiben, um anständig davon leben zu können. Denn die Agenturen kassieren ja einen satten Teil des Honorars.«

Raadke ließ sich noch eine ganze Weile über die schillernde Branche der Yellow Press aus und zeigte Richard, was er schon alles bei welchen Zeitschriften veröffentlicht hatte. Die Belegexemplare füllten ganze Schränke.

»Okay, und wo und wie komme ich ins Spiel?«

»Ich stecke im Augenblick über beide Ohren in Aufträgen, die meine Agentur schon vor Monaten für mich an Land gezogen hat, die ich aber beim besten Willen nicht alle rechtzeitig erfüllen kann. Ich bin wegen meines blöden Unfalls lange ausgefallen und muss auch wieder ein paar Wochen in die Reha«, erklärte er. »Einige von diesen Geschichten, für die kurze Exposés vorliegen, kannst du für mich übernehmen. Da ist zum Beispiel ein abgeschlossener Liebesroman, den ich eigentlich dringend schreiben müsste, und eine heitere Liebesromanze, die als Heftroman erscheinen soll. Die Manuskripte werden zwar so, wie du sie abliefert, kaum verkäuflich sein, aber ich werde sie überarbeiten, ins Reine schreiben lassen und unter meinem Namen wie vereinbart abliefern. Vom Honorar kriegst du dreißig Prozent. Später, wenn du besser geworden bist oder sogar eigene Ideen hast, kriegst du natürlich mehr. Und wenn wirklich so viel Talent in dir steckt, wie man mir bei der Agentur gesagt hat, kannst du in ein, zwei Jahren auf eigene Rechnung mit den Leuten dort arbeiten. Ist das ein Angebot?«

Richard strahlte. »Und ob!«

Sie besiegelten ihre Abmachung mit einem kräftigen Handschlag. Dann holte Helmut Raadke eine Flasche Wein, um auf die Zusammenarbeit anzustoßen. Bei der einen Flasche blieb es jedoch nicht. Während Richard sich für den Rest des Abends mit drei Gläsern begnügte, erwies Raadke sich als starker Trinker. Unablässig goss er sich nach, während er von seinem Schuldenberg erzählte, wobei er durchblicken ließ, dass er schon mehrere Autos zu Bruch gefahren hatte. Diesmal war er den Führerschein losgeworden. Auch erwähnte er kurz seine Exfrau und sein Kind, für die er Unterhalt zahlen musste. Als er schließlich ordentlich unter Alkohol stand, kam er auf sein Lieblingstema zu sprechen: Ohne Ende schwadronierte er von seinem großen, anspruchsvollen Roman, den modernen »Buddenbrooks«, der angeblich schon seit Jahren so gut wie

fertig in seiner Schreibtischschublade lag, das Zeug zu einem ganz großen Bestseller hatte und den er eines Tages beenden würde, wenn er mehr Zeit und den momentanen finanziellen Engpass überwunden hatte.
Geduldig ertrug Richard die großspurigen Reden, bis sie in ein Lallen übergingen. Dann begab er sich in den nahe Gasthof, wo für ihn ein Zimmer reserviert war. Helmut Raadke mochte ein Alkoholiker, Aufschneider und was noch alles sein, Hauptsache, Richard fand durch ihn den professionellen Einstieg und eine Möglichkeit, sich mit seinem Schreiben über Wasser zu halten. Alles andere würde sich dann ergeben. Was einzig zählte war, dass sich ihm zum ersten Mal eine echte Chance bot. Und er war entschlossen, diese Chance zu nutzen, egal, wie hart er dafür arbeiten musste.

*

Und wie hart Richard arbeitete! Er kaufte sich einen Stoß entsprechender Zeitschriften, las sich die dort abgedruckten Geschichten aufmerksam durch und studierte das Material, das Helmut Raadke ihm mitgegeben hatte. Dabei zwang er sich, täglich zehn Stunden und länger an der Schreibmaschine zu sitzen. Erst die fünfte Fassung des abgeschlossenen Liebesromanes schickte er nach Starnberg. Raadke rief ihn gleich an, als das Manuskript eintraf, hatte an allem und jedem etwas zu mäkeln, ließ sich aber letztlich gnädig zu dem Urteil herab, dass er damit arbeiten könne und Richard weitermachen solle.
Als Nächstes machte sich Richard an den heiteren Liebesroman für den Heftverlag. Gute hundertdreißig Schreibmaschinenseiten sollte das Manuskript lang sein. Er hatte die Arbeit daran noch nicht abgeschlossen, als Raadke ihm schon Exposés für ein ganzes Dutzend weiterer Geschichten zuschickte – sowie einen ersten Scheck über dreihundert Mark.
»Eigentlich ist das Geld ja erst bei Erscheinen fällig«, sagte er am Telefon. »Aber ich weiß, wie es ist, wenn man finanziell klamm

ist. Und ich denke mal, so ein Scheck motiviert mehr als drei Seiten Lob.«
Der Scheck motivierte Richard in der Tat ungemein. In den ersten Monaten des Jahres 1976 kam er kaum noch aus seinem Arbeitszimmer heraus. »Man muss das Eisen schmieden, solange es heiß ist«, sagte er zu Margret, die immer weniger Verständnis dafür aufbrachte, dass er sein Studium schleifen ließ. »Wer weiß, wie lange Raadke mich noch braucht. Und je mehr ich über ihn verkaufen kann, desto eher wird die Agentur bereit sein, direkt mit mir zu arbeiten.«
Vormittags gönnte er sich jedoch regelmäßig eine Pause, um mit Peter Loth im Nachbarhaus Tee zu trinken, Ideen auszutauschen – und ihm beim Windelwechseln, Baden und Füttern seiner sechs Monate alten Tochter Larissa zu helfen.
Peter war gute zehn Jahre älter als Richard, Schauspieler von Beruf und mit Ortrud verheiratet, die wie Margret als Lehrerin an der gegenüberliegenden Grundschule arbeitete, jedoch schon den Rang der Konrektorin bekleidete. Richard und Peter hatten sich über ihre Frauen kennen gelernt und sich auf Anhieb bestens verstanden, sodass sich zwischen ihnen in kurzer Zeit eine herzliche Freundschaft entwickelte. Bei ihren Frauen lag die Sache dagegen um einiges komplizierter. Ortrud, eine große, etwas knochige, aber auf ihre Art doch aparte und interessante Frau mit großen ausdrucksstarken Augen, die wach und lebensfroh leuchteten, aber auch heiligen Zorn versprühen konnten, war gradlinig, zupackend und praktisch veranlagt. Zudem besaß sie einen wachen und sehr trockenen Humor, der nicht jedermanns Sache war. Dagegen wurde Margrets Wesen von einem starken Hang zu Wehleidigkeit, kleinkrämerischer Umständlichkeit und häufigem Kranksein geprägt, sodass Spannungen zwischen den beiden nicht ausbleiben konnten. Aber das hinderte die Männer nicht daran, viel Zeit miteinander zu verbringen und sich bestens zu verstehen.
Peter, der den Kopf kahl geschoren trug, am liebsten in schlabbrigen ausgewaschenen Latzhosen herumlief und ein ungemein

energiegeladener und fast schon bewegungssüchtiger Mensch war, erschloss Richard eine völlig neue Welt, die sehr wenig mit den theoretischen Betrachtungen zu tun hatte, die dieser in den Vorlesungen und Seminaren seines Nebenfachs Theater-, Film- und Fernsehwissenschaft vorgesetzt bekam.

Fasziniert lauschte Richard den Geschichten, die Peter von der Welt des Theaters zu erzählen wusste. Ihn beeindruckte auch die Lebensgeschichte des Mannes: Peter Loth hatte erst viele Jahre als einfacher Schlosser im Ruhrpott malocht, sich über Laienspielgruppen allmählich einen Namen als Schauspieler gemacht und schließlich sein erstes professionelles Engagement erhalten. Mittlerweile hatte er mehr als ein gutes Dutzend Jahre als Berufsschauspieler hinter sich und sogar in einem Fernsehfilm eine wichtige Rolle gespielt.

»Im Moment habe ich ein halbes Jahr frei. Im Sommer beginnt mein neues Engagement am Nürnberger Stadttheater«, erzählte er bei einem ihrer ersten Treffen. »Der neue Intendant, der auch als Filmregisseur einen guten Namen hat und mit dem ich schon gedreht habe, hat mich verpflichtet. Ich werde in Nürnberg einige große Paraderollen spielen. Aber wichtiger und spannender ist das neue Projekt, das ich mit dem Intendanten ausgebrütet habe.«

»Und was ist das für ein Projekt?«, fragte Richard interessiert.

»Ich bin dabei, das Modell für einen Theaterwagen zu basteln, den wir demnächst in Auftrag geben«, erklärte Peter. »Wir werden einen großen Lkw-Anhänger zu einer mobilen Bühne umbauen lassen, komplett mit aufwändiger Licht- und Tonanlage, Vorhang und allem technischen Schnickschnack. Mit dem fahren wir in Nürnberg und Umgebung verschiedene Plätze an, wo viel los ist, etwa Schulhöfe oder Plätze mit einem Wochenmarkt. Da führen wir dann Kurzstücke auf, die erst am Tag zuvor geschrieben worden sind. Einakter, die sich mit brandaktuellen Ereignissen beschäftigen. Irgendetwas, das tags zuvor passiert und von politischer und gesellschaftlicher Bedeutung ist.«

»Und wer schreibt euch diese Kurzstücke?«

»Das ist noch offen«, antwortete Peter, sah ihn auf einmal mit hochgezogenen Augenbrauen an und fragte: »Vielleicht hast du ja Lust, dich daran zu versuchen, was meinst du?«
Damit begann Richards Arbeit als Sketchautor für den Nürnberger Theaterwagen. Denn natürlich war er sofort Feuer und Flamme für diese Herausforderung. In den folgenden Monaten fuhr er mehrmals mit Peter nach Nürnberg, wo ein Teil der neu engagierten Schauspieler eine große Wohngemeinschaft gegründet hatte und der Theaterwagen langsam Gestalt annahm. Es waren ungeheuer spannende, aufregende Zeiten. Das tägliche Leben kam in diesen Kreisen erst am späten Mittag langsam in Gang. Dafür hockte man dann noch bis in die frühen Morgenstunden zusammen und führte hitzige Diskussionen über das eigene Rollenverständnis, Inszenierungen und andere theaterinterne Belange. Überspannte Selbstdarstellung, Eifersüchteleien, Szenen aller Art sowie die sonderbarsten Ticks und Allüren gehörten dabei zu den Selbstverständlichkeiten des Zusammenlebens. Richard pendelte eine Zeit lang zwischen Leverkusen und Nürnberg hin und her und schrieb neben seiner Lohnarbeit für Raadke mehrere Kurzstücke für den Theaterwagen, für die das Honorar pro Aufführung grandiose fünfzehn Mark betrug. Das deckte noch nicht einmal die Benzinkosten.
Der anfängliche Glanz der Theaterwelt verblasste jedoch recht bald, als er die Intrigen der sich gegenseitig bekämpfenden Schauspielerfraktionen aus nächster Nähe miterlebte. Auch verlor die Aufgabe, innerhalb weniger Stunden einen interessanten und zugleich gesellschaftspolitisch kritischen Text für drei, vier Schauspieler zu schreiben, schnell ihren anfänglichen Reiz, denn jeder Schauspieler meldete Sonderwünsche an und wollte den Sketch so umgeschrieben haben, dass seine Rolle am besten über die Rampe kam. Als schließlich wegen persönlicher Reibereien zwischen Theatermannschaft und Intendanz das ganze Konzept umgestellt und mehr auf mobiles Kindertheater ausgerichtet wurde, nahm Richard ohne großes Bedauern Abschied von seinem Abstecher in die chaotische Theaterwelt. Er brauchte die

Ruhe und Abgeschiedenheit seines Arbeitszimmers, und was er wirklich schreiben wollte, waren Romane.
Aber das war nicht die einzige Erkenntnis, mit der er im Herbst nach Leverkusen zurückkehrte. Er wusste jetzt auch, er durfte seine Augen nicht länger vor der traurigen Tatsache verschließen, dass seine Ehe mit Margret gescheitert war. Es genügte ihm nicht, bequem und ohne großen Streit wie Bruder und Schwester nebeneinanderher zu leben. Er war zu jung, um den Traum von der wirklichen Liebe, die nicht schon nach wenigen Jahren wie ein Strohfeuer erlosch, aufzugeben. Und das bedeutete, dass er sich von Margret trennen musste – so wie sich Cäsar im Frühjahr endgültig von Astrid getrennt hatte. Auch sie hatten zum Glück keine Kinder, auf die sie Rücksicht hätten nehmen müssen, und waren beide noch jung genug, um neue Wege zu gehen.

*

Verwundert sah Cäsar auf die rote IBM, die sich Richard unter den linken Arm geklemmt hatte, und den Koffer, der rechts neben ihm stand.
»Kann ich für ein, zwei Wochen bei dir unterkommen, bis ich was Eigenes gefunden habe?«, fragte Richard.
»Sag bloß, du hast dich von Margret getrennt!«, stieß Cäsar verblüfft hervor und winkte ihn herein.
»Ja, ich habe es ihr heute Morgen im Bad gesagt. Ich habe neben ihr am Waschbecken gestanden, und da konnte ich plötzlich nicht anders, als ihr zu sagen, dass das keine Ehe mehr ist und nicht das Leben, das ich leben will.«
»Und? Wie hat sie es aufgenommen?«
»Überraschend gelassen, als hätte sie genau wie ich schon lange gewusst, dass unsere Beziehung nicht mehr zu retten ist. Aber mit der Scheidung wollen wir uns Zeit lassen und erst einmal ein Jahr getrennt leben.«
Sie setzten sich in die Küche und tranken ein Bier, während Richard sich alles von der Seele redete. Nun, wo er den Schritt

getan hatte, vor dem er so lange Zeit zurückgeschreckt war, fühlte er sich von einer großen Last befreit.

»Ich mag meine Schwester ja wirklich, aber ich habe dennoch nie begreifen können, wie du es bloß mit ihr aushältst«, vertraute Cäsar ihm an. »Ich meine, du mit deiner Rastlosigkeit und Lust am Risiko und deinen großen Träumen, den Weg als Schriftsteller zu machen, um die Welt zu reisen und dich in Abenteuer einzulassen – und daneben meine Schwester, die an der heimatlichen Scholle klebt und sich mit ihrem Sicherheitsbedürfnis genauso bequem in ihrem Beamtenleben eingerichtet hat, wie ich es wohl tun werde.« Damit spielte er darauf an, dass er gerade an der Fachhochschule in Essen ein Studium als Gewerbelehrer begonnen hatte, um Beamter auf Lebenszeit zu werden. »Nein, das konnte auf die Dauer nicht gut gehen!« Er machte eine Pause und fragte dann: »Sag mal, wissen es deine Eltern schon?«

»Nein, dieser Canossagang steht mir noch bevor. Ich glaube, ich bringe beides hinter mich, wenn ich mich morgen mit Konrad bei ihnen zum Kaffee treffe.«

Cäsars Augenbrauen gingen hoch. »Beides? Was hast du ihnen denn noch zu beichten?«

»Dass ich das Studium an den Nagel hänge.«

Cäsar pfiff leise durch die Zähne. »Das wird den alten Brüggemanns aber gar nicht schmecken, so wie ich sie kenne«, sagte er ahnungsvoll. »Na, für diesen gemütlichen Familienplausch ziehst du dich besser mal ganz warm an!«

Richard zuckte die Achseln. »Ich werd's schon überstehen. Und ich lasse mich von meinem Entschluss auch nicht abbringen, ganz gleich, wie sie reagieren.«

»Sag mal, kannst du dich denn notfalls auch ohne Papis monatlichen Scheck finanziell über Wasser halten?«

Richard nickte. »Obwohl ich die Zusammenarbeit mit dem cleveren Raadke eingestellt habe.«

»Hat er dich übers Ohr gehauen, so wie du es schon lange vermutet hast?«

»Das kannst du wohl sagen! Im ersten halben Jahr hat er mir ja wirklich ungemein geholfen und mir eine Menge beigebracht. Aber dann hat der Bursche meine Geschichten unter seinem Namen so weiterverkauft, wie ich sie mir ausgedacht und wie ich sie geschrieben habe. Von wegen aufwändige Bearbeitung und daher nur Anspruch auf ein Drittel vom Honorar! Nicht ein Wort hat er verändert! Ich bin ihm leider erst in den letzten Wochen auf die Schliche gekommen, weil die Zeitschriften bei diesen Geschichten ja immer einen Vorlauf bis zu einem halben Jahr haben. Auf jeden Fall arbeite ich mit der Agentur jetzt auf eigene Rechnung und ich habe auch schon mehrere Aufträge. Außerdem bin ich mit dem Heftverlag, vom dem ich dir erzählt habe, ins Geschäft gekommen.«

»Ich bewundere und beneide dich, dass du so fest an dein Talent glaubst und entschlossen bist, dich freiberuflich durchzuschlagen«, sagte Cäsar. »Aber ich glaube nicht, dass deine Eltern das auch so sehen werden.«

Selbstverständlich sahen sie es nicht so, und Richard hatte auch gar nichts anderes erwartet, als er am nächsten Tag mit Bauchschmerzen zur Kaffeestunde mit den Eltern fuhr. Er platzte mit seinen Neuigkeiten jedoch nicht gleich heraus, sondern ließ erst einmal Konrad erzählen. Sein Bruder beklagte sich mal wieder, wie mies er doch als Tutor an der Uni bezahlt werde und wie schwer er es habe, sich mit seinem Doktorvater auf das Thema einer Dissertation zu einigen.

Der Vater redete Konrad wie üblich gut zu, durchzuhalten und sich in akademischer Geduld und Ausdauer zu üben. Eine Karriere an der Uni, wie er sie anstrebe, verlange nun mal besonders in den Anfangsjahren viel Einsatz und ein Leben im Schatten der Professoren. »Aber als Brüggemann hält man durch, und eines Tages kommt man dann auch selbst zum Zuge … mehr oder weniger.«

»Du wirst es schon machen, Junge«, sagte die Mutter aufmunternd zu Konrad und fragte ihren Jüngsten dann, warum er denn die ganze Zeit so still sei. »Bedrückt dich irgendetwas, Richard?«

Atem holen und durch!, sagte sich Richard und antwortete:

»Bedrücken tut mich eigentlich nichts. Aber etwas sagen muss ich euch schon: Margret und ich werden uns scheiden lassen.«
Im ersten Moment löste diese Nachricht Bestürzung bei den Eltern aus. Aber sie fassten sich schnell wieder, hörten seine Argumente an und unternahmen auch keinen Versuch, ihn von seinem Entschluss abzubringen. Dafür bekam er wie erwartet zu hören, dass sie ja von Anfang an nichts von der Verbindung gehalten und ihm abgeraten hatten, schon so jung zu heiraten.
»Besser ihr trennt euch jetzt als später, wenn du als Jurist vielleicht die Richterlaufbahn eingeschlagen hast, in guter Position bist und sie Versorgungsansprüche geltend machen könnte«, sagte die Mutter mit ihrem Sinn fürs Praktische.
»Da ist noch etwas, was ich euch sagen muss, und es wird euch vermutlich noch weniger gefallen als die Scheidung.«
Der Vater kniff die Augen zusammen, als ahne er Böses. »Und was soll das sein?«
»Ich gebe das Studium auf.«
»Das kommt ja gar nicht in Frage!«, donnerte der Vater sofort drauflos und schlug mit der flachen Hand auf den Tisch, dass das Geschirr schepperte. »Du wirst genau wie deine Brüder dein Examen und deinen Doktor machen! Glaube ja nicht, ich finanziere dir diesen Spleen mit dem Schreiben!«
»Nein, das kannst du uns wirklich nicht antun, Kind!«, entrüstete sich auch die Mutter, während Konrad nur verständnislos den Kopf schüttelte und sich ein weiteres Stück Napfkuchen auf den Teller legte.
»Schreiben werde ich eine ganze Menge, aber mit Sicherheit keine Examensarbeit und auch keine Dissertation«, erwiderte Richard. »Ich weiß, dass ihr nichts davon haltet, aber ich werde meinen Weg als Schriftsteller machen – mit oder ohne euren …«
»Rede doch nicht so einen Unsinn!« fiel der Vater ihm erregt ins Wort. »Ich habe dir schon einmal gesagt, dass du das Schreiben gefälligst den Leuten überlassen sollst, die etwas davon verstehen.«
»Da ist was dran«, warf Konrad mit vollem Mund ein. »Oder

willst du etwa diese läppischen Geschichten für die Schundpresse als schriftstellerische Arbeit bezeichnen?«

Richard beherrschte seine Wut, ignorierte den Einwurf und sagte, an den Vater gewandt: »Entschuldige, wenn ich völlig vergessen habe, dass ja all die berühmten und von dir bewunderten Koryphäen nie unbedeutende Famuli und unerfahrene Assistenzärzte gewesen sind, sondern natürlich schon mit fünfundzwanzig Jahren ihre ersten weltberühmten Operationen durchgeführt und atemberaubende Forschungsergebnisse vorgelegt haben!«, sagte er sarkastisch. »Diese Herren wurden gleich als Genie geboren – so wie der große Goethe, Schiller und dein Herr Fontane, den du ständig im Munde führst. Die haben sofort unsterbliche Meisterwerke zu Papier gebracht, kaum dass sie die Feder halten konnten!«

»Das ist ja ein ganz lächerlicher Einwand!«, sagte der Vater wütend.

»Ist er nicht!«, beharrte Richard, nun nicht weniger erbost. »Dass Konrad als Tutor irgendwelchen Erstsemestern immer dasselbe Anfängerwissen einpauken muss, ist ganz in Ordnung, weil bei ihm das großartige akademische Endziel stimmt: die Professur in vielleicht fünfzehn Jahren. Und es wäre auch völlig in Ordnung, wenn ich nach dem ersten Staatsexamen als kleiner unbedarfter Assessor den Laufburschen für einen Richter spiele und mich auf die jahrelange richterliche Ochsentour begebe, weil man sich ja in akademischer Geduld und Ausdauer üben muss, wie ich vorhin gehört habe. Aber wenn man Schriftsteller werden will, dann gelten diese Regeln auf einmal nicht mehr. Dann soll es auf einmal verpönt sein, sein Handwerk von der Pike auf zu lernen und sein Talent allmählich zu entwickeln.«

»Ist es nicht«, meinte Konrad spitz. »Man darf seine peinlich primitiven Sachen nur nicht veröffentlichen, das ist alles.«

Nun fuhr Richard zu ihm herum. »Mit meinen peinlich primitiven Sachen verdiene ich mir immerhin meinen eigenen Lebensunterhalt, während ich gleichzeitig das Handwerk erlerne und allmählich besser werde.«

»Na, erhoff dir da mal nicht zu viel!«, spottete Konrad.
»Du kannst dir deine Arroganz sparen!«, konterte Richard. »Die Menschen haben genauso ein Recht auf leichte Unterhaltung, wie du das Recht für dich in Anspruch nimmst, Krimis, deine geliebten Blödelshows und deine heiligen Bundesligaspiele im Fernsehen anzusehen.«
»Auwei, jetzt hast du es uns aber gegeben!«, höhnte Konrad. »Na, dann schreib mal schön weiter deine Lore-Romänchen, Bruderherz. Vielleicht machst du ja wirklich Karriere und wirst mal die männliche Courths-Mahler!«
Der Vater machte eine wütende, wegwischende Geste und verlangte erneut, hochrot im Gesicht, dass Richard sich das mit dem Schriftstellerberuf aus dem Kopf schlage und gefälligst sein Studium beende.
»Redet doch, was ihr wollt!«, sagte Richard schließlich erregt und sprang auf. Er hatte genug. »Es ist mein Leben, und ich werde es so leben, wie es mir passt und wie ich es für richtig halte. Ich werde mein Leben jedenfalls nicht vertrödeln und nach euren Erwartungen ausrichten, sondern nichts unversucht lassen, um meine Träume zu leben.« Damit verließ er die Wohnung.
Als er im Wagen saß und mit den Tränen kämpfte, kam ihm noch einmal in den Sinn, was ihm gerade so spontan über die Lippen gekommen war.
Ja, die Worte drückten wirklich das aus, was ihn schon lange bewegte und woran er sich fortan zu halten schwor: Er wollte seine Träume leben, wie schmerzhaft das zeitweilig auch sein mochte!

*

Schon Ende Oktober zog Richard mit Cäsars Hilfe in eine kleine und preiswerte Wohnung, die er nach kurzer Suche im Düsseldorfer Stadtteil Heerdt gefunden hatte. Es machte ihm nichts aus, dass er mit seinen Einkaufstüten fünf Stockwerke hochsteigen musste und dass die beiden Wohnräume auf einer Seite eine starke Dachschräge aufwiesen.

Er fühlte sich wie neu geboren. Zum ersten Mal lebte er allein, hatte sein eigenes Reich und konnte kommen und gehen und tun und lassen, was und wann es ihm beliebte. Er genoss dieses aufregende Gefühl völliger Freiheit.
Mit Margret hatte er sich geeinigt. Sie hatten ihr gemeinsames Sparguthaben gerecht geteilt, und Richard hatte an Möbeln aus der Wohnung nur die Bücherwand aus seinem Arbeitszimmer, seinen Schreibtisch und seinen Schreibtischstuhl mitgenommen. Nach dem vorgeschriebenen Jahr der Trennung wollten sie die Scheidung einreichen, so war es ausgemacht. Und wenn sie beide bei ihren Treffen auch ein paar Mal Tränen vergossen, so kam es doch nie zu einer hässlichen Szene mit gegenseitigen Vorwürfen.
Was seine Eltern betraf, so legte sich der Sturm der Entrüstung allmählich. Ihnen blieb auch gar nichts anderes übrig, als sich mit seinen beiden Entscheidungen abzufinden. Natürlich ließen sie ihn ihre Enttäuschung und Missbilligung, die wie eine dunkle Unterströmung allgegenwärtig blieben, weiterhin spüren. Aber damit konnte er sich arrangieren.
Wie der Zufall es wollte, gab es ganz in der Nähe seiner Wohnung die urige Rockkneipe »Okie-Dokie«. Er wurde dort Stammgast, freundete sich mit den jungen Pächtern wie auch mit einigen der ausgeflippten Musiker an und holte an sexuellen Abenteuern ausgiebig nach, was er versäumt zu haben glaubte. Dass keine seiner Eroberungen an einer dauerhaften Bindung interessiert war, kam ihm sehr entgegen.
Mitte November traf Post aus München ein. Als er den dicken Umschlag sah, wusste er sofort, dass er auch diesmal wieder seinen Roman mit einer Ablehnung zurückerhielt. Auf zweihundertfünfzig Seiten hatte er die Geschichte eines alten Witwers erzählt, der von seiner Familie in ein Altenheim abgeschoben wurde. Er hatte den Roman noch während seiner Bundeswehrzeit geschrieben, aber die Überarbeitung erst vor einem Jahr zu verschicken begonnen. Dies war nun der fünfte Verlag, der ganz offensichtlich kein Interesse daran zeigte.
Zu seiner freudigen Überraschung lag seinem Manuskript jedoch

keine dieser sehr freundlich gehaltenen genormten Absagen bei, sondern das persönliche Schreiben eines Lektors: »Ihr Buch ist von unserem Lektorat gar nicht schlecht beurteilt worden. Wir meinen allerdings, Sie sollten sich einem Thema zuwenden, das für Sie, als noch jungen Menschen, mehr Bezugspunkte hat. Weniger abstrakt ausgedrückt: Eine Handlung unter jungen Menschen würde Ihnen wohl noch mehr liegen, obwohl man zugeben muss, dass Sie eine erstaunliche Einfühlung in die Psychologie und Problematik des Alters erkennen lassen ...« Und dann kam das Postscriptum, das den Brief für Richard vollends zu einem frühen Weihnachtsgeschenk machte: »Noch ein kleiner Tipp: Wenn Sie Ihr Manuskript einem anderen Verlag einreichen, verschweigen Sie besser Ihr Alter! Gerade bei diesem Thema setzt sich leicht ein Vorurteil fest, dem vielleicht auch wir ein bisschen erlegen sind ...«

Dieser Mut machende Brief gab den Anstoß, sich mit der faszinierenden Welt der Abenteuer- und Jugendliteratur zu beschäftigen, der Richard bisher keine Beachtung geschenkt hatte. Noch im alten Jahr dachte er sich eine Geschichte aus, in der vier Kinder in den Sommerferien in Abenteuer verwickelt werden und einem Geheimnis auf die Spur kommen. Er schrieb die ersten vierzig Seiten und schickte die Leseprobe mit einem zweiseitigen Exposé, das den weiteren Verlauf der Story aufzeigte, noch kurz vor Weihnachten an einen großen Jugendbuchverlag, der für seine preisgünstigen Bücher und hohen Auflagen bekannt war, nach München.

Im Februar teilte ihm der Verlag mit, dass man an seinem Jugendbuch sehr interessiert sei und er das Manuskript bitte fertig stellen möge.

Richard ließ alles andere stehen und liegen und stürzte sich in die Arbeit, um seinen ersten Jugendroman zu beenden und nach München zu schicken. Der Vertrag kam umgehend. Als Vorschuss erhielt er zweitausend Mark, Honorargrundlage waren fünf Prozent vom Verkaufspreis.

»Wie teuer wird das Buch denn sein?«, wollte Cäsar wissen,

mit dem er seinen ersten Jugendbuchvertrag in der Rockkneipe feierte.

»Drei Mark fünfundneunzig. Der Roman kommt nämlich als Taschenbuch heraus.«

»Dann kriegst du ja nicht einmal zwanzig Pfennig pro verkauftem Exemplar«, stellte Cäsar ernüchtert fest. »Da müssen ja erst zehntausend Bücher verkauft werden, bevor dein Vorschuss eingespielt ist und du eine weitere Mark zu sehen bekommst!«

»Habe ich vielleicht behauptet, damit reich zu werden?«, erwiderte Richard. »Wichtig ist im Augenblick nur, dass ich endlich bei einem Verlag einen Fuß in der Tür habe.«

Bald hatte Richard mehr als nur einen Fuß in der Tür. An einem Aprilmorgen, wenige Tage bevor der Generalbundesanwalt Siegfried Buback und sein Fahrer von einem Terrorkommando der RAF auf offener Straße erschossen wurden, stellte er sich im Verlag persönlich vor. Man hatte gerade einen neuen Cheflektor eingestellt, und dieser Mann sprudelte über vor Plänen. Als Richard am nächsten Tag nach Hause fuhr, nahm er Aufträge für mehrere Jugendbücher mit, die er für den Start einer neuen Taschenbuchreihe so schnell wie möglich abliefern sollte.

Der brutale Schreibmarathon, der vor ihm lag, schreckte ihn ebenso wenig wie das bescheidene Honorar. Wichtig war allein, dass er nun den Sprung von den Zeitschriften und Heften in die Buchbranche geschafft hatte.

*

Einige Wochen später besuchte Richard seinen Bruder in Bonn. Vor dem Hochhaus, in dem Konrad wohnte, begegnete ihm eine Gruppe Punks. Der hämmernde aggressive Punkrock war die Antwort, mit der sich ein Teil der Jugend gegen die Diskowelle zur Wehr setzte, die der Film »Saturday Night Fever« mit John Travolta in der Hauptrolle ausgelöst hatte. Mit ihrer zerrissenen Kleidung, den grell gefärbten Haaren, oft im Irokesenschnitt oder mit vom Kopf abstehenden stacheligen Haarbüscheln, und

mit durch die Haut gestochenen Sicherheitsnadeln brachten sie ihren Hass auf alles Bürgerliche zum Ausdruck.
»Unpolitisches Gesocks!«, meinte Konrad geringschätzig, als Richard ihm erzählte, wer da auf dem Parkplatz vor seiner Mietskaserne herumlungerte. »Unser Protest gegen die Etablierten hat Hand und Fuß gehabt und vor allem gesellschaftspolitische Relevanz. Aber denen geht es bloß darum, zu schocken und anzupöbeln.«
Richard musste lachen. »Das haben die Leute bestimmt auch von uns gesagt, als wir langhaarig und mit Ho-Chi-Minh-Plakaten die Düsseldorfer Innenstadt lahm gelegt haben. ›Trau keinem über dreißig!‹, hat es geheißen, und nächstes Jahr bist du selbst dreißig.«
Verena kam ins Wohnzimmer, und Richard, der sie das letzte Mal zu Weihnachten bei den Eltern gesehen hatte, machte ein überraschtes Gesicht. Sie hatte sich die Haare hennarot gefärbt, steckte in einer lila Latzhose und trug um den Hals eine schwarze geflochtete Lederkordel mit einer silbernen Doppelaxt. »Mensch, du siehst ja ganz verändert aus!«, entfuhr es ihm spontan und sich nichts Böses dabei denkend.
»Das ist auch so beabsichtigt!«, gab sie ruppig zur Antwort und suchte etwas im Zeitschriftenständer neben dem Fernseher.
Verena hatte schon immer eine recht brüske Art gehabt, sodass Richard sich auch jetzt nicht viel dabei dachte. »Was ist das für ein Anhänger, den du da trägst?«, fragte er. »Hat es mit der Axt eine besondere Bewandtnis?«
»Ja, das ist die Alice-Schwarzer-Axt, mit der man den Männern, die ja im Grund ausnahmslos Unterdrücker und Vergewaltiger sind, die bösen Schwänze abhackt«, sagte Konrad spöttisch.
»Ja, und es wäre nicht schade darum!«, schnappte Verena zurück und funkelte ihn an. »Dann müsstet nämlich auch ihr euch zum Pinkeln hinsetzen, und es gäbe endlich keine verpissten Klobrillen mehr. Allein das wäre schon Grund genug, dabei gibt es noch viele andere!« Augenblicke später verließ sie mit einem Heft der neuen Frauenzeitschrift »Emma« die Wohnung.
»Was ist denn mit deiner Frau los?«, fragte Richard verdutzt.

Konrad verzog das Gesicht zu einer gequälten Grimasse. »Sie ist voll auf dem Emanzentrip. Die Doppelaxt stammt aus dem antiken Kreta, ist Symbol des Mondes und gilt als Zeichen des Matriarchats. Ist so etwas wie ein Erkennungszeichen der Feministinnen geworden.«

»Seit wann ist Verena denn zu einer dieser Schwanz-ab-Emanzen geworden?«, fragte Richard verwundert.

Konrad, der neuerdings wieder rauchte, steckte sich eine Zigarette an und winkte ab. »Im Ton geht das schon eine ganze Weile so. Jetzt legt sie sich bloß noch das passende Outfit zu«, sagte er. »Männliche Pop- und Rockmusik ist natürlich als Cock Rock, als Schwanz-Rock, verpönt. Und natürlich geht sie nicht mehr in gewöhnliche Kneipen und Rockschuppen, sondern bloß noch in Frauenkneipen und Frauencafés. Sie hat für nichts anderes mehr Zeit und Interesse als für ihre Selbsterfahrungsgruppen und die Arbeit im Frauenzentrum. Und weißt du, was sie mir erzählt hat, als sie letztlich im Morgengrauen von einer Frauenfete zurückkam?«

Richard sah seinen Bruder fragend an.

»Sie hat mir vorgeschwärmt, wie wunderbar es doch gewesen sei, Tango zu tanzen und sich beim Geführtwerden endlich einmal nicht unterwerfen zu müssen.« Wütend drückte er seine Zigarette aus. »Dabei haben wir zusammen noch nie im Leben Tango getanzt! Allzu lange mache ich diese Affentheater jedenfalls nicht mehr mit, das kannst du mir glauben!«, schloss Konrad grimmig. »Aber genug von mir! Wie sieht es denn bei dir und Margret aus? Kriegt ihr eure Scheidung ohne großen Krach über die Bühne?«

»Ja, Gott sei Dank! Es gibt eigentlich bloß noch Kleinkram zu bereden. Ich treffe mich morgen mit ihr beim Chinesen auf der Schadowstraße. Dann gehen wir alles durch. Wir müssen uns nur noch auf einen Anwalt einigen.«

Konrad seufzte. »Du bist zu beneiden, Dicky.«

»Ich klage auch nicht.«

Das Treffen mit Margret verlief völlig anders, als Richard erwartet hatte. Es begann damit, dass sie auffallend hübsch gekleidet und frisiert im Restaurant erschien. Er nahm auch sofort den Duft jenes Parfüms wahr, das er früher am liebsten an ihr gerochen hatte. Und zur Begrüßung gab sie ihm einen Kuss auf die Wange.

Als Richard nach dem Essen den Zettel hervorzog, auf dem er sich in Stichpunkten notiert hatte, was sie noch besprechen mussten, schob sie diesen zur Seite, ergriff seine Hände und hielt sie fest. »Lass uns nicht weiter von Scheidung reden, Richard!«

»Wie bitte?«, fragte er verblüfft.

»Wir haben eine Menge falsch gemacht, wir beide. Aber noch ist es nicht zu spät, um aus den Fehlern zu lernen und alles wieder in Ordnung zu bringen. Mir hat die Trennung für vieles die Augen geöffnet.«

»So? Für was denn?«, wollte Richard wissen, ganz verwirrt von Margrets plötzlichem Sinneswandel.

Sie lächelte ihn an. »Unter anderem dafür, dass ich dich noch immer sehr liebe und dich brauche, Richard«, sagte sie leise und mit zärtlicher Stimme. »Und dass wir es noch einmal miteinander versuchen sollten!«

»Ich weiß nicht ...«

»Doch, du weißt es auch!«, behauptete sie und strich sanft über seinen Handrücken. »Ich spüre doch, dass auch du mich noch immer liebst. Wir haben nur den Fehler gemacht, das einander nicht oft und deutlich genug zu zeigen. Aber ich verspreche dir, diesmal wird vieles anders sein. Wir haben doch beide daraus gelernt. Wir sollten uns noch eine reelle Chance geben.«

»Ich muss gestehen, dass mir das alles ein wenig überraschend kommt«, sagte Richard, versprach ihr schließlich aber, sich über eine Versöhnung ernsthaft Gedanken zu machen. Er spürte, dass es nur eines Wortes von ihm bedurft hätte, und sie hätte die Nacht mit ihm verbracht. Er hütete sich jedoch, etwas zu sagen, das sie als Aufforderung zu einer Versöhnung im Bett hätte auslegen können. Dass sie ihm zum Abschied einen Kuss auf den Mund gab, vermochte er jedoch nicht zu verhindern.

*

Margret hatte versprochen, ihn nicht zu drängen und ihm Zeit zu lassen, damit er in Ruhe über ihren Vorschlag nachdenken und sich über seine Gefühle klar werden konnte. Er schuftete zudem im Augenblick wie ein Berserker, um mit seiner Arbeit nicht ins Hintertreffen zu kommen. Die Jugendbücher zu schreiben machte ihm bei aller Anstrengung große Freude und war für seine Zukunft wichtig, wie er wusste. Aber das Geld, um die laufenden Rechnungen zu bezahlen, kam überwiegend aus einer anderen Quelle, die nicht versiegen durfte: Seinen Lebensunterhalt verdiente er nämlich noch immer mit seiner Lohnschreiberei für die Yellow Press.

Die einzige Ablenkung, die er sich in den folgenden Monaten gönnte, waren gelegentliche Abstecher in seine Stammkneipe »Okie-Dokie«, wenn er das Gefühl hatte, seiner Dachwohnung entfliehen und sich mal wieder unter Leute begeben zu müssen.

Bald setzte ihm nicht nur die Sommerhitze unter dem Dach zu, sondern auch Margret. Nach den ersten Wochen des Abwartens und Stillhaltens begann sie, ihn anzurufen, oft unter recht fadenscheinigem Vorwand, sie schickte Briefe, in denen sie ihn an besonders schöne gemeinsame Erlebnisse ihrer ersten Ehejahre erinnerte, und stand sogar einige Male unverhofft vor der Tür, weil sie angeblich gerade in der Nähe zu tun gehabt hatte.

Ihre Bitten, es noch einmal miteinander zu versuchen, wurden dringlicher, und ihre Beteuerungen, wie sehr sie ihn brauche, erhielten einen beschwörenden, ja fast verzweifelten Unterton.

Richard sollte nie den Tag vergessen, an dem Margret ihm zum ersten Mal damit drohte, sich das Leben zu nehmen, wenn er nicht zu ihr zurückkehrte. »Ich weiß nicht, ob ich ohne dich weiterleben kann«, sagte sie unter Schluchzen am Telefon.

Es war derselbe Abend, an dem Richard sich mit Cäsar in der Altstadt getroffen hatte, um mit ihm über Margret und seine Unsicherheit zu reden, was er denn bloß tun solle.

»Lass dich bloß nicht von ihr erpressen!«, riet Cäsar ihm. »Wer es mit dem sich Umbringen wirklich ernst meint, der lässt sich sowieso von niemandem davon abbringen – und meist redet er

auch nicht darüber. Mein Vater jedenfalls hat vorher nichts davon gesagt. Und wenn ich mal Schluss machen will, werd ich das vorher auch nicht an die große Glocke hängen.«
»Dass jetzt auch du noch so einen Unsinn von dir gibst, hat mir gerade noch gefehlt!«, sagte Richard, dem die nonchalante Art, mit der sein Schwager über den Freitod redete, nicht gefiel.
Cäsar lachte und boxte ihn in die Rippen. »Du musst nicht jedes Wort auf die Goldwaage legen, Dicky! Schon gar nicht das Gesülze, das mein Schwesterherz von sich gibt. Die spekuliert doch nur darauf, dass du dich halb geschmeichelt und halb aus Gewissensnot wieder von ihr einfangen lässt! Bleib hart, Alter!«
Richard versuchte es, aber vergeblich. Zwei Tage vor Silvester stand Margret eines Abends unverhofft vor der Tür seiner Dachwohnung. Sie trug ihren warmen Wintermantel und darunter nichts als eine saphirblaue, mit weißer Spitze besetzte Korsage und weiße Strümpfe an glänzenden Satinstrapsen. »Wir gehören zusammen, Richard«, sagte sie, nahm seine Hand und presste sie zwischen ihre Schenkel, wo er unter seinen Fingern nackte, glattrasierte Haut spürte. »Ohne dich will ich nicht leben. Komm zu mir zurück! Ich verspreche dir, du wirst es nicht bereuen – in keiner Hinsicht!«
Und Richard gab nach. Nicht weil er ihrem überraschenden sexuellen Appetit verfiel, sondern weil sein Gewissen ihm keine andere Wahl ließ.
»Du bist ein Idiot!«, schimpfte Cäsar, als Richard ihm berichtete, dass sie es noch einmal gemeinsam versuchen wollten. »Die einzige Schlinge, die meine Schwester zu knüpfen versteht, ist die, die sie dir um den Hals legt.«
»Mag sein, aber was ist, wenn sie es doch ernst meint?«, gab Richard zu bedenken, hin- und hergerissen zwischen Bedrückung und der Hoffnung, vielleicht doch das Richtige, zweifellos aber das einzig Ehrenhafte zu tun. »Wenn sie sich wirklich etwas antut … Immerhin habe ich sie einmal wirklich geliebt. Und wer weiß, vielleicht kehrt diese Liebe zurück.«
Cäsar sah ihn mitleidig an. »Dass du meine Schwester geheiratet

hast, war ja noch ein verzeihlicher Fehler, du bist damals tatsächlich über beide Ohren verliebt gewesen. Aber was du jetzt wider besseres Wissen tust, ist vermutlich die größte Dummheit deines Lebens.«

Sie irrten sich beide.

3

Bruno gab sich redlich Mühe, das Gähnen zu unterdrücken und den Eindruck zu erwecken, als höre er den Ausführungen des Parteisekretärs aufmerksam zu. Aber Otto Klöbusch, im Funkhaus von vielen nicht ohne Grund hinter der Hand als »Westentaschen-Schnitzler« verspottet, machte es ihm schwer mit seinen langatmigen Ausführungen. Und er besaß guten Grund zur Annahme, dass er nicht der Einzige der hier im Besprechungsraum versammelten Dramaturgen war, dem es so erging. Ruthilde Brandstetter, die ebenso kräftig gebaute wie resolute Chefdramaturgin der Unterabteilung Feature, trommelte mit ihren fleischigen, ringbewehrten Fingern ungeduldig auf die Tischplatte, und auch Norbert Jakowitz neben ihm, ein asketisch wirkender Mann Anfang vierzig mit einer schwarzen Hornbrille à la Heiner Müller und einer ansteckenden Leidenschaft für hintersinnige Hörspiele, hatte innerlich längst abgeschaltet. Bruno sah, dass er sich keine Notizen mehr machte, sondern immer neue kleine Schweinchen mit Ringelschwanz und auffallend großer Schnauze auf seinen Block kritzelte. Und der knapp dreißigjährige Matthias »Matti« Gronwald, eine rasputinähnliche Erscheinung, flocht scheinbar gedankenverloren Zöpfe in seinen rotbraunen Bart, der ihm bis auf die Brust reichte.

»Der spätbürgerlichen Weltproblematik und bourgeoisen Dekadenz, wie sie bei Joyce, Kafka und Musil zum Ausdruck kommt, setzen wir den sozialistischen Realismus entgegen!«, dozierte Klöbusch. »Der Kampf um eine proletarisch-revolutionäre Literatur muss jeden Tag aufs Neue ausgetragen werden, wobei die künstlerischen Lösungen stets auf geistige Durchdringung, Erkennung und Beherrschung der marxistisch-leninistischen Prinzipien ausgerichtet sein müssen ...«

Die Parteimitgliedschaft war für alle Dramaturgen ein Muss. Auch wer mit der SED eigentlich nichts zu tun haben wollte, beugte sich dem Zwang und trat pro forma ein, weil er sonst keine Chance gehabt hätte, diesen Beruf auszuüben. Bruno war der Einzige im Raum, der kein Parteibuch besaß und nicht an den obligatorischen Parteiversammlungen teilnahm. Und das konnte er sich nur leisten, weil Ruthilde Brandstetter ihre schützende Hand über ihn hielt. »Lasst den Jungen mal. Der wird sich schon ganz von selbst für den wahren Weg entscheiden«, beruhigte sie die Rattenfänger der Partei. »Das muss von innen heraus kommen. Keine Sorge, der wird schon einer von uns!«

Otto Klöbusch stockte jetzt irritiert in seinem Vortrag, ließ seinen Blick über die Versammlung schweifen und kam wohl zu dem Schluss, dass er die Aufmerksamkeit der Versammlung lange genug in Anspruch genommen hatte. »Sache eines jeden aufrechten Marxisten unter den Kulturschaffenden muss es daher sein, dem aus allen Knopflöchern schießenden so genannten Liberalismus, der sich immer wieder wie Unkraut breit zu machen droht, eins vor den Bug zu schießen. In diesem Sinne: Weiterhin gute Arbeit und revolutionäre Wachsamkeit, verehrte Genossinnen und Genossen!«

Der müde, pflichtschuldige Applaus, in dem das heftige Klatschen der wenigen linientreuen Parteimitglieder peinlich angestrengt wirkte, ging augenblicklich im allgemeinen Stuhlrücken unter.

Als Richard der verbrauchten, rauchgeschwängerten Luft des Versammlungsraums entfliehen wollte, hielt Klöbusch ihn an der Tür zurück. »Einen Augenblick, Genosse Brüggemann! Ich habe etwas mit Ihnen zu bereden!«

Bruno machte ein verblüfftes Gesicht, wusste er doch nicht, was sie beide zu besprechen gehabt hätten. Aber höflich fragte er: »Ja, bitte, Herr Klöbusch?«
»Genau da steckt der Wurm drin, Genosse!«
Bruno sah ihn verständnislos an. »Wo?«
»Schon in der Anrede, *Genosse* Brüggemann! In Ihrem bourgeoisen Gebrauch der Anrede ›Herr‹!«, rügte ihn der Parteisekretär. »Mir sind zufällig einige Briefe Ihrer Korrespondenz mit Sprechern und Schauspielern unter die Augen gekommen. Und stets findet sich bei Ihnen als Anrede die dekadente Formulierung ›Sehr geehrter Herr Sowieso‹. Das lassen Sie gefälligst bleiben! Bei uns in der DDR gibt es keine Herren mehr. Die Herren sind alle im kapitalistischen Westen! Und noch etwas: Unterlassen Sie demnächst auch dekadente Floskeln wie ›Ich bitte Sie, mir mitzuteilen …‹ oder ähnliche Wendungen. In Ihrer Funktion als Dramaturg des DDR-Funks haben Sie zu fordern und nicht zu bitten! Ist das bei Ihnen angekommen, *Genosse* Brüggemann?«
»Klar und deutlich, Genosse Klöbusch!«
Der Parteisekretär nickte ihm mit einem Ausdruck grimmiger Zufriedenheit zu und ließ ihn stehen.
Die Zurechtweisung tat Bruno nach einem kurzen Moment des Ärgers mit einem Schulterzucken ab. Es lohnte nicht, sich davon den Tag verderben und den Spaß an der Arbeit trüben zu lassen. In den zwei Wochen, die er nun schon in Berlin beim Funk als junger Dramaturg tätig war, hatte er die Erkenntnis gewonnen, dass er wie an der Uni nicht darum herumkam, sich mit solch aufgeblasenen Parteiaffen zu arrangieren, zudem er bei einer Einrichtung arbeitete, der die Regierung trotz Fernsehen noch immer eine hohe machtpolitische Bedeutung beimaß, ganz nach Lenins Devise: »Wer über den Rundfunk herrscht, hat die Macht!«
Aber diese Wermutstropfen waren nun mal der Preis, den er als privilegierter Kulturschaffender zahlen musste. Die Reisekader, die in den Westen reisen konnten, wann und wie lange es ihnen

gefiel, und die im kapitalistischen Ausland sogar ihre Bücher veröffentlichen durften, machten vielleicht noch ganz andere Zugeständnisse an die Partei. Die Vorzüge beider Systeme wahrnehmen und sich frei zwischen Ost und West bewegen zu dürfen, das konnte es kaum ohne Gegenleistung geben.

Auf dem Weg ins Aufnahmestudio holte Ruthilde Brandstetter Bruno ein. Er schätzte sie als kritische und integre Person, die zwar an den Sozialismus glaubte und daher auch das Parteiabzeichen trug, aber nicht alle Wege für richtig hielt, auf die man ihn in der DDR und in den sozialistischen Bruderländern zwang. Die Chefdramaturgin fragte ihn, wie er und Jakowitz mit ihrem neuesten Projekt vorankämen, und Bruno gab die Sorge seines älteren Kollegen weiter, dass sie eine weitere Überarbeitung des Manuskriptes vornehmen mussten, wenn sie nicht Ärger mit der Zensur bekommen wollten.

»Dann an die Arbeit und umschreiben, Brüggemann!«, forderte Ruthilde Brandstetter ihn fröhlich auf.

Bruno verzog das Gesicht und begann, über die Zensur zu klagen, die ja nicht erst mit der kritischen Abnahme der Sendungen durch die Funktionäre der Partei begann, sondern schon lange vorher in den Köpfen der Drehbuchschreiber und Dramaturgen einsetzte. Denn noch bevor eine Idee diskutiert und das erste Wort niedergeschrieben wurde, hatte bei ihnen allen doch schon die Schere im Kopf die erste Vorzensur geleistet.

»Es besteht überhaupt kein Anlass, sich darüber zu beklagen. Sie hätten vielmehr Grund, sich bei den Zensoren zu bedanken«, erwiderte sie zu seiner großen Verblüffung. »Denn die Zensur ist etwas ganz Wunderbares!«

Im ersten Moment war Bruno sprachlos. Sollte er sich so in ihr getäuscht haben? »Wie bitte? Das kann doch nicht Ihr Ernst sein!«, stieß er schließlich hervor.

Sie lachte. »Und ob es mir ernst damit ist! Die Zensur ist deshalb wunderbar, weil sie den grauen Alltag spannend macht und uns aus der miefigen Gemütlichkeit herausholt. Die Zensur zwingt uns nämlich, klüger zu sein als der Zensor, schärfer zu denken und in jeder Hinsicht besser zu sein. Platt und direkt Kritik an bestehenden Verhältnissen zu üben ist keine große Kunst. Aber diese Kritik so raffiniert zu verpacken, dass der Zensor sie durchgehen lässt, weil er den Hintersinn nicht begreift, das ist wahre Kreativität und Meisterschaft.« Sie bedachte ihn mit einem feinen Lächeln, als sie fortfuhr: »Ich nenne das meinen geistigen Drahtseilakt über der Löwengrube der Zensoren. Denn der Witz ist ja, dass unser Publikum für solche scharfsinnigen Doppeldeutigkeiten eine viel empfindlichere Antenne besitzt als die Betonköpfe von der Zensur.«

*

Wie wichtig es war, diese Kunst des geistigen Drahtseilaktes zu beherrschen, um nicht verstummen und sich ins innere Exil flüchten zu müssen oder gar wegen Staatsverleumdung im Gefängnis zu landen, führten die Ereignisse der nächsten Tage und Monate Bruno nachdrücklich vor Augen.

Es begann mit dem Tod von Oskar Brüsewitz. Der evangelische Pfarrer stellte am 18. August in der Fußgängerzone der Kreisstadt Zeitz vor der Michaeliskirche zwei Leinwandtransparente auf. Sie trugen die anklagende Aufschrift: »Die Kirche in der DDR klagt den Kommunismus an! Wir klagen den Kommunismus an wegen Unterdrückung der Kirche in Schulen an Kindern und Jugendlichen!« Als sich Passanten um ihn und die Transparente sammelten, übergoss er sich mit Benzin, zündete sich an und lief schreiend als lebende Fackel über den Marktplatz, bis er zusammenbrach. Vier Tage später erlag er seinen schweren Verbrennungen.

Kirche und Staat versuchten zuerst, die Selbstverbrennung totzuschweigen. Als die Verzweiflungstat des Pfarrers dennoch an die Öffentlichkeit drang und auch von Westmedien aufgegriffen wurde, reagierte die SED mit einer abscheulichen Diffamierungskampagne gegen den Toten, den man als geisteskrank und pervers veranlagt darstellte.

Der Zynismus, mit dem der Tote von der SED-Presse systematisch durch den Dreck gezogen wurde, versetzte viele in Empörung.

»Unter den Nazis hätte das so auch Wort für Wort im ›Stürmer‹ stehen können!«, entrüstete sich der Tontechniker Klaus Gerlach, riss die Zeitung in Fetzen und warf diese in den Papierkorb.

»Ist doch kein Wunder«, sagte Matti. »Der Autor, der den Artikel geschrieben hat, gehört doch zu den Nazischreibern, die nach dem Krieg ihr braunes Fell rot eingefärbt und bei uns in der Parteijournaille Karriere gemacht haben!«

»Darüber müsste man ein Stück schreiben«, schlug Bruno vor.

Norbert Jakowitz nickte. »Ja, müsste man. Aber das werden wir schön bleiben lassen. Es sei denn, du willst herausfinden, wie es hinter den Mauern von Bautzen zugeht. Und ich rate dir dringend, allein schon die Idee zu solch einem Hörspiel besser für dich zu behalten!«

Bruno versprach es, sann jedoch immer wieder darüber nach, wie man den Drahtseilakt, von dem Ruthilde Brandstetter gesprochen hatte, auf diese Thematik anwenden könnte.

*

Das Untermieterzimmer im ehemaligen Göring-Hotel an der Ecke Leipziger- und Mauerstraße hatte ihm Klaus Gerlach vermittelt. Das Fenster blickte in Richtung der Botschaft Nordkoreas und bot einen Gassenblick auf ein Stück der Mauer, die nachts taghell erleuchtet war. Das kalte, gleißende Licht, in dem Todesstreifen und Mauer wie eingefroren wirkten, drang nachts durch die Gardinen vor dem Fenster, sodass es in Brunos Zimmer nie richtig dunkel wurde.

Das Rentnerehepaar Gustav und Hermine Kohlgrüber wohnte bei Klaus Gerlach auf der Etage und nahm gern Untermieter auf, seit der Sohn in Dresden eine eigene Familie gegründet hatte. Einzige Verpflichtung neben der Miete war, dass

der Untermieter während der Heizperiode täglich die schweren Ascheneimer nach unten brachte und die Briketts aus dem Keller holte.
Bruno hatte sich gern darauf eingelassen, und er verstand sich gut mit den beiden Kohlgrübers. Sie behandelten ihn mit freundlicher Aufmerksamkeit, ohne ihn jedoch vereinnahmen zu wollen oder ihm gar das Gefühl zu geben, er müsse über sein Kommen und Gehen Rechenschaft ablegen. Das machte Bruno das Einleben in Berlin leichter, wobei auch der gute Kontakt zu Klaus Gerlach, Norbert Jakowitz und dem urwüchsigen Matti Gronwald sehr half.
An den Wochenenden fuhr er zu Tina nach Leipzig, oder sie kam zu ihm. Dann fielen sie jedes Mal ausgehungert übereinander her, was jedes Wiedersehen zu einem Fest der Sinne machte. Wenn sie am Sonntag wieder Abschied nahmen, mussten sie sich förmlich voneinander losreißen. Die Trennung wirkte auf ihre Leidenschaft wie Benzin, das man in ein offenes Feuer goss.
Zum Glück raste die Zeit in Berlin unter der Woche nur so dahin. Bruno verschrieb sich der Arbeit im Funkhaus mit Haut und Haaren, begierig, von den handwerklichen Tricks und Erfahrungen der älteren Kollegen zu lernen. In der Abteilung Funkdramatik/Feature arbeiteten die besten Dramaturgen, die sich in der DDR finden ließen. Das Wissen und Können der Kollegen beeindruckten Bruno immer wieder aufs Neue und gaben ihm das Gefühl, ein Zwerg unter Riesen zu sein. Aber er war entschlossen, in ihrem Schatten zu wachsen.
Was die technische Seite von Hörspielproduktionen und ihre Möglichkeiten betraf, hätte er sich keinen besseren Lehrmeister als Klaus Gerlach wünschen können. Der fünfunddreißigjährige Tontechniker war frisch geschieden und erwies sich als besonders geduldig. Als Bruno einmal seine Bewunderung darüber ausdrückte, mit welcher Ruhe und Gelassenheit Gerlach stundenlang an der Perfektion klangtechnischer Effekte arbeitete, sagte der Tontechniker schmunzelnd: »Das kommt vom

Schwimmen.« Dann lachte er über Brunos verdutztes Gesicht und erzählte, dass sein Hobby Ausdauerschwimmen sei und es für ihn nichts Befreienderes gäbe, als Stunde um Stunde im Schwimmbad oder besser noch in einem See seine Bahnen zu ziehen. »So wie andere auf Marathonläufe fixiert sind, liebe ich die Langstrecken im Wasser. Ich vermute, der Suchteffekt ist derselbe. Wenn man einen gewissen Punkt überschritten hat, schüttet der Körper Endorphine aus, und das ist dann ein wahnsinniges Gefühl. Man glaubt, bis in alle Ewigkeit weitermachen zu können – vor allem nachts.«
Bruno machte ein ungläubiges Gesicht.
»Ja, im Sommer schwinge ich mich in klaren Nächten oft auf mein Motorrad und fahre zu einem See hinaus. Denn Nachtschwimmen ist das Höchste!«, schwärmte Klaus Gerlach mit glänzenden Augen. »Ganz allein in der Dunkelheit in der Rückenlage durch das Wasser zu ziehen und über sich die Unendlichkeit des Sternenhimmels zu haben, das ist ein Gefühl, das … das ich dir gar nicht beschreiben kann. Es ist einfach überwältigend. So als würde man schwerelos durch den Kosmos treiben. Dann vergesse ich alles, was mich beschäftigt und bedrückt.« Er machte eine gedankenversunkene Pause. »Irgendein kluger Russe hat mal gesagt: ›Wahrheit ist gut, Glück ist besser.‹ Nachts im See zu schwimmen ist mein Glück.«

*

Der Liedermacher Wolf Biermann war mit der Wahrheit über den real existierenden Sozialismus, so wie er sie in seinen Liedern besang, bei den Parteibonzen schon seit Jahren auf wenig Gegenliebe gestoßen. Dass man ihn gewähren und sogar ins Ausland reisen ließ, hing wohl mit seinem nur mäßigen Bekanntheitsgrad zusammen. Das änderte sich schlagartig mit seinem Auftritt in der Kölner Sporthalle am 13. November. Vor seinem westdeutschen Publikum gab Biermann unter anderem die Legende vom sozialistischen Gang zum Besten. Dabei erklärte er das in der

DDR so oft gebrauchte Schlagwort »Es geht alles seinen sozialistischen Gang, Genosse!« durch eine Geschichte, die große Heiterkeit im Saal auslöste.
Wohl kaum einer der Konzertbesucher kam auf den Gedanken, Zeuge einer außergewöhnlichen und folgenschweren Veranstaltung geworden zu sein. Aber schon am nächsten Tag sah das anders aus. Denn da nahm die Staatsführung der DDR das Kölner Konzert und die dort gemachten Bemerkungen ihres unbequemen Liedermachers zum Anlass, ihn auszubürgern und ihm die Wiedereinreise in die DDR zu verwehren. Diese Strafmaßnahme stieß auf große Empörung in der ostdeutschen Bevölkerung, und zum ersten Mal seit dem Aufstand am 17. Juni 1953 protestierten zahlreiche prominente DDR-Bürger, Schriftsteller und andere Kulturschaffende öffentlich, indem sie eine Solidaritätsadresse für Wolf Biermann abgaben, die Maßnahme kritisierten und die Regierung aufforderten, die Ausbürgerung zurückzunehmen.
Im Funkhaus wurden die Ereignisse heiß diskutiert. Matti reagierte auf die intellektuelle Bankrotterklärung der SED mit einer besonders originellen Form des Protestes. Es gab ein Lied von Biermann, in dem er an einen imaginären Parteifunktionär die provokante Frage richtete: »Was hast du im Schädel, Dreck oder Stroh, bist du so dumm oder tust du nur so?« Die Melodie dieses Liedes summte oder pfiff Matti fortan mit scheinbar gedankenloser Fröhlichkeit häufig vor sich hin.
Dagegen war Bruno in seiner spontanen Entrüstung versucht, sich einer der Resolutionen anzuschließen, die gegen Biermanns Ausbürgerung Front machten, aber Matti, Klaus und Norbert rieten ihm dringend ab. »Du bist ein Niemand, und mit einem Niemand machen sie schnellen Prozess!« Doch es war ein anderes Argument, das ihn letztendlich davon überzeugte, dass er sich und seiner Frau keinen Gefallen tat, wenn er sich mit seiner Unterschrift offen ins Visier der Stasi stellte. »Denk auch an deine Frau! Wenn du dir Feinde machst, muss sie das mit ausbaden. Und du willst doch nicht, dass man sie nächstes Jahr im Examen

durchfallen lässt oder sie hinterher auf irgendeinen öden Schreibtischposten abschiebt!«

Bruno nahm den Rat an, begann in jenen letzten Wochen des Jahres jedoch mit den ersten Skizzen für ein doppelbödiges Hörspiel, dem er den Titel »Stürmische Windstille« gab und in das er seine Wut auf die Schikanen und die Unterdrückung der freien Meinungsäußerung einfließen ließ. Es sollte sein erstes Meisterstück auf dem Drahtseil über der Löwengrube der Zensoren werden!

*

Bruno sah Klaus Gerlach zum letzten Mal an einem ungewöhnlich heißen Sonntag im Juli des nächsten Jahres, als er niedergeschlagen aus Leipzig nach Berlin zurückkehrte. Er hatte sich, was noch nie vorgekommen war, mit Tina böse in die Haare bekommen und sich im Streit von ihr getrennt.

Ruthilde Brandstetter hatte ihm angeboten, ihren Einfluss geltend zu machen, damit auch Tina nach ihrem Examen beim Rundfunk unterkam und sie nicht länger eine Wochenendehe führen mussten. Doch Tina, die nicht aus Leipzig wegwollte, hatte sich monatelang unentschlossen gezeigt. An diesem Wochenende nun hatte Tina ihn vor die vollendete Tatsache gestellt, dass sie nicht zu ihm nach Berlin ziehen, sondern in Leipzig bleiben würde: sie hatte sich stillschweigend beim Rat des Bezirks um eine Anstellung bemüht und ein verlockendes Angebot angenommen. Sie wollte noch im Sommer bei der Abteilung Kultur bei der Gewerkschaft anfangen und natürlich auch in die SED eintreten. Damit hatte sie Fakten geschaffen, die sie nicht wieder rückgängig zu machen gedachte. Bruno verstand es nicht. Seine Frau wollte Karriere machen und nicht wahrhaben, dass sie jeden Karrieresprung mit Selbsterniedrigung und Selbstverleugnung bezahlen musste.

Bruno kam die Treppe hoch, als Klaus sich gerade von seinem kleinen Sohn Markus verabschiedete, der das Wochenende

mit ihm verbracht hatte und nun von seiner Mutter abgeholt wurde.
»Weißt du, was mein Junge gestern zu mir gesagt hat?«, fragte Klaus, nicht weniger bedrückt als Bruno. »›Hoffentlich werde ich schnell Rentner!‹«
Bruno sah ihn fragend an.
»Ich habe ihn natürlich sofort gefragt, warum er denn so scharf darauf ist, schnell Rentner zu werden. Und da hat mir mein Sohn, der doch gerade mal fünf Jahre alt ist, geantwortet: ›Weil ich dann in den Westen fahren und mir so viele Matchboxautos kaufen kann, wie ich will!‹ Ist das nicht ein Wahnwitz, dass so ein Steppke die Perversität der Grenze schon derart verinnerlicht hat und weiß, vor dem Rentenalter kommt er nicht in den anderen Teil Deutschlands?«
Am nächsten Morgen kam der Tontechniker nicht zur Arbeit. Matti zog Bruno in sein Büro, als er im Funkhaus eintraf, und schloss schnell die Tür. »Die Stasi hat Klaus verhaftet!«, eröffnete er ihm.
»Verhaftet? Das kann nicht wahr sein!«
»Ist es aber! Sie haben ihn heute im Morgengrauen an irgendeinem See einkassiert. Sie werfen ihm Vorbereitung zur Republikflucht vor oder so etwas in der Art.«
»Wegen seiner nächtlichen Marathonschwimmerei? Aber das ist doch hirnrissig! Das Langstreckenschwimmen ist sein Hobby. Klaus hat nie ans Türmen gedacht, schon wegen seines Sohnes nicht. Du weißt doch, wie sehr er an dem Jungen hängt!«, wandte Bruno ein.
»Ja, ich weiß es, und du weißt es und jeder andere von unserer Abteilung weiß es, aber die Stasi will es nicht glauben. Sie haben ihn offenbar schon länger beobachtet, denn sie haben die Stunden gestoppt, die er immer schwimmt. Angeblich ist es genau die Zeit, die man braucht, um durch die Kieler Bucht in den Westen zu kommen. Und noch etwas: Er wollte nächsten Monat für zwei Wochen an die Ostsee. Außerdem haben sie in seiner Wohnung einen Satz alter Landkarten gefunden.«

Bruno runzelte die Stirn. »Na und?«
»Du weißt doch, die Karten, die bei uns der Normalsterbliche kaufen kann, taugen nicht viel. Sie sind absichtlich im Maßstab verzerrt, haben falsche Entfernungsangaben und weiße Flecken oder Straßen, die es gar nicht gibt, damit sie für westliche Spione untauglich sind.«
Bruno tippte sich an die Stirn. »Als ob westliche Spione im Zeitalter moderner Aufklärungssatelliten ausgerechnet auf unsere Landkarten angewiesen wären!«
»Mich brauchst du nicht zu überzeugen! Auf jeden Fall werden Karten, die aus der Zeit vor 1945 stammen, wie ein Schatz gehütet«, fuhr Matti fort. »Und solch einen Satz alter und korrekter Karten haben sie bei ihm zu Hause gefunden.«
»Aber das ist doch längst kein Beweis!«
»Erzähl das mal der Stasi! Das Marathonschwimmen, die geplante Reise an die Ostsee und die alten Karten, das alles zusammen reicht denen, um Klaus die Absicht zur Flucht zu unterstellen.«
Klaus Gerlach kehrte nicht zu ihnen zurück. Er verschwand ohne einen öffentlichen Prozess für mehrere Jahre in einem Gefängnis.

*

»Vergiss es!«, sagte Norbert Jakowitz zu Bruno, nachdem er in dem Manuskript zu »Stürmische Windstille« auf die zentrale kritische Stelle gestoßen war. »Das hier kriegen wir nie durch das Nadelöhr der Endabnahme.«
»Das habe ich ihm auch schon gesagt«, pflichtete Matti ihm bei. »Das, was dein Martin im Bett zu seiner Frau sagt, als er da nachts schweißnass aus seinem Albtraum erwacht, geht nie über den Sender. Die Arbeit mit der Produktion kannst du dir sparen, Bruno! Sowie die Zensoren diesen Dialog hören, begraben die das Hörspiel im Archiv für toxisches Gedankengut.«

Da mischte sich Viktor Rosenberg, ein desillusionierter Altkommunist, ein, griff sich das Manuskript und las laut und genüsslich die entscheidende Stelle des nächtlichen Dialogs zwischen den Eheleuten vor: »Martin: ›Alle bescheißen uns, Katrin! Die Gewerkschaft, die Partei ... der ganze Sozialismus. Sie bescheißen uns um unser Leben. Lass uns abhauen!‹« Rosenberg ließ das Manuskript sinken. »Kurz, deftig – und explosiv.«
»Sag mal, warum pinkelst du Klöbusch nicht gleich auf seine beiden Marx- und Leninbüsten, mit denen er seinen Schreibtisch geschmückt hat?«, fragte Matti spöttisch.
»Ich weiß, dass wir das Stück nicht durch die Endabnahme kriegen, wenn die Parteibonzen diese Stelle zu hören bekommen«, gab Bruno zu und fügte mit breitem Grinsen hinzu: »Aber was ist, wenn sie genau in diesem Moment abgelenkt sind und die brisante Stelle überhören?«
»Und wie willst du das anstellen?«, fragte Norbert.
»Ich habe die kritische Dialogstelle gestoppt. Sie dauert genau zwölf Sekunden«, sagte Bruno. »Wenn wir bei der Endabnahme eine Störung von zwölf Sekunden inszenieren, dann ist die Klippe umschifft.« Und er erklärte den Kollegen, wie er sich das vorgestellt hatte.
Matti grub in seinem Bart, als suche er in dem struppigen Geflecht nach Ungeziefer. »Keine schlechte Idee. Könnte funktionieren.«
»Was heißt ›könnte‹, es *wird* funktionieren!«, erklärte Viktor Rosenberg. »Sitzen nun in diesem Haus die besten Regisseure und Dramaturgen, die die DDR aufzubieten hat, oder nicht?«
Bruno sah ihn hoffnungsvoll an. »Würdest du mitmachen, Viktor?«
»Ich mache den Regisseur!«, erklärte Rosenberg. »Mein Gott, im übernächsten Jahr gehe ich in Rente. Was kann mir da schon noch groß passieren?«
Matti und Norbert machten ebenso mit. Die Aussicht, den Zensoren einmal eins auszuwischen, begeisterte sie.

Das Hörspiel wurde produziert, und dann begann die viel wichtigere Arbeit: die Inszenierung der Störung bei der Endabnahme. Die Rollen wurden aufgeteilt, und das Ablenkungsmanöver wurde geprobt. Lange übten sie den Ablauf, bis er auf die Sekunde genau saß.
Und dann war es soweit. Die Endabnahme fand in einem kleinen Vorführsaal statt, in dem nur wenige Dutzend Personen Platz fanden. Es standen fünf unterschiedlich lange Beiträge zur Abnahme auf dem Programm. »Stürmische Windstille«, ein Kurzhörspiel, machte den Anfang.
In der ersten Reihe saßen maßgebliche Herren in ihren einheitlich scheußlichen Anzügen aus inländischem Kunstgewebe. Schräg dahinter saßen Bruno und Viktor. Weiter hinten und an den Seiten verteilt hatten Matti, Norbert und mehrere Leute von der Tontechnik Platz genommen.
»Ab das Band!«, rief Viktor.
Bruno schlug das Herz bis zum Hals, und sein Mund fühlte sich wie ausgetrocknet an. Er fieberte dem Augenblick entgegen, an dem ihr Stunt einsetzen musste. Der Part, die akustische Lawine in Gang zu setzen, lag bei Matti, der eine Tasche mit mehreren Tonbandrollen in Blechbehältern auf den Knien balancierte.
Jetzt!, dachte Bruno.
Genau in dieser Sekunde nieste Matti und kippte wie aus Versehen die Tasche aus. Unter lautem Poltern fielen die Blechbehälter zwischen die Sitze.
»Ruhe dahinten!«, brüllte Viktor scheinbar aufgebracht und drehte sich um. Dabei rüttelte er ausgiebig an der Rücklehne seines Vordermannes. »Ich hör ja nischt!«
»Tut mir Leid, aber ich habe nach einem Taschentuch gesucht, und da ist mir die Tasche …«, begann Matti sich zu entschuldigen.
»Was soll denn das dauernde Dazwischengequatsche?«, kam es da von Norbert Jakowitz auf der anderen Seite.
Daran schloss sich lückenlos der Ruf »Hier, Ihre Bänder, Genosse!« eines Tontechnikers an, der nicht gerade leise zwei der

Tonbandrollen aufgehoben hatte und sie Matti über eine Stuhlreihe hinweg reichte.
»Mensch, geht das nicht ein bisschen leiser?«, beschwerte sich Bruno unwirsch.
»Ruhe jetzt!«, brüllte Viktor noch einmal. »Wir haben hier Abnahme, Genossen!«
Der schnelle Zwölf-Sekunden-Schlagabtausch aus Niesen, Gepolter, wütenden Beschwerden und Zurufen war vorbei. Sofort wurde es still, die Zensoren konzentrierten sich wieder auf das Hörspiel, ohne das Gefühl zu haben, irgendetwas Wichtiges verpasst zu haben. Keiner ließ das Band anhalten und zurückspulen. »Stürmische Windstille« segelte ohne Beanstandung durch die Endabnahme und erhielt die Sendeerlaubnis.
Dass sein Hörspiel nur ein einziges Mal über den Sender gehen und ihnen Ärger einbringen würde, hatte Bruno natürlich von vornherein gewusst – und Viktor, der alte Hase, natürlich auch. Aber auf das Mordsspektakel, das Wochen später am Morgen nach der Sendung über sie hereinbrach, waren sie dann doch nicht vorbereitet.
»Entschuldigen Sie mal, das ist doch so durch die Endabnahme gegangen?«, gab sich der altgediente Regisseur völlig ahnungslos und keiner Schuld bewusst. Er holte das Protokoll hervor und verwies auf die Unterschriften.
Nach dem ersten Anschiss durch Otto Klöbusch und einige andere Funktionäre rief Ruthilde Brandstetter sie in ihr Büro. »Ich will gar nicht wissen, mit welchen Tricks ihr es bei der Endabnahme geschafft habt, trotz dieser völlig unakzeptablen Dialogstelle die Sendefreigabe zu bekommen. Fest steht, dass ihr euch damit ganz tief in die Scheiße geritten habt«, sagte sie mit unverblümter Derbheit.
»Nicht gerade dialektisch? Keine Frage! ... Reichlich provokant? Vielleicht ... Aber ›unakzeptabel‹? Nein, das sehe ich so nicht«, wehrte sich Viktor und schüttelte gelassen den Kopf. »Der gute Martin beschließt doch hinterher, trotzdem nicht abzuhauen, sondern trotz aller Misere auf dem eingeschlagenen Weg des

Sozialismus weiterzugehen. So sieht die Wirklichkeit aus. Und als einfacher Fischer spricht er in seiner verständlichen Wut nun mal so deftig.«

»Das könnt ihr beide gleich dem Genossen ganz oben erklären«, sagte Ruthilde Brandstetter. »Der Leiter Hörspiel beim Ministerrat hat euch nämlich zu sich bestellt – und zwar umgehend! Was das heißt, brauche ich euch ja wohl nicht zu erklären. Aber wenn ihr klug seid, legt ihr die Ohren ganz flach an und macht den Kotau eures Lebens, damit ihr mit einigermaßen heiler Haut aus dem Schlamassel herauskommt! Und nun raus!«

Bruno befiel ein flaues Gefühl. Ins Büro des Genossen zitiert zu werden, der in ständigem Kontakt mit den Spitzen von Politbüro und ZK stand und mit entsprechenden Machtbefugnissen ausgestattet war, konnte einem schon weiche Knie machen.

Viktor zog ihn auf dem Weg nach oben im Treppenflur in einen stillen Winkel. »Wir haben unseren Spaß und unseren Sieg über das System gehabt, das einen solchen Sieg nicht vorsieht. Der ganze Rundfunk lacht über die Blamage der Zensur, und es war richtig, dass wir das gemacht haben. Aber jetzt heißt es die Grenzen unserer Möglichkeiten erkennen, verstanden?«

Bruno nickte stumm.

»Du überlässt das Reden mir! Ruthilde hat Recht: So wie wir den Stunt bei der Endabnahme inszeniert haben, müssen wir jetzt den großen Kotau geben. Das gilt vor allem für dich, weil deine Zukunft auf dem Spiel steht. Von mir werden sie die Finger lassen«, sagte Viktor und begann die Hemdärmel hochzukrempeln, sodass seine tätowierte KZ-Nummer auf dem Arm sichtbar wurde. »Ich habe für eine ganze Menge in meinem Leben gekämpft, und manches hat sich als entsetzlicher Irrtum herausgestellt. Aber für ideologische Debatten ist jetzt nicht die Zeit. Jetzt ist einzig wichtig, dafür zu sorgen, dass wir aus dieser Sache einigermaßen unbeschadet herauskommen!«

Bruno schwieg, denn er wagte nicht die Frage auszusprechen, die ihm auf der Zunge lag: Wenn diese eigentlich doch lächerliche Lappalie schon als kühner Sieg über das System galt, der nur ganz selten einmal gelang und für den man dann auch noch teuer zu bezahlen hatte, wie viele seelische Wracks musste es da in diesem Land geben?

Dank ihres Einlenkens und Viktors geschickter Argumentation, die letztlich auf eine verklausulierte Art der Selbstbezichtigung hinauslief, kamen sie vergleichsweise glimpflich davon: Viktor wurde vorzeitig in Rente geschickt und Bruno mit sofortiger Wirkung zur Unterabteilung Krimi abkommandiert, der man im Haus mit einer Mischung aus Verachtung und Mitleid begegnete. Man nannte sie nicht von ungefähr das Strafbataillon des Rundfunks.

4

An einem sonnigen Maitag des Jahres 1978 sann Richard über eine Passage seines neuen Jugendbuches nach und sah dabei hinaus in den Garten, in dem der Frühling seine Blütenpracht endlich in ganzer Fülle zur Entfaltung gebracht hatte. Sein Blick wanderte weit über den sanft abfallenden Garten hinaus, lag doch das ganze Tal vor seinen Augen. Dass Margret und er diese Wohnung gefunden hatten, war ein Glücksfall gewesen. Die geräumige Einliegerwohnung erstreckte sich über die gesamte untere Länge einer Villa, die der Besitzer mehrerer großer Supermärkte auf einem Hanggrundstück außerhalb von Bergisch Gladbach hatte errichten lassen. Bis auf das Bad gingen alle Räume zur Terrasse hinaus, und die Wände zum Garten hin bestanden ausnahmslos aus Glasschiebetüren.

Ja, sie durften wirklich von Glück reden, auf diese Wohnung gestoßen zu sein, und wenn sich in ihrer Ehe jetzt auch noch ein wenig mehr Intensität und Übereinstimmung einstellte, dann konnte Richard eigentlich recht zufrieden sein. Zwar schlich sich in seine Gedanken immer mal wieder die Erinnerung an die Zeit seiner Freiheit, als die Realisierung seines größten Traumes, zu einer zeitlich nicht begrenzten Abenteuerreise um die Welt aufzubrechen, zum Greifen nahe gerückt war. Aber dass sich nicht alle Träume im Leben wahr machen ließen, gehörte wohl zu den schmerzlichen Erfahrungen, die jeder machte und mit denen sich abzufinden man lernen musste … mehr oder weniger, wie der Vater gesagt hätte.

Das Klingeln des Telefons schreckte Richard aus seinen Gedanken. Es war Konrad, und er klang ungewöhnlich aufgekratzt.

»Sag mal, erinnerst du dich noch an Henno Collder?«

»Klar, das war doch dein Freund aus der Pestalozzistraße.«

»Genau. Rate mal, wo Henno jetzt ist!«

»Sag bloß, er hat es geschafft, in den Westen zu flüchten?«

»Du hast es erfasst. Aber es kommt noch besser: Henno sitzt bei den alten Herrschaften in Düsseldorf!«, eröffnete Konrad ihm. »Ihre Adresse hatte er, weil die Collders beim Vater ja auf der Liste derjenigen Brüder und Schwestern im Osten stehen, die jährlich zweimal ein Päckchen bekommen. Treffen wir uns bei den Alten zum Kaffee? Henno will dann erzählen, wie er aus der DDR rausgekommen ist. Muss eine ganz verrückte Geschichte sein.«

»Klar!«, sagte Richard sofort. Margret war nach der Schule zu müde, um gleich nach dem Mittagessen wieder wegzufahren, und so fuhr er allein nach Düsseldorf.

Der Kaffeetisch im guten Esszimmer war schon gedeckt, und als die Mutter den Kuchen angeschnitten hatte und der Kaffee in den Tassen dampfte, erzählte Henno Collder von seiner abenteuerlichen Flucht.

»Mit dem Gedanken, aus der DDR zu fliehen, hatte ich mich schon seit vielen Jahren getragen. Aber um es über den Todesstreifen zu riskieren, fehlte mir der Mut«, begann er. »Mein Kumpel Torsten und ich, wir wollten mit einem Faltboot über die Ostsee. So ein Boot ist schnell und reflektiert auf Radarschirmen nicht, weil es kaum Metall enthält. Geplant war die Flucht für den Herbst, wenn es windstill ist und die Nebel kommen. Aber dann, es war letzten Donnerstag, kam ich morgens mit Torsten zum Schweißerkurs, den wir beaufsichtigen sollten, in den Rostocker Stadthafen, und wir sahen da am Massengutkai des neu gebauten Überseehafens einen westdeutschen Dampfer liegen.«

»Ist der Hafen denn nicht Sperrgebiet?«, fragte Konrad.

Henno nickte. »Klar, aber da befindet sich nun mal die Betriebsanlage, wo junge Schlosser ihren Schweißerpass im autogenen und elektrischen Schweißen machen können. Dort, wo der westdeutsche Dampfer aus Bremerhaven lag, er hießt ›Delta‹, erstreckt sich noch Wildnis, vom Hafenbecken nur durch eine hohe Spundwand abgetrennt. Als ich sah, dass weder die Trennwand noch das freie Gelände dahinter unter Bewachung standen, kam mir der verrückte Gedanke, dies mit der ›Delta‹ könnte

vielleicht eine noch erfolgversprechendere Fluchtchance sein als unsere Idee mit dem Faltboot. Wir mussten es bloß schaffen, von dieser unbewachten Wasserseite aus ans Schiff heranzukommen. Es wird ja jedes westliche Schiff bewacht, und jeder, der von Bord kommt oder an Bord geht, wird kontrolliert und in Listen ein- und ausgetragen.«
Henno nahm einen Schluck Kaffee.
»Ich habe Torsten sofort zur Seite genommen«, fuhr er dann fort, »und ihn auf das Schiff und die unbewachte Wasserseite hingewiesen. Aber er wollte nichts davon wissen. ›Wenn auf den Getreidespeichern Wachen auftauchen und dich sehen‹, meinte er, ›knallen sie dich von da oben ab wie eine Holzente auf 'nem Dorfteich!‹«
»Es ist schwer, sich so etwas Entsetzliches vorzustellen«, sagte die Mutter. »Auf die eigenen Landsleute schießen, nur weil sie das Land verlassen wollen – wie barbarisch!«
»Nur auf den Gewinn zu schielen, an der Börse auf Kosten des Volkes mit Millionen zu jonglieren und Arbeiter zu entlassen, damit diese gewissenlosen Unternehmer, diese kapitalistischen Pfeffersäcke, noch mehr in die eigene Tasche stecken können, ist nicht weniger skrupellos!«, warf der Vater verdrossen ein.
Henno blickte etwas verwirrt drein, nahm den Faden jedoch wieder auf. »Als ich am Freitag wieder zu meinen Schweißern kam, sah ich, dass die ›Delta‹ entladen war und die Mannschaft mit der Reinigung von Deck und Laderäumen begonnen hatte. Das deutete darauf hin, dass der Dampfer noch am selben Tag auslaufen würde. Und da habe ich mich entschlossen, es zu wagen. Mir fiel nämlich auf, die Möwen, die im Hafenbecken auf dem Wasser schwammen, waren kaum zu erkennen, weil das Wasser an diesem Tag so kabbelig war. Und was Besseres kann man sich natürlich nicht wünschen, wenn man sich einem Schiff unbemerkt schwimmend nähern will. Auf jeden Fall war ich fest entschlossen, es zu riskieren – und zwar mit einem Enterhaken. Wir haben die Leute vom Kurs früher nach Hause geschickt, und ich habe mir eine lange Stange mit einer Art Enterhaken aus leich-

tem Stahlrohr gebaut. Damit wollte ich zur ›Delta‹ schwimmen, den Haken irgendwo einhängen und mich daran hochziehen. So gegen halb vier habe ich mich damit auf das Gelände hinter der Spundwand geschlichen, bin drübergeklettert, losgeschwommen und ….«

»Bei helllichtem Tag?«, fiel Konrad ihm ungläubig ins Wort.

Henno zuckte die Achseln. »Ich hatte keine andere Wahl. Die schrubbten doch schon das Deck, was bedeutete, dass sie bald ablegen würden. Aber ich hatte noch keine drei Züge gemacht, als mich meine Enterhakenstange auch schon in die Tiefe zog. Ich hatte keine Chance, mit ihr ans Schiff heranzukommen.«

»Und jetzt?«, fragte die Mutter gefesselt.

Henno atmete tief durch. Man sah ihm an, wie stark ihn die Erinnerung innerlich aufwühlte. »Ich war verzweifelt«, sagte er schlicht, aber es war zu spüren, welcher Tumult der Gefühle hinter diesen drei Worten steckte. »Und dann geschah etwas Unglaubliches – nein, ein Wunder. Jemand schmiss die Lotsenleiter über Bord. Sie lag wohl dem Seemann, der das Deck mit dem Schlauch abspritzte, im Weg, und er warf sie kurzerhand über die Bordwand. Ich konnte es erst nicht glauben, aber da hing sie plötzlich über dem Wasser!« Er verstummte, als mache ihn das Wunder auch jetzt noch sprachlos. »Ich schwamm los. Als ich endlich unbemerkt an die ›Delta‹ herangekommen war, sah ich jedoch zu meinem Schreck, dass das Ende der Lotsenleiter nicht direkt über dem Wasser baumelte, wie es aus der Entfernung ausgesehen hatte, sondern ein gutes Stück weiter oben endete. Einfach die Hand nach der untersten Sprosse ausstrecken und zupacken ging nicht. Was jetzt? Nun, ich bin untergetaucht, habe quasi unter der Oberfläche mit aller Kraft Wasser getreten und bin hochgeschnellt. Aber erst beim vierten Versuch, als ich schon nicht mehr daran glaubte, es jemals zu schaffen, kam ich weit genug aus dem Wasser, um die unterste Sprosse zu fassen zu kriegen. Und dann bin ich ganz langsam, einem Gecko gleich, die Leiter hoch. Wie in Zeitlupe, weil dann Bewegung bekanntlich nicht auffällt. Als ich mich schließlich über die Bordwand schwang, sah ich mich schon im nächsten Augenblick dem Ersten Offizier der ›Delta‹ gegenüber. Das war ein weiterer Glückstreffer in einer ganzen Kette von unglaublichen Glücksfällen. Denn viele Seeleute haben kein Interesse, Flüchtlinge aufzunehmen, denn wenn das mit der Fluchthilfe herauskommt, erhalten ihre Schiffe sozusagen Hausverbot. Dazu kam auch noch, dass sich die ›Delta‹ auf ihrer Jungfernfahrt befand. Aber den Ersten kümmerte das nicht. ›Willste türmen?‹, fragte er mich. Ich sagte ja und bat, mich doch im Kabelgatt zu verstecken. Worauf er erwiderte: ›Bloß nicht, da haben sie dich sofort beim Wickel, denn da sehen sie zuerst nach, wenn sie mit ihrem Suchtrupp kurz vorm Ablegen an Bord kommen. Warte hier! Ich suche was und komme gleich wieder!‹«

»Und wo hat er Sie versteckt, Henno?«, fragte die Mutter, die vor Aufmerksamkeit ihren geliebten Nachmittagskaffee kalt werden ließ.

»Er ist mit mir über irrsinnig lange Leitern in die Laderäume hinuntergestiegen, hat die Ladeluken zugefahren, Licht eingeschaltet und mich dann zur Bilge geführt, wo das Schiff zusammenläuft und sich das Dreckwasser sammelt«, berichtete Henno. »Dort hat er mich versteckt. Das Wasser stank bestialisch, denn die ›Delta‹ hatte Fischmehl nach Rostock gebracht. Aber das war mir in dem Moment natürlich egal. Der Erste gab mir mehrere Müllsäcke, in die ich gestiegen bin, um nicht völlig zu versiffen, bevor ich mich im Wasser zwischen zwei Schotten versteckt habe. Er hat mir auch ein Stück Schlauch mitgegeben, damit ich notfalls untertauchen und dennoch weiter atmen konnte. Dann hat er den Einstieg wieder verschlossen, und ich hockte da in der stinkenden Dunkelheit und wartete voller Angst. Es kam mir vor wie eine Ewigkeit und drei Tage.«

Er machte eine Pause, und im Esszimmer war nur das Ticken der französischen Uhr auf dem Sekretär der Mutter zu hören.

Dann fuhr Henno fort: »Plötzlich hörte ich Stiefelschritte. Das Durchsuchungskommando! Ich steckte mir den Schlauch in den Mund und tauchte in der Brühe unter. Die Soldaten, die jedes

Schiff vom Bug bis zum Heck filzen, kamen mit einem Schäferhund. Wie mir der Erste hinterher erzählte, hatte ich großes Glück, dass sie mit einem großen Hund gekommen waren. Mit einem kleinen wären sie vielleicht in die Bilge hinuntergestiegen. Aber mit dem großen Hund war es ihnen offenbar zu viel Mühe, und der ekelhafte Gestank, der ihnen entgegenschlug, hat sie wohl zusätzlich abgehalten. Sie haben mit ihren Stablampen rumgeleuchtet und sind dann wieder abgezogen. Kurz darauf wurden die Maschinen angerissen. Ein unglaublicher Lärm. Die ›Delta‹ hatte eigentlich auf die Reede vor Rostock gehen und auf weitere Anweisungen von der Reederei warten sollen, aber das Risiko wollten der Erste und der Kapitän nicht eingehen. Sie sind dann sofort mit voller Fahrt über die Ostsee nach Dänemark hinüber, und von da ging es zum Bundesgrenzschutz, der ein ausführliches Protokoll aufgenommen hat. So bin ich aus der DDR herausgekommen. Es erscheint mir noch immer wie ein Wunder.«
Richard nickte. »Das Leben schreibt unglaublichere Geschichten, als sich ein Autor auszudenken wagen würde.«
Die Mutter gab einen Stoßseufzer der Erleichterung von sich. »Dem Himmel sei Dank, dass Sie das geschafft haben! Sie haben wirklich viel Mut bewiesen, Henno! So, und jetzt brühe ich uns frischen Kaffee auf. Der hier ist ja schon lauwarm. Das kann ich Ihnen doch nicht vorsetzen.«
Kaum hatte sich die Mutter in die Küche begeben, als der Vater auch schon mit dem Politisieren und seiner Polemik auf den kapitalistischen Westen begann. Seit einiger Zeit hatte sich sein einst vernichtendes Urteil über die SED und den Bau des Eisernen Vorhangs in eine seltsame Nachsicht, ja geradezu in Verständnis verwandelt.
»Am Bau der Mauer trägt der Westen einen Großteil Schuld. Die Herren, die hier regiert haben, hatten doch gar kein Interesse, mit dem Osten und den Sowjets zu einer Einigung zu kommen. Die wollten ihr eigenes Süppchen kochen, zusammen mit den Amerikanern und dem Großkapital, diesem gewissenlosen Pack, das sich aus der Nazizeit fast unangetastet und nahtlos in die neue

Gesellschaft der BRD eingefügt hat!«, holte er gleich zum Rundumschlag auf alle aus, die er dafür verantwortlich machte, dass seine Karriere im Westen ein so klägliches Ende gefunden hatte. »Das fing ja schon unter Adenauer an! Für den begann Asien bekanntlich ein paar Zugstunden östlich von Köln. Der so genannte freie Westen, in dem die Großkonzerne und das schwarze Gesindel mit den richtigen Parteibuch das Sagen haben, hat den Osten doch systematisch ausbluten lassen.«

»Auch wenn einiges so falsch nicht ist, muss man das ja wohl eine sehr eigenwillige, um nicht zu sagen verquere Darstellung von geschichtlichen Tatsachen nennen«, meldete Konrad vorsichtigen Widerspruch an.

»Dummes Zeug!«, fuhr ihn der Vater ergrimmt an. »Ewig von der Wiedervereinigung zu faseln, wie es die reaktionäre Presse im Westen tut, ist unverantwortlich und hat die DDR bloß dazu gezwungen, die Mauer zu bauen. Eine Wiedervereinigung wird es nicht geben. Jeder, der etwas aus der Geschichte gelernt hat, weiß das.«

Henno, der dem hitzigen Wortwechsel verblüfft zugehört hatte, meldete sich nun mit einem zaghaften Einwand zu Wort. »Bei allem Respekt, Herr Dr. Brüggemann, aber ich habe den Eindruck, Sie schütten das Kind mit dem Bade aus«, sagte er, seine Kritik sehr diplomatisch formulierend.

»Ach was!«, wehrte der Vater barsch ab. »Das ist so! Mit dem Gewäsch von einem wieder vereinten Deutschland wollen die Rechten bei uns im Land doch bloß Stimmung gegen die DDR und den Sozialismus machen. Diese Halunken von der CDU und CSU spielen ein ganz hinterfotziges Spiel mit dieser Utopie von einer Wiedervereinigung. Dabei wissen auch sie ganz genau, dass sich das Rad der Geschichte nicht zurückdrehen lässt. Grass hat schon Recht, wenn er immer wieder darauf hinweist, dass die Teilung Deutschlands in zwei eigenständige Staaten nicht nur vollendete Tatsache, sondern auch der gerechte Preis ist, den wir Deutschen für Auschwitz und all die anderen unsäglichen Verbrechen des Zweiten Weltkriegs zu zahlen haben!«

»Das ist ja interessant, dass deiner Meinung nach auch die nachgeborene Generation von Deutschen für die Sünden der Väter und Großväter büßen muss«, meinte Richard. »Das klingt sehr alttestamentarisch. Und das aus deinem Mund, der du dich doch immer so deiner Aufgeklärtheit rühmst!«

»Davon hast du noch nie etwas verstanden – und das scheint wohl auch so zu bleiben!«, blaffte ihn der Vater an.

»Entschuldigen Sie, aber nach dieser Logik müssten auch die USA für ihre Verbrechen in Vietnam ein paar Bundesstaaten als Strafe abtreten«, sagte Henno trocken.

»Verdient hätten sie es!«, sagte der Vater aufgebracht. »Aber auch wenn es rein theoretisch eine Möglichkeit zur Wiedervereinigung gäbe, würden es die vier Mächte nicht zulassen. Und das aus gutem Grund.«

»Was ist denn hier los?«, rief die Mutter, die mit frischem Kaffee kam, ungehalten.

»Nichts weiter als eine unserer üblichen angeregten politischen Debatten«, sagte Konrad. »Baba hat mal wieder seine ganz eigene Ansicht zur politischen Lage. Ich denke, Henno ist da noch ein wenig gewöhnungsbedürftig. Aber wenn er ihm noch länger zuhört, versucht er vielleicht sogar, wieder reumütig ins kommunistische Paradies zurückzukehren.«

*

Es wurde ein ereignisreicher Sommer, in dem Richard entscheidende Weichen passierte, ohne sich dessen zu jenem Zeitpunkt bewusst zu werden.

Mit Beginn der amerikanischen Semesterferien kam Burkhard für einige Forschungswochen nach Genf ans CERN. Am Ende seines Aufenthalts überwand sich Rojana, wieder einmal nach Europa zu kommen und mit ihm einige Tage in Düsseldorf zu verbringen.

Die Atmosphäre zwischen ihr und den Eltern wirkte auf Richard wie ein stillschweigender Waffenstillstand. Die Spannung und

die gegenseitigen Vorbehalte schienen mit Händen greifbar zu sein.
»Mit der Anerkennung ihrer Schulabschlüsse und angeblichen europäischen Studien haperte es offenbar auch im gelobten Land jenseits des großen Teiches«, stellte der Vater sarkastisch fest, als Burkhard von Rojanas Problemen beim Studium der Pädagogik in den USA berichtete.
Wenn Richard auch nicht so recht wusste, was er von seiner persischen Schwägerin und ihren Eigenheiten halten sollte, so hatte er ihre große Intelligenz und Sprachbegabung doch nie in Zweifel gezogen. Schwierigkeiten hatte er dagegen gehabt, ihren Klagen Glauben zu schenken, dass sie in Deutschland ständiger Diskriminierung ausgesetzt sei.
Er leistete ihr jedoch im Stillen beschämt Abbitte, als er während der wenigen Tage, die er mit Burkhard und Rojana verbrachte, mehrmals Zeuge von rassistischen Bemerkungen und herabwürdigenden Behandlungen wurde. Als er sie einmal beim Einkaufen begleitete, stellte er fest, dass man ihn selbstverständlich siezte, Rojana aber ausnahmslos duzte. In einem Kaufhaus bediente die Frau an der Kasse alle Kunden, die dort in der Schlange standen. Als Rojana endlich an der Reihe war, erklärte sie barsch und in typischem Gastarbeiterdeutsch, als wisse sie genau, mit wem sie es da zu tun habe: »Ich jetzt geschlossen. Du drüben anstellen!«
Als Rojana in fließendem fehlerfreiem Deutsch protestierte, bekam sie von der Kassiererin eine noch größere Unverschämtheit zu hören. »Wenn es dir hier bei uns nicht passt, dann geh doch wieder in dein türkisches Kuhdorf zurück! Sich bei uns eine goldene Nase verdienen und dann auch noch frech den Mund aufreißen, das haben wir gerne!« Und in Richtung der deutschen Kunden fügte sie noch voller Entrüstung hinzu: »Das fehlt ja noch, dass man sich als anständige Deutsche im eigenen Land von solchen Leuten anraunzen lassen muss!«
Ein anderes Mal verstellte ihnen auf dem Münsterplatz eine Gruppe Jugendlicher, bei denen es sich ihren Tätowierungen und

Hakenkreuzemblemen auf der schwarzen Lederkleidung nach zweifellos um Neonazis handelte, den Weg. »Schämst du dich denn gar nicht, dich mit einer Ausländermöse einzulassen, Alter? Du hast wohl keine Deutsche abgekriegt, dass du es mit 'ner billigen Türkenmutti treiben musst, he?« Dass die Neonazis nicht auch noch handgreiflich wurden, verdankten die beiden nur einem glücklichen Zufall: Ein Streifenwagen tauchte auf der anderen Seite des Platzes auf, worauf die fünf Rechtsradikalen schnell weiterzogen.

Burkhard erzählte Richard noch andere haarsträubende Geschichten, die ihn als Deutschen beschämten und die verständlich machten, weshalb Rojana Deutschland nur zu bereitwillig verließ.

Zu den wichtigen Ereignissen in diesem Sommer, in dem er zusammen mit Cäsar auch einige Tage voll zwiespältiger Erfahrungen bei Bruno in Berlin verbrachte, gehörte der Kontakt, den er zu einem großen Münchner Taschenbuchverlag knüpfte. Der Verlag wollte sein Programm ausweiten und nahm Richard mit dessen erstem historischem Roman unter Vertrag. Richard wollte die Lebensgeschichte des Schweizer Aussiedlers John Sutter schreiben, der sich im Sacramento-Tal durch jahrelange harte Plackerei zum ungekrönten König hochgearbeitet hatte – und der sein gewaltiges Lebenswerk schließlich verlor, als 1848 auf seinem Land Gold gefunden wurde und der legendäre Goldrausch von Kalifornien ausbrach.

Richard hoffte, wegen des Umfangs des Romans und der aufwändigen Vorstudien und Recherchen vor Ort einen Vorschuss von mindestens sechstausend Mark aushandeln zu können. Die Lektorin bot ihm viertausend – und er nahm an, weil er das Buch unbedingt schreiben und sich im Genre des historischen Romans beweisen wollte. Er unterschrieb sogar noch Verträge für zwei weitere historische Romane, die in den nächsten Jahren erscheinen sollten. Er musste sich freilich damit abfinden, dass er diese historischen Romane nur durch Lohnarbeit für die Yellow Press finanzieren konnte, denn die viertausend Mark Honorar für den

Sutter-Roman waren schon aufgebraucht, lange bevor er das erste Wort niederschrieb. Sie deckten nicht einmal die Kosten für Flug, Mietwagen und Übernachtungen, die für eine sorgfältige Recherche vor Ort anfielen.

»Dass sie mich als Nobody ausnutzen, während sie ihren Verkaufsstars das Geld nachwerfen und auch noch die Füße küssen, weiß ich selber«, sagte er zu Cäsar, als der Bedenken anmeldete, sich für so wenig Geld so viel Arbeit zu machen. »Wichtig ist mir im Augenblick nur, dass ich auf meinem Weg nach oben vorankomme – auch wenn es die Ochsentour ist. Aber irgendwann wird sich das Blatt wenden, das sage ich dir!«

Cäsar lachte. »Ich wünschte, ich hätte auch nur einen Fingerhut voll von deiner Entschlossenheit und Durchhaltekraft«, sagte er, um augenblicklich ernst und bedrückt zu werden, trug er sich doch wieder einmal mit dem Gedanken, das Studium hinzuschmeißen. Jede schwere Prüfung und jede Hausarbeit stürzte ihn in Selbstzweifel und in Versuchung aufzugeben. Ihn zum Durchhalten zu motivieren wurde immer schwerer.

Das Ereignis, das alle wichtigen Entwicklungen im Sommer 1978 weit in den Schatten stellte, nahm seinen Anfang mit dem 17. Juni und machte den Tag der Deutschen Einheit für Richard zu einem unvergesslichen Datum.

Der Feiertag begann mit einer Wanderung durch die Wälder des Bergischen Landes, an der Richard und Margret auf Einladung ihres Vermieters teilnahmen. Dieser veranstaltete seit Jahren für seinen großen Freundeskreis und besonders geschätzte Kunden seiner Supermärkte am 17. Juni eine mehrstündige Wanderung, die stets in dem großen Partykeller seiner Villa endete und dort in ein großartiges Fest überging.

Als Richard mit Margret auf dem Parkplatz eintraf, wo die Wanderung begann, schlug das Wetter um. Der Himmel bezog sich, und obwohl es warm war, fielen ein paar Tropfen Regen. »Ich hätte doch meinen Anorak mitnehmen sollen!«, ärgerte sich Margret.

In ihrer Nähe stand ein hoch gewachsener Mann mit goldge-

rahmter Brille, akkurat geschnittenem Schnurrbart und einem eleganten schwarzweiß gepunkteten Halstuch im Ausschnitt seines Oberhemdes mit breiten, langen Kragenspitzen. Am linken Handgelenk baumelte ein ledernes Handtäschchen, wie es bei vielen Männern gerade Mode war. Er befand sich in Begleitung seiner hübschen blondhaarigen Frau und seiner beiden Kinder, einem langhaarigen Mädchen, das um die sechzehn Jahre alt sein mochte, und einem mehrere Jahre jüngeren Jungen.
Dieser Mann hörte Margrets Bemerkung, zog augenblicklich seine gefütterte Windjacke aus und bestand mit wortreichen, Sätzen darauf, dass sie sein Angebot annahm, weil er sonst diese Wanderung nicht mehr genießen könne. »Sie die ganze Zeit unwohl und von Bedauern gequält zu wissen, sich nicht für die rechte Kleidung entschlossen zu haben, wobei Sie natürlich eine Hellseherin hätten sein müssen, um diesen Umschwung vorauszusehen, also diese physische wie psychische Disposition Ihrerseits würde ihren betrüblichen Schatten auch auf mich werfen«, beteuerte er, ohne sich in den Nebensätzen zu verheddern.
»Bitte nehmen Sie die Jacke meines Mannes!«, mischte sich nun seine Frau ein und sagte mit einem nachsichtigen Lächeln: »Mein Mann wird Ihnen sonst auf der Wanderung keine ruhige Minute lassen, bis Sie die Jacke genommen haben. Er friert auch wirklich nicht so schnell.«
Ihr Gatte nickte und deutete eine Verbeugung an. »Gestatten, dass ich Ihnen meine Familie und mich vorstelle? Günther Brechtel ... meine Frau Christine. Und hier unsere Kinder Dagmar und Axel.«
Und so lernten Richard und Margret die Familie Brechtel kennen. Man fand sich sympathisch, und nach dem 17. Juni entwickelte sich zwischen ihnen schnell reger Kontakt, der schon im Herbst zu einer herzlichen Freundschaft führte. Ein Kuriosum, an dem Richard viel Freude hatte, war, dass er ausgerechnet in dem aufgeweckten zehnjährigen Axel zum ersten Mal auf einen seiner Leser traf. Denn als er ihm auf seine Fragen hin erzählte, auch mehrere Sciencefictionromane für Jugendliche

geschrieben zu haben, und ihm ein paar Titel nannte, da fiel der Junge aus allen Wolken, denn er besaß zwei von diesen Büchern, und sie hatten ihm sogar »ganz toll« gefallen.
Sie verbrachten viele anregende Abende miteinander, und wenn Günther Brechtel, stellvertretender Geschäftsführer einer mittelständischen Einkaufsorganisation, häufig auch recht eigentümliche Satzmonster zurechtdrechselte und bei seinen philosophischen Betrachtungen oft mehr wortreichen Schaum als Inhalt produzierte, so war er doch ein guter Unterhalter – und vor allem ein Kavalier der alten Schule, der es in Stilfragen peinlich genau nahm.
Für Richard brachten die letzten Monate des Jahres eine Flut von Arbeit, in der er unterzugehen drohte, sodass er kaum noch von der Schreibmaschine wegkam. Auch Margret klagte zunehmend über die Belastung, der sie sich in der Schule ausgesetzt sah. Sie musste Lehramtsanwärter betreuen, häufig nach dem Unterricht mit Eltern von Problemkindern reden und ständig zu Lehrerkonferenzen, die sich bis in den späten Nachmittag hineinzogen. Einerseits war Richard ganz froh darüber, dass Margret so beschäftigt war und häufig spät nach Hause kam, konnte er deshalb doch bis in den Abend hinein arbeiten, ohne sich Klagen von ihr anhören zu müssen, dass er so wenig Zeit für sie fand. Aber andererseits litt ihre Ehe darunter, besonders in sexueller Hinsicht, da sie beide bis über die Ohren in Arbeit steckten. Nur noch selten rafften sie sich dazu auf, in den Armen des anderen Lust und Erfüllung zu suchen.
Seinem Bruder Konrad erging es noch viel schlechter. Zwei Wochen vor Weihnachten gestand er ihm, dass Verena den Schlussstrich unter ihre Ehe gezogen habe und in eine Frauenwohngemeinschaft gezogen sei. »Aber sag den Alten noch nichts davon! Wir wollen damit bis nach den Festtagen warten.«
Nach Weihnachten verbrachten Richard und Margret gemeinsam mit Günther und Christine ein verlängertes Wochenende in Winterberg. Am Morgen nach ihrer Ankunft brachen sie nach dem Frühstück zu einer Schneewanderung auf.

»Lass die beiden mal vorgehen«, sagte Christine zu Richard, als sie aus dem Hotel in die herrliche Wintersonne traten. »Ich muss was mit dir bereden.«
»So? Was denn?«, fragte Richard ahnungslos.
»Günther hat mir heute Nacht gestanden, dass er eine Affäre hat.«
Abrupt blieb Richard stehen. Jetzt fielen ihm Christines gerötete Augen auf und wie übernächtigt sie aussah. »Wie bitte?«, stieß er ungläubig hervor. »Eine Affäre? Mit wem denn?«
»Mit deiner Frau – und das schon seit Monaten!«
Richard fiel aus allen Wolken. Die ungewöhnlich vielen Konferenzen und anderen Besprechungen, die Margret im vergangenen halben Jahr angeblich so oft bis in den Abend in der Schule gehalten hatten, erschienen auf einmal in einem völlig neuen Licht.
Auf den ersten Schock, von Margret monatelang betrogen und hintergangen worden zu sein, nachdem sie ihm vor einem Jahr noch wiederholt mit Selbstmord gedroht hatte, wenn er nicht zu ihr zurückkehre, folgte jedoch schnell unendliche Erleichterung. Gut, er hatte dieses eine Jahr und aufgrund der Umzüge und neuen Hauseinrichtungen eine Menge Aufwendungen verschenkt. Aber er trauerte weder der verlorenen Zeit noch dem Geld nach. Die Sache betrachtete er vielmehr als persönlichen Fingerzeig. Deutlicher als durch eine leidenschaftliche Affäre hätte Margret gar nicht zur Einsicht gelangen können, dass sie ihn nicht brauchte, um im Leben Glück und Erfüllung zu finden. Jetzt hatte er seine Freiheit zurückgewonnen! Insgeheim war er Margret dankbar für ihre Untreue, behielt dieses euphorische Gefühl der Erlösung jedoch aus Rücksicht auf Christines Verzweiflung für sich.
Für Christine brach in diesen Tagen der Jahreswende eine Welt zusammen. Nach siebzehn Ehejahren stürzte sich ihr Mann, im Freundeskreis als kompromissloser Verfechter moralischer Integrität und ehelicher Treue bekannt, in ein Verhältnis mit einer zehn Jahre jüngeren Frau und nahm die Zerstörung seiner Familie in Kauf.

Christine sah, wie sich die Liebesmühen von fast zwanzig Jahren in einen Scherbenhaufen verwandelten, ohne dass sie etwas dagegen unternehmen konnte. »Ich habe gearbeitet, um ihm durch das Studium zu helfen; ich habe die Tyrannei seiner Mutter, die ich all die Jahre bei uns im Haus versorgt und gepflegt habe, ertragen; ich habe zwei wunderbaren Kindern das Leben geschenkt und alles getan, damit er im Beruf vorankommt und zu Hause alles nach seinen Wünschen vorfindet«, sagte sie unter Tränen zu Richard. »Und all das zählt nicht mehr, weil er in Margret angeblich die Seelenverwandtschaft entdeckt zu haben glaubt, die er angeblich bei mir nicht gefunden hat, was ihm aber erst nach neunzehn Jahren zu Bewusstsein gekommen ist, denn so lange sind wir schon zusammen.«

Richard versuchte sie zu trösten, soweit es in seiner Macht stand, und ging im Stillen davon aus, dass sie nun, nachdem Margret und Günther ihr Verhältnis offen eingestanden, über die logischen Konsequenzen reden würden, die ja nur in der Scheidung beider Ehen bestehen konnten.

Doch weit gefehlt! Was jetzt folgte und sie über Monate hinweg fast jeden Abend bis spät in die Nacht in einen Diskussionsmarathon verstrickte, der sich immer und immer wieder im Kreis drehte, sollte Richard später wie eine Mischung aus absurdem Theater und Ingmar-Bergman-Ehedramen vorkommen.

Günther dachte nämlich gar nicht daran, sich von Christine zu trennen, wollte aber auch Margret nicht aufgeben. Er beteuerte, sie beide zu lieben, jede eben auf eine andere Art, und er war nicht von dem Gedanken abzubringen, dass es eine andere Möglichkeit als eine Scheidung geben müsse. Sie lebten doch in aufgeklärten fortschrittlichen Zeiten, in denen die verschieden gelagerten Bedürfnisse in einer Ehe, die jenseits bürgerlicher Moralvorstellung lagen, von allen Beteiligten ausgelebt werden konnten – wenn nur der gute Wille von allen Beteiligten vorhanden war. Man könne doch beispielsweise gemeinsam einen Bauernhof kaufen und dort …

»Willst du damit sagen, dass dir so etwas wie eine Ehe zu viert vorschwebt?«, fiel Richard ihm ungläubig ins Wort. Er hatte zunehmend Schwierigkeiten, auf Günthers geschwollene Satzgebilde nicht mit Aggression zu reagieren. »So im Sinne von: an ungeraden Tagen verbringt Margret die Nacht bei dir und an geraden Tagen ist Christine an der Reihe?«

»Das scheint mir eine sehr prosaische, um nicht zu sagen platte und allzu simplifizierte Beschreibung der Form des Zusammenlebens zu sein, die mir und Margret vorschwebt«, antwortete Günther pikiert, als habe Richard sich einer vulgären Geschmacklosigkeit schuldig gemacht, wo es doch um das noble Konzept einer modernen Ehe ging.

Aber genau darauf lief all das blumig verquollene Gerede hinaus, mit dem sie eine Nacht nach der anderen zum Tag machten, wobei ihnen die Cognacflasche mehr und mehr zum stummen und arg strapazierten Begleiter wurde, als erhofften sie sich vom Alkohol Rat oder Erleuchtung.

Kaum begreiflich erschien es Richard später, dass es ihnen gelang, sich vor Dagmar und Axel nichts anmerken zu lassen. Von den nächtlichen Dramen drang nichts ans Ohr der Kinder. Für sie schien alles seinen gewohnten Gang zu gehen, einmal davon abgesehen, dass ihre Eltern sich sehr oft mit ihren neuen Freunden trafen.

Richard kam es so vor, als führe er eine Doppelexistenz, denn tagsüber absolvierte er mit eiserner Disziplin weiterhin sein Schreibpensum, was ihm nur dank der Fähigkeit möglich war, alles, was nichts mit seiner Arbeit zu tun hatte, für acht, neun Stunden aus seinem Bewusstsein zu verdrängen. Auf Dauer überstieg dieser Zustand jedoch die Grenzen seiner physischen und psychischen Belastbarkeit. Er spürte die gefährliche Kraft, die Günther und Margret mit ihren endlosen nächtlichen Debatten und Beschwörungen, dass es doch eine Lösung für ein Zusammenleben zu viert geben müsse, erzeugten. Sie war wie ein Sog, der ihn allmählich gegen seinen Willen erfasste – und der ihn mit sich in die Tiefe reißen würde, wenn er sich nicht mit aller Kraft gegen ihn wehrte und sich ihm entzog.

Cäsar war der Einzige, mit dem er über alles reden konnte. Und der beschwor ihn, diesem Spuk ein Ende zu bereiten. »Du musst die Reißleine ziehen, Richard, sonst gibt es eine Katastrophe!«
Drei Monate, die Richard wie ein endloser Albtraum vorkamen, hielt er durch. Und zwar hauptsächlich, weil er Mitleid mit Christine hatte und sich indirekt mitschuldig an der Zerstörung ihrer Ehe fühlte. Denn wenn er es mit Margret nicht noch einmal versucht hätte, wäre das alles nicht passiert.
Im Frühjahr begann Richard sich vormittags mit Christine zu treffen, um zu besprechen, wie sie diesem Albtraum ein Ende bereiten könnten. Günther und Margret hatten endgültig den Boden unter den Füßen verloren und verrannten sich in immer wahnwitzigere Ideen von einem gemeinsamen Zusammenleben – oder einem großen, fast religiös überhöhten Verzicht. Günther gab sich nach mehreren Cognacs gelegentlich einem absurden Gedankenspiel hin, in dem er auf seine »einzigartige und seelentiefe Liebe Margret« märtyrerhaft verzichtete, um ihr für den Rest seines Lebens in unsterblicher platonischer Liebe verbunden zu bleiben.
»Und mit dem Wissen, dass er mit seinen Gedanken und Sehnsüchten Tag und Nacht bei ihr ist, soll ich leben – und ihm vielleicht auch noch dankbar sein, weil er die große Gnade gezeigt hat, mich zumindest nicht physisch zu verlassen?«, empörte sich Christine eines Vormittags, nachdem Günther in der Nacht zuvor diese Idee des Verzichts wieder aufgetischt hatte. »Nein, so kann ich nicht leben! In Wirklichkeit hat er mich doch schon längst verlassen. Ihm fehlt bloß der Mut und der Anstand, auch dazu zu stehen.« Ihre Augen füllten sich mit Tränen. »Richard, ich halte es nicht mehr aus …«
Richard nahm sie in die Arme, um sie zu trösten, wie er es schon so oft zuvor getan hatte. Doch an diesem Vormittag geschah etwas, was sich ihrer beider Kontrolle entzog. Das tröstende Streicheln wurde zu einer Zärtlichkeit voll sexuellen Begehrens. Augenblicke später nahm er ihren Kopf in seine Hände und küsste sie, bevor er sich klarmachte, was er da tat. Und Christine

erwiderte seinen Kuss mit einer Verzweiflung, die nichts mit Liebe zu tun hatte, aber mit dem Verlangen nach Nähe, Trost, Geborgenheit und wohl auch nach einer Bestätigung, dass sie noch immer eine begehrenswerte Frau war – sogar für einen zehn Jahre jüngeren Mann.

»Wir hätten es nicht tun sollen«, sagte Richard hinterher, als sie erschöpft im Bett lagen. »Ich möchte dir keine Hoffnung auf etwas machen, was mit Sicherheit nicht eintreten wird. Du weißt, ich bin ein gebranntes Kind.«

»Mach dir keine Sorgen! Ich weiß, was es bedeutet und was es nicht bedeutet«, antwortete sie.

»Gut, aber ich werde dir helfen, wo ich kann«, versprach er. »Zuerst muss jedoch Klarheit geschaffen und diesem wahnwitzigen Hin und Her ein Ende gemacht werden! Ich will die Scheidung – und nichts anderes.«

»Ich auch.«

Es war Anfang April, als Richard und Christine sich weigerten, weiter nächtelang über Möglichkeiten des Zusammenlebens zu debattieren. Sie bestanden auf der Scheidung. Günther und Margret reagierten darauf erst mit dem Vorwurf, die ideale Lösung all ihrer Probleme würde nun am mangelnden guten Willen der beiden anderen scheitern. Aber dann waren sie sehr schnell mit der Ankündigung zur Hand, dass sie natürlich sofort heiraten würden, sowie die Scheidung ausgesprochen sei.

Richard beschloss, so bald als möglich nach München zu ziehen, weil die Stadt nun mal die unbestrittene Metropole der Verlagsbranche war. Er schlug vor, Christine solle ihn für eine Woche begleiten, die er dort auf Wohnungssuche verbringen wolle. Auch Günther und Margret hielten das für eine gute Idee. Etwas Abstand voneinander zu gewinnen werde allen gut tun.

Christine und Günther hatten vereinbart, den Kindern die Nachricht vom Scheitern ihrer Ehe und der bevorstehenden Scheidung gemeinsam und so schonend wie möglich beizubringen, und zwar erst am Ende des Schuljahres, damit der erste Schock in die Sommerferien fiel und die beiden Zeit hatten, sich ein wenig an die veränderte Situation zu gewöhnen. Am Morgen, als Richard mit Christine nach München fuhr, gab Günther ihr noch einmal sein Ehrenwort, dass Dagmar und Axel von der Scheidung nur von ihnen zusammen erfahren würden.

Die Wohnungssuche in München verlief erfolgreich. Schon am dritten Tag fanden sie im grünen Stadtteil Solln eine ideale Junggesellenwohnung mit vierundsechzig Quadratmetern Wohnfläche und einer mit Büschen und kleinen Bäumen bepflanzten geräumigen Dachterrasse. Und Richard konnte schon zum 1. Mai einziehen.

Als sie nach Bergisch Gladbach zurückkehrten, durfte Christine nicht mehr zu ihren Kindern nach Hause zurück. Margret war bei Brechtels eingezogen – und Günther hatte sein Wort gebrochen. Zusammen mit Margret hatte er den Kindern und seiner Mutter schon alles erzählt, vor allem, dass Christine mit Richard ein Verhältnis begonnen habe und schon bald mit ihm nach München ziehen werde.

*

Aus Rücksicht auf die Kinder, um ihnen ein noch größeres Trauma zu ersparen, verzichtete Christine darauf, Polizei und Gericht zu bemühen. Der Schaden, den Günther und Margret mit ihrem hinterhältigen Manöver und ihrer Verleumdung angerichtet hatten, ließ sich so schnell nicht wieder gutmachen. Dagmar und Axel begegneten ihrer Mutter mit schmerzhaftem Misstrauen. Und als es darum ging, bei wem sie leben wollten, entschieden sich beide unter Tränen für ihren Vater und die neue Frau in ihrem Haus, die sie nach allen Regeln der Verführungskunst für sich einnahm und gegen die eigene Mutter aufbrachte, wie Richard von Cäsar erfuhr.

»Das wird nicht von Dauer sein. Dagmar und Axel sind verstört, verletzt und daher empfänglich für die verzuckerte falsche Art, mit der Margret sie um den Finger wickelt. Es tut mir selbst weh, es sagen zu müssen, aber leider kenne ich meine Schwester zu gut.

Sie will Günther mit Haut und Haaren, und um dieses Ziel zu erreichen, ist ihr jedes Mittel recht. Und da ist auch für niemand anderen Platz, schon gar nicht für die Kinder der Exfrau! Wartet mal, bis die Scheidung ausgesprochen ist und sie Frau Brechtel heißt! Dann wird sie ihr wahres Gesicht zeigen – und das wird weder deinen Kindern noch deiner Schwiegermutter gefallen!«, sagte Cäsar zu Christine und sprach damit dasselbe aus, was auch Richard immer und immer wieder zu ihr sagte, um sie zu trösten und ihre Hoffnung zu stärken, dass Dagmar und Axel schon noch hinter die Wahrheit kommen und zu ihr zurückfinden würden.

Gegenüber Christine und Richard zeigte Margret schon jetzt ihr wahres Gesicht. Als Christine bei einem Treffen, bei dem sie in einer Pizzeria über die Scheidung reden wollten, die Frage nach dem Unterhalt anschnitt, gab Margret sich empört. »Wofür willst du denn Unterhalt? Was hast du denn in deinem Leben schon geleistet, das einen Anspruch rechtfertigen würde?«, fragte sie geringschätzig. »Du bist nichts und hast noch nicht einmal was Anständiges gelernt!«

Christine war sprachlos über so viel Arroganz und Verachtung – und dass Günther, der kein Wort zu dieser Unverschämtheit sagte, ihr dabei noch ins Gesicht blicken konnte, ohne vor Scham im Boden zu versinken.

»Entschuldige mal!«, protestierte Richard. »Christine hat Günther durchs Studium gebracht, zwei Kinder aufgezogen, siebzehn Jahre für Günthers Mutter gesorgt und einen Haushalt geführt.«

»Na und? Was ist das denn schon?«, wischte Margret den Einwand abfällig vom Tisch. »Sie ist ja wohl noch jung genug, um sich ihren Lebensunterhalt selbst zu verdienen – bei Tengelmann werden gerade Kassiererinnen gesucht.«

»Das reicht! Komm, das müssen wir uns nicht anhören!«, sagte Richard und stürmte mit Christine aus der Pizzeria.

Er bot ihr an, mit ihm nach München zu gehen, weil er es mit seinem Gewissen nicht vereinbaren konnte, sie in ihrem derzeitigen Zustand allein zu lassen. Zudem mochte er sie, sehr sogar, auch wenn er sich hütete, das Wort Liebe in seinen Gedanken auftauchen zu lassen. Er wollte seine Freiheit genießen, und daraus machte er auch Christine gegenüber keinen Hehl. Das gebot die Fairness.

»Ich mag dich, Christine, der Sex ist großartig und wir kommen auch sonst gut aus. Aber das ist es. Ich kann und werde dir nichts versprechen«, sagte er ganz offen, als er ihr das Angebot machte, erst einmal bei ihm in München einzuziehen. »Es kann in einem Monat aus sein, vielleicht hält es auch ein halbes Jahr oder sogar ein ganzes. Ich weiß es nicht, und ich will es auch nicht wissen. Das Einzige, was ich mit Sicherheit weiß, ist, dass ich von der Ehe kuriert bin und nicht wieder heiraten werde. Und dass ich dir sehr gerne helfe, wieder auf die Beine zu kommen.«

Sie nickte stumm, weinte und zog mit ihm nach München.

Günther zahlte ein Jahr lang monatlich fünfhundert Mark Unterhalt. Danach stellte er die Zahlung ein. Christine sollte nie auch nur eine weitere Mark Unterhalt von ihm zu sehen bekommen.

»Du lebst doch jetzt mit Richard in einer eheähnlichen Gemeinschaft, da hast du keinen Anspruch mehr auf Unterhalt«, ließen Günther und Margret verlauten. »Richard ist doch gut im Geschäft und kann bequem für dich sorgen.«

Das Verhalten von Günther und Margret nahm von Monat zu Monat groteskere Züge an, sodass nicht nur Richard und Christine, sondern auch Cäsar schon bald von einer ausgewachsenen Psychose sprachen. Es fing damit an, dass sie ihr Telefon abstellten und sich Anrufe verbaten. Wenn Christine die Kinder sprechen wollte, hatte sie zwei Wochen vorher einen Brief zu schreiben und anzugeben, um wie viel Uhr sie das Gespräch zu führen gedachte. War ihnen Tag und Uhrzeit genehm, was nicht immer der Fall war, bestätigten sie den Termin und stellten das Telefon zu dem vereinbarten Zeitpunkt an.

Als Nächstes erteilten sie ihnen das »Verbot«, bei ihnen zu klingeln, wenn sie sich in Bergisch Gladbach aufhielten und die Kinder zu einem abgesprochenen Treffen abholen wollten. Die

Berührung ihrer Klingel, so ließen Günther und Margret sie wissen, bedeute eine erhebliche Verletzung der ihnen heiligen Privatsphäre. Die beiden hatten vor dem Haus zu warten. Zudem »untersagten« sie ihnen, bei ihren Aufenthalten in Bergisch Gladbach in einem nahe gelegenen Hotel zu übernachten, da dies »ihre« Stadt sei. Hielten sie sich nicht an diese und weitere Auflagen, würden sie sich gezwungen sehen, weitere Treffen mit den Kindern zu unterbinden.

Von Dagmar und Axel erfuhren sie, dass es ihnen verboten war, den Namen Christine oder Richard in Gegenwart des Vaters und der Stiefmutter zu erwähnen, wie sie auch kein Wort darüber verlieren durften, was sie mit ihnen unternommen und erlebt hatten, wenn sie für ein Wochenende oder in den Ferien bei ihnen in München zu Besuch gewesen waren. In ihren Zimmern ein Bild der Mutter aufzustellen wurde ihnen gleichfalls verwehrt. Dieser Teil ihres Lebens, der ihre Mutter und Richard zum Inhalt hatte, musste totgeschwiegen werden.

Als im Jahr darauf die Scheidung, bei der Christine aus einer Mischung aus falschem Stolz und psychischer Zermürbung auf jeglichen Unterhalt verzichtete, rechtskräftig wurde, heirateten Margret und Günther umgehend. Und sofort begann Margret ihr wahres Gesicht zu zeigen. Sie sorgte dafür, dass der Kontakt auch noch zu den letzten alten Freunden abgebrochen wurde. Jeder, der die Wahrheit über die tatsächlichen Ereignisse kannte, die zur Scheidung geführt hatten, wurde aus ihrem Leben gestrichen. Sie und Günther gaben das gemietete Haus auf, in dem Christine siebzehn Jahre lang für die Schwiegermutter gesorgt hatte, und bezogen eine Eigentumswohnung. Dass die Schwiegermutter dort keinen Platz mehr fand und nun ins Altersheim musste, kam für keinen Eingeweihten als Überraschung. Auch das Klavier, das Christine einmal preiswert für die Kinder erstanden und herrichten lassen hatte, wurde rücksichtslos auf die Straße zum Sperrmüll gestellt. Und Weffi, der noch junge Hund der Familie, wurde eingeschläfert, ohne dass dafür ein medizinischer Grund vorlag. Alles, was auch nur irgendwie an Christine

und an Günthers erste Ehe erinnern konnte, wurde ausrangiert und auf den Müll geworfen.
Blieben nur noch Dagmar und Axel.

*

Im Sommer 1979 kam Konrad auf den Gedanken, dass Richard gut genug verdiene, um ihm mal unter die Arme zu greifen. Er hatte seine Tutorenstelle aufgegeben, weil er das Interesse an einer Universitätslaufbahn verloren hatte, sich arbeitslos gemeldet und nun befunden, dass es Zeit für einen neuen Wagen sei. Aber statt sich mit einem gebrauchten Kleinwagen zu bescheiden, musste es ein teurer sportlicher Wagen sein, ein brandneuer Golf GTI.
»Ich brauche für die Bank eine Bürgschaft, sonst kriege ich den Ratenkredit nicht«, teilte er Richard am Telefon mit. »Und da habe ich an dich gedacht, Bruderherz.«
»Wie hoch soll die Bürgschaft denn sein?«
»Zwanzig Mille.«
Richard schluckte. »Heiliger Otto, für so viel Schotter soll ich den Kopf hinhalten? Du musst mich für einen Krösus halten!«
»Nun hab dich mal nicht so! Bei dir klingelt es bestimmt ordentlich in der Kasse, wo du doch ein Buch nach dem anderen und all die netten Geschichten für diese Zeitschriften produzierst.«
»Das bringt weniger ein, als du denkst. Außerdem muss ich dafür auch ackern wie ein Verrückter. Oder glaubst du vielleicht, mir fällt das in den Schoß?«
»Das ändert aber nichts an der Tatsache, dass du nun mal eine Menge mehr Geld hast als ich.«
»Hast du schon mal daran gedacht, einen ganz stinknormalen Job anzunehmen, statt dem Alten auf der Tasche zu liegen und dir von ihm alles bezahlen zu lassen, was dein Arbeitslosengeld nicht abdeckt – und bei deinen teuren Hobbys ist das ein Haufen Geld jeden Monat!«, hielt Richard dem Bruder vor. »Du könntest auf dem Flughafen bei den Frachtfirmen Nachtschichten machen, für Coca-Cola Getränkekisten ausfahren oder dir als Taxifahrer

etwas verdienen. Mann, es gibt doch genug Jobs. Man muss nur wollen!«

»Dafür habe ich doch nicht sechs Jahre studiert!«, kam Konrads entrüstete Antwort. »Außerdem arbeite ich an meiner Doktorarbeit.«

»Das unterscheidet uns eben, Conny! Ich bin mir nie zu schade gewesen, einen einfachen Job anzunehmen, um finanziell auf eigenen Beinen zu stehen. Lieber schreibe ich für die Yellow Press oder fahre notfalls einen Baulaster, als mich mit Ende zwanzig noch von den Eltern aushalten zu lassen.«

»Blödmann!«

»Salonbolschewist!«

Für einige Sekunden herrschte Schweigen. Dann fragte Konrad brummig: »Was ist nun? Bist du bereit für die Bürgschaft oder nicht?«

Wie sehr er sich oftmals auch über Konrad ärgerte, er war und blieb doch sein Bruder. »Okay, schick mir die Papiere!«

»Mach ich sofort«, sagte Konrad erleichtert. Kein Danke, aber das war nichts Neues. »Sag mal, bist du noch immer mit dieser Frau zusammen, die zwei schon fast erwachsene Kinder hat?«

»Ja, bin ich, und erwachsen sind sie noch längst nicht.«

»Wenn du wüsstest, wie sich die Alten darüber aufregen, dass du dich mit einer zehn Jahre älteren Frau eingelassen hast. Sie sagen, die benutzt dich bloß als Rettungsanker und nimmt dich aus. Also, ich finde das auch nicht gerade clever von dir.«

»Danke für deine Besorgnis, aber ich kann schon gut auf mich selbst aufpassen«, antwortete Richard reserviert. Die kritischen Vorbehalte, die die Eltern gegen seine neue Verbindung hatten, waren ihm wahrlich nicht unbekannt. Die wurden ihm bei jedem Besuch in Düsseldorf neu aufs Butterbrot geschmiert.

Drei Wochen später machte Burkhard einen Blitzbesuch bei ihnen in München. Eigentlich hätte er gar keine Zeit gehabt. Er wurde von Rojana und seinen Schwiegereltern, die dort schon seit einigen Monaten auf ihr Visum für die USA warteten, in

London erwartet. Nach der Vertreibung des Schahs und der Rückkehr des Ajatollah Khomeini hatte auch Rojanas Familie aus Teheran flüchten müssen. Wie Richard von Konrad erfuhr, der ihn telefonisch vorwarnte, hatte sich Burkhard jedoch auf Drängen der Eltern zu diesem Abstecher nach München bereit erklärt. »Er soll dir ordentlich ins Gewissen reden und sich mal Christine vornehmen, wie ich gehört habe«, teilte Konrad ihm mit. »Also zieh dich warm an!«

Burkhards Kurzbesuch gestaltete sich wie die Visitation eines Großinquisitors in einem Kloster, das der Verbreitung ketzerischer Praktiken und Lehren verdächtigt wurde. Richard hätte es sich noch gefallen lassen, wenn sein Bruder ihn beiseite genommen und ihm kritische Fragen gestellt hätte. Aber dass Burkhard bei seiner ersten Begegnung mit Christine nicht nur ein penetrantes Oberlehrergehabe an den Tag legte, sondern sie ohne jedes Taktgefühl mit seinen Fragen in die Enge trieb und Rechenschaft über ihre weiteren Lebensziele verlangte, nahm er ihm übel.

»Du wirst doch nicht die Hände in den Schoß legen und dich von meinem Bruder abhängig machen wollen, sondern wohl genug Ehrgeiz haben, etwas aus dir zu machen und dich weiterzubilden«, sagte Burkhardt vorwurfsvoll. »Möglichkeiten dazu gibt es ja genug. Man muss sich nur auf die Hinterbeine setzen.« Er tat, als habe er eine unmotivierte Studentin vor sich und nicht eine fast vierzig Jahre alte Frau und Mutter, die entsetzlich unter der Trennung von ihren Kindern litt und im Augenblick ganz andere Sorgen hatte als die Frage, wie man über die Abendschule zum Studium gelangte.

»Akademische Bildung ist nicht alles und schon gar kein Garant für Anstand und Toleranz – denn sonst sähe es in unserer Familie anders aus!«, sagte Richard verärgert, als Christine sich den Fragen und Belehrungen seines Bruders unter einem Vorwand entzog, blass und mit dem verletzenden Gefühl, gewogen und für zu leicht befunden worden zu sein.

Burkhard war sich seiner Kränkungen nicht bewusst, obwohl er

es doch hätte besser wissen müssen, denn auf ähnlich geringschätzige Art behandelten die Eltern Rojana.
Am meisten ärgerte sich Richard hinterher darüber, dass er seinem Bruder nicht schon gleich am Anfang in die Parade gefahren war und sich dieses Verhör und die Belehrungen verboten hatte. Er schämte sich, nicht mehr Rückgrat gezeigt zu haben. Warum nur fiel es so schwer, sich aus den alten familiären Strukturen zu befreien und von dem Gefühl zu emanzipieren, den älteren Brüdern ebenso wie den Eltern Rechenschaft schuldig zu sein? Und warum nur fielen einem immer erst nach einer solchen Auseinandersetzung die besten Erwiderungen und Argumente ein und nicht in der Hitze des Gefechtes, wenn man sie brauchte?

*

Im Herbst flog Richard mit Christine zu Recherchen für seinen ersten historischen Roman nach Kalifornien. Nach Deutschland zurückgekehrt, spürte er stärker denn je den Wunsch, sich aus der Enge seiner deutschen Heimat zu befreien und sich nicht allein auf sein berufliches Fortkommen zu konzentrieren.
»Ich möchte mich nicht schon mit neunundzwanzig Jahren an den Schreibtisch ketten und dem Ruhm und dem Mammon hinterherschreiben«, gestand er Christine. »Ich möchte die Welt sehen, Abenteuer erleben und Dinge tun, von denen ich jetzt noch nicht einmal den Schimmer einer Ahnung habe, dass ich sie einmal ausprobieren will. Ich möchte die Sucht nach Sicherheit, die mein Verstand mir einredet und die wie ein schleichendes Gift ist, gegen die Freiheit eintauschen – mit all ihren Risiken.«
Sein Leben als freischaffender Schriftsteller steckte zwar noch immer voller Risiken und Unwägbarkeiten, hatte aber doch schon viel mit den alltäglichen Zwängen gewöhnlicher Berufe gemein. Wenn er sich auch weiterhin mächtig ins Zeug legen und täglich eisern viele Stunden an der Schreibmaschine sitzen musste, so brauchte er sich doch mittlerweile keine großen Sor-

gen mehr zu machen, wovon er seine Rechnungen bezahlen solle. Zugleich merkte er aber auch, wie stark die Notwendigkeit, immer präsent zu sein, neuen Aufträgen hinterherzujagen sowie Termine einzuhalten, sein Leben bereits beeinflusste. Und ihn schreckte das Beispiel einiger älterer Kollegen, denen es finanziell sehr gut ging, die aber ihre einstigen Träume längst der materiellen Sicherheit geopfert hatten. Das sollte ihm nicht passieren, jedenfalls nicht mit neunundzwanzig. Hatte er sich denn nicht geschworen, seine Träume zu leben, statt sein Leben zu verträumen?

Sein Vorschlag, alles in Deutschland aufzugeben und mit ihm zu einer Reise um die Welt aufzubrechen, verlockte auch Christine. Aber sie zögerte wegen der Kinder, weil sie für sie jederzeit in erreichbarer Nähe sein wollte.

Das wäre eine gute Gelegenheit für Richard gewesen, sich elegant von Christine zu trennen, ohne sich große Vorwürfe machen zu müssen. Er tat es jedoch nicht, weil er sie an seiner Seite nicht mehr missen wollte. Er hatte Verständnis für ihre innere Zerrissenheit, glaubte jedoch nicht, dass sie sich und ihren Kindern einen Gefallen tat, wenn sie sich mit Günther und Margret einen verbissenen Kampf um die Zuneigung der Kinder lieferte und die nächsten Jahre sozusagen ein Leben in Wartestellung führte, völlig darauf fixiert, die uneingeschränkte Liebe ihrer Kinder zurückzugewinnen.

»Du musst Dagmar und Axel Zeit lassen, selbst dahinter zu kommen – und ich versichere dir, eines Tages werden ihnen die Augen aufgehen, und sie werden erkennen, welch ein falsches Spiel Margret mit ihnen treibt. Vielleicht ist es sogar ganz gut, eine Zeit lang weit weg zu sein. Manches wird einem erst aus der Distanz klar. So schwer dir auch das Warten fällt, sie müssen von selbst kommen, Christine – und sie *werden* kommen!«, versicherte er ihr und nahm sie in seine Arme, um sie zu trösten.

Sie sprachen über ihre Pläne mit Dagmar und Axel, als die Kinder einen Teil der Weihnachtsferien bei ihnen verbrachten. Es tat Christine gut, dass die beiden sich nicht mehr so vorwurfsvoll und verschlossen benahmen wie noch vor wenigen Monaten. Und als sie hörten, dass sie in den Ferien zu ihnen reisen konnten, wo immer ihre Mutter und Richard sich gerade in der Welt aufhielten, da fand die Idee von der abenteuerlichen Weltreise auch ihre Zustimmung.

Richard ignorierte die Verständnislosigkeit seiner Familie und auch die Warnung gut meinender Kollegen, dass er als Autor bei Verlagen und Agenturen schnell in Vergessenheit geraten und von neuen Aufträgen abgeschnitten sein würde, wenn er sich irgendwo unerreichbar in der Welt, fern der Münchner Small-Talk-Partys und Futtertröge herumtrieb.

»Notfalls fange ich bei meiner Rückkehr eben wieder ganz von vorn an«, sagte er mit dem grenzenlosen Optimismus und der Unbekümmertheit der Jugend. »Talent ohne Lebenserfahrung ist wie ein Rohdiamant ohne den richtigen Schliff.«

Im Frühjahr 1980 verkauften Richard und Christine alles, was sich zu Geld machen ließ: Auto, Motorroller, Stereoanlage und sogar einen Teil der Möbel. Den Rest stellten sie in einem angemieteten trockenen Kellerraum unter.

Nach einer mit Freunden durchzechten Nacht flogen sie mit leichtem Gepäck nach Texas in die amerikanisch-mexikanische Grenzstadt El Paso am Rio Grande. Dort kauften sie einen gebrauchten hochbockigen Geländewagen und einen acht Meter langen Wohnwagen. Und mit diesem Gespann zogen sie kreuz und quer durch die Staaten, frei wie die Vögel und getrieben von dem unstillbaren Durst nach Freiheit und Abenteuer.

*

Ein ganzes Jahr bereisten sie die USA und Kanada, wobei sie den Kontinent mehrere Male von Nord nach Süd sowie Ost nach West und umgekehrt durchquerten.

Richard hatte mit dem WDR in Köln vereinbart, unregelmäßig kleine Reiseberichte zu schicken. Viel Geld gab es nicht dafür, aber da sie preiswerte Campingplätze anfuhren und häufig auch auf den öffentlichen Rastplätzen der Interstates oder irgendwo in freier Natur übernachteten, konnten sie ihre Kosten niedrig halten. Zudem hatte Richard vor der Abreise noch einige Vorschüsse für Jugendbücher sowie Geschichten für die Yellow Press kassiert.

Die Reiseschreibmaschine kam zwar regelmäßig zum Einsatz, aber bestimmt wurde dieses erste Jahr in Amerika von den großen Abenteuern, die sie bewusst suchten und auch in Hülle und Fülle fanden.

Als sie die Wintermonate auf Key West verbrachten, dem letzten mit dem Auto erreichbaren Eiland der Inselkette im Süden von Florida, gelang es Richard und Christine, bei professionellen Schatztauchern anzuheuern. Sie lebten eine Zeit lang an Bord eines alten Kahns auf offener See zwischen Key West und Kuba, und Richard nahm als Taucher an der abenteuerlichen und gefährlichen Suche nach den Schätzen versunkener spanischer Galeonen teil – und das nicht erfolglos.

Das nächste große Abenteuer führte sie in die gewaltige Wasser-, Sumpf- und Mangrovenwildnis der Everglades, die sie in acht Tagen allein im Kanu durchquerten, wobei sie jeden Tropfen Trinkwasser mitnehmen und mehr Herausforderungen bestehen mussten, als sie sich hätten träumen lassen. Sie durchquerten in Mexiko die Halbwüste von Baja California bis nach La Paz hinunter mit dem Geländewagen, der ihnen in dieser Zeit auch als nächtliches Quartier diente. Und hoch in den Bergen der Sierra Nevada lebten sie bei einem Goldminer und arbeiteten in seiner Mine, die pro Tag einige tausend Dollar an Goldnuggets, Goldflocken und Goldstaub abwarf – aber zum Preis schwerster Knochenarbeit und höchster Lebensgefahr in den immer wieder einstürzenden Stollen.

Weder von den spanischen Galeonenschätzen noch vom Gold der Sierra Nevada erhielten sie einen Anteil, weil es schon ein Privileg war, überhaupt an Bord des Schiffes und in die Goldmine gelassen zu werden. Dafür boten Richard diese und andere Abenteuer reichlich Stoff für spannende Geschichten, und das

entsprechende Honorar füllte ihre arg strapazierte Reisekasse wieder auf, aus der auch Flugtickets für die Kinder zu bezahlen waren, wenn Dagmar und Axel in den Ferien zu Besuch kamen. Natürlich machten sie auch Abstecher nach Rochester zu Burkhard und Rojana sowie nach Nashville zu Richards Onkel Harry. Rojana quälte sich noch immer mit ihrem Studium, wobei Richard nicht herausfand, ob es sich dabei schon um den regulären Studiengang handelte oder erst um die Qualifikation dazu. In diesen Dingen behielten die beiden ihre Taktik der sehr vagen Antworten auf vorsichtige Fragen bei. Auch was Rojanas streitbaren Feminismus und ihre eigenwillige Haushaltsführung betraf, hatte sich nichts geändert. Das hinderte Richard jedoch nicht daran, die Entschlossenheit und Intelligenz seiner Schwägerin zu bewundern. Leider zeigte jedoch Rojana kein echtes Interesse daran, sich näher mit ihnen zu beschäftigen. So zog sie es vor, abends mit ihrem Hund in der Küche auf dem Boden zu sitzen, weil sie angeblich unbedingt mit ihm seine Lieblingssendung im Fernsehen ansehen musste, statt ihnen beim Abendessen am Tisch Gesellschaft zu leisten. Diese und ähnliche Absonderlichkeiten, mit denen sie sehr deutlich eine Distanz zwischen sich und ihren deutschen Verwandten schaffte – was auch dadurch zum Ausdruck kam, dass sie Richard und Christine gegenüber Nachbarn und Freunden mehrfach recht bezeichnend nicht als »ihren«, sondern als »Burkhards Besuch« vorstellte –, sorgten dafür, dass die beiden ihren Besuch in Rochester bald beendeten.
Bei Onkel Harry in Nashville blieben sie dagegen eine ganze Woche. Richard erkannte den Zwillingsbruder seines Vater, der in der Familie totgeschwiegen wurde, kaum wieder. Anstelle des stattlichen, lebensfrohen Mannes, wie er ihn in Erinnerung gehabt hatte, traf er einen von starkem Diabetes gezeichneten, kranken und verbitterten Mann an, der auch mit der Wahl seiner dritten Ehefrau einen fatalen Mangel an gesunder Urteilskraft bewiesen hatte.
»Ich habe ein großartiges Leben gehabt, aber niemals Glück mit Frauen«, gestand er ihnen. »Vielleicht ist das die Strafe für all

die grandiosen Gaunereien, die ich in meinem Leben begangen habe.«

»Was für Gaunereien?«, fragte Richard hellhörig.

Ein Lächeln, das Stolz, aber auch späte Reue widerspiegelte, huschte über sein Gesicht. »So gut wie nichts, was du von mir weißt, entspricht der Wahrheit, Richard. Ich bin nicht der, als den ich mich ausgebe. Ich habe viele Rollen im Leben gespielt, und manche davon wirst du für Aufschneiderei halten, aber ich habe Beweise.«

»Willst du mir davon erzählen?«, fragte Richard aufgeregt, unerwartet hinter ein weiteres Familiengeheimnis zu kommen.

»Ja, aber nur wenn du mir dein heiliges Ehrenwort gibst, außerhalb der Familie mit keinem darüber zu sprechen und erst darüber zu schreiben, wenn ich tot bin.«

Richard gab ihm sein Wort, kaufte sich im nächsten Wal-Mart ein billiges Tonbandgerät sowie zwei Dutzend Kassetten – und nahm in den nächsten sechs Tagen die unglaubliche Lebensgeschichte seines Onkels auf. Dreißig Stunden umfasste die Lebensbeichte dieses Gauners, Teufelskerls und Hochstaplers von hohen Graden.

Onkel Harry vertraute ihm zudem noch eine dicke Mappe mit Dokumenten sowie eine Schachtel mit einem Großteil jener Stempel an, die bei seinen Gaunereien und falschen Identitäten eine bedeutende Rolle gespielt hatten. Er fürchtete, die Sachen könnten seiner Frau in die Hände fallen und Anlass zu Fragen ohne Ende sein – oder ihn gar hilflos einer Erpressung aussetzen. Dabei hatte er auch so schon genug Ärger mit ihr. »Aber wegwerfen wollte ich die Sachen nicht«, sagte er, »denn das hier … das ist mein wahres Leben!«

»Jetzt weiß ich auch, warum über Onkel Harry in unserer Familie nicht gesprochen wird«, sagte Richard, als er mit Christine wieder auf den Highway fuhr. »Wir müssen die Tonbänder, Papiere und Stempel irgendwo in einem Tresor oder Bankschließfach deponieren, wo sie trocken lagern und sicher sind. Eines Tages werde ich ein Buch über Onkel Harrys Leben schrei-

ben. Das wird ein spannender Reißer wie der Roman ›Papillon‹, nur auf eine andere Art.«
»Aber das kannst du erst tun, wenn dein Onkel tot ist«, erinnerte sie ihn an sein Ehrenwort.
»Das ist in Ordnung. Ich kann warten.«

*

Im Frühjahr 1981 machten sich Richard und Christine auf den Weg, die USA wieder einmal von Osten nach Westen zu durchqueren. Sie wollten ihr Wohnwagengespann in Kalifornien verkaufen und dann in den Indischen Ozean. Auf Sri Lanka hatten sie am Strand von Colombo schon eine Bambushütte für fünfzig Dollar Monatsmiete sowie einen einheimischen Taxifahrer organisiert, der sie die ersten Wochen für ein sehr bescheidenes Entgelt mit Land und Leuten vertraut machen sollte.
Aber zuerst führte sie die Fahrt bei herrlich sonnigem Frühlingswetter in den Süden von Virginia, wo sie Freunde besuchten, die sie in den Wintermonaten auf Key West kennen gelernt hatten.
»Was für eine wunderschöne Landschaft!«, schwärmte Christine auf der Fahrt durch das blühende Shannandoah Valley und die Blue Ridge Mountains. Sie kamen an weißen Farmhäusern mit großen überdachten Veranden und meilenweit an weiß gestrichenen Zäunen vorbei. Das satte Grün der Wiesen und Weiden, die Blütenpracht der Dogwoodbäume und der blaue Schimmer der Bergzüge in der Ferne taten das ihrige, um ein Bild von faszinierender landschaftlicher Anmut und Vielfalt zu komponieren.
Auch Richard verliebte sich in die *rolling hills* Virginias, und bevor sie wussten, was sie taten, unterschrieben sie den Kaufvertrag für eine Farm am Smith Mountain Lake.
Ein harmloser Sonntagsausflug zu diesem See am Fuß der Blauen Berge wurde ihnen zum Schicksal. Eine verwitwete Bekannte ihrer Freunde, eine ältere Südstaatenlady, die um der Beschäfti-

gung willen gelegentlich als Immobilienmaklerin tätig war, fuhr sie über die Berge zum See und zeigte ihnen ein Objekt, das sie gerade zum Verkauf angenommen, selbst aber noch nicht gesehen hatte. Es war eine alte, seit vielen Jahren leer stehende und heruntergekommene Farm auf einer Halbinsel, umschlossen von Wald und Wasser. Die große Scheune mit ihrer hohen Durchfahrt war von der Wildnis völlig umwuchert wie ein verwunschenes Märchenschloss, aber noch am besten in Schuss. Das Farmhaus sah wesentlich schlechter aus, strahlte aber schon dank seiner Lage einen besonderen Charme aus. Zudem erwies sich die Bausubstanz, die aus hundert Jahre alten eisenharten Eichenbrettern bestand, als gesund und termitenfrei.
»Wir sind verrückt!«, sagte Christine, zwischen Erschrecken und Faszination hin- und hergerissen, als sie noch vor Ort den Kaufvertrag auf der Motorhaube des Cadillacs der Maklerin unterschrieben. »Woher sollen wir bloß das Geld nehmen?«
»Zwanzigtausend kriegen wir schon mal bar zusammen, wenn wir unser Wohnwagengespann verkaufen und alles zusammenkratzen, was wir noch besitzen. Den Rest nehmen wir als Hypothek auf. Wenn wir die nicht kriegen, ist der Kaufvertrag ungültig, das habe ich als Bedingung reingeschrieben. Wir riskieren also nichts ... zumindest nicht viel«, beruhigte er sie.
Sie bekamen die Hypothek, zu achtzehn Prozent, und damit begann ihr Leben auf der alten Dogwood Farm in der Halbwildnis von Virginia am Smith Mountain Lake.
Wie die Berserker stürzten sie sich in die Arbeit, um das Farmhaus, den Schuppen und die hundert Meter entfernte große Scheune der Wildnis zu entreißen und das Anwesen wieder bewohnbar zu machen. Während Christine zum Glück schon viel handwerkliche Erfahrung mitbrachte, musste Richard sich den sachgemäßen Umgang mit der wachsenden Zahl von Werkzeugen und Maschinen erst durch praktische Arbeit aneignen. *Learning by doing!* hieß die Devise. Und was gab es da nicht alles zu lernen! Zeit zum Schreiben seiner Geschichten und Jugendbücher blieb Richard meist nur nachts, denn sie wollten zumindest das Farmhaus wohn-

lich hergerichtet haben, wenn Dagmar und Axel zu Beginn der Sommerferien bei ihnen eintreffen würden.
Das erste Tier, das auf die Farm kam, war ein neun Wochen junger Hund, ein Golden Retriever, den sie Ben tauften. Dem folgte eine junge schwarze Labradorhündin namens Jenny sowie die Katze Cassandra. Farmer aus der Nachbarschaft, die Richard und Christine nach anfänglicher Skepsis und Zurückhaltung mit offenen Armen in ihre Gemeinschaft aufnahmen und zu Freunden wurden, überzeugten sie davon, dass sie Hühner haben mussten. Später kauften die beiden auch einige Schafe und Schweine sowie mehrere drei Tage alte Kälber, die sie in der Scheune selbst aufzogen. Und ehe sie sich versahen, waren ihre Tage neben der fortschreitenden Renovierung des Farmhauses auch noch damit ausgefüllt, eine wachsende Tierschar zu versorgen, Land zu roden, Weiden anzulegen, Zäune zu ziehen, einen großen Gemüsegarten zu kultivieren, einen neuen Brunnen zu graben sowie kranke Bäume zu fällen, aus dem Wald zu schleppen und im Schuppen in handliche Holzscheite zu zerlegen, da das Farmhaus nur über den Kamin im Wohnzimmer zu beheizen war. Und die Winter waren lang und eisig am Fuß der Blauen Berge, und so manches Mal sollten sie tagelang nicht von der Halbinsel kommen, weil sie völlig eingeschneit waren.
Der erste Sommer hatte etwas besonders Magisches an sich, was vielleicht auch daran lag, dass Dagmar und Axel hier endgültig zu ihrer Mutter zurückfanden und sich bei ihnen beiden geborgen fühlten. Die Wochen vergingen viel zu schnell – für die Kinder wie auch für Christine und Richard. Als es am Flughafen von Washington schließlich Abschied nehmen hieß, flossen viele Tränen.
»Ich möchte bei euch bleiben«, schluchzte Axel und wollte Christine nicht loslassen.
»Ich werde mit deinem Vater darüber reden«, versprach sie, und es zerriss ihr und Richard fast das Herz, sehen zu müssen, wie schwer es den Kindern fiel, nach Deutschland zurückzufliegen, wo sie zu Hause noch immer weder den Namen Christine oder

Richard erwähnen durften noch etwas von dem erzählen, was sie bei den beiden in den Ferien erlebt hatten.
Am Tag nach der Rückreise der Kinder überraschte Richard Christine mit einem Heiratsantrag. Ihr traten die Tränen in die Augen, und es dauerte eine Weile, bis sie sich so weit gefasst hatte, um ihm eine Antwort geben zu können. »Aber hattest du dir denn nicht geschworen, nie wieder zu heiraten und nie wieder deine Freiheit aufzugeben?«
»Habe ich denn ahnen können, dass ich mit dir die große Liebe meines Lebens finden würde?«, gab er zurück. »Die Frau, die wirklich zu mir gehört? Es war kein Zufall, es war eine Fügung, die uns zusammengeführt hat.«
»Und was ist mit den zehn Jahren Altersunterschied?«
»Du bist viel jünger und ich viel älter, als es unsere Geburtsurkunden ausweisen, sodass wir uns genau in der Mitte der zehn Jahre treffen«, erwiderte Richard ernst und aus tiefster Überzeugung.
»Und meine Kinder?«
»Sind auch meine Kinder«, antwortete er schlicht.
»Keiner hat uns eine Chance gegeben«, erinnerte sie ihn. »Kein Jahr, sagten alle, würden wir zusammenbleiben, weißt du noch?«
Er nickte und küsste sie. »Zeigen wir ihnen, wie sehr sie sich geirrt haben, und bleiben wir auch noch den Rest unseres Lebens zusammen!«
Sie nutzten am Tag ihrer Trauung das herrliche Wetter, um bis in den Nachmittag hinein auf dem Feld zu arbeiten. Als ihre beiden Freunde aus Roanoke, Trauzeugen und einzige Gäste der Zeremonie, eintrafen, um sie abzuholen, waren sie noch immer draußen. Sie lachten darüber, dass sie über der Arbeit auf der neuen Weide fast zu spät zu ihrer Trauung gekommen wären.
Zwei Monate später, im November, kehrte Axel zu ihnen auf die Dogwood Farm zurück – mit einem One-way-Flugticket. Er hatte die Trennung von der Mutter und die psychische Tortur zu Hause nicht länger ertragen, und die Großeltern hatten als

Vermittler dafür gesorgt, dass er zu seiner Mutter und Richard durfte.

»Wenn ich im nächsten Jahr nicht das Abitur machen würde, wäre ich auch gekommen, Mutti«, sagte Dagmar am Telefon unter Tränen. Die Ernüchterung und Entzauberung der einst so angehimmelten Stiefmutter hatte auch bei ihr eingesetzt. »Und bestimmt wäre Margret froh, auch mich endlich vom Hals zu haben. Du kannst dir gar nicht vorstellen, wie sie ihre Wehleidigkeit und angebliche Empfindsamkeit benutzt, um uns alle zu tyrannisieren. Wir dürfen keine Freunde mehr nach Hause bringen, müssen uns nur noch auf Zehenspitzen bewegen und die Zimmer verdunkelt halten, wenn sie mal wieder von den Strapazen des Schuldienstes völlig ermattet ist. Dann zünden sie Kerzen an, und Papi kauert zu ihren Füßen und versucht, ihr jeden Wunsch von den Augen abzulesen. Es dreht sich alles nur noch um sie und ihre eingebildeten Wehwehchen. Ich kenne Papi kaum noch wieder. Er ist ihr regelrecht verfallen und hebt völlig von der Wirklichkeit ab. Die beiden schweben in einem aberwitzigen Wolkenkuckucksheim und tun so, als hätten sie alle philosophischen Fragen gelöst.«

Ein Jahr später brachte Margret Günther dazu, seine eigene Tochter vor die Tür zu setzen – im wahrsten Sinne des Wortes. Dagmar hatte ihre Ausbildung als Krankenschwester begonnen und im Krankenhaus einen acht Jahre älteren Assistenzarzt kennen gelernt. Daraus entwickelte sich eine Liebesbeziehung, die jedoch nicht die Billigung ihres Vaters und ihrer Stiefmutter fand. Obwohl beide den jungen Arzt, der später Dagmars Ehemann werden sollte, überhaupt nicht kannten, waren sie per Ferndiagnose zu dem Ergebnis gekommen, dass er der falsche Mann für sie sei und sie ihm gefälligst den Laufpass zu geben habe. Als Dagmar sich trotzdem weiterhin mit dem Arzt traf und sich mit neunzehn Jahren die Freiheit herausnahm, erst um Mitternacht und damit eine Stunde später als verabredet nach Hause zu kommen, fand sie die Wohnungstür verriegelt vor – und im Hausflur standen zwei gepackte Koffer mit ihren Sachen. Sie musste zusehen, wo sie die

Nacht unterkam. Günther blieb unversöhnlich, nahm sie nicht wieder bei sich auf und schnitt sie regelrecht aus seinem Leben. Nun hatte Margret ihn ganz für sich, so wie sie es wohl von Anfang an beabsichtigt hatte.
Aber von all dem ahnte noch keiner etwas, als Axel auf der Dogwood Farm eintraf, um von nun an bei seiner Mutter und ihrem Mann zu leben.
Als Richard Axel zwei Wochen später fragte, was er sich denn zu Weihnachten wünsche, antwortete der Junge leise und mit gesenktem Blick, aber ohne zu zögern: »Dass du mich adoptierst.«
Damit machte er, ohne dass er es wusste, Richard das schönste Weihnachtsgeschenk, das dieser sich denken konnte. Richard schloss ihn in die Arme und erwiderte: »Das würde ich lieber heute als morgen tun, aber dein Vater wird es nicht zulassen.«
»Aber wenn ich achtzehn bin, kann er nichts mehr dagegen unternehmen, nicht wahr?«
»Nein, dann kannst du selbst darüber entscheiden.«
»Dann werde ich eben so lange warten. Wirst du mich aber auch wirklich adoptieren?«
»Ja!«, versprach Richard.
Axel weigerte sich jedoch schon jetzt, unter seinem richtigen Namen in Rocky Mount auf die Highschool zu gehen. Nach einem Gespräch mit dem Direktor, der sich sehr verständnisvoll zeigte, wurde er seinen amerikanischen Mitschülern als Axel Brüggemann vorgestellt, und nur die Zeugnisse, die ihm die Lehrer diskret aushändigten, trugen noch den Namen Brechtel.
Das Leben meinte es gut mit ihnen, auch wenn sie in den folgenden Jahren, die aus endloser, aber doch beglückender Arbeit auf der Farm und Nächten an der Schreibmaschine bestanden, finanziell mehr als einmal nahe am Ruin vorbeirutschten. Richard hatte seine Träume ausleben, seine Grenzen erkunden und möglichst viele neue Seiten im Buch des Lebens lesen wollen – ein Wunsch, der in Erfüllung ging. Und er bereute nicht einen Tag, sich für dieses Leben entschieden zu haben.

5

Die bittere Kälte, die im Winter 79/80 in der DDR zum zweiten Mal innerhalb eines Jahrzehnts zu einer großen Kohlenkrise führte, drang an diesem frühen Januarabend durch Mauerwerk und Fenster und hauchte ihren frostigen Atem über die nackten, erhitzten Körper. Längst hatten Bruno und Tina die Bettdecke von sich geworfen. Für wenige Minuten vergaßen sie, wie kühl es in dem Zimmer mit seiner fast vier Meter hohen Decke war.

Das Licht, das den Todesstreifen an der Mauer in Tageshelle tauchte, warf durch den Gardinenspalt einen schwachen hellen Streifen über Tinas Brüste. Ihre Haut glänzte feucht.

Bruno sah, wie sich eine Schweißperle aus der Halskuhle unter ihrem Adamsapfel löste und in die Schlucht zwischen ihren Brüsten rollte. Sie bog den Kopf nach hinten, während ihr Atem schneller und ihr Rhythmus noch wilder wurde. Bruno schloss die Augen und bemühte sich nicht länger, dem Ansturm seiner lustvollen Gefühle Zügel anzulegen. Noch einmal fanden ihre Körper für einige wenige kostbare Sekunden zu einem Gleichklang leidenschaftlicher Verzückung zusammen.

Wenigstens im Bett klappt es noch mit uns!, fuhr es Bruno Augenblicke später durch den Kopf, als sich nicht wie früher selige Ermattung einstellte, sondern Ernüchterung und innere Leere.

Tina blieb auch nicht an ihn geschmiegt liegen, sondern rollte sich auf die Seite und zog die Bettdecke über sich. »Mein Gott, du hast mich ganz schön außer Atem gebracht«, sagte sie, und es klang wie eine Entschuldigung.

»Wenigstens etwas, worin wir noch übereinstimmen«, erwiderte Bruno und ärgerte sich sofort, dass er sich diese Spitze nicht verkniffen hatte. Aber was machte es jetzt noch aus? Er sprach damit ja nichts aus, was Tina nicht selbst wusste und was sie in den letzten Wochen und Monaten nicht schon oft genug durchgekaut hatten, ohne jedoch ihre Differenzen aus der Welt geschafft zu haben. Dass ihre Wochenendehe gescheitert war, an dieser bitteren Erkenntnis kamen sie nicht vorbei. Aber wenigstens blieb ihnen so ein Ehedrama erspart, wie Richard und seine Christine es hatten durchmachen müssen.

»Das ist nicht fair, denn es stimmt nicht, und das weißt du ganz genau«, erwiderte sie. »Was ist denn schon dabei, in die Partei einzutreten? Das ist bloß eine Formalität, um beruflich nicht aufs Abstellgleis zu geraten.«

»Dass einige wenige verbrecherische Menschen immer wieder so viel Unglück über die Welt bringen können, hat weniger damit zu tun, dass das Böse so viel Macht hat, sondern mehr damit, dass stets zu viele gute Menschen weggucken und die Verbrecher gewähren lassen.«

Empört richtete sie sich im Bett auf. »Das nimmst du zurück!«, verlangte sie. »Die SED ist keine Verbrecherorganisation!«

»So, wirklich nicht?«, fragte Bruno sarkastisch. »Wer seinen eigenen Landsleuten feige in den Rücken schießen und sie von Selbstschussanlagen zerfetzen lässt, nur weil sie nicht mehr in diesem Land leben wollen, wer sie von einem Heer von Agenten und Denunzianten überwachen und bespitzeln lässt, wer ihnen vorschreibt, was sie lesen dürfen und was nicht, wer ihnen das Recht auf freie Meinungsäußerung nimmt ...«

»Ich habe von der Partei gesprochen, nicht von ZK und Politbüro!«, unterbrach ihn Tina. »Einmal ganz davon abgesehen, dass man die Dinge auch anders sehen kann.«

Bruno schüttelte den Kopf. »Diese so genannte sozialistische Dialektik, mit der in der DDR von Kindesbeinen an Gehirnwäsche betrieben wird, taugt nicht einmal als Feigenblatt, Tina.«

»Verdammt noch mal, ich habe gar keine andere Wahl gehabt!«, rief Tina erregt, schleuderte die Bettdecke zurück und zog sich an.

»Wo willst du hin?«

»Zum Bahnhof, wohin sonst! Ich nehme den nächsten Zug zurück nach Leipzig. Ich wäre besser erst gar nicht gekommen. Wie dumm von mir zu glauben, wir könnten uns noch mal zusammenraufen.«

»Ich glaube nicht, dass du daran gedacht hast, als du in die SED eingetreten bist.«
»Das hat doch damit nichts zu tun!«, sagte sie aufgebracht. »Ohne Parteibuch hätte man mir die Stelle am Herder-Institut in Krakau nie angeboten!«
»Und? Wäre das so tragisch gewesen?«
»Begreifst du das denn nicht? Nach Polen delegiert zu werden ist für mich ein riesiger Karrieresprung!«
»Und je höher man steigt, desto näher kommt man auch den feinen Herrschaften, die uns in unserem eigenen Land unserer Freiheit berauben!«, hielt er ihr unbeugsam vor.
Tina schüttelte resigniert den Kopf. »Du bist verbittert, weil dein blöder Scherz mit der Partei dich die Karriere beim Rundfunk gekostet hat und du jetzt bei den Krimidramaturgen versauerst«, sagte sie und fuhr in ihren Mantel. »Aber du musst nicht hier bleiben, Bruno. Du kannst mit mir nach Krakau gehen. Ich habe da noch alles offen gelassen. Noch hast du die Chance.«
»Wenn ich nicht in den Westen reisen darf, will ich auch nicht in den Osten.«
»Überleg es dir noch einmal! Ein paar Wochen hast du noch Zeit. Ich jedenfalls werde im März, spätestens im April ans Herder-Institut gehen.« Sie machte eine kurze Pause. »Mit dir – oder ohne dich!«
»Ich weiß, aber deshalb musst du jetzt nicht so voller Wut davonstürmen«, sagte Bruno, dessen Zorn und Ärger einem Gefühl von Schwermut gewichen war. »Warte einen Moment, bis ich mich angezogen habe! Ich bringe dich zum Bahnhof. Lass uns die Sache einigermaßen zivilisiert hinter uns bringen!«
Sie nickte und hatte plötzlich Tränen in den Augen. »Irgendwie wirst du mir fehlen – trotz allem«, sagte sie leise.
Er lächelte gequält. »Schade, dass ein bisschen ›irgendwie‹, so schön es auch ist, im Leben auf Dauer nicht reicht«, sagte er, wickelte sich den schwarzen Wollschal, den Tina ihm zu Weihnachten geschenkt hatte, um den Hals und setzte seine alte Baskenmütze auf.

Der nächtliche Gang zum Bahnhof in beißender Kälte an diesem Januarabend des Jahres 1980 war das Letzte, was sie zusammen unternahmen. In dieser Nacht trennten sich ihre Wege für immer.

*

An einem eisigen Februarnachmittag traf Bruno im Palast der Republik, im Volksmund auch Palazzo Prozzo oder Erichs Lampenladen genannt, Viktor Rosenberg wieder. Er saß im voll besetzten Café ganz hinten. Mit einem Wernesgrüner Bier stießen sie auf ihr Wiedersehen an.

Nach dem ersten Schluck gab Bruno einen wohligen Seufzer von sich. »Ein gutes Bier und ein richtig schön warmer Raum – was will der Mensch mehr?«

»Bist du auch vor der Kälte zu Hause geflüchtet?«

Bruno nickte. »Meine Vermieter haben gerade noch genug Kohlen im Keller, um ihr Wohnzimmer einigermaßen warm zu halten, aber mehr auch nicht. Sie haben Kohlen nachbestellt, bekommen aber keine.«

»War alles schon mal da – und kommt auch wieder, dafür sorgt schon die Partei«, meinte Viktor sarkastisch.

Unwillkürlich sah Bruno sich nach heimlichen Zuhörern um, aber niemand schien ihnen Beachtung zu schenken, und der Geräuschpegel im Café war ziemlich hoch. »Mensch, Viktor! Pass auf, was du sagst!«, warnte er ihn leise. »Du redest dich noch mal um Kopf und Kragen.«

Gleichmütig zuckte Viktor die Achseln. »Mich ekelt das alles an, dieser permanente Selbstbetrug der Funktionäre, die ständigen großmäuligen Propagandaparolen und das miefig kleinbürgerliche Muckertum der Bevölkerung, die nach außen hin das verlogene Spiel mitmacht und sich in ihr privates Kleingärtneridyll flüchtet – und ich nehme mich dabei gar nicht aus!« Er leerte sein Glas und fügte dann mit ohnmächtigem Zorn hinzu: »Und nichts davon darf man laut sagen, geschweige denn in einem Roman schreiben, wenn man ihn veröffentlichen will!«

»Sag bloß, du arbeitest an einem Roman?«, fragte Bruno interessiert, aber auch froh, das Thema wechseln zu können.
»Ja, sozusagen«, antwortete er zögerlich. »Aber ich glaube, ich brauche mein Werk erst gar nicht einzureichen, hat doch sogar das Manuskript eines linientreuen Kulturschaffenden schon eine ganze Kette von Hindernissen und Kontrollen zu überwinden, ehe es eines Tages als Buch erscheinen kann.«
»So eine Odyssee soll ja bis zu fünf Jahre dauern, wenn alles seinen sozialistischen Gang geht«, pflichtete Bruno ihm spöttisch bei. Auch er hatte sich schon einmal mit dem Gedanken getragen, einen Roman in Angriff zu nehmen. Aber auch ihn schreckte der lange Weg durch die Büros der Zensoren und Parteigutachter.
»Jetzt haben wir genug von mir geredet«, sagte Viktor und bedeutete der Bedienung, ihnen noch zwei Flaschen Wernesgrüner zu bringen. »Erzähl mal lieber, wie es dir im Strafbataillon ergeht!«
Bruno kam erst gar nicht auf die Idee, Viktor etwas vorzumachen. Als alter Funkhase wusste er, wie es in der Krimidramaturgie lief. »Beschissen«, gestand Bruno deshalb unumwunden.
»Ich weiß, bei den Krimileuten kriegt man exakte Vorgaben, die auszuführen und an die Autoren weiterzugeben sind«, sagte Viktor mit einem müden Lächeln. »Natürlich kommt der Held immer aus der sozialistischen Schicht der Arbeiter und Bauern, während der Täter stets dem üblen Kleinbürgertum entstammt, das klaut und den Staat betrügt. Und dabei geht es um so exorbitante Verbrechen wie den Diebstahl von zwei Hühnern.«
»Genau! Und das soll dann auch noch auf Hitchcock-Niveau inszeniert werden!«, griff Bruno den Faden auf. »Am Anfang ist das ja noch eine echte Herausforderung, und man kann zeigen, aus welchem Holz man geschnitzt ist. Aber wenn man dieses Klischee zum hundertsten Mal bedienen muss … Ich halte das nicht mehr aus! Die Endabnahme heute Vormittag hat mir den Rest gegeben.«
»Haben sie dir ein Stück abgesägt?«
Bruno nickte. »Ein Hörspiel, das wir schon im letzten Herbst

produziert haben. Und da sagt irgendein Ladenbesitzer, dass er keine Kohlen zum Heizen hat, worauf er die Antwort erhält: ›Ja, wenn Sie keine Kohlen haben, um hier anständig zu heizen, müssen Sie Ihren Laden eben dichtmachen!‹ Wegen dieses einen Satzes haben sie uns das Stück abgesägt.«

»Das mit dem Dichtmachen haben die Betonköpfe natürlich sofort auf die DDR und das System bezogen.«

»Wer hätte denn im letzten Sommer ahnen können, dass wir im Winter eine Kohlenkrise bekommen und diese belanglose Szene plötzlich Brisanz erhalten würde?«

»Dumm gelaufen.«

»Ach, das ist ja bloß der letzte Tropfen, der bei mir das Fass zum Überlaufen gebracht hat«, sagte Bruno und beichtete dem Exkollegen auch, dass seine Ehe in die Brüche ging. »Ich halte es in Berlin nicht mehr aus, Viktor. Ich schmeiße alles hin. Mir ist es allmählich völlig egal, was danach kommt!«

»Das kannst du nicht tun! Dann bist du ein für alle Mal erledigt.«

Bruno schüttelte den Kopf. »Ich will zurück nach Leipzig und weiß einfach keinen anderen Ausweg mehr, Viktor.«

»Aber es gibt einen! Tina ist dein letzter Trumpf. Du musst die Karte nur geschickt ausspielen!«

»Aber ich habe dir doch gerade gesagt, dass unsere Ehe nicht mehr zu retten ist und ich auf keinen Fall mit ihr nach Krakau gehe«, wandte Bruno ein.

»Hast du das im Funkhaus schon an die große Glocke gehängt?«

»Natürlich nicht.«

»Dann hast du eine gute Chance, aus dem Strafbataillon entlassen zu werden und nach Leipzig gehen zu dürfen, ohne dich in die Nesseln zu setzen. Du musst mit Ruthilde sprechen und auf Ehezerwürfnis machen. Du kennst doch die Sprüche der Partei wie ›Die sozialistische Familie lebt von der Intaktheit der Ehe‹! Spiel den Verzweifelten und sag, dass du unbedingt nach Leipzig zurückmusst, weil sonst deine Ehe nicht mehr zu retten ist! Bitte sie aus diesen *persönlichen* Gründen um deine Entlassung, dann kann sie das auch für dich hinbiegen!«, riet Viktor ihm.

Am nächsten Morgen saß Bruno bei Ruthilde Brandstetter im Büro und bat sie, ihm zu einer schnellen Entlassung aus dem Dienst im Funkhaus und zur Rückkehr nach Leipzig zu verhelfen, weil er sonst keine Chance mehr sah, seine Ehe zu retten.
Zwei Wochen später endete seine Anstellung als Dramaturg im Berliner Funkhaus. Mit zwei Koffern und einer Reisetasche bestieg er den Zug nach Leipzig, um einer ungewissen Zukunft entgegenzufahren.

*

Das im Frost erstarrte Land zog am Abteilfenster vorbei, und je weiter Berlin hinter ihm zurückblieb, desto mehr beschäftigte Bruno die Frage, wie es weitergehen solle. Er empfand zwar große Erleichterung, nicht mehr in dieser absurden Anstalt an den Fäden der Puppenspieler zu hängen und nach ihrem Kommando tanzen zu müssen, aber mit der Aufgabe seiner Anstellung beim Funk hatte er auch die finanzielle Sicherheit aufgegeben – ähnlich wie Richard, der in diesen Tagen München verließ und sich mit Christine auf eine Abenteuerreise um die Welt begab. Einerseits beneidete er seinen Cousin um den Mut und um die Möglichkeit zu reisen, wohin es ihm beliebte, andererseits wusste er aber auch, dass er an seiner Stelle solch einen dramatischen Schritt wohl kaum gewagt hätte.
Bruno empfand seine Situation ohnedies als dramatisch genug. Tina hatte zwar die kleine Dachwohnung geräumt und war zu einer Freundin gezogen, aber wenn er kein Geld verdiente, würde er trotzdem schnell handfeste Probleme bekommen. Zwar konnte er wieder Hörspiele schreiben, aber dies war ein unsicheres Geschäft und ihm als Vollzeitbeschäftigung nie erstrebenswert erschienen. Ständig neue, interessante Ideen für Geschichten zu haben war schon schwierig genug, reichte aber noch längst nicht, um sich als Freiberufler erfolgreich zu behaupten. Es gehörte auch eine enorme Portion Kraft und Ausdauer dazu, aber ihm

fehlte die eiserne Disziplin, sich wie Richard jeden Tag viele Stunden hinter die Schreibmaschine zu klemmen – und das nicht nur für ein paar Wochen, sondern jahraus, jahrein.
Brunos Überlegungen wurden unterbrochen, als er von einem der Zugschaffner erfuhr, dass ihr Aufenthalt auf dem nächsten Bahnhof nicht wie laut Fahrplan fünf Minuten, sondern vermutlich eine gute halbe Stunde betragen würde. Es gab irgendein Problem mit dem Stellwerk.
»Wenn das Zugpersonal von einer halben Stunde spricht, können wir uns gleich auf mindestens die doppelte Zeit einrichten«, schimpfte ein Fahrgast beim Aussteigen, »und noch von Glück reden, wenn es dabei bleibt!«
Bruno begab sich in die triste Mitropa-Gaststätte des Bahnhofs, holte sich einen Kaffee und suchte nach einem freien Platz, als eine Frauenstimme überrascht seinen Namen rief. Er wandte den Kopf – und traute seinen Augen nicht, als er seine ehemalige Kommilitonin Katja Folkert sah, die Wortführerin der Partei-Troika. Ihre zierliche Gestalt steckte in einem schwarzen Wollmantel, aus dem kirschrote Lackstiefel hervorragten, die sicherlich aus einem jener teuren Konsumtempel kamen, in denen Westwaren verkauft wurden. Auf dem Kopf trug sie eine teure Pelzmütze.
»Mensch, Bruno! Was machst du denn hier?«, rief sie und winkte ihn aufgeregt an ihren Tisch. »Dass wir uns ausgerechnet hier nach so vielen Jahren mal wieder über den Weg laufen, ist einfach toll! Ich habe gehört, dass du in Berlin als Dramaturg arbeitest. Du musst mir unbedingt davon erzählen!«
Bruno setzte sich zögernd und verwirrt von ihrer Freundlichkeit zu ihr. Sie tat ja so, als seien sie alte Freunde! Erinnerte sie sich denn nicht mehr daran, mit welch fanatischem Eifer sie ihn an der Uni verfolgt und versucht hatte, seine Exmatrikulation zu erreichen? Das alles konnte sie doch unmöglich vergessen haben!
Offenbar doch, denn sie plauderte munter drauflos und schwelgte in nostalgischen Erinnerungen, als hätte es niemals böses Blut zwischen ihnen gegeben. Und plötzlich, als sie voller

Bewunderung einige Hörspiele von ihm nannte, die sie im Radio gehört hatte, dämmerte es ihm: Weil er als Dramaturg im Berliner Funkhaus arbeitete, das wegen seiner Anbindung an den Ministerrat neben dem »Neuen Deutschland« und dem Fernsehen als die dritte große Medienmacht galt, ging sie davon aus, dass er auf den rechten Weg gefunden hatte und nun zu »ihnen« gehörte, den Linientreuen.
Katja hatte in den wenigen Jahren seit Ende ihres Studiums eine steile Karriere beim Rat des Bezirkes gemacht, und vor einem halben Jahr hatte sie der Sekretär für Kultur, der Genosse Jürgen Göllner, zu seiner persönlichen Assistentin bestellt.
Als Bruno erzählte, dass er seine Stelle als Dramaturg im Berliner Funkhaus aufgegeben habe und nach Leipzig zurückkehre, weil es um seine Ehe nicht zum Besten stand, bekam Katja leuchtende Augen. »Hast du schon eine neue Arbeitsstelle?«, fragte sie aufgeregt.
»Nein. Warum?«
»Weil Göllner und ich gerade an einem neuen Projekt arbeiten, für das wir jemanden mit deiner Erfahrung und Schreibe wunderbar brauchen könnten. Der Rat des Bezirkes hat nämlich vor, so bald wie möglich ein wirklich erstklassiges Kulturmagazin mit Themenschwerpunkt Leipzig herauszubringen. Es soll halbjährlich erscheinen und ›Leipziger Journal‹ heißen«, eröffnete sie ihm. »Als Herausgeber haben wir Helmut Richter gewinnen können, der dir ja sicher ein Begriff ist.«
Bruno nickte. Helmut Richter, der ein hohes Amt im Schriftstellerverband bekleidete, galt als integrer Lyriker und Romanschriftsteller. Seinen größten Erfolg hatte er jedoch nicht mit seinen Büchern, sondern als Koautor der Ballade »Über sieben Brücken musst du geh'n« erzielt. Die bekannte DDR-Rockband Karat hatte den Text vertont und mit dem Song einen Welthit gelandet, weil westliche Interpreten das Lied in eigenen Versionen auf die Hitlisten des Klassenfeindes gebracht hatten.
»Wir suchen jetzt noch einen stellvertretenden Herausgeber – das wäre doch eine Aufgabe für dich!«

Bruno konnte kaum glauben, was seine einstige Erzfeindin ihm da anbot. »Ist das dein Ernst?«, vergewisserte er sich.
»Und ob das mein Ernst ist! Ich bin sicher, der Genosse Richter und du, ihr beide gebt ein ausgezeichnetes Team ab. Die Zusammenstellung der Redaktion und der freien Mitarbeiter bleibt natürlich euch überlassen«, sagte sie, sichtlich hingerissen von ihrer Idee. »Weißt du was? Wir fahren gleich vom Bahnhof aus zum Rat des Bezirkes und bereden die Einzelheiten mit dem Genossen Sekretär!«
Bruno hatte nichts dagegen einzuwenden, und so traf er am frühen Nachmittag mit dem Sekretär für Kultur zusammen. Seine inneren Vorbehalte gegen Jürgen Göllner wichen in dem anderthalbstündigen Gespräch schnell einem Gefühl vorsichtigen Vertrauens, denn Göllner erwies sich als ein souveräner und kluger Mann, dem keine hohlen Parteiphrasen über die Lippen kamen. Er redete sachkundig und mit der Begeisterung eines aufrichtigen Kulturliebhabers von dem neuen Projekt.
Als es schließlich um die Konditionen ging, setzte Bruno, der nichts zu verlieren hatte, gleich drei scharfe Prämissen. Dass Katja schon eine halbe Stunde vorher zu einer anderen Besprechung gerufen worden war, die sie nicht hatte verschieben können, passte ihm gut ins Konzept. »Das klingt alles sehr verlockend, Genosse Göllner, aber ich mache nur unter drei Bedingungen mit.«
»Dann lassen Sie mal hören!«
»Erstens: Ich übernehme die Aufgabe nur in einem freiberuflichen Status, also ohne tägliche Anwesenheitspflicht in einem Redaktionsbüro. Zweitens: Ich werde nicht in die Partei eintreten. Und drittens: Ich werde mich nicht von meiner Verwandtschaft im Westen lossagen!«
»Und auf diesen Voraussetzungen bestehen Sie?«
»Ja, ohne Abstriche.«
Jürgen Göllner sah ihn einen langen Moment stumm an. Dann zeigte sich ein Lächeln auf seinem Gesicht. »Wenn Sie nicht mehr Probleme haben, sehe ich nichts, was uns daran hindern könnte,

Sie zusammen mit dem Genossen Richter mit der Herausgabe des ›Leipziger Journals‹ zu beauftragen«, lautete seine überraschende Antwort, und er streckte Bruno die Hand hin. »Abgemacht?«

»Abgemacht!« Bruno besiegelte ihre Vereinbarung mit einem kräftigen Händedruck.

»Ach, was Ihre Entlohnung betrifft«, sagte Göllner, als er ihn zur Tür begleitete. »Wir hatten an fünfzehntausend Mark Jahresgehalt gedacht. Sind Sie damit einverstanden?«

Um ein Haar hätte sich Bruno an seinem eigenen Speichel verschluckt. Fünfzehntausend Mark waren ein geradezu fürstliches Honorar für die Arbeit an einem nur zweimal jährlich erscheinenden Magazin. Er hatte nicht einmal mit der Hälfte gerechnet. Die meisten Arbeiter, die wöchentlich vierzig Stunden und mehr in irgendeinem Betrieb an einem Fließband oder einer Drehbank standen, konnten froh sein, wenn sie siebenhundert Mark im Monat nach Hause brachten.

»Das geht in Ordnung«, brachte er mühsam heraus und trat wenig später fast wie in Trance in den eisigen Märztag hinaus. Am Vormittag hatte er noch nicht gewusst, wovon er in Zukunft leben sollte, und jetzt, keine zwei Stunden nach seiner Rückkehr, kam er aus dem Regierungsgebäude als stellvertretender Herausgeber eines anspruchsvollen Kulturmagazins mit fettem Jahreshonorar!

*

Jürgen Göllner wies ihnen im Herzen von Leipzig ein teures Redaktionsbüro mit getäfelten Wänden und stuckverzierten Decken zu und räumte ihnen ein Budget ein, das sie in die Lage versetzte, hoch qualifizierte Mitarbeiter zu engagieren.

»Wenn wir gegenüber der Partei unangreifbar sein wollen, müssen wir uns eine exklusive Mannschaft als Beirat zulegen – und zwar einflussreiche Leute aus allen wichtigen Verbänden und Organisationen. Damit bauen wir uns nicht nur eine Brandmauer gegen Begehrlichkeiten und Zensur durch die Partei auf, sondern verschaffen uns auch Zugang zu vielen wichtigen Informationsquellen«, schlug Helmut Richter gleich bei ihrer ersten Besprechung vor, die erstaunlich harmonisch verlief.

Richter war mit seinen achtundvierzig Jahren nicht nur achtzehn Jahre älter als Bruno, sondern er besaß auch ein völlig anderes Naturell. Er neigte zu Bedächtigkeit und grüblerischer Introvertiertheit, die gelegentlich Züge von Depression annahm. Besonders litt er darunter, dass er seine Berühmtheit dem Balladen-Hit von Karat und westlichen Rockinterpreten verdankte, aber kaum jemand seiner Lyrik Beachtung schenkte. Nicht seine vermeintlich großen literarischen Würfe, sondern das, was er seine »unehelichen Kinder« nannte, hatte seinen Namen bekannt gemacht und brachte ihm viel Geld ein, wie er mehr als einmal zugab. Aber er war souverän genug, die Spontaneität und das manchmal hitzige, übersprudelnde Temperament seines Stellvertreters nicht als persönlichen Affront gegen seine Arbeitsweise zu betrachten, sondern als Ergänzung und Bereicherung.

»Es überrascht mich immer wieder, aber wir kommen wirklich blendend miteinander aus«, sagte Bruno zu Egon, mit dem er sich nun wieder regelmäßig zu einer Partie Schach in der »Moritzbastei«, einem Ausflug mit Egons Motorrad in die Umgebung oder auf ein, zwei Biere in ihrer Stammkneipe traf. Dann stießen oft auch Ulrich Erpenbeck sowie andere alte Freunde zu ihnen, die nach ihrem Studium in Leipzig geblieben und mittlerweile bis auf Egon verheiratet waren. Seine alten Freunde wieder in erreichbarer Nähe zu wissen und auch wieder öfter Oma und Opa Köpitz in Lützen besuchen zu können bedeutete Bruno viel. Sowohl die Freunde als auch seine Großeltern halfen ihm sehr, über die Scheidung von Tina hinwegzukommen, die im Herbst amtlich wurde. Seine Mutter kam in diesem Jahr nur einmal zu Besuch, ohne ihren Mann, und sie blieb nur wenige Tage. Das Reisen strenge sie zu sehr an, sagte sie, und sie brauche ihre vertraute Umgebung.

Im Frühjahr 1981, als die erste Ausgabe des »Leipziger Journals«

erschien und bei Käufern wie Kritikern auf große positive Resonanz stieß, heiratete Egon seine langjährige Freundin Juliane, die Lehrerin geworden war. Ihre Mitgliedschaft in der Partei fand Bruno zwar so bedauerlich wie die Ulrichs, sie fiel jedoch nicht sonderlich ins Gewicht, weil Juliane das Herz auf dem richtigen Fleck hatte und vieles mit kritischen Augen sah, was in der DDR passierte.

*

Im August des folgenden Jahres, in dem der Staat die von Pfarrer Rainer Eppelmann mit initiierte Friedensbewegung »Frieden schaffen ohne Waffen« brutal unterdrückte und das von der Jugend aufgegriffene Motto »Schwerter zu Pflugscharen« als Missachtung der DDR-Gesetze verbot, lernte Bruno in einer Diskothek Simone Thalheim kennen.

»Wer sich so hinreißend zur Musik bewegt wie du, muss das ganz besondere Etwas der geborenen Tänzerin im Blut haben«, sprach er sie mit unverblümter Bewunderung an.

Sie lachte. »Danke für die Blumen! Dann sind die sieben Jahre Ballettunterricht ja doch nicht sinnlos gewesen.«

»Verglichen mit dir bin ich zwar ein lausiger Tänzer, aber vielleicht hast du ja dennoch Lust, mir eine Chance zu geben, mich neben dir auf der Tanzfläche zu blamieren. Was meinst du?«

Sie zog die Unterlippe zwischen die Zähne, musterte ihn kurz und antwortete dann ebenso schlicht wie fröhlich: »Gerne!«

Als der DJ später langsame Songs zum Schmusen auflegte, lag Simone so wundervoll in seinem Arm wie noch keine andere Frau zuvor. Sie ließen die ganze Nacht nicht mehr voneinander, und als die Diskothek schloss, setzten sie sich auf die nächste Parkbank und redeten, ohne müde zu werden, bis der Tag dämmerte und die ersten Cafés öffneten. Dass sie keine Müdigkeit verspürten und sich einfach nicht trennen wollten, lag nicht nur am Zauber der erotischen Spannung, sondern auch an der Entdeckung ihrer Seelenverwandtschaft.

Simone kam aus Dresden und war die Tochter eines katholischen Kantors und Lehrers, der aufgrund seines Glaubens und seiner kritischen Distanz zur SED seinen Beruf verloren hatte und sich bis zu seinem frühen Tod durch einen Schlaganfall vor zwei Jahren als Anstreicher hatte durchschlagen müssen. Ihre Mutter hatte sie schon im letzten Schuljahr verloren: eine zu spät erkannte Blinddarmentzündung, die zum Durchbruch und schließlich zum Tod geführt hatte. Die einzigen Familienmitglieder, die sie noch in der DDR besaß, waren ihr zwei Jahre jüngerer Bruder Volker und seine Frau Beate, die in Dresden wohnten. Der Rest ihrer Verwandtschaft lebte im Westen.

»Wir sind in einer schizophrenen Situation aufgewachsen, mit einem ständig gespaltenen Bewusstsein«, erzählte sie. »Zu Hause wurden Dinge besprochen, von denen man intuitiv oder aufgrund von Ermahnungen wusste, dass man über sie draußen in der Welt nicht reden durfte.«

»Das war bei mir genauso«, sagte Bruno.

»Sogar in der eigenen Wohnung hatten meine Eltern Angst, dass die Stasi mithört, deshalb hatten wir immer Musik an. Ich habe diese Angewohnheit sogar heute noch«, fuhr Simone fort. »Und studieren lassen wollte mich die Partei natürlich nicht. Als ich gerade erst zwölf war, sagte eine Lehrerin eines Tages zu meiner Mutter, dass ich nicht studieren könne. Auf den Einwand meiner Mutter hin, wie man das denn jetzt schon wissen könne, wo ich doch noch so jung sei, erhielt sie die barsche Antwort: ›Sie ist kein Arbeiterkind, sondern ein Intelligenzlerkind, und im Sozialismus studieren erst die Arbeiter- und Bauernkinder!‹«

»Aber du hast es dann doch geschafft und Musikwissenschaften studieren können.«

»Ja, aber es war schwer, wenn man den unauslöschlichen Makel der bürgerlichen Herkunft trug. Ich wäre gern Ärztin geworden, aber das war natürlich nicht drin. Dass mein Vater einmal Lehrer und Kantor gewesen war und an seinem Glauben festhielt, reichte völlig aus, um zu wissen: Dich nehmen sie nicht, egal wie gut du bist und wie sehr du dich anstrengst. Ich habe als Kind sehr

darunter gelitten und mich mit Ballettunterricht und Klavierstunden getröstet.«
Als sie im Café saßen und Kaffee tranken, erzählte sie ihm, dass sie sich zuerst um eine Aufnahme als Studentin der Literaturwissenschaften beworben hatte. »Aber weißt du, was der Professor zu mir gesagt hat, als ich bei ihm im Unibüro vorsprach? ›Ich nehme nur linientreue Mitglieder der Partei, die um den Ernst und die großartige Sache des Sozialismus wissen.‹ Tja, da ist mir dann bloß noch Musikwissenschaft geblieben, ein Studium, mit dem man hinterher geringe Berufsmöglichkeiten hat. Ich habe wirklich Glück gehabt, dass ich sofort eine Anstellung bei einem erstklassigen Kinder- und Jugendbuchverlag gefunden habe.«
»Manches ist wirklich Glück, anderes Fügung«, sagte Bruno, hielt ihre Hand und sah ihr verliebt in die Augen.
Sie lächelte. »Manches muss sich aber auch erst bewähren«, erwiderte sie hintersinnig.
»Das wird es!«, versicherte Bruno und nahm sich vor, alles zu tun, damit er Recht behielt.
Simone machte es ihm nicht leicht. Für ein flüchtiges sexuelles Abenteuer aus einer verliebten Stimmung heraus war sie nicht zu haben. Es dauerte geschlagene sechseinhalb Wochen, bis auch sie die Überzeugung gewonnen hatte, dass ihre Gefühle füreinander kein Strohfeuer waren. Als es dann endlich geschah und Simone seine Leidenschaft und Zärtlichkeit mit gleicher Intensität erwiderte, wusste Bruno, dass sie die Frau war, mit der er den Rest seines Leben verbringen wollte. Die Verbindung mit Tina war aus spontaner jugendlicher Verliebtheit und starker sexueller Anziehungskraft erfolgt, bei Simone und ihm passten jedoch Körper *und* Geist wunderbar zusammen. Auch teilten sie, anders als bei Tina, dieselben politischen Ansichten. Er hielt es jedoch für klüger, mit einem Heiratsantrag noch etwas zu warten. Bei Simone musste alles seine Zeit haben.

*

Am Nachmittag des zweiten Advent erschlug ein tellergroßes Stück Deckenputz den geschnitzten Weihnachtsengel aus dem Erzgebirge, den Bruno im Jahr zuvor von Oma und Opa Köpitz geschenkt bekommen hatte.
Simone hatte die zwei Kerzen im Adventskranz angezündet und wollte gerade den selbst gebackenen Napfkuchen anschneiden, als über ihnen unter lautem Krachen, Bersten und Splittern der Dachstuhl einbrach, der schon seit Jahren dringend hätte saniert werden müssen. Der Deckenputz regnete in kleineren und größeren Stücken, von denen das umfangreichste den Engel begrub, auf sie herab. Gleichzeitig ergoss sich ein dichter Hagel aus morschen Dachlatten, Balkenstücken und zerspringenden Dachpfannen auf die Straße. Dass niemand verletzt wurde, grenzte an ein kleines Wunder.
Die Erschütterung, die durch das ganze Haus ging, und der Lärm hätten beim Einschlag einer Granate kaum größer ausfallen können. Bruno riss Simone geistesgegenwärtig aus der Zimmermitte weg, warf sich mit ihr in einer Ecke zu Boden und schützte sie mit seinem Körper, rechnete er doch jeden Augenblick damit, dass die Decke einstürzte. Aber sie hielt – noch.
Als sie sich vom ersten Schock erholt hatten, gab Simone ihm einen Kuss. »Ein schönes Gefühl zu wissen, dass ich dir so viel bedeute«, sagte sie. »Ich glaube, von jetzt an fällt wohl die Frage weg, wer bei wem übernachtet. Deine Wohnung, ja das ganze Haus kannst du abschreiben!«
Bruno zog noch am selben Tag bei Simone in ihrer winzigen Hinterhofwohnung in der Hardenbergstraße ein. Das Wohnzimmer maß gerade mal zehn Quadratmeter, und das Schlafzimmer hatte dieselbe Größe. Daher hielten sie sich in der geräumigeren Küche mit der Dusche hinter dem Vorhang in der Ecke am meisten auf. Das Klo befand sich im Treppenhaus auf halber Etage, war aber so beengt, dass Bruno schon auf dem Treppenabsatz die Hosen herunterlassen und dann das Klo rückwärts betreten musste, weil er sich andernfalls den Kopf an der Tür oder den Hintern am Wasserkasten angestoßen hätte.

Das Haus befand sich in einem miserablen Zustand, aber sie waren glücklich, und die Beschränkung, zu zweit auf engstem Raum zu leben, machte ihnen nichts aus. Sie wussten zudem, dass sie trotz allem noch dankbar sein mussten, denn wie viele Ehepaare warteten jahrelang vergeblich darauf, eine Wohnung zugewiesen zu bekommen, von den Alleinstehenden ganz zu schweigen!

Zwei Stockwerke unter ihnen befand sich die Flötenwerkstatt von Otto Mönig. In seinem Einmannmeisterbetrieb baute der stille spröde Mann Konzertflöten, die offenbar so exzellent waren, dass er auch von Berufsmusikern aus Amerika und anderen Ländern regelmäßig Aufträge zum Bau von Silberflöten erhielt. Bruno taufte den Flötenbauer ihren »Sechsuhrwecker«, denn zu dieser frühen Stunde begann Otto Mönig mit seiner Arbeit, indem er die Flöten vom Vortag testete und einspielte. Dabei probierte er immer dieselbe Sequenz von auf- und absteigenden Tönen. Aber Bruno gewöhnte sich schnell an das frühmorgendliche Getriller aus Mönigs Silberflöten.

Das Weihnachtsfest feierten sie in Lützen bei Brunos Großeltern, mit denen sich Simone vom ersten Treffen an sehr gut verstand. Über Silvester und Neujahr kamen Simones Bruder Volker und ihre Schwägerin Beate zu ihnen nach Leipzig. Sie schliefen im Wohnzimmer, Beate auf der Couch und Volker in einem Schlafsack auf dem Boden.

»Für Freunde und Familie ist immer Raum, auch in der kleinsten Hütte«, sagte Simone fröhlich.

Ihr Bruder, ein gut aussehender und sehr sportlicher Mann von vierundzwanzig Jahren, hatte vergeblich versucht, zum Studium zugelassen zu werden. Er nahm an, in der NVA seine Kritik am Regime einige Male zu oft und zu deutlich geäußert und sich so um die Zulassung gebracht zu haben. So hatte er eine Ausbildung als Druckmaschinentechniker gemacht, und er arbeitete nun in einem großen Betrieb, während seine Frau gerade ihre erste Anstellung als Kinderbetreuerin in einem Kinderhort angetreten hatte.

Kam die Rede auf die herrschenden Zustände, machte Volker aus seiner Verbitterung und Ablehnung des Systems keinen Hehl. »Beate und ich, wir werden hier nicht bleiben und uns ein Leben lang unserer Freiheit berauben lassen. Wir werden nächste Woche einen Ausreiseantrag stellen«, eröffnete er ihnen.
»Mensch, habt ihr euch das auch gut überlegt?«, fragte Bruno besorgt.
»Wir möchten Kinder«, sagte Volker. »Aber wir möchten nicht, dass sie in einem Land aufwachsen, wo man wie ein Gefangener lebt und von der Partei vorgeschrieben bekommt, was man tun und sagen und welche Ausbildung man machen darf.«
»Sie werden euch schikanieren, und vermutlich werdet ihr beide eure Arbeit verlieren«, sagte Simone.
»Und wenn schon! Ich kann hier nicht länger leben«, sagte Beate, und auf einmal standen Tränen in ihren Augen.
»Die Stasi wird uns vielleicht ein paar Jahre schikanieren, vielleicht sogar einbuchten«, sagte Volker, »aber früher oder später werden sie uns gehen lassen müssen, wie all die anderen, die schon vor uns die DDR verlassen haben. Und das ist das Risiko wert. Lieber ein paar Jahre Schikane, als für den Rest des Lebens gefangen sein!«

*

Kaum hatten Volker und Beate ihren Ausreiseantrag gestellt, als auch schon eintrat, was sie alle befürchtet, ja, womit sie gerechnet hatten. Zuerst versuchte man, sie nach der Methode von Zuckerbrot und Peitsche zur Rücknahme ihrer Anträge zu bewegen. Als das nicht fruchtete, verloren beide ihre Arbeit. Volker musste sich fortan als Handlanger und Gelegenheitsarbeiter durchschlagen, während Beate über Freunde Arbeit in einer Gaststätte fand, wo sie am Wochenende als Bedienung aushalf.
Die Schikanen beschränkten sich jedoch nicht auf das junge Ehepaar, sondern die Stasi dehnte nach dem Prinzip der Sippenhaft

ihre Erpressungsversuche auch auf die Verwandtschaft der Antragsteller aus.
»Heute haben mich zwei Stasi-Leute verhört – im Verlag!«, berichtete Simone, als sie eines Tages von der Arbeit nach Hause kam. Sie zitterte vor Wut, aber auch vor Angst. »Ich soll auf meinen Bruder einwirken, damit er von der Staatshetze ablässt und seinen Antrag zurückzieht. Das haben sie wortwörtlich gesagt: ›Staatshetze‹!«
»Das ist doch der reinste Irrwitz!«
»Aber es kommt noch dicker: Sie haben mir Kopien von den Briefen unserer Verwandten im Westen vorgelegt, damit ich weiß, dass sie über alles informiert sind. Sie haben auch gewusst, dass ich während meiner Studienzeit in der katholischen Kirchengemeinde tätig gewesen bin. Und dann haben sie es auf die zuckersüße Tour versucht. Ob ich nicht einen Telefonanschluss haben wolle, haben sie mich gefragt. Sie könnten das in wenigen Tagen für mich organisieren.«
»Ja, worauf andere zehn Jahre und länger warten!«, stieß Bruno grimmig hervor. »Meine Großeltern haben noch immer keinen, und sie werden wohl auch nie einen bekommen.«
»Und als ich standhaft geblieben bin und abgelehnt habe, mich in die Angelegenheiten meines Bruders und meiner Schwägerin zu mischen, da musste ich eine Erklärung unterschreiben, dass ich absolutes Stillschweigen über mein Gespräch mit ihnen bewahre, andernfalls drohe mir Gefängnis.«
Zwei Wochen später sprach Otto Mönig sie im Hof an. Der Flötenbauer erzählte ihnen, dass sich ein sehr gelackter junger Mann schon mehrfach bei ihm nach ihnen und ihren Gewohnheiten erkundigt habe. »Mit wem Sie so alles verkehren, hat ihn ganz besonders interessiert. Er hat sich als Ihr Freund ausgegeben, taucht merkwürdigerweise aber nur auf, wenn Sie nicht zu Hause sind. Muss ja eine ganz formidable Freundschaft sein, die Sie mit dem Burschen führen«, fügte er mit trockenem Humor hinzu. »Scheint wohl nur über Dritte zu funktionieren.«
Am selben Abend machte Bruno Simone einen Heiratsantrag.

»Ich liebe dich und habe dich eigentlich schon längst fragen wollen, wollte dich aber nicht drängen«, sagte er. »Aber wenn du mich wirklich liebst, sollten wir jetzt auch heiraten.«

»Du meinst, als Ehefrau des Mitherausgebers des angesehenen ›Leipziger Journals‹ bin ich vor den Nachstellungen der Stasi besser geschützt?«

»Das ist zwar nicht der Grund, weshalb ich dich bitte, meine Frau zu werden, aber gewiss kein zu verachtender Nebeneffekt«, gab er zu und zog sie in seine Arme. »Willst du, mein Schatz?«

»Ja, ich will«, sagte sie und schmiegte sich an ihn.

Sie heirateten Ende Februar 1983 in aller Stille und ohne ein aufwändiges Fest. Zu Brunos großer Freude nahmen Richard und Christine die Mühe der langen Anreise aus den Staaten auf sich und blieben eine Woche, sodass Christine und Simone Zeit hatten, einander kennen zu lernen und das Fundament ihrer künftigen Freundschaft zu legen.

Bruno unterrichtete natürlich auch seine Mutter rechtzeitig von der bevorstehenden Hochzeit mit Simone, machte sich aber keine Illusionen. Sie würde im Februar nicht ihr hübsches Feriendomizil auf Mallorca verlassen, um an seiner zweiten Eheschließung im tristen, winterkalten Leipzig teilzunehmen, zumal Walter es ablehnte, auch nur einen weiteren kostbaren Tag seines Lebens mit einem Besuch in der DDR zu vergeuden, wie er einmal klar und deutlich zu verstehen gegeben hatte. Sich einmal im Jahr allein auf die Reise nach Leipzig zu begeben, kostete seine Mutter ohnedies jedes Mal große Überwindung. Und wie erwartet schrieb sie ihm dann auch, dass sie leider nicht kommen könne. Sie fühle sich einer solch anstrengenden Reise zur Zeit nicht gewachsen. Bruno wisse ja, wie sehr der Diabetes ihr zu schaffen mache, und mit dem Herzen habe sie seit geraumer Zeit auch ständig Probleme. Bruno tat gegenüber Simone, als mache ihm die Absage nichts aus, aber das Verhalten seiner Mutter traf und schmerzte ihn doch – jedes Mal aufs Neue.

Bruno hätte gern Egon als einen ihrer Trauzeugen gesehen, Simone jedoch verstand sich mit seinem Freund nicht sonder-

lich gut. Und damit sich keiner aus ihrer Freundesclique zurückgesetzt fühlen konnte, einigten sie sich darauf, Oma und Opa Köpitz zu bitten, als Trauzeugen zu fungieren, was die beiden dann auch mit Stolz und Freude taten.
Im September, keine zwei Monate nachdem der angebliche Erzfeind eines jeden aufrichtigen Kommunisten, der bayerische Ministerpräsident und CSU-Vorsitzende Franz Josef Strauß, von Erich Honecker am Werbellinsee wie ein guter Freund empfangen wurde und die DDR den wirtschaftlichen Kollaps durch einen Milliardenkredit vom Klassenfeind noch einmal abwenden konnte, keine zwei Monate nach diesem einträchtigen Treffen wurde Volker in Dresden vor dem Rundkino auf der Prager Straße verhaftet.
Wie Bruno und Simone von Beate erfuhren, hatte Volker Tage vor seiner Verhaftung einen anonymen Brief erhalten, in dem er aufgefordert wurde, doch auch mal zum Platz am Rundkino zu kommen. »Dort treffen sich seit einiger Zeit Leute, die ausreisen wollen, aber ohne Transparente, Sprechchöre oder andere offensichtliche Protestmittel«, erfuhren sie von ihrer Schwägerin. »Man läuft einfach so herum. Es wird auch nicht diskutiert. Es ist mehr ein stummer Protest. Aber jeder weiß, warum der andere da ist.«
Beate hatte ihrem Mann eindringlich davon abgeraten, sich dort sehen zu lassen. Sie hatte gleich das Gefühl gehabt, dass an der Sache etwas faul war. Doch die Neugierde hatte Volker dann doch zum Rundkino getrieben. Er wollte nur mal von weitem sehen, was sich da tat, und hatte sich deshalb auf der anderen Seite des Kinos vor dem Hotel »Newa« auf eine Bank gesetzt.
Eine halbe Stunde später fand eine Massenverhaftung statt, die sich auf alle konzentrierte, die einen Ausreiseantrag gestellt hatten. Zwei zivile Stasi-Leute tauchten plötzlich hinter Volker auf, rissen ihn von der Bank, drehten ihm die Arme auf den Rücken und brachten ihn zu den anderen ins Rundkino und dann ins Gefängnis.
Beate erfuhr von der Verhaftung ihres Mannes durch die Män-

ner von der Staatssicherheit, die bei einer rücksichtslosen Hausdurchsuchung alles auf den Kopf stellten, ohne jedoch irgendetwas Belastendes zu finden.
Am Urteil des Richters änderte dies jedoch nichts. Nach dreieinhalb Monaten Stasi-Haft, während der Beate ihren Mann weder besuchen noch ihm schreiben oder ihm warme Kleidung zukommen lassen durfte, kam es schließlich zum Verfahren. In einem Massenprozess, bei dem die Urteile mit ihren Begründungen schon vor der Verhandlung schriftlich vorlagen, wurde Volker wegen Republikverleumdung zu achtzehn Monaten Gefängnis verurteilt. In einem Viehwaggon wurden er und seine Mitverurteilten in das Gefängnis von Naumburg gebracht, das aus der Kaiserzeit stammte und schon den Nazis zur Inhaftierung politischer Gefangener gedient hatte. Obwohl eisige Winterkälte durch die Ritzen des Waggons drang, trugen die Verurteilten noch immer die leichte Spätsommerkleidung, die sie dreieinhalb Monate zuvor am Tag ihrer Verhaftung am Leib gehabt hatten.
Beate stand Todesängste um Volker aus, und Bruno und Simone taten alles, was in ihrer Macht stand, um ihr Beistand, Kraft und Hoffnung zu geben. So oft es ihnen möglich war, fuhren sie nach Dresden. Manchmal gelang es ihnen auch, sie zu überreden, einige Tage bei ihnen in Leipzig zu verbringen, um ein wenig abgelenkt zu werden.
Im Januar durfte Beate ihren Mann zum ersten Mal besuchen, und sie kehrte mit Nachrichten aus Naumburg zurück, die alles andere als beruhigend klangen. »Sie haben versucht, ihn zur Arbeit an uralten Maschinen, zur Herstellung von Schrankscharnieren zu zwingen, Maschinen, die über keinerlei Sicherheitsvorrichtungen verfügen und bei denen es regelmäßig zu schweren Unfällen kommt«, berichtete Beate unter Tränen. »Volker hat sich geweigert und ihnen ins Gesicht gesagt, er lasse sich von diesem Staat, der Ausreisewillige zu Staatsfeinden erklärt, nicht auch noch die Hände verstümmeln. Daraufhin haben sie ihn in Einzeldunkelhaft gesteckt und auf der Pritsche festgeschnallt.«

Es blieb nicht bei diesem einen Mal, denn Volker ließ sich von den Aufsehern nicht in die Knie zwingen. Standhaft blieb er dabei, die Arbeit an diesen lebensgefährlichen Maschinen zu verweigern, und zur Strafe wurde er noch zweimal zu Einzeldunkelhaft in den Keller geführt und auf die Pritsche geschnallt.
Im Oktober wurde Volker in einer Nacht-und-Nebel-Aktion überraschend mit anderen politischen Gefangenen, die von der westdeutschen Regierung freigekauft worden waren, in einen Bus gesetzt und über die Grenze in den Westen abgeschoben.
Beate musste noch ein ganzes Jahr warten und bangen, ob sie ihren Mann jemals wiedersehen würde. Dann erhielt sie die Erlaubnis zur Ausreise. Innerhalb von vierundzwanzig Stunden hatte sie die DDR zu verlassen. Nur einen Koffer durfte sie mitnehmen, und sogar den durchwühlten die Stasi-Leute noch auf Wertgegenstände, die sie kurzerhand als nationales Kulturerbe deklarieren und beschlagnahmen konnten.
Bruno und Simone nahm die qualvolle Odyssee, die Beate und Volker in diesen Jahren durchstehen mussten, sehr mit. Simone litt besonders stark angesichts der Methoden, die das SED-Regime gegen jeden anwandte, der sich ihm zu widersetzen wagte. Und mehr als einmal sagte sie: »Ich weiß nicht, wie lange ich noch in diesem Land leben kann, Bruno.«

6

Mit der dicken Geldrolle in der Hand kam Richard sich wie ein Mafioso oder illegaler Buchmacher vor. Diese Burschen holten in den Filmen auch stets dicke, von Gummibändern zusammengehaltene Geldrollen hervor, um davon locker einen Hundertdollarschein nach dem anderen herunterzublättern. Und mit jeder Stunde, die der *House & Yard Sale* auf ihrer Farm andauerte,

wurde das Bündel in seiner Hosentasche dicker. Ein kurzzeitig trügerisch gutes Gefühl an einem traurigen Frühlingstag. Auf den Pappschildern, die sie oben an der Landstraße vor der sandigen Zufahrt zu ihrem Anwesen aufgestellt hatten, stand zu lesen: »We are moving away! Almost everything goes!« Und die Leute, die seit dem frühen Morgen aus der Nachbarschaft eintrafen und sich bei ihnen umsahen, kauften, was das Zeug hielt. Natürlich feilschten sie um den Preis, sogar bei einem Glasuntersetzer für einen Dollar. Aber das war vorherzusehen gewesen.
Axel drängte sich durch die Leute zu Richard ins Wohnzimmer. »Da will jemand die doppelläufige Schrotflinte kaufen und wissen, was du dafür haben willst. Der Zettel mit dem Preis ist verschwunden. Was soll ich ihm sagen?«
»Fang mit hundert an und geh notfalls bis auf sechzig runter!«
Minuten später brachte Axel triumphierend fünfundsiebzig Dollar. »Wir lassen uns doch nicht über den Tisch ziehen!«
Richard war stolz auf Axel. Wie sich der Junge in den drei Jahren gemacht hatte! Er war gewachsen, breit in den Schultern geworden und wurde von Mädchen umschwärmt, seit seine Zähne reguliert und die Zahnspangen entfernt worden waren. Er sprach und schrieb besser Englisch als seine Klassenkameraden, hatte auf der exzellenten Schule in Rocky Mount schon Kurse belegt, die man ihm am College anrechnen würde, eine Klasse übersprungen, die Highschool mit sechzehn als *Honor Student* beendet und die Studienzulassung für das berühmte MIT in Massachusetts. Eine Schande, dass er diese großartige Chance nicht wahrnehmen konnte, weil sie alle Amerika jetzt verließen!
Jemand sprach Richard an, und er fuhr aus seinen Gedanken auf. »Entschuldigen Sie?«
Die Frau, die vor ihm stand, interessierte sich für die Sitzbank aus dunklem Eichenholz in der Diele, die Christine im ersten Jahr ihres Farmlebens auf einem Trödelmarkt entdeckt und in mühsamer Arbeit aufgearbeitet und neu bepolstert hatte. Sie ging jetzt für achtzig Dollar an die fremde Farmersfrau.
»Aus was für einem Holz sind der Eckglasschrank und der große

Wandschrank mit den drei Glastüren?«, fragte ein anderer Interessent.
»Aus massivem Kirschholz.«
Richard hatte den Verkauf dieser beiden schönen Schränke, die in Deutschland ein Vermögen gekostet hätten, gerade unter Dach und Fach gebracht, als er Christine in der Tür zur Küche stehen und in seine Richtung blicken sah. Er wusste, was in ihr vorging. An der Dielenbank und den beiden Kirschholzschränken hatte sie ganz besonders gehangen. Und er sah den Schmerz in ihren Augen, sich nun von ihnen und den anderen Dingen trennen zu müssen. Jahre hatten sie gebraucht, um alles mühsam zusammenzutragen, zu restaurieren und die heruntergekommene Farm in knochenbrecherischer Arbeit in ein Schmuckstück zu verwandeln, und nun mussten sie alles aufgegeben. Die Tiere waren an Freunde verschenkt oder an benachbarte Farmer verkauft worden – bis auf ihren geliebten Golden Retriever Ben, den sie mit nach Deutschland nehmen würden.
Christine kämpfte mit den Tränen, wandte sich hastig ab und lief aus dem Haus.
Richard folgte ihr und fand sie im Holzschuppen weinend auf dem alten Hauklotz sitzen. »Es tut mir so Leid, aber es gab keinen anderen Ausweg«, sagte er und nahm sie in den Arm. »Bei einem Dollarkurs von drei Mark zwanzig und höher sind wir spätestens am Jahresende ruiniert.«
Das Leben in den USA war für sie unbezahlbar geworden. Richard konnte sich abrackern, wie er wollte, das Geld, das er in Deutschland mit seinen Romanen und Geschichten verdiente, wurde vom steigenden Dollarkurs zunehmend schneller aufgefressen. Und ganz davon abgesehen, dass sie sich einig waren, Axel solle zum amerikanischen Schulabschluss unbedingt auch noch das deutsche Abitur machen, verfügten sie nicht annähernd über die notwendigen Mittel, um bei einem so hohen Wechselkurs die Studiengebühren auch nur für ein preiswertes College, geschweige denn für eine Elite-Uni wie das MIT aufzubringen.
»Ich weiß ja, dass wir keine andere Wahl haben, als wieder nach

Deutschland zurückzukehren. Es wäre wirklich unverantwortlich zu bleiben«, sagte Christine. »Aber zu sehen, wie wir jetzt alles verkaufen müssen, wofür wir so hart gearbeitet haben …«

»Seien wir dankbar, dass wir diese wunderbaren vier Jahre in Amerika hatten und das alles erleben durften«, erwiderte Richard. »In dieser Zeit ist mehr als nur ein Jugendtraum wahr geworden, sie wird unvergessen bleiben. Aber diese Lebensphase ist nun abgeschlossen. Jetzt heißt es nach vorn schauen und sich auf das freuen, was an Neuem vor uns liegt.«

Christine wischte sich die Tränen aus den Augen und lächelte. »Ja, zunächst das Abenteuer Brasilien. Und wer weiß, vielleicht kehren wir ja eines Tages wieder nach Amerika zurück.«

Richard und Christine hatten beschlossen, den Schmerz über den erzwungenen Verkauf ihrer geliebten Dogwood Farm und die Rückkehr nach Deutschland durch eine dreieinhalbmonatige Abenteuerreise zu lindern. Sie wollten allein und auf eigene Faust durch Brasilien reisen und sich dort überwiegend in Amazonien sowie in den abgelegenen Gebieten im Westen aufhalten.

Und genau das taten sie auch. Axel zog für diese Zeit zusammen mit Ben zu ihren Nachbarn und guten Freunden auf der anderen Seite der Halbinsel.

»Weißt du, was ich fürchte«, sagte Richard, als sie Wochen später von Manáus aus mit einem kleinen Boot und einem eingeborenen Führer ins Innere Amazoniens aufbrachen.

»Anakondas, Piranhas, giftige Spinnen und feindselige Indios?«, scherzte Christine.

»Nein, dass wir schon zu lange das abenteuerliche Leben und die Freiheit gewöhnt sind und darüber die Fähigkeit verloren haben, wieder in Deutschland in einer Wohnung zu leben und richtig Wurzeln zu schlagen.«

*

Von der Halbwildnis am Smith Mountain Lake im Süden Virginias über die grandiose Weite Amazoniens in eine Kleinstadt

im Bergischen Land – was für ein Wechsel der Landschaften und Lebenswelten!
Sie ließen sich in Christines Heimatstadt nieder, vierzig Autominuten östlich von Köln. Einst wichtige Handelsstation und Hansepartner, jetzt beschauliche Kleinstadt mit Kleinindustrie und nicht einmal dreißigtausend Einwohnern. Um den hübschen Marktplatz sowie in den umliegenden Straßen und Gassen alte schieferverkleidete Fachwerkhäuser, andere in schönem Jugendstil, nicht wenige sanierungsbedürftig. Ein landschaftlich reizvoll gelegenes Städtchen, in dem sich das offensichtlich Idyllisch-Anheimelnde einer überschaubaren Welt mit dem erst noch zu entdeckenden Kleinstädtisch-Spießigen die Waage hielt und in dem jeder jeden zu kennen schien. Aber war es nicht auch in Rocky Mount am Fuß der Blauen Berge so gewesen, nur unter anderen kulturellen Vorzeichen?
Richard kannte in dem Ort nur Christines Eltern. In dem alten verschieferten Haus am Hang, in dem unten die Schwiegereltern lebten, mieteten sie die stilvoll ausgebaute Dachwohnung.
In der Ahnungslosigkeit seiner Jugend hatte Richard immer geglaubt, das Leben eines freiberuflichen Schriftstellers kennzeichne ein gemächlicher Tagesrhythmus mit viel freier Zeit zur Wahrnehmung privater Hobbys und Vergnügungen. Was er nicht gewusst hatte, war, dass die Freiheit einen hohen Preis einforderte und jeder müßige Tag zu einem späteren Zeitpunkt durch doppelt harte Arbeit bezahlt werden musste. Lebensversicherungen, Krankenkassen, Vermieter und Lebensmittelhändler nahmen keine Rücksicht auf kreative Pausen oder Einbrüche bei den Honorarabrechnungen, und sie gewährten Künstlern auch keinen Preisnachlass. Die Rechnungen flatterten weiterhin regelmäßig ins Haus. Der Verdienstausfall und die Kosten, die während der dreieinhalb Monate in Brasilien trotz sparsamster Lebensweise angefallen waren, mussten wettgemacht werden. Die Hoffnung, die Farm in Virginia rasch verkaufen und dank des Währungsgewinns finanziell bald freier atmen zu können, war nicht mehr als eben das – eine Hoffnung. Und so wurde

Richard von den Zwängen seines freien Berufes ebenso schnell wieder unter das Joch an der Schreibmaschine gezwungen, wie ihn auch Konrad und die Eltern mit ihren Erwartungen und Belehrungen in vertrauter Art und Weise abermals vereinnahmten.

Dass Freiberuflichkeit auch viel mit Freischweben zu tun hatte, was die sehr reale Möglichkeit eines jederzeit möglichen finanziellen Absturzes mit einschloss, diese Erfahrung musste auch Konrad machen.

Richard war überrascht, als er beim ersten Familientreffen erfuhr, dass sein Bruder die Anstellung als Assistent eines SPD-Bundestagsabgeordneten nach noch nicht einmal zwei Jahren aufgegeben hatte, war Politik doch seines Bruders große Leidenschaft.

Als Konrad vor drei Jahren zur unsäglichen Erleichterung der Eltern endlich seine Promotion abgeschlossen hatte und somit ein echter Brüggemann geworden war, schien ihm mit dieser Assistentenstelle der Sprung in die Politik gelungen zu sein. So jedenfalls hatte es in seinen Briefen geklungen, die – gelegentlich mit einer Bitte um eine kleine Geldzuweisung – ihren Weg über den Atlantik gefunden hatten.

»Warum, um alles in der Welt, hast du denn gekündigt?«

Sein Bruder winkte ab. »Das war ja bloß ein Hinterbänkler, der nichts zu melden hatte. Ich musste jeden Furz für ihn erledigen. Während er sich mit seiner Geliebten vergnügt hat, durfte ich die ganze Arbeit machen, vor allem den nervigen Kleinkram für seinen Wahlkreis.«

»Fraktionsvorsitzender oder gar Staatssekretär wird man nicht von heute auf morgen!«, sagte der Vater verdrossen, der sich einen weißen Bart hatte wachsen lassen und auf einmal im Gesicht viel Ähnlichkeit mit Hemingway besaß. »Wenn man in der Politik Karriere machen will, dann kommt man auch da nicht um die …«

»… Ochsentour herum. Ja, ich weiß«, fiel Konrad ihm genervt ins Wort. »Aber darauf hatte ich keine Lust.«

»Und was hast du jetzt vor?«, fragte Christine.
»Ich arbeite freiberuflich, als Journalist!« Er grinste Richard breit an. »Wir sind jetzt Kollegen, Bruderling! Ich habe schon einige Artikel für Inter Nationes geschrieben. Das ist eine Außenstelle des Auswärtigen Amtes, die sich um das Deutschlandbild im Ausland kümmert und verschiedene Informationsdienste herausgibt. Natürlich sind das alles Artikel über politische, kulturgeschichtliche und sozialkritische Themen.«
Richard hatte die Anspielung verstanden. »Also richtig seriöse, ernst zu nehmende Arbeit, willst du sagen.«
Konrad griente. »Die Artikel werden in achtzehn Sprachen übersetzt! Leider zahlt Inter Nationes miese Honorare. Mehr als hundertfünfzig oder zweihundert Mark pro Bericht sind nicht drin. Da muss ich übel krebsen, um über die Runden zu kommen.«
»Vielleicht kannst du ihm mit einigen Empfehlungen beim WDR und bei den Verlagen weiterhelfen, wo man dich kennt, Junge«, sagte die Mutter. »Du weißt, Brüder müssen zusammenhalten!«
»Werde sehen, was ich machen kann«, sagte Richard.
Später gingen sie noch auf ein Bier in die Altstadt, wo Konrad ihnen sein Leid klagte. Ganz besonders litt er darunter, dass er mit sechsunddreißig Jahren noch immer auf regelmäßige finanzielle Zuwendungen der Eltern angewiesen war.
»Bei mir ist im Leben einfach eine Menge schief gelaufen, und ich weiß gar nicht so recht, womit es angefangen hat.«
Richard fühlte sich versucht anzumerken, dass Konrad bisher stets seinen persönlichen Vorlieben und Hobbys zu viel Zeit gewidmet und zu wenig Disziplin und Beharrungsvermögen im Beruf gezeigt habe. Aber er verkniff sich diese Besserwisserei wie auch den Hinweis, dass es ihn manchmal bis an den Rand der Verzweiflung bringe, sich fast jeden Tag bis zu zehn, zwölf Stunden zum Sklaven der Schreibmaschine zu machen. Wenn er sein Arbeitszimmer gegenüber Besuchern seine »Folterkammer« nannte, lachten sie und nahmen an, er kokettiere und mache einen Scherz. Dabei war es ihm ernst damit. Schreiben war schlichtweg selbst verordnete geistige und körperliche Steinbrucharbeit. Dass

er von dieser Selbstquälerei nicht lassen konnte, weil sie wie das Marathonlaufen auch zu euphorischen Momenten führte, wenn man nur lange genug durchhielt und die Schmerzgrenze überwunden hatte, stand auf einem anderen Blatt. Aber das änderte nichts daran, dass er sich jeden Morgen überwinden musste, in sein Arbeitszimmer zu gehen, die Tür hinter sich zu schließen und sich vorzunehmen, nicht eher mit dem Schreiben und Umarbeiten aufzuhören, bis er sein Tagespensum geschafft hatte. Aber davon wollte er jetzt nicht sprechen. Kluge Reden halten konnte jeder. Zudem sahen Außenstehende, sein Bruder eingeschlossen, immer nur, dass er mit Christine durch die Welt reiste und sich große Abenteuer leistete, von denen sie nur träumen konnten. Von der Mühsal, die Voraussetzung dieser Freiheiten war, machten sie sich keine Vorstellung. Sie sahen nur die strahlende Seite seines Lebens.

»Dass ich darauf vertraut habe, dieses Land habe wirklich Bedarf an Sozial- und Politikwissenschaftlern, wie es damals unter Willy Brandts Kanzlerschaft überall verkündet wurde, ist wohl einer meiner gravierendsten Fehler gewesen. Und dann führte eins zum anderen, und nichts konnte mich wirklich begeistern und dazu bringen, mich auf die viel zitierte Ochsentour einzulassen«, fuhr Konrad niedergeschlagen fort. »Wie soll man sich auch einer Sache mit Haut und Haaren verschreiben und Jahrzehnte seines Lebens opfern, wenn sie einen innerlich kalt lässt?«

»Ich glaube nicht, dass die vielen Millionen Menschen, die irgendwo in Fabriken, Geschäften oder Büros ihren Job tun, sich den Luxus leisten können, sich diese Frage zu stellen und danach zu entscheiden, ob sie bleiben oder kündigen«, sagte Christine. »Die meisten Leute arbeiten nun mal, weil sie sich ihren Lebensunterhalt verdienen müssen. Wer hat schon das seltene Glück, dass bei ihm Beruf und Berufung zusammenfallen?«

Konrad ging nicht darauf ein, sondern sagte zu Richard gewandt: »Du hast dein Studium ja auch hingeschmissen, weil du dir ein Leben als Richter, Anwalt oder Firmenjurist nicht vorstellen konntest!«

Richard zuckte die Achseln. »Wenn du meinst, dass dir die Arbeit als freier Journalist liegt, dann musst du es natürlich versuchen. Du hast ja nicht nur eine spitze Zunge, sondern auch eine spitze Feder«, frotzelte er. »Ich rede mal mit den Leuten vom WDR.«

»Die Eltern sehen das natürlich nicht so gern, vor allem dem Alten geht es böse gegen den Strich, dass ich mich jetzt dem Journalismus verschreibe. Er drängt noch immer auf eine akademische Laufbahn, als läge da der Hort des ewigen Glücks!«

Als Christine kurz auf die Toilette verschwand, nutzte Konrad die Gelegenheit, seinen Bruder um eine finanzielle Unterstützung anzugehen. »Ich brauche dringend einen Tausender, um mich über Wasser zu halten, bis mir Inter Nationes die abgelieferten Artikel honoriert. Und ich will mit all den Rechnungen, die sich bei mir angesammelt haben, nicht wieder zum Alten gehen. Ihn immer um Geld bitten zu müssen, geht ganz schön an die Nieren, auch wenn es vielleicht nicht so aussieht. Was ist, kannst du mir mit einem kleinen Darlehen aushelfen?«

Richard hätte ihm sagen können, dass sein Konto im Augenblick tiefrot im Minus stand. Aber er brachte es nicht über sich, Konrad die Bitte abzuschlagen, auch wenn er wusste, dass auch dieses Darlehen wie all die bisherigen in Wirklichkeit eine Schenkung sein würde. Aber ein Tausender mehr Überziehungskredit machte den Braten nun auch nicht mehr fett. Irgendwann würde die Farm schon einen Käufer finden!

Richard überwies ihm die tausend Mark am nächsten Tag, arrangierte für ihn ein Treffen mit einem WDR-Redakteur, mit dem er mittlerweile fast befreundet war, und konnte einen ihm gut bekannten Verlagslektor dazu überreden, seinen Bruder mit der Bearbeitung von Westernromanen zu betrauen. Eine Arbeit, die nicht gerade fürstlich, aber doch recht ordentlich honoriert wurde.

»Traust du dir auch zu, Western aus dem Englischen ins Deutsche zu übersetzen?«, erkundigte sich Richard bei seinem Bruder telefonisch. »Ich könnte dir da einige Aufträge vermitteln.«

»Klar doch!«, sagte Konrad sofort.
»Aber täusch dich mal nicht!«, warnte ihn Richard. Er und Christine hatten selbst schon ein gutes Dutzend Bücher dieser Art übersetzt, um in mageren Zeiten Geld in ihre leere Kasse zu bekommen. »Das ist gar nicht so leichte Arbeit, sondern sauer verdientes Geld. Die Sprache in diesen Western unterliegt ihren eigenen Gesetzen, und da musst du dich auskennen, sonst geht das böse in die Hose.«
»Mach dir mal keine Sorgen! Ich borge mir bei meinem Nachbarn, der solchen Kram liest, einen Stoß Romane und schaue mir das genau an. Dann kriege ich das schon hin!«, sagte Konrad zuversichtlich.
Als Richard Christine erzählt, welche Arbeit er Konrad verschafft hatte, sagte sie mit hochgezogenen Brauen: »Schau mal an, auf einmal ist sich dein Herr Bruder also nicht mehr zu schade, sich mit Trivialliteratur abzugeben! Wenn zwei das Gleiche tun, ist es eben noch lange nicht dasselbe.«
Richard zuckte die Achseln. »*Right or wrong* – er ist nun mal mein Bruder.«

*

Während Axel sich im Herbst am Gymnasium in eine türkische Mitschülerin verliebte, trat seine Schwester Dagmar vor den Traualtar.
Richard führte sie als stolzer Brautvater in einem Traum aus Weiß in die festlich geschmückte Pfarrkirche in Odenthal. Dass manche Zaungäste ihn für den Bräutigam hielten, belustigte sie beide.
Dagmars leiblicher Vater kam weder zur Hochzeit noch schickte er eine Glückwunschkarte. Er verlangte immer noch, dass sie sich dafür entschuldigte, damals zu spät nach Hause gekommen zu sein.
»Meine Schwester und Günther sind Weltmeister im Verdrängen von Schuld«, sagte Cäsar. »Sie sind überzeugt davon, alles richtig

gemacht zu haben und sich nichts vorwerfen zu müssen. Sie leben in einer irrwitzigen Welt, die sie sich da zusammengezimmert haben. Manchmal ist es geradezu gespenstisch, ihrem verdrehten weltfremden Gerede zuzuhören.«
Auch Richards Eltern nahmen an der Hochzeit nicht teil. Sie bemühten durchsichtige Ausreden für ihre Absage. »Ihr feiert besser unter euch«, sagte der Vater, als ginge es um eine Fete unter jungen Leuten und nicht um eine Hochzeit, zu der Freunde und Familienangehörige allen Alters zusammenkamen. Richard überraschte das nicht. Dass er Christines Kinder längst als die seinen betrachtete und Axel adoptieren würde, davon wollten die Eltern nichts wissen. Sie taten, als existierten Dagmar und Axel in einer Welt, mit der sie nicht das Geringste zu tun hatten, weil in den Kindern kein Brüggemannblut floss. Und als er zum Vater einmal im Scherz sagte: »Also weißt du, dein Enkel würde sich wirklich darüber freuen, wenn du mal an seinen Geburtstag denken würdest!«, erhielt er die barsche Antwort: »Ich habe keine Enkel.«
Nur mit Mühe schluckte Richard die Frage hinunter, ob er das auch gesagt hätte, wenn Burkhard Vater wäre.

*

Nachdem er das Manuskript über ihre Abenteuerreise durch Brasilien mit einer Auswahl von Dias zur Bebilderung beim Verlag abgeliefert hatte, flog Richard mit Christine für mehrere Wochen nach London, um im British Museum für einen historischen Roman über Australien zu recherchieren. Bei ihrer Rückkehr fanden sie im Stapel der aufgelaufenen Post einen Brief ihrer amerikanischen Immobilienmaklerin. Sie hatte endlich einen Käufer für die Dogwood Farm gefunden. Die Papiere seien schon alle unterschrieben, nach Tilgung der Hypothek werde sie den Rest der Kaufsumme wie abgemacht auf ihr deutsches Konto überweisen.
Befreit von finanziellen Sorgen, stürzte sich Richard in das

Romanprojekt, und zwar mit einem solchen Arbeitseifer, dass er nach langen Monaten eiserner Schreibklausur im März seinen ersten Hörsturz bekam, der eine zehntägige Zwangspause im Krankenhaus erforderte. Letztlich war jedoch ein umfangreiches Manuskript entstanden, das ein großes Münchner Verlagshaus mit einem ansprechenden Schutzumschlag im August 1985 auf den Markt brachte.

Das Erscheinen seines ersten gebundenen Buches bei einem namhaften Verlag feierten Richard und Christine mit einem großen Gartenfest, auf dem Cäsar ihnen auch seine neue Freundin vorstellte, die sechsundzwanzigjährige Krankengymnastin Monika Jahn, eine attraktive Brünette, die das Reden gern anderen überließ. Die beiden hatten beschlossen, zusammenzuziehen und sich ein kleines Reihenhaus am Stadtrand von Düsseldorf zu mieten.

»Ich weiß überhaupt nicht, warum ich mich wieder in feste Hände begebe«, wunderte sich Cäsar zu Richards Verblüffung am späten Abend, als schon die ersten Gäste das Fest verließen. »Ich hätte allein bleiben sollen!«

»Aber ich denke, ihr versteht euch so toll«, wandte Richard ein.

»Das tun wir ja auch«, sagte Cäsar niedergedrückt. »Aber das ist ja gerade die Crux! Und was ist schon Glück? Glück ist ein verlorener Augenblick, ein Moment für das Nichts.«

»Du sprichst in Rätseln, mein Freund. Werd mal ein bisschen konkreter!«

»Ich weiß nicht, ob ich Monika halten kann ... ja, überhaupt halten will. Wozu sich Hoffnungen machen? Irgendwann geht doch alles in die Brüche. Was ist denn schon von Dauer?«, fragte Cäsar mit ratloser Miene. »Manchmal weiß ich nicht, wofür wir uns überhaupt so abstrampeln. Ich meine, früher oder später ist ja doch alles vorbei. Also was bringt es, sich jeden kleinsten beruflichen oder privaten Erfolg so hart zu erkämpfen und so zu tun, als wäre das wichtig, wenn letztlich doch alles vergebens ist.« Er machte eine kurze Pause. »Das Ende kommt für uns alle. Wozu also der ganze Kampf, der sich Leben nennt? All die Zwänge, dieses ewige

Pflichtgefühl, dieses ständige Gemessen-und-für-zu-leicht-befunden-Werden. Nur im Nichts ist man davon befreit.«
Betroffen sah Richard ihn an. »Was sind denn das für morbide Reden, Cäsar? Hast du vielleicht Angst, Monika könnte dich ganz vereinnahmen und aus dir noch einen respektablen Ehemann machen?«
Cäsar drehte sein Glas in den Händen, hob dann die Schultern und grinste gequält. »Ja, vielleicht ist es das. Ich hab gestern einen sehr klugen Satz gelesen, der gut zu meiner augenblicklichen Verfassung passt. Und zwar stand da: ›Bei uns allen gibt es Zeiten, in denen wir darunter leiden, dass wir der und das sind, was wir sind, und wir werden geschickt im Erfinden von Fluchtmöglichkeiten.‹ Das dürfte auf mich zutreffen. Na ja, der eine ist dabei eben geschickter als der andere«, sagte er, kippte sein Bier hinunter und ging zum Fass, um sich ein neues zu zapfen. Danach wollte er von dem Thema nichts mehr wissen und blockte jeden Versuch ab, es noch einmal anzuschneiden.
Der Rest des Jahres verlief relativ ereignislos, bis sich herausstellte, dass Monika, wie übrigens auch Dagmar, schwanger war.
Dass Monika ein Kind von ihm erwartete, gab Cäsar, der in letzter Zeit sehr unter Stimmungsschwankungen gelitten hatte, einen spürbaren Aufschwung. Es wurde ein Mädchen, das einige Wochen zu früh auf die Welt kam, den Namen Nora erhielt und sich gottlob schnell von der frühzeitigen Geburt erholte. Zu einer Heirat konnte sich Cäsar dennoch nicht entschließen, und auch Monika schien nicht viel daran zu liegen, ihn zu einem Termin auf dem Standesamt zu drängen. »Wir brauchen das Papier nicht«, versicherten beide. »So wie es ist, ist es gut.«
Dagmar brachte Ende April ihr erstes Kind zur Welt, einen kräftigen Jungen, der auf den Namen Tobias getauft wurde. Die Geburtsanzeige, die sie ihrem Vater schickte, blieb jedoch genauso unbeantwortet wie zuvor ihre Vermählungsanzeige.
Etwa zur selben Zeit legte Axel mit Bravour seine Reifeprüfung ab. Als sein achtzehnter Geburtstag näher rückte, erinnerte er Richard an sein Versprechen, ihn zu adoptieren. Es war jedoch

nicht Axel allein, den Richard im Büro des Notars adoptierte, sondern auch Dagmar saß mit am Tisch – mit ihren eigenen Adoptionspapieren.

»Mit meinem leiblichen Vater verbindet mich nichts mehr. Du bist längst zu meinem Vater geworden, Richard. Wenn man mich nach meinem Vater fragt, nenne ich schon seit Jahren dich, weil ich es auch so empfinde«, hatte sie unter Tränen zu ihm gesagt, als sie von der Vorbereitung zu Axels Adoption hörte. »Und obwohl ich verheiratet bin, möchte ich doch, dass es so in allen Papieren steht. Nimm mich auch als dein Kind an!«

Nichts hätte Richard lieber getan. Mit Stolz und Liebe besiegelte er in jenen Maitagen juristisch, was sie seit Jahren füreinander empfanden.

Sein Vater reagierte auf diesen Schritt sehr ungehalten. Anstelle eines Glückwunsches stellte er ihn barsch zur Rede, was denn dieser Unsinn solle. »Mein Gott, Axel ist doch erwachsen, und Dagmar hat schon eine eigene Familie! Wozu also dieser ganze juristische Aufwand?«

Wäre die Mutter zugegen gewesen, hätte Richard vielleicht eine andere Antwort gegeben. So jedoch sprach er aus, was er voll Bitterkeit dachte. »Nicht alle Kinder haben das Glück, wie Burkhard schon mit zwei Jahren einen Adoptivvater zu finden. Manche müssen länger warten. Und manchen ist es eben auch noch wichtig, wenn sie schon erwachsen sind.«

Der Vater wurde blass und starrte ihn sprachlos an. Dann bekam er einen roten Kopf und polterte los: »Du weißt ja überhaupt nicht, wovon du redest! Außerdem waren das damals ganz andere Zeiten und Umstände!«

»Aber sicher doch, Vater, wie könnte es auch anders sein. Das, was du sagst und tust, ist ja immer gerechtfertigt«, entgegnete Richard. »Du hast bloß vergessen hinzuzufügen, dass für dich das Verständnis von Familie nicht über die eigenen Kinder hinausgeht. Die Frauen deiner Söhne werden nach Jahren widerwilliger Gewöhnung vielleicht gerade so akzeptiert, aber ihre

Familien sind deiner eigensinnigen Auffassung nach ja bekanntlich fast so etwas wie Wildfremde, mit denen man sich besser so wenig wie möglich abgibt.« Und ohne eine Antwort abzuwarten, nahm er seine Jacke und ging.
Wenige Tage nach dieser unerfreulichen Auseinandersetzung erhielt Richard einen Anruf seines Münchner Lektors. »Sitzt du gerade?«, fragte er.
»Nein, warum?«
»Dann setz dich mal erst besser! Ich habe soeben einen Anruf aus Braunschweig erhalten. Im Oktober wird dir dort der Friedrich-Gerstäcker-Preis für das beste historische Jugendbuch der letzten zwei Jahre verliehen. Richard, damit hast du es geschafft! Ich sage dir, das ist dein Durchbruch!«

*

Auf Wunsch seines Lektors reiste Richard noch in derselben Woche mit Christine nach München, um im Verlag neue Projekte zu besprechen. Er kehrte mit Verträgen für zwei neue historische Romane zurück. Zum ersten Mal stand in den Verträgen ein so hoher Vorschuss, dass er die mühselige Lohnschreiberei für die Yellow Press einschränken konnte.
Am ersten Weihnachtstag fand das obligatorische Treffen bei den Eltern in Düsseldorf statt: »blaue Stunde« mit Mutters unübertroffenem Pfefferkuchen, wobei das grüne Meißen-Service zu Ehren kam, und später ein üppiges Abendbrot im formellen Esszimmer, in dem seit dem Sommer das Gemälde eines alten dänischen Meisters hing, eine wunderbare Winterlandschaft. Seit einigen Jahren vernachlässigte der Vater seine Sammlung chinesischen und japanischen Porzellans zu Gunsten kostbarer Gemälde nordeuropäischer Meister und teurer persischer Teppiche, die mittlerweile an manchen Stellen im Wohnzimmer schon dreifach übereinander lagen, weil sich kein freier Platz mehr für einen neuen Isfahan oder Buchara fand. Um diese Leidenschaft sowie die Einkäufe der Mutter zu finanzieren, deren Vorliebe für mo-

dische Eleganz der oberen Preisklasse noch immer ungebrochen anhielt, hatte er nach seiner Pensionierung bei Siemens eine Halbtagsstelle als Betriebsarzt angenommen.

Konrad hatte Marjorie mitgebracht, seine neue philippinische Freundin, die schon seit vielen Jahren in Deutschland lebte. Richard und Christine waren angenehm überrascht. In den Jahren nach seiner Scheidung von Verena hatte Konrad einen deutlichen Hang zu sehr jungen Frauen gezeigt, vorzugsweise Studentinnen der Erstsemster, denen er mit seinem Assistentenstatus und eloquenten Reden leicht den Kopf verdrehen konnte. Marjorie hatte mit diesen jungen, naiven Geschöpfen nichts gemein, ausgenommen ihre aparte Erscheinung, die sie durch geschmackvolle Kleidung von unaufdringlich klassischer Note noch zu unterstreichen wusste. Sie war auch nur wenige Jahre jünger als er und hatte beruflich einiges vorzuweisen. Seit Jahren arbeitete sie in führender Position in der Finanzabteilung eines großen amerikanischen Elektronikkonzern, worüber sie in ihrer zurückhaltenden Art aber nie sprach.

Brüggemannsche Familientreffen gingen per definitionem nie ohne stürmische politische Diskussionen ab, und die Zusammenkunft am ersten Weihnachtstag machte da keine Ausnahme. Die sich zuspitzende Kontroverse um den österreichischen Bundespräsidenten Kurt Waldheim, dem der Jüdische Weltkongress die Teilnahme an Naziverbrechen zur Last legte, konnte noch recht einvernehmlich diskutiert werden. Der Skandal um das Wohnungsbauunternehmen Neue Heimat, das der Deutsche Gewerkschaftsbund in den Bankrott gewirtschaftet und im September für eine Mark verkauft hatte, barg schon mehr Zündstoff, denn der Vater wollte nichts davon wissen, dass Gewerkschafter sich genauso korrupt und gewissenlos verhalten hatten wie das »Lumpenpack«, wie er die Unternehmer pauschal abzuurteilen pflegte. Schnell lenkte er ab, um wieder mal in vertraut wütend-verbaler Manier auf die CDU, die ihm verhassten Schwarzen, einzudreschen.

»Kannst du nicht einmal ein wenig differenzierter urteilen?«, fragte Richard ärgerlich, während Marjorie mit Schweigen und einem Ausdruck der Verstörung auf das erregte Stimmengewirr um sie herum reagierte. »In jeder Partei wie auch in jedem Verein oder jeder Organisation gibt es anständige Menschen und ehrlose Gesellen. Wo bleibt bloß dein demokratisches Verständnis? Mal von der Lächerlichkeit pauschaler Urteile ganz abgesehen.«

»Ich kenne doch diese raffgierigen und hinterhältigen Brüder!«, blaffte der Vater. »Der Fisch beginnt vom Kopf zu stinken! Und bei der CDU ist es dieser unsägliche Herr Kohl!«

»Also, ich hole jetzt die heißen Würstchen«, verkündete die Mutter, als könne sie der Debatte damit ein Ende setzen, was jedoch nicht der Fall war.

»Na, dann wirst du ja deine wahre Freude daran haben, dass ich demnächst bei uns für die CDU im Stadtrat sitze«, sagte Richard, denn er dachte nicht daran, das zu verschweigen. »Obwohl ich das auch für die FDP oder die SPD gemacht hätte, wenn sie mit der Bitte an mich herangetreten wären. Aber gefragt hat mich nach der Preisverleihung nun mal nur die CDU, und die macht bei uns im Ort eine sehr anständige Politik.«

In den Augen des schockierten Vaters zeigte sich Empörung, und er wusste erst nicht, was er dazu sagen sollte.

Konrad war da schneller. »Das nennt man Nestbeschmutzer«, sagte er, wobei nicht klar zum Ausdruck kam, ob dabei der Spott oder die Verachtung die Oberhand besaß.

Zur Verleihung des Gerstäcker-Preises vor über zweihundert geladenen Gästen waren der Bürgermeister und der Stadtdirektor, die beide der CDU angehörten, sowie der SPD-Landtagsabgeordnete und eine Vertreterin der örtlichen Presse nach Braunschweig gereist, was Richard sehr gefreut und mit Stolz erfüllt hatte. Als der Bürgermeister ihn im November angesprochen hatte, ob er nicht Interesse an einer kommunalpolitischen Aufgabe habe und im Rat die Aufgabe des sachkundigen Bürgers übernehmen wolle, hatte er spontan zugesagt, obwohl er noch immer sein SPD-Parteibuch besaß. Für ihn zählte der individuelle Mensch, sein Charak-

ter und was er tat oder unterließ, nicht welche Etiketten man ihm aufklebte.
»Was für eine Preisverleihung?«, fragte Marjorie leise.
»Ach, mein Bruder hat im Oktober so einen kleinen Preis für eines seiner Kinderbücher bekommen«, antwortete Konrad von oben herab.
Richard gab vor, die Antwort seines Bruders nicht gehört zu haben, weil er sich vor Marjorie nicht wichtig machen und noch mehr Missstimmung in das weihnachtliche Familientreffen bringen wollte. Das änderte jedoch nichts daran, dass der Stich tief ging. Und es erinnerte ihn daran, dass Konrad natürlich keine Zeit gehabt hatte, nach Braunschweig zu kommen.
Die Mutter brachte die heißen Würstchen und bestand nun mit Erfolg darauf, dass nicht länger von Politik geredet wurde.
»Nehmt mehr Senf, wenn euch das Essen ohne politische Debatte zu lasch ist!«, sagte sie energisch und verteilte die Würstchen. Sie selbst legte sich jedoch keins auf den Teller, sie hatte keinen Appetit auf Fleisch.
Auf der Heimfahrt sagte Richard zu Christine: »Wie kann man nur so viele kluge Bücher über Geschichte, Literatur und Philosophie lesen wie mein Vater und daraus doch nichts für einen humanen und toleranten Umgang mit seinen Mitmenschen lernen? Von milder Altersweisheit und Gelassenheit will ich erst gar nicht reden!«
»Das verstehe ich auch nicht«, sagte Christine, und sie versanken wieder in nachdenkliches Schweigen. Im Radio begann gerade ein Bericht über ein Zisterzienserkloster in einem abgeschiedenen Tal in der Eifel, das zwanglos Gäste egal welcher Weltanschauung zu innerer Einkehr und Besinnung aufnahm. Auf den gregorianischen Gesang der Mönche folgte ein Gespräch mit dem zuständigen Pater, der mit warmer, ruhiger Stimme auf Fragen antwortete und die Möglichkeiten beschrieb, die das Kloster Himmerod seinen Gästen bot. Und diese fremde Stimme erfüllte das Wageninnere und brachte Richard innere Ruhe.
In derselben Nacht wachte Christine in der Stunde vor dem Mor-

gengrauen auf und sah, dass Richard nicht neben ihr im Bett lag. Sie stand auf und fand ihn im Wohnzimmer vor dem großen Fenster, das in den schräg ansteigenden Garten hinausging. Er saß dort in der Dunkelheit.

»Es ist noch so früh, Richard. Konntest du nicht mehr schlafen?« Sie trat hinter ihn und legte ihre Arme um ihn.

»Nein.«

»Bist du schon lange auf?«

Er nickte. »Eine ganze Weile.«

»Ist etwas?«, fragte sie besorgt.

Richard zögerte. Dann sagte er: »Es ist alles in Ordnung.«

*

Das Weihnachtsfest sollte das letzte gewesen sein, das Richards Mutter erlebte. Was folgte, war ein Jahr des langen, schmerzlich wortlosen Abschieds von ihr.

Niemand ahnte etwas von der Krankheit, die schon seit längerem mit zerstörerischer Kraft in ihrem Körper gewuchert hatte, bevor sie endlich erkannt wurde – sie selbst vielleicht ausgenommen. Ihr anhaltender Gewichtsverlust, der sie alle paar Monate zur Änderungsschneiderin zwang, weil ihr Röcke und Hosen zu locker saßen, ihr wachsender Widerwille gegen Fleisch, ihre schnelle Erschöpfung und einiges andere – all diese Anzeichen, die auf eine fortschreitende Krankheit hinwiesen, *mussten* sie stutzig gemacht haben.

Richard vermochte sich später, als längst keine Hoffnung mehr bestand, nicht zu erklären, warum die Mutter in all den Monaten nicht ein einziges Wort über ihre Beschwerden verloren hatte und wieso der Vater nicht schon viel eher darauf gedrängt hatte, dass sie sich untersuchen ließ. Die einzige Erklärung, die er sich vorstellen konnte, war, dass die Mutter das Wissen um ihren Zustand entweder mit Macht verdrängt oder aber die Krankheit als unabwendbares Schicksal hingenommen hatte. Und diese allzu menschliche Flucht vor der Angst in das Nichtwissenwollen,

mit dem man sich vor der fürchterlichen Wahrheit zu schützen meint, musste auch sein Vater angetreten haben. Alles sprach dafür, insbesondere im Licht der späteren Ereignisse.
Dabei begann das Jahr so viel versprechend und lebensfroh. Dagmar überraschte sie mit der freudigen Nachricht, abermals schwanger zu sein, und Konrad flog im Januar mit Marjorie nach Manila, um dort ihre Familie kennen zu lernen und um zu heiraten. Die Trauung nahm ein Onkel von Marjorie vor, der erst kürzlich die Bischofsweihe erhalten hatte.
»Eine wahrhaft internationale Familie«, meinte Christine, als das frisch getraute Paar nach Deutschland zurückkehrte und die Eheschließung verkündete, ähnlich wie Burkhard nach seiner Iranreise vor vielen Jahren. »Damit bin ich die einzige deutsche Schwiegertochter.«
»Ich bin froh, dass Konrad eine so patente Frau gefunden hat«, sagte Richard, und dieser Meinung waren ausnahmsweise auch die Eltern.
Im Februar brachen Richard und Christine zu einer zweimonatigen Abenteuer- und Recherchenreise durch die Länder des südlichen Afrika auf. Als sie wenige Tage vor dem Osterfest zurückkehrten, sahen ihre weiteren Pläne vor, dass Christine nach den Feiertagen für eine Woche Dagmar im Haushalt zur Hand ging, während er sich zu einem Schnupperaufenthalt in das Zisterzienserkloster in der Eifel begab. Diese Pläne wurden hinfällig, denn sie kamen gerade noch rechtzeitig, um die Einlieferung der Mutter ins Krankenhaus zu erleben.
Die Diagnose des Chirurgen und Krebsspezialisten, der sich noch am selben Tag zu einer sechsstündigen Operation gezwungen sah, traf alle wie ein Schock: Darmkrebs. Zwar sprach er das Wort »Endstadium« nicht aus, aber nach der Operation sagte er mit sichtlicher Fassungslosigkeit: »Ich habe in meiner langen Berufspraxis noch nie erlebt, dass jemand mit einer so großen Geschwulst auf eigenen Füßen und dann auch noch mit aufrechtem Gang und ohne einen Laut des Schmerzes ins Krankenhaus kam. Es ist mir unerklärlich, wie Ihre Frau das bewerkstelligt hat,

Herr Kollege.« Und dann teilte er dem Vater mit, dass er den ganzen Unterleib hatte ausräumen und einen künstlichen Darmausgang legen müssen.
Schon zwei Tage später traf Burkhard aus Amerika ein, und diesmal begleitete ihn Rojana. Im Angesicht der Lebensgefahr, in der sich die Mutter befand, waren alle Animositäten vergessen. Die Familie hielt zusammen, so wie es auch in normalen Zeiten hätte sein sollen.
Sie alle klammerten sich an die Hoffnung, dass ein Wunder geschehen und die Mutter den Krebs besiegen möge – auch noch als die Mutter Wochen nach der schweren Operation entlassen wurde. Dass die Ärzte keine weitere Behandlung durch Bestrahlung oder Chemotherapie für nötig erachteten, weckte in Richard böse Ahnungen. Aber darüber sprach er nur mit Christine. Auch er wollte daran glauben, dass die Chirurgen bei der Operation die Geschwulst restlos entfernt hatten und noch keine Krebszellen in die Lymphbahnen und in andere Organe gelangt waren.
Das Wunder blieb aus. Die Mutter, vom Vater zu Hause aufopfernd umsorgt und gepflegt, wurde mit jedem Monat hinfälliger und magerte immer mehr ab. Im Sommer konnte sie das Bett nicht mehr aus eigener Kraft verlassen. Es reichte auch nicht, sie zu stützen. Der Vater musste sie ins Wohnzimmer tragen, wo sie den Tag auf der Couch vor dem großen sonnigen Fenster verbrachte. Schon zu diesem Zeitpunkt reichte ein Blick auf ihr knochiges, ausgezehrtes Gesicht und ihre sich zunehmend gelblich verfärbende Haut, um zu wissen, dass ihr Leben sich seinem Ende zuneigte.
Jetzt fühlte Richard die Zeit für gekommen, an ihrer Seite zu sitzen und allmählich Abschied von ihr zu nehmen, ihr Trost zuzusprechen und ihr zu sagen, wie sehr er sie liebe und wie viel er ihr verdanke. Aber das ließen die Eltern nicht zu. Mit eiserner Kraft hielten sowohl die Mutter als auch der Vater die Illusion aufrecht, es würde sich schon noch alles zum Besseren wenden.
»Wenn Mutti wieder gesund ist, reisen wir erst einmal nach Bornholm!«, verkündete der Vater, und die Mutter nickte dazu.

Und in all den langen Monaten ihres Todeskampfes kam ihr in Gegenwart der Kinder nicht ein einziges Mal ein Laut des Schmerzes oder der Klage über die Lippen, was nicht allein mit den Morphininfusionen zu erklären war, die der Vater ihr später regelmäßig setzte.

»Diese eiserne Willensstärke deiner Mutter, ihre Schmerzen vor uns zu verbergen, ist mir unbegreiflich«, sagte Christine nach einem Krankenbesuch ebenso fassungslos wie erschüttert. »Warum glaubt sie, sich vor uns so zusammenreißen zu müssen? Wir sind doch ihre Familie! Und warum dürfen wir nicht ehrlich mit ihr sprechen? Was wir da immer reden, wohin sie nach ihrer Heilung verreisen, ist doch absolut irrwitzig und irreal! Jetzt gäbe es doch ganz andere Dinge miteinander zu bereden!«

Als Richard schließlich wagte, gegenüber seinem Vater das Unabwendbare ganz vorsichtig anzusprechen, wurde er von ihm sofort voller Entrüstung in die Schranken gewiesen und der Herzlosigkeit und mangelnden Vertrauens bezichtigt. Richard kam sich vor, als hätte er seine Mutter tatsächlich verraten und leichtfertig aufgegeben.

Seine Brüder wollten die unleugbare Nähe des Todes ebenso wenig wahrhaben und daher auch von einem Abschiednehmen nichts wissen. Sie verschlossen wie der Vater die Augen vor dem Offensichtlichen, als könnten sie damit das Unfassbare aufhalten. Der Tod wurde in stillschweigender Übereinstimmung zum Tabu erklärt. Jeder Versuch, jede kleinste Andeutung wurde schon im Ansatz durch das rigorose Mantra unterbunden, dass noch alles möglich sei. In all den Monaten fielen die Worte »Tod« und »Sterben« kein einziges Mal. Sie bargen für seine Eltern und Brüder zweifellos so viel Schrecken, dass sie sich lieber in eine offensichtliche Illusion flüchteten, als die verbleibende kostbare Zeit zu wirklich bedeutungsvollen letzten Gesprächen mit der Mutter zu nutzen.

Richard litt darunter, nicht Abschied nehmen zu können, und später, als Leber und Nieren endgültig versagten und die Mutter ins Koma fiel, machte er sich den Vorwurf, nicht genug Mut gehabt zu haben, sich gegen diese Mauer des Schweigens aufzulehnen und seinem Herzen gefolgt zu sein.

Der Tod trat an einem sonnigen Septembernachmittag ein. Der Schmerz, der sich in das Gesicht des Vaters grub, ließ nicht einmal Tränen zu. Die kamen erst später, und da weinte er so herzerschütternd und in grenzenloser Verzweiflung wie ein Kind, das seine Eltern verloren hat und alt genug ist, zu wissen, dass nichts auf der Welt diesen Verlust ersetzen kann.

»Wir sollten den Hausarzt und das Bestattungsunternehmen benachrichtigen«, sagte Konrad nach einer Weile. Unausgesprochen schwang der Hinweis mit, dass der Tod der Mutter beurkundet und der Leichnam abgeholt werden sollte, bevor die Leichenstarre einsetzte.

Der Vater saß wie betäubt am Bett der Mutter. Dann sagte er mit gebrochener Stimme: »Sie sollen Inge ihr schönstes Kostüm anziehen. Das blaue mit dem weißen Revers. Und ihre Perlenkette, die sie so geliebt hat.«

»Ich lege die Sachen heraus«, sagte Richard.

»Das sollten wir nicht Fremden überlassen und sie einfach so hinaustragen lassen«, meldete sich da Christine leise zu Wort. »Bei uns in der Familie übernehmen das Waschen und das Anziehen der Totenkleidung die Hinterbliebenen … als einen letzten Liebesdienst.«

Der Vater nickte. »Ja«, flüsterte er. »So lassen wir sie nicht aus dem Haus gehen.«

»Wir helfen dir«, sagte Richard spontan, und im nächsten Augenblick befiel ihn die Angst, sich zu etwas bereit erklärt zu haben, was seine Kräfte überstieg.

Konrad schluckte und blickte weg. »Wir kümmern uns um den Arzt und den Bestatter und warten im Wohnzimmer«, murmelte er und zog sich mit Marjorie aus dem Totenzimmer zurück.

Richard hatte noch nie zuvor einen Toten gesehen, geschweige denn einen von aller Kleidung entblößten und von langem Krebsleiden ausgezehrten Leichnam. Er fürchtete sich davor. Doch als sie sich zu dritt diesem letzten Liebesdienst

stellten, empfand er nicht einen Augenblick lang Scham oder Ekel.
Seine Mutter zu entkleiden, sorgfältig zu waschen, sie ohne Hast von Kopf bis Fuß so elegant zu kleiden, wie sie es immer geliebt hatte, und zum Schluss, nachdem der Vater ihr die Perlenkette um den Hals gelegt hatte, ihr graues Haar zu kämmen, all diese Handreichungen und Berührungen ihres noch warmen Körpers ermöglichten es ihm, seine Liebe und Dankbarkeit auch ohne ein einziges Wort auszudrücken. Hier, in dieser Stunde, nahm er Abschied von seiner Mutter und nicht auf dem Friedhof, als die Erde in dicken, schweren Klumpen auf ihren Sarg polterte.

7

Im Frühjahr 1987 rückte die SED vom großen Bruder Sowjetunion ab, dem sie bis dahin in blinder Treue als dem ideologischen Vorbild nachgeeifert hatte. In den Jahren zuvor hatte es zu jeder passenden und unpassenden Gelegenheit geheißen: »Von der Sowjetunion lernen heißt siegen lernen!« Nun aber wollten Honecker und Co. auf einmal nicht mehr zu den Siegern gehören, weil sie Glasnost und Perestroika fürchteten. So verkündete Kurt Hager im April in einem Interview des »Stern« voll selbstgefälliger Arroganz: »Würden Sie, nebenbei gesagt, wenn Ihr Nachbar seine Wohnung tapeziert, sich verpflichtet fühlen, Ihre Wohnung ebenfalls neu zu tapezieren?« Auf diese bornierte Äußerung, die auch noch im »Neuen Deutschland« nachgedruckt wurde, reagierten große Teile der Bevölkerung mit Empörung, die auch von vielen Parteimitgliedern geteilt wurde.
»Hager, Honecker und Konsorten werden die Tapeten der DDR eines Tages noch mal böse um die Ohren fliegen, wenn sie so weitermachen!«, schimpfte Simone.

Im Mai nahm Simone sich zwei Wochen Urlaub, um sich mit Bruno nach einer größeren Wohnung umzusehen. Den Gang zur Wohnungsverwaltung ersparten sie sich. Bei dem drückenden Wohnungsmangel hatten sie in den nächsten Jahren nicht die geringste Aussicht, aufgrund einer gewöhnlichen Eingabe eine größere Wohnung zugeteilt zu bekommen. Deshalb nahmen sie die Suche in die eigenen Hände. Durch die Straßen zu streifen und in den Altbauhäusern nach leer stehenden Wohnungen Ausschau zu halten gehörte in allen Großstädten zu den Feierabendbeschäftigungen vieler DDR-Bürger.
Sie hatten unverschämtes Glück, dass es sie nach einer Woche intensiver Suche eines Abends zufällig in die Scharnhorststraße verschlug. Gerade wollten sie um die Ecke in die breite August-Bebel-Allee einbiegen, als sie in dem heruntergekommenen Jugendstileckhaus in der ersten Etage hinter gardinenlosen Fenstern Licht brennen sahen. Eine nackte Glühlampe unter der Decke beleuchtete eine leere Wohnung mit hohen stuckverzierten Decken und einem Wintergarten. Jemand musste vergessen haben, das Licht auszuschalten.
»Die und keine andere!«, rief Simone spontan, nachdem Bruno sie auf seine Schultern gehoben hatte, damit sie einen Blick durch eines der Fenster werfen konnte.
»Genau! Hier ziehen wir ein!«, verkündete er in seiner Begeisterung. »Und wenn ich Himmel und Hölle in Bewegung setzen muss, die Wohnung schnappt uns keiner weg!«
Er zog umgehend Erkundigungen ein, wer für Wohnungszuweisungen in diesem Viertel zuständig war, und setzte dann jedes Mittel ein, um den Sekretär der Verwaltung für sich zu gewinnen, damit er die Schlüssel für diese Wohnung herausrückte, was kein leichtes Unterfangen war.
»Der Bursche ist zäh«, erzählte Bruno Simone. »Aber ich kriege ihn schon weich. Er trinkt gern. Heute Abend ziehe ich mit ihm durch die Kneipen. Notfalls müssen auch noch das neue Heimwerkerbuch und die Kassette mit den Agatha-Christie-Romanen dran glauben. Die Wohnung ist mir jeden Aderlass wert!«

Spät in der Nacht kehrte Bruno von seiner Zechtour mit dem Sekretär zurück. Er war so betrunken, dass er sich kaum noch auf den Beinen halten konnte. »Alles müde Ritter … schlappe Schwertwedler von der Laberrunde«, lallte er und taumelte Simone in die Arme. »Melde … hohe Verluste im Nahkampf erlitten, aber Schlacht erfolgreich geschlagen … Der Feind hat kapituliert!« Und triumphierend hielt er die Wohnungsschlüssel hoch.

*

Die sieben Zimmer der Altbauwohnung boten zweihundertdreißig Quadratmeter Wohnfläche und hatten Parkettböden in kunstvoller Einlegearbeit, deren Muster sich im Stuck der Decken wiederholte. Hohe Flügeltüren, ein herrlich flaschengrüner Kachelofen und zwei Wintergärten gehörten zu den weiteren Vorzügen der Wohnung, deren Miete einhundertachtundvierzig Mark und sechs Pfennig betrug. Der Haken war nur, dass die Räume entsetzlich heruntergekommen und die Dächer der beiden Wintergärten nicht dicht waren, von geringeren Mängeln ganz zu schweigen. Um die einst prächtige großbürgerliche Wohnung wieder in einen einigermaßen bewohnbaren Zustand zu versetzen, bedurfte es erheblicher Renovierungsarbeiten, was angesichts der Mangelwirtschaft eine gewaltige Herausforderung war, der sich offenbar bisher noch keiner zu stellen gewagt hatte. Bruno und Simone ließen sich jedoch nicht entmutigen. Geld stellte für sie das kleinste Problem dar, weil Bruno nicht nur sein sattes Mitherausgeberhonorar bezog, sondern auch für Fernsehdrehbücher und Hörspiele gut bezahlt wurde. Sie hatten eine Menge auf dem Konto, weil es einfach nicht genug Waren gab, für die sie ihr Geld hätten ausgeben können oder wollen. Aber wichtiger war, dass Bruno als Hansdampf in allen Gassen groß in der Kunst des Beschaffens war. In den Jahren seit seiner Rückkehr von Berlin hatte er sich ein weit verzweigtes Netz von Freunden und Bekannten in den unterschiedlichsten Berufen

und Positionen aufgebaut, die wiederum ihr eigenes Netz von Beziehungen unterhielten. Wie die vielen ineinander greifenden Zahnräder eines komplizierten Uhrwerks setzte Bruno seine Verbindungen ein, um all das für die Renovierung zu organisieren, was es auf normalem Weg eigentlich nicht oder nur selten zu kaufen gab. Aber trotz dieser günstigen Voraussetzungen erwies sich die Instandsetzung als ein sehr mühsamer und langwieriger Prozess, der sich über zwei Jahre hinzog.
Als Bruno eines Tages aus einer Hinterhofglaserei in Plagwitz kam, wo er einen seit langem versprochenen Eimer Fensterkitt abgeholt hatte, traf er seinen alten Jugendfreund Karlheinz Krautscheid wieder. Auf der anderen Seite des Hofs erblickte er eine blaue Horex mit einem kleinen kastenförmigen Anhänger vor einer offen stehenden Kellertür. Der Anblick dieses ungewöhnlichen Motorrads ließ ihn stutzen und rief in ihm augenblicklich Erinnerungen an Karlheinz wach. War das nicht seine Maschine?
Da kam ein Mann, der einen schweren Werkzeugkasten schleppte, die Kellertreppe hoch. Es war Karlheinz! Bruno hätte ihn jedoch nicht wieder erkannt, wenn er vorher nicht die Horex gesehen hätte. Sein Jugendfreund aus Lützen trug einen schlabbrigen, verblichenen Blaumann, schulterlange Haare, ein daumenbreites Lederband um die Stirn und einen Vollbart, um den sogar Matti ihn beneidet hätte. Am rechten Schultergurt prangte eine dicke, offensichtlich selbst gebastelte Plakette mit der Aufschrift »Macht Schwerter zu Pflugscharen!«, während auf dem anderen Gurt die Zeichen Alpha und Omega mit schwarzem Garn in den Stoff gestickt waren.
»Bruno? Das ist ja ein Ding!«, sagte Karlheinz und schob den Werkzeugkasten in das offene Fach seines Anhängers, bevor er einen kräftigen Händedruck mit Bruno tauschte. Und das ganz ruhig, ohne ein Zeichen besonderer Hast und Überraschung, so als hätten sie sich das letzte Mal nicht vor über zwanzig Jahren, sondern erst vergangenen Monat gesehen.
Die Reaktion seines alten Jugendfreundes irritierte Bruno, der

ihm in seiner spontanen Freude am liebsten um den Hals gefallen wäre. Dass auch Karlheinz sich über ihr Wiedersehen freute, stand zwar außer Zweifel, aber sein Verhalten hatte etwas befremdlich Stilles und Zurückhaltendes an sich.

»Ich sehe, du hast die Horex doch wieder zum Laufen gebracht, obwohl es doch immer hieß, das wäre vergebliche Liebesmühe. Tolle Leistung!«

»Die ist jetzt wieder so gut wie neu. Jedes Teil ist generalüberholt. Manches habe ich neu anfertigen müssen.« Karlheinz machte hinter jedem Satz eine Pause, als müsse er sich die nächsten Worte erst gründlich überlegen, bevor er sie bedächtig aussprach. »Schade, dass der Vater das nicht mehr gesehen hat. Es hätte ihn bestimmt gefreut.« Er zog einen Beutel mit losem Tabak hervor und drehte sich eine Zigarette.

»Das mit deinen Eltern tut mir Leid.« Die Eltern von Karlheinz waren kurz hintereinander gestorben. Die Mutter gleich im ersten Jahr seiner Inhaftierung.

»Nicht einmal zur Beerdigung meiner Mutter haben sie mir einen Tag Hafturlaub gegeben.« Karlheinz leckte über den Papierrand, drehte die Zigarette zwischen seinen ölverschmierten Fingern und riss ein Streichholz an. »Als es dann mit dem Vater so schnell zu Ende ging, war ich wenigstens schon wieder draußen.«

»Mensch, was haben wir dich für deinen Mut und deine Standhaftigkeit bewundert!« Bruno fühlte sich plötzlich unbehaglich und beschämt, als er daran dachte, wie bequem er es sich doch eigentlich all die Jahre gemacht hatte. Immer schön laviert und arrangiert. Wie lächerlich sich doch seine vergleichsweise harmlose Aufmüpfigkeit mit dem Hörspiel »Stürmische Windstille« gegenüber dem ausnahm, was Karlheinz an Charakterstärke bewiesen und was er für seine Überzeugung ohne mit der Wimper zu zucken in Kauf genommen hatte!

»Da wusste ich auch noch nicht, wie es einem im Gefängnis ergeht«, lautete die schlichte Antwort, in der viel Unausgesprochenes mitschwang.

Bruno spürte es, und einen beklommenen Moment lang geriet ihr Gespräch ins Stocken, herrschte Schweigen, das Karlheinz jedoch nicht zu stören schien. Ruhig rauchte er seine Selbstgedrehte und wartete.
»Und? Wie geht es dir sonst so? Nun erzähl doch mal!«, drängte Bruno. Die wortkarge, stille Art seines alten Jugendfreundes befremdete ihn.
»Ich schlag mich so durch. Repariere Kleinmotoren aller Art, meist Waschmaschinen. Manchmal kommt mir auch was Größeres unter«, sagte er, einen Satz langsam und mit Pausen an den anderen setzend. »Ich mache meine Runden durch die Viertel. Die Leute kennen mich.«
Bruno dachte daran, wie hervorragend Karlheinz stets in den naturwissenschaftlichen Fächern gewesen war und dass er vorgehabt hatte, Flugzeugkonstrukteur zu werden. Aber weil er sich dem Diktat der Partei nicht hatte beugen wollen, fuhr er nun durch die Viertel und reparierte Waschmaschinen und andere Haushaltsgeräte.
Als Bruno nach seiner Adresse fragte, nannte Karlheinz ihm den Namen einer Kleingartenanlage bei Grünau. »Ja, ich wohne in einer Laube«, sagte er auf Brunos verblüfften Blick hin. »Genügt mir völlig. Alles andere ist unnötiger Ballast. Zumal wenn man nur auf Durchreise ist.«
»Wieso Durchreise?«
»Das ganze Leben ist nichts weiter als eine Durchreise.« Karlheinz ließ seine Zigarettenkippe fallen und trat die Glut mit dem Schuhabsatz aus. »Du, ich muss jetzt leider los. In Leutzsch wartet eine Mangel auf mich. Die muss heute noch laufen.«
Bruno wollte auf der Stelle eine Verabredung ausmachen, doch Karlheinz ließ sich nicht festlegen. »Komm mich besuchen, wenn du mal Zeit und Lust hast. Abends bin ich immer in meiner Datsche anzutreffen.«
Bruno versprach zu kommen, und als er ihm hinterherwinkte und seinen Eimer Kitt aufnahm, war er erleichtert, dass Karlheinz nicht gefragt hatte, wo er denn wohne und was er beruflich

tue. Ihm darauf zu antworten, hätte Bruno vermutlich brennende Schamröte ins Gesicht getrieben.
Ganze zwei Wochen lang schob Bruno seinen Vorsatz, Karlheinz möglichst bald in seiner Datsche zu besuchen, von einem Tag auf den anderen. Dann nahm er sich endlich ein Herz und machte sich eines frühen Abends auf den Weg in die Laubenkolonie. Als er sah, unter welch primitiven Umständen sein Freund dort lebte, kostete es ihn große Anstrengung, sich seine Bestürzung nicht anmerken zu lassen. Mit der Behausung seines Jugendfreundes verglichen, konnte man die Laube seiner Großeltern in Lützen geradezu komfortabel nennen.
Karlheinz holte selbst aufgesetzten Holunderschnaps hervor, machte jedoch kein Licht, als die Dämmerung einsetzte. »Je unauffälliger ich lebe, desto weniger wissen, dass ich auf Dauer hier wohne«, erklärte er. »Ist dem Kirchenmann, dem die Laube gehört, auch lieber.«
Sie redeten erst über alte, gemeinsame Zeiten, weil das vertrauter Boden war, auf dem sie sich unbesorgt bewegen konnten. Über die Geschichten von früher kamen sie sich auch langsam wieder näher. Dann erzählte Bruno von seinen Jahren als Dramaturg, wobei er die Vorfälle, so oft es ging, ins Anekdotische und Witzige zu ziehen versuchte, damit die Kluft zwischen seinem Leben und dem von Karlheinz nicht gar so weit klaffte. Auch von seiner gescheiterten ersten Ehe, seiner Arbeit als Mitherausgeber des Leipziger Kulturmagazins und von Simone berichtete er.
Später, als der Schnaps seine Wirkung tat und Karlheinz unverhofft auf seine Jahre im Gefängnis zu sprechen kam, ließ er einen Satz fallen, der Bruno stutzig machte, sagte er doch: »Ein drittes Mal gehe ich nicht in den Bau!«
»Heißt das, du warst *zweimal* im Gefängnis?«
Karlheinz nickte. »Beim zweiten Mal haben sie mich für drei Jahre nach Bautzen geschickt. Bin erst letztes Frühjahr entlassen worden.«
»Und weshalb warst du dort?«
Langes Schweigen. Dann atmete Karlheinz tief durch und sagte:

»Es hat da eine Frau gegeben, Regina, mit der ich in den Westen wollte. Über Bulgarien. Sie kannte Leute, die so was für Geld organisierten.«

»Professionelle Schlepper?«

Karlheinz nickte. »Regina hatte kostbaren Schmuck von ihrer Mutter geerbt. Wir und drei andere sollten mit einem besonders präparierten Lastzug über die Grenze gebracht werden.« Die Pausen zwischen den Sätzen wurden immer länger. »Aber der Plan ist aufgeflogen. Wenige Stunden vor dem vereinbarten Termin sind wir verhaftet worden. Nach drei Wochen Haft in Sofia hat uns der Stasi-Liner abgeholt und zurück in die DDR gebracht.«

»Stasi-Liner?« Bruno hatte den Begriff noch nie gehört.

»Das ist so eine Art Sondermaschine der Stasi. Einmal im Monat macht der Liner die Runde über die Hauptstädte der sozialistischen Bruderländer und sammelt dort all die DDR-Bürger aus den Haftanstalten ein, die versucht haben, in den Westen abzuhauen. Da wird man dann mit Handschellen an einen Stasi-Mann gekettet, und dann geht's zurück ins sozialistische Paradies.« Karlheinz schüttelte den Kopf und ließ eine Weile verstreichen, ehe er fortfuhr. »Als wir in der Maschine saßen und ich wusste, dass mir Bautzen sicher war, lag das Schlimmste schon hinter mir.«

»Wie meinst du das?«

Wieder ließ sich Karlheinz viel Zeit mit seiner Antwort. Er goss sich einen weiteren Schnaps ein, den er auf einen Zug hinunterkippte, dann drehte er das leere Glas einige Sekunden lang wie unentschlossen zwischen seinen Fingern hin und her, ehe er mit leiser, zitternder Stimme in die Stille der Laube sagte: »Ich habe die drei anderen, die mit uns flüchten wollten und anderswo untergekommen waren, verraten. Der Offizier hatte mir versprochen, Regina laufen zu lassen, wenn ich alles erzähle.« Er stockte, und als er im Dunkel der Laube fortfuhr, kamen die Sätze noch langsamer, und sie klangen erstickt, als müsste er jedes Mal ein Aufschluchzen unterdrücken. »Natürlich haben sie nachgeholfen ... Nackt habe ich vor ihnen gestanden ... Ich wusste nie, wann sie mich wieder aus meiner Zelle holen würden ... In manchen Nächten sind sie dreimal gekommen ... in anderen gar nicht ... Ich hätte durchhalten und die Namen für mich behalten müssen ... habe es aber nicht geschafft ... Ich dachte, ich könnte Regina retten ... Natürlich habe ich mir das nur eingeredet, ... denn in Wirklichkeit wusste ich ja, dass man sie auch dann nicht laufen lassen würde ... Aber ich wollte es glauben, ... weil ich so vor meinem Gewissen rechtfertigen konnte, die ... die Verhöre nicht länger durchstehen zu müssen ... Und da habe ich ihnen alles gesagt, was ich wusste, ... und die drei anderen verraten ... Ich bin zum Judas geworden.« Er schlug die Hände vors Gesicht und begann leise zu weinen, als wage er nicht, Schmerz, Scham und Verzweiflung laut aus sich herauszulassen.

Bruno fühlte sich entsetzlich hilflos und verlegen. Er versuchte ihn zu trösten und zu beruhigen, versicherte ihm, dass er sich nichts vorzuwerfen habe, weil man ihn zu dem Verrat mit physischen und psychischen Mitteln gezwungen habe. Gleichzeitig ahnte er aber auch, dass seine Beteuerungen wohl wenig gegen das entsetzliche Gefühl der Scham und Schuld auszurichten vermochten, das seinen Jugendfreund quälte.

Es dauerte eine ganze Weile, bis Karlheinz sich wieder gefasst hatte. Er sprach von Albträumen, die ihn fast jede Nacht in Schweiß gebadet aufschrecken ließen, und dass er sein eigenes Bild im Spiegel nicht ertragen könne. »Dass sie mich dazu gebracht haben, so tief in meine eigenen dunklen Abgründe hinunterzusteigen und mir zu beweisen, wozu ich alles fähig bin, um meine eigene Haut zu retten, das ist etwas, was ich ihnen nie verzeihen werde!«

»Was ist denn aus Regina geworden?«

»Ich habe nie wieder von ihr gehört«, sagte er leise und gab Bruno wenig später zu verstehen, dass er jetzt lieber allein sein wollte.

Bruno hielt Kontakt zu Karlheinz, versuchte ihre alte Freundschaft mit neuem Leben zu erfüllen und ihn zu einem Mitglied seiner Leipziger Freundesclique zu machen. Aber der Versuch scheiterte kläglich. Mit Leuten wie Ulrich und Juliane, die in der Partei waren, wollte er nichts zu tun haben, und auch gegen Egon verspürte er eine starke Abneigung. Horst war der Einzige, der seine Sympathie gewann und in dessen Gegenwart er sich nicht wie eine Muschel verschloss. Aber die Treffen zwischen Bruno und seinem Jugendfreund aus Lützen wurden immer seltener. Karlheinz war zu einem Einzelgänger geworden.

*

Es regnete seit Tagen, und der Smog, der hier »Industrienebel« hieß, hing wie eine schmutzige Dunstglocke über Leipzig. Bruno kam an diesem regnerischen Novembertag mit der Bahn aus Berlin zurück, wo er die Drehbuchidee für einen neuen Fernsehkrimi mit den verantwortlichen Redakteuren besprochen hatte. Während der beiden Tage, die er in der Hauptstadt verbracht hatte, hatte er deutlicher als je zuvor die Unzufriedenheit und Unruhe gespürt, die wie auch in Leipzig in der Bevölkerung gärte. Dennoch wollten die meisten nichts mit den oppositionellen Gruppen von »Spinnern, Hippies und Wichtigtuern« zu tun haben, die sich zumeist in kirchlichem Umfeld gebildet hatten. Angehörige einer solchen Gruppe, die sich auch für eine saubere Umwelt einsetzten, hatten sich während seines Aufenthaltes mit brennenden Kerzen vor der Zionskirche als Mahnwache und Protest gegen die Verhaftung einiger ihrer Freunde aufgestellt – und zwar direkt hinter der Linie, die sie rund um die Kirche mit einem exakten Abstand von einem Meter auf das Pflaster gemalt hatten. Denn nach DDR-Gesetz gehörte dieser eine Meter noch zu jenem Bereich, in dem die Kirche über das Hausrecht verfügte und die Organe der Staatsmacht nicht aktiv werden durften.
Bruno war zufällig Zeuge dieses stummen Protestes geworden. Als er in Leipzig aus dem Zug stieg, grübelte er darüber nach, warum die meisten Passanten nicht den Mut der stummen Mahnwachen vor der Zionskirche bewundert, sondern mit Verachtung, ja sogar ausgesprochen feindselig auf die Aktion reagiert hatten.

Ahnten sie vielleicht, dass diese Menschen nicht nur die Staatsmacht herausforderten, sondern auch sie in ihrem angepassten Dasein?
Als er aus der Bahnhofshalle hinaus auf den Vorplatz trat, lief er Juliane in die Arme. Dass mit ihr etwas nicht stimmte, sah er auf den ersten Blick. Sie machte einen aufgelösten Eindruck, die Haare klebten ihr nass am Kopf, und so stumpf und grau wie der Himmel sah auch ihr Gesicht aus.
Sie sah ihn fast im selben Moment wie er sie. »Bruno! Dich schickt der Himmel!«, rief sie gequält und stürzte auf ihn zu. »Du musst mir helfen!«
Bruno erschrak. »Um Gottes willen, was ist passiert?«
»Ich weiß nicht, was ich tun soll. Ich laufe schon den ganzen Nachmittag ziellos herum … Egon, er betrügt mich! … Er hat eine andere!«, stieß sie hervor und brach unvermittelt in Tränen aus.
Bruno empfand Erleichterung und Bestürzung zugleich. Im ersten Schreck hatte er schon befürchtet, Simone wäre etwas passiert, und Juliane hätte hier auf ihn gewartet. »Komm erst mal aus dem Regen!«, sagte er, versuchte sie zu beruhigen und ging mit ihr zurück in den Bahnhof, wo er sich mit ihr ganz hinten in die Ecke der Mitropa-Gaststätte setzte. »Hier hast du ein Taschentuch. Ich hole uns eine Melange, und dann reden wir.«
Wie sich beim Kaffee herausstellte, besaß Juliane keine handfesten Beweise, geschweige denn ein Geständnis, dass Egon sie mit einer anderen betrog. Aber sie hegte nicht den geringsten Zweifel, dass es eine andere gab. »Frauen spüren das, wenn der Mann fremdgeht. Jedenfalls spüre ich es, und zwar ganz deutlich«, versicherte sie und hatte erneut Tränen in den Augen. »Sie sind da, all die kleinen verräterischen Hinweise und Zeichen eines Seitensprungs.«
Bruno unterließ es, sie genauer nach diesen Hinweisen und Zeichen zu fragen. Juliane tat ihm Leid, aber so genau wollte er es denn doch nicht wissen.
»Hat er sich vielleicht *dir* schon anvertraut?«, fragte sie und

sah ihn erwartungsvoll an. »Hat er dir von der anderen Frau erzählt?«

»Kein Wort!«, beteuerte Bruno sofort. »Wenn es diese andere Frau denn überhaupt gibt. Ich kann mir nämlich nicht so recht vorstellen, dass ausgerechnet Egon …«

»Es gibt sie!«, fiel sie ihm mit Nachdruck ins Wort. »Aber ich muss Gewissheit haben, Bruno. Bitte hilf mir dabei! Sprich mit ihm und sieh, was du herausfinden kannst, vor allem ob …« Sie zögerte und biss sich kurz auf die Lippen, um den Satz dann mit gesenktem Blick zu beenden: »… ob es etwas Ernstes oder nur ein flüchtiges Abenteuer ist.«

Bruno war nicht wohl bei dem Gedanken, seinen Freund in ihrem Auftrag auszuhorchen. Aber sie bat inständig, und schließlich sagte er ihr seine Hilfe zu.

»Aber sprich bitte mit niemandem darüber, besser auch nicht mit Simone«, bat sie ihn. »Das … das wäre mir zu peinlich.«

»Sei unbesorgt, ich werde die Sache für mich behalten. Und vielleicht siehst du ja doch Gespenster«, versuchte er ihr beim Abschied Hoffnung zu machen.

Diese wäre allerdings unbegründet gewesen. Denn als er mit Egon am nächsten Abend in der »Moritzbastei« vor einem Schachbrett saß und wissen wollte, ob bei ihm irgendetwas »außer der Reihe lief«, da sprudelte sein Freund regelrecht damit heraus, dass er sich in eine Affäre mit einer süßen jungen Fotografin eingelassen habe. Er schien geradezu erleichtert, mit jemandem darüber reden und ihm von seiner liebeshungrigen Cornelia vorschwärmen zu können.

»Aber wie hast du das gewusst?«, fragte Egon schließlich verwundert. »Hast du uns irgendwo zusammen gesehen? Aber das kann nicht sein, so vorsichtig, wie wir sind!«

»Es gibt da diese kleinen verräterischen Hinweise und Zeichen eines Seitensprungs, mein Freund«, sagte Bruno in Erinnerung an das, was Juliane gesagt hatte. »Und ich würde mich nicht wundern, wenn Juliane längst auch spürt, dass bei dir was im Busch ist.«

Egon machte ein erschrockenes Gesicht. »Meinst du?«
Bruno zuckte die Achseln. »Also wenn ich an deiner Stelle wäre, würde ich die Finger ganz schnell von dieser liebeshungrigen Fotografin lassen, bevor ich mich ganz tief in die Scheiße reite. Es sei denn, das mit ihr ist nicht bloß ein Abenteuer, sondern was Ernstes«, fügte er hinzu. »Dann bleibt ja bloß die Scheidung.«
»Auf keinen Fall!«, wehrte Egon hastig ab. »So ernst ist es mir mit ihr nicht!«
»Dann sei vernünftig und mach Schluss, bevor Juliane dir auf die Schliche kommt und *dir* den Laufpass gibt!«, riet Bruno ihm.
Egon seufzte. »Ja, du hast wohl Recht.«
Tags darauf traf Bruno sich mit Juliane und teilte ihr mit, dass ihre Ehe nicht in Gefahr sei. Er spielte Egons heftige Affäre zu einem harmlosen Schwarm herunter, ohne dabei allzu große Gewissensbisse zu haben, denn Egon hatte ja angedeutet, seinem Rat zu folgen, und eine kleine Mogelei durfte er sich im Namen ihrer langjährigen Freundschaft doch wohl erlauben, zumal doch die Sache nun zum Glück ausgestanden war!
So dachte Bruno zumindest. In Wirklichkeit warteten die wirklich schockierenden Überraschungen erst noch darauf, ans Licht gezerrt zu werden.

*

»Willst du wirklich bei dem Sauwetter zur Messe gehen?«, fragte Bruno an einem Sonntagmorgen im Februar 1988 und goss sich noch einen Kaffee ein, während Simone den Frühstückstisch schon abdeckte.
»Wieso nicht?«
»Na, schau doch mal aus dem Fenster!« Schmutziger Schneeregen ging über Leipzig nieder.
»Ach, das ist doch nur ein Katzensprung«, winkte Simone lachend ab.
»Vielleicht sollten wir mal …«, begann Bruno, wurde jedoch vom Schrillen der Türklingel unterbrochen.

Verwundert sahen sie sich an. Wer konnte bloß um diese Zeit zu ihnen wollen? Vielleicht eine Nachbarin, die Milch oder Eier brauchte.
Doch vor der Tür stand Juliane. Bruno befiel sofort eine ungute Ahnung, als er ihr verstörtes, leichenblasses Gesicht und ihr von Wind und Wetter zerzaustes Haar sah. Sie musste ohne Schirm durch den Schneeregen zu ihnen gelaufen sein.
»Entschuldige, dass ich so früh am Sonntag bei euch hereinplatze, aber ich muss unbedingt mit euch darüber reden!«, stieß sie atemlos hervor. »Ich kann das nicht für mich behalten! Nicht das!«
»Um Gottes willen, was ist denn passiert?«, fragte Simone, die mit an die Wohnungstür gegangen war, beunruhigt.
Bruno glaubte zu wissen, worum es ging. Er hegte schon seit Wochen den Verdacht, dass Egon rückfällig geworden war und Juliane wieder mit dieser blutjungen Fotografin betrog. »Nun komm erst mal herein und zieh den nassen Mantel aus!«
Als Juliane sich aus dem Mantel helfen ließ, brachte sie mehrere graubraune DIN-A4-Umschläge zum Vorschein, die sie an die Brust gepresst hatte, als habe sie Angst, sie könnten ihr weggenommen werden.
Bruno und Simone tauschten besorgte Blicke.
»Ich glaube, was ich brauche, ist ein doppelter Schnaps. Irgendetwas Hochprozentiges«, sagte Juliane, als sie im Wohnzimmer in einen der alten, neu aufgepolsterten Sessel sank. Die Umschläge lagen nun, geschützt von beiden Händen, in ihrem Schoß.
»Ist Wodka recht?«, fragte Simone.
Juliane nickte. »Und ihr nehmt besser gleich einen mit! Ihr werdet ihn brauchen!«
»Nun mach mal nicht die Pferde scheu! So schlimm wird es schon nicht sein«, versuchte Bruno beruhigend auf Juliane einzuwirken, als er sah, wie nervös Simone unter den unheilvollen Anspielungen wurde, da sie wohl schon irgendeine Katastrophe heraufziehen sah, die auch sie betraf. Das war, bei aller Freundschaft, für seinen Geschmack ein bisschen zu viel Theatralik.
Simone brachte die Gläser. Sie tranken schweigend. »Na, dann

leg mal los!«, forderte Bruno Juliane auf und unterdrückte einen Stoßseufzer. »Ich nehme mal an, du bist wegen Egon hier.«
Simone nickte und schluckte. »Er ist am Samstag für drei Tage nach Berlin gefahren. Angeblich hat er da dienstlich zu tun. Aber wer geht am Wochenende schon dienstlich auf Reisen, wenn er beim Rat der Stadt Leipzig in der Kulturabteilung für Kirchenfragen tätig ist?«, fragte sie sarkastisch. »Ich habe ihm kein Wort geglaubt. Ich war mir sicher, dass er sich mit ... mit diesem Flittchen irgendwo ein schönes Wochenende macht.«
»Mit was für einem Flittchen?«, fragte Simone verständnislos.
»Egon betrügt mich, schon seit Monaten. Eine Zeit lang sah es so aus, als hätte er mit seiner Geliebten Schluss gemacht, aber dem war nicht so«, erklärte Juliane mit wutzitternder Stimme und verschwieg, dass sie sich Bruno schon im November anvertraut hatte. »Aber das ist mittlerweile noch nicht einmal das Schlimmste, was ich entdeckt habe«, fuhr sie fort. »Ich konnte die Nacht nicht schlafen, weil ich mir Egon ständig mit dieser anderen vorgestellt habe. Und ich wollte endlich Beweise für seine Affäre. Deshalb habe ich heute Morgen in seinem Schreibtisch nach Fotos, Briefen oder anderen Indizien gesucht. Da war eine verschlossene Schublade, ganz unten. Das hat mich erst recht misstrauisch gemacht.«
»Und die hast du dann auch aufbekommen«, folgerte Simone mit erwartungsvollem Blick auf die Umschläge in Julianes Schoß.
»Ja, ich wusste zum Glück, dass wir im Werkzeugkasten einen Bund mit Dietrichen haben. Als ich die Schublade aufhatte und durchsuchte, stieß ich auf die hier«, sagte Juliane, legte die Umschläge nach kurzem Zögern vor sich auf den Tisch und schob sie Bruno zu.
»Und was enthalten sie?«, fragte Bruno beklommen. »Fotos?«
Juliane schüttelte heftig den Kopf und rang sichtlich mit ihrer Fassung. Sie holte tief Luft und ließ dann die Bombe platzen: »Nein, Kopien von Gesprächsprotokollen, die er in den letzten Jahren für das MfS geschrieben hat. Über seine Gespräche mit euch und den anderen von unserer Clique. Egon arbeitet für die Stasi!«

Simone wich das Blut aus dem Gesicht, und auch Bruno hatte das entsetzliche Gefühl, als habe sich in seinem Magen auf einmal ein Abgrund aufgetan, aus dem nun Übelkeit aufstieg. Ungläubig schüttelte er den Kopf. »Egon? Unmöglich!«, stieß er hervor.
»O ja! Er hat euch alle ausgehorcht!«, bekräftigte Juliane, und ihr Gesicht verzerrte sich vor Abscheu. »Sogar mich! Lest es doch selbst! Steht da alles schwarz auf weiß! Angefangen mit eurem studentischen Arbeitseinsatz auf Rügen bis hin zur letzten Weihnachtsfeier!«
Simone zerrte die Blätter aus dem ersten Umschlag und überflog die ersten Seiten. »Das gibt es doch gar nicht! Dieses Schwein! ... Dieses elende Verräterschwein!«, schrie sie außer sich vor Wut und Fassungslosigkeit. »Er hat sogar festgehalten, was ich über die katholische Studentengemeinde gesagt und dass ich beim Organisieren des letzten Patronatsfests mitgeholfen habe!« Sie blätterte aufgeregt weiter. »Und hier, das ist tatsächlich ein Protokoll von der Weihnachtsfeier, die ihr in der Redaktion für alle Mitarbeiter des ›Leipziger Journals‹ veranstaltet habt und zu der auch Egon eingeladen war. Er hat sogar den blöden Witz aufgeschrieben, den eure Archivaushilfe über die SED gemacht hat!«
Sprachlos vor Erschütterung über den langjährigen Verrat eines seiner besten Freunde nahm Bruno ein Gesprächsprotokoll nach dem anderen zur Hand. Darunter befand sich auch ein Bericht, der sich ausschließlich mit dem ›Leipziger Journal‹ beschäftigte. »Kritisch, aber berechenbar!«, las er am Ende von Egons seitenlanger Stellungnahme. Sein Freund hatte ihn und seinen gesamten Lebensbereich systematisch observiert und seine Eindrücke und Erkenntnisse regelmäßig in seitenlangen Protokollen an die Stasi weitergereicht.
Bruno wurde plötzlich speiübel, er ließ die Kopien der Stasiberichte fallen und sprang auf. »Nein, lass mich bitte!«, stieß er gepresst hervor, als Simone nach seiner Hand griff. Er lief ins Bad, wo er das Frühstück in die Kloschüssel erbrach. Anschließend hielt er das Gesicht lange unter den eiskalten Wasserstrahl am Waschbecken.

Als er zu den Frauen zurückkam, sagte Juliane gerade erregt: »Ihr wisst, dass ich aus Überzeugung Marxistin und in der Partei bin und trotz der Missstände und wirtschaftlichen Engpässe immer noch glaube, dass wir hier in der DDR das bessere System haben …«
»Haben *könnten!«*, warf Simone kritisch ein.
Juliane ließ sich nicht auf eine Diskussion ein, sondern fuhr unbeirrt und mit bebender Stimme fort: »Aber für die schmutzigen Machenschaften der Stasi habe ich kein Verständnis. Die eigene Frau und seine Freunde zu observieren und an die Stasi zu verkaufen, viel tiefer kann man nicht sinken!« Tränen liefen ihr über das Gesicht. »Es tut mir Leid, dass Egon euch ebenso gemein hintergangen hat wie mich. Aber das ist das Ende unserer Ehe! Was schäme ich mich, einen so ehrlosen Lumpen in … in mein Bett und mein Leben gelassen zu haben!«
Bruno riet Juliane, Egon gegenüber kein Wort darüber zu verlieren, dass sie bei ihnen gewesen sei und ihnen die Kopien gezeigt habe. »Es ist besser für uns, wenn wir weiterhin die Ahnungslosen spielen können, was seine Arbeit für die Stasi angeht«, sagte er, und Juliane versprach, es so zu halten.
»Was soll denn das heißen, ›die Ahnungslosen spielen‹?«, fragte Simone grimmig, kaum dass Juliane gegangen war. »Du hast doch wohl nicht im Ernst vor, dich mit diesem Schwein auch nur noch ein einziges Mal an einen Tisch zu setzen, oder?«
»Genau das habe ich vor«, sagte Bruno ernst. »Wir werden so tun, als wüssten wir von nichts.«
»Bist du verrückt? Nicht mit mir! Diesen Stasi-Lumpen lasse ich nicht mehr über die Türschwelle. Ich will ihn nie wieder sehen! Bis auf einmal: Um ihm nämlich ins Gesicht zu spucken!« Sie schrie fast, erfüllt von maßloser Wut und Abscheu.
»Ja, das würde ich am liebsten auch tun«, gestand Bruno, »aber das wäre das Dümmste, was wir tun können. Wenn er weiß, dass er enttarnt ist, wird er aus unserem Leben verschwinden. Was ist damit gewonnen? Nichts! Die Stasi wird irgendeinen anderen Agenten auf uns ansetzen. Jemanden, den wir nicht kennen.

Wenn wir jedoch clever sind, spielen wir die Ahnungslosen und drehen den Spieß jetzt um, indem wir Egon für unsere Zwecke gebrauchen und nur noch mit den Informationen füttern, die wir für nützlich halten.«

Simone gab, als er seine Idee noch weiter ausführte, zu, dass sein Vorschlag viel für sich habe, blieb jedoch verunsichert und skeptisch. »Ich glaube nicht, mich so verstellen zu können, Bruno. Er wird bestimmt merken, dass ich ihn auf einmal nicht mehr ausstehen kann und nichts mehr mit ihm zu tun haben will. Ich kann da einfach nicht aus meiner Haut heraus.«

»Das ist doch gar nicht weiter schlimm«, sagte Bruno. »Ich werde Egon einfach sagen, dass du zu Juliane hältst und ihm seine Affäre, mit der er seine Ehe zerstört hat, sehr übel nimmst. Das sei der Grund für deine plötzliche Abneigung und erkläre, warum er hier nicht mehr willkommen ist. Mir aber bleibt die Möglichkeit, mich weiterhin mit ihm zu treffen und ihn für unsere Zwecke einzuspannen.«

Simone sah ihn voller Zweifel an. »Wenn du das wirklich über dich bringst, wo er dich all die Jahre observiert und an die Stasi verraten hat … Aber halt ihn mir bloß vom Leib, dieses Dreckstück!«

Es fiel Bruno nicht leicht, Egon zu begegnen, ohne sich seine Wut und seinen tiefen Schmerz über dessen jahrelangen Verrat anmerken zu lassen. Zum Glück sah er ihn erst wieder, nachdem Juliane ihn aus der Wohnung geworfen und er zu seiner Fotografin gezogen war. Die Trennung von Juliane und die Tatsache, dass er sein Versprechen, die Affäre zu beenden, nicht gehalten hatte, gab Bruno einen guten Grund, sich ihm gegenüber auf einmal grimmig und reserviert zu verhalten. Bruno machte im Laufe der nächsten Wochen und Monate jedoch die kuriose Erfahrung, dass es ihm immer leichter fiel, wieder in den gewohnten freundschaftlichen Ton zurückzufallen. Der Tumult seiner verletzten Gefühlte hatte sich in kalte Wut verwandelt, die er weiterhin in sich trug, die ihn aber nicht daran hinderte, freundlich zu sein – und Egon vor den Karren seiner eigenen Interessen zu spannen, ohne dass dieser es merkte.

Das Schicksal hatte ihm diese geheime Trumpfkarte zum richtigen Zeitpunkt in die Hände gespielt, denn die Zeichen standen immer deutlicher auf Sturm. Schon gleich zu Beginn des neuen Jahres steuerte die Staatsführung mit einer wahren Verhaftungswelle einen harten Konfrontationskurs gegen alle, die den alleinigen Führungsanspruch der SED in Frage zu stellen wagten. Wer öffentlich Reformen im Sinne von Glasnost und Perestroika wie in der Sowjetunion verlangte, Plakate mit Gorbatschows Bild an Häuserwände klebte, sich zu Mahnwachen vor Kirchen aufstellte oder ein Transparent mit dem gefährlichen Satz von Rosa Luxemburg »Freiheit ist immer die Freiheit der Andersdenkenden!« trug, der kam hinter Schloss und Riegel. Viele wurden nach Wochen gegen ihren Willen ausgebürgert und in den Westen abgeschoben.

»Manchmal beneide ich die, dass sie drüben sind«, sagte Simone mehr als einmal. »Ich wünschte, auch wir könnten das alles hinter uns lassen!«

Bruno ging nicht darauf ein, weil er sie nicht noch in ihrem Drang bestätigen wollte. Und wenn er einmal nicht darum herumkam, dann versuchte er, zu beschwichtigen und ihr vor Augen zu halten, dass sie eigentlich doch ganz zufrieden sein konnten. Er hing einfach zu sehr an Leipzig und an seinem Kulturmagazin, um an Ausreise zu denken. Und ging es ihnen denn nicht wirklich verhältnismäßig gut? Sie hatten sich in ihrem Leben doch recht bequem und komfortabel eingerichtet. Und mit den ewigen Engpässen hatte man doch gelernt, sich zu arrangieren und das Beste daraus zu machen – auch aus der Sache mit ihrem Stasi-Egon.

Dass das, was Bruno scheinbar unter dem Siegel der Verschwiegenheit Egon an Sorgen und Problemen anvertraute, tatsächlich seinen Weg nicht nur ins Ministerium für Staatssicherheit, sondern auch zu anderen offiziellen Stellen fand, stellte er bald fest, als er Egon den Lohmann-Köder zuspielte.

Während sie in ihrer Stammkneipe beim Bier zusammensaßen, klagte Bruno Egon sein Leid mit der dogmatischen Marlis Lohmann, der Sekretärin des Komponistenverbandes, die auch im

Beratergremium des »Leipziger Journals« saß: »Wir müssen ja von allen Kulturverbänden regelmäßig was in unserem Magazin bringen. Aber diese Ziege, die ihr Studium der Musikwissenschaft mit einer Diplomarbeit über Arbeitermusik abgeschlossen hat, legt uns immer dieselbe Soße vor: Artikel über so genannte Arbeitermusik.« Bruno verdrehte gequält die Augen. »Von allen anderen kommen stets erstklassige Beiträge, nur sie hackt jedes Mal auf demselben dogmatischen Mist herum. Sie ist zu nichts anderem zu bewegen. Ich kann es schon nicht mehr lesen!«

»Was ist denn daran so schlimm?«, fragte Egon.

»Mein Gott, weil es bei uns mehr als nur Arbeitermusik gibt. Wir haben doch auch Vielfalt vorzuweisen und können stolz darauf sein. Die Experten machen sich allmählich schon lustig über uns, weil wir immer und immer wieder mit diesem öden Einheitsbrei von Arbeitermusik daherkommen«, erregte sich Bruno. »Die Lohmann hat wohl noch nichts von Weill gehört. Der war doch damals schon längst weiter! Aber lange mache ich das nicht mehr mit. Wenn die mir noch einmal einen Beitrag über ihr einfältiges Steckenpferd andrehen will, schmeiße ich die Brocken hin. Und ich glaube, mein verehrter Sieben-Brücken-Richter hat die Schnauze mittlerweile auch gestrichen voll. Wenn wir weiterhin so am Gängelband gehalten werden, kann der gute Göllner sein Journal bald selbst machen.«

»Na, vielleicht bewegt sich deine Ziege ja doch noch«, meinte Egon vage. »Im Moment ist ja überall viel in Bewegung.«

»Fragt sich nur, in welche Richtung«, sagte Bruno doppeldeutig.

Vier Wochen später vereinbarte Frau Lohmann einen Termin mit Bruno – und brachte zu dem Gespräch in der Redaktion eine ganze Reihe von neuen Themen mit, die sie mit ihm besprechen wollte. Und nicht eines davon, o Wunder, beschäftigte sich mit Arbeitermusik!

8

Die kleine Digitaluhr auf dem Nachttisch rettete Richard vor seinen gesichtslosen Verfolgern. Die hohen elektronischen Wecktöne bohrten sich in seinen Traum und ließen diesen wie ein Luftkissen, das von scharfen Nadeln durchlöchert wurde, in sich zusammenfallen.

In schläfriger Benommenheit tastete er nach dem Lichtschalter, und im nächsten Moment erhellte der Schein der altmodischen Nachttischlampe das mit einfachen alten Möbeln eingerichtete Zimmer, das im Konventsgebäude der Abtei Himmerod direkt über der Klosterpforte lag. Die grünen Leuchtziffern zeigten vier Uhr an. Zeit zum Aufstehen, wenn er die Vigil in der Basilika nicht verpassen wollte.

Gähnend stand er auf, sprach ein kurzes stummes Gebet und hielt am Waschbecken in der Zimmerecke das Gesicht unter das eiskalte Wasser, um ganz wach zu werden. Er zog einen dicken Pullover über das Hemd, denn obwohl die Septembertage mit ihrem vielen Sonnenschein auch einen nicht enden wollenden Sommer vorgaukelten, so wurde es hier in der Eifel in den frühen Morgenstunden doch schon empfindlich kalt.

Als er sein Zimmer verließ und leise über den dunklen Flur zur breiten Steintreppe ging, vernahm er vom Trakt der Mönche den hellen Ton einer Glocke, die zum Stundengebet rief. Niemand begegnete ihm, auch nicht draußen auf dem weiträumigen begrünten Vorplatz. Die wenigen anderen Gäste, die wie er im Konventsgebäude oder in einem der ehemaligen Wirtschaftsgebäude beim Tor der Klosteranlage wohnten, schliefen wohl noch. Der Vermessungsingenieur aus Hagen und Gregor, der junge Jazzsänger aus Köln, erschienen immer um 6 Uhr 45 zur Terz, andere kamen erst zum Konventamt, und ein Teil fand sich nur gelegentlich mal zu Vesper oder Komplet in der Kirche ein, wenn die gregorianischen Choräle der hell gewandeten Mönche die Basilika erfüllten.

Ob ein Gast an den Gebetszeiten der Mönche dieses kontemplativen Ordens teilnahm und wenn ja, in welchem Umfang, war jedem selbst überlassen. In Himmerod wurde auch niemand gefragt, welche Stellung er hatte, woran er glaubte und was ihn für ein, zwei Tage oder Wochen ins Kloster geführt hatte. Wer das Bedürfnis verspürte, darüber zu reden, musste selbst die Initiative ergreifen und den Gastpater daraufhin ansprechen. Alles, was von den Gästen erwartet wurde, war, dass sie in ihren Zimmern und auf den Gängen keinen unnötigen Lärm machten, das Schweigegebot der Mönche in gewissen Teilen der Klosteranlage respektierten und pünktlich zu den Mahlzeiten erschienen.
Der klare Himmel über der Eifel schien aus feinstem blauschwarzem Samt gewebt und war sternenübersät. Die frische Luft vertrieb den letzten Rest Schläfrigkeit, als Richard an der Gnadenkapelle vorbei zur Basilika ging.
Das Kirchenschiff lag in fast völliger Dunkelheit. Nur der Altarraum und davor das geschnitzte Chorgestühl zu beiden Seiten waren erleuchtet. Richard setzte sich in eine der vorderen Bänke. Die sechzehn Mönche, unter denen sich auch mehrere ganz junge befanden, trafen in ihren weiten bodenlangen Chorgewändern aus grauweißem Stoff einzeln ein und begaben sich an ihre Plätze. Um 4 Uhr 15 gab der Abt das Zeichen. Die klare Stimme des Kantors erklang, und die Mönche fielen wechselweise in den vertrauten Rhythmus des lateinischen Sprechgesangs ein. Sie sangen die Psalmen der Vigil und Laudes.
Richard saß im Halbdunkel, vom Gesang der Mönche umflutet und von einer inneren Ruhe erfüllt, wie er sie schon lange nicht mehr empfunden hatte. Es war erst sein fünfter Tag in Himmerod, er hatte jedoch das Gefühl, sich schon viel länger in der Abgeschiedenheit der Klosteranlage aufzuhalten. Diese Zeit der Stille, der Besinnung und des geistigen Atemholens fern von aller Hektik, fern auch von Telefon, Fax, Fernsehen und gesellschaftlichen Verpflichtungen, diese Zeit der Besinnung auf das, was im Leben wirklich wichtig war, erlebte er als ein faszinierendes und bewegendes Ereignis.

Es war richtig gewesen, dass er für zwei Wochen zu den Mönchen in dieses stille, malerische Tal der Eifel gekommen war – zwanzig Monate nach jenem Weihnachtstag, an dem er auf der Rückfahrt vom Familientreffen im Radio zum ersten Mal von Himmerod gehört hatte.

Christine hatte großes Verständnis dafür, dass er diesen ersten Besuch allein machen wollte. Sie hielt sich indessen mit Dagmar und den beiden Enkelkindern sowie einer Freundin ihrer Tochter, die ebenfalls zwei kleine Kinder hatte, in einem gemieteten Ferienhaus auf Borkum auf.

Richard hatte vom ersten Tag an beschlossen, am Leben der Mönche so nah und intensiv wie möglich teilzunehmen, auch was die Gebetszeiten betraf. Und statt die Mahlzeiten im Parlatorium einzunehmen, wo man sich frei mit den anderen Gästen unterhalten konnte, hatte er darum gebeten, mit den Mönchen im Refektorium, wo striktes Schweigegebot herrschte, an der schlichten, hufeisenförmigen Tafel essen zu dürfen, so wie es auch einige andere männliche Gäste taten.

An diesem Morgen kam er nach dem Frühstück und dem gemeinsamen Spüldienst im Parlatorium mit dem jungen Bruder Markus, der bei den Gästen stets für viel Fröhlichkeit sorgte, sowie mit dem vollbärtigen Pater Martin, dem Prior des Klosters, ins Gespräch. Ihm, dem die Literatur von allen Himmeroder Mönchen am meisten am Herzen lag, unterstand der Buchladen des Klosters. Privat widmete er sich intensiv der russischen Literatur, von den frühen russisch-orthodoxen Scholastikern bis hin zu Alexander Solschenizyn. Wie Richard zu Ohren gekommen war, übersetzte der Prior in seiner freien Zeit sogar russische Lyrik ins Deutsche. Auf jeden Fall war dieser ruhige, kräftige Mann mit dem eisengrauen Bart und den aufmerksamen Augen ein faszinierender Gesprächspartner.

Pater Martin war nicht entgangen, dass Richard auch an diesem Tag so früh aus dem Bett gefunden hatte und zur Vigil in der Kirche erschienen war. »Wenn Sie es sich zutrauen und möchten, können Sie morgens auch bei uns im Chorgestühl der Basilika und mittags im Oratorium an den Stundengebeten teilnehmen«, bot er ihm an. »Eine kräftige Stimme können wir auf unserer Seite immer gut gebrauchen. Pater Pius ist der Einzige, der von uns wirklich gut singen kann. Die anderen, die gut bei Stimme sind, stehen alle drüben beim Vater Abt.«

Richard nahm das freundliche Angebot gern an. »Ich habe mit diesen Gesängen aber keinerlei Erfahrung«, gab er zu bedenken.

»Das ist auch nicht nötig. Nehmen Sie den Platz gleich links von mir, ich werde den anderen Bescheid sagen, dass der Sitz für Sie frei bleibt«, trug Pater Martin ihm auf und fuhr dabei durch seinen grauen Bart. »Nur bitte nicht reden oder Fragen stellen! Kommen Sie einfach durch den Lettner zu uns ins Chorgestühl und nehmen Sie Platz! Was Sie wissen müssen, zeigen wir Ihnen. Und das geht auch ohne Worte, Sie werden schon sehen.«

Am nächsten Morgen stand Richard bei der Vigil zum ersten Mal zwischen den Mönchen im Chorgestühl, vor sich eines der riesigen schweren Bücher mit messingbeschlagenen Kanten und Scharnieren, die in großer Schrift den lateinischen Text der Psalmen boten.

Als er gemeinsam mit den Ordensleuten in den Lobpreis Gottes einfiel und ihn eine Gänsehaut überkam, wusste er mit letzter Sicherheit, dass er den für ihn richtigen Weg eingeschlagen hatte.

*

Am frühen Samstagnachmittag erhielt Richard im Kloster unerwarteten Besuch von Cäsar. Sein Jugendfreund überraschte ihn, als er sich gerade mit einem Buch auf die sonnenbeschienene Bank vor dem Buchladen setzen wollte.

»Hast du auch Monika und die kleine Nora mitgebracht?«

Cäsar schüttelte den Kopf. »Jeder braucht mal Zeit ganz für sich allein«, sagte er und fügte grinsend hinzu: »Man muss ja nicht gleich zum Mönch auf Zeit werden! Mir reichen schon ein paar Stunden Autofahrt durch die Eifel bei Sonne und guter Musik.«

Sie stiegen die Steintreppe zum Restaurant hoch, setzten sich auf der Terrasse an einen Tisch mit Sonnenschirm und bestellten Kirschstreusel und zwei Kännchen Kaffee.

»Was liest du denn da gerade?« Cäsar schaute auf das Buch, das Richard auf den Tisch gelegt hatte. »Ah, die Biographie des Nikolaus von Kues. Und, lesenswert?«

»Faszinierend, aber keine leichte Lektüre. Vieles klingt wie in Moll geschrieben – und hört sich sogar heute noch revolutionär an. Und dabei hat der Mann Mitte des fünfzehnten Jahrhunderts gelebt. Aber seine Betrachtungen über Gott und den Glauben haben nichts von ihrer philosophischen Kraft und klaren Strenge verloren. Als ein gewisser Giordano Bruno die Lehren wieder aufgriff, landete er auf dem Scheiterhaufen. Es ist eben etwas anderes, ob ein Kardinal wie Nikolaus von Kues solches Gedankengut von sich gibt oder ein einfacher Diener der Kirche!«

»Du scheinst dich mit dieser Materie wirklich intensiv beschäftigt zu haben.«

»Ja, aber nicht erst seit gestern.«

»Dir ist es mit dem Glauben also wirklich ernst«, stellte Cäsar fest, nachdem die Bedienung Kaffee und Kuchen gebracht hatte.

»Es mag gelinde gesagt merkwürdig klingen, aber ich habe mir nicht einfach vorgenommen, jetzt mal zur Abwechslung an Gott zu glauben, so wie man beschließt, nun endlich mit dem Joggen anzufangen oder eine längst überfällige Diät zu machen. Es ist einfach so …« Richard zögerte und suchte nach den passenden Worten für etwas, was er selbst nicht völlig verstand. »Ich weiß nicht, wie ich es erklären soll. Es ist einfach passiert.«

»Du meinst, du hast so etwas wie ein ganz persönliches Damaskuserlebnis gehabt?«

»So ungefähr«, sagte Richard ausweichend.

»Und bei mir hat sich der Glaube spurlos verflüchtigt.« Nachdenklich verrührte Cäsar Zucker und Milch in seinem Kaffee. »Dabei bin ich erzfromm erzogen worden, wie man so schön sagt. Doch bei mir und auch bei Margret ist nichts von dem Glauben übrig geblieben, im Gegenteil. Wenn ich daran denke, wie sie uns Angst und Schuldgefühle gemacht und im Beichtstuhl ausgehorcht und jegliche Sexualität verteufelt haben, wundere ich mich heute noch, dass ich so lange zur Kirche gegangen bin.«

»Ich weiß, die typischen Altlasten einer streng katholischen Erziehung. Das Evangelium als Drohbotschaft und nicht als frohe Botschaft. Nichts ist in der Geschichte so schändlich missbraucht worden wie das Kreuz und der Name Gottes«, sagte Richard. »So gesehen, bin ich ganz dankbar dafür, dass ich von zu Hause aus so gut wie keine religiöse Erziehung mitbekommen habe. Bis auf die kurze Konfirmandenzeit kann ich mich nämlich nicht daran erinnern, dass die Eltern mit uns in einen Gottesdienst gegangen wären.«

»Da hast du es wirklich besser gehabt als wir.«

»Ich bin sowieso der Meinung, dass man nur als Erwachsener eine bewusste Entscheidung für oder gegen den Glauben treffen kann und sollte. Wenn die meisten als Erwachsene mit ihrem einstigen Kinderglauben nichts mehr anfangen können, ist das kein Wunder. Ihr religiöses und theologisches Wissen bleibt ja meist auf der Stufe eines neun-, bestenfalls vierzehnjährigen Kindes stehen, während sie sich auf allen anderen Gebieten weiterbilden. Aber das ist wieder ein anderes Thema.«

»Was sagt denn dein Vater dazu?«

Richard verzog das Gesicht. »Er hüllt sich vorerst noch in misstrauisches Schweigen, und das kann er ja wirklich gut. Du kennst doch den Schriftsteller Arnold Stadler?« Und als Cäsar nickte, fuhr er fort: »Der hat vor kurzem etwas sehr Treffendes zu diesem Thema gesagt. Er könne über alles schreiben und auf jeder Party und in jeder Talkshow vom Ficken sprechen, ohne dass jemand groß Notiz davon, geschweige denn Anstoß nähme. Aber wenn man es wage, von Gott zu sprechen, reagierten die Leute auf einmal allergisch, als hätte man eine Unanständigkeit begangen und ein Tabu gebrochen. So ungefähr verhält es sich mit meinem Vater und meinem Bruder. Aber damit muss ich eben leben.«

»Und? Wirst du konvertieren?«

Richard schwieg einen Moment. »Vermutlich – aber dann

nicht blind gegenüber den verkrusteten kirchlichen Strukturen, den menschlichen Unzulänglichkeiten, dogmatischen Fehlgriffen und historischen Schandtaten, die im Namen Christi begangen worden sind, sondern all diesen Mängeln zum Trotz.«

»Beruhigend, dass du nicht zu den Frömmlern gehörst, die all das nicht wahrhaben wollen.«

»Napoleon soll einmal verkündet haben, er werde die Kirche vernichten. Worauf ihm ein Kardinal ganz trocken geantwortet hat: ›Sire, das haben nicht einmal wir geschafft!‹«

Cäsar lachte. Dann erzählte er Richard von seinen Sorgen, die neuen Berufsschulklassen in den Griff zu bekommen, musste er doch zum ersten Mal Steinmetze unterrichten, ohne genügend Zeit erhalten zu haben, sich in die Materie einzuarbeiten. Sein nervöser Magen zwang ihn wieder einmal, Tabletten einzunehmen.

»Manchmal ist die Finsternis der einzige Ort, an dem die tiefsten Wunden heilen können«, sagte er schwermütig. »Und der Morgen ist die Zeit der größten Furcht.«

»Ich weiß nicht«, widersprach Richard, »für mich sind die Nächte schlimmer. Die amerikanische Lyrikerin Emily Dickinson hat darüber einige wunderbare Zeilen geschrieben: ›Irgendwie habe ich die Nacht überlebt und bin mit dem Tag zurückgekehrt.‹ Dieser Vers hat mir in vielen schweren Nächten Mut gemacht.«

Cäsar nickte. »Das möchte ich mir aufschreiben«, sagte er, zog einen Stift hervor und notierte sich die Zeilen auf seiner Papierserviette. Er blieb in Himmerod noch bis zur Vesper, dann fuhr er nach Düsseldorf zurück.

Als Richard nach der Komplet im schwindenden Licht des Abends durch den Kreuzgang schritt, dachte er daran, dass dieses Kloster schon fast neunhundert Jahre existierte. Es hatte unzählige Kriege, Hungersnöte, Brände, Plünderungen und andere große wie kleine menschliche Tragödien überstanden. Wenn die Mauern eines solchen Gebäudes reden könnten, was für unglaubliche Geschichten sie wohl erzählen würden?

Diese Frage ließ ihn nicht mehr los. Am nächsten Tag sprach er

mit Pater Martin, ob er ihm Zutritt zur Klosterbibliothek und Einblick in das Archiv verschaffen könne.
»Eigentlich gehört unsere Bibliothek wie die Klausur zu den Bereichen, zu denen Gäste keinen Zutritt haben. Aber ich werde mit dem Vater Abt reden, ob er nicht eine Ausnahme macht«, sagte der Prior wohlwollend.
Richard erhielt die Erlaubnis des Abtes, und als er eine Woche später Abschied nahm, lag in seinem leichten Reisegepäck auch ein Schreibblock, der seitenweise Notizen zu einem historischen Roman enthielt, der gegen Ende der Zeit der Inquisition und Hexenverbrennungen spielte und zu einem gut Teil im Kloster Himmerod angesiedelt war.

*

Als Konrad schon nach vier Jahren als freiberuflicher Journalist von dem mühseligen und nicht sehr einträglichen Geschäft die Nase voll hatte und eine neue berufliche Perspektive ins Auge fasste, waren Richard und Christine nicht überrascht. Dass er zu Höherem als zum Verfassen kleiner Inter-Nationes-Artikel und Schulfunkbeiträge berufen war, klang schon seit gut einem Jahr aus seinen ständigen Klagen heraus. Dazu kam wohl die Enttäuschung, dass er als Übersetzer und Bearbeiter von Westernromanen nicht hatte überzeugen können, sodass diese Einnahmequelle schnell wieder versiegt war.
Sein neues Projekt stellte Konrad ihnen vor, als er die beiden mit seiner Frau an einem Juniwochenende des Jahres 1989 zum Nachmittagskaffee im Garten besuchte. Auch der Vater wollte kommen.
Richard saß noch am Schreibtisch und druckte die Seiten aus, die er in der zurückliegenden Woche geschrieben hatte, und Christine trug gerade die Sitzkissen auf die Terrasse hinaus, als Konrad und Marjorie früher als erwartet bei ihnen eintrafen. Marjorie ging Christine sofort bei den Vorbereitungen zur Hand, während Konrad sich zu Richard ins Arbeitszimmer begab. Dort griff er

sofort zu den beiden Büchern, die auf dem Schreibtisch lagen. »Von der Not und dem Segen des Gebets« von Karl Rahner und Heinz Zahrnts »Mutmaßungen über Gott«. Er las mit gerunzelter Stirn Titel und Verfasser, legte die Bücher mit spitzen Fingern zurück und fragte dann mitleidig: »Sag bloß, du liest dieses religiöse Zeug noch immer?«

Richard ärgerte es, dass in den Bemerkungen seines Bruders stets die als selbstverständlich empfundene Unterstellung mitschwang, andere Meinungen als die seine seien nur durch einen Mangel an Reflexion zu erklären. »Stell dir mal vor, es gibt an den Universitäten regelrechte Lehrstühle für Religion und Theologie, wo Professoren und Studenten sich mit solchem ›religiösen Zeug‹ befassen«, antwortete er bissig. »Und es soll unter den Professoren und Studenten sogar Leute geben, die fast an deinen begnadeten IQ herankommen.«

Konrad grinste säuerlich. »Wirklich? Was du nicht sagst! Na, sag mir rechtzeitig Bescheid, wenn du vor der Heiligsprechung stehst, dann hole ich mir noch schnell eine Reliquie von dir ... wenn mal schlechte Zeiten kommen.«

»Komisch, von bekennenden Christen wie Johannes Rau oder Gustav Heinemann würdest du solch blödes Zeug nicht sagen, weil die beiden die SPD-Aura der Rechtgläubigen umgibt, und auch gegenüber deiner gläubigen Frau, ihrer Familie und dem Bischof, von dem du dich hast trauen lassen, würdest du es auch nicht wagen. Seltsam, dass du meinst, Christine und mir gegenüber wäre das völlig in Ordnung. Hast du schon mal darüber nachgedacht?«

Konrad flüchtete sich in ein Lachen, als sei das alles bloß ein harmloser brüderlicher Scherz gewesen. »Mann, was bist du humorlos!« Als Richard darauf nichts sagte und ihn nur ansah, hob er die Schultern und fuhr hochtrabend fort: »Wer meint, sein Leben nach einem System von übergeordneten religiösen Regeln und Wertmaßstäben ausrichten zu müssen, der soll es tun. Ich jedenfalls sehe meine Position in der Tradition der europäischen Aufklärung, die gegen Vorurteile und Unmündigkeit angeht.

Hinter ganz entscheidende Erkenntnisse und Ergebnisse der abendländisch-europäischen Geistesgeschichte, wozu auch die griechischen Philosophen gehören, zurückzufallen würde eine Desavouierung meines Ichs bedeuten.«

»Nun mal langsam, du aufgeklärter Geisteswissenschaftler!«, hielt Richard ihm entgegen. »Es entspricht nicht ganz deinem geistigen Anspruch, zwischen griechischer Philosophenlehre und europäisch-abendländischer Aufklärung auf der einen Seite und dem Christentum auf der anderen einen Gegensatz zu konstruieren. Oder willst du allen Ernstes behaupten, dass man den Geist der Aufklärung und des Humanismus nur dann für sich in Anspruch nehmen kann, wenn man nicht an Gottes Existenz glaubt?«

»Das liegt doch wohl auf der Hand!«

»Na, dann dürften ja viele anerkannte Größen aus allen Gebieten der Natur- und Geisteswissenschaften ihren bislang unbestrittenen Platz im großen Buch aufgeklärter und humanistischer Denker verlieren«, erwiderte Richard spöttisch. »Sie und unzählige andere bekannte wie unbekannte Denker würden für deine abenteuerliche These vermutlich nur ein sehr mildes, nachsichtiges Lächeln übrig haben. Also diesen konstruierten Gegensatz kannst du dir schenken!«

Konrad zog spöttisch die Augenbrauen hoch. »Ach was! Na, dazu könnte man wohl noch eine Menge sagen.«

»Und ob! Beispielsweise, dass es natürlich eine völlig legitime Weltanschauung ist, nicht an die Existenz Gottes zu glauben. Und dass diese auch denselben Respekt wie jede andere Weltanschauung verdient, die sich dem Gebot der gegenseitigen Toleranz verpflichtet fühlt«, fuhr Richard fort. »Aber sie ist deshalb kein Zeichen von höherer Intelligenz, obwohl gern so getan wird – und diese arrogante Attitüde hast du auch an dir! Atheismus ist genauso ein Glaube wie der Glaube an Gott. Jedenfalls ist es bisher noch keinem gelungen, die Existenz Gottes oder seine Nichtexistenz zu beweisen. Sich aufs hohe Ross zu setzen ist daher nicht angebracht.«

»Gut gebrüllt, Löwe!«, spottete Konrad. »Nur sehr komisch, dass du auf einmal deine religiöse Ader entdeckt hast. Wenn man so deine literarischen Werke der letzten Jahre durchblättert, merkt man jedenfalls nichts davon.«
»Nein, beim Durchblättern findet man das nicht, da hast du natürlich Recht«, konterte Richard bissig. »Da muss man sich schon mal die Mühe machen, ein Buch von mir auch zu lesen, um auf die entsprechenden Stellen zu stoßen. Aber was das betrifft, kannst du unserem Herrn Vater ja die Hand reichen! Der ist sich auch zu fein dazu, meine Romane zu lesen.«
Konrad tat die Vorhaltung mit einem arroganten Achselzucken ab. »Bleibt trotzdem noch die Frage, wie jemand mit deinem doch nicht ganz simplen Intellekt auf Weihrauch, Unbefleckte Empfängnis, Beichtstuhl und Wallfahrten abfahren kann.«
Für diese Frechheit hätte Richard ihm am liebsten eine Ohrfeige verpasst, aber er riss sich zusammen und erwiderte: »Martin Walser hat mal gesagt: ›Das ist das schlechthin Furchtbare, dass man auch auf etwas reagiert, das keiner Reaktion wert ist.‹«
Bevor ihr Gespräch weiter eskalierte und sich zu einem ernsten Streit entwickelte, machte das Eintreffen des Vaters dem Wortwechsel ein Ende.
Wenig später saßen sie gemeinsam im Garten am Kaffeetisch. Das Gespräch drehte sich eine Weile um Gorbatschow, der zu einem viertägigen Staatsbesuch in der Bundesrepublik erwartet wurde und wegen seines dynamischen Einsatzes für Glasnost und Perestroika mit großen Sympathiekundgebungen rechnen durfte. Ganz zwangsläufig kam dann die Rede auf das entsetzliche Blutbad, das die chinesische Volksarmee auf Befehl der Regierung vor wenigen Tagen in Peking auf dem Platz des Himmlischen Friedens angerichtet hatte.
»Hast du diese entsetzlichen Bilder im Fernsehen gesehen?«, fragte Christine den Vater.
»Nein, habe ich nicht«, antwortete der Vater ruppig. »Ich besitze keinen Fernseher mehr.«
»Wie bitte?«, fragte Konrad verblüfft.

»Und das Radio habe ich gleich mit abgeschafft«, erklärte der Vater. »Alles nur dummes Zeug, was da heutzutage gesendet wird! Nichts als schwachsinnige amerikanische Serien und andere Volksverdummung!«
»Dafür gibt es Knöpfe zum Um- oder Ausschalten«, sagte Richard.
»Ja, und im Fernsehen kommen doch auch viele sehenswerte Kultursendungen und politische Beiträge«, wandte Konrad ein.
»Ich habe meine Zeitungen, und das reicht mir! Und ihr könnt reden, wie ihr wollt, Radio und Fernseher kommen mir nicht mehr ins Haus! Basta!«, schloss er in einem aggressiven Tonfall, als hätte man gewagt, seine Urteilskraft in Frage zu stellen.
Verdutzt sahen die anderen sich an. Zwar hatte der Vater schon immer recht eigensinnige Ansichten und einen starken Hang zu Weltfremdheit besessen, aber in den zwei Jahren seit dem Tod der Mutter, die stets mit energischer Hand dagegengesteuert hatte, nahm seine Verschrobenheit immer mehr zu.
»Na, das Thema lassen wir mal besser!«, sagte Christine begütigend. »Wenn Baba keinen Fernseher und Radio mehr haben will, ist das seine Sache.«
»Das will ich wohl meinen!«, knurrte der Alte.
Konrad wartete eine Weile, bis sich die Wogen geglättet hatten und der Vater wieder besserer Stimmung war, bis er mit der Nachricht herausrückte, dass er sich entschlossen habe, sich nicht länger mit dem alltäglichen journalistischen Kleinzeug abzugeben, sondern ein anspruchsvolles Literaturmagazin herauszugeben.
»Es wird ›CoLibri‹ heißen mit der Unterzeile ›Unabhängiges Journal für Literatur‹«, erklärte er stolz.
»Wie willst du denn das anstellen?«, fragte Richard überrascht.
»Um so etwas auf die Beine zu stellen, braucht man einen zahlungskräftigen Geldgeber.«
Konrad schüttelte den Kopf. »Wir werden uns durch Verlagsanzeigen finanzieren. Und es wird ein wirklich unabhängiges und doch kostenloses Buchjournal sein«, erklärte er enthusiastisch.

»Denn in all den anderen Magazinen, die man in den Buchläden kostenlos mitnehmen kann, sind alle Rezensionen in Wirklichkeit bezahlte Inserate, die von den Werbeabteilungen der Verlage geschrieben werden. Kein Wunder, dass da alle Bücher immer blendende Besprechungen haben. Wir dagegen werden wirklich unabhängig sein und die Bücher, die wir vorstellen, kritisch rezensieren, egal, ob ein Verlag bei uns eine Anzeige schaltet oder nicht. Und natürlich werden wir uns nicht mit dem ganzen belletristischen Schrott abgeben, den die Verlage in Massen auf den Markt werfen. In ›CoLibri‹ wird einzig und allein die wirklich lesenswerte Literatur besprochen!«

Richard hatte eine Bemerkung auf der Zunge, schluckte sie aber um des Friedens willen hinunter.

»Wer ist denn ›wir‹?«, fragte Christine.

Konrad erzählte nun von einer Gruppe von fest angestellten und freien Journalisten, die von seiner Idee begeistert seien und bei seinem Projekt mitarbeiten wollten. »Ich bin sicher, dass wir da in eine Nische vordringen, die noch keiner bedient. Und die Verlage mit anspruchsvoller Literatur werden schnell begreifen, was für einen tollen Service wir ihnen bieten und dass sie über uns viel preisgünstiger ihr Zielpublikum erreichen.«

Marjorie schwieg die ganze Zeit. Lächelnd überließ sie ihrem Mann die Bühne der Selbstdarstellung. Dabei konnte sich Konrad diesem ehrgeizigen Ziel nur deshalb mit Haut und Haaren verschreiben, weil sie einem festen Beruf nachging und ein gutes Gehalt nach Hause brachte, von der Überweisung des Vaters abgesehen, die natürlich auch weiterhin jeden Monat auf Konrads Konto eintraf.

Dass sich der Vater schnell für das Projekt begeisterte, überraschte Richard und Christine nicht, ging es dabei doch um ein Bücherjournal, das sich kompromisslos auf eine Auslese der »wahren Literatur« konzentrieren wollte – und damit genau seine persönliche Vorliebe traf.

Aber der elitäre Anspruch setzte nicht die profanen Gesetze der Marktwirtschaft außer Kraft. Und diese fragten nicht nach

Idealismus, sondern nach Angebot und Nachfrage sowie einer kostendeckenden Finanzierung.

Richard wunderte sich deshalb auch gar nicht, als Konrad ihn schon bald mit der Bitte bedrängte, seine guten Verlagsbeziehungen einzusetzen, um Anzeigen für das Literaturjournal zu beschaffen.

»Du bist doch jetzt überall dick drin und kennst die Leute. Da werden wohl für den Bruder des Hausautors ein paar Anzeigen drin sein, zumal wir wirkliche zivile Preise haben. Das wirst du doch für mich machen, oder?«

»Ich schreibe aber nun mal nicht für hochliterarische Verlage, sondern für Häuser, deren Programm überwiegend aus leichter belletristischer Kost besteht, wie du mich oft genug hast wissen lassen«, wandte Richard ein. »Und warum sollten diese Verlage in einem Magazin Anzeigen schalten, das sich zu fein ist, ihre Bücher zu besprechen?«

Konrad winkte ab. »Ach, das bisschen Geld ist für die doch bloß ein Klacks, so wie die in all den großen Zeitungen und Zeitschriften ihre Werbegelder zum Fenster rausschmeißen. Und wenn du sie ein wenig anstößt, wird das schon funktionieren. Du musst dich bloß für mein Journal einsetzen, und das wirst du doch wohl, oder?«

»Ja, das ist die Hauptcrux der linken Reichtumskritik: der Hang zur Verlogenheit«, sagte Richard sarkastisch.

»Red doch nicht so einen Stuss!«, erwiderte Konrad ärgerlich. »Es ist ja für einen guten Zweck! Und vielleicht findet sich auch das eine oder andere Buch aus deinen Verlagen, das man mal besprechen kann. Also, versuchst du es nun, oder lässt du mich hängen?«

Richard wollte fragen, ob er Konrad schon jemals in einer Klemme hatte hängen lassen, sagte aber stattdessen: »Ich sehe zu, was ich für dich herausholen kann.«

Warum auch nicht. Wenn er Konrad helfen konnte, endlich etwas auf die Beine zu stellen, das ihn wirklich ausfüllte und auf das er stolz sein konnte, dann wollte er das auch gern tun. Ein

Bruder, der mit sich im Reinen war und seine Berufung gefunden hatte, war bestimmt ein angenehmerer Zeitgenosse als ein unzufriedener Mann, der das Jammern und Klagen zu einer immer perfekteren Kunstform erhob. Dass er wie sein Vater früher oder später auch noch einige tausend Mark aus der eigenen Tasche zu dem Projekt würde dazuschießen müssen, um finanzielle Engpässe zu überbrücken, ahnte er schon, aber auch das ging in Ordnung. Bruder blieb nun mal Bruder. Aber warum galten Rücksicht, Verständnis und Solidarität immer nur dann als Bruderpflicht, wenn es um Konrads Wünsche und Interessen ging?

9

Schon im Frühling deckte sich Simone mit Einmachgummis ein, weil es zur Erntezeit aller Erfahrung nach nur wieder Einmachgläser, nicht aber die unentbehrlichen Gummiringe zum luftdichten Verschließen geben würde. Sämtlichen Anzeichen nach setzte sich die wirtschaftliche Misere auch im Jahr 1989 in den vertrauten Bahnen unzähliger Engpässe fort.

Die Proteste der mutiger gewordenen Bürgerbewegungen während und nach den Kommunalwahlen im Mai setzten sich zu Beginn des Sommers fort. Und die Ausreisewelle, die sich wie eine Epidemie langsam, aber unaufhaltsam im Land ausbreitete, erfasste in diesen Monaten auch die ersten von Simones und Brunos Bekannten und Freunden.

An einem Dienstagmorgen, es war der 1. August, fanden sie Karlheinz' blaue Horex an der Hauswand neben dem Eingang abgestellt und in ihrem Briefkasten Schlüssel, Papiere sowie einen kurzen Brief. Darin schrieb er: »Habe für die Horex keine Verwendung mehr und schenke sie Euch hiermit. Ich weiß, sie ist bei Euch in den besten Händen. Wird sowieso höchste Zeit, dass Du

endlich den Führerschein machst, Bruno! Vielleicht kreuzen sich unsere Wege mal wieder, wenn alles gut geht. Dann könnt Ihr mich in Amerika finden – auf einer Harley und irgendwo, wo immer die Sonne scheint. Wie Schiller schon schrieb: ›Der Mensch ist frei und würd er in Ketten geboren.‹ In diesem Sinne!« Eine Unterschrift trug der Brief nicht. Aber was damit gemeint war, darüber brauchten sie nicht lange zu rätseln.
»Er versucht noch mal, irgendwo über die Grenze zu kommen«, sagte Bruno mit düsterer Miene. »Mein Gott, hoffentlich kommt er durch!« Dann verbrannte er den Brief.

*

Am 4. und 5. August flüchteten zum wiederholten Mal verzweifelte DDR-Bürger zu Hunderten in die bundesdeutschen Botschaften in Prag und Budapest sowie in die Ständige Vertretung der Bundesrepublik in Ostberlin.
Bruno konnte dieser brisanten Entwicklung nicht allzu viel Beachtung schenken, weil er sich so kurz vor der Auslieferung der Herbstausgabe des »Leipziger Journals« vor Arbeit kaum noch retten konnte. In den letzten Wochen vor Erscheinen des Magazins häufte sich nicht nur die Arbeit, sondern es bildete sich regelmäßig ein Verhau aus Problemen, als hätte es irgendwo eine geheime Absprache gegeben, bis zuletzt mit allen Komplikationen zu warten. Ärger mit Autoren, die noch immer nicht abgeliefert hatten oder von der abgesprochenen Linie des Berichts abgewichen waren, mit Fotografen, die plötzlich Sonderwünsche anmeldeten, mit den Bürokraten, die mal wieder ihr Papierkontingent kürzen wollten, mit dem Druckhaus, das angeblich plötzlich über keine Kapazitäten verfügte, und was es da noch alles an Problemen gab. Und ausgerechnet in dieser kritischen Phase war Helmut Richter mit Gallensteinen ins Krankenhaus eingeliefert worden, sodass nun alles auf Brunos Schultern lastete.
Am Montagmorgen saß er in der Redaktion kaum hinter seinem Schreibtisch, als auch schon das Telefon klingelte. Es war der

Sekretär für Kultur vom Rat des Bezirkes, der Genosse Jürgen Göllner.
»Haben Sie schon das mit Willbeck gehört?«, fragte er grimmig und ohne ein Wort des Grußes.
»Nein«, sagte Bruno, den sofort ein ungutes Gefühl beschlich. Bertram Willbeck war ein exzellenter Dirigent, der seit Jahren ungerechtfertigterweise im Schatten von Kurt Masur stand und zurzeit ein Gastdirigat bei einem Sommerfestival in Frankreich wahrnahm. Titelbild und Titelgeschichte in der Herbstausgabe waren ihm gewidmet. »Was ist mit ihm?«
»Willbeck hat sich in den Westen abgesetzt!«, stieß Göllner verächtlich hervor. »Er hat eine Presseerklärung abgegeben, dass er nicht mehr in die DDR zurückzukehren gedenkt!«
»Ach, du Scheiße!«, entfuhr es Bruno unwillkürlich. »Und was sind jetzt die Konsequenzen?«
»Das liegt doch wohl auf der Hand!«, blaffte Göllner ihn gereizt an. »Der Willbeck kommt raus!«
»Aber das Magazin ist doch schon so gut wie fertig!«, wandte Bruno ein.
»Das ist mir egal! Der Willbeck verschwindet vom Titel und aus dem Heft!«
»Und wie soll das gehen, Genosse Göllner? Wir müssen dann ja nicht nur das Titelblatt neu drucken, sondern auch das Inhaltsverzeichnis und die Seite mit den Collagen und Notizen! Wenn wir Willbeck ganz raushaben wollen, müssen wir das Magazin ganz neu zusammenstellen und neu drucken.« Und er erinnerte den Sekretär daran, dass sich die Druckkosten auf eine Viertelmillion Mark beliefen, was für DDR-Verhältnisse eine Unsumme darstellte.
»Das Geld interessiert uns nicht!«, wischte Göllner den Einwand brüsk vom Tisch. »Mit diesem Landesverräter wird das ›Leipziger Journal‹ jedenfalls nicht erscheinen!«
Bruno dachte jedoch nicht daran, sich diesem Diktat kampflos zu ergeben. Er plädierte leidenschaftlich dafür, das Magazin unverändert erscheinen zu lassen. »Es ist mehr als nur ein guter

Beitrag, es ist ein tolles Porträt. Nicht eben ein gerader Lebensweg, den Willbeck hingelegt hat, aber doch ein höchst interessanter, und dass er ein exzellenter Dirigent ist und internationales Renommee genießt, steht doch außer Frage!«
»Also, ich bitte Sie!«, empörte sich Göllner, als hätte Bruno blasphemische Gedanken geäußert.
»Ich meine, wenn wir den Bericht bringen, ist das doch ein Zeichen von innerer Stärke und Souveränität«, sagte Bruno. »Damit zeigt die DDR doch …«
»Was die DDR zeigt und wie sie es zeigt, entscheiden nicht Sie, Genosse Brüggemann!«, fiel ihm Göllner grob ins Wort. »Der Willbeck verschwindet aus dem Magazin! Restlos! Und damit basta!« Und schon hatte er aufgelegt.
Bruno hätte vor Wut platzen können. Die Arbeit von einem Vierteljahr zu Makulatur gemacht durch einen Anruf! Die Partei schreckte nicht davor zurück, zwanzigtausend Hochglanzmagazine einstampfen zu lassen, nur weil Willbeck nicht in die DDR zurückzukehren gedachte. Als ob sie damit die Angelegenheit aus der Welt schaffen könnten!
Wutentbrannt schleuderte Bruno einen Aktenordner gegen die Wand, worauf Hildegard Sommer, seine Sekretärin und stolze Großmutter von vier Enkelkindern, alarmiert in sein Büro gestürzt kam. Als sie hörte, was passiert war und was Göllner angeordnet hatte, versuchte sie ihn zu beruhigen.
»Wir können gegen die da oben doch nichts ausrichten«, sagte sie. »Uns bleibt gar nichts anderes, als das zu akzeptieren. Amoklaufen hilft nicht. Es bringt nichts, sich deswegen mit der Bezirksleitung anzulegen.«
Und während sie das noch sagte, ging die Tür hinter ihr auf, und herein trat Egon, mit einem ahnungslos fröhlichen Lächeln auf dem Gesicht und in Erwartung, mit Bruno wie üblich eine Tasse Kaffee trinken und sich eine Weile mit ihm unterhalten zu können.
»Einen prächtigen guten Morgen allerseits!«, grüßte er mit einer schwungvollen Handbewegung.

Bruno starrte ihn an. Dass ausgerechnet Egon Stielicke in diesem Moment in seinem Büro erschien, brachte ihn aus der Fassung und ließ ihn alle Selbstbeherrschung vergessen. Er explodierte förmlich. »Du Stasi-Lump hast mir gerade noch gefehlt!«, schrie er ihn an. »Ja, ich weiß, dass du für das MfS arbeitest. Schon als Student hast du Dreckstück mich und die anderen ausgehorcht!« Und er fuhr fort, ihn mit einer wahren Flut von Beschimpfungen und Enthüllungen zu überschütten. Er brüllte sich alle Wut und die Verletzung, die Egon ihm durch den Verrat ihrer Freundschaft angetan hatte, hemmungslos von der Seele.

Nun geschah etwas ganz Eigenartiges, was Bruno erst hinterher richtig zu Bewusstsein kam, als er Simone diese Situation schilderte. Während seine Sekretärin blass wurde und sich erschrocken aus dem Büro schlich, damit es keine Zeugen für seine wüste Anklage und Beleidigungen gab, stand Egon ganz ruhig in der Mitte des Zimmers. Weder wich ihm das Blut aus dem Gesicht noch zeigte er sich sonstwie bestürzt, geschweige denn beschämt oder zerknirscht. Wortlos und äußerlich ungerührt ließ er den Wortschwall über sich ergehen. Auch die schlimmsten Anwürfe perlten von ihm ab wie Öl von einer Gummihaut. Es war Bruno unbegreiflich, wie jemand das alles hinnehmen konnte, ohne sich auch nur einmal schütteln zu müssen.

»Scher dich raus, du dreckiger Denunziant!«, schrie Bruno ihn schließlich an, als noch immer keine Reaktion kam. »Geh mir aus den Augen! Du kotzt mich an! Ich will dich nie wieder sehen! Raus, du Stasi-Ratte!«

Und da nickte Egon nur, noch immer mit ausdruckslosem Gesicht, drehte sich um und ging, wortlos und ohne jede Eile.

Bruno und Simone hatten tagelang Angst, diese Sache könne Folgen haben und sie könnten Besuch von der Staatssicherheit bekommen, doch nichts dergleichen geschah. Egon ließ sich nicht mehr blicken, was sie aber nicht veranlasste, sich Illusionen zu machen. Ihre Observation hatte irgendein anderer IM übernommen. Der Krake Stasi verfügte über viele Fangarme, und die

meisten Spitzel arbeiteten im Geheimen, hinter der trügerischen Fassade freundlicher Arbeitskollegen, Nachbarn, Freunde und Familienmitglieder.
Mitte August kam dann die Nachricht aus Köln.

10

In der letzten Augustwoche, als es nach mehreren Regentagen endlich wieder trocken und sonnig war, mähte Richard gerade den Rasen, als Christine auf der Terrasse erschien. Sie gestikulierte aufgeregt und rief ihm etwas zu, was er bei dem Lärm des Rasenmähers jedoch nicht verstehen konnte.
Richard stellte den Motor ab. »Was gibt es?«, rief er zurück.
»Vergiss den Rasen! Komm ins Haus, wir haben Besuch. Und du wirst nicht glauben, wer es ist!«
Es war Simone, die im Wohnzimmer saß. Sie sah sehr blass und mitgenommen aus.
»Tut mir Leid, dass ich einfach so, ohne vorher anzurufen, bei euch hereinplatze«, entschuldigte sie sich, nachdem Richard sie mit einer herzlichen Umarmung begrüßt hatte. »Aber mit dem Telefonieren habe ich es nicht. Da weiß ich nie genau, was ich sagen soll oder darf.«
»Wie hast du es bloß geschafft, ein Reisevisum zu bekommen?«, wunderte sich Richard.
»Brunos Mutter liegt im Krankenhaus«, sagte Simone. »Es geht ihr gar nicht gut. Zu ihrem schweren Diabetes hat sie jetzt auch noch ein Emphysem, und das Herz macht Probleme. Es sieht nicht gut aus.«
»Das tut mir Leid, vor allem natürlich für Bruno«, sagte Richard, der Tante Else schon seit vielen Jahren nicht mehr gesehen hatte. Als sie sich damals von Onkel Willi hatte scheiden lassen und den

Taxiunternehmer Lempert geheiratet hatte, war der Kontakt zu ihr schnell abgebrochen.
»Kommt Bruno nach?«, fragte Christine.
Simone schüttelte den Kopf. »Das erlauben sie doch nicht. Einer muss immer als Pfand zurückbleiben, entweder der Ehepartner oder die Kinder. Wir hatten deshalb abgemacht, dass wir uns ablösen, weil es bei ihm in der Redaktion im Augenblick drunter und drüber geht und er gar nicht wegkann. Nach zwei Wochen soll ich zurückkommen, damit man dann ihm die Ausreise erlaubt.« Sie machte eine Pause. »Aber ich kann nicht zurück. Ich bleibe. Und deshalb bin ich gekommen, weil ich nämlich eure Hilfe brauche.«
»Aber wenn du hier bleibst, werden sie Bruno die Ausreise nicht erlauben«, wandte Christine bestürzt ein.
»Ich weiß, aber ich kann einfach nicht zurück! Es sträubt sich alles in mir dagegen, mich wieder in die Gewalt dieses Regimes zu begeben. Ihr könnt euch gar nicht vorstellen, wie mir zu Mute war, als ich zum ersten Mal hier durch die Straßen der Städte gegangen bin und das Leben, die vielen Autos, die Kleidung der Leute, die Farben und die Geschäfte gesehen habe. Ich bin mitten auf der Straße in Tränen ausgebrochen. Als ich im Supermarkt vor diesem unglaublichen Angebot an Waren stand und all das Edelobst gesehen habe, habe ich wieder geheult. Freiwillig gehe ich nicht wieder zurück!« Tränen liefen ihr über das Gesicht.
Christine legte ihren Arm um sie und reichte ihr ein Papiertaschentuch. »Aber wie können wir denn jetzt dir und Bruno helfen?«, fragte Richard.
»Ich kann Bruno nicht im Redaktionsbüro anrufen. Da offen mit ihm zu reden ist unmöglich, weil das Telefon bestimmt abgehört wird. Ich kann ihm unmöglich am Telefon sagen, dass ich nicht mehr in die DDR zurückkehren will. Jemand ...« Sie zögerte kurz. »Jemand muss es ihm persönlich sagen.«
Richard verstand. »Du möchtest also, dass ich nach Leipzig fahre und ihm diese bittere Pille verabreiche.«

Sie sah ihn mit einem verzweifelten, gequälten Blick an. »Es tut mir Leid, dass ich euch damit belästige, aber ich weiß mir keinen anderen Rat.«
»Ach, nach Leipzig zu fahren ist keine große Sache. Das mache ich schon«, wehrte Richard ab. »Aber ich verstehe noch immer nicht, wie das dann mit dir und Bruno weitergehen soll.«
»Du musst wissen, dass Bruno bei all seinem Geschimpfe auf die SED und seine Wut auf Honecker und Konsorten ein richtiger Lokalpatriot ist und an der heimatlichen Scholle hängt. Und seit er Mitherausgeber des ›Leipziger Journals‹ ist und gelegentlich ein Drehbuch für einen Fernsehkrimi unterbringen kann, geht es ihm beruflich ja auch sehr gut. Die Arbeit macht ihm Spaß, und mit den anderen Unzulänglichkeiten arrangiert er sich eben. Aber ich halte es nicht mehr aus. Ich möchte endlich in Freiheit leben und mich nicht länger von der Partei um mein Leben betrügen lassen. Wenn Bruno weiß, dass es mir ernst mit dem Bleiben ist, wird er Himmel und Hölle in Bewegung setzen, um nachzukommen. Und dass er auch hier im Westen seinen Weg machen wird, daran zweifle ich keine Sekunde. Bruno ist ein Tausendsassa. Er braucht manchmal bloß einen kräftigen Anstoß.«
Christine schmunzelte verhalten. »Und den willst du ihm verpassen, indem du einfach bleibst und ihn so zum Nachkommen zwingst.«
Simone nickte entschlossen. »Dass seine Mutter auf der Intensivstation liegt und vielleicht sogar bald am Herzen operiert werden muss, ist möglicherweise unsere einzige Chance zu entkommen. Denn Bruno kennt eine Menge Leute mit Einfluss. Wenn er es richtig macht, wird er es schaffen, da bin ich mir sicher.«
»Und wenn nicht?«, fragte Christine leise.
Simone senkte den Blick, presste die Lippen zusammen und schwieg. Dann schüttelte sie, mit Tränen in den Augen, stumm den Kopf, als wolle sie sagen, dass sie auch in diesem Fall nicht hinter Mauer und Todesstreifen zurückkehren würde.
Schon am nächsten Tag machte sich Richard mit dem Wagen auf den Weg nach Leipzig. Christine wollte sich um Simone

kümmern und hatte darauf bestanden, dass sie das schäbige Pensionszimmer aufgab, das Walter Lempert ihr in Köln besorgt hatte, und vorerst bei ihnen wohnte. Simones Schwiegervater hatte sie nämlich weder in der eigenen Wohnung unterbringen noch Geld für ein anständiges Hotelzimmer ausgeben wollen, obwohl er es sich leicht hätte leisten können. Damit Simone regelmäßig ins Krankenhaus fahren konnte, wollte Christine einen Kleinwagen anmieten.

Die Unfreundlichkeit und Schikanen der Grenzer an der Übergangsstelle übertrafen diesmal das gewohnte Maß, als hätten die Grenzer Befehl von oben erhalten, jedem Westbesucher die Fahrt in die DDR zu verleiden.

Als man Richard in rüdem Ton aufforderte, alle Fußmatten hochzuheben, und er den Fehler beging zu fragen, ob man solch eine Aufforderung denn nicht in einem etwas höflicheren Tonfall aussprechen könne, wie es unter zivilisierten Menschen Sitte sei, immerhin komme er ja nicht als verurteilter Schwerverbrecher, sondern als Devisenbringer, da schickten sie ihn mit dem Auto sogleich in die gefürchtete Kontrollgarage, um ihre Suche dort in aller Ruhe und Gewissenhaftigkeit fortzusetzen. Das kostete ihn drei zusätzliche Stunden am Grenzübergang.

Bruno erwartete ihn schon voller Unruhe in der Wohnung. Simone hatte ihn wie in den Tagen zuvor am frühen Vormittag im Büro angerufen und auf Richards Besuch vorbereitet, den wahren Grund aber natürlich verschwiegen.

»Mensch, da bist du ja endlich!«, rief Bruno erleichtert, als Richard vor der Wohnungstür stand. »Ich habe mir schon Sorgen gemacht. Du bist doch schon so früh abgefahren. Was war denn los?«

»Eure Organe haben mal großzügig drei Stunden Schikanen extra auf ihre gewöhnlichen Unverschämtheiten draufgelegt«, sagte Richard müde.

»Los, rück schon damit heraus!«, forderte Bruno ihn auf, kaum dass er die Tür hinter ihm geschlossen hatte. »Schlechte Nachrichten?«

»Mach mal erst Musik und gieß uns beiden einen ordentlichen Schluck ein! Egal was, Hauptsache, es ist hochprozentig.«
Bruno verstand. Schweigend kam er der Aufforderung nach. Er stellte das Radio laut, brachte zwei Gläser, die zwei Finger hoch mit Wodka gefüllt waren, zog sich einen Sessel heran und stieß mit Bruno an. »Worauf sollen wir trinken?«
»Liebst du Simone?«
»Natürlich liebe ich sie! Was für eine Frage!«, sagte Bruno verblüfft, aber mit Nachdruck.
»Okay, dann trinken wir darauf, dass du jetzt keine andere Wahl hast, als all deine Beziehungen spielen zu lassen, um an ein Ausreisevisum zu kommen, obwohl Simone schon drüben ist«, teilte Richard ihm leise mit. »Denn sie denkt nicht daran zurückzukehren.«
Bruno schloss kurz die Augen. »Hab ich's doch geahnt!«, stieß er dann grimmig hervor und kippte den Wodka auf einen Zug hinunter. »Dieses Biest!«

*

Zwei Tage nach Richards Rückkehr rutschte Christine beim Waldspaziergang auf einer regennassen Baumwurzel aus, fiel unglücklich und brach sich den linken Fuß.
Am folgenden Wochenende stattete Richards Vater ihr im Krankenhaus einen Besuch ab. Er brachte Blumen und zeigte sich recht aufgeräumt, was wohl an der Nullnummer von Konrads Literaturmagazin »CoLibri« lag. Er schwärmte in den höchsten Tönen von der Aufmachung und der hohen Qualität der Beiträge.
Richard pflichtete ihm bei. »Das Heft ist wirklich ausgezeichnet gemacht. Ich habe Konrad auch gleich geschrieben, wie toll ich es finde, und ihm gratuliert. Jetzt bleibt bloß noch zu hoffen, dass der Buchhandel und vor allem die Verlage, die das Heft mit ihren Anzeigen finanzieren sollen, das Magazin auch annehmen.«
»Das wird schon!«, sagte der Vater überzeugt. »Qualität setzt

sich immer durch. Ich habe die Ausgabe sogleich von vorn bis hinten durchgelesen, auf einen Rutsch.«

»Hast du inzwischen auch schon Richards neuen Roman gelesen?«, erkundigte sich Christine.

Richard hatte seinem Vater sein neues Buch gleich bei Erscheinen zugeschickt. Er war stolz auf diesen Roman. Die Verkaufszahlen waren gut, und die Kritiken bescheinigten ihm, einen mitreißenden historischen Roman und zugleich ein großartiges Plädoyer für Toleranz geschrieben zu haben. Die Frage rief einen ungehaltenen Ausdruck auf dem Gesicht des Vaters hervor. »Konrad hat den Wälzer mal durchgeblättert und meint, das wäre wohl nichts für mich. Ich habe das Buch letzte Woche dem Sohn von Frau Becker gegeben. Der soll so etwas lesen.«

Richard fühlte sich wie geohrfeigt, beherrschte sich jedoch. »Das ist aber nicht der Sinn, weshalb ich dir meine Bücher zuschicke.«

»Warum schreibst du auch so dicke Schinken?«, fragte der Vater unbeeindruckt. »Man kann doch das, was man meint, von sich geben zu müssen, auch mit weniger Worten sagen! Wer liest denn heutzutage überhaupt noch so dicke Bücher?«

»Eine ganze Menge Leute, sonst könnten wir kaum davon leben!«, sagte Christine ärgerlich. »Außerdem liest du ja von anderen Autoren auch umfangreiche Bücher.«

»Ihr vergesst wohl, dass ich nicht mehr so jung bin wie ihr!«, erwiderte der Vater gereizt. »Ich muss mit der Zeit, die mir bleibt, haushalten. Ich bekomme ja auch täglich noch zwei Zeitungen und am Wochenende die ›Zeit‹. Wann soll ich da solche Romane lesen?«

Richard wollte schon fragen, was er denn mit »solche Romane« meinte, aber da klopfte es an der Tür, und ein Franziskanerpater trat ins Zimmer. Der etwa fünfzigjährige Ordensmann trug eine einfache, schon etwas abgewetzte braune Kutte.

Mit einem freundlichen Lächeln stellte er sich vor. Er stammte aus Jugoslawien, wie er erzählte, war vor zehn Jahren nach Deutschland gekommen und arbeitete seitdem überwiegend in der Krankenbetreuung.

»Ich mache mal wieder meine Runde durch die Zimmer ...«, sagte er dann, kam jedoch nicht weiter, denn da fiel ihm der Vater schon mit aggressivem Tonfall ins Wort.
»Mal wieder sündige Seelen vor dem Fegefeuer retten, nicht wahr?«, sagte er. »Ja, darauf verstehen sich die willigen Rattenfänger des Papstes ... mehr oder weniger!«
Verdutzt, ob das Ernst oder ein misslungener Scherz sein sollte, sah ihn der Pater an. »Entschuldigen Sie, aber wie soll ich das verstehen, Herr ...«
»Brüggemann, Doktor Brüggemann!« Der Vater betonte den Titel und reckte angriffslustig das Kinn.
»Ich weiß nicht, was Sie mit ›willigen Rattenfängern des Papstes‹ meinen, Herr Doktor Brüggemann«, sagte der Ordensmann verwirrt. »Dass ich in jedes Zimmer gehe und jedem Kranken meine Hilfe und meinen Beistand anbiete, gehört zu meinem Dienst.«
»Ihre Kirche könnte den Menschen einen viel besseren Dienst erweisen, wenn sie endlich mal Abschied vom Mittelalter, dem Zölibat und diesen weibischen Kleidern nehmen würde – um nur mal einiges zu nennen!«, raunzte der Vater ihn an. »Kein Wunder, dass die katholische Kirche seit Jahrhunderten eine Generation Sexualneurotiker nach der anderen hervorbringt!«
Der Franziskanerpriester wusste nicht, wie ihm geschah, als der Vater nun eine Flut von Schmähungen über die katholische Kirche niedergehen ließ. Erst als der Vater auch auf Pius XII. verbal eindrosch und den Papst bezichtigte, ein typisches Beispiel für den jahrhundertealten Antisemitismus der katholischen Kirche zu sein und durch sein passives Verhalten große Mitschuld an Hitlers Judenverfolgung zu tragen, fasste sich der Pater und reagierte mit energischem Widerspruch.
»Das, Herr Doktor Brüggemann, entspricht aber nicht den historischen Tatsachen!«, protestierte er.
»So? Dann lesen Sie doch mal Hochhuts Theaterstück ›Der Stellvertreter‹!«
»Nur weil etwas immer wieder zitiert und Abend für Abend von einer Bühne herab behauptet wird, heißt das doch noch lange

nicht, dass es auch der Wahrheit entspricht«, antwortete der Pater mit erstaunlicher Ruhe.
Der Vater bedachte ihn mit einem kühlen, geringschätzigen Lächeln. »Natürlich, unfehlbar ist ja immer nur die Mutter Kirche.«
»Auch das stimmt nicht. Das Dogma der Unfehlbarkeit des Papstes kommt nur in ganz seltenen Fällen zum Tragen, aber kommen wir lieber auf die Judenverfolgungen zurück! Gewiss kann man darüber diskutieren, ob Pius die Nazis öffentlich an den Pranger hätte stellen müssen oder nicht. Aber unstrittig ist doch, dass dank Pius XII. viele hunderttausend Juden vor den Nazis gerettet worden sind.«
»Ach was!«, wehrte der Vater geringschätzig ab. »Da lügt sich Ihre Kirche mal wieder in die eigene Tasche!«
»Sie brauchen ja nicht mein Wort dafür zu nehmen«, sagte der Franziskanerpriester. »Erkundigen Sie sich beim Jüdischen Weltkongress! Dort wird man Ihnen die richtigen Zahlen gern nennen.« Der Franziskaner bewahrte sich ein Lächeln, wenn es auch recht angestrengt ausfiel. »Ich denke, ich setze jetzt besser meine Runde fort.«
»Vielleicht kommen Sie ja später noch einmal vorbei«, sagte Christine. »*Ich* würde mich jedenfalls sehr darüber freuen!«
Der Pater nickte, wünschte allen noch einen guten Tag und ging.
»Dem habe ich aber die Leviten gelesen!«, stieß der Vater mit grimmiger Zufriedenheit hervor, als der Pater die Tür hinter sich ins Schloss zog.
Richard musste an sich halten. »Ja, schön abgebürstet hast du den Mann, der sein Leben in den Dienst hilfsbedürftiger Menschen stellt! Wirklich eine tolle Leistung, Vater!«
»Spar dir gefälligst deine Belehrungen! Ich weiß schon, wen ich abseife und warum!«, herrschte der Vater ihn an. »So, und jetzt muss ich gehen. Habe noch Einkäufe zu erledigen ... mehr oder weniger.« Ein hastiger Abschiedsgruß, an Christine noch Genesungswünsche, und schon war er aus dem Zimmer.
»Ich begreife einfach nicht, wie jemand so verbohrt und aggressiv

sein kann wie mein Vater, der doch die Worte Bildung, Humanismus und Aufklärung so oft im Munde führt!«, wunderte sich Richard. »Was geht bloß in ihm vor, dass er mit dieser Militanz auch über Wildfremde herfällt?«
»Und dass ich katholisch bin, hat ihn bei seinen Ausfällen gegen Kirche und Papst nicht gekümmert«, sagte Christine, und Richard sah ihr an, wie sehr sie sich davon verletzt fühlte. »Aber du weißt ja wohl, dass seine Tiraden mehr noch dir als dem armen Franziskanerpater gegolten haben, nicht wahr?«
Richard nickte. »Ich bin sicher, dass ich noch ganz anderes zu hören bekomme, wenn er von meiner Konversion erfährt. Das war heute nur ein milder Vorgeschmack von dem, was mich dann von meinem Vater erwartet.«

11

Bruno stand der Schweiß auf der Stirn, als er am Morgen von Richards Abreise in seinem Redaktionsbüro das Telefongespräch mit Simone beendete und den Hörer auflegte. Ein flaues, an Übelkeit grenzendes Gefühl breitete sich in ihm aus. Richard hatte nicht, wie insgeheim gehofft, dramatisiert, sondern die tatsächliche Situation geschildert: Der Mutter ging es sehr schlecht, und Simone würde auf keinen Fall in die DDR zurückkehren. Und das bedeutete, dass Bruno das Unmögliche möglich machen musste.
Er sagte alle Termine für den Tag ab und verließ das Büro. Was interessierte ihn jetzt noch die Arbeit am »Leipziger Journal«, wo er Gefahr lief, Simone zu verlieren! Er musste auch in den Westen, koste es, was es wolle!
Mehr aufgewühlt als wütend über die Zumutung von Simones Erpressung lief er durch die Stadt. Sie hatte schon seit Jahren in

den Westen gewollt, doch er hatte das Thema stets abgeblockt. Widerwillig gestand er sich jetzt ein, dass er wohl einen schweren Fehler begangen hatte, ihre Unzufriedenheit und ihre Bedrückung herunterzuspielen und ihre Sehnsucht nach der Freiheit des Westens nicht wirklich ernst genommen zu haben. Dass es zu diesem Dilemma gekommen war und sie ihn nun vor die Wahl stellte, entweder ohne sie in der DDR zu bleiben oder alles zu versuchen, um in den Westen nachzukommen, hatte er sich zu einem gut Teil selbst zuzuschreiben.

Er begab sich zur Polizei, stellte dort vorschriftsmäßig seinen Antrag und versuchte zu erklären, warum er dringend nach Köln müsse und um eine umgehende Bearbeitung bitte. Aufgeregt erzählte er von der schwer kranken Mutter auf der Intensivstation und dem Risiko der Herzoperation.

»Aber das ist doch kein Problem, Genosse Brüggemann«, sagte der schwergewichtige, schwitzende Polizist, dessen Uniformjacke über dem Bauch spannte. »Sowie Ihre Frau wieder zurück ist und sich bei uns gemeldet hat, bearbeiten wir Ihren Antrag.«

»Darüber werden doch Tage vergehen! Und in solch einer Situation kann jeder Tag der letzte sein!«, wandte Bruno erregt ein. »Ich kann nicht so lange warten!«

»Es wird Ihnen aber nichts anderes übrig bleiben«, sagte der Polizist ungerührt.

»Und wie stellen Sie sich das vor, wenn meine Mutter nicht durchkommt? Darf dann meine Frau irgendwann mal an ihr Grab pilgern, wenn Sie und Ihre Kollegen einen guten Tag haben und huldvoll ein Visum gewähren?«

»Sagen Sie Ihrer Frau, sie soll frühzeitig einen neuen Antrag stellen, wenn sie wieder in Leipzig ist!«

Die Gleichgültigkeit und Sturheit des Polizisten brachte Bruno in Rage. Er machte seinem Ärger Luft, wurde laut und drohte schließlich in seinem Zorn: »Dann sehe ich mich gezwungen, bei der Bezirksleitung vorstellig zu werden … Ach was, ich gehe gleich zur Runden Ecke, zur Stasi!«

Nun veränderte sich der teilnahmslose Gesichtsausdruck des

Polizisten, und er lächelte. »Ja, machen Sie das nur, Genosse Brüggemann!«

Wutgeladen und ohne Augen für den herrlichen Sommertag stürmte Bruno aus der Polizeidienststelle. Dieser Fettwanst von Bürokrat glaubte wohl, er habe das mit der Stasi nur so dahergesagt. Von wegen! Er würde tatsächlich zur Stasi gehen! Warum auch nicht? Er musste an das verfluchte Reisevisum kommen, egal wie!

Das klotzige, lang gestreckte Gebäude der Staatssicherheit lag in der Kurve am Georgiring. Auf der anderen Straßenseite stand das Haus der deutsch-sowjetischen Freundschaft, ein ähnlich massiver Komplex, bei dessen Anblick man eher Begriffe wie Festung und Bunker assoziierte als Freundschaft.

In der Pförtnerloge der Stasi-Zentrale saß ein blonder Hüne. Und noch bevor Bruno seinen Personalausweis hervorholen und dem Mann aushändigen konnte, wie es die Vorschrift verlangte, sagte der blonde Hüne: »Ach, Genosse Brüggemann, da sind Sie ja schon!«

Die Begrüßung war ein Schock für Bruno. Man hatte ihn schon erwartet! Das bedeutete, dass der Polizist sofort zum Telefon gegriffen, die Stasi angerufen und eine Beschreibung von ihm durchgegeben hatte.

Eine Viertelstunde musste er warten. Dann erschien ein Mann Anfang zwanzig, an dem nichts besonders ins Auge fiel, ganz unscheinbarer Durchschnitt. Er stellte sich Bruno nicht mit Namen vor. »Kommen Sie mit!«, forderte er ihn mit ausdrucksloser Miene auf, und ohne sich auch nur einmal nach ihm umzuschauen, führte er ihn flotten Schrittes durch ein Gewirr von Gängen und Treppen.

Je länger es dauerte, desto unruhiger wurde Bruno. Er sah nirgendwo irgendeine Art von Hinweis, in welchem Stockwerk sie sich befanden. Auch an den Türen, an denen sie vorbeikamen, suchte er vergebens nach Nummern oder Schildern.

Die Zeit, die sie durch die grauen Gänge eilten, kam ihm endlos vor. Auf einmal blieb der Mann vor ihm stehen. »So, hier warten

Sie!«, sagte er und war im nächsten Augenblick durch eine Tür verschwunden.
Bruno wartete mit Herzklopfen – und wachsendem Rumoren in seinen Gedärmen. Der Drang im Darm wurde mit jedem Augenblick stärker. Unruhig ging er den langen Gang auf und ab, ohne jedoch das Hinweisschild auf eine Toilette zu finden. Er stöhnte unterdrückt auf und presste die Arme vor seinen Unterleib …
Plötzlich bemerkte er den Aluminiumeimer mit dem darüber gelegten Putzlappen. Er stand in der Ecke, wo der Gang in einem rechten Winkel abbog.
Der Schweiß brach ihm aus, während er Augenblicke später vor dem Eimer stand. Die Ecke lag klar im Blickfeld beider Gänge. Aber es war niemand zu sehen und nichts zu hören. Sollte er es wagen?
Ich muss! Das ist meine einzige Chance!, schoss es Bruno gequält durch den Kopf. Und dann ging alles wie der Blitz: Gürtel auf, mit einem Ruck Hose und Unterhose runter, Lappen weg, auf den Eimer und dann mit dem Lappen abgewischt, hoch die Hosen, Putzlappen über den Eimer – und dann, unendlich erleichtert, so weit wie möglich weg vom Ort des Geschehens!
Keine Minute später ging weiter vorne eine Tür auf und jemand rief: »Genosse Brüggemann?«
Bruno betrat das Zimmer. Der Raum wirkte kahl wie eine Gefängniszelle und enthielt nichts, was irgendeinen individuellen Hinweis bot. Ein Standardschreibtisch, ein Rollschrank, ein Holzstuhl vor dem Schreibtisch. Kein Bild an der Wand, keine Grünpflanze, keine privaten Fotos auf dem Schreibtisch. Nichts! Und die Blenden vor dem Fenster standen auf Kippe, sodass nicht einmal der Blick nach draußen verraten konnte, wo das Zimmer lag.
Ein gewöhnliches Bürokratengesicht, das nichts von seinen Gedanken und Gefühlen preisgab, sah Bruno hinter dem Schreibtisch entgegen. »Was führt Sie hierher, Genosse Brüggemann?«, fragte der Mann steif und floskelhaft, als Bruno auf dem harten Stuhl Platz genommen hatte.

»Es ist wegen meiner Mutter«, begann er und erklärte viel zu wortreich, warum er gekommen war. Der Stasi-Mann hörte schweigend zu, ohne ihn zu unterbrechen.
Auf dem Schreibtisch lag eine rote Mappe, sonst nichts. Als Bruno sein Anliegen vorgetragen hatte, schlug der Mann die Mappe auf. Nur ein einziges Blatt lag darin. Und mit unbeteiligter Stimme las er vor: »Die Reisebestimmungen der DDR sind Kannbestimmungen …«
Dieser Paragraph war Bruno wirklich nicht neu. Er wusste, dass er kein Anrecht auf ein Reisevisum besaß und dass er auch im Falle einer Ablehnung kein Recht darauf hatte, zu erfahren, warum sein Antrag abgelehnt worden war.
»Ja, das weiß ich alles, aber hier geht es doch um eine todkranke Frau«, fing Bruno sofort wieder von vorn an, kaum dass der Stasi-Mann mit dem Verlesen des Paragraphen fertig war. Erneut trug er sein Anliegen lang und breit vor.
Und erneut ließ der Mann ihn ausreden, um dann ohne jeden Kommentar zu Brunos Ausführungen wieder zur roten Mappe zu greifen, sie aufzuschlagen und den Paragraphen ein zweites Mal vorzulesen. Als das geschehen war, legte er das Blatt in die Mappe zurück, klappte sie zu und sah ihn wortlos an.
Zunächst dachte Bruno, der Stasi-Mann habe nicht richtig begriffen, wie ernst und dringlich die Angelegenheit mit seiner Mutter war und wer da vor ihm saß, nämlich der Mitherausgeber eines renommierten Leipziger Magazins, den der Kultursekretär vom Rat des Bezirkes höchstpersönlich mit dieser verantwortungsvollen Aufgabe betraut hatte.
Als der Stasi-Bürokrat zum dritten Mal den Text vom Blatt herunterleierte, ohne vorher oder nachher ein einziges Wort zu äußern, gab Bruno noch immer nicht auf. Zwar zweifelte er jetzt nicht mehr daran, dass diese menschliche Vorlesemaschine hinter dem Schreibtisch wusste, was er wollte und wer er war, aber offensichtlich hatte es ihm an der nötigen Überzeugungskraft gefehlt. Also musste er noch einmal loslegen und noch mehr Gas geben.

Bei der vierten Paragraphenrezitation nahm die bislang teilnahmslose Stimme des anonymen Stasi-Mannes schon einen deutlich scharfen Tonfall an. Bruno wollte jedoch noch immer nicht klein beigeben, was beim fünften Vorlesen einen verbissenen Tonfall hervorrief. Beim sechsten Mal brach an manchen Stellen kaum noch beherrschbare Wut durch. Und als Bruno danach mit provozierender Starrköpfigkeit zu einem weiteren wortreichen Überzeugungsversuch ansetzte, war es um die Geduld des Mannes geschehen.

Heftig bewegt, schlug er mit der flachen Hand auf die Schreibtischplatte. Der scharfe, peitschenartige Knall stand in einem erschreckenden Gegensatz zu seiner leisen Stimme, als er nun ganz langsam, als müsse er sich jedes Wort einzeln abringen, ohne die Beherrschung zu verlieren, sagte: »Genosse Brüggemann … Ich rate Ihnen …, sagen Sie jetzt … kein Wort mehr!«

Bruno erstarrte, und Schweiß rann ihm den Rücken hinunter, als die Angst ihn plötzlich wie eine Flutwelle ansprang. In diesem Moment erinnerte er sich auch daran, wie schnell man in diesem Haus verschwinden konnte, ohne dass »draußen« auch nur irgendjemand davon erfuhr. Und dann die Sache, die er sich mit dem Putzeimer geleistet hatte! Jeden Moment konnte der empörte Schrei »Welches Schwein hat denn das hier getan?« über den Gang schallen.

Nun drehte der Mann die aufgeschlagene Mappe mit dem einzelnen Blatt zu Bruno herum, als wäre dieser gut beraten, wenn er den Text noch einmal selbst las. Bruno aber war dazu nicht in der Lage. Wie gelähmt saß er auf dem Stuhl und starrte auf die Mappe. Der Text verschwamm vor seinen Augen.

Wortlos erhob sich der Mann hinter dem Schreibtisch und ging hinaus. Augenblicke später erschien der Jüngling, der ihn vor einer Ewigkeit unten an der Pförtnerloge in Empfang genommen hatte, und sagte wieder nur den einen Satz: »Kommen Sie mit!«

Wie in Trance folgte ihm Bruno. Als er endlich die Pförtnerloge erblickte und sein Begleiter dem blonden Hünen mit einem Nicken wortlos bedeutete, ihm seinen Ausweis wieder auszu-

händigen, hatte Bruno Mühe, das Zittern seiner Hände zu verbergen.
Er zwang sich, nicht zu rennen. Erst als er einen Häuserblock zwischen sich und die Stasi-Zentrale an der Runden Ecke gebracht hatte, begann er zu laufen. Er musste einfach laufen. Und auf einmal brach ein Lachen aus ihm heraus, das zwischen fassungsloser Erleichterung und Hysterie lag. Er spürte die warme Sonne auf seinem Gesicht und fühlte sich wie jemand, der schon vor dem Exekutionskommando gestanden hatte und im letzten Augenblick begnadigt worden war. Dann begab er sich auf dem schnellsten Weg in seine Stammkneipe und betrank sich, wie er es seit den wilden Zeiten mit Juri und Wolodja nicht mehr getan hatte.

*

Am späten Mittag des folgenden Tages, als er seinen Kater auskuriert hatte und wieder eines klaren Gedankens fähig war, setzte Bruno sich an seinen Schreibtisch und stellte eine Liste all jener Freunde und Bekannten zusammen, die auch nur irgendwie Einfluss zu seinen Gunsten ausüben konnten. Er würde das Visum bekommen, und wenn er Himmel und Hölle in Bewegung setzen musste!
Jeden Tag suchte er die Polizeidienststelle auf, fragte nach dem Stand seines Antrags und fürchtete, hören zu müssen, er sei abgelehnt worden. Doch jedes Mal hieß es: »Ist noch in der Bearbeitung!«
Angesichts der Tatsache, dass aussichtslose Anträge gewöhnlich umgehend abgelehnt wurden, wertete er dies als ein hoffnungsvolles Zeichen. Zumindest deutete es darauf hin, dass hinter den Kulissen so etwas wie ein Tauziehen zwischen den Befürwortern und Ablehnern des Antrags stattfand.
Als die Unruhe und das Warten zu sehr an seinen Nerven zerrten, wurde er am Freitagnachmittag bei Göllner vorstellig. Seine Hoffnung, von ihm mehr über den Stand seines Antrags zu

erfahren, erfüllte sich. Doch was der Kultursekretär ihm sagen konnte, war nicht ersprießlich: »Tut mir Leid, aber zum Besten steht die Sache nicht. Über Einzelheiten bin ich nicht informiert, aber wie man mir zu verstehen gegeben hat, sind Sie gut beraten, sich auf eine Ablehnung einzustellen und Ihre Frau besser umgehend nach Leipzig zurückkommen zu lassen, wenn Sie zu Ihrer kranken Mutter reisen wollen.«
Auf dem Rückweg sah Bruno sich plötzlich Egon gegenüber. Beide verharrten sie in der Bewegung und sahen sich einen Augenblick in wortloser Überraschung an. Bis Egon den Bann brach.
»Hallo, Bruno. Wollen wir reden?«, fragte er ruhig.
»Ich wüsste nicht, was wir noch zu reden hätten!«
»Wir sind mal Freunde gewesen.«
»Rede du mir nicht von Freundschaft!«, fauchte Bruno ihn an. »Ein wirklicher Freund hätte niemals das getan, was du getan hast!«
»Wenn du wissen willst, warum ich es getan habe, musst du mit zu mir kommen. Das mit Cornelia ist aus, ich habe hier in der Nebenstraße eine Bleibe gefunden.«
Bruno glaubte, seinen Ohren nicht trauen zu dürfen. Nach dem, was zwischen ihnen vorgefallen war, lud Egon ihn zu einem Gespräch in seine Wohnung ein? Ausgeschlossen!
Er wollte schon entrüstet Nein sagen, da fügte Egon hinzu: »Ich möchte dir etwas zeigen. Es dauert nur ein paar Minuten. Keine Sorge, ich werde dich schon nicht aufhalten, wenn du sofort wieder gehen willst.«
Bruno zögerte, dann siegte die Neugier, was es denn da noch zu erklären geben könne. Und so zuckte er die Achseln und sagte widerwillig: »Also gut, aber mach dir bloß keine falschen Hoffnungen! Ich werde dir nie verzeihen, dass du uns an die Stasi verraten hast!«
Egon nickte nur.
Schweigend gingen sie nebeneinanderher. Auch als sie wenig später ein Mietshaus mit bröckelnder Fassade betraten und das

Treppenhaus hochstiegen, in dem es nach faulendem Holz, Moder und Bohnerwachs roch, fiel zwischen ihnen nicht ein einziges Wort.

Egon schloss im vierten Stock die Tür zu seiner Wohnung auf und machte Licht. Der schmale Flur war mit unausgepackten Kartons und anderem Umzugsgut voll gestellt. Man musste sich an ihnen vorbeizwängen, um in die Wohnung vordringen zu können. Keines der Zimmer war auch nur halbwegs eingerichtet. Aber auf einem Schreibtisch stand eine ganze Reihe gerahmter Fotos, die Bruno bei Egon noch nie zuvor gesehen hatte. Es waren alte, vergilbte Aufnahmen aus Vorkriegszeiten.

Egon griff zu einem der größeren Rahmen, in dem eine alte, sepiabraune Fotografie steckte. Sie zeigte gut zwei Dutzend Personen, darunter Kinder und Alte, die sich offensichtlich anlässlich einer Hochzeit oder einer anderen großen Familienzusammenkunft vor dem Fotoapparat steif und mit ernsten Mienen in Szene gesetzt hatten. Die schlichte Kleidung der Frauen und die überwiegend kragenlosen Hemden der Mehrzahl der erwachsenen Männer verriet, dass diese Menschen der Arbeiterschicht zuzurechnen waren.

»Die Aufnahme wurde vor fast genau siebzig Jahren gemacht. Das kleine Mädchen dort links ist meine Mutter«, sagte Egon. »Sie war die Einzige, die den Terror der Nazis und die Konzentrationslager überlebt hat. Alle anderen sind von den Nazis umgebracht worden!«

»Warum?«, entfuhr es Bruno überrascht.

»Weil sie überzeugte Kommunisten und Antifaschisten gewesen sind!«, sagte Egon bitter. »Und weil die Menschen damals nicht wachsam genug gewesen sind und das faschistische Gesocks nicht gleich zu Beginn, als man ihm noch hätte beikommen können, mit Stumpf und Stiel ausgerottet haben!«

Egon hatte nie ein Wort darüber verloren, dass er aus einer Familie glühender Kommunisten kam, die unter den Nazis ins KZ verschleppt worden waren. »Mein Gott, das wusste ich nicht! Es tut mir wirklich Leid, was deiner Familie widerfahren ist«, sagte er verwirrt. »Aber ich verstehe nicht ganz, was das mit deiner Denunziation und Stasi-Zugehörigkeit zu tun hat.«

»Ich habe weder dich noch irgendeinen anderen denunziert«, widersprach Egon. »Ich habe nur meine Pflicht als Kommunist im Friedenskampf getan, und die besteht darin, den Aufbau des Sozialismus durch ständige Wachsamkeit vor dem zersetzenden Gift des Klassenfeindes zu schützen.«

»Und damit rechtfertigst du nicht nur die Überwachung deiner Freunde und deiner Ehefrau, sondern auch die Unterdrückung individueller Freiheit, das Einsperren eines ganzen Volkes, das Inhaftieren von Dissidenten und die Toten an der Mauer, um nur mal einige der besonders herausragenden Errungenschaften des Sozialismus zu nennen?«, höhnte Bruno.

»Für die Revolution muss man auch persönliche Opfer bringen! Das Subjektive muss hinter dem Objektiven, dem großen gesellschaftlichen Ziel zurückstehen! Da ist kein Platz für persönliche kleinbürgerliche Bedenken und Sentimentalitäten!«, erwiderte Egon mit unbeirrtem Fanatismus. »Solange die NATO-Faschisten alles in ihrer Macht Stehende versuchen, um unser besseres Deutschland zu vernichten, können wir auf scharfe Kontrolle und konspirativ observierende Maßnahmen nicht verzichten. Denk doch nur an Rosa Luxemburg und Karl Liebknecht! Heimlich im Hinterhof erschossen und aufgehängt! Ein Schicksal, das andere Kommunisten zu Hunderttausenden mit ihnen geteilt haben!«

»Aber das ist doch eine völlig andere Zeit gewesen! Du kannst doch die Nazidiktatur nicht mit dem heutigen kapitalistischen Westen vergleichen! Da liegen doch Welten zwischen!«

Egon bedachte ihn mit einem mitleidigen Blick. »Ja, das wollen sie uns glauben machen! Aber ich sage dir, wenn die Imperialisten des Westens hier morgen das Sagen hätten, würden sie unsere Führungselite genauso skrupellos und hinterrücks umbringen, wie es die Nazis getan haben. Der Wolf bleibt ein Wolf, auch wenn er sich in Lammfell hüllt!«, sagte er und stellte den Bilderrahmen zurück. »Aber das darf nie wieder geschehen. Und des-

halb muss man als Antifaschist zu Opfern und gewissen Zwangsmaßnahmen bereit sein, auf die man erst verzichten kann, wenn das Ziel gesichert ist.«
Bruno schüttelte den Kopf, verzichtete jedoch auf jede weitere Diskussion. »Diese theoretischen Phrasen und das ideologische Geklingel mag ja in deinen Ohren immer noch berauschend klingen«, sagte er und wandte sich zum Gehen, »ob es aber auch solch einen zauberhaften Sirenenklang hätte, wenn deine Mutter im Westen todkrank im Krankenhaus läge und die Partei dich nicht zu ihr ließe, das würde ich gerne mal sehen!«
Egon hielt ihn zurück. »Stimmt das mit deiner Mutter?«, fragte er aufrichtig betroffen.
Bruno schob Egons Hand von seiner Schulter. »Schau doch in meine Stasi-Akte! Da wirst du bestimmt alles schön säuberlich protokolliert finden.«
»Warte! Ich kann dir vielleicht helfen!«
Bruno blieb kurz zwischen den Kartons im Flur stehen und warf ihm einen verächtlichen Blick zu. »Du?«
»Wir sind mal Freunde gewesen, Bruno. Und deine Freundschaft hat mir immer viel bedeutet.«
Bruno verzog das Gesicht. »Ja, das habe ich gemerkt.«
»Mal sehen, was ich machen kann«, sagte er, und als Bruno die Wohnungstür öffnete, fügte er noch leise, fast beschwörend hinzu: »Wir sind keine ehrlosen Gesellen! Wir glauben nur an die sozialistische Revolution!«
Wortlos zog Bruno die Tür hinter sich ins Schloss.
Als Bruno am späten Sonntagmorgen aus dem Schlafzimmer kam und in Richtung Küche ging, fiel sein Blick auf einen gefalteten Zettel, der neben der Wohnungstür auf dem Boden lag. Er bückte sich danach. Es handelte sich um eine Nachricht von Egon, die dieser ihm durch den Türschlitz geschoben hatte.
»Dein Antrag ist genehmigt. Morgen kannst du dein Reisevisum abholen. Gute Fahrt!« lautete die kurze Nachricht, die als Unterschrift nur ein *E* trug.
Als man Bruno am nächsten Morgen auf der Polizeidienststelle

tatsächlich das Reisevisum aushändigte, kannte seine Freude und Erleichterung zunächst keine Grenzen. Erst später mischte sich ein bitterer Beigeschmack in das euphorische Gefühl. Zu wissen, dass er das Visum ausgerechnet einem Menschen verdankte, der seine Freundschaft jahrelang missbraucht und jeden in seiner Umgebung im Auftrag der Staatssicherheit ausspioniert hatte, machte ihm zu schaffen und ließ das vernichtende Urteil, das er über Egon gefällt hatte, in einem etwas anderen Licht erscheinen.

*

Am Montagabend demonstrierten zum vierten Mal nach dem Friedensgebet in der Nikolaikirche mehrere hundert Menschen. Ein Transparent mit der Aufschrift »Reisefreiheit statt Massenflucht« wurde entrollt, den Demonstranten jedoch umgehend von aufgebrachten Stasi-Angehörigen brutal aus den Händen gerissen. Dann begannen die Verhaftungen. Auf »Zusammenrottung« stand mehrere Monate Freiheitsstrafe. Die Männer und Frauen, die verhaftet und zu bereitstehenden Lastwagen geführt wurden, riefen mehrmals laut ihre Namen, damit sie von anderen notiert und weitergegeben wurden. Später verlas jemand in der Kirche die Namen der Verhafteten. Die Liste wurde von Woche zu Woche länger, und das Verlesen dauerte an diesem Montagabend viele Minuten. Unter den Namen befand sich auch der von Horst Buddensieg.

Zur selben Zeit saß Bruno im Zug und fuhr der Grenze entgegen, während vor dem Fenster die Konturen der Landschaft im Dämmerlicht zerflossen und schließlich von der Dunkelheit hinweggespült wurden. Mit ihm im Abteil waren ein schwergewichtiger Mann mittleren Alters und durch den freien Mittelsitz von ihm getrennt eine junge Frau. Der Mann schwitzte so stark, dass er immer wieder zu seinem karierten Taschentuch greifen und sich Gesicht und Nacken abwischen musste. Er schaute ständig auf seine Uhr, während die blasse junge Frau sich kaum rührte und anscheinend in einem Taschenbuch las. Es handelte sich um den Roman »Das Totenschiff« von B. Traven, wie Bruno entziffern konnte, als sie das Buch einmal kurz zuschlug und aus dem Fenster in die Dunkelheit blickte. Er nahm nicht an, dass sie wirklich darin las. Wenn doch, musste ihre Lesefertigkeit der einer Erstklässlerin entsprechen, blätterte sie in einer halben Stunde doch nur ein einziges Mal um.

Keiner im Abteil unternahm auch nur den Versuch, ein Gespräch zu beginnen. Es vermied auch jeder den Blick des anderen. Die innere Anspannung konnten sie jedoch nicht verbergen. Kein Wunder, dass diese Züge Richtung Westen im Volksmund »Zitteraal« hießen. Denn die Angst, in letzter Minute doch noch von den Kontrollen aus dem Zug geholt zu werden, schien mit Händen greifbar zu sein und wuchs, je näher sie der Grenze kamen.

Selbst Bruno vermochte sich von dieser inneren Anspannung, ja sogar Angst, nicht frei zu machen, obwohl er wusste, dass er ein gültiges Reisevisum in der Tasche hatte. Er hatte seinen Koffer so gepackt, dass die Kontrolleure sogar bei gründlichster Durchsuchung nichts finden konnten, was den Verdacht aufkommen ließ, er wolle für immer im Westen bleiben. Weder hatte er seine Versicherungskarte noch seine Geburtsurkunde, seinen Impfpass oder sonst irgendein wichtiges Dokument eingesteckt, das man brauchte, wenn man im Westen bleiben und belegen wollte, wer man war und welche berufliche Ausbildung man abgeschlossen hatte. Auch hatte er nicht mehr an Wäsche und Kleidung eingepackt, als für einen zweiwöchigen Aufenthalt nötig erschien. Wichtige Papiere, Manuskripte und einige andere Dinge, die ihm und Simone besonders am Herzen lagen, hatte er zu Horst in Sicherheit gebracht. Sein Freund hatte ihm nicht mit Fragen oder gar Vorhaltungen zugesetzt, sondern ihm ohne viele Worte zu verstehen gegeben, dass er gut nachempfinden könne, warum Bruno unbedingt in den Westen müsse, und dass er sich auf ihn verlassen könne, welche Art von Hilfe er auch immer brauche.

Die Vorstellung, vielleicht für Jahre nicht nach Leipzig zurück-

zukönnen und in der Zeit die Wohnung zu verlieren und alles, was Simone und er sich seit ihrer Studentenzeit erarbeitet hatten, schmerzte.
Dass sie sich der Grenze näherten, merkte Bruno daran, dass plötzlich draußen keine Lichter mehr zu sehen waren. Sie hatten die menschenleere gesperrte Zone erreicht, wo die Regierung nach dem Bau der Mauer die Menschen, die in diesem Gebiet einst gewohnt hatten, zwangsumgesiedelt hatte.
Der Zug verlor an Geschwindigkeit und rollte für wenige Minuten langsam durch die pechfinstere Dunkelheit, als müsste er sich vorsichtig an die Grenze mit dem Todesstreifen herantasten, um dann plötzlich wie geblendet vom gleißenden taghellen Licht zahlloser Flutlichtstrahler auf dem Ostbahnhof zum Stehen zu kommen.
Bruno schluckte unwillkürlich, denn jetzt begann das Warten auf die Kontrolleure, die stets zu zweit kamen. Und die Angst, die ihm den Magen krampfartig zusammenzog und ihm das heftige Schlagen seines Herzens ins Bewusstsein rief, machte es ihm schwer, ruhig sitzen zu bleiben. Er roch den Schweiß des Mannes ihm gegenüber, und er sah die geballte rechte Faust der jungen Frau, die sie mit weiß hervortretenden Köcheln gegen ihren Oberschenkel presste, während sie noch immer starr in ihr Buch blickte. Das Licht von draußen tat den Augen weh.
Brenzlig wurde es, hatte Bruno sich sagen lassen, wenn die Kontrolleure die anderen Fahrgäste aufforderten, aus dem Abteil zu treten und im Gang zu warten. Dann wusste man, dass sie den Zurückgebliebenen durch die Mangel nehmen und jedes Kleidungsstück bis zur Unterhose umdrehen würden. Wer dann etwas Verdächtiges im Gepäck hatte, dessen Reise in den Westen endete hier.
Nun wurde die Tür zu ihrem Abteil aufgerissen. »Ausweiskontrolle!«, verkündete einer der beiden Männer blaffend, als könnten noch Unsicherheiten darüber bestehen, welche Kontrolle den Fahrgästen hier an der Grenze bevorstand.
Bruno musste sich zusammenreißen, nicht den Atem anzuhalten.

Wenigstens zitterten seine Hände nicht, als er seine Papiere aushändigte. Und er hielt auch dem stechenden Blick stand, mit dem der Kontrolleur ihn musterte, um ihn dann mit dem Bild in seinen Papieren zu vergleichen. Kommentarlos erhielt er seinen Reisepass zurück. Sein Gepäck rührten die zwei nicht an. Auch nicht das des Dicken.

Als die junge Frau an die Reihe kam, erfolgte nach kurzem Durchblättern ihres Ausweises plötzlich die gefürchtete Aufforderung an Bruno und den Dicken, das Abteil zu verlassen und im Gang zu warten.

»Die Arme!«, murmelte der Dicke kaum hörbar, zerrte das Gangfenster auf und schnappte wie ein angelandeter Fisch nach Luft. Den Schweiß ließ er laufen.

Bruno ging den Gang hinunter und steckte sich eine Zigarette an. Die Erleichterung bewirkte eine Art von Schwindelgefühl. Er hatte es so gut wie geschafft und das Unmögliche möglich gemacht. Zum Teufel damit, dass Egon dabei seine schmutzigen Finger im Spiel gehabt hatte!

Als die beiden Kontrolleure schließlich aus dem Abteil kamen und im nächsten Abteil verschwanden, saß die Frau mit roten Flecken im Gesicht auf ihrem Fensterplatz. Das Buch lag achtlos auf dem Boden zu ihren Füßen. Die Hände ruhten wie zum Gebet gefaltet im Schoß. Starr schaute sie aus dem Fenster. Als der Zug sich endlich wieder in Bewegung setzte und über die Grenze in den Westen kroch, begann die Frau zu weinen. Regungslos saß sie da, während ihr die Tränen rechts und links stumm über die Wangen liefen.

Was sie wohl für eine Lebensgeschichte erzählen könnte?, fragte Bruno sich und versuchte, sich einige Versionen auszumalen. Dann aber gingen seine Gedanken zu Simone und was sie wohl für Augen machen würde, wenn er sie heute Nacht aus dem Bett klingelte und sie ihn vor sich stehen sah.

Mit Simone hatte er ein Hühnchen zu rupfen, und zwar ein ganz beachtliches! Ihn derart zu erpressen! Dieses Luder hat für eine Menge Abbitte zu leisten, dachte er, und dabei trat ein breites Lächeln auf sein Gesicht. Er war wieder im Westen! Er war nach achtundzwanzig Jahren tatsächlich wieder im Westen!

*

Bruno hätte nicht einen Tag später kommen dürfen. Schon am Dienstagnachmittag erlag seine Mutter in der Kölner Klinik den Komplikationen, die nach der Herzoperation eingetreten waren. Die Beerdigung in Köln fand am Freitag statt.

»Wenigstens hat sie dich noch mal gesehen, und du hast mit ihr sprechen können«, sagte Richard hinterher, als die Trauergemeinde auf Einladung Walter Lemperts bei Kaffee, Kuchen und belegten Broten in einem Restaurant nahe beim Friedhof saß.

»Ich weiß nur nicht, ob sie mich auch wirklich wahrgenommen und verstanden hat«, sagte Bruno voller Zweifel. »Vielleicht war es ihr auch gar nicht so wichtig.« Er schüttelte traurig den Kopf. »Ich habe meine Mutter schon verloren, als sie die Mauer gebaut haben. Und ich weiß auch, dass sie nicht alles so gewollt und darunter gelitten hat. Aber die Dinge sind nun mal so gewesen, wie sie gewesen sind.« Er machte eine kurze Pause. »Möge sie in Frieden ruhen! Und damit beenden wir das Thema!«

»Vergesst nicht: Morgen Nachmittag um vier bei uns!«, erinnerte Richard beim allgemeinen Aufbruch Bruno und Simone. »Wir haben eine Menge zu bereden.«

Simone und Bruno versicherten, die Einladung bestimmt nicht zu vergessen, und stiegen in den gebrauchten Polo, den Richard und Christine für Simone gleich nach Richards Rückkehr aus Leipzig organisiert hatten.

Der Tod der Mutter milderte ein wenig den Schock, den die werbeschrille Konsumwelt der BRD bei Bruno in den ersten Tagen seines Aufenthaltes auslöste, weil seine Gedanken und Gefühle vorwiegend mit diesem Ereignis beschäftigt waren. Aber dennoch erlebte auch er, dass er bei seinen ersten Gängen durch die Stadt so manches Mal sprachlos vor Fassungslosigkeit stehen blieb, gaffte und sich an manchem einfach nicht satt sehen konnte, so wie es Simone vor kurzem ergangen war.

Die ersten Wochen, in denen eine Flut ungeheuer vieler, neuer und aufregender Eindrücke auf ihn einstürzte, empfand Bruno wie einen Wirbelsturm, der ihn mit sich riss, ob es ihm nun passte oder nicht. Lästig waren die zahlreichen Behördengänge, aber seinen bundesdeutschen Pass wollte er so schnell wie möglich in den Händen halten. Simone und er verbrachten daneben viel Zeit mit Richard und Christine, die sich als verlässliche Freunde erwiesen und ihnen mit Rat und Tat zur Seite standen, gab es doch so viel zu bedenken und abzuwägen.

Richard brachte in der Woche nach der Beerdigung einen ausrangierten Computer und Drucker zu Bruno in das Einzimmerapartment, das Freunden von Freunden gehörte und in dem er Simone schon kurz nach ihrem Eintreffen hatte unterbringen können. Es lag in Köln-Rodenkirchen, günstig zum Griechenlokal »Parga«, in dem Simone eine Anstellung hinter der Getränketheke erhalten hatte. Sie war auf diesen Job selbst gekommen, denn in der Zeit, in der sie sich um eine Anstellung als Verlagslektorin bemühte, wollte sie nicht untätig und vom Geld ihrer Freunde und ihres Bruders Volker abhängig sein.

Bruno ließ sich den Umgang mit Computer und Drucker gern erklären und war mit den Funktionen auch schnell vertraut, fand jedoch weder die innere Ruhe zum Schreiben noch verspürte er das Verlangen danach. Schreiben war das Letzte, an was er jetzt dachte.

Dass er mit Simone von einer Einladung zur anderen musste und sie nicht nur in Richards Freundeskreis förmlich herumgereicht wurden, verlor für ihn schnell den anfänglichen Reiz. Was ihn irritierte und ihm immer mehr zusetzte, waren die vielen Sach- und Geldgeschenke, mit denen man sie überhäufte, wohin sie auch kamen. Jeder wollte ihnen etwas Gutes tun, und sein Verstand wusste die guten Absichten der Verwandten und Freunde auch zu schätzen, aber das änderte nichts daran, dass schnell Groll und Ressentiment in ihm keimten. Er fühlte sich irgendwie korrumpiert, gekauft und durch all die großzügigen Geschenke in seiner eigenen Meinungsbildung eingeschränkt. Sogar sein Stiefvater überwand auf einmal seinen Geiz und bestand darauf, ihnen finanziell unter die Arme zu greifen.

Bruno wollte das Geld nicht, auch nicht das der anderen, und doch konnte er es nicht zurückweisen, weil sie das nicht verstanden hätten. Aber wie sollte er sich von Lempert oder Onkel Heinrich Geld zustecken lassen, ohne deren haarsträubender Einschätzung der wirtschaftlichen und politischen Lage in der DDR heftig zu widersprechen? Er konnte nicht mit der einen Hand großzügige Geschenke annehmen und, grob gesagt, mit der anderen verbale Ohrfeigen austeilen. Das eine vertrug sich nicht mit dem anderen.

Simone kannte diese Hemmungen und inneren Vorbehalte weniger. Es erstaunte ihn, mit welcher Entschlossenheit und Geschwindigkeit sie vollendete Tatsachen geschaffen und sich im Westen eingerichtet hatte. Die DDR hatte sie für sich abgeschrieben, ganz unsentimental und ohne jedes Bedauern, so wie es auch ihr Bruder Volker und dessen Frau Beate getan hatten, die in Hamburg lebten. Simone sah die Dinge von der nüchternen, praktischen Seite und präsentierte sich Bruno plötzlich als eine ungemein mutige, starke und zupackende Frau, die sich auch in fremder Umgebung zu behaupten wusste. So hatte sie sich diesen Job hinter der Theke auf eigene Faust beschafft, und über die vielen Geschenke freute sie sich vorbehaltlos.

Er jedoch hasste es bald, tausendmal danke sagen zu müssen, während er in Wirklichkeit lieber auf alles verzichtet hätte, auf das Geld, den Obstkorb mit den exotischen Früchten, den Gutschein für C & A, die Kinokarten, die Einladungen zum Essen, die ausrangieren Kochtöpfe und was sich die Leute sonst noch alles bei ihren Bemühungen um eine Art Auffang- und Aufbauprogramm für Simone und ihn einfallen ließen. Und manches davon empfand er nicht nur als peinlich, sondern als Zumutung, ja als Beleidigung. Nicht selten kam er sich wie ein Affe im Zoo vor, dem man Bananen zusteckte.

Aber er traute sich nicht, die Wahrheit zu sagen, auch nicht bei politischen Diskussionen, bei denen ihn Ignoranz, gepaart mit Überheblichkeit oftmals an den Rand der Selbstbeherrschung brachte. Dabei machten ihm die linken Geisterfahrer, die noch immer nichts vom politischen, wirtschaftlichen und moralischen Bankrott der DDR wissen wollten, genauso zu schaffen wie die selbstgefälligen Vertreter der kapitalistischen Ellbogengesellschaft, die mit Häme und Genugtuung den Niedergang des Sozialismus kommentierten. Er bemühte sich dennoch, gute Miene zum bösen Spiel zu machen, auch wenn ihm die Umklammerung durch die vielen gutmeinenden Freunde und Verwandten die Luft abzuschnüren drohte.
Bruno befand sich bald in einem desolaten Zustand. Er wusste nicht, was er wollte und was werden sollte. Wusste nicht einmal, ob er überhaupt in Westdeutschland bleiben wollte. Es gab Tage, da erschien es ihm einfacher und nahe liegender, nach Frankreich, Amerika oder Skandinavien auszuwandern, als hier bei den Brüdern und Schwestern im »Hochglanzgebiet« zu bleiben, wie manche Ostdeutschen die BRD mit einer Mischung aus Spott und Sehnsucht zu bezeichnen pflegten. Er fand einfach keine Zeit, um zur Ruhe zu kommen und richtig zu begreifen, was er mit seiner Ausreise in Bewegung gesetzt hatte, welch ungeheure Veränderungen dieser Schritt nach sich zog und wie er sein Leben neu beruflich ordnen und sichern sollte.
Zur selben Zeit spitzte sich die Lage in der DDR zu. Am 9. und 10. September gründeten in Ostberlin dreißig Personen das Neue Forum und beantragten die Zulassung als Vereinigung. Doch die SED lehnte ab und bezeichnete das Neue Forum als »eine staatsfeindliche Plattform«, womit ihren Mitgliedern Gefängnis bis zu zehn Jahren drohte.
Am 12. September forderte die Bürgerbewegung »Demokratie jetzt« öffentlich einen neuen demokratischen Kurs in der DDR. Sechs Tage später begann eine Unterschriftenaktion, an der sich über dreitausend Künstler beteiligten, die in ihrer Resolution unter anderem forderten: »Unser Land muss endlich lernen, mit

anders denkenden Minderheiten umzugehen, vor allem dann, wenn sie vielleicht gar keine Minderheiten sind ...«

Auf die politischen Eruptionen, die die Resolutionen und Proteste der Bürgerbewegung in der Bevölkerung der DDR hervorriefen, reagierte die SED mit brutalen Einsätzen der Sicherheitskräfte, Massenverhaftungen und mit anhaltenden Hetz- und Verleumdungskampagnen in ihren Medien. Aber schon am 2. Oktober nahmen in Leipzig mehr als fünftausend Menschen an der Montagsdemonstration nach dem Friedensgebet teil. Auch in anderen Städten kam es zu Demonstrationszügen und Zusammenstößen mit Sicherheitskräften, die zum ersten Mal von Betriebskampfgruppen verstärkt wurden. In diesen Tagen rollten auch erneut Sonderzüge mit Flüchtlingen quer durch das Land in den Westen. Am 4. Oktober brachten sie weitere siebentausend DDR-Bürger, die sich in die Prager Botschaft der Bundesrepublik geflüchtet hatten, in die Freiheit. Auf dem Weg durch die DDR kam es zu zahlreichen Verzögerungen, weil sich entlang der Fahrtroute trotz umfangreicher Sicherheitsmaßnahmen immer wieder große Menschenmengen ansammelten. Auf dem Dresdner Hauptbahnhof fanden sich dreitausend Menschen ein, die sich Zugang zu den verriegelten Sonderzügen zu verschaffen hofften. Ein Großeinsatz von Sicherheitskräften verhinderte das Entern der Züge, was zu einer erbitterten Straßenschlacht mit der Menge führte.

Die Lage spitzte sich dramatisch zu, und die Feiern zum vierzigsten Jahrestag der Gründung der DDR am 7. Oktober, an denen als wichtigster ausländischer Staatsgast Gorbatschow teilnahm, wurden zu einem gespenstischen Jubelfest. Während die alte Garde der Hütchen tragenden Parteibonzen sich bei der Abnahme der Paraden in den abgesperrten und von Vopos und Stasi-Angehörigen wimmelnden Bezirken gegenseitig taub klatschten, gingen in immer mehr Städten die Bürger auf die Straße und riefen in Sprechchören den Namen Gorbatschows, des Neuen Forums und immer wieder: »Freiheit! Freiheit! Freiheit!«

Und die Proteste ließen sich nun nicht mehr niederknüppeln.

Wenn die brutalen Einsätze von Polizei und Stasi einen Effekt hatten, dann den genau entgegengesetzten. Zwei Tage nach dem Jubelfest wagten sich in Leipzig schon siebzigtausend Menschen auf die Straße. Die Menschen fielen immer wieder in den Ruf ein: »Wir sind das Volk! ... Wir sind das Volk!« Die Demonstration blieb friedlich, auch als der Zug mit brennenden Kerzen als Zeichen der Gewaltlosigkeit an der verdunkelten Stasi-Burg vorbeizog. Helfer des Neuen Forums bildeten vor dem Gebäude eine schützende Menschenkette, um Übergriffe zu verhindern. Die Stasi stand unter dem Schutz von Bürgerrechtlern!

Ein befürchteter Einsatz des Militärs, das um Leipzig zusammengezogen worden war und in Alarmbereitschaft stand, blieb aus, weil der Gewandhauskapellmeister Kurt Masur zusammen mit drei Sekretären der SED-Bezirksleitung sowie dem Pfarrer Peter Zimmermann und dem Kabarettisten Bernd Lutz Lange im Radio zur Besonnenheit und gegen jede Art von Gewalt aufrief.

Bruno verschlang die Nachrichten über die Ereignisse in der DDR. »Da drüben brennt die Lunte, und ich sitze hier im satten Westen und erfahre alles nur aus dritter, vierter und fünfter Hand!«, grämte er sich.

»Seien wir dankbar und froh, dass wir nicht in diesem explosiven Hexenkessel stecken!«, hielt Simone dagegen.

Bruno jedoch wurde mit jedem Tag unruhiger und unleidlicher. Als am 16. Oktober die Menge der Montagsdemonstranten in Leipzig auf über einhundertzwanzigtausend Menschen anschwoll und er die Bilder im Fernsehen sah, war ihm nach Jubeln und Weinen zugleich zu Mute.

Tags darauf wurde Erich Honecker als Konsequenz auf die landesweiten Bürgerdemonstrationen, die außer Kontrolle zu geraten drohten, auf der Sitzung des Politbüros entmachtet und zu seinem Rücktritt gezwungen. Egon Krenz, der gemeinsam mit Erich Mielke wesentlichen Anteil am Sturz des Generalsekretärs hatte, trat an seine Stelle.

Noch vier Tage vermochte Simone ihren Mann mit gutem Zureden, Beschwörungen und schließlich Drohungen in Köln zu

halten. Dann hielt es Bruno nicht länger aus. Nicht einmal Simones tränenreiche Drohung, sich von ihm scheiden zu lassen, falls er wegen seiner eigenen Dummheit an der Grenze verhaftet wurde und für Jahre in einem Gefängnis verschwand, konnte ihn nicht davon abbringen, seinem inneren Drang zu folgen.
»Ich muss nach Leipzig, versteh das doch, Simone!«, beschwor er sie, und seine Augen glühten wie im Fieber. »Ich kann es mir doch nicht hier mit Zeitungslektüre und Fernsehberichten auf der Couch bequem machen, während in meiner Heimatstadt weltpolitische Geschichte geschrieben wird! Was da geschieht, ist eine Revolution!«
»Ja, eine typisch deutsche: tagsüber brav arbeiten gehen und abends demonstrieren!«, erwiderte Simone trocken.
»Aber es ist eine Revolution, wie es sie noch nie gegeben hat. Eine, die wirklich aus dem Volk kommt und trotz ihrer Friedfertigkeit das System samt seinen Militärs in die Knie zwingen wird«, sagte Bruno erregt. »Ich muss und ich werde dabei sein!«

12

»Ich könnte ihn erwürgen, diesen Schweinehund!«, sagte Simone voller Zorn und setzte die Ouzoflasche hart ab. »Bruno muss doch wissen, dass ich mir Sorgen um ihn mache! Drei Wochen ist er jetzt schon da drüben, und ich kann nachts vor Angst um ihn kaum noch schlafen.«
»Immerhin ist er gut über die Grenze gekommen. Nicht mal richtig kontrolliert haben sie ihn, wie du uns doch erzählt hast. Und ich kann ihn schon verstehen«, sagte Richard nachsichtig. »Das alles aus nächster Nähe zu erleben ist schon faszinierend. Wenn ich nicht so unter Termindruck stünde, wäre ich mit ihm rübergefahren.«

»Da bin ich ganz anderer Meinung, Richard«, erwiderte Simone missmutig »Wenn in der DDR hunderttausende Demonstranten durch die Straßen ziehen, ist das nicht dasselbe, als wenn es hier in der BRD eine solche Demo gibt. Es weiß doch keiner, was als Nächstes passiert. Und dass Bruno einen bundesdeutschen Pass vorweisen kann, ist noch längst keine Garantie dafür, dass die Stasi die Finger von ihm lässt. Was ist, wenn plötzlich eine Seite die Nerven verliert und zur Gewalt greift?«

»Die Lage drüben ist verdammt brenzlig und kann schnell kippen, da hast du Recht«, pflichtete Christine ihr bei.

»Ich wette, bei einigen Unverbesserlichen im Politbüro und vor allem im Generalstab und im MfS brennt doch heimlich schon die Lunte! Wer garantiert, dass es in Leipzig und anderswo nicht auch zu einem solchen Blutbad kommt, wie es die Kommunisten in China auf dem Platz des Himmlischen Friedens angerichtet haben?«

Sie standen an der Theke des »Parga« in Köln-Rodenkirchen. Es war der Abend des 9. November.

»Aber ich will euch mit meinen Sorgen nicht den ganzen Abend in den Ohren liegen. Bruno wird schon auf sich aufpassen! So ein widerborstiges Unkraut wie er vergeht nicht«, sagte Simone und rang sich ein gequältes Lächeln ab. »So, und jetzt trinkt aus! Ihr seht müde aus und wollt bestimmt nach Hause. Und ich muss wieder an die Arbeit.«

Richard und Christine kamen von München und hatten den Umweg über Rodenkirchen gemacht, um beim Griechen eine Kleinigkeit zu essen, vor allem aber um zu erfahren, wie es Simone ging und ob es Neuigkeiten von Bruno gab.

»Wir sehen uns ja bald«, sagte Christine, als sie bezahlt und ihre Mäntel genommen hatten. »Grüß Bruno von uns, wenn er sich meldet, und erinnere ihn an unseren seit Monaten vereinbarten Wochenendtrip!«

»Er soll bloß wagen, den platzen zu lassen und zu meinem Geburtstag nächste Woche nicht wieder hier zu sein!«

13

Bruno wollte jede Sekunde bewusst erleben, weil er die Einmaligkeit und Geschichtsträchtigkeit der Ereignisse, an denen er teilnahm, ahnte. Wie sollte er seine Gefühlswallung nennen, die er noch nie zuvor empfunden hatte? Ein Gefühl mit Gänsehaut?
»Wir sind das Volk! ... Wir sind das Volk!«, skandierte die Menge, die über den Leipziger Innenstadtring wogte. »Stasi in den Tagebau – Mielke in den Knast! ... Stasi in den Tagebau – Mielke in den Knast! ... Visafrei bis Schanghai! ... Visafrei bis Schanghai!« Sprechgesänge aus Hunderttausenden von Kehlen im Schein von unzähligen Friedenskerzen, die in den Händen der Menschen flackerten. Die donnernde Gewalt der Gewaltlosen, das unaufhörliche zermürbende Kanonenfeuer eines waffenlosen Volkes, das sich gegen die Diktatur erhob, jeden Montag nach Feierabend.
Schauer durchliefen Bruno, als der gewaltige Zug der Montagsdemonstranten um den Georgiring bog und die Stasi-Festung vor ihnen auftauchte. Nicht hinter einem einzigen Fenster des Gebäudes, das gewöhnlich auch nachts erleuchtet war, brannte Licht. Bruno dachte daran, dass er sich vor nicht einmal zwei Monaten irgendwo dort oben in einem der Gänge beinahe in die Hosen gemacht hatte. Und nun zog er schon zum zweiten Mal mit den Montagsdemonstranten an der Zentrale der Geheimpolizei vorbei, deren Tage gezählt waren. In einem gewaltigen Menschenstrom und umgeben von einem Meer brennender Kerzen an der Stasi-Zentrale vorbeizuziehen, hinter deren Mauern sich alle wie gelähmt in angstvoller Dunkelheit verborgen hielten, zählte zu den unvergesslichen Erlebnissen, die in seinen Augen manches Risiko rechtfertigten. Er wusste, wie wütend Simone auf ihn war, aber er hatte das Richtige getan, dass er nach Leipzig gefahren war. Auch wenn er sich nicht mit Leuten wie Horst Buddensieg vergleichen konnte, die schon vor Monaten gewagt hatten, zum Friedensgebet in die Nikolaikirche zu gehen und

dem Staat öffentlich mutig die Stirn zu bieten, was ihm zwei Verhaftungen eingebracht hatte, so erfüllte es ihn doch mit Stolz, nun zum zweiten Mal am montäglichen Friedensgebet und dem sich anschließenden Demonstrationszug teilgenommen zu haben.

*

Er hatte ihre liebevoll renovierte Wohnung aufgebrochen und ausgeräumt wie ein ausgeweidetes Tier vorgefunden. Weil weder Simone noch er nach Ablauf des auf zwei Wochen begrenzten Reisevisums zurückgekehrt waren, hatte man sie als Republikflüchtlinge abgestempelt und ihre Wohnung offensichtlich zu freier Beute gemacht.

Im ersten Moment hatte er die Plünderung wie einen scharfen körperlichen Schmerz empfunden. Er hätte beim Anblick der Verwüstung laut schreien können. Man hatte Lampen von der Decke gerissen und dabei die alten Stuckrosetten schwer beschädigt. Auch hatten sich die Diebe, die aus Stasi-Angehörigen, Nachbarn und Vandalen aus dem Viertel bestanden, wie Bruno von Horst erfuhr, nicht die Zeit genommen, die begehrten Türbeschläge in Ruhe abzuschrauben, sondern sie mit der Brechstange von der Tür gesprengt. Horst hatte zusammen mit Freunden nur einige Kisten mit Büchern und anderen Sachen sowie mehrere kleinere Möbelstücke retten können.

Was Bruno jedoch noch mehr schmerzte als die Plünderung und Verwüstung ihrer Wohnung, war die Verachtung, die ihm wegen seiner und Simones Flucht und der Annahme des bundesdeutschen Passes aus Kreisen des Schriftstellerverbandes, aber auch von einigen Bekannten und Freunden entgegenschlug, als er plötzlich wieder in Leipzig auftauchte.

»Verräter!«, beschimpften ihn hohe Verbandsfunktionäre. »Du hast unser Land und den Sozialismus verraten. Früher hätte man dich dafür an die Wand gestellt.«

»So lernt man, wie viele Freunde man wirklich hat«, sagte Bruno betroffen zu Horst und seiner Frau, die ihn ohne jedes Zögern

und mit ungebrochener Freundschaft bei sich aufgenommen hatten.
Was Bruno verwunderte, war die Feststellung, dass in den Monaten ihrer Abwesenheit alle Rechnungen für Strom, Wasser und Miete pünktlich von seinem Konto abgebucht worden waren, sodass er sich noch immer als rechtmäßigen Mieter der Wohnung betrachten durfte. Sogar Sendetantiemen waren auf sein Konto geflossen. Und Post wurde ihnen auch weiterhin zugestellt. Offensichtlich wusste da die eine Hand nicht, was die andere tat.
Eine weitere Überraschung waren die Abrechnungen aus Berlin. Ihnen entnahm er, dass der Sender wieder einmal einige seiner Hörspiele als fertige Produktionen in den Westen verkauft hatte und er deshalb ein Guthaben bei der HV 2, der Hauptverwaltung zwei für Literatur, Kunst und Musik, und somit Anspruch auf Westdevisen hatte.
»Das ist auch so eine Schweinerei, die die DDR mit ihren Kulturschaffenden treibt«, sagte Bruno zu Horst, als er seinem Freund am Mittwoch mitteilte, dass er nach Berlin müsse. Von dort wollte er zurück nach Köln, ehe Simone in ihrem Zorn nicht mehr zu besänftigen war. »Da verkaufen sie beispielsweise für rund dreitausend Westmark ein Hörspiel von mir an den Deutschlandfunk, berechnen aber so viele Abzüge, dass sie mir als Autor am Ende nur dreihundert Mark gutschreiben müssen. Und wenn ich die dann in Westgeld ausgezahlt haben möchte, muss ich nicht nur persönlich bei der HV 2 in Berlin antanzen, sondern dieselbe Summe noch einmal in Ostmark an der Kasse bar hinlegen!«
Am Donnerstagmorgen fuhr Bruno nach Berlin. Ein Hotelzimmer brauchte er sich nicht zu nehmen. Matti Gronwald hatte darauf bestanden, dass er bei ihm auf der bequemen Wohnzimmercouch übernachtete. An der Kasse der HV 2 holte er seinen Tantiemenanteil nach Zahlung des entsprechenden Betrags in Ostgeld und versuchte dann, seine bestehenden Verträge zu kündigen, um bei zukünftigen Geschäften mit westdeutschen Sendeanstalten eine bessere Verhandlungsposition zu haben. Doch in dem riesigen Ministerium, das nahe Unter den Linden

lag, verbrachte er Stunden damit, von Pontius zu Pilatus zu laufen, ohne etwas zu erreichen.

Am Abend traf sich die Freundesclique aus alten Berliner Rundfunktagen in der »Möwe«, einem bekannten Künstlertreff nahe des Deutschen Theaters, einen Steinwurf von Spree und Grenze entfernt.

Das Wiedersehen wurde gebührend gefeiert, und während im Hintergrund der Fernseher lief, diskutierte Bruno mit seinen alten Freunden Viktor Rosenberg, Matti Gronwald und Norbert Jakowitz die politische Lage.

»Wir können uns eigentlich das ganze Analysieren sparen«, sagte Matti und wischte sich Bierschaum aus seinem Rasputinbart. »Wenn ich in der Redaktion schon mit Papier knausern muss, als wäre es so kostbar wie Pergament im tiefsten Mittelalter, wenn ich nirgendwo mehr Büroklammern auftreiben kann und meinen eigenen Kugelschreiber zur Arbeit mitbringen muss, dann genügt mir das, um zu wissen, dass dieser Staat bankrott ist und die Wendehälse um Krenz den Karren auch nicht mehr aus dem Dreck ziehen können.«

»Wie kann man auch den Bock zum Gärtner machen!«, stimmte Norbert Jakowitz ihm zu. »Diese aalglatten Opportunisten, die sich jetzt als die Retter und großen Reformer aufspielen, haben doch all die Jahre kräftig dabei mitgewirkt, unser Land in den Ruin zu treiben!«

Bruno bedeutete der Bedienung, noch eine Runde Bier zu bringen, während Viktor Rosenberg die vernichtende Kritik an der Politik der Partei fortführte, und da diese in der Runde keinen Widerspruch fand, wandte sich ihr Gespräch bald anderen Themen zu.

Auf einmal gab es in der Nähe des Fernsehers Unruhe, und während jemand den Ton lauter drehte, rief ein anderer: »Seid mal 'n Augenblick ruhig! Da wird gerade 'ne Pressekonferenz mit Schabowski übertragen. Da ist was mit dem neuen Reisegesetz!«

Eher widerstrebend als wirklich interessiert richteten nun auch die Freunde ihre Aufmerksamkeit auf das, was aus dem Presse-

zentrum in der Mohrenstraße landesweit live übertragen wurde. Der Bildschirm zeigte Günter Schabowski, Mitglied des SED-Politbüros, der, nachdem der italienische Korrespondent nach dem neuen Reisegesetzentwurf gefragt hatte, in seinen Papieren wühlte. Er antwortete, das ZK habe auf seiner Sitzung am Nachmittag beschlossen, »heute ... äh ... eine Regelung zu treffen, die es jedem Bürger der DDR möglich macht ... äh ... über Grenzübergangspunkte der DDR ... auszureisen ...«
Sofort kam aus den Reihen der versammelten Pressevertreter die Frage, ab wann diese Regelung in Kraft trete.
Die Frage stürzte Schabowski in sichtliche Verwirrung. Anstelle einer umgehenden Antwort kratzte er sich am Kopf, nahm die Brille ab, versuchte Ordnung in seine Unterlagen zu bringen, setzte die Brille wieder auf und sagte dann mit fast um Nachsicht bittendem Tonfall: »Also, Genossen, mir ist das hier also mitgeteilt worden: ... Privatreisen nach dem Ausland können ohne Vorliegen von Voraussetzungen ... wie Reiseanlässe und Verwandtschaftsverhältnisse ... beantragt werden.«
In die Pause hinein fragte ein Reporter zum zweiten Mal: »Wann tritt das in Kraft?«
Schabowski zögerte mit seiner Antwort und wandte sich erneut den Papieren zu, die vor ihm auf dem Podiumstisch lagen und offenbar in Unordnung geraten waren, als erwartete er von ihnen Beistand und Erleuchtung. »Das tritt ... nach meiner Kenntnis ... ist das sofort, unverzüglich«, sagte er nach einer Pause.
Augenblicklich setzte aufgeregtes Stimmengewirr ein, nicht nur im Pressezentrum, sondern auch in der »Möwe«.
»Das ist doch unmöglich!«, entfuhr es Matti entgeistert. »Das kann gar nicht ...«
»Ruhe!«, brüllte jemand.
Der Mann am Fernseher drehte die Lautstärke auf.
»Ich drücke mich nur so vorsichtig aus«, sagte Schabowski, und er klang müde und resigniert, »weil ich in dieser Frage nicht ... also ... ständig auf dem Laufenden bin, sondern kurz bevor ich rüberkam, diese Information in die Hand gedrückt bekam ...«

»Gilt das auch für Berlin?«
Schabowski, der das gesuchte Papier inzwischen gefunden hatte, las aus dem Reisegesetz vor: »Die ständige Ausreise kann über alle Grenzübergangsstellen der DDR zur BRD beziehungsweise zu Westberlin erfolgen.«
Wenige Minuten später, es war neunzehn Uhr, endete die Pressekonferenz. Der Geräuschpegel in der »Möwe« schwoll nun deutlich an. Alles diskutierte, was es mit dieser Ankündigung wohl wirklich auf sich habe. Und was der Erste Sekretär mit »unverzüglich« gemeint hatte.
»Und was ist, wenn dieses neue Reisegesetz tatsächlich heute noch in Kraft tritt?«, fragte Norbert.
»Unmöglich!«, sagte Matti im Brustton der Überzeugung. »Das wäre ja der reinste Treppenwitz der Geschichte, wenn nach achtundzwanzig Jahren Mauer und Todesstreifen solch eine Sensation von einem Niemand wie diesem Schabowski quasi so nebenbei bekannt gegeben würde und auf einmal jeder in den Westen dürfte.«
Viktor schloss sich seiner Einschätzung an. »Das kann ich auch nicht glauben. Wenn plötzlich die Grenze wieder offen wäre … Himmel, nicht auszudenken, was die Folgen wären!«
»Stellt euch mal vor, genau das träfe ein!«, sagte Bruno aufgeregt. »Die ganze Mär von ›sozialistischem Schutzwall‹ und ›Friedenssicherung‹ soll plötzlich nicht mehr wahr sein, und jeder kann in den Westen.«
»Du leidest wohl unter Entzug!«, frotzelte Matti und winkte den Kellner heran, damit er ihnen Nachschub brachte. Bruno hatte die Taschen voll Devisen und erklärte, dass dieser Abend auf seine Rechnung gehe.
Keine drei Stunden später spülte der Menschenstrom, der vor den Grenzübergängen zu einer unkontrollierbaren Flut angeschwollen und von den völlig überrumpelten Angehörigen der Grenztruppen die Öffnung der Schlagbäume erzwungen hatte, auch Bruno und seine Freunde in den Westen. Ganz Berlin schien in dieser historischen Nacht auf den Straßen zu sein.

Fremde aus Ost und West fielen sich lachend und weinend in die Arme. Trabbis fuhren durch die Straßen und wurden von Spalier stehenden Westdeutschen mit Jubel begrüßt. Unglaubliche Szenen spielten sich ab, die Bruno überwältigten und die er niemals vergessen würde. Ein euphorischer Taumel schien die Stadt erfasst zu haben. Der Todesstreifen am Brandenburger Tor, wo im Licht der Grenzstrahler auf einmal schwarzrotgoldene Fahnen wehten und Sektkorken knallten, wurde zur Flaniermeile. Die Zeitungen brachten Extrablätter heraus.
In dem wogenden Menschengewimmel auf dem Ku'damm, wo an einer Stelle jemand ostdeutsche und westdeutsche Fahnen ineinander geschlungen hatte und Fremde miteinander tanzten, verlor Bruno seine Freunde aus den Augen, als er nach einer Telefonzelle suchte. Er fand eine, doch offenbar wollte in dieser Nacht jeder telefonieren. Nur langsam rückte die Schlange vor, aber auch im Warten ging das Feiern weiter. Wildfremde reichten Sektflaschen, Glühwein in Thermoskannen und andere Alkoholika herum, verteilten Selbstgebackenes und schenkten jedem ein strahlendes Lächeln.
Endlich war Bruno an der Reihe. Als er Simone am anderen Ende der Leitung hatte, versagte ihm vor innerer Bewegtheit fast die Stimme. »Stell dir vor, ich bin vorhin über den Todesstreifen und durch das Brandenburger Tor gegangen! … Die Leute sitzen auf der Mauer und jubeln sich gegenseitig zu! … Du siehst das alles live im Fernsehen? Ist das nicht Wahnsinn, was hier geschieht? … Ach wenn du jetzt hier wärst! … Ein Traum ist nichts dagegen! … Simone, das ist das Ende der DDR! … Wir sind frei! … Endlich sind wir alle frei!« Er lachte, Tränen liefen ihm über das Gesicht, und ein Wildfremder reichte ihm eine Flasche Sekt in die Telefonzelle.

14

Um zwanzig nach neun trafen sie zu Hause ein. Richard freute sich darauf, die Schuhe auszuziehen, eine CD mit Klavierkonzerten aufzulegen, sich mit Christine vor den Kamin zu setzen und noch mal über alles zu reden, was sie mit den Verlagspartnern in München besprochen hatten.

Zuerst ging er jedoch in sein Arbeitszimmer, das auf der anderen Seite des Flurs lag, um einen Blick auf das Faxgerät zu werfen. Als er seinen Aktenkoffer abstellte, klingelte das Telefon.

Es war Christine. »Dein Vater. Er will mit dir sprechen. Scheint schlechter Stimmung zu sein«, warnte sie ihn vor und stellte dann durch.

»Wo seid ihr denn gewesen?«, fragte der Vater barsch und ohne einen Gruß vorweg. »Ich versuche schon tagelang, dich ans Telefon zu bekommen!«

»Wir waren drei Tage in München. Verlagsbesuche.«

»Das hättest du mir ja auch vorher sagen können!«, kam es sofort vorwurfsvoll zurück.

»Entschuldige mal, aber ich muss mich doch nicht vorher abmelden, wenn ich für ein paar Tage geschäftlich wegfahre!«, erwiderte Richard, verärgert über den aggressiven Tonfall und die Anmaßung des Vaters. »Und auch sonst nicht. Was soll das überhaupt?«

»Du nimmst mir die Frage aus dem Mund!«

»Würdest du mir bitte verraten, warum du mich so anblaffst? Vielleicht sollten wir das Gespräch für heute besser beenden.«

»Das kommt gar nicht in Frage! Du wirst mir jetzt Rede und Antwort stehen!«

»Rede und Antwort? Worüber hätte ich dir Rede und Antwort zu stehen, Vater?«

»Ob das stimmt, was ich da von Konrad gehört habe, nämlich dass du zu den Katholiken übergelaufen bist!«, herrschte er ihn im Ton eines empörten Anklägers an.

»Meinst du damit meine Konversion?« Richard setzte sich. Das würde kein kurzes Gespräch werden.
»Ja, genau diese Ungeheuerlichkeit meine ich!«, donnerte der Vater. »Und ich verlange eine Antwort!«
»Die Antwort ist: Ja«, sagte Richard und nahm sich fest vor, die Ruhe zu bewahren, wie schwer es ihm auch fallen möge. Mit diesem Gespräch hatte er eigentlich bis zum neuen Jahr warten wollen. Aber wenn der Vater darauf bestand, konnten sie das auch jetzt hinter sich bringen. »Ich konvertiere, und zwar am zweiten Advent, wenn du es genau wissen willst.«
»Das wirst du sein lassen!«, schrie der Vater. »Ein Brüggemann läuft nicht zu den Katholiken über! Brüggemanns sind aufrechte Protestanten und bleiben das auch!«
»Das ist schon lange nicht mehr so, Vater. Denn einer ist ja schon seit langem Moslem, wenn wohl auch nur auf dem Papier, und der andere ist ebenfalls überzeugter Atheist.«
Der Vater ignorierte den Einwand. »Du hast die Familientradition zu ehren, den Glauben deiner Mutter und deines Vaters!«, wetterte er.
»Mäßige dich bitte in deinem Ton! Wir sind hier nicht beim Kommiss, und ich bin kein dummer Junge. Wir können gern über alles reden, aber ich lasse mir von keinem vorschreiben, welchen Glauben ich haben darf und welchen nicht – weder von dir noch von irgendeinem anderen«, erwiderte Richard und musste all seine Selbstbeherrschung aufbringen, um in seinem Ärger nicht ähnlich ausfallend zu werden wie der Vater.
»Du lässt dich von einer Clique rückständiger Kleriker erpressen!«, unterstellte ihm der Vater mit lautstarker Erregung. »Ich will gar nicht wissen, was sie im Kloster mit dir angestellt haben. Sie müssen dich einer Gehirnwäsche unterzogen haben.« Und dann folgte ein heftiger atemloser Exkurs über die angeblich ›in Persien erpresste Heirat‹ seines Bruders Burkhard.
Richard lachte kurz auf, obwohl ihm überhaupt nicht nach Lachen zumute war. »Natürlich, so muss es gewesen sein, Vater. Die Mönche eines kontemplativen Ordens, die für einen Großteil des

Tages das Schweigegebot befolgen und von sich aus Gäste zu religiösen Themen prinzipiell nicht ansprechen, diese katholischen Dunkelmänner haben mich mit irgendeinem schändlichen Papistenzauber belegt und mich meines eigenen Willens beraubt.«
Der Vater explodierte fast und reagierte wutentbrannt mit einem Wortschwall, in dessen Zentrum die Behauptung stand, dass Richard den Familiennamen schände, wenn er vom wahren protestantischen Glauben zum Katholizismus konvertiere.
Richard hörte sich das eine Weile an. Dann fiel er seinem Vater ins Wort. »Bitte entschuldige mal, aber du tust ja auf einmal so, als wären Konrad, Burkhard und ich in einer Familie glühend praktizierender Protestanten aufgewachsen!«, sagte er. »Aber das entspricht doch kaum den Tatsachen. Außerdem: Wenn du dich jetzt so vehement als protestantischer Christ bezeichnest, habe ich schon sehr große Schwierigkeiten, dein Verhalten mir und anderen gegenüber auch nur im Entferntesten mit christlichem Gedankengut in Verbindung zu bringen.«
»Belehre du mich nicht, was christliches Gedankengut ist!«, empörte sich der Vater.
»Deine christliche Nächstenliebe gilt aber ganz offensichtlich nur den deiner Ansicht nach einzig Rechtgläubigen, den Protestanten, Vater!«, hielt Richard ihm vor. »Katholiken sind für dich ausnahmslos Sexualneurotiker, Ärsche, geistig unterbelichtet, Schweinehunde und Fanatiker, um mal dein reichhaltiges Vokabular zu gebrauchen. Aber wenn man dir zuhört, stellt sich einem sehr schnell die Frage, wer hier der Fanatiker ist, der für sich in Anspruch nimmt, den religiösen Stein der Weisen gefunden zu haben und jeden anderen rücksichtslos abbürsten zu dürfen.«
Der Vater fegte all das mit einem weiteren rüden Wortschwall beiseite, der schließlich in folgendem Vorwurf gipfelte: »Du bist ein Überläufer der schlimmsten Sorte! Denkst du denn überhaupt nicht daran, was du damit Mutti antust? Wenn sie davon wüsste, würde sie sich im Grabe umdrehen.«
Jetzt reichte es Richard. »Lass bei deiner verbalen Hinrichtung

Mutti aus dem Spiel! Ich habe hier kein Bekenntnis darüber abzulegen, wie sehr ich meine Mutter geliebt habe, aber sie jetzt zur Heiligen und ehernen Protestantin hochstilisieren zu wollen, ist einfach absurd! Ich werde dir sagen, was Mutti tun würde, wenn sie dich jetzt hören könnte: Sie würde sich schämen, wie du dich hier aufführst, und sie würde dafür sorgen, dass du so etwas in ihrer Gegenwart nie wieder tust.«

»Das wird Konsequenzen haben!«

»Ja, droh mir nur mit Enterbung, Vater! Das kommt so wunderbar christlich rüber. Aber noch einmal: Ich bin dir über meinen Glauben keine Rechenschaft schuldig und lasse mich auch nicht von dir erpressen.«

Für einen langen Augenblick war es still am anderen Ende der Leitung. Dann stieß der Vater hervor: »Ich sage es mit Bismarck: ›Ich liebe den Verrat, aber ich verachte den Verräter!‹ Und du bist ein Verräter!« Damit legte er auf.

Richard saß wie betäubt am Schreibtisch. In ihm hallten noch immer die letzten Worte seines Vater nach. Da stand plötzlich Christine in der Tür. »Du wirst es nicht glauben, aber die Mauer ist offen!«, rief sie aufgeregt. »Die Leute strömen zu Tausenden über die Grenze. Es kommt im Fernsehen. Es spielen sich unglaubliche Szenen ab. Und in Berlin ist die Hölle los! Die Reporter sagen, dass die Mauer fällt und dies das Ende der DDR ist, kannst du dir das vorstellen? Das ist so, als ob …« Sie verstummte mitten im Satz und stutzte. »Mein Gott, du bist ja bleich wie die Wand! Und du zitterst ja! Was ist passiert?«

Richard schüttelte nur den Kopf, unfähig, sofort über das Telefongespräch zu reden. In Berlin öffnete sich die Schandmauer, die achtundzwanzig Jahre lang die Menschen in Ost und West getrennt und so viele das Leben gekostet hatte. Und am selben Tag nannte ihn sein Vater einen Verräter, den er verachte, und errichtete in der eigenen Familie eine Mauer der Schande.

Vierter Teil
1990 – 1992

1

Pünktlich zu Geschäftsbeginn hatte es wieder zu schneien begonnen, und im Gegensatz zu den vorangegangenen Tagen blieb der Schnee an diesem frostigen Februarmorgen liegen. Der buntscheckige Fleckenteppich, den mehr als zweihundert gebrauchte Autos auf dem freien Gelände des Kölner Gebrauchtwagenhändlers August Kreuzkamp bildeten, verwandelte sich rasch in eine wellig weiße Decke, als hätte Kreuzkamp an diesen Tag ausschließlich weiße Modelle anzubieten.
Missmutig schaute Bruno aus dem verglasten Ausstellungsraum hinaus auf den Platz mit den langen Reihen ordentlich ausgerichteter Gebrauchtwagen. Er wäre jede Wette eingegangen, dass der Juniorchef wieder ihn hinausschicken würde, wenn er die Zeit für gekommen hielt, den Schnee von den Kühlerhauben und Windschutzscheiben zu fegen, damit die Kunden die Automarke erkennen und den Preis lesen konnten.
Aber was hatte er denn erwartet, als er den Job vor fünf Wochen angenommen hatte? Er musste sich in der Verkäufertruppe erst einmal hochdienen und konnte nicht erwarten, hier im warmen Verkaufs- und Ausstellungsraum bleiben zu dürfen, wo Kreuzkamp seiner Kundschaft ein halbes Dutzend hochpreisige Luxusschlitten geschützt vor Wind und Wetter präsentierte.
Sein Stiefvater hatte ihm diesen Job vermittelt. Seit die Grenze offen war, drängten seine Landsleute, die sich nicht länger in einem Trabbi oder Wartburg mitleidig belächeln lassen wollten, auf den westdeutschen Gebrauchtwagenmarkt. Und der alte Kreuzkamp hielt es für geschäftsfördernd, für diese Klientel einen waschechten Sachsen in seiner Verkaufstruppe zu haben.
»Sprechen Sie mir ruhig das breiteste Sächsisch, das Sie können! Das schafft Vertrauen bei den Ossis! Gebrauchte Autos erfolgreich an den Mann oder die Frau zu bringen hat weniger mit guter Ware und günstigen Preisen als mit guter Psychologie zu tun. Von einem Landsmann fühlen sie sich weniger über den Tisch gezogen,

als wenn sie mit uns Wessis verhandeln müssen«, hatte ihm der Alte bei seiner Einstellung eingeschärft, und dabei hatte Bruno zum ersten Mal die Begriffe von Ossis und Wessis gehört. Seit Hunderttausende in den goldenen Westen drängten und die »Sozialkassen der BRD plünderten«, wie es in den Boulevardzeitungen hier und da schon zu lesen stand, jubelten die Menschen längst nicht mehr beim Anblick von Ostdeutschen, so wie es in der Nacht des 9. November geschehen war.
Bruno holte sich einen Kaffee, steckte sich eine Zigarette an und suchte ein wenig Trost und Hoffnung bei dem Gedanken, dass er seit dem 2. Januar Inhaber eines Verlages in Leipzig war – zumindest auf dem Papier. Gleich zu Beginn des neuen Jahres, als man als Einheimischer ein Gewerbe anmelden konnte, war er nach Leipzig gefahren, aufs Gewerbeamt marschiert und hatte zu den beiden älteren Frauen, die dort im Büro gesessen hatten, gesagt: »Ich möchte einen Verlag anmelden.«
»Also, da brauchen Sie erst einmal einen Namen. Wie soll Ihr Verlag denn heißen?«
»Im Namen soll irgendwas mit Tieren sein. Das kommt immer gut. Was gibt es denn schon so aus der großfüßigen Tierwelt?«
Die Frauen schlugen nach. »Also die schönen Namen wie Elefantenpress oder Pinguin-Verlag sind schon vergeben.«
»Gibt es denn schon was mit Känguru?«
»Nein«, lautete die Antwort nach eingehender Prüfung. »Aber wie kommen Sie denn gerade auf Känguru?«
»Ganz einfach – durch meine Mittellosigkeit«, antwortete Bruno fröhlich. »Nichts im Bauch und große Sprünge machen!«
Für achtundvierzig Mark Gebühr trugen die lachenden Frauen den Känguru-Verlag ins Gewerberegister ein. Wie Bruno später feststellte, erklärte der Gewerbeschein seinen Verlag zum ältesten der Welt, denn in das offene Feld hinter »Gegründet« hatte eine der Frauen beim Datum aus Versehen die Jahreszahl 1090 getippt und den armen Gutenberg mit seiner ersten Presse zu einem ausgemachten Spätzünder gestempelt.

Was genau er mit dem Verlag anfangen wollte, wusste er noch nicht. Aber sich schon mal einen Namen gesichert und das Gewerbe angemeldet zu haben gab ihm das Gefühl, den ersten Schritt getan zu haben.
Gebrauchte Autos zu verkaufen war immer noch besser als gar keinen Job zu haben und von den milden Gaben der Verwandtschaft abhängig zu sein. Und wenn Simone sich nicht zu schade war, beim Griechen hinter der Theke zu stehen, durfte auch er sich nicht beklagen. »Eine akademische Ausbildung ist ein Privileg und kein Anrecht auf eine lebenslange gut bezahlte Anstellung«, hatte Simone am Jahresende sehr treffend bemerkt. Das war ein deutlicher Hinweis gewesen, sich gefälligst um irgendeinen Job zu bemühen und nicht darauf zu warten, dass ihm eine gebratene Taube in den Mund flog. Simone wurde nicht müde, sich um eine Lektoratsstelle zu bemühen. In den nächsten Tagen musste sie nach Bayreuth, um sich bei einem Kinderbuchverlag vorzustellen. Ein hoffnungsvolles Zeichen.
Die Zeit der großzügig bezahlten Arbeit als Mitherausgeber des »Leipziger Journals« gehörte der Vergangenheit an, und auch die regelmäßig sprudelnde Geldquelle des Rundfunks war als Folge des wirtschaftlichen Zusammenbruchs jäh versiegt. Dass mit dem Ende der DDR auch das Ende seiner finanziell gesicherten und bislang recht bequemen Existenz gekommen war, bereitete Bruno mehr Kopfzerbrechen und Bauchschmerzen, als er gegenüber Simone und anderen zugeben wollte. Und dass sich die DDR tatsächlich in einem Zustand der Auflösung befand und alles in Richtung einer Wiedervereinigung lief, stand für Bruno außer Frage. Im Dezember war Helmut Kohl in Dresden von einer jubelnden Menschenmenge begrüßt worden, die immer wieder in Rufe nach Wiedervereinigung ausgebrochen war. Und diese Rufe hörte man nun immer öfter und immer lauter.
Nein, die Wiedervereinigung ließ sich nicht mehr aufhalten. Die Frage konnte nur noch lauten, wann sie vollzogen werden und wie sie aussehen sollte.

Dass Gregor Gysi, der im Dezember zum neuen Vorsitzenden der in PDS umbenannten SED gewählt worden war, bei jeder Gelegenheit gegen die Wiedervereinigung wetterte und noch immer vom Sozialismus und einem »dritten Weg« sprach, wunderte Bruno nicht. Was konnte man denn von Leuten erwarten, die sich nach allem, was bekannt geworden war, noch immer in einer Partei wie der SED politisch gut aufgehoben fühlten? Erst vor wenigen Tagen hatte der clevere Parteivorstand der SED-PDS beschlossen, das schwer belastete Kürzel SED zu streichen und sich nur noch PDS zu nennen, wohl um das geistige Erbe besser verschleiern zu können. Aber das waren doch nicht mehr als oberflächliche demokratische Tünche und Tricks, mit denen Gysi und seine neue Mannschaft aus raffinierten Wendehälsen sich im Gerangel um die Macht zu behaupten wussten.
Auch dass viele westdeutsche Linksintellektuelle sich vehement gegen eine Wiedervereinigung aussprachen, überraschte Bruno nicht sonderlich. Selbst breite Kreise in der SPD wollten von Wiedervereinigung nichts wissen und beschimpften Andersdenkende als Nationalisten. »Unsere Salonlinken betrachten den völligen Zusammenbruch der DDR offenbar als Verrat des großen bewunderten sozialistischen Experiments, für das sie sich selbst aber niemals hatten zur Verfügung stellen wollen«, hatte Cäsar auf der Silvesterfeier bei Richard und Christine gespottet. »Und jetzt schmollen sie, weil man ihnen ihr liebstes Spielzeug genommen hat, und spielen politischen Trotzkopf.« Diese vorhersehbaren Reflexe von westdeutschen Linken, die das Jahrzehnte Stasi-kontrollierte Land zum besseren Deutschland hochstilisiert hatten und von den Verbrechen der Kommunisten nichts hatten wissen wollen, machten Bruno und viele seiner Landsleute wütend.
Solche Überlegungen milderten Brunos Groll auf Kreuzkamp junior, der ihn tatsächlich zum Abfegen der Windschutzscheiben und Motorhauben nach draußen geschickt hatte. Unsinnige Arbeit, denn so dicht, wie der Schnee mittlerweile vom Himmel

fiel, war damit zu rechnen, dass Bruno gleich wieder von vorn mit der ersten Reihe anfangen musste.

*

Gerade näherte er sich wieder dem Ende einer Autoreihe, als ein roter BMW mit Heckspoiler und viel Chrom an Kotflügeln und Türen auf das Gelände fuhr und vor dem Ausstellungsgebäude hielt. Ein Mann mit einem dicken rotbraunen Zopf sprang aus dem Wagen und verschwand im Gebäude, um Augenblicke später wieder herauszukommen und mit hochgeschlagenem Trenchcoatkragen auf Bruno zuzuhalten.

»Bruno Brüggemann?«, rief er ihm schon aus einiger Entfernung zu.

»In Person«, sagte Bruno und blieb neben dem alten Opel Kapitän stehen, dessen Windschutzscheibe er soeben freigefegt hatte. Acht Mille wollte Kreuzkamp für die alte Kiste mit dem schadhaften, nur notdürftig geflickten Getriebe haben – von einem Ossi. Bei einem Wessi durften die Verkäufer bis auf fünf runtergehen.

Mit energisch ausgreifenden Schritten kam der Fremde, der ungefähr in seinem Alter sein mochte, auf ihn zu. Er sah nicht danach aus, als wäre er gekommen, um sich nach einem Gebrauchtwagen umzusehen oder seinen BMW zum Verkauf anzubieten. Zudem hätte man ihn in beiden Fällen nicht zu ihm geschickt. Was mochte also der Fahrer des aufgemotzten BMW von ihm wollen?

Mit ausgestreckter Hand und einem einnehmend freundlichen Lächeln stellte der Fremde sich vor. »Kurt Stenzel! Sic kennen mich nicht, aber ich habe schon viel von Ihnen gehört. Mein Vater ist mit Ihrem Vater mal im Taxigeschäft tätig gewesen.«

»Mit meinem Stiefvater«, korrigierte Bruno ihn, während sie einen kurzen, aber kräftigen Händedruck austauschten.

»Richtig!« Kurt Stenzel strahlte ihn an, als hätte Bruno ihm

mit seiner Präzisierung zu einer wertvollen Erkenntnis verholfen.
»Und was kann ich für Sie tun, Herr Stenzel?«
»Machen wir es doch nicht so förmlich. Ich bin der Kurt, okay? Ich habe mit Baubuden, Containerverleih und solchen Sachen zu tun. Und genau genommen geht es darum, dass wir einander etwas Gutes tun, Bruno«, sagte Kurt Stenzel, als wären sie alte Freunde. »Ich hoffe, du nimmst es mir nicht übel, dass ich dich gleich duze, aber ich habe das Gefühl, dich schon eine ganze Weile zu kennen. Und wenn die Chemie zwischen uns nicht stimmt und wir kein Vertrauen zueinander haben, wird aus dem Geschäft, das ich dir vorschlagen will, sowieso nichts.«
Leicht irritiert sah Bruno ihn an. Er war zwar kein Freund von Förmlichkeiten, aber diese Verbrüderung innerhalb eines Handschlags ging ihm doch zu schnell. »Um was für ein Geschäft handelt es sich?«, fragte er zurückhaltend.
»Um ein Geschäft, bei dem wir schnell und einfach eine Menge Geld verdienen können«, sagte der Begrüßte und wischte sich Schneeflocken von der hohen Stirn. »Aber die Einzelheiten würde ich dir lieber irgendwo im Trocknen bei einem heißen Kaffee darlegen. Sieht aus, als kriegten wir einen richtigen Schneesturm. Was ist, können wir uns irgendwo für ein Viertelstündchen zusammensetzen, damit du dir in Ruhe anhören kannst, was ich vorzuschlagen habe?«
Bruno bezweifelte zwar, dass es sich bei dem Geschäft um eine seriöse Sache handelte und er interessiert sein würde, aber da er bei dem miesen Wetter nicht mit Kundschaft rechnete und sich daher wohl kaum um eine Verkaufsprovision brachte, wenn er für eine halbe Stunde nicht zur Verfügung stand, wollte er sich anhören, was ihm dieser Kurt Stenzel anzubieten hatte.
So saß Bruno wenige Minuten später mit dem Bezopften in der Caféstube einer nahe gelegenen Konditorei. »Okay, kommen wir gleich zur Sache! Es geht um Geschäfte, bei denen man sich jetzt in der DDR im Handumdrehen eine goldene Nase verdienen kann«, begann Stenzel. »Ich brauche dir ja wohl nicht zu er-

zählen, was bei euch da drüben im Osten jetzt los ist. Das ist ein Eldorado für Ganoven und clevere Geschäftsleute. Ein Eldorado, wo man alles, was aus dem Westen kommt, mit sattem Profit unter die Leute bringen kann.«

»Ja, leider«, sagte Bruno reserviert.

»Für die Drückerkolonnen, Versicherungsvertreter, die Burschen von den Bausparkassen und all die anderen Klinkenputzer, um nur einige der Absahner zu nennen«, fuhr Kurt Stenzel fort, »ist die DDR eine offen liegende Goldmine, die sich ohne große Mühe ausbeuten lässt – im wahrsten Sinne des Wortes. Man muss sich bloß bedienen. Von den großen Westkonzernen, die drüben mit ihrem Angebot jetzt alles platt machen, mal ganz zu schweigen. Kurzum, das ganze Land ist eine gigantische Weihnachtsgans, die schlachtfrisch auf dem Silbertablett liegt und nur darauf wartet, von uns Westlern …«

Abrupt schob Bruno seinen Kaffee von sich und fiel ihm schroff ins Wort. »Ich mag es nicht, wie Sie von meinen Landsleuten reden. Und was Sie da von sich gegeben haben, reicht mir, um zu wissen, dass ich nichts mit Ihnen zu tun haben möchte, Herr Stenzel!« Er stand auf.

Bestürzt sprang nun auch Kurt Stenzel auf. »Um Gottes willen, das war doch bloß die Ouvertüre! Ich habe nur die traurige Wahrheit beim Namen genannt, den faktischen Zustand beschrieben, jedoch weder die Absicht, deine patriotischen Gefühle zu verletzen, noch dir ein unredliches Geschäft anzubieten!«, sprudelte er hastig hervor und hielt Bruno am Arm zurück. »Zum Glück gibt es auch massenweise anständige Möglichkeiten, um im Osten fett abzusahnen, ohne die Leute übers Ohr zu hauen.«

Bruno zögerte kurz, setzte sich dann wieder. »Worum geht es?«, fragte er knapp.

»Um das Geschäft mit Autoschildern.«

Bruno sah ihn verständnislos an. »Wie bitte?«

»Dir brauche ich ja wohl nicht zu erklären, dass unter deinen Landsleuten ein Boom auf westdeutsche Gebrauchtwagen ausgebrochen ist. Wer am 9. November in seinem Trabbi im Westen bejubelt worden ist, wird heute bloß noch mitleidig belächelt. Jeder will jetzt einen VW, Opel, BMW, Mercedes oder sonst eine Westmarke fahren.«

»Stimmt«, sagte Bruno.

»Im Gebrauchtwagengeschäft kann man jetzt unheimlich viel Schotter machen, womit ich dir bestimmt nichts Neues verrate. Um da richtig mit einsteigen zu können, braucht man jedoch eine Menge Startkapital. Dagegen braucht aber jeder Wagen, der in Leipzig oder anderswo im Osten neu angemeldet wird, neue Nummernschilder. Und genau da können wir dick ins Geschäft kommen, wenn wir nur schnell genug sind.«

Bruno verzog das Gesicht. Nummernschilder! Er hatte irgendetwas Spektakuläres erwartet. »Was kann man denn an Nummernschildern schon groß verdienen?«

»Das werde ich dir gleich mal vorrechnen«, sagte Kurt Stenzel. »Die Grundplatte für ein Autoschild kostet im Einkauf gerade mal vier Mark. Für Personalkosten, Steuer und andere Ausgaben kann man pro Schild noch mal rund eine Mark dazurechnen. Wenn wir dann noch ganz großzügig drei Mark für Rücklagen zum Kauf neuer Maschinen oder für andere größere Ausgaben zu den laufenden Kosten addieren, dann kosten die zwei Platten für vorn und hinten nicht mehr als maximal dreizehn Mark. Aber verkauft werden sie für achtundvierzig! Bleiben nach Adam Riese fünfunddreißig Mark unterm Strich übrig. Und die Zahl der allein in Leipzig täglich neu angemeldeten Wagen geht in die hunderte, bald sicher in die tausende, wenn mit der DDR endgültig Feierabend ist und es hüben und drüben bloß noch Westmark gibt. Täglich, mein Freund! Das ist ein noch todsichereres Geschäft als eine Kette von Beerdigungsinstituten.« Mit einem breiten, triumphierenden Grinsen lehnte er sich zurück. »So, und jetzt erzähl du mir noch einmal, dass man mit Autoschildern kein Geld verdienen kann!«

Verblüfft saß Bruno da. »Wenn das so ein todsicheres Geschäft ist, wieso brauchst du mich dafür?«

»Weil wir nicht von drüben sind und ohne einheimischen Partner schlechte Karten haben, uns in Leipzig oder anderswo in der DDR schnell breit zu machen.«
Bruno stutzte. »Wer ist ›wir‹?«
»Ein Kumpel von mir, der ein paar gebrauchte Prägemaschinen auftreiben kann, wird mit von der Partie sein. Sein Name ist Christoph Herweg, aber unter Freunden heißt er nur Toffy. Ich besorg die Container und bring das Startgeld ein. Aber um drüben richtig zum Zug zu kommen und um vor allem die notwendigen Standgenehmigungen in unmittelbarer Nähe der Polizeidienststellen zu erhalten, brauchen wir einen Einheimischen, der drüben was darstellt und der weiß, wie man mit den Leuten redet und so. Und Lempert meint, dass du dafür der richtige Mann bist. Wir beteiligen dich mit zwanzig Prozent am Gewinn. Also, wie sieht es aus? Interessiert?«
Und ob Bruno nun interessiert war! Die Zahlen, die ihm durch den Kopf wirbelten, elektrisierten ihn förmlich. Er war nie gut in Mathe gewesen, aber einen Profit von fünfunddreißig Mark pro Plattenset konnte er sehr gut mit dreihundert, vierhundert und noch viel besser mit tausend multiplizieren und das Ergebnis dann noch einmal mit den zwanzig Arbeitstagen im Monat multiplizieren. Was dabei herauskam, war Schwindel erregend.
Noch am selben Abend machte Kurt Stenzel ihn mit seinem Freund und Geschäftspartner Christoph »Toffy« Herweg bekannt, einem sehnigen Burschen Ende dreißig, der auf einer Harley Davidson in schwarzer Lederkluft zum Treffen kam. Toffy besaß ein ähnlich einnehmendes Wesen wie Kurt Stenzel, und nach der langen Unterredung gelangte Bruno zu dem Schluss, dass er gut mit ihnen klarkommen würde und das Schildergeschäft die große Chance war, auf legale und anständige Weise sehr schnell zu sehr viel Geld zu kommen.
»Willst du das nicht erst auch noch mal mit Richard besprechen, bevor du dich festlegst?«, fragte Simone, die von zwiespältigen Gefühlen gequält wurde.

»Die beiden kommen erst im Sommer von ihrer Recherchenreise kreuz und quer durch Amerika zurück, und so lange können wir nicht warten. Bei diesem Geschäft zählt jeder Tag. Wer zuerst seinen Container mit der Schilderpresse vor der Polizeistelle stehen hat, hat den Hauptgewinn gezogen!«, erklärte ihr Bruno. »Und was habe ich denn schon groß zu verlieren? Ich riskiere doch nicht eine müde Mark. Schlimmstenfalls habe ich ein paar Monate Zeit in den Sand gesetzt und muss wieder zurück zu Kreuzkamp – oder mir irgendeinen Job in Bayreuth suchen, falls du die Stelle dort kriegst. Aber wenn das Geschäft wirklich so einschlägt …« Er ließ den Satz offen, denn Simone kannte die Zahlen.

»Aber willst du wirklich in Containern Nummernschilder verkaufen, nachdem du jahrelang Mitherausgeber eines so angesehenen Kulturmagazins gewesen bist und für den Rundfunk anspruchsvolle Hörspiele geschrieben hast?«, gab Simone verunsichert zu bedenken.

Bruno zuckte die Achseln. »*Non olet*, sagt der alte Lateiner. Geld stinkt nicht. Und es ist ja nur vorübergehend, um wieder auf die Beine zu kommen und Startkapital für unseren eigenen Verlag anzusparen. Wenn das Geschäft tatsächlich so wie erwartet einschlägt, haben wir uns schnell gesund gestoßen.«

Sie sah ein, dass er diese Chance nicht ungenutzt lassen konnte, und seufzte. »Also gut, dann mach es in Gottes Namen! Nummernschilder zu verkaufen ist wenigstens noch um einiges redlicher als mit Gebrauchtwagen zu handeln.«

*

Am 19. Februar begann die DDR-Außenhandelsfirma Limex-Bau Export-Import im Zentrum von Berlin mit dem Abriss und der Vermarktung der Mauer. Man hatte es auffällig eilig, die zu Beton gewordene Bankrotterklärung des kommunistischen Systems aus dem Blickfeld zu schaffen.

»Die Verharmlosung und Geschichtsklitterung hat schon begon-

nen!«, konstatierte Horst wütend, als er sich am selben Tag in Leipzig mit Bruno im »Coffe Baum« traf. »Und ich sage dir, eines gar nicht so fernen Tages mischen diese aalglatten Gysis und Konsorten wieder fröhlich in der Politik mit, als wäre gar nichts gewesen.«
»Ich fürchte, du liegst damit gar nicht so falsch«, sagte Bruno, der am Morgen das Gewerbeamt aufgesucht und die Firma Autoschilder Brüggemann angemeldet hatte. Während Horst Buddensieg sich in der lokalen Bürgerbewegung engagierte, die mit anderen Veranstaltungen an den Runden Tischen landesweit um die Formulierung einer Sozialcharta rang, hatte Bruno mit seinen Partnern Kurt und Toffy alle Hände voll zu tun, um die Schilderfirma zu etablieren.
In der DDR war das Straßenverkehrsamt in den Dienststellen der Polizei untergebracht. Daher hing der Erfolg einer jeden Autoschilderfirma davon ab, dass für ihren Container mit der Prägemaschine eine Standgenehmigung in unmittelbarer Nähe der Polizeidienststelle erteilt wurde. Und je zentraler der Standort, desto größer der Umsatz.
Kurt drängte darauf, sofort mehrere Container zu platzieren. »Ein Standplatz ernährt ganz ordentlich den Mann«, sagte er zu Bruno. »Mit zwei Standplätzen kann man nachts beruhigt schlafen; bei drei, vier Standplätzen kommt Freude auf; aber erst bei sechs gut positionierten Containern rollt der Rubel so kräftig, dass auch du mit deinem Fünftel Anteil einen goldenen Schnitt machst.«
Bruno legte sich mächtig ins Zeug und besorgte innerhalb kurzer Zeit vier Standgenehmigungen, was bereits einen gewaltigen bürokratischen Aufwand mit sich brachte. Aber als es nun darum ging, die vier Container mit dem entsprechenden Personal zu besetzen, nahmen die Laufereien kein Ende mehr. Er war froh, dass sie ihre ramponierte Wohnung in der Scharnhorststraße behalten und weiterhin pünktlich die einhundertachtundvierzig Mark Miete überwiesen hatten, so brauchte er sich jetzt wenigstens nicht die Schuhsohlen nach einer einigermaßen akzeptablen Wohnung abzulaufen.

Mit Kurt und Toffy verstand er sich blendend. Sie ließen ihm völlig freie Hand. Während er alle Behördengänge erledigte und für das Personal zuständig war, kümmerten sie sich um Transport und Aufstellung der Container, die Beschaffung der Prägemaschinen, die auch gebraucht noch sündhaft teuer waren, sowie um den Einkauf des Materials.

Als sie kurz vor den Volkskammerwahlen ihre ersten beiden Container für Kunden öffneten, kam Bruno aus dem Staunen nicht mehr heraus. Kurt und Toffy hatten nicht zu viel versprochen: Der Rubel rollte tatsächlich. Und wie er rollte!

Bruno hatte nun privat wie geschäftlich alle Hände voll zu tun. Er fand nicht einmal genug Zeit, um die ausgeplünderte Wohnung in der Scharnhorststraße zu renovieren. Simone hatte die Lektoratsstelle im Kinderbuchverlag erhalten, und was ihm an freier Zeit blieb, ging dafür drauf, ihr dabei zu helfen, eine Wohnung in Bayreuth zu suchen, den Umzug von Köln zu organisieren und Simone bei der Einrichtung zu helfen. Und weil er noch gut in Erinnerung hatte, wie kläglich sein Versuch gescheitert war, eine Wochenendehe mit Tina zu führen, fuhr er auch unter der Woche, so oft es ging, nach Bayreuth.

Der überraschend klare Sieg der konservativen Allianz bei der Volkskammerwahl am 18. März sorgte für viel Gesprächsstoff. Das Volk hatte sich an der Wahlurne klar gegen eine Zweistaatlichkeit und für eine Wiedervereinigung ausgesprochen.

»Ob aber Kohl seine vollmundigen Versprechungen halten kann, mit denen er doch die meisten von uns geködert hat, halte ich allerdings für fraglich«, gab Horst zu bedenken. »So einfach wird die Wiedervereinigung nicht zu haben sein. Da wird es hier im Osten vermutlich schnell ein recht böses Erwachen geben.«

Die folgenden Monate vergingen für Bruno, der zwischen Leipzig und Bayreuth hin- und herpendelte, rasend schnell. Die politischen Ereignisse, die unausweichlich auf die Wiedervereinigung noch im selben Jahr zusteuerten, überschlugen sich. Die zum 1. Juli beschlossene Währungs-, Wirtschafts- und Sozialunion nahm den Schritt schon quasi vorweg. Dass Gerhard Schröder für Niedersachsen und Oskar Lafontaine für das Saarland im Bundesrat gegen den Staatsvertrag stimmten, konnte diesen nicht zu Fall bringen.

Alles befand sich im Umbruch, Brunos eigenes Leben inbegriffen. Statt sich mit Literatur und Kunst zu beschäftigen, steckte er bis über beide Ohren im Autoschildergeschäft. Sich mit der Bürokratie herumzuschlagen und ständig neue Probleme mit Angestellten ausbügeln zu müssen machte ihm schwer zu schaffen. Aber die Sache hatte auch ihre Sonnenseite: Das Geld strömte nur so herein.

»Wir sollten die Finger von dem Geldpott lassen, auch wenn er uns noch so verlockt, und uns mit einem bescheidenen Monatssalär von zwei Mille für jeden begnügen, bis wir unsere Schulden vom Hals haben«, schlug Toffy gleich zu Anfang vor und verwies auf die Viertelmillion, die allein für die vier Prägemaschinen zu zahlen war – und zwar in kürzester Zeit, sonst hätten sie die Maschinen nicht bekommen. Dazu kamen die Raten für die Container, Steuern, Gehälter und andere laufende Kosten.

»Wir werden noch schnell genug reich«, pflichtete Kurt ihm bei. »Schon im Herbst gehören die Container und zwei der Maschinen uns, und dann können wir die Auszahlungen an uns selbst dramatisch erhöhen.«

Auch Bruno fand es richtig, zuerst einmal von dem drückenden Schuldenberg herunterzukommen, bevor sie sich selbst mit großzügigen Ausschüttungen bedachten.

Drei Wochen nach der Währungsunion fuhr Bruno schon am Freitagvormittag nach Bayreuth. Er hatte Geburtstag, und sie feierten ihn mit einem Wochenende in einem romantischen Landhotel bei Bamberg. Als Bruno am Montag nach Leipzig zurückkam, wollte er vormittags wie üblich seine Runde von Standplatz zu Standplatz machen. Doch er fand alle vier Plätze, auf denen seit März die Container mit dem Firmenschriftzug Autoschilder Brüggemann gestanden hatten, verlassen vor. Von der Polizei erfuhr er, dass Container und Prägemaschinen am

Freitagabend abtransportiert worden waren – in Gegenwart seiner Partner Kurt Stenzel und Christoph Herweg.
Der nächste Schock traf Bruno auf der Bank, wo man ihm mitteilte, dass Stenzel und Herweg noch am Freitag alle Konten leer geräumt hatten. Einen Teil hatten sie in bar abgehoben, die größten Summen aber auf Konten in Prag und Wien überwiesen. Bruno machte sich keine Hoffnungen, Zugriff auf diese Konten zu erhalten, zumal er davon ausging, dass seine Geschäftspartner das Geld längst weitertransferiert hatten.
Aber die wahren Ausmaße des Betruges und seine katastrophale Lage wurden Bruno erst bewusst, als er mit allen Unterlagen in Köln Rat bei einem Steuerberater suchte, den er durch Richard kennen gelernt hatte. Nach gründlichem Studium der Papiere stand das bestürzende Ergebnis fest. »Sie haben wirklich bombig verdient, und jetzt schulden Sie dem Staat über zweihunderttausend Mark Steuern«, stellte der Steuerberater trocken fest.
Bruno spürte, wie ihm das Blut aus dem Gesicht wich. »Wieso ich?«, stieß er entsetzt hervor.
»Die Firma läuft auf Ihren Namen.«
»Aber die Mistkerle haben mich betrogen und sind mit dem Geld, den Containern und den Maschinen über alle Berge!«, wandte Bruno gequält ein. »Wieso soll ich dafür geradestehen?«
»Der Betrug Ihrer Geschäftspartner ist eine Sache, die Steuern sind eine andere«, bedauerte der Steuerberater. »Der Staat kennt wenig Mitgefühl und Rücksicht, wenn es um seine Steuerforderungen geht. Die einzige Chance, noch irgendwie glimpflich davonzukommen, besteht darin, die Bank in Regresspflicht zu nehmen. Schon bei Beträgen über zwanzigtausend Mark wären ja vereinbarungsgemäß auch Ihre Unterschrift und die Vorlage Ihres Ausweises erforderlich gewesen, und Ihre Partner haben mehrere hunderttausend Mark von den Konten abgezogen. Aber mit einer Bank zu prozessieren ist fast immer eine kostspielige und vor allem langwierige Angelegenheit.«
»Und was soll ich jetzt machen?«, fragte Bruno verzweifelt.
»Eine gute Frage.« Der Steuerberater seufzte. »Ich wünschte, ich

wüsste die rettende Antwort darauf. Aber ich verspreche, mir Gedanken zu machen.«

Ich bin ruiniert! ... Ich bin ruiniert!, ging es Bruno unaufhörlich wie eine Endlosschleife durch den Kopf, als er aus der Steuerkanzlei kam. Ihn schwindelte, kalter Schweiß brach ihm aus, und er musste vorübergehend Halt an der Hauswand suchen. Ich bin ruiniert! Wie soll ich das bloß Simone beibringen? *Wir* sind ruiniert!

2

»Schade, dass wir nicht noch ein paar Tage auf Key West bleiben können«, sagte Christine, als sie aus der Bed-and-Breakfast-Pension in die warme Abendluft der Simonton Street traten. Sie schlugen den Weg zum Parkplatz beim Polizeihauptquartier der Insel ein, wo ihr geräumiges Wohnmobil mit dem roten Motorroller am Heck auf sie wartete.

»Hätte auch nichts dagegen, hier ein paar Ruhetage einzulegen«, gestand Richard und hängte sich die kleine Leinentasche mit dem Aufnahmegerät und den Kassetten über die Schulter. »Aber das Interview morgen in Daytona Beach mit der jüdischen Malerin, die Auschwitz überlebt hat, lässt sich nun mal nicht verschieben. Ich bin froh, dass ich den Termin überhaupt noch bekommen habe.«

»Manchmal habe ich den Eindruck, dass wir uns auf dieser Mammutreise ein bisschen zu viel vorgenommen haben, sowohl an Recherchen als auch an Interviews«, sagte Christine, als sie im Wohnmobil saßen und Key West im Licht der untergehenden Sonne verließen. »Du setzt dich zu sehr unter Druck.«

»Nun übertreib mal nicht!«, wehrte er ab. Er war froh, dass sie mit Ausnahme gelegentlicher Anrufe dem unerfreulichen familiären Hickhack für ein halbes Jahr entkommen waren. Der Vater hatte das Thema Konversion nach seinem maßlosen Wutausbruch in der Nacht der Maueröffnung nicht wieder zur Sprache gebracht. Zwar hatte Richards »Verrat« bei ihrem ersten Wiedersehen nach der hässlichen Szene am Telefon und auch beim Familientreffen zu Weihnachten spürbar im Raum gehangen, aber zu einer weiteren Diskussion, geschweige denn zu einer Aussprache war es nicht gekommen: nach dem altvertrauten Ritual, totschweigen, was sich nicht ändern lässt, aber nicht wahr sein darf. Dass er auch mit vierzig Jahren dieses absurde Spiel noch immer mitspielte, irritierte und beschämte Richard. War es die Furcht, den Vater ganz zu verlieren, wenn er die Konfrontation herausforderte? Oder lag es wirklich nur an seinem Wunsch nach einem Minimum an Familienharmonie und der Überzeugung, dass dem Vater in seiner aufbrausend verstockten, ja geradezu fanatischen Art mit vernünftigen Argumenten sowieso nicht beizukommen war?

»Entschuldige, was hast du gesagt?«

»Dass du es selbst nicht merkst, wie sehr du immer in Hast und Eile bist und von der Angst getrieben wirst, diesen oder jenen Termin nicht zu schaffen«, wiederholte Christine. »Diese Rastlosigkeit ist nicht gesund. Das ist Raubbau, was du da seit Jahren an dir treibst. Wir sollten uns wirklich auch mal Ruhepausen gönnen!«

»Für meine Bücher brauche ich eben einen Haufen Material. Wenn das im Kasten ist …«

»… bist du schon für das nächste Projekt Feuer und Flamme«, fiel sie ihm ins Wort. »Weißt du überhaupt, dass wir in den knapp fünf Monaten, die wir nun schon kreuz und quer durch die Staaten ziehen, über vierzehntausend Meilen gefressen haben? Dazu all die Interviews und Recherchen in Bibliotheken und Archiven. Dazwischen immer wieder lange Nachtfahrten. Das ist ein aberwitziges Arbeitstempo, Richard. Das muss anders werden!«

Richard warf ihr einen spöttischen Blick zu. »Ja? Unsere Familie, unsere Freunde und Bekannten sind aber immer felsenfest davon überzeugt, dass wir es uns gut gehen lassen und Urlaub machen, wenn wir auf Recherchenreise gehen, egal was du ihnen erzählst.«

»Wann haben wir in den zwölf Jahren, die wir zusammen sind, auch nur *einmal* wirklich Urlaub gemacht?«, wollte Christine wissen.

Richard lachte. »Ist das so wichtig? Dafür reisen wir durch die Welt und leben unsere Träume! Aber viel wichtiger ist, dass wir noch immer zusammen sind – und glücklicher als je zuvor«, sagte er zärtlich und streckte seine Hand nach der ihren aus. »Nicht ein Jahr haben sie uns damals gegeben, weißt du noch?«

»Als wäre es erst gestern gewesen! Und nicht einen Tag habe ich es bereut.« Christine erwiderte sein zärtliches Lächeln, drückte seine Hand und hielt sie für einen Moment, bis er an einer Ampel herunterschalten musste. »Aber du lenkst ab, Richard. Ich mache mir wirklich Sorgen.«

»Nach diesem Trip lassen wir es ruhiger angehen.«

»Das hast du schon öfter versprochen.«

Als sie schon einige Meilen auf dem Overseas Highway in Richtung Festland gefahren waren, fragte Richard: »Was meinst du, können wir anfangen?«

»Wenn es denn sein muss.«

»Dann haben wir den Text schon mal im Kasten.«

Christine gab einen resignierten Stoßseufzer von sich und klappte die Schreibplatte hoch, die an der Seitenwand rechts vor dem Beifahrersitz angebracht war. Der transportable IBM-Computer von der Größe eines kleinen Koffers und der Drucker waren auf der mehr als armlangen und mit Teppichstoff bespannten Ablage befestigt, die vom Armaturenbrett bis zur mächtigen Frontscheibe reichte.

»Der Generator läuft schon«, sagte Richard.

Christine schaltete den Computer ein, zog sich die Tastatur heran und richtete den Punktstrahler auf das Schreibbord.

Richard griff zum Kassettenrecorder, klemmte sich den Hörstöpsel ins Ohr und legte das erste Band ein. Dann begann er, Christine Fragen und Antworten des letzten Interviews zu diktieren, spulte dabei immer wieder zurück und glättete gleichzeitig den Text.

Sie hatten Routine darin. Nicht erst auf dieser Recherchenreise nutzten sie lange Nachtfahrten, um tagsüber gemachte Interviews sogleich vom Band zu übersetzen und niederzuschreiben. Was ihnen nach der Rückkehr kostbare Arbeitszeit ersparte.

Auf europäischen Straßen und Autobahnen, wo eine Art von permanentem Bürgerkrieg auf Rädern herrschte, hätte Richard nicht im Traum daran gedacht, beim Autofahren Interviewbänder abzuhören und Christine den Text zu diktieren. Aber bei dem gemächlich entspannten Tempo und dem gesitteten Verkehr, der auf amerikanischen Highways und Interstates herrschte, glaubte er, das verantworten zu können.

Bis auf den Großraum Miami, wo der Verkehr deutlich dichter und hektischer wurde und sie die Arbeit einstellten, waren in dieser Nacht nur wenige Autos und Lastwagen auf dem Florida Turnpike in Richtung Norden unterwegs. Sie legten zwei Pausen ein. Kurz vor drei Uhr nachts erreichten sie den Campground Bulow Plantation in der Nähe von Daytona Beach. Sie hatten telefonisch einen Stellplatz reserviert, ihn sich per Kreditkarte gesichert und ihr spätes Eintreffen angekündigt.

Richard parkte das Wohnmobil unter einer mächtigen Lebenseiche, von deren Ästen das spanische Moos in langen grauen Schleiern herabhing. Er schloss ihr rollendes Zuhause an die Strom- und Wasserversorgung an, stellte auch die Kabel- und Abwasserverbindung her und fiel dann todmüde ins Bett.

Gegen sechs wachte er schon wieder auf. Dass er etwas Bedrückendes geträumt hatte, nahm er als gefühlsmäßiges Wissen mit, als der Schlaf ihn freigab und sein Bewusstsein einsetzte. Einzelheiten des Traumes vermochte er nicht festzuhalten. Aber das Gefühl des Unwohlseins lag wie Blei auf seiner Brust. Er hatte auch geschwitzt. Seine Stirn war ganz feucht.

»Wie spät ist es?«, fragte Christine verschlafen.
»Kurz vor sechs«, sagte Richard, schlug die Bettdecke zurück, richtete sich auf und wollte aufstehen. Er verlor jedoch das Gleichgewicht und fiel der Länge nach in den schmalen Gang zwischen Bett und Wand.
»Richard?«
Er lachte verlegen. »Alles in Ordnung«, sagte er, stützte sich mit einer Hand an der Wand ab und stand auf. Er fühlte sich schwindelig, machte einen Schritt auf die offen stehende Schiebetür zu, die zum Bad und zum vorderen Teil des Wohnmobils führte, konnte sich jedoch nicht auf den Beinen halten.
Wieder stürzte er zu Boden.
»Richard!«, rief Christine nun erschrocken.
Er spürte sein Herz rasen, und im Kopf wurde ihm ganz leicht zumute, als könnte er schweben. Er wusste nicht, was mit ihm geschah. Doch dass etwas nicht mit ihm in Ordnung war, spürte er ganz deutlich, und es machte ihm plötzlich Angst.
Noch einmal versuchte er sich aufzurichten, doch seine Gliedmaßen versagten ihm die Kontrolle. Seine Muskeln erschlafften. Alles drehte sich um ihn. Er sah Christine, wie sie mit angstgezeichnetem Gesicht aus dem Bett sprang. Dann taumelte er auch schon gegen den Türrahmen. Sein Versuch, sich an ihm fest- und auf den Beinen zu halten, scheiterte kläglich, und er stürzte abermals.
»Ich glaube, du rufst besser den Notarzt«, sagte er mühsam und sah mit einer Mischung aus Angst und Verwunderung, dass ihm so etwas passieren konnte, zu Christine hoch. Dann verschwamm alles vor seinen Augen. Ehe er bewusstlos wurde, ging ihm mit einem absurden Gefühl der Erleichterung durch den Kopf, dass er wenigstens einen frischen Pyjama anhatte, den seidigen mit den schmalen schwarzen und silbergrauen Längsstreifen.

*

Sie saßen am Strand von Flagler Beach, heißen Kaffee aus der Thermoskanne in ihren Bechern und auf den Gesichtern das erste warme Licht der Sonne, die über der Kimm aus dem Meer aufstieg. Die weißen Umrisse zweier Sportfischerboote mit hoch aufragender Flybridge, die pfeilschnell und doch lautlos durch die tiefblaue See schnitten, zeichneten sich im Norden vor dem lichtüberfluteten Himmel ab. Pelikane segelten in geordneter V-Formation wie eine Flugzeugschwadron in Häuserhöhe über den Strand hinweg, scheinbar schwerelos und mit einem Minimum an Flügelschlägen. Sanft, aber im unbegreiflichen Rhythmus der Ewigkeit schlugen die Wellen ans Ufer und liefen in dem feinkörnigen Sand aus.

»Wir bleiben hier eine Woche«, sagte Richard, »meinetwegen auch zwei.«

»Das allein wird nicht reichen«, sagte Christine.

»Ich weiß. Wir werden es die restlichen Wochen ganz ruhig angehen«, versprach er.

Sie griff nach seiner Hand. Tränen glitzerten auf einmal in ihren Augen. »Du hast mir den Schreck meines Lebens eingejagt. Als ich dich da im Durchgang liegen sah ...«

»Es hat schlimmer ausgesehen, als es war«, fiel er ihr schnell beruhigend ins Wort. Sein morgendlicher Zusammenbruch lag zwar schon fünf Tage zurück, und vorgestern hatte er das Krankenhaus verlassen können, aber Christine war noch immer nicht richtig darüber hinweg. »Es war nicht mal ein leichter Herzinfarkt, sondern nur eine plötzliche Hochdruckkrise mit starker Gleichgewichtsstörung. Und dass ich einen Blackout hatte, lag wohl mehr am Schock, weil ich selbst dachte, mich hätte es jetzt erwischt.«

»Spiel das jetzt nur nicht herunter! Du hast gehört, was der Arzt gesagt hat. Das sind erste Warnschüsse vor den Bug! Vergiss nicht, dass du schon zwei Gehörstürze gehabt hast – mal abgesehen von denen, die du mir wohlweislich verschwiegen hast.«

»Christine!«

»Nein, es ist mein Ernst! Du musst endlich aufhören, dich pausenlos unter Druck zu setzen und ein Buch nach dem anderen zu schreiben. Du musst endlich lernen, auch mal Nein zu sagen! Das mit dem Brennen der Kerze an beiden Enden muss aufhören!«, stieß sie erregt hervor. »Und komm mir nicht noch einmal damit, dass du mich mit hohen Lebensversicherungen gut abgesichert hast! Ich will dich bei mir haben und keine vermögende Witwe sein!« Tränen liefen ihr über das Gesicht.

Er legte seinen Arm um sie und zog sie an sich. »Ich verspreche dir, mich zu bessern«, sagte er und küsste ihr die Tränen von den Wangen.

Erst Anfang Juni setzten sie ihre Fahrt nach Norden fort. Ihre nächste Station war Savannah, wo sie einige Tage blieben. Im Büro von American Express, das sie ihrer Familie, den Freunden und Verlagen für die vorletzte Etappe ihrer Rundreise als Postadresse angegeben hatten, wartete schon ein Stoß Briefe auf sie.

Einer der Briefe, der von Richards wichtigstem Verlag kam, enthielt die aufregende Nachricht, dass man ihn im Oktober mit einem zweiten Literaturpreis ehren würde, und zwar für seinen Himmerod-Klosterroman. »Die Jury hatte ihre Wahl damit begründet, dass mein Buch ein ›eindringliches literarisches Plädoyer für mehr Menschlichkeit, Nähe und Toleranz‹ sei«, las Richard begeistert vor.

»Das solltest du mal deinem Vater vorlesen!«

»Er hat das Buch doch noch nicht einmal *an*gelesen«, sagte Richard mit bitterem Sarkasmus.

Die Nachricht von der Literaturpreisverleihung feierten sie am Abend in einem Lokal an der Waterfront. Am nächsten Morgen telefonierten sie nach Monaten wieder mit Freunden und der Familie. Nach langem Zögern rief Richard auch seinen Vater an. Dieser beglückwünschte ihn zwar zum Literaturpreis, ging jedoch auf den Roman und sein Thema mit keinem Wort ein. Doch machte er seiner Verärgerung darüber Luft, dass er so wenig Postkarten von den beiden erhalten habe. Seine Klage gipfelte schließlich in der Bemerkung: »Statt so viel Geld für

einen Anruf auszugeben, hättest du ja auch eine Postkarte schreiben können.«
Richard hatte Mühe, die Beherrschung nicht zu verlieren und ruhig zu bleiben. Warum rief er eigentlich immer noch an, wenn er doch wusste, dass er es dem Vater, der ihn in Deutschland von sich aus nicht anrief, nie recht machen konnte?
Darüber sprach er mit Burkhard, als sie Ende Juni einen Abstecher nach Rochester machten. Diesmal gestaltete sich das Zusammensein mit seinem großen Bruder sehr viel harmonischer als in früheren Jahren. Lag es daran, dass die acht Jahre Altersunterschied, die in ihrer Jugend Welten ausgemacht hatten, nicht mehr so sehr ins Gewicht fielen, wenn man sich selbst schon in der Mitte seines Lebens befand? Sie hatten mehrere lange und gute Gespräche, machten doch auch Burkhard die wachsende Aggressivität, Weltfremdheit und Intoleranz des Vaters Sorge. Sie stimmten darin überein, dass früher die Mutter mit ihrer starken Hand einen wichtigen entschärfenden Einfluss auf ihn ausgeübt hatte, dessen Ausmaß und Bedeutung den Söhnen erst nach ihrem Tod richtig zu Bewusstsein gekommen war.
Auch mit Rojana kamen Richard und Christine dieses Mal besser aus. Sie nahm sich sogar Zeit für sie und war auch sanfter im Wesen geworden, aber immer noch bewundernswert engagiert für die Unterdrückten und Unterprivilegierten dieser Welt, insbesondere für die Kinder unter ihnen. Seit Jahren arbeitete sie als Lehrerin an einer Schule für Einwandererkinder. Ihr enormer Einsatz und die Liebe und Leidenschaft, mit der sie sich von morgens bis abends und sieben Tage die Woche für ihre Schüler und Studenten einsetzte, war auch öffentlich mit höchsten Auszeichnungen anerkannt worden.
Als sie Rochester verließen, nahm Richard mit der Hoffnung Abschied, dass er jenseits der Lebensmitte wenigstens mit seinem großen Bruder die bislang sehr losen Familienfäden aufgenommen hatte und sie sich einander wieder näher kamen.
Von Rochester fuhren sie Ende Juni nach Boston, wo sie das Wohnmobil zurückgaben. Mit einem Mietwagen fuhren sie an-

schließend die Küste nach Norden hinauf. Über Maine ging es nach Nova Scotia in Kanada. Hier gingen sie in Halifax zu Beginn der zweiten Juliwoche an Bord eines Frachters, der sie in zwölf zum Teil sturmgepeitschten Tagen über den Nordatlantik zurück nach Deutschland bringen sollte.
In der ersten sternenklaren Nacht nach dem großen Sturm stand Richard mit Christine an der Steuerbordreling im Windschutz der Brücke und genoss frisch aufgebrühten Kaffee mit viel Milch und einer schwachen Prise Kakao. Der Vollmond stand als helle Milchglaskugel über der silberweiß glitzernden See, die sich von Ewigkeit zu Ewigkeit zu erstrecken schien.
»Die Kinder sind erwachsen und gehen längst ihre eigenen Wege, warum gehen wir nicht wieder zurück nach Amerika?«, schlug Richard vor, als sie darüber sprachen, wie sehr sie sich doch bei allem, was sich an den USA kritisieren ließ, an die ganz besonderen Freiheiten und die Weite des Landes gewöhnt hatten. »Ich könnte mir gut vorstellen, irgendwo im Süden an der Atlantikküste zu wohnen.«
»Und wann gehen wir?«, fragte Christine nur.
»Sobald es möglich ist.«
»Versprochen?«
Er lachte. »Versprochen!« Nichts fiel ihm leichter, als ihr zuzusagen, wieder einmal aus ihrem gewohnten Alltag auszubrechen und ein neues Lebensabenteuer zu wagen. Es gab noch so viele Träume zu leben!

*

Deutschland stöhnte im August unter einer Hitzewelle, als Richard und Christine kurz nach ihrer Rückkehr in ihrem Garten eine große Sommerparty gaben. An diesem Abend sah Richard auch seinen alten Schul- und Studienfreund Ion Makris wieder, der sich mittlerweile in Düsseldorf mit einer eigenen Anwaltskanzlei selbständig gemacht hatte. Ein fröhliches Wiedersehen gab es ferner mit Peter Loth, der ihn während seiner

Studentenzeit in die schillernde Welt des Theaters eingeführt hatte, und seiner Frau Ortrud. Und dass sein Bruder Konrad gekommen war, freute ihn und Christine auch. Das war wohl die Crux mit Eltern und Geschwistern: Auch wenn man mit ihnen oft arg im Clinch lag und sie nicht selten zum Teufel wünschte, hing man doch an ihnen, ohne dafür einen wirklich vernünftigen Grund angeben zu können.

Richard unterhielt sich gerade mit Ion Makris und Peter Loth beim alten Gartenschuppen, wo ein Fässchen Bier aufgebockt stand, als Bruno und Simone eintrafen. Während Simone schon bald nach Christine suchte und sich unter die anderen Gäste mischte, blieb Bruno bei ihnen vor dem Bierfass.

Richard fiel auf, dass sein Cousin sehr nervös war und ungewöhnlich viel rauchte. Es fehlte nicht viel, und er hätte die nächste Zigarette gleich an der Glut der letzten Kippe anzünden können. Dabei fiel ihm Cäsar ein, der im letzten Jahr auch wieder zu rauchen angefangen hatte. Filterlose. Wo er und Monika nur blieben? Sie kamen doch sonst immer relativ pünktlich, und an der kleinen Nora konnte es nicht liegen, weil sie seit einer Woche bei den Großeltern war. Vielleicht steckten sie im Verkehr.

»Sei froh, dass du den ganzen Wirbel, das Gerangel und kleinliche Gezänk der Parteien hüben wie drüben nur aus der Ferne mitbekommen hast!«, sagte Ion und zapfte sich ein frisches Altbier. »Kohl verspricht vollmundig die Wiedervereinigung zum Nulltarif, und Lafontaine, der sich schon als nächster Kanzler sieht und die DDR am liebsten am Leben erhalten würde, versucht den Leuten vor einem vereinigten Deutschland Angst zu machen.«

»So unbegründet sind die Warnungen, dass die Wiedervereinigung zwangsläufig enorme Kosten mit sich bringt und ohne höhere Steuern niemals zu bewältigen ist, ja wirklich nicht«, warf Peter Loth ein, der keinen Hehl daraus machte, für Kohl und die CDU wenig übrig zu haben. »Das mit den blühenden Landschaften, die Kohl den Leuten drüben verspricht, ist doch Traumtänzerei – nein, schlimmer noch: Augenwischerei!«

»Das sehe ich auch so. Für den Westen wie für den Osten gibt es noch ein böses Erwachen, wenn da drüben erst einmal die Wirtschaft, wie mit der Abrissbirne platt gemacht, wegbricht und die Westdeutschen für den Aufbau tief in die Tasche greifen müssen«, pflichtete Bruno ihm bei.
»Das ist doch schon voll im Gang!«, warf Peter ein. »Seht euch doch mal an, wie die Treuhandanstalt die Firmen dichtmacht oder verscherbelt! Abwickeln nennen sie das zynisch, als ob nicht Hunderttausende menschlicher Schicksale mit den Schließungen verbunden wären!«
»Dass westliche Konzerne den Osten planmäßig platt machen, gehört ja wohl ins Fach Legendenbildung!«, widersprach Ion. »Sicher nutzen sie jetzt die Gunst der Stunde. Aber nicht die bösen westlichen Konzerne, sondern vierzig Jahre Plan- und Misswirtschaft haben dazu geführt, dass die DDR-Betriebe heute nicht weltmarktfähig sind. Und was soll das ganze Lamentieren? Seit dem 1. Juli ist die Wirtschafts-, Währungs- und Sozialunion in Kraft, und damit sind wir faktisch wieder vereinigt. Alles andere sind doch bloß noch staatsrechtliche Formalien, die mit den Alliierten geklärt werden müssen. Und ob es uns nun passt oder nicht, wir müssen mit den Folgen leben – im Osten wie im Westen!«
Wenig später zog es Peter, dem hörbar der Magen knurrte, zu den Bratwürsten, Hamburgern und Schweinesteaks, die auf dem Grill neben dem langen Tisch mit den Salaten und Stangenbroten brutzelten und einen verlockenden Duft verbreiteten. Ion schloss sich ihm an. »Müssen doch der Küche unserer Gastgeber die gebührende Ehre erweisen!«, scherzte er, als er mit Peter abzog.
Auch Richard verspürte jetzt Appetit auf deftige Genüsse, aber Bruno hielt ihn zurück. »Warte mal einen Augenblick! Ich muss dir was erzählen. Unter vier Augen. Aber versprich mir, dass die Sache unter uns bleibt, okay?«
Verwundert und im nächsten Moment von einem unangenehmen Verdacht durchzuckt, sah Richard ihn an. »Erzähl mir bloß

nicht, dass du dich mit Simone auseinander gelebt und dich Knall auf Fall in irgendein blutjunges Ding …«

»Nein, keine Sorge! Bei uns privat läuft es prima«, fiel Bruno ihm mit einem kurzen Auflachen ins Wort, drückte seine Kippe aus und griff sofort nach der Schachtel, um sich eine neue Zigarette anzuzünden. »Es ist was anderes, aber eine Katastrophe ist es auch.« Er machte eine kurze Pause. »Wir sind nämlich bankrott. Simone weiß nur noch nichts davon.«

»Mach keine Witze!«, stieß Richard erschrocken hervor.

»Wenn es nur ein Witz wäre! Leider ist es aber die nackte Wahrheit«, sagte Bruno und erzählte, wie Kurt Stenzel und Christoph Herweg ihn betrogen, mit Maschinen, Geld und Containern das Weite gesucht und ihn auf zweihunderttausend Mark Steuerschulden sitzen gelassen hatten. Von den beiden Ganoven, die allem Anschein nach irgendwo im Osten untergetaucht waren, fehlte jegliche Spur.

»Ich kann dir fünftausend, vielleicht auch zehntausend vorstrecken«, bot Richard ihm sofort an. »Und wenn ich für einen Kredit bürgen soll, können wir darüber reden.«

Ein dankbares Lächeln huschte über Brunos Gesicht. »Danke für das Angebot, aber so gut es auch gemeint ist, es hilft uns nicht aus der Bredouille. Ich meine, für die alltäglichen Ausgaben haben wir genug auf dem Konto, und Simone hat ja auch noch ihr Gehalt.«

»Aber wie willst du denn aus dem Schlamassel herauskommen und diese zweihunderttausend auftreiben?«, fragte Richard betroffen. »Die musst du doch auch erst einmal verdienen und versteuern. Mensch, das ist ja ein Teufelskreis!«

Bruno schnippte Asche von der Zigarette und verzog das Gesicht zu einer Grimasse. »Also zuerst einmal hat sich Dieter Reuter, der Kölner Steuerberater, den du mir mal vorgestellt hast, mit dem Finanzamt und der Bank in Leipzig in Verbindung gesetzt und versucht, da was zu bewegen. Die haben in ihrer Sozietät einen recht namhaften Wirtschaftsprüfer, mit dem der Reuter ihnen ordentlich einheizt. Aber wenn die Bank sich stur stellt

und mich durch einen langwierigen Prozess mürbe machen will, muss ich ein anderes Eisen im Feuer haben.«
Richard zog die Brauen hoch. »Du klingst, als hättest du dich auch schon nach einem zweiten heißen Eisen umgesehen.«
»Ja. Wobei ›umgesehen‹ beziehungsweise ›umgehört‹ das treffende Wort ist«, sagte Bruno. »Denn noch ist da nichts gelaufen. Aber ganz wohl ist mir nicht bei dem Gedanken an das, was ich Montag vorhabe.«
»Und was hast du vor? Erzähl schon!«
»Es gibt da in Leipzig einen ... Na ja, man kann schon sagen berühmt-berüchtigten Anwalt namens Alexander Wenderoth, der jahrzehntelang einen hohen Posten in der Staatsanwaltschaft bekleidet, sich aber frühzeitig vom sinkenden Schiff abgesetzt hat und nun in Leipzig eine Anwaltspraxis betreibt«, berichtete Bruno. »Seine enge Verbindung zur Stasi ist erst vor wenigen Wochen ganz groß durch die Zeitungen gegangen. Aber wie ich gehört habe, hat ihm die negative Presse überhaupt nicht geschadet, sondern ihm im Gegenteil Kunden und fast so etwas wie eine Reputation gebracht. Er soll aus alten Stasi-Tagen über erstklassige Beziehungen verfügen, und wo jetzt drüben alles den Bach runtergeht, ist das natürlich Gold wert.«
»Du willst dich einem Anwalt anvertrauen, der noch vor kurzem eng mit der Stasi zusammengearbeitet hat?«, fragte Richard ungläubig.
Bruno zuckte die Achseln. »Ich weiß, das klingt verrückt, wo ich doch so einen Hass auf die Burschen habe. Aber ein Westler kann mir bei dem dichten und geheimen Geflecht von alten Seilschaften, die da noch immer und wohl auch noch eine ganze Weile herrschen, nicht helfen. Und ich brauche Hilfe, und zwar schnell! Jedenfalls habe ich am Montag einen Termin bei Wenderoth.«
Richard machte ein besorgtes Gesicht. »Mensch, Bruno! Pass um Gottes willen auf, auf was du dich einlässt!«
Bruno grinste müde und sagte mit Galgenhumor: »Weißt du noch: Lieber auf der Tüte als im Eimer!« Dann erinnerte er

Richard noch einmal an sein Versprechen, Simone gegenüber nicht ein Wort von den zweihunderttausend Mark Steuerschulden fallen zu lassen. »Sie bekommt sonst den Schock ihres Lebens und kann keine Nacht mehr ruhig schlafen. Noch habe ich ja ein paar Wochen, vielleicht sogar Monate Galgenfrist, um den bitteren Kelch irgendwie abzuwenden, und die will ich nutzen. So, und jetzt Schluss davon! Erzähl zur Abwechslung mal was von dir und von eurer Reise!«

Es dämmerte schon, als endlich auch Cäsar und Monika eintrafen. Richard fand, dass sein Freund gar nicht gut aussah. Er hatte an Gewicht verloren, sein Gesicht wirkte grau und eingefallen, auch zeigte er sich nicht sehr gesprächig, sondern leicht gereizt und fahrig.

»Habe eben noch an den Nachwehen der schweren Lungenentzündung zu kauen«, sagte er in Anspielung auf die Wochen, die er im Juni in der Klinik verbracht hatte, um dann regelrecht unwirsch hinzuzufügen: »Und jetzt macht mal nicht so ein großes Geschiss darum, dass ich nicht wie der junge Apollo aussehe. Also, ich hol mir jetzt erst einmal ein Bier.« Damit ließ er die anderen stehen.

Verwundert blickte Richard Monika an, die mit einem gequälten Lächeln die Schultern hob. »Es ist nicht sein bester Tag, und wenn ich nicht darauf gedrängt hätte, wäre er überhaupt nicht gekommen. Aber er wird sich schon wieder fangen. Du kennst ja seine Krisen!«

Richard sah Tränen in ihren Augen schimmern.

Zwei Stunden später, kurz vor ihrem Aufbruch, nahm Monika ihn beiseite, als Cäsar ins Haus ging, um die Toilette aufzusuchen. »Richard, ich weiß mir keine Hilfe mehr. Du musst unbedingt mit Cäsar reden! Vielleicht kannst du ihn dazu bringen, dass er sich endlich in Behandlung begibt«, sprudelte sie leise, aber mit hastiger und verzweifelter Stimme hervor.

»In welche Behandlung?«, fragte Richard verwirrt. »Ist er krank? Habt ihr uns irgendwas verschwiegen?«

»Er war im Juni nicht wegen einer schweren Lungenentzündung

im Krankenhaus, sondern weil er versucht hat, sich das Leben zu nehmen«, eröffnete sie ihm. »In der Garage. Mit Auspuffgasen. Wenn unser Nachbar an diesem Tag nicht zufällig eine Stunde früher von der Arbeit nach Hause gekommen wäre, hätte es für Cäsar keine Rettung mehr gegeben. Die Vergiftung ist aber sehr schwer gewesen, das kannst du ihm ja heute noch ansehen.«

»O mein Gott!«, entfuhr es Richard. Seit seiner Jugend wusste er, wie labil Cäsar war und wie häufig er unter Selbstzweifeln, Willensschwäche und Depressionen litt. Er hätte jedoch nie geglaubt, dass sein Freund so bar jeder Hoffnung und Lebensfreude war und im Freitod den einzigen Ausweg aus seiner Seelenqual sah. Von dieser entsetzlichen Tiefe der Verzweiflung und Lebensmüdigkeit hatte er nichts geahnt. Und irgendwie rührte sich ein Gefühl der Schuld in ihm, dass er Cäsar doch nicht so gut kannte, wie er all die Jahre geglaubt hatte.

»Ich bitte dich, versuch ihn zur Einsicht zu bringen, dass er ärztliche Hilfe und psychiatrische Behandlung braucht!«, beschwor Monika ihn. »Vielleicht hört er auf dich, sonst weiß ich mir keinen Rat.«

»Aber natürlich ... Was immer ich machen kann ...«, stammelte Richard in seiner Verstörung.

»Am besten schon morgen! Ich fahre in der Früh zu meinen Eltern nach Hamburg, um Nora abzuholen, und bleibe bei ihnen über Nacht. Das ist doch ein guter Vorwand, um dich mit Cäsar zu treffen. Du kannst sagen, dass du gern mal wieder einen Zug mit ihm durch die Altstadt machen möchtest, wo du doch so lange weg gewesen bist. Und dabei ergibt sich bestimmt eine Möglichkeit, auf die Sache zu sprechen zu kommen. Aber sag nicht, dass du es von mir weißt! Sag, du hättest mit seinem Onkel gesprochen. Wie auch immer, lass dir bitte etwas einfallen!« Und dann lief sie schnell weg und stellte sich zu einer Gruppe von lachenden Frauen, damit Cäsar sie nicht bei ihm stehen sah und misstrauisch wurde, als er Augenblicke später von der Toilette zurückkam und zum Aufbruch drängte.

Kurz nachdem Simone und Cäsar sich verabschiedet hatten, hörten Richard und Bruno zufällig, wie Konrad im Gespräch mit Ion auf seine spitzzüngige Art sagte: »Nein, ich habe schon seit Jahren keinen Roman mehr von meinem Bruderling gelesen. Warum auch?« Und als er bemerkte, wer in Hörweite stand, lachte er schnell schallend auf, kippte sein Bier hinunter und prustete wieder los, als hätte er einen besonders geistreichen Witz gerissen. Noch immer lachend, sein leeres Bierglas schwenkend und etwas von Bolle redend, der sich mal wieder köstlich amüsiert habe, schlenderte er in Richtung Bierfass davon.
»Hast du das gehört?«, fragte Bruno entrüstet.
Richard zuckte nur die Achseln.
»Kannst du mir mal sagen, was sein Problem ist?«, wollte Bruno wissen. »Denn haben *muss* er ein Problem, offensichtlich sogar ein verdammt großes – und zwar eines mit sich selbst.«
Richard tat die Angelegenheit mit einem erneuten Achselzucken ab. An diesem Abend berührte ihn der Zynismus seines Bruders überhaupt nicht. Was ihn dagegen innerlich zutiefst aufwühlte, war, was Monika ihm anvertraut hatte. Ständig musste er nun an Cäsar denken und dass sein Freund versucht hatte, sich in der Garage mit Autoabgasen umzubringen.

*

Nach einer unruhigen Nacht, in der er sich viele Stunden schlaflos von einer Seite auf die andere wälzte, griff Richard noch recht früh am Morgen zum Telefon und rief bei Cäsar an.
»Wir haben bei dem Trubel gestern gar keine Zeit gehabt, mal in Ruhe miteinander zu reden. Und ihr seid nicht nur spät gekommen, sondern auch schon sehr früh wieder gegangen«, sagte er und machte den Vorschlag, sich doch am Abend zu treffen und ganz gemütlich eine Tour durch die Düsseldorfer Altstadt zu machen. »Nur wir beiden, wie in alten Junggesellenzeiten.«
Richard hatte befürchtet, Cäsar würde versuchen, einem Ge-

spräch unter vier Augen auszuweichen, und ihm mit Ausflüchten kommen, warum er heute und in den nächsten Tagen keine Zeit für ihn habe. Zu seiner Erleichterung nahm der Freund den Vorschlag jedoch nach kurzem Zögern an.
»Am besten kommst du mich zu Hause abholen, dann brauche ich nicht zu fahren und muss nicht aufpassen, wie viel ich trinke«, sagte Cäsar und verabredete sich mit ihm für sieben Uhr.
Richard führte an diesem Tag eine ganze Reihe von Telefongesprächen, auch mit Cäsars Onkel, um sich auf das Treffen und das schwierige Thema Freitod vorzubereiten. Er wusste, dass ihn keine leichte Aufgabe erwartete, und als er kurz nach sieben vor dem schmucken Reihenhaus in Düsseldorf-Garath hielt, fühlte er sich innerlich angespannt und beklommen. Nie in seinem Leben hatte er sich bedrückter und der vor ihm liegenden Aufgabe so wenig gewachsen gefühlt wie in dieser Stunde.
Schon wollte er klingeln, als er den Zettel bemerkte, der an der Haustür klebte und auf dem Cäsar die Nachricht hinterlassen hatte: »Tür ist auf. Bin im Garten!« Das Geräusch eines Rasenmähers drang an Richard Ohr.
Er drückte die Tür auf und stieß nach drei Schritten auf einen Küchenstuhl, der mitten im schmalen Dielenflur stand und den Durchgang zum Wohnzimmer versperrte.
Als Richard auf dem Stuhl den kleinen Bilderrahmen mit dem Zitat »Irgendwie habe ich die Nacht überlebt und bin mit dem Tag zurückgekehrt« von Emily Dickinson sah, das Cäsar sich vor zwei Jahren bei seinem Besuch in Himmerod auf einer Serviette notiert und später mit der Schreibmaschine abgeschrieben hatte und das gewöhnlich in einem kleinen Wechselrahmen in seinem Arbeitszimmer unter dem Dach an der Wand vor seinem Schreibtisch hing, traf ihn das entsetzliche Wissen, was ihn in diesem Haus erwartete, wie ein wuchtiger Faustschlag in den Magen.
Auf dem Glas des Bilderrahmens lag ein Zettel, auf den Cäsar gekritzelt hatte: »Die Nacht ist geblieben. Tag für Tag. Es ist gut, dass Du es bist, der mich findet. Ich hänge in der Garage.«

Dieses erschreckend sachliche »Ich hänge in der Garage«, dem kein weiteres Wort, keine Erklärung und kein Gruß folgte, ließ Richard würgen und verfolgte ihn jahrelang, mehr noch als das erschütternde Bild, das sich ihm bot, als er die Tür zur Garage aufriss und seinen Freund an der Stahlstrebe hängen sah.

3

Alexander Wenderoth thronte in seinem holzgetäfelten Büro hinter einem antiken, mit Schnitzereien reich verzierten Eichenschreibtisch und hörte sich mit leicht gerunzelter Stirn Brunos Geschichte an. Ab und an zog er an seiner Bruyèrepfeife und blies eine blaue Tabakwolke in Brunos Richtung. Mit seinem kräftigen, breitschultrigen Wuchs und dem dichten silbergrauen Vollbart, der akkurat geschnitten war, gab er mit seinen vierundsechzig Jahren noch immer eine eindrucksvolle und respektgebietende Gestalt ab.

»Hm, ist ja ein rechter Schlamassel, in den Sie sich da mit Ihrer Vertrauensseligkeit gebracht haben, mein junger Freund«, stellte der Anwalt voller Mitgefühl fest, als Bruno ihm vom Betrug seiner Partner und dem Damoklesschwert in Form von zweihunderttausend Mark Steuerschulden erzählt hatte. Seit er wusste, dass vor ihm der einstige Mitherausgeber des »Leipziger Journals« saß, dessen Ausgaben er als begeisterter Leser und Sammler von der ersten bis zur letzten Nummer aufgehoben und hinter seinem Schreibtisch in einem Regal aufgereiht hatte, war aus dem anfangs höflich reservierten »Herr Brüggemann« die väterlich huldvolle Anrede »mein junger Freund« geworden. »Das hat man davon, wenn man sich mit Wessis in Geschäfte einlässt. Diese kapitalistischen Blutsauger sind doch nur daran interessiert, unsereins über den Tisch zu ziehen! Aber da werden wir noch ein Wort mitzureden haben!«

Bruno hörte aufmerksam zu, als der Anwalt sich nun darüber ausließ, wie er der Bank Feuer unter dem Hintern zu machen und mit dem Finanzamt zu verhandeln gedachte. Dabei gab er ihm zu verstehen, dass er hier in Leipzig, seinem »eigenen Hinterhof«, wie er sich ausdrückte, wahrlich nicht der Hilfe eines westdeutschen Steuerberaters bedürfe und es lieber sähe, wenn Bruno die Angelegenheit allein in seine fähigen Hände legen würde. Und natürlich müsse er Geduld haben. Solche Verhandlungen brauchten ihre Zeit.

»Aber genau die habe ich nicht«, sagte Bruno gequält. »Mein Dilemma ist, dass ich schnell eine Menge Geld verdienen muss, um wenigstens schon mal einen Teil der Steuerschulden begleichen zu können. Andernfalls droht uns die Gehaltspfändung, und dann weiß ich nicht, was meine Frau mit mir macht, wenn sie alles erfährt. Und die einzige Chance, die ich habe, in kurzer Zeit zu viel Geld zu kommen, besteht darin, meine Autoschilderfirma weiterzuführen.«

Alexander Wenderoth sah ihn einen Moment mit nachdenklicher Miene an, während er mit dem Pfeifenstiel gegen seine Zähne tippte. Dann glitt ein Schmunzeln über sein Gesicht, und er schlug leicht mit der flachen Hand auf den Aktenstapel, der vor ihm auf der lederbespannten Schreibtischplatte lag. »Jemand wie Sie, der jahrelang unser geliebtes Leipzig und die vorbildlichen Errungenschaften unseres Landes, die man uns heutig madig machen will, auf hohem Niveau in seinem Journal gewürdigt hat, ein derart aufrechter Kämpfer wie Sie soll weiterhin Autoschilder verkaufen wie die kapitalistischen Pfeffersäcke, denen kein Geschäft zu dreckig ist, wenn es nur Profit abwirft? Nein! Ich denke, das Problem sollten wir ganz anders angehen. Kommen Sie, wir machen einen Besuch, mein junger Freund!«, rief er, sichtlich zufrieden mit seinem Einfall, und erhob sich schwungvoll.

»Besuch?«, fragte Bruno verständnislos. »Bei wem? Und zu welchem Zweck?«

»Ich beschaffe Ihnen eine Audienz bei General Schlegel. Der Mann ist in diesen Tagen sehr gefragt, und mit ihm sprechen zu dürfen ist ein besonderes Privileg. Wir sind gute Freunde und haben früher eng zusammengearbeitet.«

Bruno glaubte im ersten Moment, sich verhört zu haben. Meinte der Anwalt *den* General Eduard Schlegel, der als Chef über alle Leipziger Polizeieinheiten gebot? Aber in Leipzig gab es nur einen General Schlegel. Und genau von diesem und keinem anderen sprach Wenderoth.

»Nun kommen Sie schon, mein junger Freund!«, rief der Anwalt und lachte über die verwirrte Miene seines Klienten, dem er in der irrtümlichen Annahme einer geistigen Waffenbrüderschaft eine ganz besondere Vorzugsbehandlung zukommen lassen wollte.

Bruno fühlte sich erst unwohl bei dem Gedanken, dass Wenderoth ihn zum Polizeichef brachte, weil er die Überzeugung hegte, einen aufrechten Genossen vor sich zu haben. Denn dass der Mitherausgeber des »Leipziger Journals« Mitglied der Partei und linientreu gewesen sein musste, war für ihn offenbar selbstverständlich.

Hätte Bruno den Anwalt aufklären müssen? War er das seinem Gewissen, seiner moralischen Integrität schuldig? Er war sich unschlüssig. Aber dann sagte er sich, er habe ja nichts getan, um diesen falschen Eindruck zu erwecken, und man könne es ja als ausgleichende Gerechtigkeit bezeichnen, wenn Leute wie Wenderoth und der Polizeichef ihm in Unwissenheit der wahren Zusammenhänge jetzt zu Gefallen waren, nachdem er fast drei Jahrzehnte lang unter Funktionären wie ihnen gelitten hatte.

General Schlegel, bis zum 9. November ein mächtiger und gefürchteter Mann, ließ sie nicht eine Minute in seinem Vorzimmer warten, sondern winkte sie sofort in sein Büro durch, das mit den geblümten Tapeten im Stil der sechziger Jahre, den über Putz liegenden Strom- und Telefonleitungen und dem rissigen Linoleumboden recht schäbig wirkte. Bruno hatte sich das Büro eines Mannes mit solch einer erschreckenden Machtfülle, wie der General sie besessen hatte, feudaler und eindrucksvoller vorgestellt.

Wie der Verlust fast unbegrenzter Macht einen Menschen doch entzaubern kann!, fuhr es Bruno durch den Kopf, als er den General unauffällig musterte. Vor wenigen Monaten wäre ihm in Gegenwart des Polizeichefs die nackte Angst den Rücken hoch gekrochen. Nun sah er einen recht gewöhnlich aussehenden Mann vor sich, übergewichtig, mit schütterem Haar, einer groben Nase, einem breiten Kinn und grobporiger Haut, der in einem verschwitzten Uniformhemd steckte und mit nikotingelben Fingern eine Tasse mit lauwarmem Kaffee zum schlaffen Mund führte, während er sich anhörte, was Alexander Wenderoth über die missliche Lage seines Klienten zu erzählen wusste.

»Hast du eine Idee, wie wir unserem jungen Freund helfen können, Eduard?«, fragte der Anwalt schließlich. »Können wir zulassen, dass unser junger Kamerad hier durch den Ausverkauf unseres Landes gezwungen ist, sich mit einem so primitiven Geschäft wie dem Handel mit Autoschildern über Wasser zu halten?«

»Nicht, solange ich hier noch etwas zu sagen habe, Alex. Wir müssen jetzt mehr denn je zusammenhalten! Die Imperialisten können uns unsere Fahne, unsere Eigenstaatlichkeit und unsere sozialistischen Errungenschaften nehmen, aber unsere Überzeugungen und unsere Solidarität mit den Genossen werden wir ihnen nicht ausliefern!« Der General tauschte mit dem Anwalt ein bedeutsames Lächeln und wandte sich dann an Bruno, dessen ideologische Zuverlässigkeit für ihn außer Zweifel stand. Und da man sich unter Freunden befand, duzte er Bruno sogleich, wie es sich unter Genossen gehörte. »Also vergiss besser mal deine Autoschilderfirma, Kamerad! Dir stehen jetzt ganz andere Geschäfte offen.« Er trat hinter seinen Schreibtisch, griff zu einer Mappe, schlug sie auf und blätterte in den Papieren. »Lass uns doch mal sehen, was wir dir bieten können .... Hm, nein, das ist Kleinkram ... Aber das hier, das wäre doch schon etwas! Du

kannst von mir die Konzession erhalten, sämtliche Polizeidienststellen in meinem Befehlsbereich mit Socken, Hemden, Kragenbinden, Schuhen und Uniformen zu versorgen.«
Alexander Wenderoth nickte anerkennend. »Lukrativ!«, sagte er mit einem Kopfnicken und Lächeln in Brunos Richtung, als wolle er sagen: »Na, habe ich zu viel versprochen?«
Bruno wusste nicht, was er sagen sollte. Was hatte die Versorgung der Leipziger Polizeidienststellen mit Socken, Kragenbinden, Hemden und anderen Kleidungsstücken mit ihm zu tun? Kam er vielleicht aus der Einkaufsabteilung von C & A?
»Oder aber ich überlasse dir die Genehmigung für das Aufstellen von Coca-Cola-Automaten in allen Dienststellen«, schlug General Schlegel als Nächstes vor und blätterte weiter in seinen Papieren. »Da muss ich sowieso recht bald eine Entscheidung treffen.«
»Ein ekelhaftes Zeug, diese NATO-Brause, aber ein Bombengeschäft, das im Schlaf läuft! Die moderne dekadente Form des Dukatenesels!«, versicherte Alexander Wenderoth. »Weiß das von meinem Neffen und meinem Schwager. Die haben wir anderweitig mit derartigen Konzessionen versorgt. Ein echter Selbstläufer!«
»Hier ist noch etwas«, sagte General Schlegel, und hielt im Blättern inne. »Ich kann dir das ganze Wäschereigeschäft aller Leipziger Polizeidienststellen überlassen. Bei der Zahl von Beamten sind das wahre Wäscheberge, die wöchentlich anfallen. Ein sauberes Geschäft!« Er lachte. »Ich könnte dich auch im Immobiliengeschäft unterbringen«, fuhr er fort. »Ich habe wie meine Kollegen in den Führungskadern anderer Bezirke gerade eine wichtige Aktion laufen. Erstklassiger Grundbesitz wird so umgeschrieben, dass möglichst viele von unseren hochrangigen Kameraden mit einem bequemen Ruhekissen dem Ausverkauf unseres Landes gelassen entgegensehen können, zumindest was ihre finanzielle Sicherheit betrifft. Natürlich formaljuristisch alles streng legal und unanfechtbar …«
»Aber von all den Sachen habe ich doch überhaupt keine Ahnung!«, fiel Bruno ihm völlig verwirrt ins Wort.

»Ja, und?«, fragte General Schlegel verwundert, als wisse er nicht, wo Bruno da ein Problem sah.
»Die Konzession ist es, die das Geld bringt, mein junger Freund! Für alles andere gibt es Leute, die die Arbeit machen«, warf Alexander Wenderoth ein.
General Schlegel nickte. »Ich sitze nicht mehr lange auf diesem Stuhl hier, aber laut Einigungsvertrag gilt meine Unterschrift unter all diesen Geschäften, die noch abgewickelt werden müssen, auch über den Tag der Wiedervereinigung hinaus. Es ist also alles völlig legal, was wir dir anbieten.«
Eine gute halbe Stunde lang versuchten die beiden, Bruno davon zu überzeugen, dass er das Geschäft seines Lebens mache, wenn er sich für eine der angebotenen Konzessionen entschied. Immer wieder gipfelte ihre Überredungskunst in der Bemerkung: So gut wie eine Lizenz zum Gelddrucken! Aber Bruno hatte Zweifel und scheute davor zurück, weil er fürchtete, in einer Branche, von der er nicht den Schimmer einer Ahnung hatte, wieder übers Ohr gehauen zu werden. Das Geschäft mit Autoschildern dagegen kannte er, und er wusste auch, mit welchen Einnahmen er rechnen konnte. Wenn er Autoschilder Brüggemann wieder zum Laufen bringen konnte und noch in diesem Jahr auf mindestens zehn, zwölf Stellplätze vor zentralen Polizeidienststellen kam, konnte er seinen Hals aus der Schlinge des Finanzamtes ziehen, bevor Simone Wind von dem Steuerdesaster bekam. Zudem suchte er keinen neuen Beruf, letztlich wartete das Känguru, sein eigener Verlag, auf ihn.
Am Ende gaben Wenderoth und Schlegel auf, ihn von seinem Glück überzeugen zu wollen. »Ich kann zwar nicht begreifen, wie jemand so ein Angebot in den Wind schlagen kann, aber wenn du unbedingt wieder in dein altes Geschäft zurückwillst, ist das deine Sache!«, sagte der General kopfschüttelnd und griff zu einem Notizblock. »Viel kann ich da zwar nicht für dich tun, aber wohl doch das Wichtigste, nämlich dir die besten Standplätze sichern.«
Bruno nickte erleichtert.

»Ich werde dir einen Empfehlungsbrief schreiben«, fuhr General Schlegel fort. »Außerhalb meines Bereiches hat er zwar keine rechtliche Geltung, aber wir Polizeichefs kennen uns. Und wenn du zu meinen Kollegen nach Halle, Gera, Merseburg oder wo auch immer gehst, wird dir mein Schreiben ein wohlwollendes Ohr sichern.«

Zum ersten Mal nach Wochen schöpfte Bruno wieder Hoffnung. Ein solcher Empfehlungsbrief würde für ihn ein Sesam-öffne-dich sein.

General Schlegel gab ihm am Schluss noch einen Rat mit auf den Weg. »Wenn du ganz sichergehen willst, auch überall deine Genehmigung zu erhalten, musst du bloß aus jeder Dienststelle den Parteisekretär anstellen und den Schirrmeister, den Waffenmeister. Das sind nach dem Chef nicht nur die beiden wichtigsten Leute, die meist auch gut Freund mit dem Polizeichef sind, sondern auch diejenigen, die mit absoluter Sicherheit nicht übernommen werden, wenn der Westen hier endgültig das Sagen hat. Also denk daran: Der Schirrmeister und der Parteisekretär sind deine Joker, mit denen du das Blatt eines jeden Konkurrenten stichst!«

*

Der Rat erwies sich als goldrichtig. Mehr als einmal hörte Bruno das Schlagwort von den »Säuberungskampagnen des Klassenfeindes«, mit denen nach der Wiedervereinigung am 3. Oktober zu rechnen war. Diese und ähnliche Äußerungen, die ihm immer häufiger auch in seinem Bekanntenkreis zu Ohren kamen, ließen ihn daran zweifeln, dass das, was ohne jede Frage zusammengehörte, auch so schnell wieder zusammenwachsen würde, wie manche es erwarteten. Als Bruno den Polizeisekretären und Schirrmeistern anbot, sie anzustellen, lehnte nicht einer von ihnen ab. Wo immer er erschien und den Empfehlungsbrief vorlegte, erhielt er unverzüglich die Genehmigung für einen Standplatz in unmittelbarer Nähe der Polizeidienststelle.

Als er vierzehn Genehmigungen zusammen hatte, die auf der Karte eine Kette von Containern der Firma Autoschilder Brüggemann von Gera im Süden über Zeitz, Leipzig, Halle, Dessau und Jüterbog bis nach Luckenwalde vor den Toren von Berlin im Norden ergaben, begann der erheblich kompliziertere Teil: die Beschaffung der nötigen Gelder, um die Verkaufscontainer anmieten und die Prägemaschinen, die unter sechzigtausend Mark das Stück nicht zu haben waren, besorgen zu können. Grob gerechnet brauchte er eine knappe Million, wenn er alle vierzehn Standplätze auf einen Schlag in Betrieb nehmen wollte.

Der Direktor seiner bisherigen Hausbank erklärte ihn, wenn auch in höfliche Floskeln gekleidet, für übergeschnappt, als Bruno ihm die Mappe mit den vierzehn genehmigten Stellplätzen vorlegte und das Angebot machte, seine Regressansprüche zu halbieren, wenn die Bank ihm den Kredit einräumte, den er für einen Neustart seiner Firma benötigte. Bei anderen Banken fiel die Reaktion ähnlich aus, sobald nach Vermögen und Verbindlichkeiten gefragt wurde und Bruno nicht einmal mit zehn oder gar fünf Prozent Eigenkapital dienen konnte, dafür aber zweihunderttausend Mark Steuerschulden angeben musste. Ein Banker lachte ihn ganz unverblümt aus, und ein anderer wurde sogar regelrecht wütend, dass er ihm die Zeit stahl, und warf ihn aus seinem Büro.

Bruno dachte jedoch nicht daran, sich geschlagen zu geben. Er *musste* seine Firma wieder hochbringen, und zwar schnell. Deshalb wäre er lieber mit einem sicheren Bankkredit in der Hinterhand zum Hersteller der Prägemaschinen nach Hannover gefahren. Denn dann hätte er bei Abnahme von zehn oder gar vierzehn Maschinen auf einen Schlag natürlich einen besseren Preis aushandeln können. Aber er würde auch ohne Geld von der Bank mit den Leuten ins Geschäft kommen, dessen war er sicher. Einen so lukrativen Deal würden sie sich nicht entgehen lassen. Die Kopien seiner Standgenehmigungen und das Empfehlungsschreiben würden ihre Wirkung nicht verfehlen.

Bruno täuschte sich nicht. Kaum saß er im Zimmer eines gelangweilt dreinblickenden Verkaufsleiters und hatte ihm die vierzehn Genehmigungen sowie den Brief des Leipziger Polizeigenerals auf den Tisch geblättert, als der Mann plötzlich hellwach und die Freundlichkeit in Person wurde. »Ich denke, das wird unser geschäftsführender Direktor persönlich in die Hände nehmen wollen«, sagte er beeindruckt und griff zum Telefon.

Wenige Minuten später begrüßte ihn der Direktor, ein sehr distinguierter Herr um die fünfzig mit randloser Brille, in seinem repräsentativen Eckbüro und bat ihn hinüber zur eleganten Sitzgarnitur aus Chrom und moosgrünem Leder.

»Das ist ja eine höchst interessante Angelegenheit«, sagte er, nachdem er die Standgenehmigungen geprüft und das Empfehlungsschreiben gelesen hatte. »Mit diesem Brief dürfte es nicht schwierig sein, noch weitere Standplätze in Sachsen, aber auch anderswo zu erhalten, was meinen Sie?«

»Sicher, damit könnte ich noch eine Menge guter Plätze bekommen, aber ich bin nicht größenwahnsinnig. Mit vierzehn Standplätzen werde ich alle Hände voll zu tun haben.«

»Das ist sehr klug von Ihnen. Entschuldigen Sie mich bitte für einen kurzen Moment. Darf ich Ihnen in der Zwischenzeit Kaffee, Tee, Saft oder sonst etwas bringen lassen?«

»Kaffee wäre ganz nett.«

»Ich sage meiner Sekretärin Bescheid und bin selbst gleich wieder zurück«, sagte der Direktor und eilte aus dem Zimmer.

Die Sekretärin brachte nicht einfach nur eine Tasse Kaffee, sondern schob gleich einen Servierwagen aus Chrom und Glas ins Zimmer, auf dessen oberer Platte eine silberne Kaffeekanne, Silbergefäße für Zucker und Milch, eine Etagere mit exquisiten Plätzchen und Pralinen sowie feinstes Porzellangeschirr standen. Eine Auswahl edler Whisky-, Cognac- und Likörsorten, dazu mehrere schwere Cognacschwenker und Kristallgläser fanden sich auf der unteren Glasplatte.

Der Direktor kehrte nach einigen Minuten wieder zurück und verwickelte Bruno in ein Gespräch, das zu dessen Verwunderung kaum das Geschäft berührte, das doch der Grund seines Besuches war. Nach einer Weile drängte sich ihm der Eindruck auf, als versuche der Direktor ihn hinzuhalten. Aber warum? Plötzlich hörte er Stimmen im Vorzimmer.

»Das ist er!«, rief der Direktor lächelnd und sprang auf.

»Wer?«, fragte Bruno verdutzt.

»Der Seniorchef des Unternehmens. Ich habe mit ihm telefoniert. Er befand sich schon auf dem Weg zur Jagd, möchte Sie jedoch gern persönlich kennen lernen und ist deshalb noch mal zurückgekehrt. Das dürfte ein sehr interessantes Gespräch werden, Herr Brüggemann.«

Sprachlos blickte Bruno Richtung Tür. Der mächtige und millionenschwere Industrieboss änderte seine Pläne und kam zurück, weil er ihn, den bankrotten Niemand aus Leipzig, kennen lernen wollte? Nicht zu glauben!

In eine noch größere Fassungslosigkeit stürzte Bruno die Tatsache, dass er eine halbe Stunde später zusammen mit dem Seniorchef, dem Direktor und dem Firmenanwalt im Industriegebiet beim Italiener saß und die Herren ihm das Angebot einer Zusammenarbeit unterbreiteten. Da war viel von einer soliden Partnerschaft mit goldenem Boden und von *franchising* die Rede, wobei das Lächeln der Gesprächspartner nie zu versiegen schien. Bruno schwirrte bald der Kopf von all den Zahlen und Fachbegriffen, mit denen sie um sich warfen. Ganz berauscht fühlte er sich von dem, was ihm die Männer versprachen. Der große Maschinenhersteller wollte mit ihm, dem kleinen Brüggemann, eine Partnerschaft eingehen! Es war absolut verrückt, aber genau so lautete das Angebot.

»Dann sind wir uns also einig, ja? Wunderbar! Wir schließen einen Franchisevertrag und werden beide eine Menge Geld im Osten verdienen«, erklärte der Seniorchef im Brustton eines ehrenvollen Gelöbnisses, als die Bedienung Espresso und Grappa brachte. »Um den üblichen Papierkram mit den lästigen Details kümmert sich unser guter Anwalt. Bei dem befinden Sie sich in den besten Händen.« Er zerrte die Serviette aus dem Revers

seiner Jagdjacke, stand auf und streckte Bruno die Hand hin. »Auf eine gute Zusammenarbeit!«
Bruno ergriff die ihm dargebotene Hand und konnte nicht glauben, das wirklich zu erleben. »Ja, auf eine gute Zusammenarbeit«, hörte er sich sagen, als stehe er neben sich.
Anschließend verbrachte er noch zwei Stunden im Büro des Firmenanwalts, der zwei juristische Mitarbeiter hinzuzog, um die Abmachung unter Dach und Fach zu bringen. Schließlich lag ein vielseitiger Vertrag vor Bruno auf dem Tisch, den er an Ort und Stelle unterschreiben sollte.
»Das hier ist das Beste, was Ihnen passieren kann, Herr Brüggemann«, beteuerte der Anwalt und schob ihm den Montblanc-Füller mit schon aufgeschraubter Kappe zu. Er lächelte sein nie versiegendes Lächeln. »Als Erinnerung an diesen bedeutsamen Moment nehmen Sie den Füller bitte gleich mit!«
Bruno widerstand jedoch allem guten Zureden und erklärte, den Vertrag doch lieber erst noch einmal zu Hause in Ruhe durchlesen zu wollen, bevor er seine Unterschrift unter all die Papiere setzte.
Das trübte die Stimmung des Anwalts sichtlich. »Ihr Misstrauen ist wirklich nicht angebracht, Herr Brüggemann«, sagte er pikiert und tat, als habe er guten Grund, sich in seiner Ehre verletzt zu fühlen. »Wenn ich Sie wäre, würde ich auf der Stelle unterschreiben und mir diese einmalige Chance sichern. Wer weiß, was schon morgen oder in ein paar Tagen ist? Die Dinge im Osten sind mächtig im Fluss. Vielleicht sind wir morgen gar nicht mehr an einer Partnerschaft mit Ihnen interessiert, weil sich uns ein lukrativeres Geschäft geboten hat?«
Bruno hielt allem Druck stand, und eine Stunde später beglückwünschte nicht nur er sich dazu, standhaft geblieben zu sein, sondern auch Dieter Reuter.
Bruno hatte die nächste Raststätte angefahren und die Papiere langsam und aufmerksam Zeile für Zeile durchgelesen. Bei der zweiten sorgfältigen Lektüre stieß er an mehreren Stellen auf Formulierungen, die sein Misstrauen verstärkten. Kurz entschlossen

rief er Dieter Reuter in Köln an und las dem Steuerberater einige der Passagen vor.
»Kein schlechter Vertrag …«, begann der Steuerberater.
»Und ich habe schon gedacht, die wollen mich aufs Kreuz legen«, sagte Bruno überrascht und leistete dem Firmenanwalt in Gedanken schon Abbitte für sein Misstrauen.
»… wenn Sie ein besserer Angestellter des Maschinenherstellers sein und sich mit einem geringen prozentualen Anteil am Gewinn begnügen wollen«, fuhr Dieter Reuter auf seine trockene, sachliche Art fort. »Denn wenn Sie den Vertrag, so wie er formuliert ist, unterschreiben, werden Sie nichts mehr zu sagen haben. Und wenn Sie dann aus dem Vertrag aussteigen, dürfen Sie zwei Jahre lang kein eigenes Geschäft aufziehen, das diesen Leuten Konkurrenz machen könnte.«
»Ich wusste es doch!«, stieß Bruno wütend hervor und fuhr sofort nach Hannover zurück. Der Direktor empfing ihn umgehend. Als er jedoch hörte, dass Bruno den Vertrag in dieser Form nicht zu unterschreiben gedachte, erhebliche Nachbesserungen und sogar Streichung ganzer Passagen verlangte, war es mit der Freundlichkeit auf einmal vorbei.
»Wenn Sie noch immer Maschinen von uns wollen, dann nur gegen volle Bezahlung«, erklärte der Direktor zum Schluss, und ein kühles Lächeln erschien auf seinem Gesicht. »Aber auch in dem doch wohl sehr unwahrscheinlichen Fall, dass Sie wundersamerweise irgendwoher das Geld für ein, zwei Maschinen auftreiben, würde ich an Ihrer Stelle nicht darauf bauen, dass wir dann auch Lieferkapazitäten für eine Order von Ihnen haben – wenn Sie verstehen, was ich meine.«
Bruno verstand nur zu gut.

*

»Das Ende der Fahnenstange ist erreicht. Ich bin erledigt, Horst! Am Wochenende muss ich auf die Knie und Simone beichten, dass ich uns bis über die Ohren in die Scheiße geritten habe«,

sagte Bruno mit düsterer Miene. Das Bier, das ihm die Bedienung im Gewölbe der »Moritzbastei« schon vor Minuten gebracht hatte, stand noch unberührt vor ihm.
»Direkt falsch gemacht hast du ja nichts. Das Geschäft ist doch gut gelaufen«, versuchte Horst ihn zu trösten. Dabei hatte er selbst Trost nötig, denn seit zwei Tagen wusste er, dass er Ende des Monats arbeitslos sein würde.
»Das Geschäft ist sogar bombig gelaufen. Aber ich bin zu vertrauensselig gewesen, dumm wie ein Dreipfundbrot.«
»Schlag dich doch nicht gleich selbst ans Kreuz!«, protestierte Horst. »Die Bank hat grob fahrlässig gehandelt. Und der Betrug war von deinen Partnern viel zu clever angelegt. Das wird auch Simone so sehen.«
Bruno schüttelte den Kopf und sagte leise: »Simone wird maßlos enttäuscht von mir sein, aber sich nach außen ganz tapfer geben. Nur wird sie nachts nicht mehr ruhig schlafen können und sich vor Sorge die Augen aus dem Kopf weinen, wenn ich es nicht sehe.«
Darauf wusste Horst nichts zu erwidern, und sie versanken für eine ganze Weile in bedrücktes Schweigen, während das unbeschwerte Gelächter und Stimmengewirr sie im Kneipengewölbe umbrandete.
»Mensch!«, stieß Horst plötzlich hervor, den Blick auf das Gedränge an der Theke gerichtet.
»Was ist?«
»Mir ist da gerade eine Idee gekommen!«
Bruno seufzte. »Ach, Horst ...«
»Warum sprichst du nicht mal mit Malte Marschewski?«
Verwundert zog Bruno die Brauen hoch. »Wie bitte?«
Horst lachte. »Ja! Er steht da drüben an der Theke. Das wäre doch ein idealer Partner für dich. Der Mann hat nicht nur Geld bis zum Abwinken, sondern ist auch einer von uns und weiß, wie man sich behauptet.«
Mit Malte Marschewski hatte Bruno bisher weder persönlich zu tun gehabt noch das Verlangen danach verspürt, aber sein Name

und seine Reputation waren ihm natürlich bekannt. Wer kannte ihn denn nicht?
Marschewski gehörte zur Halb- und Unterwelt von Leipzig wie Kurt Masur zum Gewandhaus und war bekannt wie ein bunter Hund, was nicht allein an seinem exzentrischen Äußeren lag. Der Mann galt schon zu DDR-Zeiten als raffinierter Schieber, der, wie man sich erzählte, ein Vermögen mit Abfall, Altpapier und Schrott gemacht hatte. Seit dem Zusammenbruch der DDR handelte er zudem noch mit Büchern, Möbeln und Antiquitäten, die draußen auf dem Land angeblich ganze Scheunen füllten.
»Ich soll mit einem Schieber Geschäfte machen?«, fragte Bruno seinen Freund ungläubig. »Hast du sie nicht mehr alle?«
Horst hob die Schultern. »Warum denn nicht? Ein Verbrecher ist er ja nun nicht, auch wenn einige seiner Geschäfte nicht ganz koscher sind. Ich würde mich aber zehnmal lieber mit einem wie Malte an einen Tisch setzen als mit Leuten wie Wenderoth und Schlegel, von denen es in unserem Land nur so wimmelt. Und was ist denn mit deinen Hannoveraner Kandidaten? Sind das vielleicht keine Ganoven, auch wenn bei ihnen alles schön juristisch legal zugeht und sie sich vornehm in teurem, maßgeschneidertem Zwirn kleiden?«
»Da ist schon was dran«, räumte Bruno ein.
»Also, was ist? Soll ich mal mit ihm reden? Ich kenne Malte ein wenig. Seine alte Mutter wohnt doch bei uns im Haus, und ich hole ihr im Winter oft die Kohlen aus dem Keller. Wir wechseln manchmal ein paar Worte miteinander, wenn wir uns zufällig im Treppenhaus begegnen. Ich könnte mir gut vorstellen, dass er Interesse hat, in das Geschäft einzusteigen.«
Bruno lachte freudlos auf. »Also gut, quatsch ihn an! Was habe ich denn schon groß zu verlieren?«
Horst schlug ihm aufmunternd auf die Schulter und drängte sich durch die Menge Richtung Theke. Einige Minuten später kam er mit dem Schieber zu ihm an den Tisch zurück.
Marschewski, den Bruno auf Anfang vierzig schätzte, überragte

Horst um einen Kopf, hatte Schultern so breit wie eine Tür und sah aus, als käme er gerade vom Set eines billigen Mafiafilms, ohne sich die Zeit zum Abschminken und Abnehmen der Perücke genommen zu haben. Künstliche Locken, die in einem unnatürlich goldenen Blondton schimmerten, fielen ihm bis auf die Schultern. Die tiefe Solariumsbräune ließ die Haut seines kantigen, aber gar nicht mal unansehnlichen Gesichtes wie dunkles, wettergegerbtes Leder aussehen. Er trug zu ausgewaschenen Jeans ein hautenges weißes Muskelshirt, darüber eine alte dunkelbraune Fliegerjacke und auf dem Kopf eine Baseballkappe mit dem NY-Zeichen der New York Yankees.

Bruno hatte noch nie so viel wandelndes Gold gesehen. Malte war mit Gold behangen wie ein Weihnachtsbaum im Schaufenster eines Discountjuweliers. In seinen Ohrläppchen glitzerten in Gold gefasste Brillies, mehrere ankerschwere Goldketten hingen ihm um den muskulösen Hals, und an den Handgelenken und sämtlichen Fingern steckten protzige Ringe, die gut und gern auch als Schlagringe dienen konnten.

»Ich bin der Malte«, begrüßte er Bruno selbstbewusst, drückte seine Hand, als wolle er Brei aus ihr machen, und kam sofort zur Sache, kaum dass er am Tisch Platz genommen hatte. »Der Horst sagt, du brauchst einen Partner mit einer gut gefüllten Brieftasche, der mal locker mit einigen hundert Riesen in Vorkasse tritt, um ein bombensicheres Geschäft zum Laufen zu bringen. Sehe ich das richtig?«

»Ja, so könnte man es beschreiben«, sagte Bruno spröde und tat sich in den ersten Minuten schwer, seine starken Vorbehalte gegenüber diesem Schieber zu überwinden. Aber dann dachte er an Simone und daran, was ihnen beiden blühte, wenn es ihm nicht gelang, sich irgendwie aus dem Schuldensumpf zu ziehen, und das half ihm, die richtige Perspektive zu gewinnen.

»Kann wirklich interessant sein, in das Geschäft zu investieren«, sagte Malte eine halbe Stunde später und versprach, in spätestens zwei Tagen Bescheid zu geben.

»Er wird sich natürlich umhören und Erkundigungen über dich einziehen«, sagte Horst.
»Meinetwegen«, erwiderte Bruno, ohne sich viel von diesem zweifelhaften Kontakt zu versprechen. Zwei Tage später trafen die drei sich wieder, diesmal bei Bruno in der Wohnung, die noch immer nur notdürftig hergerichtet war.
Malte ließ sich den Empfehlungsbrief und die vierzehn Genehmigungen zeigen. »Okay, das sieht alles bestens aus. Wir können ins Geschäft kommen«, erklärte er ohne große Umschweife und bot an, als Partner der gemeinsamen Firma einen Kredit in Höhe von einer halben Million einzuräumen, der aufgestockt werden konnte. Er verlangte dafür Zinsen in zweistelliger Höhe sowie einen Gewinnanteil von sechzig Prozent. Als Bruno ihn jedoch darauf hinwies, dass die Genehmigungen und der Empfehlungsbrief das Geschäft erst möglich machten und Marschewski über den happigen Zinssatz schon einen satten Teil vom Profit abschöpfe, bevor es ans Aufteilen ging, ließ der Schieber sich schließlich doch auf fünfzig Prozent herunterhandeln.
»Ich will Horst mit dabeihaben, als Partner«, erklärte Bruno, der sich mit seinem Freund vorher besprochen hatte, was zu tun sei, falls Malte als Finanzier einstieg. Horst würde so schnell keine neue Anstellung finden, und da man die Krippe, in der seine Frau arbeitete, zum Jahresende schließen und somit auch Beate arbeitslos sein würde, brauchte Horst dringend einen Job. »Zu zweit ist das mit so vielen Standplätzen nicht zu schaffen. Und ich will diesmal jemanden an meiner Seite haben, dem ich wirklich vertrauen kann.«
Malte Marschewski zuckte gleichmütig die Achseln. »Ist mir egal, mit wem du deine Hälfte teilst. Horst ist in Ordnung. Das gibt eine gute Truppe.«
Bruno konnte noch nicht so recht glauben, dass er damit wieder im lukrativen Autoschildergeschäft war und berechtigte Hoffnung schöpfen durfte, die Steuerkatastrophe doch noch abwenden zu können. »Magenschmerzen bereitet mir nur die Frage,

wie wir jetzt schnell genug an die Maschinen kommen können«, sagte er. »Die Firma in Hannover wird uns am ausgestreckten Arm verhungern lassen, das hat mir der Direktor deutlich genug zu verstehen gegeben.«
Malte lächelte. »Lass das mal meine Sorge sein. Die werden uns schon nächste Woche zehn Maschinen verkaufen und sich zur Lieferung weiterer Maschinen vertraglich verpflichten.«
»Wie willst du denn das anstellen?«, fragte Horst.
»Strohmänner«, sagte Malte trocken. »Muss nur überlegen, ob ich das Geschäft über meine österreichischen Freunde oder über Polen laufen lasse. Ungarn bietet sich auch an. Aber das soll euch nicht kratzen! Die Maschinen kommen jedenfalls!«
Sie kamen tatsächlich, und zwar über Österreich. Zehn brandneue Prägemaschinen aus Hannover für die ersten Containerstandplätze der Firma Autoschilder Phönix, wie ihr Unternehmen jetzt hieß. Und Bruno hätte sich auch keinen besseren Namen für seinen zweiten Versuch als Firmengründer vorstellen können.
Mit einer Mischung aus Staunen, Genugtuung und fast kindlicher Freude sah er bei allen zehn Standplätzen zu, wie die Prägemaschinen abgeladen, im Container aufgestellt und in Betrieb genommen wurden. Der Anblick berauschte ihn und erfüllte ihn mit innerem Jubel. Er, Bruno Brüggemann, hatte sich aus den Trümmern seiner ersten Geschäftsgründung erhoben und war ins rettende Autoschildergeschäft zurückgekehrt wie Phönix aus der Asche!

4

Bei einem Bummel durch die Innenstadt von Düsseldorf, den Richard und Christine an einem sonnig-milden Herbsttag mit dem Vater unternahmen, sprach dieser auf einmal zwei Mädchen an, die neben ihnen an der Ampel auf Grün warteten und Zigaretten rauchten.

»Das lasst mal besser sein, Kinder! Rauchen ist ungesund. Davon könnt ihr Krebs bekommen«, belehrte er sie in recht schroffem, missbilligendem Ton. »Ich verstehe was davon, ich bin Arzt. Also macht mal die Zigaretten aus!«

Die etwa sechzehn-, siebzehnjährigen Mädchen sahen ihn erst irritiert an, dann lachten sie, als hielten sie das Ganze für eine wirklich komische Sache, und gingen weiter, als die Ampel auf Grün umsprang.

Richard und Christine sahen sich nur an und schüttelten den Kopf, sagten aber nichts, um sich wegen dieser Kleinigkeit, wie absonderlich sie auch sein mochte, nicht mit dem Vater in die Haare zu geraten.

Aber keine hundert Meter weiter setzte der Vater die Belehrung fremder Jugendlicher auf der Straße fort. Mit spitzem Finger tippte er einem weiteren Mädchen, das sich in Begleitung zweier Freundinnen befand und der schrillen Kleidung nach zur Punkszene gehörte, auf die Schulter und forderte es in gebieterischem Ton auf, gefälligst das Rauchen zu unterlassen, da es schädlich für die Gesundheit sei.

»Verpiss dich doch, Alter!«, fuhr das Mädchen den Alten vulgär an. »Und fass mich bloß nicht noch mal an!«

Richard zog den empörten und sich lauthals entrüstenden Vater schnell mit sich weg, bevor die Situation eskalieren konnte, und fragte ihn: »Kannst du mir mal verraten, was das soll?«

»Wieso?«

»Du kannst doch nicht einfach wildfremde Leute ansprechen und sie darüber belehren, was sie zu tun und zu lassen haben!

Und wenn Rauchen zehnmal gesundheitsschädlich ist, willst du vielleicht deinen privaten Kreuzzug gegen die Unsitten unserer Zeit führen?«

»Ich bin Arzt, und ich kann ansprechen, wen ich will!«, blaffte der Vater ihn an. »Und diese Gören haben nicht zu rauchen! Was die brauchen, das ist ein Jahr Arbeitsdienst ... mehr oder weniger!«

Der Umgang mit dem Vater kostete viel Nerven und Selbstbeherrschung. Die Absonderlichkeiten, die er an den Tag legte, häuften sich auffallend, und mit ihnen die Bissigkeiten und Verletzungen, die er austeilte.

»Es ist wahrlich eine ganz besondere Erfahrung, mit deinem Vater an einem Tisch zu sitzen«, sagte Christine nach einer Kaffeefahrt zu alten Bekannten des Vaters ebenso psychisch erschöpft wie von Zorn erfüllt.

»Ich hätte wohl nicht den Fehler begehen dürfen, von der Faszination und Vielfalt Amerikas zu erzählen und zu erwähnen, dass wir bald wieder dorthin zurückkehren wollen«, sagte Richard sarkastisch. Der Vater hatte nämlich sogleich seine ganze Redekunst darauf konzentriert, die Tischrunde mit gewohnter Polemik davon zu überzeugen, dass die Amerikaner doch ein völlig kulturloses, stumpfsinniges Volk seien, sich nur von Cola und Hamburgern ernährten, dass von den USA doch nichts als Schund und Kriminalität und einfältige Modetrends kämen, von den geistig beschränkten und durch die Bank korrupten Politikern einmal ganz abgesehen, und dass es deshalb angebracht sei, die USA in einen großen Sack zu stecken und irgendwo im Meer zu versenken ... mehr oder weniger.

»Vielleicht erträgt er es schlecht, nicht im Mittelpunkt zu stehen und nicht der vierfache Facharzt und einstige Chefarzt der Charité, sondern ›nur‹ der Vater des Schriftstellers Richard Brüggemann zu sein.«

»Meinst du?« Richard machte eine skeptische Miene.

»Wie oft ist er schon zu deinen Lesungen gekommen?«

Die Antwort fiel schwer und leicht zugleich. »Noch nie.«

»Genau. In all den Jahren hat er es nicht ein einziges Mal für nötig erachtet, seinen Sohn bei einer Lesung zu erleben – dein Bruder übrigens auch nicht.«
Am ersten Adventswochenende unternahmen sie mit dem Vater einen Familienausflug zu Bruno nach Leipzig, an dem sich auch Konrad und Marjorie beteiligten. Das Wichtigste bei diesem Besuch war für den Vater nicht das Gespräch mit seinem Neffen und dessen Frau, und auch nicht die Sehenswürdigkeiten von Leipzig und Umgebung, sondern die Befriedigung seiner Postkartenmanie. Denn so wie er von jedem verlangte, dass er ihm eine Postkarte schrieb, sobald er sich auch nur zehn Kilometer aus seiner Heimatstadt entfernte, so beharrte er starrköpfig darauf, auch alle anderen wünschten sich nichts mehr von ihm als die hundertzwölfte Postkarte aus Stralsund, das er mehrmals im Jahr besuchte, oder sonst woher.
Bruno betrieb mit seiner Firma Autoschilder Phönix mittlerweile fast zwanzig Standplätze im Land. Das Geschäft brummte gewaltig, wie er Richard voller Stolz anvertraute, und Dank der hartnäckigen Interventionen von Dieter Reuter und Alexander Wenderoth, die dennoch zu einer Zusammenarbeit unter der Devise »Getrennt marschieren, vereint zuschlagen« fähig gewesen waren, hatte die Bank endlich einen Teil des finanziellen Schadens übernommen, sodass sich die Steuerschulden auf erträgliche vierzigtausend Mark reduziert hatten.
»Und weißt du, wer letzte Woche bei uns aufgekreuzt ist und uns mit schleimiger Freundlichkeit ein Übernahmeangebot gemacht hat?«, fragte Bruno.
Richard schüttelte den Kopf.
»Der geschniegelte Anwalt des Maschinenherstellers aus Hannover, von dem ich dir erzählt habe. Er hat uns ein Millionenangebot gemacht. Der Seniorchef will uns aufkaufen«, sagte Bruno voller Genugtuung. »Und als wir kein Interesse zeigten, hat er uns doch wahrhaftig ganz geschickt durch die Blume gedroht, uns das Leben schwer zu machen.«
Der Vater interessierte sich kaum dafür, wie Bruno wieder auf

die Beine gekommen war und mit welchen Problemen er zu kämpfen hatte. Er war fixiert auf seine Postkarten. Wo immer sie hingingen, er steuerte zuerst auf die Stände mit den Postkarten zu. Und dann verbrachte er Stunden damit, die Karten zu schreiben, während sich die anderen unterhielten. Dass die Karten an seine Hausnachbarn erst Tage nach seiner Rückkehr aus Leipzig eintreffen würden, wischte er als unerheblichen Einwand beiseite.

Zu Weihnachten erhielt Richard eine Karte von seinem Vater, mit der er ihm schon quasi in einem Aufwasch zu seinem Geburtstag im Januar gratulierte, obwohl es bis dahin noch gute zwei Wochen waren.

Sosehr auch die Sonderlichkeiten und Grobheiten zunahmen, mit denen der Vater seine Familie und seine Umgebung traktierte, so gab es doch immer wieder Stunden des Zusammenseins, die Richard als recht harmonisch in Erinnerung blieben. Wie idyllische Eilande im Meer kamen sie ihm vor, und er wünschte sich, es gäbe davon eine ganze Inselwelt.

Aber damit eine gemeinsame Kaffeestunde friedlich und frei von Ausbrüchen verlief, bedurfte es von Seiten der Gäste schon größter Umsicht und Wachsamkeit. Gespräche mit dem Vater ähnelten einem Lauf durch ein Minenfeld. Sie erforderten ein hohes Maß an Selbstbeherrschung, einen Verzicht auf eigene Meinungen, vor allem aber Fingerspitzengefühl in der Wahl der Worte und Themen.

»Ich glaube, Distanz zur alten Heimat wird uns gut tun, in jeder Hinsicht«, sagte Christine eines Abends, als sie erschöpft von einem Besuch nach Hause fuhren. »Manchmal habe ich hier das Gefühl, nicht mehr frei atmen zu können.«

Richard nickte. »Es wird Zeit für uns, zu neuen Ufern aufzubrechen – im wahrsten Sinne des Wortes. Du weißt, was ich meine.«

Sie nickte.

Den Entschluss, ihren Wohnsitz in Deutschland aufzugeben und sich ungeachtet aller Risiken, Probleme und beruflichen Nachteile irgendwo im Süden Amerikas an der Atlantikküste niederzulassen, setzten sie im neuen Jahr in die Tat um. Jedoch mit einer Verzögerung von acht Monaten und einem abenteuerlichen Umweg über den roten Kontinent. Von diesen acht Monaten verbrachten sie die ersten Wochen mit Recherchen in Kanton und Hongkong, dann begaben sie sich in einem gebrauchten Geländewagen, den sie in Sydney mit Rückkaufgarantie erwarben, sowie mit Zelt und Schreibmaschine im spärlichen Gepäck auf eine halbjährige Abenteuer- und Recherchenreise einmal um Australien herum und einmal quer über den Kontinent, mitten durch das Outback. Träume leben im Land der Traumpfade!

5

Müde, aber überaus zufrieden mit den fantastischen Umsätzen kehrte Bruno am Nachmittag des 13. März 1991 von einem Besuch bei einigen ihrer Außenstellen nach Leipzig zurück, als er im Radio die Nachricht von Honeckers Flucht nach Moskau hörte. Um ihn der drohenden deutschen Strafverfolgung zu entziehen, hatten die Russen ihn mit seiner Frau Margot in einer geheimen Aktion aus dem Hospital in Beelitz geholt und mit einer Militärmaschine nach Moskau ausgeflogen. Dass sie mit diesem Handstreich die deutsche Souveränität verletzten, hatte Gorbatschow, oder wer immer den Befehl für diesen Einsatz gegeben hatte, nicht davon abgehalten, Honecker diesen letzten Freundschaftsdienst zu erweisen.
Das sind sie ihrem einst so treuen Statthalter wohl schuldig gewesen, dachte Bruno, auch wenn er die Überzeugung vertrat, dass Honecker und alle anderen Parteigrößen sich vor Gericht zu verantworten gehabt hätten. Aber so, wie der politische Streit ging, nahm er an, dass es ein paar Alibiprozesse geben würde, und

dann würde man die Hände davon lassen. Zu groß war bei vielen westdeutschen Politikern die Furcht, durch eine ähnliche öffentliche Abrechnung, wie sie die Nürnberger Kriegsverbrecherprozesse und die Entnazifizierung gewesen waren, das wiedervereinigte Deutschland zu spalten.

Bruno fand in Leipzig auf Anhieb eine Parklücke an der Rückfront des Phönix-Containers. Ein nasskalter Wind fegte über den Platz vor der Polizeidienststelle, als er ausstieg und mit gesenktem Kopf an den geparkten Wagen vorbeieilte. Als er um die Ecke kam, wäre er beinahe mit Egon Stielicke zusammengestoßen, der gerade die Fahrertür eines brandneuen Mercedes-Modells der S-Klasse geöffnet hatte und zwei neue Nummernschilder in der Hand hielt.

Einen Augenblick standen sie sich verlegen gegenüber. Keiner wusste, was er sagen sollte.

»Wie geht's denn so?«, brach Egon das unangenehme Schweigen. »Aber was für eine dumme Frage, nicht wahr? Wie ich gehört habe, hast du mit deiner Autoschilderfirma deine private Bonanza gefunden. Ist eine clevere Idee gewesen.«

»Du scheinst ja auch nicht gerade von Stempelgeld zu leben«, antwortete Bruno bissig mit Blick auf den Mercedes und den sandbraunen Kamelhaarmantel, den sein einstiger Freund trug. »Scheinst ja nach deiner Stasi-Karriere hübsch weich im Land des Klassenfeindes gelandet zu sein.«

»Ich habe mir nichts vorzuwerfen, Bruno. Ich habe nur getan, was alle anderen auch getan haben …«

»Nein, nicht alle!«, fiel Bruno ihm ins Wort.

Egon zuckte die Achseln. »Ich habe Befehle ausgeführt. Aber was reden wir noch darüber. Das ist doch Schnee von gestern«, sagte er mit einem Lächeln, das völlig frei von Selbstzweifeln war, griff in die Innentasche seines teuren Mantels und reichte ihm eine Visitenkarte. »Hier, falls du mal daran denkst, in Immobilien zu investieren und das wirklich große Geld zu machen. Ich habe beste Verbindungen.«

»Das glaube ich dir blind. Komisch, nicht wahr?«, antwortete

Bruno sarkastisch und dachte an das, was der Polizeigeneral ihm über die Versorgung bewährter Parteigenossen gesagt hatte.
»Also dann, lass es dir weiterhin so gut gehen!«, sagte Egon, setzte sich in seinen nachtblauen Mercedes und fuhr davon.
Am Freitag traf Bruno sich mit seiner alten Freundesclique in der Lehmannschen Stube der mehrstöckigen Gaststätte »Coffe Baum«. Die Stimmung war gedrückt. Bis auf Ulrich, dem man einen Chefarzt aus dem Westen vor die Nase gesetzt hatte und der keinen Hehl daraus machte, dass er demnächst die PDS wählen würde, hatten mittlerweile alle Freunde und viele ihrer Ehefrauen ihre Arbeit verloren.
Eine Welle von Massenentlassungen war in den vergangenen Monaten über die Länder der ehemaligen DDR hinweggerollt, und ein Ende dieser wirtschaftlichen Talfahrt ließ sich noch lange nicht absehen. Abzusehen jedoch war schon jetzt, dass vor allem die Frauen im Osten, die fast alle in der sozialistischen Produktion gestanden hatten und nun in manchen Gebieten fast flächendeckend ihre Arbeit verloren, zu den größten Verlierern der Wiedervereinigung zählen würden. Die Zahl der Betriebsschließungen, Auflösung von nicht mehr benötigten Abteilungen und Behörden sowie die Stilllegung ganzer Industrieanlagen nahmen ein erschreckendes Ausmaß an. Auch Kindergärten, Krippen und Jugendheime wurden zu Hunderten auf dem politischen Altar einer finanzierbaren Wiedervereinigung geopfert.
»Der Ausverkauf der DDR geht munter weiter«, schimpfte Ulrich. »Die Treuhand wickelt alle DDR-Betriebe nacheinander ab, bis von uns nichts mehr übrig ist.«
»Hör du bloß auf zu motzen, dir geht es doch als Oberarzt immer noch blendend!«, maulte Nikolai, dem Ulrichs Gehetze über den Wessi, der ihn angeblich um die ihm zustehende Chefarztstelle gebracht hatte, und sein PDS-Gerede auf die Nerven gingen. »Was sollen wir denn sagen?«
»Sag mal, stimmt es wirklich, dass du den Job bei … bei dieser Firma angenommen hast?«, erkundigte sich Lothar vorsichtig.

»Sprich den Namen ruhig aus: Beate Uhse heißt der Laden!« Nikolai lachte bitter auf. »Ja, es stimmt. Ab Montag leite ich für die Kette hier einen ihrer Sex-Shops, die überall wie Pilze aus dem Boden wachsen. Na und? Du brauchst gar nicht so die Nase zu rümpfen, Ulrich! Soll ich vielleicht meine Familie vor die Hunde gehen lassen? Die Leute sollen sich meinetwegen ruhig Pornohefte, Filme und all das Zeug kaufen, wenn mich das vor der verfluchten Arbeitslosigkeit bewahrt!« Er beteuerte, sich nicht zu schämen, aber dass das Gegenteil zutraf, war ihm anzuhören und anzusehen. Er trank auch entschieden mehr als früher.

Der Einzige außer Bruno in der Clique, der das Risiko auf sich nahm, vor der Arbeitslosigkeit in die Selbständigkeit zu flüchten, war Lothar. Er hatte nicht das Glück gehabt, zu der kleinen Gruppe von Sportlehrern zu gehören, die auch weiterhin Arbeit im Sportförderungsprogramm fanden, und sich für das Wagnis entschieden, ein Fitnessstudio zu eröffnen. Bruno hatte ihm angeboten, ihm dabei finanziell unter die Arme zu greifen. Aber Lothar hatte sein Angebot dankend abgelehnt, weil sich seiner Überzeugung nach Geld und Freundschaft so schlecht miteinander vertrugen wie Feuer und Wasser.

An diesem Abend hielten sie es nicht sehr lange zusammen aus. Nikolai brach schon früh auf, und als kurz darauf auch Lothar zahlte und Ulrich wieder mit dem Politisieren begann, hielten auch die anderen die Zeit zum Aufbruch für gekommen.

»Ich habe das Gefühl, unsere Clique bricht langsam, aber unaufhaltsam auseinander«, sagte Horst bedrückt, als Bruno ihn nach Hause begleitete. »Wir sind wohl doch unterschiedlicher gelagert, als wir es bisher geglaubt haben.«

Bruno nickte, waren ihm doch ähnliche Gedanken durch den Kopf gegangen, und er fühlte sich nicht weniger niedergeschlagen. Der Preis der Wiedervereinigung ließ sich eben nicht nur in Prozenten für den Solidaritätszuschlag und über die Transferleistungen der Westländer berechnen. Auch die Menschen im

Osten wurden heftig zur Ader gelassen, nur beschränkte sich ihr Bluten nicht allein auf finanzielle Opfer, obwohl das allein schon bitter und schmerzlich genug war. Das Bluten bei ihnen ging tiefer, viel tiefer.

*

Im Frühjahr fand in Leipzig die erste internationale Automobilmesse statt, die Bruno, Horst und Malte auf keinen Fall verpassen wollten.

»Wird sowieso allerhöchste Zeit, dass wir uns nach anständigen Geschäftswagen umsehen«, sagte Malte, der mit seinem aufgemotzten Opel Kapitän den größten Wagen von den dreien fuhr. Horst hatte sich nach der Währungsreform einen fünf Jahre alten Peugeot zugelegt, während Bruno während seiner Zeit bei Kreuzkamp preiswert zu einem gebrauchten Golf gekommen war.

Das Geschäft mit Autoschildern lief blendend, und in entsprechend ausgelassener Stimmung begaben sie sich zur Ausstellung. Malte, der die Angewohnheit hatte, zu allen Gelegenheiten einen Aktenkoffer aus schwarzem Kunstleder und mit dicken Messingschlössern herumzuschleppen, machte auch an diesem Tag keine Ausnahme von dieser Regel.

»Sag mal, musst du deinen Aktenkoffer immer mitnehmen, wohin du auch gehst? Mit dem billigen Ding siehst du doch wie der Kofferträger eines Zuhälters aus!«, zog Horst ihn auf.

»Ich bin Geschäftsmann und immer im Dienst!«, erklärte Malte gelassen. »Bloß kein Neid, Kleiner!«

»Lass ihn in Ruhe!«, sagte Bruno. »Seien wir froh, dass er heute mal auf sein Prolomuskelshirt verzichtet und sich so richtig in Schale geworfen hat!«

Malte, der sich von der Bundfaltenhose über das eng sitzende T-Shirt bis hin zur Lederjacke ganz in Schwarz gekleidet hatte, sodass seine blond gefärbte Lockenpracht und sein protziger Goldschmuck noch stärker als ins Auge fielen, grinste breit.

»Wenigstens einer, der wahre Eleganz und meisterliche Stilsicherheit zu schätzen weiß!«
Horst und Bruno lachten. Wenn ihr Partner auch in Hinsicht auf Kleidung, Frisur und Goldschmuck unter einem erheblichen Mangel an gutem Geschmack litt, so besaß er doch jede Menge Sinn für Humor und konnte sich auch selbst mal auf die Schippe nehmen.
Was Malte noch liebte, war der große Auftritt. Und den gönnte er sich auf der Automobilmesse am Stand von Mercedes, dessen allseits bestauntes und bewundertes Prunkstück das neueste Modell des 300 CE war. Silbergrau und mit leicht hoch gestelltem Heck drehte sich der Traum von einem Coupé auf einer Plattform.
»Na, ist dieser Schlitten nicht schon Grund genug für die Wiedervereinigung gewesen?«, sagte Malte, als sie sich um das Ausstellungsstück drängten.
Großspurig winkte Malte einen der Verkäufer heran, einen noch recht jungen Mann in einem eleganten Nadelstreifenanzug. Auf die Frage, ob er einer der Verkäufer sei, gab er recht hochnäsig die Antwort, ja, er sei »Repräsentant« der Firma. Körpersprache und Miene drückten Herablassung und Missfallen aus, mit einem sächselnden Prolo wie Malte mehr als zwei Worte wechseln zu müssen.
»Wenn Sie sich einen unserer Prospekte mit nach Hause nehmen und die technischen Spezifikationen nachlesen möchten, dort drüben ist ein Ständer«, beschied er ihn knapp und sichtlich genervt, als Malte ihn nach technischen Details fragte.
»Wer hat denn hier was von Nachlesen gesagt?«, fragte Malte. »Ich will so eine Kiste kaufen.«
Der Verkäufer musterte Malte noch einmal von oben bis unten mit abschätzigem Blick und sagte dann sarkastisch: »Matchboxes gibt es von diesem Modell noch nicht.«
Bruno zupfte Malte an der Jacke. »Komm, lass es gut sein!«, sagte er leise.
Malte beachtete ihn nicht, sondern fixierte den arroganten Verkäufer. »Ich will drei von den Kisten, und zwar von diesen da!«,

erklärte er mit lauter, nun ärgerlicher Stimme und deutete auf das rotierende Ausstellungsstück. »Und zwar heute noch!«
»Entschuldigen Sie mal ...«, begann der Verkäufer mit indignierter Miene.
»Seien Sie jetzt mal still, Sie Repräsentant!«, fuhr Malte ihm ins Wort, knallte mitten im Publikumsverkehr den Aktenkoffer auf die Theke des exklusiven Messestandes, ließ die Schlösser aufschnappen und klappte den Koffer auf. »Reichen dreihunderttausend als Anzahlung, Herr Repräsentant?«
Der Verkäufer schaute genauso schockiert und sprachlos auf die Reihen dicker Geldbündel, die den Aktenkoffer füllten, wie Horst und Bruno.
»So, und jetzt troll dich wieder in deine Spielecke und sortiere Prospekte!«, fuhr Malte den jungen Schnösel an und schaute sich nach Aufmerksamkeit heischend um. »Ich will jetzt sofort einen Verkäufer, der mir heute noch drei Mercedes 300 CE verkaufen kann und will!«
Der junge Mann wurde blass, und die anderen Herren von Mercedes wurden auf einmal wieselflink. Sofort bat man sie in die Gesprächskabine. Kaffee, Champagner und edle Häppchen erschienen wie hingezaubert vor ihnen auf dem Tisch.
»Bist du denn verrückt geworden?«, zischte Horst, als sie einen Moment allein waren. »Dreihundertsechzig Riesen für drei Autos auszugeben ist doch der helle Wahnsinn!«
»Na und? Wir können es uns leisten und haben es uns auch verdient. Warum sollen immer nur die alten Säcke solche Traumautos fahren?«, erwiderte Malte gelassen. »Nee, lasst das mal meine Sorge sein. Die Schlitten legen wir uns als Geschäftswagen zu – für jeden einen. Die schreiben wir doch von der Steuer ab. Außerdem: Die Musketiere früher hatten ihr tollen Umhänge und die besten Klingen, die es damals gab, und wir kriegen jetzt den 300er CE!«
Horst leistete keinen weiteren Widerstand, und auch Bruno unternahm keinen ernsthaften Versuch, Malte von seinem Vorhaben abzubringen. Sie waren einfach alle drei zu sehr Autonarren

und in dieses Coupé verliebt, um sich den Traum nicht zu erfüllen. Und warum auch nicht? So wie ihre Geschäfte gingen, würden sie in wenigen Jahren genug verdient haben, um sich für den Rest ihres Lebens nur noch ihren Hobbys widmen zu können!
Peinlich für die Repräsentanten von Mercedes war, dass sie drei Coupés in der gewünschten Ausstattung so schnell gar nicht liefern konnten. Das gab dann für Malte, Horst und Bruno sowie für ihre Ehefrauen vier Wochen später Freiflüge nach Stuttgart, dort drei Tage kostenlosen Aufenthalt in der feudalen Suite eines Luxushotels, dazu Voucher für Feinschmeckerrestaurants und ein kleines Beiprogramm.
Als sie am Morgen des dritten Tages ihre silbergrauen Coupés übernahmen und die ganze Strecke zurück nach Leipzig im Konvoi fuhren, fühlten sie sich wie die Könige.
Fast auf die Woche genau ein Jahr später sollte in Halle der erste Phönix-Container in Flammen aufgehen.

6

Sie hatten das rustikale Strandhaus, das südlich von St. Augustine auf Stelzen in den Dünen stand und aus salzwasserresistentem Zedernholz gebaut war, erst halb eingerichtet, und über fünfzig Umzugskisten warteten noch darauf, ausgepackt zu werden, als Richard und Christine Mitte Oktober ihren neuen Wohnsitz Florida schon wieder verlassen und für sechs Wochen nach Deutschland fliegen mussten.
»Ich wünschte, wir müssten nicht so schnell schon wieder zurück«, sagte Christine mit einem Seufzer, als sie am Tag vor der Abreise von einem frühmorgendlichen Strandlauf zurückkamen und sich vor der Arbeit zu einer Tasse Kaffee auf die überdachte

Veranda setzten, während die Sonne wie eine reife Orange aus den tiefblauen Fluten des Golfstromes aufstieg.
»Die Tour ist wichtig. Und bei allem Stress macht es doch auch immer wieder viel Spaß, mit den Buchhändlern und Lesern meiner Romane zusammenzukommen«, sagte Richard.
»Aber mussten es denn gleich wieder so viele Termine in so kurzer Zeit sein? An manches Tagen haben wir drei Lesungen in drei verschiedenen Städten! Wenn diese elende Fahrerei nicht wäre, wäre es ja halb so schlimm. Aber so sind wir doch nur von einem Ort zum anderen auf Achse und werden nach Abendlesungen bis in die Nacht Kilometer fressen, damit wir am nächsten Morgen auch pünktlich in den Schulen sind!«
Die wenigen freien Tage auf der Lesereise, meist die Wochenenden, reichten kaum für Besuche bei der Familie und bei Freunden. Natürlich beklagte sich dann fast jeder darüber, dass sie so wenig Zeit hatten. Allen voran Richards Vater. Aber auf den Gedanken, eine von den Lesungen in Düsseldorf oder Köln zu besuchen, kam er nicht. Er lehnte es auch ab, an dem Familientreffen teilzunehmen, das an einem Wochenende im Kloster Himmerod stattfand.
Der Vater klagte zunehmend über Ischiasschmerzen im rechten Bein sowie über Atemnot und Herzbeschwerden, weigerte sich jedoch, einen Arzt aufzusuchen.
»Das sind doch alles Pfuscher und Beutelschneider!«, sprach er der gesamten Kollegenschaft in Bausch und Bogen jegliches fachliche Können und jegliche Integrität ab, als er bei ihrem Ausflug nach Königswinter alle hundert Meter eine Atempause einlegen musste und im Café anschließend das Gespräch darauf kam.
»Ich weiß, der letzte Arzt, der noch etwas getaugt hat, ist mit deiner Pensionierung abgetreten«, sagte Richard bissig.
»Ich weiß, wovon ich rede«, beharrte der Vater auf seinem ablehnenden Grundsatzurteil. »Ich gehe lieber zu meinem Apotheker um die Ecke, der weiß mehr als diese Abrechnungsbetrüger im weißen Kittel. Außerdem telefoniere ich mit meiner Freundin und Kollegin Karola ... mehr oder weniger.«

»Sprichst du von Frau Dr. Tank?«, fragte Richard.
»Genau von der rede ich.«
»Aber die ist doch achtzig und praktiziert schon seit anderthalb Jahrzehnten nicht mehr!«, wandte Konrad ein. »Was kann die dir denn schon per Ferndiagnose sagen? Das ist doch lächerlich, Vater!«
»Willst du vielleicht behaupten, Frau Dr. Tank ist dumm oder senil, weil sie schon achtzig ist?«, fuhr der Vater ihn an.
Konrad hob resigniert die Hände. »Vergiss es, Vater! Komisch nur, dass genug kranke Leute, die sich von all diesen Pfuschern und Beutelschneidern in Arztpraxen und Krankenhäusern behandeln lassen, wieder gesund werden. Es scheint da seit deiner Pensionierung offensichtlich eine nicht enden wollende Welle von Wunderheilungen zu geben.«
»Das kannst du halten, wie du willst«, knurrte der Vater, zog seine lange Adressenliste aus der Brieftasche und begann mit dem Schreiben der Postkarten, die er bei ihrem Spaziergang als Erstes gekauft hatte.
Bei diesem sonntäglichen Familienausflug nach Königswinter erfuhren Christine und Richard auch, dass Konrad und Marjorie schon zu Beginn des kommenden Jahres nach Berlin umziehen mussten und begonnen hatten, sich irgendwo außerhalb nach einem bezahlbaren Reihenhaus umzusehen. Die amerikanische Firma, für die Marjorie arbeitete, verlegte ihre Verwaltungszentrale von Bonn in Deutschlands neue Hauptstadt.
»Für deine Arbeit ist das ja zum Glück kein Nachteil«, sagte Richard zu seinem Bruder, als sie auf dem Rückweg zum Parkplatz ein Stück des Weges allein vorausgingen. »Dein Magazin stellst du ja zu Hause am Computer zusammen, und alles andere erledigst du ja per Fax und Telefon.«
»Schon, aber dennoch bin ich nicht scharf darauf, nach Berlin zu gehen. Das ist mir alles zu groß und zu hektisch und wird doch noch auf Jahre eine einzige Riesenbaustelle sein«, sagte Konrad und klagte dann mal wieder über das schleppende Geschäft mit seinen Anzeigenkunden. Voller Ingrimm ließ er sich darüber aus,

dass es den Verantwortlichen in den Verlagen leider noch immer an der nötigen Einsicht mangele, in seinem Magazin endlich mehr Anzeigen für ihre Bücher zu schalten, da »CoLibri« doch das einzige ernst zu nehmende Literaturmagazin sei. »Die kapieren einfach nicht, dass sie bei uns die Leser erreichen, die wirklich an guten Büchern interessiert sind«, sagte er verdrossen. »Wenn sie wenigstens noch pünktlich zahlen würden! Aber mit der Bezahlung hapert es auch. Viele sitzen monatelang auf meiner Rechnung und lassen mich hängen. Sag mal ...« Er räusperte sich. »Könntest du mir noch mal mit einem Darlehen von ein paar tausend Mark aus der Klemme helfen? Ich habe eine Menge Außenstände, aber die Burschen zahlen so schlecht, und ich muss auf die Schnelle zehntausend aufbringen, weil die Druckerei ihr Geld sehen will.«

Richard unterdrückte ein gequältes Seufzen. Dass aus Darlehen früher oder später zwangsläufig Schenkungen wurden, war längst üblich, wenn er seinem Bruder Geld lieh, aber Nein sagen brachte er auch nicht übers Herz. »Zweitausend, mehr ist nicht drin.«

»Okay, aber vergiss nicht, sie mir so schnell wie möglich zu überweisen. Im Frühjahr kriegst du das Geld zurück!«

Im Februar 1992 schenkte Richard seinem Bruder das Geld zum Geburtstag, was Konrad mit einem recht beiläufigen »Ja, okay, danke« quittierte.

Marjorie und er hatten mittlerweile vor den Toren Berlins ein Reihenhaus in einer Neubausiedlung gekauft. Um genügend Eigenkapital zusammenzubekommen, hatten Marjories Geschwister, die über Europa verteilt wohnten, einen Teil ihrer Ersparnisse von der Bank abgehoben und zum Hauskauf vierzigtausend Mark beigesteuert.

»Da kannst du mal sehen, was wahrer Familienzusammenhalt ist!«, sagte Konrad am Telefon mit unterschwelligem Vorwurf zu Richard und fügte ganz unverblümt hinzu: »Wie sieht es denn bei dir mit einem Zuschuss zu unserem Haus aus? Du könntest doch auch vierzigtausend berappen!«

Richard verschlug es im ersten Moment die Sprache. »Wie bitte?«, fragte er dann. »Soll das ein Witz sein?«
»Wieso soll das ein Witz sein? Wäre doch ganz in Ordnung, wenn von unserer Familie auch etwas käme. Ich bin ja ein armer Schlucker und habe nichts, was ich zum Kauf beisteuern könnte. Aber ihr habt es doch dicke. Vierzigtausend könnt ihr bestimmt locker abgeben, ohne dass es euch wehtut!«
»Sag mal, für wen hältst du mich? Für Krösus oder einen Bestsellerautor, der im Geld schwimmt?« Richard konnte nicht glauben, dass sein Bruder die Unverfrorenheit besaß, ihn um eine Spende von vierzigtausend Mark anzugehen. Und dann noch nicht einmal in Form einer vorsichtigen Anfrage, sondern regelrecht fordernd, als könne man das von ihm erwarten.
»Komm, erzähl doch nichts! Zu deinem vierzigsten Geburtstag vor zwei Jahren hat dein Verlag doch eine Glückwunschanzeige im ›Börsenblatt‹ geschaltet und damit geworben, dass die Gesamtauflage deiner Bücher schon zwei Millionen überschritten hat«, sagte Konrad.
»So, und die zwei Millionen multiplizierst du natürlich einfach mit den drei bis vier Mark, die ein Autor im Schnitt für jedes gebundene Buch erhält, das im Buchladen für fünfunddreißig bis vierzig Mark verkauft wird. Und damit kommst du dann auf mindestens sechs Millionen, die ich deiner Rechnung nach schon verdient haben müsste, richtig?«
»Mehr oder weniger.«
»Sag mal, bist du verrückt? Und ich dachte, du verstehst was von der Branche!« Richard wurde ärgerlich. »Die guten Verkäufe von gebundenen Büchern sind erst in den letzten Jahren gekommen. Dein Neid ist also völlig unberechtigt.«
»Ich bin überhaupt nicht neidisch. Und so genau will ich es überhaupt nicht wissen«, lenkte Konrad schnell ab. »Aber bei all den großen und langen Reisen, die ihr euch erlaubt, und jetzt diese Traumvilla drüben in Florida …«
Richard hatte keine Lust, noch länger darüber zu reden und ihm einmal mehr darzulegen, wie hart er für jede Mark schuften

musste. »Spar dir deine hirnrissigen Mutmaßungen über unsere finanzielle Lage!«, fiel er ihm ins Wort. »Ich mache dir einen Vorschlag. Ich schicke dir unsere Steuererklärungen der letzten fünf Jahre, und du schickst mir deine. Dann brauchst du dich nicht länger vor Neid zu zerfressen, und ich weiß dann auch mal, wie viel Geld ihr zur Verfügung habt und wie das Geschäft mit ›CoLibri‹ läuft. Komm, legen wir beide die Karten offen auf den Tisch, damit das Thema ›Mein Bruder, der geizige Millionär‹ endgültig vom Tisch ist!«

»Spinn doch jetzt nicht!«, lautete Konrads verdrossene Reaktion, und er wechselte das Thema, indem er auf den fünfundsiebzigsten Geburtstag des Vaters im Oktober zu sprechen kam, und recht bald fand er dann einen Vorwand, um das Gespräch zu beenden.

Im Frühjahr reisten Richard und Christine für einige Wochen abermals nach Deutschland. Sie machten gegen Ende der Reise eine kurze Stippvisite bei Bruno und Simone in Bayreuth und fuhren zusammen für zwei Tage nach Leipzig und Dresden. Bruno hatte Karten für ein Konzert des Gewandhausorchesters und für einen Ballettabend in der Semper-Oper organisiert.

Richard fiel auf, dass sein Cousin ungewöhnlich still und oft geistesabwesend war. Und als er nachfragte, rückte Bruno schließlich damit heraus, dass er geschäftliche Sorgen habe.

»Der Prägemaschinenhersteller aus Hannover hat uns doch im Januar zum zweiten Mal seinen Firmenanwalt mit einem Übernahmeangebot geschickt, aber wir drei waren uns einig, dass wir nicht verkaufen, und haben ihm die kalte Schulter gezeigt.«

Richard nickte. »Ich weiß. Du hast mir am Telefon davon erzählt.«

»Inzwischen frage ich mich, ob das so clever von uns gewesen ist und ob wir nicht besser daran getan hätten, das Angebot anzunehmen und das Feld zu räumen«, sagte Bruno sorgenvoll. »Malte ist zwar noch immer felsenfest davon überzeugt, dass uns diese Leute nicht in die Suppe spucken können, aber ich sehe schon schwarze Wolken aufziehen.«

»Machen sie euch Konkurrenz?«
»Noch sind sie nicht am Drücker, aber wenn sie ihre Pläne, die so schwer nicht zu erraten sind, wirklich ausführen können, wird es bitter für uns. Zumal es ja auch noch lokale Konkurrenz gibt und die Russenmafia sich mit rüden Methoden in jedes profitable Geschäft drängt. Aber aus Hannover droht uns die größte Gefahr. Die beginnen nämlich dort, wo wir unsere Container stehen haben, ganze Häuser aufzukaufen und sie zu eigenen Geschäften umzubauen. Und zwar mit einem kleinen Café, wo die Kunden kostenlos Kaffee und ein Brötchen bekommen, während sie auf ihre Schilder warten. Sogar eine Spielecke für Kleinkinder haben sie vorgesehen.«
»Damit werden sie euch natürlich das Wasser abgraben.«
»Damit machen sie uns platt«, sagte Bruno realistisch. »Aber die Frage ist nur, wann sie richtig zum Zuge kommen. Denn sie haben Probleme. Vielerorts ist die Eigentumsfrage nicht geklärt, es gibt Prozesse, und sie kriegen nicht die Häuser, die sie haben wollen. Außerdem haben wir in Leipzig, Magdeburg, Weimar und anderen Städten langfristige Verträge mit den großen Autohäusern, für die wir Zulassungsdienste ausführen. Das ist im Augenblick noch unser großer Vorteil, und Malte ist davon überzeugt, wir werden den Vorteil noch Jahre auf unserer Seite haben. Aber ich bin mir nicht so sicher, dass es auch wirklich so ist. Und die richtig dicke Kohle bringt nun mal nicht der kostenintensive Service für die Autohäuser, sondern die Laufkundschaft.«
»Ich würde dir gern einen guten Rat geben, was du tun oder lassen sollst, aber von dem Geschäft verstehe ich nichts«, bedauerte Richard. »Vielleicht hilft es jedoch, wenn du mit Simone mal für ein paar Wochen zum Ausspannen zu uns nach Florida kommst. Ihr wisst, ihr seid uns jederzeit willkommen.«
»Danke, aber im Augenblick kann ich mir das nicht leisten. Ich muss beobachten, was sich an unseren Standplätzen tut. Sag mal, habe ich dir schon erzählt, dass Lothar mit seinem Fitnessstudio Pleite gegangen ist? Ja, traurige Sache. Ich sage dir, die richtig große Pleitewelle von Ostdeutschen, die sich selbständig ge-

macht haben, kommt erst noch. Wenn die billigen Kredite ausgeschöpft sind und die Hypotheken nicht mehr zurückgezahlt werden können, wird es in den neuen Ländern ein böses Erwachen geben.«
Als sie am Sonntag in Leipzig Abschied voneinander nahmen, sagte Bruno: »Also dann, spätestens bis zum Herbst, Freunde! Denn beim fünfundsiebzigsten Geburtstag von Onkel Heinrich sehen wir uns ja ganz bestimmt.«

*

Ob der Vater diesen besonderen Geburtstag überhaupt noch erleben würde, schien äußerst zweifelhaft zu sein, zumindest seinen eigenen Worten nach.
Jeden Sonntagmorgen rief Richard seinen Vater an, der selbst nie anrief, wenn es um seine Söhne ging, den Kontakt zu alten Schulfreunden und Bekannten aber sehr wohl telefonisch pflegte. Als Richard wenige Wochen nach ihrer Ankunft in Florida beim Vater in Düsseldorf zur blauen Stunde anrief und ahnungslos fragte, wie es ihm denn gehe, erhielt er die vorwurfsvolle Antwort: »Mir geht es gar nicht gut!« Die Worte kamen scharf und wie gestanzt.
»Was hast du? Was ist passiert?«
Der Vater berichtete in bellendem Tonfall, drei Nächte lang von so schwerer Atemnot und Beklemmung in Verbindung mit stechenden Schmerzen in Brust und Arm befallen worden zu sein, dass er schon geglaubt habe, seine letzte Stunde sei gekommen.
»Um Himmels willen, das ist vielleicht ein Herzinfarkt gewesen! Hast du denn sogleich den Notarzt gerufen? Das Krankenhaus ist doch bei dir gleich um die Ecke!«
»Nein, es ist doch Ostermontag gewesen!«
»Aber was hat das denn damit zu tun, Vater?«, fragte Richard verständnislos. »Notärzte haben rund um die Uhr Dienst, auch an Feiertagen.«

»Das kostet doch bloß unnötiges Geld. Was diese Burschen für einen Notarztwageneinsatz berechnen, ist ja wohl eine glatte Unverschämtheit!«

»Aber das musst du doch nicht aus deiner eigenen Tasche bezahlen, du bist doch versichert! Außerdem ist es in solch einer Situation völlig gleichgültig, was der Notarzt kostet.«

»Dir vielleicht, aber mir nicht. Ich mache die Gaunereien dieser Beutelschneider nicht mit. Und helfen können die mir ja doch nicht. Sind doch alles nur Pfuscher und Kassenbetrüger!«, blaffte der Vater. »Außerdem musste ich am Dienstag einkaufen und zu meiner Behörde wegen dieser dämlichen Kostenerstattung. Die haben mir doch wahrhaftig das Formular zurückgeschickt und mir geschrieben, ich hätte es selbst auszufüllen. Dabei habe ich ihnen doch genau geschrieben, was sie damit machen sollen. Und immerhin bin ich schon im fünfundsiebzigsten Lebensjahr!«

Es hätte nicht viel gefehlt, und Richard hätte sich die Haare gerauft. Da hatte sein Vater drei Nächte hintereinander schwere Herzbeschwerden und glaubte, den nächsten Tag nicht mehr zu erleben, weigerte sich jedoch, in ein Krankenhaus zu gehen und sich bei einem Spezialisten untersuchen und behandeln zu lassen. Sein Einkauf im Lebensmittelladen und der Gang zu seiner Behörde waren ihm wichtiger.

Er ließ sich nicht dazu bewegen, einen Facharzt aufzusuchen, sondern beharrte darauf, es besser zu wissen und bei seinem netten Apotheker um die Ecke und seiner achtzigjährigen Kollegin Karola, die ihn telefonisch beriet, in den allerbesten Händen zu sein.

»Na dann, Amen!«

Diesem resigniert gemurmelten Amen kam eine weitere Bedeutung zu, als Richard mit Konrad telefonierte und sie gemeinsam überlegten, wie dem halsstarrigen Vater beizukommen sei und wie man ihn dazu bringen könne, sich einmal gründlich untersuchen zu lassen.

Konrad wusste auch keinen Rat, hatte am Schluss aber eine

Neuigkeit für seinen Bruder. »Erinnerst du dich noch an unsere große Familienbibel aus dem Jahr 1672, in der die früheren Besitzer auf den ersten acht Seiten handschriftlich notiert haben, wann und wo sie welchen Teil der Bibel gelesen haben?«

»Klar doch! Einige von ihnen waren Händler aus dem Ostseeraum und haben die schwere Bibel mit auf ihre Reisen genommen«, erinnerte sich Richard.

»Rate mal, wo unsere Familienbibel jetzt ist?«

»Wo soll sie schon sein? Natürlich in Düsseldorf beim Vater.«

»Nein, er hat sie vor Ostern bei seiner letzten Fahrt nach Stralsund dem dortigen Stadtarchiv geschenkt!«

»Wie bitte? Er hat die Familienbibel verschenkt?«, stieß Richard ungläubig hervor.

»Ja, ein starkes Stück, nicht wahr? Ich bin auch ganz sauer gewesen und habe ihn gefragt, was er sich bloß dabei gedacht hat. Eine Familienbibel gehört in die Familie, auch wenn nicht jeder an den Kram glaubt, der da drin steht. Und weißt du, was er mir darauf geantwortet hat?« Konrad lachte kurz auf. »Er hat auf seine bissig schroffe Art gesagt: ›Ich habe keine Familie … mehr oder weniger. Die beiden wohnen ja drüben in Amerika!‹ Ich glaube, mich hat er dabei völlig vergessen. Reizend, wie sich unser Herr Vater aufführt, nicht wahr? Da kann man sich doch schon jetzt so richtig auf seinen Jubelgeburtstag im Oktober freuen, wenn wir nach langer Zeit mal wieder alle zusammenkommen. Dürfte spannend werden, meinst du nicht auch?«

7

Der Anruf, der Bruno und Simone nachts um halb drei in Bayreuth aus dem Schlaf riss, kam aus Leipzig. Malte war am Apparat, und seine Nachricht jagte einen Adrenalinstoß durch

Brunos Körper, der ihn augenblicklich aus schläfriger Benommenheit in einen hellwachen Zustand katapultierte.
»In Halle brennt unser Container. Er wird wohl nicht zu retten sein. Sehen wir uns vor Ort?«
Bruno hielt sich nicht mit Fragen auf. »Ich fahre sofort los!«, sagte er nur, legte auf und raste Minuten später schon in seinem Mercedes-Coupé durch Bayreuths ausgestorbene Straßen nach Norden.
Es war die Nacht vom 24. auf den 25. Mai, vom Sonntag auf den Montag. Und die Nachrichten im Radio standen ganz im Zeichen der Berliner Wahlergebnisse. Am Sonntag hatten zum ersten Mal seit 1946 in ganz Berlin wieder freie Wahlen zu den Bezirksversammlungen stattgefunden. Während im Westteil nicht einmal ein Prozent der Wähler ihr Kreuz hinter die PDS gemacht hatten, war die Nachfolgeorganisation der SED im Ostteil mit fast dreißig Prozent nach der SPD zweitstärkste Partei geworden.
Hatten seine Landsleute nicht einmal drei Jahre nach ihrer friedlichen Revolution schon wieder vergessen, wer sie jahrzehntelang entmündigt, bespitzelt, tyrannisiert und wie in einem Gefängnis gehalten hatte?, fragte sich Bruno. Dass viele Ostdeutsche wütend waren, weil sie nach der Wiedervereinigung statt der versprochenen blühenden wirtschaftlichen Landschaften Massenarbeitslosigkeit und eine Flut von Westimporten erhalten hatten, verstand er, denn vieles davon ärgerte auch ihn. Was er jedoch geradezu grotesk fand, war, dass diese Enttäuschten nun ausgerechnet die PDS als Anwalt der Ostdeutschen betrachteten.
»Dass diese Unterdrücker von gestern sich großmäulig als die einzig rechtmäßigen Vertreter der neuen Bundesländer aufspielen, ist ja schon dreist genug«, hatte Lothar kurz vor den Berliner Wahlen bei einem Freundestreffen seinem Ärger über die Berichterstattung im Fernsehen und die auffallend häufige PDS-Präsenz in den Talkshows Luft gemacht. »Aber was mich noch viel mehr auf die Palme bringt, ist, dass die PDS drüben vor

allem bei der SPD und den Medien schon wieder als salonfähig betrachtet und gar nicht mal so verschämt hofiert wird.«
»Aber es stimmt auch nicht, dass in der DDR alles nur schlecht gewesen ist«, wandte Nikolai ein, der in letzter Zeit eine starke Neigung zu jener trotzig-larmoyanten Nostalgie zeigte, in die sich immer mehr Ostdeutsche flüchteten, um sich des Gefühls zu erwehren, die großen Verlierer und im vereinigten Deutschland nur Bürger zweiter Klasse zu sein. »Da ist vieles gut und vorbildlich gewesen.«
»Mann, was ist denn das für ein bescheuertes Argument? Bei Hitler ist auch nicht alles nur schlecht gewesen«, antwortete Horst bissig. »Da wurden die besten Autobahnen der Welt gebaut, jeder hatte Arbeit, die Industrie boomte, die Frauen bekamen Orden fürs Kinderkriegen, die Jugend lungerte nicht auf den Straßen herum, und natürlich herrschte Recht und Ordnung und man konnte als Frau unbesorgt nachts über die Straße gehen.«
»Wir haben uns auch vieles erkämpft, was sich über die Wiedervereinigung hinaus zu bewahren gelohnt hätte«, beharrte Nikolai.
»Klar, da ist beim großen Aufwasch leider auch manches unter den schwarz-rot-goldenen Lappen gekommen, was besser nicht weggewischt worden wäre«, stimmte Bruno ihm zu. »Aber willst du deshalb zurück in den miefigen, erdrückenden Karnickelstall, der die DDR in den besten ihrer Zeiten gewesen ist, immer vorausgesetzt natürlich, du hast schön deinen Mund gehalten und brav angepasst gelebt?«
»Ich will, dass man uns Ostdeutsche wahrnimmt und nicht abwickelt wie eine unrentable Dosenfabrik«, sagte Nikolai aufgebracht. »Wir haben nicht nur dumpf und mickrig vor uns hin gelebt, wie die Besserwessis es uns jetzt einreden wollen, sondern auch bewusst. Und was das Zwischenmenschliche angeht, war damals nun wirklich alles viel besser. Heute geht es doch bloß noch um Geld, Geld, Geld! In der DDR hat sich der eine noch um den anderen gekümmert und man hat sich geholfen und Zeit füreinander gehabt.«

»Klar, gezwungenermaßen, sonst wären der politische Druck und die katastrophale wirtschaftliche Lage gar nicht auszuhalten gewesen«, sagte Lothar nüchtern.
»Wir waren solidarisch, und nicht nur aus Berechnung und Notwendigkeit«, widersprach Nikolai heftig und mit verkniffener Miene. »Und der Westen muss endlich anerkennen, dass unser Leben und unser … unser Lebenswerk hier im Osten nicht vergebens gewesen sind!«
»Und wenn doch?«, fragte Horst trocken.
Nikolai starrte ihn aus rot unterlaufenen Augen an. Er trank zu viel und zu häufig. Die Stelle als Manager des Sex-Shops hatte er noch immer, aber er litt fürchterlich darunter, sich als Architekt seinen Lebensunterhalt auf diese Art verdienen zu müssen. »Das glaube ich nicht. Das wollen uns die Wessis bloß einreden. Für die sind wir doch eine bessere Kolonie, wo sie ihre Waren mit viel Profit absetzen können, nachdem sie bei uns mit ihrer kapitalistischen Dampfwalze jegliche Ostkonkurrenz platt gemacht haben.«
»Ja, Leute wie Nikolai haben die Mauer im Kopf – und hätten sie am liebsten auch wieder an der Grenze zu den westdeutschen Bundesländern«, sagte Horst.
Nikolais Gesicht lief hochrot an. Er sprang auf und stieß dabei sein leeres Bierglas um. »Das muss ich mir doch von dir nicht sagen lassen, du … du Wiedervereinigungsgewinnler!«, stieß er entrüstet hervor und stürzte aus der Kneipe.
Auf dieser Nachtfahrt nach Halle, die ihm trotz der fast völlig freien Strecke unendlich lang vorkam, erinnerte sich Bruno daran, was Horst ihm schon im letzten Jahr gesagt hatte, dass ihre Clique nämlich unter den Veränderungen und Anforderungen der neuen Zeit immer mehr auseinander brach. Ulrich kam schon seit Jahresbeginn nicht mehr zu ihren Treffen und ließ auch sonst nichts mehr von sich hören, und vermutlich würde jetzt auch der Kontakt zu Nikolai abbrechen, der in seiner Verbitterung ein simples Freund-Feind-Bild suchte wie früher im Kalten Krieg.
Aber schlimmer noch als die Klagen und die nicht immer ge-

rechtfertigte Larmoyanz seiner Landsleute verabscheute Bruno die vielerorts aufkeimende Fremdenfeindlichkeit in der ehemaligen DDR und das selbstbewusste und gewalttätige Auftreten rechtsextremer Elemente, die erschreckenden Zulauf erhielten. Skinheads und Schlägertrupps aus der neuen Naziszene machten systematisch Jagd auf Ausländer und schreckten vor Mord und Totschlag nicht zurück. Was ging nur vor in seinem Land?
Und jetzt brannte in Halle ihr Container!
Als Bruno im Morgengrauen in Halle am Standplatz eintraf, war das Feuer längst gelöscht und vom Container nur noch eine verkohlte, ausgebrannte Ruine übrig. Horst und Malte warteten schon auf ihn.
»Brandstiftung?«, fragte Bruno.
»Die genaue Ursache steht noch nicht fest«, sagte Malte mit einem Achselzucken. »Das Feuer ist wohl hinten in der Kammer ausgebrochen, wo wir die Farben, Öle und den Putzalkohol aufbewahren.«
»Das Ding hat gleich lichterloh gebrannt«, sagte Horst. »Zum Glück sind wir versichert!«
»Nicht gegen Brandstiftung«, schränkte Bruno ein.
Horst fluchte.
»Das ist ein ganz ordentlicher Verlust, aber den stecken wir weg«, sagte Malte selbstbewusst, um jedoch grimmig hinzuzufügen: »Wenn jedoch herauskommt, dass das Brandstiftung gewesen ist und diese Skinheads damit zu tun haben, dann gnade Gott den Dreckskerlen!«
»Vergiss die Russenmafia nicht!«, ermahnte ihn Horst düster. »Die werden immer dreister.«
Bruno dachte an die Konkurrenz aus Hannover, sprach es jedoch nicht aus. Dieser Verdacht kam ihm denn doch zu ungeheuerlich vor.
Die Untersuchungen von Feuerwehr und Polizei kamen zu dem eindeutigen Ergebnis, dass Brandstiftung vorlag. Hinweise auf einen Anschlag durch Skinheads gab es jedoch keine. Es gab überhaupt keine Spuren von den Tätern.

Zwei Wochen später betraten in Zeitz drei Maskierte am helllichten Tag mit Feuerlöschern den dortigen Phönix-Container und ruinierte die Geschäftsstelle mit dem Löschschaum. Einer der Männer hinterließ an der Wand ein Hakenkreuz in brauner Lackfarbe aus der Spraydose.

»Bei mir kann das nicht passieren«, prahlte der einstige Schirrmeister, der die Geschäftsstelle in Jüterbog führte, als Bruno dort nach dem Rechten sah. Dabei schlug der kleine, dicke Mann seine Jacke etwas zurück und deutete verstohlen auf die Pistole, die er dort im Achselholster stecken hatte. »Meine alte Dienstwaffe. Wer bei mir Randale machen will, wird ...«

»Mensch, sind Sie verrückt geworden!«, fuhr Bruno ihn erschrocken, aber gedämpft an und zog ihn in die Ecke. »Lassen Sie bloß den Ballermann verschwinden! Wir haben auch so schon Ärger genug. Eine Schießerei ist wirklich das Letzte, was wir jetzt noch brauchen!«

»Aber die Russenmafia ...«

»Die Knarre bringen Sie nicht wieder mit oder Sie fliegen!«, schnitt Bruno ihm das Wort ab.

In derselben Nacht gingen in Magdeburg ein weiterer Phönix-Container sowie zwei Firmenwagen in Flammen auf, die für den Autohäuserservice eingesetzt wurden. An der Containerrückfront sowie auf dem Asphalt des Parkplatzes fanden sich Hakenkreuze und mehrmals die Zahl 88.

»Zweimal das H, der achte Buchstabe im Alphabet, das ergibt die Abkürzung für ›Heil Hitler!‹«, klärte sie einer der Kripobeamten auf, die aufgrund der Graffiti von Anschlägen aus der Neonaziszene ausgingen.

»Dummes Zeug!«, polterte Malte los. »Da steckt unsere Konkurrenz hinter! Es ist doch kein Wunder, dass gerade in den Städten unsere Container abgefackelt werden, wo sie Probleme haben, die nötigen Häuser aufzukaufen, um uns die Butter vom Brot nehmen zu können.« Damit sagte er, was auch Horst und Bruno dachten, aber so unverblümt in dieser Situation nicht ausgesprochen hätten.

Der Kripobeamte sah Malte sofort scharf an. »Wir werden Ihrem Hinweis nachgehen, Herr Marschewski. Aber wenn ich an Ihrer Stelle wäre, würde ich ohne handfeste Beweise diese Anschuldigung so schnell nicht wiederholen«, warnte er ihn. »Damit kommen Sie schneller vor Gericht als eine Bande von Skinheads, die einen Afrikaner tot geprügelt hat!«

Einige Tage später erhielt Bruno einen Anruf des Firmenanwalts aus Hannover, als er gerade mit Malte und Horst darüber diskutierte, wie sie ihre Container künftig vor Brandstiftung und anderen Anschlägen besser schützen könnten.

»Ich habe gehört, Sie haben in letzter Zeit eine Menge Pech und Ärger mit Ihren braunen Landsleuten gehabt?«, sagte der Anwalt mit unverhohlener Schadenfreude. »Der Osten scheint zur Hochburg der Rechten und zu einem reichlich rauen Pflaster zu werden. Sind Sie vielleicht jetzt mehr geneigt, Ihre Firma zu verkaufen, Herr Brüggemann? Wir sind noch immer interessiert.«

Als Malte mitbekam, mit wem Bruno sprach, war er mit einem Satz an seiner Seite und riss ihm den Hörer aus der Hand. »Wenn ich herausfinde, dass Sie und Ihr feiner Herr Seniorchef hinter diesen Anschlägen stecken, knöpfe ich Sie mir persönlich vor und breche Ihnen die Knochen!«, brüllte er in den Hörer.

»Das war aber nicht sehr klug«, sagte Horst unangenehm berührt, als Malte den Hörer mit einem Knall aufgelegt hatte. »Oder kannst du uns mal verraten, was du mit solchen Drohungen erreichen willst?«

»Von diesen Leuten lass ich mich doch nicht auf die Matte legen!«, sagte Malte wutschnaubend.

Horst verdrehte die Augen. »Es ist doch gar nicht gesagt, dass sie die Drahtzieher sind!«

»Und falls sie es tatsächlich sind, wird ihnen bestimmt nichts nachzuweisen sein, weil sie es viel zu raffiniert eingefädelt haben«, sagte Bruno, nicht weniger verärgert über Maltes unbeherrschte Reaktion. »Oder glaubst du vielleicht, dass so ein mit allen Wassern gewaschener Anwalt sich die Hände schmutzig gemacht und persönlich das Abfackeln unserer Container in Auftrag gegeben hat?«

»Mit denen wird nicht verhandelt!«, verkündete Malte aufbrausend und pochte darauf, dass ihm immerhin die Firma zu fünfzig Prozent gehöre und daher ohne ihn kein Deal möglich sei. »Die kaufen uns nicht auf!«

Malte rückte von seiner starrköpfigen Haltung auch nicht ab, als die Konkurrenten im Herbst die ersten eigenen Filialen in Leipzig, Gera, Weimar und Erfurt eröffneten und die Umsätze der Firma Phönix Autoschilder in diesen Städten dramatisch einbrachen. Dazu kam der Totalverlust eines weiteren abgefackelten Containers in Weißenfels.

Die Zahlen stürzten weiter in den Keller, und Malte weigerte sich noch immer, einen Verkauf an die Hannoveraner ins Auge zu fassen, deren Angebot jetzt nur noch einen Bruchteil von dem betrug, was sie noch vor einem Jahr zu zahlen bereit gewesen wären. Malte wollte nicht einsehen, dass die Firma mit dem Rücken zur Wand stand, umzingelt von einer erdrückenden Übermacht. Er beharrte auf seiner Überzeugung, dass die Umsatzeinbrüche viel mit dem schlechten Wetter zu tun hätten und die Geschäfte bald wieder anziehen würden.

»Horst, halt jetzt bloß dein Geld zusammen!«, riet Bruno seinem Freund. »Das gibt einen Ruin auf Raten.«

8

Fünf Tage vor dem fünfundsiebzigsten Geburtstag des Vaters flogen Richard und Christine aus den USA nach Berlin und quartierten sich für die ersten Tage bei Marjorie und Konrad im Gästezimmer ihres kleinen, aber hübschen Reihenhauses ein.

Es quoll über von Büchern und erwies sich damit eindeutig als typisches Brüggemann-Heim.
Das Familientreffen sollte nach Wunsch des Vaters bei seinem Zweitältesten stattfinden. Bei sich zu Hause wollte er die Feier nicht. Das hätte ihm zu viel Unruhe und Unordnung in seinen Haushalt gebracht. Was außerdem gegen eine Geburtstagsfeier bei ihm in Düsseldorf sprach, war seine asthmatische Kaffeemaschine, die er sich ebenso »grundsätzlich« zu entkalken weigerte, wie er »grundsätzlich« nicht bereit war, im Wohnzimmer die Couch freizuräumen, die unter Dutzenden von schweren Bildbänden und anderen Büchern ächzte. Mit einem nicht weniger grimmigen »Grundsätzlich!« hatte er sich zum Geburtstag Geschenke verbeten, wobei er jedoch nicht hatte ausführen können oder wollen, worin denn das Grundsätzliche dieser Ablehnung lag.
Mit lebhafter Vorfreude sprach der Vater jedoch von dem eingeplanten Ausflug nach Potsdam, wo er als junger Soldat gedient hatte und wo er seine alte Kaserne zu besuchen beabsichtigte. Und natürlich war stets von Stralsund die Rede, das er nach der Geburtstagsfeier in Berlin zum vierten Mal in diesem Jahr für ein paar Tage besuchen wollte.
»Der Vater kommt erst einen Tag vor seinem Geburtstag, wenn auch Burkhard aus Rochester uns die Ehre gibt. Das Gästezimmer ist also bis Donnerstag frei. Da braucht ihr doch nicht ins zu Hotel gehen«, hatte Konrad bei ihrem letzten Überseegespräch vorgeschlagen.
Richard hatte die überraschende Einladung gern angenommen, wenn auch mit gemischten Gefühlen. Er war jetzt zweiundvierzig, aber bislang noch nicht einmal bei seinem Bruder über Nacht geblieben. Er hoffte sehr, dass sie in diesen Tagen, die sie vor Eintreffen des Vaters und des ältesten Bruders gemeinsam verbringen würden, wieder zu mehr brüderlicher Nähe und einem besseren gegenseitigen Verständnis gelangen würden.
Eine Hoffnung, die sich leider nicht erfüllte. Während Marjorie in ihrer warmherzigen und liebevollen Art alles tat, um sie zu

verwöhnen und ihnen den Aufenthalt so angenehm wie möglich zu gestalten, fiel Konrad schnell in seinen selbstgerechten Sarkasmus und Zynismus zurück. Seine Sticheleien und Anspielungen, dass er ja nur ein armer Schlucker sei, während Richard und Christine nur so in Geld schwämmen, machten auch vor den profansten Kleinigkeiten nicht Halt. Wenn Richard verletzt war, verfiel Konrad schnell in sein übliches Lachen, als wäre das alles doch nur spaßig gemeint gewesen und als hätte er, Richard, eben keinen Sinn für Humor.

Richard vermochte jedoch sehr gut zwischen brüderlichen Frotzeleien und Gehässigkeit und Herabsetzung zu unterscheiden. Konrad ließ auch kaum eine Gelegenheit aus, um ihn in Gegenwart seiner neuer Nachbarn und Bekannten mit Häme und Geringschätzung zu behandeln.

Als sie bei einer wirklich reizenden Nachbarin, die noch eine ihrer Freundinnen zum Kaffee gebeten hatte, eingeladen waren, verkündete Konrad, nachdem sie auf Religion und Kirche zu sprechen gekommen waren mit der ihm eigenen Selbstgerechtigkeit: »Die katholische Kirche ist eine kriminelle Vereinigung – basta!«

Christine sah ihn empört an. »Sag mal, für wen hältst du dich denn? Ist dir vielleicht schon mal der Gedanke gekommen, dass niveauloser Sarkasmus und dumme Häme nichts mit künstlerischer Freiheit zu tun haben?«

»Du kannst ja für richtig halten, was du willst! Für mich ist die katholische Kirche jedenfalls eine kriminelle Vereinigung! Aber vielleicht kommt mir ja noch mal die göttliche Erleuchtung, die euch schon getroffen hat!« Das anschließende Lachen durfte natürlich nicht fehlen.

Richard ließ sich angesichts der intellektuellen Armseligkeit dieser Behauptung erst gar nicht auf eine Diskussion ein. Konrads dümmliche Behauptung hatte allein den Zweck, ihn und Christine zu verletzen.

Die Nachbarin griff immer wieder vermittelnd ein, damit es zwischen den Brüdern zu keinem Streit kommen konnte. Aber zu dem kam es dann doch noch, als sie wieder bei Konrad zu Hause waren und Richard, wie der Zufall es wollte, in der Zeitung auf einen überraschenden Artikel stieß. »Sag mal, hast du früher als APO-Chefideologe unserer Clique nicht große Stücke auf Jürgen Habermas gehalten?«

»Nicht nur früher, auch heute noch«, antwortete Konrad gereizt.

»Aber ich bin sicher, du hast noch nie ein Buch von ihm in der Hand gehabt.«

Das hätte so auch wortwörtlich vom Vater kommen können, fuhr es Richard durch den Kopf. Merkwürdig, wie sehr sich die beiden zu ähneln begannen.

»Ich weiß, dass nur du und Vater diejenigen seid, die über die einzig wahre Bildung verfügen«, sagte Richard.

Der Zorn schoss Konrad ins Gesicht, und als er wieder mit geringschätzigen und blasierten Erwiderungen anfing, platzte Richard der Kragen.

»Sag mal, was ist eigentlich dein Problem?«

»Ich weiß gar nicht, wovon du redest«, gab Konrad sich ahnungslos.

»Ich rede von deinem Zynismus und deiner Arroganz, von deiner Selbstgerechtigkeit und deinem bestürzenden Mangel an Toleranz, wenn es um andere Ansichten, Lebensweisen und insbesondere um religiöse Weltanschauungen geht«, sagte Richard erbost. »Du und Vater, ihr erhebt den Anspruch, Vertreter eines aufgeklärten Humanismus zu sein. Nur, wie verhält sich das mit der ständigen Hetze, der so deutlichen Verachtung allem und jedem gegenüber, der eure einzementierten Positionen nicht teilt? Was habe ich dir eigentlich getan, dass du all die Jahre dein sarkastisches, zynisches Gift versprühst, wenn es um meine Arbeit und meinen Glauben geht? Kurzum: Was ist dein Problem, *Bruder?«*

»Sag mal, hast du heute deinen besonderen Mimosentag, dass du nicht mal ein paar flapsige Bemerkungen wegstecken kannst und eine läppische Meinungsverschiedenheit so aufblähst?«, fragte Konrad zurück. »Ich weiß wirklich nicht, was deine hirnrissigen

Vorwürfe sollen! Und was du schreibst und woran du glaubst, ist mir doch völlig wurscht.«

»So hört sich das aber nicht an, wenn man dir zuhört. Aber vermutlich fällt es dir selbst schon gar nicht mehr auf«, mischte sich nun Christine ein.

»Vielleicht musst du auch nur mal dringend zum Ohrenarzt und dir die Horchlöffel kräftig durchspülen lassen«, konterte Konrad bissig. »Möglich auch, dass euch beiden eine ordentliche Portion Selbstsicherheit fehlt, wenn ihr euch immer so schnell angegriffen fühlt.«

»Richard hat völlig Recht, Konrad. *Du* hast ein Problem – und zwar hat das weniger mit Richard als mit dir selbst zu tun«, sagte Christine wütend. »Vom eigenen Wert überzeugt zu sein ist ja ganz in Ordnung und eine Stärke. Aber wenn dieses Bewusstsein umschlägt in kalte Anmaßung, dann macht so eine Selbstgerechtigkeit lieblos, hart und unversöhnlich.«

»Schau an, schau an! Wann hast du denn einen Fernkurs in Hausfrauenpsychologie belegt, um mich so erschreckend tiefgründig durchschauen zu können?«, fragte Konrad mit ätzendem Spott.

Christine schüttelte den Kopf. Sie gab auf. »Ich gehe nach oben – packen. Wir gehen schon heute ins Hotel. Ich habe genug von deiner Anmaßung und deiner Borniertheit, die du wie einen Heiligenschein vor dir herträgst. Einen guten Rat gebe ich dir aber noch: Bekomm deinen Neid und deine nagende Unzufriedenheit endlich in den Griff! Alt genug bist du dazu langsam!«

Konrad zog spöttisch die Brauen hoch und verschränkte die Arme vor der Brust, was wohl Gelassenheit und Überlegenheit demonstrieren sollte. »Würdest du mich auch in die Einzelheiten deiner erstaunlichen Diagnose einweihen, damit ich endlich weiß, was mir fehlt?«

Christine blieb kurz auf der Treppe stehen. »Du hältst dich doch für überragend gebildet und intellektuell überlegen, wie du immer allen so unmissverständlich zu verstehen gibst. Vielleicht kommst du ja selbst dahinter, mit welchem Komplex du dich seit

Jahren herumschlägst und warum du Richards Erfolge immer niedermachen musst!« Damit lief sie nach oben.

»Versucht sich Christine jetzt auch noch als heimisches Orakel?«

»Sie hat das schon richtig beim Namen genannt«, sagte Richard mühsam beherrscht. »An dir muss eine entsetzliche Unzufriedenheit nagen, anders kann auch ich es mir nicht erklären. Vielleicht hast du in deinem Innersten Angst, an deinen eigenen Maßstäben gemessen zu werden und dabei weit unter der Latte zu bleiben.«

»Jetzt redest du auch noch in Rätseln! Wollt ihr vielleicht ein Psychoquiz veranstalten? Dann übt doch mal besser zuerst an euch beiden! Das gibt bestimmt eine Menge her!«

Richard achtete nicht auf den Spott, hinter den Konrad sich wieder einmal zu flüchten versuchte. Jetzt war die Zeit gekommen, nicht wieder um des lieben Friedens willen zurückzustecken, sondern auszusprechen, wo er die Wurzel für ihre völlig verkorkste Beziehung sah. Denn dass er keine Stunde länger in diesem Haus bleiben wollte, diesen Wunsch teilte er mit Christine ohne jede Einschränkung. Es tat ihm nur wegen Marjorie Leid, die diesen Bruderzwist nicht verstand und nach ihrer Rückkehr von der Arbeit in ihrer Gastfreundschaft getroffen sein würde.

»Ich möchte dich etwas fragen, Konrad! Warum ist Burkhard zu dem angesehenen Physiker geworden, der er heute ist? Warum ist Rojana eine mehrfach ausgezeichnete Lehrerin geworden? Und warum habe ich es zu Erfolg und Literaturpreisen in meinem Genre gebracht? Ganz einfach: weil wir uns auf die mühselige Ochsentour eingelassen und jahrzehntelang harte, kontinuierliche Arbeit in das investiert haben, woran wir geglaubt haben und was uns als Ziel vorgeschwebt hat. Zehn, zwölf Stunden haben wir uns jeden Tag gequält, Jahr für Jahr, und nicht, weil wir so großen Gefallen an der Plackerei gehabt hätten, sondern weil wir wussten, dass eiserner Wille und Disziplin der einzige Weg zum Ziel sind …«

»Hat man dir nie beigebracht, dass Eigenlob schrecklich stinkt?«, fragte Konrad in völliger Ignoranz der vielstrophigen Lobesarien, die er regelmäßig auf sein Buchjournal sang. »Oder erwartest du vielleicht, dass ich jetzt in Applaus ausbreche?«
Richard ließ sich von dem, was er sagen wollte, nicht ablenken. »Du hast dagegen sofort, sowie das Klima mal rau wurde und die Arbeit nicht nach deinem Gusto war, die Brocken hingeschmissen und nach der nächsten schnellen Karriere Ausschau gehalten. Zuerst an der Uni, dann bei deiner politischen Karriere und schließlich als freier Journalist. Du hast nämlich immer gemeint, dir müssten schon nach kurzer Zeit die tollsten Posten angetragen werden. Dein Leben lang hast du die Arroganz kultiviert, ein verkanntes Genie zu sein, dem eigentlich alles zu Füßen liegen müsste. Aber das ist nicht eingetreten, weil ja alle ignorante Dumpfbacken sind und nur der Mist der Ungebildeten Erfolg hat. Und weil du mit deinem eigenen Lebenswerk offenbar nicht zufrieden bist, was mir, nebenbei bemerkt, völlig unverständlich ist, denn auf ein Magazin wie das ›CoLibri‹ kann man wirklich stolz sein, machst du mit schöner Regelmäßigkeit das herunter, was ich erreicht habe und was mir etwas bedeutet. Dafür muss es doch einen sehr tiefen Grund geben. Hast du dir darüber schon mal ernsthaft Gedanken gemacht? Wahrscheinlich nicht, denn sonst würdest du dich nicht so verhalten.«
Konrad lief im Gesicht rot an und tippte sich an die Stirn. »Du hast sie ja nicht mehr alle! Ich bin doch nicht auf dich neidisch! Da müsstest du schon anderes vorzuweisen haben!«
Richard sah seinen Bruder verständnislos an. In seine große Wut mischten sich Bedrückung und Erschöpfung. »Ist es nur maßlose Selbstüberschätzung, oder steckt da irgendwo die Angst dahinter, dein Weltbild könnte wie ein Kartenhaus zusammenstürzen, wenn du auch nur einen Funken Selbstzweifel und Selbstkritik zulässt?«
»Bei mir stürzt überhaupt nichts zusammen, weil ich mich ja auch nicht auf solch armselige Krücken wie die Jungfrau Maria, göttliche Hostien und anderen religiösen Unfug stütze und auch

nicht den billigen Trost eines himmlischen Lebens nach dem Tod brauche. Diesen Schwachsinn überlasse ich gern dir und deinesgleichen!«

Richard schüttelte resigniert den Kopf. »Ich glaube, es bringt nichts, weiter darüber zu reden. Man könnte fast darüber lachen, wenn es nicht so traurig wäre, aber Toleranz, so schwer sie oft auch mir fällt, habe ich von Vater und dir gelernt, weil mich eure Besserwisserei und Selbstgerechtigkeit so abgestoßen haben.«

Auch darauf wusste Konrad augenblicklich eine passend zynische Antwort. »Na, dann haben wir beide doch einen bedeutenden Grundstein zu deiner vorbildlichen Lebenseinstellung gelegt! Du hast demnach allen Grund, uns dankbar zu sein.«

»Und ich habe bis heute geglaubt, uns würde als Brüder letztlich doch noch mehr verbinden als trennen«, sagte Richard, bevor er zu Christine ins Gästezimmer hinaufging, um die Koffer zu holen. »Aber da habe ich mich wohl geirrt. Du hast mir vor Augen geführt, dass uns mittlerweile mehr trennt als verbindet.«

Als er mit Christine in den Wagen stieg und zum Hotel fuhr, dachte Richard mit einem abwegigen Gefühl der Erleichterung, dass damit der Gipfel an familiären Auseinandersetzungen überschritten war und nun nur noch ein mühsamer Abstieg vor ihm lag. Am Freitag sollte er jedoch eines anderen belehrt werden.

*

Am Donnerstag fuhr Richard mit Christine zum Flughafen, um Burkhard abzuholen. Der Bruder kam allein. Rojana hatte sich nicht vom Schuldienst beurlauben lassen können. Aber dass sie Burkhard zum Geburtstag begleitete, hatte auch keiner ernstlich erwartet. Fast zeitgleich holte Konrad den Vater und Marjorie ab, die am Hauptbahnhof in denselben Vorortzug gestiegen war, in den der Vater hatte umsteigen müssen.

Richard und Christine erwähnten die heftige Auseinandersetzung vom Vortag mit keinem Wort, hielten sich aber bei der allgemeinen Begrüßung sehr zurück, was dem Vater und

Burkhard nicht auffiel, da sie sich viel zu erzählen hatten. Auch Konrad tat so, als wäre nichts Bemerkenswertes vorgefallen, und machte seine üblichen Witze, diesmal jedoch nicht auf Richards Kosten und auch nicht ganz so locker wie sonst – was wohl an Marjorie lag. Denn als Burkard mit dem Vater nach oben ins Gästezimmer ging und ihm den Koffer hochtrug, forderte Marjorie ihren Mann leise, aber mit energischer Stimme auf: »So, und jetzt wirst du dich gefälligst entschuldigen!« Sie hatte natürlich von ihm wissen wollen, warum Richard und Christine einen Tag früher ins Hotel gezogen waren, und sich von Konrad nicht mit Ausflüchten abspeisen lassen. So sanft ihr Wesen gewöhnlich auch war, so energisch und unbeugsam konnte sie doch auch sein, wenn sie es für nötig erachtete. Und nichts bedrückte sie mehr und tolerierte sie weniger als Unfrieden in der Familie.

Konrad verdrehte die Augen. »Mein Gott, was macht ihr bloß für ein Aufheben wegen ein paar stinknormalen Meinungsverschiedenheiten!«, sagte er, an niemand Bestimmtten im Raum gerichtet, und warf in einer theatralischen Geste der Resignation die Arme hoch. »Aber gut, wenn es denn dem lieben Frieden dient, werde ich mich eben für mein lockeres Mundwerk entschuldigen.« Er ging zu Richard und rang sich tatsächlich eine Entschuldigung ab.

Richard nahm die Entschuldigung an, obwohl er im Innersten starke Zweifel hegte, dass es seinem Bruder tatsächlich Leid tat. Marjorie hatte Konrad keine andere Wahl gelassen. Das wusste Richard einerseits zu schätzen, aber andererseits machte er sich nichts vor, wie tief das Bedauern bei seinem Bruder wirklich ging. Und doch, einen Rest Hoffnung, dass Konrad es mit seiner Entschuldigung ernst meinte, bewahrte er sich.

Am nächsten Morgen ließen sie den Vater zu seinem fünfundsiebzigsten Geburtstag hochleben. Aber der Glückwunschreigen hatte mit dem vielstimmigen Happy-Birthday-Lied, den Umarmungen und dem Ausblasen der Kerze beim Frühstück etwas beklemmend aufgesetzt Fröhliches an sich. So als wäre eigentlich keiner recht in Stimmung, irgendetwas zu feiern, ohne es aber

zugeben zu wollen. Richard meinte denn auch, allgemeine Erleichterung spüren zu können, als sie gleich nach dem Frühstück, wie geplant, den Ausflug nach Potsdam unternahmen. Der Himmel war wie ihre Stimmung grau, aber das Gewitter, das sich im Westen zusammenbraute, ließ noch auf sich warten.
Obwohl der Vater meinte, den Kasernentrakt, in dem er untergebracht war, wiedererkannt zu haben, trug das nicht zu einer Verbesserung seiner Laune bei. Er zeigte sich an diesem Vormittag sonderbar wortkarg, und wenn er Kommentare von sich gab, dann fielen diese recht schmallippig und ruppig aus.
»Der Vater hat doch irgendetwas«, sagte Christine ahnungsvoll.
Ihre Ahnung bestätigte sich zur blauen Stunde beim Kaffee, den sie nicht in einem Berliner Café oder Restaurant genossen, sondern zu Hause bei Marjorie und Konrad, weil der Vater es so und nicht anders hatte haben wollen – und zwar »grundsätzlich!«, wie er nicht hinzuzufügen vergessen hatte.
Als sie alle am Kaffeetisch saßen, Marjorie den Diabetesgeburtstagskuchen angeschnitten hatte und der Regen in Sturzbächen vom Himmel rauschte, zog der Vater seine Brieftasche aus der Brusttasche seiner Jacke, legte sie auf den Tisch und straffte sich auf dem Stuhl, als habe er sich selbst den Befehl erteilt, Haltung anzunehmen. Dann sagte er in schroffem Tonfall: »So, jetzt möchte ich euch etwas sagen! Und über das, was ich euch mitzuteilen habe, wünsche ich keine Diskussionen. Grundsätzlich nicht!«
Es wurde ganz still im Zimmer.
»Ich ziehe nächste Woche nach Stralsund«, eröffnete er seiner Familie in einem scharfen Ton, so wie ein unleidlicher General Befehle erteilt. »Im einstigen Wohnhaus meiner Eltern am Stadtteich ist eine Wohnung frei geworden, die ich gemietet habe. Der Umzug ist schon bestellt. Und Mutti wird nach Stralsund umgebettet.«
Konrad zuckte die Achseln. »Also, das kommt ja alles ein bisschen überraschend, aber wenn …«
»Ich bin noch nicht fertig!«, schnitt der Vater ihm ungehalten das

Wort ab. »Ich habe die Stadt Stralsund zu meinem einzigen und ausschließlichen Erbe bestimmt. Alles, was ich besitze, schenke ich dem Stralsunder Stadtarchiv und Museum.«

9

Bruno stieß die Haustür auf und rannte die knarrenden Stufen zu seiner Leipziger Wohnung hinauf. Er war spät dran, sehr spät sogar. Es war schon drei Uhr nachmittags durch, und um diese Zeit hätte er längst auf dem Weg nach Berlin sein wollen, um pünktlich zu Onkel Heinrichs Geburtstagskaffee einzutreffen. Aber daraus wurde jetzt nichts mehr. Der Versicherungsvertreter hatte ihn länger als erwartet aufgehalten. Aber wie hätte er auch ahnen können, dass die Versicherung damit drohen würde, ihnen sämtliche Policen zu kündigen, nachdem erneut ein Container von ihnen beschädigt, wenn auch nicht abgefackelt worden war. Nur mit einer unverschämt erhöhten Prämie waren sie bereit, wenigstens weiterhin den Unfallschutz für die Angestellten, Autovollkasko und all die anderen Versicherungen fortzuführen, die man als Unternehmer unbedingt vorweisen musste, damit einem nicht die Gewerbezulassung entzogen wurde. Das war reinste Erpressung.

Ganz in Gedanken und voller Groll auf die legalen Gangster, die seiner Überzeugung nach in allen Chefetagen der Banken und Versicherungen saßen, schloss er die Wohnungstür auf. Er knallte seine Aktentasche auf die Kommode in der Diele und wollte ins Wohnzimmer, um das Radio anzustellen und den Verkehrsfunk zu hören.

Mit einem Laut des Erschreckens fuhr er unter der Tür zusammen, als er die beiden Gestalten sah, die im Zimmer auf ihn warteten. Ein Mann saß auf der Couch, die Beine lässig übereinander geschlagen, und blätterte in einem Magazin. Der andere wartete in einem Sessel auf ihn, den er neben die Tür geschoben hatte. Der Mann auf der Couch hatte sein dünnes Haar streng nach hinten gekämmt und im Nacken zu einem spärlichen Zopf geflochten, während der andere seinen Schädel glatt rasiert hatte. Beide trugen lange schwarze Ledermäntel, aus denen schlabbrige Rollkragenpullover schauten. Was sie außerdem gemein hatten, war die bullige und stiernackige Preisboxerstatur. Bruno vermutete auf den ersten Blick, dass er es mit Russen zu tun habe. Die beiden erinnerten ihn an eine doppelte, sehr grobe Ausgaben von Juri dem Bärenfänger.

»Hallo, darf ich fragen, wie Sie in meine Wohnung gekommen sind?«, fragte er, um Fassung bemüht.

»Dein Scheißschloss braucht man nur anzublasen, damit die Tür auffliegt«, sagte der Mann abfällig, der gleich neben der Tür auf ihn gewartet hatte, und verstellte ihm mit einer schnellen geschmeidigen Bewegung den Weg zurück. Er sprach fließend und ohne Fehler Deutsch, aber mit schwerem russischem Akzent.

»Ukrainer?«, fragte Bruno, dessen Mund sich plötzlich unangenehm trocken anfühlte, und versuchte zu lächeln, während er sich fieberhaft fragte, wer die beiden wohl geschickt und womit man sie wohl beauftragt haben mochte.

»Halt's Maul!«, herrschte ihn der bezopfte Russe von der Couch her an, stand auf und kam auf ihn zu. »Keine blöden Fragen, verstanden?« Plötzlich lag eine Pistole in mattschwarzer Legierung in seiner Hand.

Bruno brach der Schweiß aus. »Absolut«, versicherte er hastig und wie zu Stein erstarrt.

»Wir sollen dir eine Nachricht überbringen, Bruno Brüggemann«, sagte der Bezopfte und tippte ihm dabei mit der Mündung der Pistole leicht vor die Brust. »Und die Nachricht lautet: ›Eure Zeit ist abgelaufen. Das Spiel wird neu gemischt, und ihr seid draußen.‹ Macht das Sinn, Bruno Brüggemann?«

Bruno schluckte heftig. »Ich denke schon. Wenn ich jetzt noch wüsste, von wem die Nachricht kommt …«

Der Bezopfte lächelte dünn. »Klugscheißer! Keine Ahnung, wer euch aus dem Spiel haben will. Interessiert uns auch nicht. Wir machen nur unseren Job. Wir haben eine Firma genau wie du. Die ist zwar nirgendwo eingetragen, aber wer unsere Dienste braucht, weiß schon, wo er uns findet und worauf wir spezialisiert sind. Willst du wissen, wie unsere Firma heißt?«
Bruno nickte stumm.
Der Russe bleckte seine Zähne. »Wir haben uns Exit Unlimited benannt. Finden, das umschreibt unser Geschäft am besten. Kannst auch du dir was unter dem Namen vorstellen?«
Erneut nickte Bruno hastig.
»Du und deine Partner, ihr kriegt die nächsten Tage ein freundliches Angebot, das euch von einem Notar namens Groschnik zugeschickt wird. Und ihr wärt gut beraten, so lautet die Nachricht der Leute, die uns bezahlen, das Angebot anzunehmen. Ist das bei dir hier oben angekommen?« Der Bezopfte tippte ihm nun mit dem Pistolenlauf an die Schläfe.
»Klar und deutlich«, versicherte Bruno.
Der Russe neigte sich ihm mit einem trügerisch freundlichen Lächeln zu und flüsterte ihm ins Ohr. »Ganz unter uns gesagt: Wir machen ein besseres Geschäft, wenn ihr auf das Angebot scheißt. Denn dann dürfen wir noch mal kommen, und das gibt dann auch mehr Geld als für den heutigen Besuch.« Er trat zurück, holte sich von der Couch ein Kissen, presste es vor den Lauf der Pistole und zielte auf die weibliche Gipsbüste, die auf einer brusthohen Holzsäule in der Zimmerecke stand. Der gedämpfte Pistolenknall wurde augenblicklich vom Auseinanderbersten der Büste und den zu Boden polternden Gipstrümmern übertönt. »Alles kapiert, Bruno Brüggemann?«
Bruno beeilte sich, nachdrücklich zu nicken.
»Prächtig!«, sagte der Bezopfte, ließ das Kissen fallen und steckte die Waffe weg. »Also dann, vielleicht sehen wir uns ja noch mal!« Mit diesen Worten spazierte er mit seinem Komplizen lässig und ganz ohne Eile aus der Wohnung.
Bruno stürzte ins Bad, weil es in seinen Gedärmen plötz-

lich fürchterlich rumorte. Anschließend hockte er sich in die Duschwanne unter den warmen Wasserstrahl, bis das Zittern verschwunden war und er wieder ruhig stehen konnte.
Nachdem er frische Kleidung angezogen und auf den Anrufbeantwortern seiner Partner die Nachricht hinterlassen hatte, dass er sie dringend sprechen müsste und wo sie ihn erreichen konnten, setzte er sich in seinen Wagen und machte sich auf den Weg nach Berlin. Es regnete in Strömen.
Immer wieder durchlebte er die Szene mit den beiden Kerlen von der Russenmafia vor seinem geistigen Auge und rätselte, wer sie wohl geschickt haben mochte. Wer immer diese Gangster von Exit Unlimited engagiert hatte, dem war offenbar blutiger Ernst damit, sie um jeden Preis aus dem Autoschildergeschäft zu verdrängen.
Bruno war heilfroh, dass Simone an diesem Freitag doch keinen Urlaub hatte nehmen können, sondern schon Anfang der Woche mit nach Frankfurt zur Buchmesse gefahren war, um eine kranke Kollegin zu vertreten. Nicht auszudenken, wenn sie Zeuge dieser Bedrohung geworden wäre!
Bruno fuhr schon bald wieder von der Autobahn ab und nahm die Landstraße, weil im Radio mehrere kilometerlange Staus wegen Straßenarbeiten gemeldet wurden. Der Verkehr war auch auf der Landstraße dicht, denn es war Freitagnachmittag. Und Bruno fuhr auch zu schnell, zumal bei dem dichten Regen, um noch eine Chance zu haben, den Unfall zu verhindern, als ihm hinter einer Rechtskurve plötzlich ein Pkw, der verbotenerweise einen Laster überholte, auf seiner Fahrbahnseite entgegenkam.
Mit Entsetzen sah Bruno die Lichter auf sich zurasen. Er schrie auf, riss das Steuer im Reflex nach rechts und durchbrach mit dem Mercedes Sekunden später die Leitplanke. Der Wagen drehte sich, pflügte mit der Beifahrerseite durch die Bepflanzung der Böschung, überschlug sich und krachte dann unter infernalischem Getöse und metallischem Kreischen gegen ein Hindernis, das sich weigerte, vor dem schweren Wagen zu weichen.
Bruno spürte, dass sich irgendetwas an mehreren Stellen in seinen

Körper bohrte, empfand aber keinen Schmerz. Was er dagegen ganz klar wahrnahm, war die fast ärgerliche Verwunderung über sein prosaisches Ende auf einer verregneten Landstraße nicht weit von Bitterfeld entfernt. Jetzt starb er in seinem zusammengestauchten Einhundertzwanzigtausend-Mark-Coupé an den Folgen eines ordinären Autounfalls, wo es doch ebenso gut die Kugel eines russischen Auftragskillers hätte sein können. Das hätte wenigstens noch einen dramatischen Endpunkt gesetzt.
»Simone?«, flüsterte er und versuchte vergeblich, sich zu bewegen. »O mein Gott!« Dann setzte glühender Schmerz ein, der wie eine Kreissäge durch seinen Körper schnitt, aber gleich darauf kam auch schon die warme schwarze Flut, die ihn zudeckte und von allen Schmerzen erlöste.

*

»Alles?«, fragte Burkhard ungläubig. »Du willst wirklich alles, was du besitzt, der Stadt Stralsund schenken?«
»Ja, ihr habt mich schon richtig verstanden. Meine japanische und chinesische Porzellansammlung, die Gemälde und meine Bücher – das und alles andere geht nach meinem Tod ans Archiv und Museum, und zwar grundsätzlich«, bestätigte der Vater und schaute grimmig in die Runde, als wolle er kraft seines funkelnden Blickes jeglichen Widerspruch schon im Keim ersticken.
»Das ist ja ein dickes Ei!«, sagte Konrad flapsig und lachte trocken auf. »Wir sollen also in die Röhre gucken und gelegentlich nach Stralsund pilgern, wenn wir Muttis Ölporträt und all die anderen Sachen wieder sehen wollen, mit denen wir aufgewachsen sind, ja?«
Marjorie, die ganz blass geworden war, stand leise auf und verschwand unauffällig in Richtung Küche. Sie wollte wohl nicht länger Zeuge sein, wie der Vater am Tag seines Geburtstags die Söhne in der Art eines harschen Richterspruchs über ihre Enterbung unterrichtete.
Auch Christine erhob sich mit einem stummen Kopfschütteln

vom Tisch, legte ihre Hand kurz auf Richards Schulter, der ihre Geste gut zu deuten wusste, und folgte Marjorie.

»Darüber müssen wir doch wohl erst einmal in aller Ruhe reden«, sagte Burkhard mit einem ungehaltenen Unterton in der Stimme. »Das mit deinem Umzug nach Stralsund und dem Umbetten der Mutter geht ja in Ordnung. Wenn das dein Wunsch ist, warum nicht. Aber diese Sache mit der Schenkung, also das kannst du uns doch nicht einfach so an den Kopf klatschen!«

»Warum nicht?«, schnappte der Vater aggressiv. »Was habe ich euch zu fragen? Ich kann mit meinen Sachen machen, was mir gefällt ... mehr oder weniger. Ich habe hart dafür gearbeitet und kann meine Sammlungen deshalb auch vermachen, wem ich will. Und keiner von euch kann sich beklagen, zu kurz gekommen zu sein. Ich habe jedem eine gute Ausbildung und manches andere bezahlt. Das ist ja wohl genug!«

»Es geht doch überhaupt nicht darum, wer wie viel Geld von dir für was erhalten hat und auch nicht um den materiellen Wert der Sachen, die du weggeben willst!«, meldete sich nun Richard zu Wort, der sich nach dem ersten Schock nicht wirklich über den Entschluss des Vaters wunderte. Irgendwie hatte sich alles schon abgezeichnet.

»So, worum geht es dir dann?«, herrschte ihn der Vater an und reckte angriffslustig das Kinn.

»Es geht um das, was man gewöhnlich in einer Familie von Generation zu Generation weitergibt«, sagte Richard. »Hast du denn überhaupt keinen Gedanken daran verschwendet, dass jeder von uns vielleicht ein Erinnerungsstück haben möchte?«

»Dummes Zeug! Ein paar von den alten Fotos werden als Erinnerung ja wohl reichen«, wischte der Vater den Einwand schroff beiseite. »Wenn ich tot bin, streitet ihr euch doch bloß wie die Kesselflicker darum, wer was bekommt. Erzählt mir doch nichts! Ich weiß, wie die Menschen sind ... mehr oder weniger.«

»Ist das die Meinung, die du von deinen Söhnen hast?«, fragte Richard bestürzt über so viel Verbitterung und Zurückweisung. »Das wäre wirklich traurig!«

»Jemand hat mal gesagt, alte Menschen verhalten sich deshalb so giftig, weil sie ihren Kindern den Abschied leichter machen wollen«, sagte Burkhard ebenso betroffen wie verärgert. »Aber so leicht brauchst du es uns nun wirklich nicht zu machen, Baba!«

»Ich lasse mir meine Sammlungen nicht von euch auseinander reißen! Ich habe jedem eine akademische Ausbildung bezahlt, die ja wohl teuer genug war, und dass du, Richard, nichts daraus gemacht hast, hast du selbst zu verantworten«, erregte sich der Vater. »Und jetzt erwarte ich, dass ihr diese Verzichtserklärungen unterschreibt, die der Justiziar der Stadt von euch haben will.« Er zog drei gefaltete Briefbögen, die einige Zeilen Schreibmaschinentext trugen, aus seiner Brieftasche.

»Was für eine Verzichtserklärung?«, fragte Konrad irritiert.

»Eine Erklärung, dass wir auf unseren gesetzlichen Pflichtanteil am Erbe großzügig zu Gunsten der Stadt Stralsund verzichten«, sagte Richard. »Denn so einfach, wie unser Vater sich das mit dem Verschenken vorstellt, macht es ihm das Gesetz nicht.«

»Papperlapapp, Gesetz! Komm mir jetzt bloß nicht mit deinen Jurakenntnissen!«, rief der Vater erbost. »Ihr werdet ja wohl noch genug Anstand im Leib haben, um das hier gefälligst zu unterschreiben!«

»Ich habe ja nichts gegen ein Geschenk zu deinem Geburtstag gehabt, Baba«, sagte Konrad sarkastisch, »aber an ein so großzügiges hatte ich eigentlich nicht gedacht.«

»Nun mal ruhig und alles der Reihe nach!«, griff Burkhard wieder ein. »Wie soll denn das mit dem Archiv und dem Museum überhaupt aussehen? Hast du denn zusammen mit den Museumsleuten schon einen Stiftungsvertrag aufgesetzt? Ist auch schon ein Kunstsachverständiger bei dir gewesen, um jedes Stück zu taxieren, zu fotografieren und in eine Liste aufzunehmen?«

»Stiftungsvertrag? Wieso Stiftung?«, fragte der Vater gereizt. »Was sollen all diese Fragen? Ich muss euch doch nicht Rede und Antwort stehen! Ich schenke alles dem Stadtarchiv und dem Museum, das habe ich schon mit den Herren besprochen, damit basta! Und die wissen schon, was sie damit machen.«

»Nein, das kommt so nicht in Frage!«, erhob Burkhard energisch Einspruch. »Wenn es keinen notariellen Stiftungsvertrag gibt und du alles bedingungslos verschenken willst, kriegst du meine Unterschrift nicht.«
»Meine auch nicht!«, sagte Richard, während das Telefon in der Diele klingelte. »Ich will nichts haben, was du mir nicht von Herzen geben willst, Vater, aber mit einer unverbindlichen Schenkung bin ich auch nicht einverstanden. Denn dann können Archiv und Museum mit deinen Sachen ja machen, was sie wollen, etwa irgendwo im Keller verstauben lassen oder einfach verkaufen, um Geld für andere Neuanschaffungen zu machen. Ohne einen Stiftungsvertrag mache ich auch nicht mit.«
»Willst du mir vielleicht mit dem Gericht drohen?«, donnerte der Vater hochrot im Gesicht.
Richard nahm den Bogen, auf dem sein Name stand, und überflog ihn. »Ich habe dir doch gerade gesagt, dass ich nichts von dir haben will, was du mir nicht von Herzen gönnst. Dass du mir und deinen beiden anderen Söhnen offenbar nicht einmal ein Erinnerungsstück zugestehst, ist zwar schon sehr verstörend und verletzend, aber darüber hast du dir ja noch nie Gedanken gemacht. Also gut, dann gehen wir als Erben eben völlig leer aus, wenn das dein letzter Wille ist, dein Seelenfrieden daran hängt und du dich um jeden Preis in Stralsund mit einer Sammlung verewigt sehen willst. Aber ...«
»Das hat mit Verewigen nichts zu tun!«, bellte der Vater. »Ich will es einfach so!«
»Ja, das hören wir klar und deutlich«, sagte Burkhard grimmig. »Aber dann muss die Sache auch Hand und Fuß haben und, wie Richard schon gesagt hat, eine notarielle Stiftung mit genauen Vereinbarungen, was das Museum mit deinen Sammlungen zu tun und zu lassen hat, ins Leben gerufen werden!«
»Ich denke doch nicht daran, mir von euch Vorschriften machen zu lassen!«, entrüstete sich der Vater.
Da erschien Christine im Durchgang zur Diele. »Richard!«, rief sie aufgeregt, ganz blass im Gesicht.

»Was gibt es?«
»Gerade hat jemand aus dem Krankenhaus in Leipzig angerufen. Bruno ist auf dem Weg zu uns schwer verunglückt und wird gerade operiert!«, stieß sie hervor. »Sie haben die Telefonnummer von Konrad und Marjorie in seiner Brieftasche gefunden, können aber seine Frau nicht antreffen. Wir müssen versuchen, Simone auf der Buchmesse zu erreichen, und dann sofort zu Bruno nach Leipzig!«

10

Richard stand am Fenster des Hotelzimmers und blickte hinaus auf das Lichtermeer gleißender Strahler und Neonleuchten, mit dem sich der Frankfurter Flughafen gegen die Unproduktivität der Nacht wehrte. Hinter ihm im Dunkel des Zimmers schlief Christine tief und fest. Nach der grünen Digitalanzeige des Radioweckers am Bett war es 2 Uhr 18. Es war die Nacht vor ihrem Rückflug in die Staaten, acht Tage nach ihrer Enterbung und Brunos schrecklichem Unfall.
Richard konnte keinen Schlaf finden. Ihm ging zu viel durch den Kopf. Bruno hatte den schweren Unfall gottlob überlebt, und die Ärzte gingen davon aus, dass seine Verletzungen gut verheilen und er keine bleibenden Schäden davontragen würde.
Ein Lächeln huschte unwillkürlich über Richards Gesicht, als er daran dachte, was sein Cousin zu ihm gesagt hatte, als er zum ersten Mal richtig bei Bewusstsein gewesen war und ungetrübt von Schmerzmitteln seine Gegenwart wahrgenommen hatte. Schwach hatte er den linken Arm gehoben, der als einzige seiner vier Extremitäten nicht in einem Verband steckte, und ihn mit den Worten begrüßt: »Ich weiß, kein erhebender Anblick. Aber lieber hier auf der Tüte als im Eimer!«

Sie hatten in den vergangenen Tagen neben den Stunden, die sie gemeinsam mit Simone und Christine im Krankenzimmer verbracht hatten, viel Zeit unter vier Augen gehabt, um miteinander zu reden und miteinander zu schweigen und sich über das Gedanken zu machen, was sie bedrückte und in ihrem Leben zur Last geworden war.
»Wir verkaufen an die Hannoveraner! Malte hat endlich sein Okay gegeben. Die Russenmafia will nicht einmal er am Hals haben«, teilte Bruno ihm vier Tage nach dem Unfall mit. »Wir hätten das Geschäft mit den Gaunern schon letztes Jahr machen sollen, dann hätten wir einen wirklich satten Betrag aus dem Verkauf herausholen können. So bleiben für jeden von uns jetzt unterm Strich bloß noch hundert Riesen und das Mercedes Coupé übrig.«
»Nach Begleichung aller noch fälligen Steuern?«
Bruno nickte. »Ja. Und für zweieinhalb Jahre primitivster Arbeit, für die der Abschluss der fünften Schulklasse völlig ausgereicht hätte, ist das eigentlich gar kein schlechtes Ergebnis, wenn ich mir Lothar und Nikolai und einige andere aus unserer einstigen Clique ansehe, denen es wirklich mies geht.«
»Weißt du schon, was du machst, wenn du wieder auf den Beinen bist?«
»Klar, über ein halbes Dutzend Zeitungen! Und zwar auf einen Schlag!«, antwortete Bruno, wie aus der Pistole geschossen, und seine Augen leuchteten vor Begeisterung und Unternehmungslust, während es nur so aus ihm heraussprudelte. »Ich bringe in Leipzig alle vierzehn Tage oder einmal im Monat kostenlose Regionalzeitungen heraus, für jedes Viertel eine eigene Ausgabe. Aber das werden keine kunterbunten Reklameblättchen mit ein paar redaktionellen Artikeln als schamhafte Feigenblätter sein, wie man sie überall hat und deshalb meist auch gleich in den Müll wirft, sondern es werden richtige kleine Zeitungen, konservativ in Schwarzweiß gedruckt. Die Leute leben in ihrem Viertel und sollen sich mit den entsprechenden Nachrichten und ihren Belangen in ihrer jeweiligen Kiezausgabe wiederfinden. Deshalb

nehmen wir auch keine Anzeigen von großen Ketten oder dem Supermarkt draußen auf der grünen Wiese an, die ja doch nur die Kleinen kaputtmachen, sondern wir werden ausschließlich Inserate von Handwerkern, Geschäften und Betrieben akzeptieren, die zu keiner Kette und keinem Konzern gehören und nur aus der lokalen Umgebung kommen.«

»Klingt viel versprechend«, sagte Richard. »Aber wer ist ›wir‹?«

Bruno grinste »Horst ist wieder mit von der Partie. Du weißt doch: *Never change a winning team!* Und ich brauche jemanden, auf den ich mich blind verlassen kann. Wir müssen das innerhalb von maximal vier, fünf Monaten aus dem Boden stampfen, damit uns keiner zuvorkommt. Aber das wird schon!«

Richard zweifelte nicht eine Sekunde daran, dass seinem Cousin dieses ehrgeizige Vorhaben gelingen würde. Bruno liebte es nicht nur, den ganzen Tag mit Menschen zu tun zu haben und ständig irgendwo auf Achse zu sein, sondern er brauchte den intensiven Kontakt mit der Außenwelt sogar. Solche Aufgaben, die mit viel Hektik und abwechslungsreichen organisatorischen Herausforderungen zu tun hatten, ein hellwaches Gespür für Marktchancen und Menschen sowie eine ausgeprägte Rede- und Kontaktfreude erforderten, aber manchmal auch eine gute Portion Raffinesse oder Bauernschläue, solche Dinge lagen ihm einfach im Blut.

Was Bruno noch gut konnte, war aufmerksam zuhören, die Dinge durchdenken und dann mit überraschender Klarheit auf den Punkt bringen. Diese besondere Fähigkeit stellte er einmal mehr unter Beweis, als sie viele Stunden damit verbrachten, über Richards jahrelange Konflikte mit Konrad und dem Vater zu reden und über die innere Zerrissenheit, wie er damit umgehen solle.

»Wenn es eine Möglichkeit gäbe, sich von der eigenen Familie scheiden zu lassen, ich wäre wohl schon so manches Mal versucht gewesen, es zu tun«, gestand Richard.

»Was natürlich auch keine Lösung wäre, weil du die Verletzungen weiterhin mit dir tragen würdest. Familie hat man. Das ist eines der ganz wenigen wirklich lebenslänglichen Dinge im Leben.«

»Ich weiß«, sagte Richard. »Zudem ist mir mittlerweile klar geworden, dass ich mir gar nicht so viel aus ihrer Häme und Herabsetzung meiner Arbeit und meiner Überzeugungen machen würde, wenn ich innerlich mit meinem Bruder und meinem Vater wirklich abgeschlossen hätte.« Nur das, für das man sich bereitwillig öffnet, kann einen auch verletzen und schmerzhaft tief ins Herz dringen, wie Richard sich hatte eingestehen müssen. Wenn ihm seine Brüder und der Vater trotz aller Bitterkeit und Verhärtung, die die Jahre ihres aufreibenden seelischen Kleinkriegs mit sich gebracht hatten, nicht doch etwas bedeuten würden, was er bewahrt wissen wollte, hätten sie ihn nicht so tief verletzen können, wie es ihnen bis noch vor wenigen Tagen immer wieder gelungen war. »Ich will das Band gar nicht zerrissen sehen, Bruno, das ist mir in den letzten Tagen bewusst geworden. Ich möchte ein gutes Verhältnis zu Konrad. Und der Vater soll meinetwegen alles verschenken, wenn es ihn glücklich macht. Ich will überhaupt nicht aufrechnen und unversöhnlich sein, das ist gar nicht meine Art. Aber ich will auch nicht länger alles so ohne Gegenwehr hinnehmen müssen, wie ich es bisher um des lieben Friedens willen getan habe. Vor allem möchte ich, dass sie endlich sehen und begreifen, wie sehr sie mich all die Jahre verletzt haben und noch immer verletzen. Das ist mein Dilemma.«

»Und warum setzt du dich nicht hin und schreibst darüber?«, schlug Bruno in einem ihrer letzten Gespräche vor. »Manchmal kann man seine inneren Dämonen nur dadurch bezwingen und ihnen die Gewalt über einen rauben, indem man sie klar und deutlich beim Namen nennt, was in deinem Fall bedeutet, dass du sie im wahrsten Sinne des Wortes aufs Papier bannst, um dich ein für alle Mal von ihnen zu befreien!«

Der Gedanke war Richard auch schon des Öfteren gekommen, er war jedoch stets davor zurückgeschreckt, wie er Bruno gestand. »Irgendwo habe ich mal gelesen, ein Schriftsteller, der über das, was er in seinem Leben erfahren hat und was ihn im Innersten bewegt, wahrhaftig schreiben will, müsse einen Splitter aus Eis in seinem Herzen haben, um nicht von Skrupeln gepackt zu werden und in Versuchung zu kommen, die scharfen Kanten seiner subjektiven Wahrheit zu glätten und zu schönen«, sagte er. »Manchmal habe ich das entsetzliche Gefühl, dass in meinem Herz mehr als nur ein Splitter aus Eis steckt, nämlich ein ganzer Klumpen.«

»Mach dich selbst nicht irre, Richard! Du bist Schriftsteller aus Passion und weil du gar nicht anders kannst. Und nur wer gegen den Strom schwimmt, gelangt zur Quelle«, ermunterte ihn Bruno. »Schreib darüber einen Roman, denn das ist dein Metier, und bleib bei der Wahrheit, so wie du sie erlebt und empfunden hast. Ich weiß, die Menschen und unter ihnen vor allem die schwachen verlangen nach der schönen, heilen Fassade. Aber lass dich nicht darauf ein. Du bist stark. Und starke Menschen können ihre Unsicherheit zeigen und so gelassen tragen wie einen alten Hut. Alles andere liegt sowieso nicht in deiner Hand.«

Schreib darüber einen Roman und bleib bei der Wahrheit! Diese Aufforderung ließ Richard nicht mehr los, und sie ging ihm auch in dieser Nacht wieder durch den Kopf, als er am Fenster des Hotelzimmers stand und auf den Frankfurter Flughafen hinausschaute.

Ja, genau das würde er tun! Nicht um abzurechnen oder eine Art von Schlussstrich zu ziehen, sondern um ehrlich Bilanz zu ziehen und seine inneren Dämonen aufs Papier zu bannen.

Richard wandte sich von der Fensterfront ab, ging zum kleinen Schreibtisch und schaltete die Tischlampe an. Christine würde davon nicht aufwachen, war sie doch mit einem bewundernswert tiefen Schlaf gesegnet.

Er nahm die Verzichtserklärung, die er bei ihrem überstürzten Aufbruch nach dem Anruf aus dem Krankenhaus unbewusst eingesteckt und später in seiner Jackentasche gefunden hatte, und unterschrieb sie, steckte sie in einen Briefumschlag aus der Hotelmappe und adressierte diesen an den Vater, sodass er den Brief gleich am Morgen an der Rezeption aufgeben konnte. Sollte der Vater, der sich wohl noch in Stralsund aufhielt, seiner Heimatstadt schenken oder stiften, was er wollte! Es tat ihm jetzt Leid, dass er wie Burkhard versucht hatte, dem Vater die Schenkung auszureden und ihn vom Sinn einer Stiftung zu überzeugen. Wenn davon sein Glück und Seelenfrieden abhingen, wollte er nicht derjenige sein, der ihm das vergällte oder ihm gar Steine in den Weg legte. Solange der Vater seinen Lebensabend in Stralsund in der Überzeugung verbrachte, geschätzter Wohltäter der Stadt zu sein und eine nach ihm benannte Sammlung im Archiv und Museum zu wissen, konnte ihm alles Übrige letztendlich gleichgültig sein.

Richard schob den Brief mit der unterschriebenen Verzichtserklärung beiseite und griff zu seinem ledergebundenen Journal, in das er auf Reisen Ideen aller Art notierte. An Schlaf war jetzt sowieso nicht zu denken, warum also nicht schon mal mit den ersten Notizen zu seinem geplanten Familienroman beginnen?

Er grübelte darüber nach, mit welchem Jahr und welch besonderem Ereignis er seine Brüggemann-Chronik eröffnen solle. Es boten sich viele Möglichkeiten an, aber als er seine Erinnerung durch die Jahre zurück in seine Kindheit wandern ließ, stieß er bald auf ein Ereignis, das er als die erste wirklich bedeutende Zäsur in seinem noch jungen Leben erkannte. Ja, damit würde er beginnen! Und mit dem Füller begann er auf eine neue Seite seines Notizbuches zu schreiben: »Beide Hände demonstrativ auf dem Karabiner, der ihm quer vor der Brust hing, und das Gesicht wie eine Betonmauer. Kalt, abweisend und unnachgiebig. So verwehrte ihnen der Grenzer am 1. Mai den Übergang in den Westsektor von Berlin.«

Danksagung

Wir sind, woran wir uns erinnern. Aber die Erinnerung ist kein unparteiisches Archiv. Das Gehirn arbeitet anders als ein Computer, der Informationen auf seiner Festplatte so speichert und auf Abruf bereithält, wie man sie eingegeben hat. Wie das Verstehen stets dem Geschehen hinterherhinkt, so empfinden, interpretieren und erfinden wir Erinnerungen immer wieder neu. Unser Gedächtnis liefert zu keiner Zeit absolute unverrückbare Wahrheiten, sondern subjektive Eindrücke und Einschätzungen. Was wir für den Rückblick auf einen Lebensabschnitt halten, ist stets eine in Folge gebrachte Ansammlung von singulären Ereignissen und Bildern, die von der eigenwilligen Cutterin namens Erinnerung immer wieder neu geschnitten und zusammenmontiert werden.

Bei der Erfindung der Vergangenheit, die in dieser romanhaften Familienchronik erzählt wird, haben mir neben meinen Familienangehörigen eine ganze Reihe von Personen mit fachlichem Rat, praktischer Hilfe und eigenen Lebenserinnerungen zur Seite gestanden.

Für ihre großzügige Hilfe bei der Rekonstruktion des Lagerlebens danke ich dem Verwaltungsfachwirt Klaus-Dieter Nauditt von der Landesstelle für Aussiedler, Zuwanderer und ausländische Flüchtlinge in NRW, Klaus-Martin Fullert, dem Abteilungsleiter des Durchgangswohnheims Reiner Wolf Netthöfel in Massen sowie Tanja Hoffmann von der Landesstelle Unna-Massen.

Großer Dank für ihre Geduld und für eine Fülle von Anregungen und persönlichen Erinnerungen, die auf die eine und andere Art in den Roman eingeflossen sind, gebührt Dr. Rosemary Köster, Dr. Joseph Naftzinger, Ursula Blank, Heiko Jerke, Katrin und Henno Drecoll sowie Isa-Maria Röhrig-Roth. In ganz besonderer Weise danke ich Volkmar Röhrig für die vielen Tage seiner unermüdlichen Mitarbeit und das außergewöhnliche Geschenk

seiner detaillierten Lebenserinnerungen, für die ich immer in seiner Schuld stehen werde.
Zur Verifizierung historischer Daten sowie zu Detailinformationen über politische und gesellschaftliche Ereignisse und Stimmungsbilder in Ost und West standen mir zahlreiche Publikationen zur Verfügung, deren Auflistung eine umfangreiche Bibliographie erforderlich machen würde. Von diesen erwiesen sich einige als außergewöhnlich hilfreich, sodass sie hier genannt seien: die Bücher »Wendepunkte – die Chronik der Republik« von Hartwig Bögeholz, »Die heile Welt der Diktatur« von Stefan Wolle, »Heiß und kalt – Die Jahre 1945–69, Fortschritt, Norm & Eigensinn – Erkundungen im Alltag der DDR« sowie »Leben in der DDR – Befremdlich anders.« Den Autoren und Herausgebern Dank und Respekt für ihre eindrucksvolle und wichtige Arbeit, dem schnellen Vergessen und den »Schlussstrichziehern« aller Zeiten die Fakten und die persönlichen Erinnerungen in den Weg zu stellen!

Rainer M. Schröder,
Palm Coast im Februar 2002

Peter Prange

Das Bernstein-Amulett

Eine Familiengeschichte in Deutschland

Herbst 1990 – nach der Wiedervereinigung. In einem Saal des ehemaligen Gutshofs Daggelin im Osten Deutschlands feiert die Familie Reichenbach den fünfundsechzigsten Geburtstag Barbaras. In die Feier platzt ein betrunkener und verwahrloster Mann: Christian, der Lieblingssohn Barbaras. Er bringt einen höhnischen Toast auf seine Mutter aus, als Geschenk wirft er eine Kette mit einem Berstein-Amulett als Anhänger auf den Tisch. Genau dasselbe Schmuckstück, wie Barbara es am Hals trägt. Auch Christians Kette, die echte, hat einmal Barbara gehört …

»Eine große und dramatische Familiengeschichte.«
3sat

»Das Bernstein-Amulett« ist ein vollendeter ergreifender Schicksalsroman, und es gab selten ein Buch, das mich so in seinen Bann gezogen hat wie dieses. Es gehört mit Sicherheit zu den spannendsten, gefühlvollsten und einfallsreichsten Büchern, die ich je gelesen habe. Ständig war ich hin und her gerissen zwischen banger Hoffnung, Verzweiflung, Enttäuschung, Erleichterung und Glückseligkeit; und es gab so manche Stelle, an der ich beinahe weinen musste. Ein bisschen »Vom Winde verweht«, ein Hauch von »Doktor Schiwago« und ein wirklich fesselnder Roman über die Geschichte einer Familie aus Deutschland.«
Sibylle Haseke, WDR

Knaur Taschenbuch Verlag

Elke Schneefuß bei Knaur:

Das rote Kliff

Roman

Als die junge Hanna von Lassen ungewollt schwanger wird, flieht sie heimlich vom väterlichen Gut und begibt sich in die Obhut ihrer Großeltern auf Sylt. Hier versucht sie, mit ihrem Sohn Nicolai eine neue Existenz aufzubauen. Jahre später begegnet dieser der blonden Ingeborg, die mit ihrer Mutter die Insel besucht, und ist sofort von ihr fasziniert. Doch Ingeborg ist seine Cousine …

Im Wechsel der Gezeiten

1918: Ingeborg Boysen ist außer sich vor Freude, als ihr Mann Nicolai endlich aus dem Krieg heimkehrt. Doch ihr Glück währt nicht lange, denn Nicolai kann seine Erlebnisse nicht vergessen. Ingeborg gelingt es nicht, ihren Mann aus seiner Lethargie zu reißen. Da ist es kein Wunder, dass sie sich vom Charme des Arztes Johann Lehmann bezaubern lässt, der ihr schon vor dem Krieg den Hof gemacht hat …

Knaur Taschenbuch Verlag

Maiken Nielsen

Das Haus des Kapitäns

Aline ist eine ungewöhnliche junge Frau. Als ihr Vater, Kapitän der Handelsmarine in Hamburg, im Ersten Weltkrieg verwundet wird, pflegt sie ihn gesund und hat fortan nur noch einen Wunsch: Sie will Ärztin werden, ein für Frauen dieser Zeit unerhörtes Unterfangen! Doch Aline ist nicht nur schön, sondern auch sehr eigenwillig, und als sich herausstellt, dass ihre Eltern bereits einen reichen Ehemann für sie ausgesucht haben, setzt sie alles daran, deren Pläne zu vereiteln – und verliebt sich in einen höchst unpassenden jungen Herren …

Die Geschichte einer jungen Frau,
die nicht nur weiß, was sie will,
sondern auch den Mut hat, dafür zu kämpfen.

Knaur Taschenbuch Verlag